贾大山小说审美研究

袁学骏——著

作家出版社

贾大山（1942.9.9—1997.2.20）河北省正定县人，1964年作为下乡知青到正定县西慈亭村插队务农，后调至正定县文化馆。历任正定县文化局局长、政协副主席，河北省政协常委、河北省作家协会副主席。20世纪70年代开始发表小说。《取经》获1978年全国首届优秀短篇小说奖；《花市》《村戏》获河北省优秀小说奖，《干姐》获河北省文艺振兴奖；《中秋节》被《中国导报》（世界语）译载；《赵三勤》收入日本银河书屋出版的《中国农村百景》，并获山西省优秀小说奖。其作品多次被《小说选刊》《小说月报》《新华文摘》等转载，并收入各种选本和中学语文课本。其中《小果》入选《〈人民文学〉创刊30年小说选》以及《青年小说佳作选》；《"容膝"》收入《1992年全国短篇小说佳作选》。另有《半篮苹果》《年头岁尾》等戏曲作品，分别获得省级戏曲汇演奖和央视奖项。

中学时代的贾大山

1980 年 3 月去文讲所前参加《人民文学》笔会时留影。左起贾大山、陈世旭、冯骥才、张有德

1986 年春天，贾大山邀请铁凝到县文化馆讲课，在隆兴寺合影

1987 年与铁凝（右二）、日本汉学家南条纯子夫妇在正定隆兴寺

1992 年夏天，和汪曾祺在正定隆兴寺

1986 年夏天，和徐光耀在木兰围场

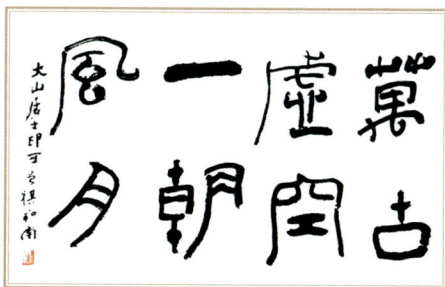

汪曾祺赠言

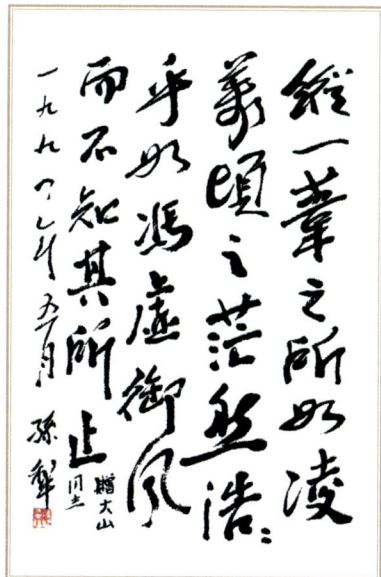

孙犁赠言

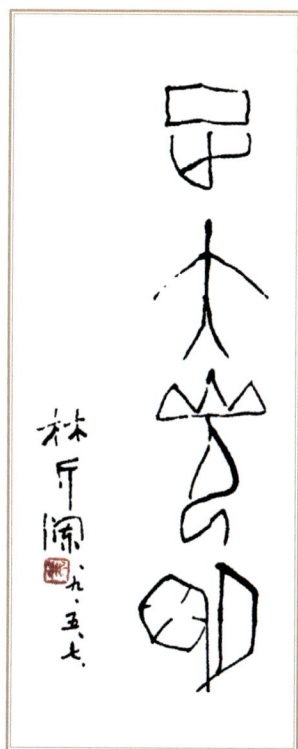

林斤澜赠言（正大光明）

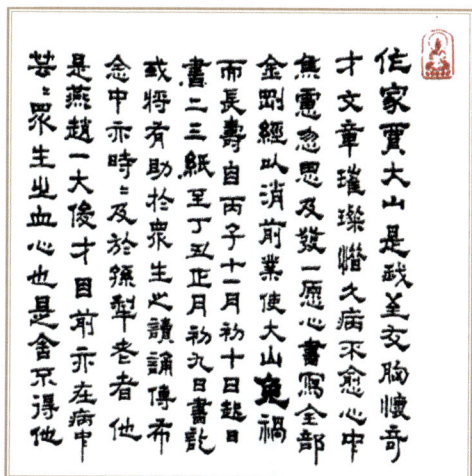

徐光耀祈愿大山痊愈的书写

站着一个皮肤销黑，但挺好看的姑娘；她朝我们一笑，就从房上下去了。

那是我们队上喂牲口的老杜的最小的女儿，名叫小香的。

小香来了，来舒她的篮子。小香平时不爱打扮，那天却穿了一件干净的碎花褂子，显得很鲜亮，身上还有一股浓浓的香皂子味儿。我放下报纸说：

"小香，上房干什么呀！"

"我呀，晾一点萝卜序儿。"

"篮子怎么掉了？"

"刮的，风刮的。"

贾大山手迹

斯人风范　山高水长
——《贾大山小说审美研究》序

白　烨

　　英年早逝的小说家贾大山，走过的人生之路不算长，留下的小说作品也很有限，但却以自己的本色为人和本性为文，给人们留下了不可磨灭的印象，给读者留下咀嚼不尽的力作。古人常用"山高水长"来比喻先贤的人品高洁，垂范久远。以"大山"给自己取名的贾大山，在新时期的当代文坛，以高尚的人品、高雅的文品，引动人们无尽的怀念，深深的敬仰，也完全当得起"山高水长"的喻比。

　　因为写过怀念贾大山的文章并被李延青收入《忆大山——纪念贾大山逝世二十周年专辑》（花山文艺出版社2017年版），这部专辑就放在了枕边，时常会翻翻看看，由不同作者的怀念文章更多也更深地了解贾大山，对其为人的淡泊名利与为文的特立独行印象深刻，并敬佩不已。

　　贾大山是中国作家协会恢复文学讲习所后于1980年举办的第一届作家班学员，蒋子龙、陈世旭、韩石山等都是他的同班同学。他们几位的回忆文章谈到了贾大山的不少往事与趣事，而且不约而同地都与他的低调和幽默有关。蒋子龙说贾大山，"无疑是文坛中人，又似乎从未进入过文坛。文坛无论是热闹的时候，还是冷清的时候，都没有他的份"。韩石山回忆作家班上有的学员不甘寂寞，为自己的作品到处奔走，贾大山看不惯这种现象，陈世旭也谈到贾大山对此流露出愤激之语，透露出他对喧嚣都市的不适应，对喧闹文坛的不认同。

贾大山的为文写作与他的为人做事，是同步奏、相协调的。他在小说写作上严谨而审慎、认真而细致，不赶热潮、不追新潮，甚至常常反其道而行之。陈世旭的回忆文章里谈到，贾大山曾经罢了笔，因为他知道新潮蜂起，自己的小说没有人看了。后来又写开了，因为又听说新潮小说、旧潮小说都没有人看了。话语看似调侃，实为真情流露。崔道怡、康志刚的文章，都谈到了贾大山的小说写作在内心里执意追求的目标，那就是："在我熟悉的土地上，寻找一点天籁之声，自然之趣，以愉悦读者，充实自己。"正是这种笃定的理念与执着的追求，使他不到时机不下笔，不到火候不揭锅。铁凝、韩石山、康志刚等人都谈到贾大山写作小说时的一些特有习惯：他反复地打腹稿，成形后还要一字不落地背给朋友们听，虚心听取意见后才肯落于笔端。即使这样，还要把稿子压在褥子底下，是在对稿子进行冷处理，什么时候想起来再拿来修改。铁凝由此生发开来说道："在贾大山看来，似乎隔着褥子比面对稿纸更能引发他的思路。隔着褥子好像他的生活能沉淀得更久远、更凝练、更明晰，隔着褥子去思想还能使小说越改越短。"贾大山的小说写作，何以能够做到"少而精"，这里可谓体现得淋漓尽致了。

由李延青主编的这本文章专辑，我又寻思，要是再能有系统地研究贾大山的小说作品，论析他的艺术特点的理论批评著述，让人们更为深入地了解他的小说艺术就更好了。这个想法萌生不久，就接到了河北学人袁学骏的电话，说他利用疫情以来四年多时间完成了《贾大山小说审美研究》的专著，已交付作家出版社出版，并嘱我作序。我收到书稿电子版后，借着"十一"长假认真通读了，感觉这部著述因为有备而来，写得深入细致，来得正是时候，不仅弥补了长久以来有关贾大山研究的一个缺欠，而且开启了贾大山小说艺术研究的先河。

本书作者袁学骏以研究民间文学和民俗文化见长，熟识贾大山，又是河北人，这种冀中乡党的身份和熟谙本土文化的造诣，使得他阅读和理解贾大山的小说作品别具自家优势，自有独到见解，因此也使《贾大山小说审美研究》这部著述在多个方面表现出自己的价值与优点。结合我的阅读感受概要地来看，这部著述在三个方面别有心得，自显优长。

其一，对于贾大山小说艺术的总体特色把握准确。

《贾大山小说审美研究》正文分六章，分别就贾大山小说艺术的语言与修辞、结构与叙述、体式与意境、形象与典型、现实主义手法等，进行了具体而微的解析与评说，又在前边的"绪论"和后边的"结语"的部分，就贾大山小说艺术的主要特色和文学精神进行了总体性的概要式评说。"绪论"里就其小说艺术的美学特色做了"今中涵古、平中见奇、喜中隐忧、柔中有刚、俗中生雅、精中有味"的精要描述，"结语"里又就其文学精神做了"处世为人的君子精神""现实主义创作精神""严苛的精益求精精神"和"强烈的文化精神"的精到概述，这些对于贾大山小说艺术美学特征的感性捕捉与理性提炼，可谓是深中肯綮，形神兼备，抓住了贾大山小说艺术的精髓所在，凸显了贾大山小说美学的突出个性。这种总体性的认识与根本性的理念，实际上贯穿于整部著述的各个章节之中，使看似分散的论述有了一条内在的主线，并从不同的角度和层面做出了解说和提供了例证。

其二，对于贾大山小说语言风格的评析到位。

小说是语言的艺术，优秀的小说家尤其注意语言的苦心经营，并尽力彰显自己特有的辨识度。《贾大山小说审美研究》的第一章，主要论述贾大山在小说语言方面的运用与特点。作者首先注意到贾大山"行文从来吝啬"背后的"遣词造句的求真葆真意识、节俭意识"。因为"求真葆真"，所以节俭、简约，又因而惯用"白描"。由此沿坡讨源，步步深入，对贾大山在小说语言上的花样翻新进行了细致的探寻，如粗细白描的交替使用，俗语与乡音的运用，新老民间谣谚的妙用，各种方言与惯常用语的活用，文言雅词的巧用等等，都结合作品文本与具体句式，进行了信而有征的论说，让人们看到了贾大山的"语词交响乐与修辞大观园"的旖旎风景。其实，在这种语言积累与语词运用的背后，作者还隐含了没有明言却也暗喻了的意思，那就是贾大山对"人民生活"的十分熟稔，对民众语言的如数家珍，这使得他能信手拈来，驾轻就熟。这里既说的是语言的操持，也说的是生活的占有。

其三，对于贾大山小说精神蕴涵的解读内在。

《贾大山小说审美研究》的第二、三、四章，主要论述贾大山小说的结构与叙述方式，体式与审美意境，人物描写与形象塑造，在这些文体艺术的分析与解读中，都透显着作者对于贾大山与其生活观相连通的艺术取向的深层探析，而第五章"贾大山对现实主义的坚守"，第六章"贾大山小说的地方风情与文化蕴涵"，更是相对集中地研讨了贾大山小说的文化气韵与精神内涵。有关"给老百姓个乐头"，切近乡土写民俗风情，严苛的精益求精精神等主要论点，相当深入地揭示了贾大山小说写作始终"以人民为中心"，着力打造为人民群众喜闻乐见的优秀作品的执着追求与突出特点。习近平总书记《在文艺工作座谈会上的讲话》中指出："以人民为中心，就是要把满足人民精神文化需求作为文艺和文艺工作的出发点和落脚点，把人民作为文艺表现的主体，把人民作为文艺审美的鉴赏家和评判者，把为人民服务作为文艺工作者的天职。"贾大山一直是遵循着这样的一个方向身体力行和默默前行的，他是当之无愧的"以人民为中心"的作家典范。

看得出来，撰写《贾大山小说审美研究》，作者是做足了功课，下足了功夫，这也包括在研究方法上的博采众长和锐意出新。显而易见，这部著述在研究贾大山小说艺术方面，采用了以传统的美学方法为主，吸收和借鉴结构主义、叙事学、文体学、语言学、修辞学等现代批评方法的某些元素，在文体解剖和文本细读方面体现出细切而深入的鲜明特点。但这种研究方法也有长有短，一些贾大山作品所独有的文学气象与艺术气质，如小说艺术营造上所具有的浑朴状、氤氲性，以及短中含厚、轻中有重、淡中见浓、小中见大的精深蕴含与精妙意境等，可能还需要运用更为适当的方式方法才能予以有力和有效的揭示，而这正是喜欢贾大山的广大读者更为期待的。这样一点，也是我阅读这部著述时稍感不够满足之处。

作家活在作品中，作品活在阅读中。贾大山的小说有人阅读，有人解读，在这样一个赏鉴与对话过程中，似乎贾大山依然活着，这是最令人为之欣慰的。

是为序。

2024 年 10 月 6 日于北京朝内

目　录

绪　论

不应该忘记贾大山

　　贾大山的名字在 20 世纪 70—90 年代曾经是响亮的。他的短篇小说《取经》于 1977 年在《河北文艺》发表后由《人民文学》转载，1978 年荣获首届全国优秀短篇小说奖。从此他正式步入全国文学的殿堂，被称为一颗冉冉升起的新星。

　　著名作家、文艺评论家孙犁、铁凝、徐光耀、雷达等都对贾大山的为人和为文给予了很高的评价。贺敬之、王蒙、汪曾祺、林斤澜、蒋子龙、韩石山、余华等还曾经专程到河北正定来拜访贾大山，他们对贾大山的谈吐风采和文化理念留下了深刻的印象。

　　特别是 1997 年 2 月 20 日贾大山因病去世后，曾经于 1982—1985 年在正定工作过、当时远在南方的习近平挤时间写出了 3000 余字的真情文章《忆大山》[①]。1998 年 3 月，贾大山著，尧山壁、康志刚编辑的《贾大山小说集》由花山文艺出版社出版，时任河北省作家协会主席的铁凝亲自组织召开了"贾大山小说研讨会"，贾大山生前的朋友王志敏于 1999 年由中国戏剧出版社出版了《贾大山传》。但是，之后有关贾大山的信息日渐减少。有人便说，贾大山已经过时了，或说他被人们遗忘了。

　　2014 年 1 月 13 日，习近平的《忆大山》在《光明日报》转载，在全国产生了广泛影响。同年 4 月 21 日，李春雷关于习近平与贾大山当

[①] 此文初发于《当代人》杂志 1998 年第 7 期，后收入贾大山著、康志刚编《贾大山文学作品全集》等书中。

年友谊的报告文学《朋友》由新华社全文播发，被 3000 多家媒体转载；同年，李延青、康志刚、黄军锋合著的《常山有个贾大山》亦在《人民文学》第 7 期发表。于是人们才又广泛地谈论起贾大山来。同年 10 月，花山文艺出版社推出了贾大山著、康志刚编的《贾大山文学作品全集》。2015 年，作家出版社出版了《贾大山小说精选集》，[①] 后列为该社成立 70 周年精品回顾展示作品之一。2017 年 2 月，河北省委宣传部召开了"深入生活，扎根人民——纪念贾大山逝世二十周年"专题研讨会议。梁鸿鹰、白烨、李建军等出席并且发了言。此年 8 月，花山文艺出版社出版了李延青主编的有关评论集《忆大山》。2023 年 4 月，河北人民出版社出版了杨金平、杨岱的《贾大山评传》。

但是，至今还没有关于贾大山小说艺术研究的专著。笔者见到的中国当代文学史、乡土文学史中竟然没有提到贾大山。冯健男、王维国主编的《河北当代文学史》上也只有一千余字的一小节。看来，在新时期全国获奖最早的贾大山，的确是被一些专家学者遗忘或漠视了。

笔者认为，我们文艺评论界不应该忘记贾大山、漠视贾大山。他曾经创造过新时期以来读者们仍然喜欢的短篇小说的一座高峰，他本身就是一座很有特点的为人为文的大山。我们现在研究贾大山，不是黄花菜都凉了，不是炒剩饭，而是品尝一种年份陈酿，化验一种烹调秘方。

一、不倒的字号长留人间——贾大山其人

贾大山在他的《林掌柜》中，通过人物之口强调了"人也有字号"。铁凝在怀念文章《大山在我心中》便判断："我想说，大山的作品不倒，他人品的字号也不倒。"[②] 特别是习近平在《忆大山》中说："他那忧国忧民的情愫，清正廉洁、勤政敬业的作风，襟怀坦荡、真挚善良的品格，刚正不阿、疾恶如仇的精神，都将与他不朽的作品一样，长留人

---

① 本书中，凡是引用贾大山小说作品，请看上面提到的《贾大山小说集》《贾大山文学作品全集》等，不再一一注释，敬请原谅。

② 见李延青主编《忆大山》，花山文艺出版社 2017 年 8 月第 1 版，第 11 页。

间。"① 他们对贾大山人品作品的评价是颇为中肯的。

（一）贾大山短暂的一生

贾大山，1942 年 9 月 9 日（农历七月二十九日）出生于河北省正定县城一个小商人家庭，逝世于 1997 年 2 月 20 日（正月十四），享年仅 54 岁，对于一个作家来说可谓英年早逝。儿时，他家附近有个戏园子，父亲经常带他去看戏，养成了他的戏曲爱好。他上了小学，又升了中学，便如孙犁读中学时开始写作一样产生了文学的梦想。但是 1957 年冬天，正上初三的他，写了一首小诗《钓鱼郎》登在黑板报上，竟被指责为替某个右派老师鸣冤叫屈。一个雪夜里开这位老师的批斗会，校领导让贾大山站在会场外听会，还要他在一棵小树下站着反省。这个漫长的雪夜，使 15 岁的贾大山饱尝了饥寒困乏之苦，也使原本天真烂漫的他在精神上深沉起来，不敢再写了。后来偷偷写了诗文也不再示人，直到高三最后一个学期便因病休学，不久到一个石灰窑去当小工。中间曾经随着草台班子到各村去演出，多是跑龙套，他却乐此不疲。

1964 年 9 月 17 日，贾大山作为一名知识青年来到了正定城北老磁河畔的西慈亭村。在欢迎新社员的联欢晚会上，贾大山上台表演了山东快书《武松打虎》，博得了观众们的赞赏，便在这里一夜成名。他也写黑板报、写春联，字体工整秀丽，青少年们便竞相临摹学习。在民兵连培训班上，大山去帮助讲课，看了一遍简易教材就背了下来，人们便赞扬他过目成诵，是个天生的"奇才"。大队俱乐部自然少不了这位奇才，可是每天只给他六分半，相当于当时女劳力的最低工分，他也心甘情愿。那几年中，他干编、导、演的全活儿，先后创作并主演了《悬崖勒马》《争筐记》《两个甜瓜》《柳庄风云》《新风赞》等 20 多个村民喜闻乐见的新节目。他主导的俱乐部年年参加全县大汇演，每每获得奖牌奖匾。

贾大山上学时和在窑场上吃过苦，到村里来当社员更能吃苦。一

---

① 见贾大山著、康志刚编《贾大山文学作品全集》，花山文艺出版社 2014 年 10 月第1 版，第 1 页。

年春天，他们四人的知青小组断了粮，就打赌比赛挨饿。大山一连饿了三天得了第一，却在饥饿中创作了十分逗乐的小豫剧《劝队长》。在创作京剧《红哨兵》时，他知道没有工分，却夜以继日地进行。那一夜因为熬得太累便躺下来，不料炉火烧着了衣服和被子。次日一早，大队干部听说他屋里失了火便赶去看望，没进门就听他在试唱这出戏中的二黄导板，便都说他真是个不要命的主儿。学校缺少教师，贾大山又被派到学校去教书。上级任命他为学校负责人，他便以校为家，仍然一有空闲就往俱乐部跑，形成快乐的两头忙。1971年全县大汇演后，领导调他到县文化馆去当副业工写大戏。为了剧本创作，他主动要求到乡下去体验生活，终于写出了以科学种田为主题的《向阳花开》，排练时还帮助进行唱腔设计和修改。这出戏在河北省一炮打红，至今还是正定县河北梆子剧团的保留剧目。后来又自己编剧、作曲一揽子拿出了京剧《小红马》《理想》和《比翼双飞》等获奖剧目。几年后被提拔为副馆长。馆里那个小小斗室的深夜灯光，就是贾大山在燃烧着自己发出的光芒。这中间，贾大山开始了他的业余小说创作。他和他佩服的赵树理、汪曾祺一样，都经受过长期的基层编演和编辑活动的历练，为他后来的小说创作发展打下了良好的地基。

1982年早春，习近平离开中直机关到正定任县委副书记。他经常听人们讲说贾大山的故事，贾大山便成为他私下走访的第一个正定名人。之后两人常在晚饭后你来我往，谈天说地，聊到半夜还停不下话题。有时机关大门已锁，他们就来一次"叠罗汉"翻过铁门，隔着铁门再说一声再见。在众人举荐和县领导反复动员下，于这年冬天贾大山被任命为县文化局长。大山感动于组织上的信任，便走马上任，要为正定的文化发展干些实事。他很快开展了下属各单位的思想整顿和文物保护、礼堂重建等工程。在职九年中，他为正定文化事业花费了大量的时间和心血，取得了骄人的成绩，特别是1989年跑办成功了大佛寺（隆兴寺）主殿的落架重修等国家级文物工程项目。之后，他说事不过九，便一心辞职，组织上安排他为县政协专职副主席，直到去世。

1985年春夏，习近平将调往福建厦门任职。临行前那天晚上，他和贾大山进行了最后一次长谈，凌晨时二人恋恋不舍，洒泪而别。1995年秋天，贾大山生病手术后，习近平曾经借回京开会的机会去协和医院看望。1997年2月9日（正月初三）又专程到正定探望，二人留下了最后一张合影。不料2月20日（正月十四）贾大山便溘然长逝。先后有两千多人到他家中凭吊，连日里车辆塞路。铁凝等马上赶来吊唁，老作家徐光耀、诗人刘章等送来了挽联。噩耗传到南方，习近平深感悲痛，因远隔千里，只能托人代送花圈，以示悼念。400余人出席了贾大山追悼仪式。大厅内外花圈层层叠叠，与会者肃穆而立，一时间哭泣声声。在河北，一位业余作家驾鹤西游时有如此场面，实为罕见。

（二）贾大山的性格和人品

贾大山是一位个性鲜明的作家和基层干部，人人称道他的为人和为文。从大的方面说，他具有强烈的家国情怀，有一身正气。习近平在《忆大山》中赞扬道："大山是一位非党民主人士，但他从来也没有把自己的命运与党和国家、人民的命运割裂开。""特别是我们由初次相识到相熟相知以后，他那超强的记忆、广博的知识、幽默的谈吐、机敏的反应，还有那光明磊落、襟怀坦荡、真挚热情、善良正直的品格，都给我留下了深刻的印象。"[1]这是习近平对贾大山性格和为人品格的全面概括，是对一位已故作家朋友的盖棺定论。贾大山的确胸有格局，睿智、正直而善良。他有文名有政声，却从不拿架子打官腔，但对不正之风从不让步。他上下班从不坐公车，从不用公款优亲厚友。而且特别善于在干部群众中从事矛盾调解，其《童言》中的"玉帛老人"便是贾大山自己。

贾大山的生存理念、生活态度是淡泊明志、安贫乐道。无论在又脏又累的窑场上，还是在艰苦的知青生活中，在县直的繁忙工作中，他从来没有庸人自扰的忧愁，总是那么幽默、快活，遇到生气的事情也能

---

[1]　见贾大山著、康志刚编《贾大山文学作品全集》，花山文艺出版社2014年10月第1版，第2—3页。

很快就从内心排解，恢复他快乐的常态。徐光耀说他一生"知足常乐"，平时"有碗饭吃，就很满足了"。①铁凝、徐光耀、肖杰和笔者都曾劝他出书，他却不肯。先后有铁凝、王蒙、林斤澜等名家前来约稿，他热心招待却一直未给，但他们都从内心佩服他的人格。

贾大山很低调，像是一个隐士。他常年泡在他的正定，极少在文艺界出头露面。就连1981年7月河北省作家协会召开他的小说研讨会也不出席，甘心被"缺席审判"。为此，他曾经对铁凝说"多一事不如少一事"②，生怕自己在场别人只说好不指正。1989年，石家庄地委决定调贾大山担任地区文联主任，他却谦虚地说，干不了，又说去了就吃不上俺媳妇的手擀面了；省文联要调他去担任《河北文学》主编，他也婉言谢绝了。当时好多人都说他傻，不识抬举。常言说人往高处走，水往低处流，他却说总在文人圈里也不一定好。于是贾大山依然心无旁骛地在他的正定春种秋收，在他出生的故土上朝花夕拾。

应当提到在1980年中国作协主办的第五期文学讲习班上，贾大山认真听课，静心阅读《史记》《围城》，从不到处跑关系。同期的蒋子龙对他的总体印象是："大山无疑是文坛中人，似乎又从未进过文坛。文坛无论是热闹的时候，还是冷清的时候，都没有他的份。"佩服他具有一股"高人气质"，却不知道这种气质是怎样炼成的。③那时韩石山和贾大山同住一室，对他经常"板起脸来"逗乐的幽默印象很深："他这人却也有些帝王气。那么冥顽，那么老成持重……又是那么朴实，那么睿智。"④陈世旭回忆在贾大山家中看到他自撰的对联："小径容我静，大路任人忙"。⑤又提到1992年汪曾祺来到正定时，对贾大山的情操风采极为赞赏，主动为他题写一联："神似东方朔，家傍西柏坡"。1996年

---

① 见徐光耀《冷下心来说大山》，李延青主编《忆大山》，花山文艺出版社2017年8月第1版，第15页。

② 见铁凝《大山在我心中》，同上，第11页。

③ 见蒋子龙《河北的大山》，同上，第18页。

④ 见韩石山《难捺的悲伤》，同上，第43页。

⑤ 见陈世旭《常山高士贾大山》，同上，第34页。

12 月，汪曾祺又给大山寄来题词："万古虚空，一朝风月。"意为称道他的虚静、超脱精神。特别是 1994 年 5 月，孙犁为贾大山题写了赠言："纵一苇之所如，凌万顷之茫然，浩浩乎如冯虚御风而不知其所止。"小字"赠大山同志"。这是苏轼《前赤壁赋》中的名句，意思是小船如一根芦苇在茫茫大江上漂荡，犹如凭空乘风而不知在哪里停止。孙犁以此比喻贾大山小说的飘逸轻灵之美。林斤澜也为贾大山题赠了"正大光明"①，是赞扬"正定贾大山"光明品格的缩写。笔者恰又看到一篇怀念孙犁的文章中说："作为一位青史留名的文学大家，孙犁显得很'另类'，他习惯于闭门独自写作，基本不参加文人聚会。他有一句名言：'文人宜散不宜聚'。"赞扬"孙犁从不趋炎附势，更不为得奖而刻意写作"。② 贾大山一向崇拜孙犁，可是他有社会文化工作重担，不可能像孙犁那样安然写作。只是他尽量闹中取静，少出门，不出镜，秉承着孙犁甘于寂寞的风范。

二、贾大山小说创作的轨迹与分期

贾大山具有文学和演艺的天赋，是一个早慧的人。他的作家梦并未因 1958 年一首小诗挨整而彻底泯灭。据其家人和弟子康志刚等回忆，从 20 世纪 60 年代之初，他就写了《夜出》《最欢欣的日子》《小秋的亲事》等小小说在地区《建设日报》上发表，都署名"江峰"，其中《贴心人》还被《河北日报》转载。这是他最早的小说试笔。1964 年因地区文联贯彻"大连会议"精神，也因下乡插队编演节目便止了笔。直到"文革"中的 1972 年才在《河北文艺》试刊号上发表了散文《金色的种子》，1973 年在该刊第 1 期发表了小说《窑场上》，署名都是"贾玖峰"。1977 年其创作量上升，在《河北文艺》第 1 期发表了小说《炉火》、第

---

① 上三条题赠，皆见贾永辉《我的父亲贾大山》，花山文艺出版社 2023 年 2 月第 1 版，插页。

② 见周思明《传承孙犁创作精神，创造新的文学经典》，《文艺报》2022 年 7 月 13 日第 3 版。

4 期发表了次年获得首届全国优秀短篇小说奖的《取经》，并从此年开始署名贾大山。其作品质量和社会影响双双跃入全国第一方阵。河北文学界朋友逗乐子说，这回假（贾）大山成了真大山。

从上世纪 60 年代算起，到 1997 年的《电表》等 7 篇遗作问世，连 1971 年到县文化馆后创作的剧本、散文、报告文学、创作体会等，截至目前知道的贾大山作品计 114 篇，其中小说 94 篇。去掉 60 年代只有题目的《夜出》等，其 70 年代以来的小说为 89 篇（中篇小说残稿《钟》1 篇，短篇小说 88 篇），约 45 万字。

关于贾大山小说创作阶段的分期，一些专家学者先后发表过几种意见。1990 年，雷达将其"梦庄记事"系列开始之《花生》发表在 1987 年《长城》第 3 期并被《小说选刊》《新华文摘》转载，作为前后两个创作时期的分界。[①] 这是最简约的分期方法。郭宝亮于 2017 年将其创作分为三个阶段：以 1977 年《取经》为代表的前期，以 1987 年"梦庄记事"系列为代表的中期，以 1990 年"古城人物"系列首篇《妙光塔下》为代表的后期。认为这三个阶段犹如"三个大脚印，结结实实印证着贾大山在小说创作中不懈的美学追求"。[②] 这种分期亦不无道理，得到过一些学者的认同。而笔者的思路是，除了贾大山两次准备性试笔期外，应从贾大山使用真名发表并获全国大奖的 1977 年开始，到他辞世的 1997 年的小说创作分为四期：一是 1977—1979 年以《取经》为代表的社会问题阶段；二是 1980—1986 年以《小果》《花市》为代表的向写人方向转轨阶段；三是 1987—1990 年"梦庄记事"的深入人性挖掘阶段；四是 1990—1997 年以"古城人物"素描为主的最后文化情结阶段。[③] 对此，杪椤在 2017 年的文章中表示，将贾大山创作分为四个阶段"总体上"看是以贾大山自身创作规律的变化作为依据的。通过分期起止的时间节点不难看出，这种分期方法一方面与时代的转化大体一

---

① 见雷达《乡土写实小说的新境界》，李延青主编《忆大山》，花山文艺出版社 2017 年 8 月第 1 版，第 123 页。原发于《长城》1990 年第 1 期。

② 见郭宝亮《贾大山小说片论》，同上，第 219 页。

③ 见袁学骏《贾大山小说论》，《河北日报》2000 年 9 月 29 日。

致，另一方面则与他的个人经历有密切关系。① 我们无论如何分期，只是出于各自研究的需要而各有所据。但是大山的"梦庄记事"系列直到1996年才以《杜小香》等发表完成，其间与其他农村生活、小城生活的写作交叉进行。本书作为一部专著，拟在各家论述的基础上，将贾大山上世纪六七十年代两番写作试笔期称为早期，以为在此处不必论之。而仍将其1977—1997年的创作分为四期：1977—1979年为初期，1980—1986年为转轨期，1987—1990年为盛期，1990—1997年为晚期。下面试对贾大山这四期的创作做一下交代，以便让人大致了解他创作发展变化的脉络。

（一）初期（1977—1979）

这个初期，是指贾大山登上全国文坛的初次亮相期，也是成名之期。他在这三年中发表小说11篇，是当时打倒"四人帮"后拨乱反正高潮中的农村干部群众自觉抵制极左政治路线，纠正各种不正之风，恢复实事求是思想路线的故事。其中名篇《取经》写于1977年初，发表于当年《河北文艺》第4期，11月转载于《人民文学》短篇小说专号，是该刊复刊后的第一次转载。在1978年首届全国优秀短篇小说获奖作品中，此文与刘心武的《班主任》、王愿坚的《足迹》面世最早，其他的作品全是1978年才发表的。这篇《取经》与稍后的《正气歌》《春暖花开的时候》《分歧》等既有对主人公求真务实精神的赞美，也有直面极左路线、官本位思想展开的无情揭示与批判，具有强烈的时代特征，反映了当时广大农村艰难地摆脱极左路线紧箍咒、清除极左思想余毒而走向正规的历史过程。《三识宋默林》《弯路》和《劳姐》涉及对冤假错案平反昭雪和农村经济政策落实、劳动分配制度改革诸问题。《取经》和《乡风》《瞬息之间》也讥讽了基层干部惯性地看着上级"提法"的"紧跟"意识和风向标作风。《炉火》《香菊嫂》反映的是农村大集体中的公私矛盾，揭批了损公肥私行为，树立了一心为公的人物形象。

---

① 见桫椤《时代的同代人》，李延青主编《忆大山》，花山文艺出版社2017年8月第1版，第275页。

一些篇什还有阶级斗争、大批判的余嫌。现在看来，如崔道怡在怀念文章中所言："在那样的历史时候，又有哪一位作家能够完全彻底摆脱得了'写政治、写政策'的桎梏呢？正因为你戴着镣铐跳舞，还跳出了一些美的意义和味道……透过《取经》，我看到了赵树理。"[①]回头看，这的确是贾大山那一代作家必然经历的一段时空。他这些故事都是那个特定时代农村生活的形象记录。

（二）转轨期（1980—1986）

这个转轨期，是贾大山从书写农村农民和干群关系为主的社会政治表达，开始探索表现农村底层人物个性、人情，向乡土日常生活体式转身开步的时期。此时中国农村已经进入由公社化大集体向土地联产承包责任制的转型期。七年中，他发表小说20篇。其中1980年在《人民文学》第4期发表的《小果》是农村青年男女自由恋爱的故事，与同年汪曾祺的《受戒》、张弦的《被爱情遗忘的角落》都属于当时最有影响的冲破"爱情禁区"的新品佳作，先后被几种专集收入。崔道怡等对此高度评价，认为这个小果和《花市》中的卖花女蒋小玉、《村戏》中的小涓等都是时代新人，表现出贾大山与孙犁一样也很善于描写青年女性。作者还通过《中秋节》《拴虎》《拜年》等表现了冀中农村的年节习俗。在《赵三勤》《白大嫂》《东关武学》《眼光》《醒酒》《午休》中则表现了历史变迁中农民精神上的变化，他们正在痛苦的纠结中蝶变为时代新人。《拴虎》《失望》还涉及农村教育。《友情》《一句玩笑话》体现出干部落实政策前后人际关系的变化，赞美了善良的人性。《阴影》揭示出可能有人利用改革之机混水摸鱼，中饱私囊，隐喻实行城乡改革会出现泥沙俱下现象。1986年最后一篇《贺富》是描述县城一位淘粪农民的社会角色转变，乃为作者"古城人物"系列作品的先声。

这七年中，是贾大山在文化政务上最忙碌、本职人生价值的实现阶

---

① 见崔道怡《金在大山深处藏》，李延青主编《忆大山》，花山文艺出版社2017年8月第1版，第23页。

段，是影响了他的创作而出现疲迟却又不断反思、寻觅、蓄势的阶段，亦是在铁凝、肖杰鼓励下开启自己下乡插队生活的武库，写出"梦庄记事"系列部分文稿的起跳助跑阶段。其中《年头岁尾》是作者改编成小戏曲的文学基础。1981年的《鼾声》《一句玩笑话》和1986年的《贺富》已有新笔记体小说的美学意味。

（三）盛期（1987—1990）

这个盛期，是贾大山知青生活小说创作为主的黄金时代。四年中发表各种题材作品21篇，数量高于转轨期，在读者中美誉度可能逊于《小果》《花市》，但在专家学者眼中的价值超过转轨期之作。1987年，作者以其"梦庄记事"系列的《花生》《老路》和《干姐》一组三篇在《长城》第1期推出后，马上被转载并引起评论家们的关注，欢呼沉默的贾大山重振雄风了。铁凝、雷达、肖杰、林斤澜、梁鸿鹰、封秋昌等都对之进行了高度评价。此年连发"梦庄记事"7篇，形成了一个文坛冲击波。次年发出3篇，其中《俊姑娘》是正面描写一位女知青在融入乡村过程中的悲剧。1989年仅发两篇，1990年又连发7篇，使此系列达到19篇，形成贾大山知青生活和知青视角的农村人物不同面孔的长廊。在"我"的观照下，那个物资贫乏时代的阶级斗争观念和乡土仁善人性之间的悖反与冲突，以《老路》《亡友印象》《花生》最为深刻；表现农民的善良美德以《干姐》《云姑》《定婚》《钟声》《梆声》最为生动；揭示农村封建余毒和愚昧陋习之害以《俊姑娘》《离婚》《丑大姐》《枪声》《坏分子》最为到位；也以《杏花》《梁小青》《黑板报》《沙地》《孔爷》表现出乡间男女老少的社会、家庭责任感与进取心。后4篇分别于1995、1996年方推出，共23篇。这四年中，特殊一例《喜丧》是徐光耀著文评价过、充溢着民间婚丧习俗之美的风俗体小说。按照王力平等人的观点，"梦庄记事"系列都属于新笔记体式或拟笔记体。文本中的地域风情描写表现出作者对民间习俗既爱又恨的悖反心态。窃以为，这是作者受到当时寻根文学影响，尚不属于寻找原始性文化根脉为己任的寻根文学，体现出作者的人性挖掘与文化自觉审视都正在加强。

（四）晚期（1990—1997）

这个晚期，是贾大山从"梦庄记事"知青视角书写回归到故乡县城童年视角的"古城人物"系列书写而又大放光彩的最后一期。虽然有"梦庄记事"系列和其他乡土风习之作相交叉，但以1990年发表《妙光塔下》为此期鲜明的起点是多人的共识。七年多里，除去"梦庄记事"11篇，另有31篇，共42篇。产量最高，文化色彩最浓，文笔最为熟稔。

1991年的《智县委》属于所写古城人物中行政职务最高最早的一篇，反映的是解放初期城中商贸习俗与执法管理的矛盾、世面新风的兴起和智县委的亲民个性与为政操守。1992年的"古城人物三题"包括三个掌柜，与后面"古城茶话"一组中的《"容膝"》及《老曹》《老底》《卖小吃的》《黄绍先》都属于城中工商题材部分。其中《林掌柜》刻画的林掌柜甚为典型，诚信题旨深刻而突出，为批评界频频点赞。其《西街三怪》中的"药罐子""火锅子""神算子"是作者笔下的老年闲杂人，与《钱掌柜》等都有独特而复杂的个性。《妙光塔下》和后发的《莲池老人》都描写了暮年仍在做贡献的老龄人。他们与世无争、性情高洁，似愚而智，个个可敬可爱。文中也带出了文物保护的题旨。《担水的》和1986年的《贺富》也都塑造了城中农户勤快本分的劳动者形象。《邵思农先生》《傅老师》《书橱》《游戏》《门铃》《老拙》等，描写的则是知识分子、离退休干部的日常生活。他们各有其长，有品有行，有自己的生活方式也有不幸或惆怅。《夏收劳动》《临济寺见闻》则重在对官场形式主义和官本位思想的形象揭示。另有《村宴》是农村酒俗、演剧习俗和时风的展示，亦有温和的批评。而《京城遇故知》却是一场巧遇，表现了市场经济时代新型农民的必然产生。《电表》又是家庭姑娌关系的幽默描述，对优良传统伦理进行了表现和肯定。这些小说中，有10篇被《小说月报》《小小说选刊》《中华文学选刊》等转载，三次在全国、省级获奖。其唯一的中篇小说《钟》在作者去世后从废纸堆中发现，作为遗作发表于《长城》1997年第3期。这是描述了社会转型期一位老生产队长面临分田到户时的精神阵痛。

这些作品产生于贾大山短暂生命的最后七年，却是作者文学生涯的最后冲刺期。现在看它们也仍然具有当下意义，主要是作者进行的这次故乡文化之旅，延续着1980年《中秋节》《小果》以来的和谐哲学、圆融理念与人的觉醒的精神脉络，延伸到儒释道传统文化的深处，在结构、语言、文化内涵等方面形成了他的晚期风格，具有果子内外熟透了的天然成熟性。贾大山曾经早熟，更是一个精神上和艺术审美上晚熟的人。他如萨义德所言：反映出了一种对日常现实的……"新的和解精神与安宁"。①

通过以上对贾大山二十年小说创作的分期，基本上可以看出他小说创作上的轨迹。贾大山的文学道路是曲折发展而非直线上升的。他作为新时期中国文学的"这一个"，是有自身特点和贡献的一种客观存在。

三、此前有关贾大山小说评论概述

关于贾大山小说创作的评论文章，目前找到的是33篇，记人记事为主的散文和故后怀念文章50篇。笔者发现最早者是曾在正定文化馆工作过的贾大山同事和朋友周哲民于1979年2月写出的《新华吐秀——浅谈贾大山小说》，将贾大山视为"一株文学新苗"，对他的《取经》进行了分析评价，认为这篇刚刚打倒"四人帮"就出手的作品是对极左文艺路线的有力反拨，表达了农民和作者自己对农村实干家的赞扬和对风派人物的批评。②到1984年，周哲民先后为之写出评论8篇，是迄今评论贾大山创作最多的人。1981年《滹沱河畔》第1期发表了冯健男《农村是广阔的天地——读贾大山的新作》。③之后有发表于《长城》

---

① 见爱德华·W·萨义德《论晚期风格——反本质的音乐与文学》，阎嘉译，三联书店2009年第1版，第4页。转自陈晓明《漫长的90年代当代文学的晚期风格》，《南方文坛》2023年第2期，第8页。

② 见周哲民《星海撷英》，花山文艺出版社1991年6月第1版，第115—116页。

③ 见正定县政协文史资料第三辑《大山在我心中》，1998年7月内部编印，第259页。

1987 年第 3 期的徐光耀《幽默贾大山——读〈喜丧〉》，再后便是 1990 年铁凝、雷达的文章和贾大山离世后徐光耀、铁凝、崔道怡、肖杰、封秋昌、李扬、王志敏等人的较长评论和大量怀念文章了。下面选择一些述之。

（一）贾大山是现实主义作家

王志敏在文章中写道："贾大山说过，他是现实主义作家。他的作品天然地植根于他所生存的土壤，描摹着他眼中心中的世情百态、社会万象。他的生活为他的现实主义创作奠定了基础……作为作家，他是生活的有心人。"[①] 张峻在文章中说："大山坚定不移地固守自己的生活基地，任何诱惑都不动摇……在一次闲聊中，他这么比喻：作家与生活，就像鱼儿离不开水……"[②] 雷达则在 9000 字评论中举《眼光》为例说："不真正熟悉对象和'悟'出生活奥秘的人，是写不出来的。这原是很难写的。作者靠什么呢？我以为他靠的正是生活自身的说服力，一种毫不勉强的逻辑力量。"[③] 的确，贾大山被选入中学课本的《取经》《花市》等都是有生活基础，又进行了必要的提炼和虚构才形成的佳作。

贾大山一直遵循着鲁迅"为人生"的创作宗旨，确定自己创作的基本主题就是"弘扬真善美，消除假恶丑"。[④] 从真善美角度看，徐光耀评价说："他写了那么多普普通通的小人物，给予了他们那么多同情，他悲悯，他抚慰，他希冀他们多一点温暖和光明，少遭点痛苦与劫难。"[⑤] 桫椤从另一个角度说，贾大山创作的总体性是"批判精神"，认为"称贾大山为'批判现实主义'小说家是恰当的"。[⑥] 封秋昌早就发

---

① 见王志敏《贾大山小说赏析》，李延青主编《忆大山》，花山文艺出版社 2017 年 8 月第 1 版，第 258 页。
② 张峻《大山为我们留下了什么》，同上，第 67—68 页。
③ 雷达《乡土写实小说的新境界》，同上，第 130—131 页。原发 1990 年《长城》第 2 期。
④ 见封秋昌《贾大山论》，同上，第 161 页。
⑤ 见徐光耀《冷下心来说大山》，同上，第 17 页。
⑥ 见桫椤《时代的同代人》，同上，第 279 页。

现贾大山小说在轻灵中隐含着伤感和忧心，先后两次著文分析其中的劝善与揭批、反思的相互交织。^①祝晓风则这样总结说："在追随赵树理、孙犁等人的道路上，贾大山取得了新的成就。他比赵树理的政治色彩较浓的作品多了一份人性的关照，多了一份诗意和淡雅；较之孙犁，在'谈笑从容''多风趣而不落轻佻'之外，他显然还有一份儿冷峻的反思与反讽。"^②

（二）精致化短篇文体：1977—1997年河北短篇小说之王

关于贾大山创作的路子，雷达概括性地说，贾大山初期的创作像是赵树理的"山药蛋派"，到"梦庄记事"以来的篇什又像是孙犁的"荷花淀派"风格。^③贾大山秉持着现实主义创作理念，学习鲁迅、赵树理、孙犁，学习契诃夫、梅里美、莫泊桑等，却不羡慕打"先锋"、不膜拜弗洛伊德，一直苦心孤诣地"走自己的路"。关于贾大山鼎盛期和晚期的小说创新，王力平、郭宝亮、祝晓风等都认为是近于或属于笔记体小说。张东焱则论述这一新文体的首创者是1980年代之初孙犁、汪曾祺、林斤澜等文坛老将，"紧随其后的文坛新秀贾大山对该种文体也进行了有成就的尝试"，认为大山的"梦庄记事"系列"展映出新笔记小说的绰约风姿"。^④这样说，就是认为上世纪80年代以来我国只写短篇笔记体小说的作家有孙犁、汪曾祺、林斤澜、贾大山四位。那时有名望的短篇小说作家还有沙汀。

贾大山只写农村短篇是一种文学现象。铁凝于1990年在《山不在高——贾大山印象》中说，贾大山当着文化局长又"自如地做着""熟悉古代文化的专门家"，"然而贾大山仍旧是个作家，兴许还是当代文

---

① 见封秋昌《贾大山论》和《重新认识贾大山》，李延青主编《忆大山》，花山文艺出版社2017年8月第1版，第161、183页。

② 见祝晓风《贾大山的意义》，《光明日报》2014年11月10日文学评论版。

③ 见雷达《乡土写实小说的新境界》，李延青主编《忆大山》，花山文艺出版社2017年8月第1版，第123页。

④ 见张东焱《贾大山新笔记小说论》，同上，第233页。

坛……唯一只写关于农村的短篇小说作家"。① 王力平则在回忆中说："贾大山是当代文坛少有的只写短篇小说的作家之一，更多的作家走上了由短篇而中篇、而长篇的道路。"并且指出，写中长篇不易，"但对一个只写短篇小说的作家来说，这种不易会更多些……坐冷板凳难，坐冷板凳看热闹更难"。② 贾大山有自知之明，安然地坐了二十多年冷板凳。

　　文学名人和正定文友普遍赞扬贾大山的创作态度是精益求精，甚至一字不易。除了极个别篇什是连夜写成的急就章外，绝大多数小说和剧本都有很长的生活体验和反复构思、反复对人讲述的过程。肖杰、张峻等人都说他忌长不忌短，有的越改越短，从而他低产而优质，达到了少见的精致化、淳美化。有的短到一千字，是他有意的留白，追求空灵。他精心侍弄从生活中来的"小花小草"，并且要它们"生得鲜活，舒展，清新，自然"。③ 贾大山景仰孙犁，曾想去天津拜访但未成行。孙犁却一直关注着贾大山，道出过这样的顺口溜："小说爱读贾大山，平淡之中见奇观。可惜作品发表少，一年只见五六篇！"④ 这种评价出自大师孙犁之口，可见老人家对贾大山肯定之充分。

　　作家评论家们还普遍称道贾大山在追求文本精致基础上突出了幽默的审美特点。前面说过贾大山天性幽默，文如其人，他的小说文本，便普遍诙谐风趣。笔者也曾经说："如果说不白描就不是贾大山，那么不幽默也不是贾大山。"⑤ 他在幽默元素运用上是篇篇皆有，还有的是通篇幽默，形成了他的日常生活体式中的幽默体，在这点上与汪曾祺、林斤澜、贾平凹和高晓声等人相比则更为突出。大家的文章都曾经肯定其行文的妙语连珠，却多因篇幅有限未能展开论证。

---

① 见李延青主编《忆大山》，花山文艺出版社 2017 年 8 月第 1 版，第 7—8 页。

② 见王力平《贾大山小说札记七则》，同上，第 213 页。

③ 见贾大山《两种小小说》，贾大山著、康志刚编《贾大山文学作品全集》，花山文艺出版社 2014 年 10 月第 1 版，第 489 页。

④ 见康志刚《读不尽的风景》，李延青主编《忆大山》，花山文艺出版社 2017 年 8 月第 1 版，第 105 页。

⑤ 见袁学骏《贾大山小说论》，《河北日报》2000 年 9 月 29 日。

贾大山始终对短篇小说创作极有热心、恒心，极有耐力、定力，始终追求作品从内到外的整体精致化。王京瑞在回忆贾大山的创作时，不仅说"孙犁先生称他的作品是'短篇精品'"，还说"王蒙则称赞他的作品是短篇之冠。"①

至此，笔者有充足的理由说：贾大山起码是 1977—1997 年的河北短篇小说之王。给他头上戴这个"王"字之"冠"，应当说当之无愧。这是他长期吝啬地保持一个"精"字凝练而成的。

（三）"南汪北贾"的"南北呼应"

1992 年夏天与贾大山神交已久的汪曾祺来到正定，二人一见如故，交谈十分融洽。当地人们则说，现在是"南汪北贾"会师了。这种提法，是因为贾大山生于正定，固守正定；虽然汪曾祺被一些学者视为"京派"作家，但他 20 世纪 80 年代最叫好的《受戒》《大淖纪事》（1981年发表，获第五届全国优秀短篇小说奖）等都是他南方故乡高邮生活题材，又被看成南方流派是正常的。贾大山去世后，崔道怡满带深情地说："我从你后来的这些作品里，又看到了另一位我所喜欢的作家，那就是汪曾祺。……80 年代中期以来，用精致小品写人生百态者，出色的是汪曾祺，再一个就是你。你的《西街三怪》多么像汪曾祺的《故里三陈》。但又的确就是正定城里独具特性的老人，那是换个别人不可能写出来的。"②郭宝亮在文章中说："'梦庄记事'系列一出，贾大山的气象顿时阔大起来；'古城系列'一出，贾大山便成了'大山'，记人记事，秉承笔记小说之传统，与专写短篇的汪曾祺南北呼应，为中国当代文坛短篇小说创作的发展做出了重要贡献。河北有贾大山，的确是我们的一大幸事！"③这种"南北呼应"是 1980 年开始形成的。汪曾祺的

---

① 见王京瑞《悼大山》，正定县政协文史资料第三辑《大山在我心中》，1998 年 7 月内部编印，第 116 页。王京瑞，正定县文化馆协助贾大山编辑、接待者。

② 见崔道怡《金在大山深处藏》，李延青主编《忆大山》，花山文艺出版社 2017 年 8 月第 1 版，第 27 页。

③ 见郭宝亮《贾大山小说片论》，同上，第 228 页。

《受戒》《大淖纪事》和贾大山的《小果》等都是那时公认的佳作。到1987年贾大山开始发表"梦庄记事"系列之后，他们的"南北呼应"似乎更为彰显了。1997年，贾大山2月去世，汪曾祺5月长辞，他们不是同年生，相差一代人，却是同年走。还有大山的河南好友乔典运和更早离去的周克芹、张弦等，他们都是时不假年，天嫉英才。不由想到杜甫的"出师未捷身先死，长使英雄泪沾襟"①，对于贾大山、乔典运等人的英年早逝来说，应当是"事业未竟身先逝，长使后人泪目淋"吧。

四、主要审美特色与艺术贡献及"二贾"比较

贾大山的小说创作，宗师于鲁迅、赵树理、孙犁和外国的契诃夫、莫泊桑等，也结交于李满天、徐光耀、铁凝、汪曾祺、林斤澜、蒋子龙等。他面向生活现实，走出了一条属于自己的现实主义创作之路，形成了新时期中国文坛上一道独特的风景。

（一）其主要审美特色与艺术贡献

1. 在取材立意上，贾大山在打倒"四人帮"的欢呼声中，马上起手写政治、写问题，却没有写成伤痕文学，这是与上世纪70年代末、80年代初大多城乡作家的路子所不同的。所以他笔下的《取经》《正气歌》等是重在张扬人间正气兼有批判意识的小说，基本没有旨在控诉苦难的伤痕味道。他之后的"梦庄记事"系列既是乡土故事，又是知青题材，也没有走上伤痕文学的路子，没有对插队生活苦难的过多描写，而是真情实意地描绘知青和他们眼中的农村和农民，也展现了知青与农民情感既矛盾又融合的过程。

2. 他是喝滹沱河水长大的正定赤子，一生坚守故土正定的生活基地，在这里深挖细掘，以其生活经历和心灵感悟，书写以正定为中心的

---

① 见杜甫《蜀相》，萧涤非选注《杜甫诗选》，人民文学出版社1979年6月第1版，第155页。

冀中地区时代生活和传统民风民气，在表现这一特定地域文化风情上做出了自己的贡献。但他又不是寻根派，笔下没有许多寻根小说中的原始性、偏远性、神秘性，没有蛮荒野趣，却具有民族志、民俗志意义。

3. 他 1980 年春天发表的《小果》与南方张弦《被爱情遗忘的角落》等，是当时冲破"爱情禁区"的最有影响的发声。其运用传统的和谐思维，表现了主人公爱情和友情的双赢，打破了多见的不是爱人就是敌人的婚爱题材表现模式，其同年发表的《中秋节》被译成了世界语。这些都是他在引领文学潮流的表现。

4. 他的乡土写作属于五四以来的旧乡土文学，不以农民进城、城乡冲突为主，但他讲出了只有他才能讲出的几次社会变革中的乡土日常生活故事，刻画出一批具有文化底蕴和时代特征的新老人物典型，包括农民和古城农商人物，填补了乡土文学的一批人物形象空白，证明乡土文学不在于新旧，而在于其题材的历史文化价值、人物形象的典型性和艺术表达的审美意义。

5. 他具有自觉的文体意识，终生苦心经营富有张力的短篇创作，以白描写实的手法刻画"小花小草"，追求"天籁之声，自然之趣"的美学意味；写作过程是"一慢二少三精"，苛刻地遣字炼意，形成了高度精致化的雅俗相融的叙事伦理和多带喜剧色彩、抒情笔调的叙事风格。其作品的总体美学定位应当是今中涵古、平中见奇、喜中隐忧、柔中有刚、俗中生雅、精中有味。

6. 他是传统现实主义作家，恪守创作源于生活的理念，鄙视浮躁的胡编乱造，他是将社会分析和启蒙题旨有机结合的作家，并且自觉地用创作实践拓宽了现代性的内涵，将民间优良传统和艾森斯塔特所说的"多元现代性"①熔于一炉，形成了他的以中为主、以我为主的当代生活现实的艺术真实表达。

---

① 见以色列 S.N. 艾森斯塔特《反思现代性》，旷新年，王爱松译，北京生活·读书·新知三联书店 2006 年版，第 14 页。自祝东力《资产阶级的危机与后现代的多个版本——以现代性概念为起点》，《文艺理论与批评》2022 年第 6 期，第 4 页。

7. 他接触过西方文学理论却不跟风模仿，也不在什么流派，特立独行地坚持走自己的路。其小说作品具有唯一性、不可替代性，在某一阶段的领先性。这便决定了他是 1977—1997 年中国当代文学史上自有光辉的个性作家，是许多作品至今仍有读者群的能够经过多年沉淀而显现其存在价值的作家。

8. 他心地善美，长于言说，酷爱文学，善于演唱，处世为人有君子之风。他用一言一行树起了一位业余作家的良好形象。他始终坚持为人与为文的真诚一致，人品与作品的表里如一。他已经用他的小说留下了他不朽的文学形象。这是他为人与为文的双重的楷模贡献。

（二）"二贾"的创作比较

铁凝等在文章中曾经提到，当年日本曾经有"二贾研究会"，是专门研究中国贾大山、贾平凹小说的机构。这大概是 1978 年"二贾"一起获得首届全国优秀短篇小说奖之后的事。借此话题，现在笔者顺便在此把"二贾"的创作进行一下比较。

1. 在生活底蕴和取材方面，他们都在一定地域挖掘历史文化和现实生活。贾大山是恪守正定，一直对冀中平原区域生活进行写照，极少涉及大城市生活；贾平凹在陕西商州秦岭山区反复挖掘和进行人世间的艺术描写，后来也书写西安城市和农民进城打拼生活。他们皆有故乡情结和地域文化意识，一个写平原大地，一个写商洛山川，其地域文化风情的素材运用各有所依，却又各个不同。

2. 他们都在上世纪 40 年代出生、70 年代末期成名。从试笔入道和创作量上看，贾大山 1972 年开始进入第二个试笔期，发表了《金色的种子》，次年发表《窑场上》，之后竟然空白三年；贾平凹 1973 年开始试笔，与冯有源写出雷锋的故事《一双袜子》，1975 年爆发出儿童文学《弹弓和南瓜的故事》《小河的冰哟……》等 4 篇，1976 年写出《荷花塘》《车过黄泥坡》等 11 篇，之后产量一直上升。那时贾大山就是慢写低产；贾平凹则快手高产，曾经一天写出两篇。他们是一个慢少，一个快多。

3. 他们在"文革"中后期的作品都写政治、写阶级斗争。那时贾平凹多写少年儿童，贾大山却皆写成人。进入新时期，大山的《炉火》等和贾平凹的《闹钟》等都是反映"大干快上"的应时之作。但贾大山的《取经》是当时最早的肃清极左流毒、顶住压力求真务实题旨之作，贾平凹与贾大山《取经》同时获得首届全国优秀短篇小说奖的《满月儿》则是当时青年向往农业科技之作，女主人公满儿与同学共同育种中似乎有些相恋之意，但作者并没有写成爱情小说。"二贾"当时都受制于时代，也各自表现了不同地域的不同生活侧面。进一步说，《取经》是赞美中有批判，《满月儿》则全是赞美、向上；一个写年已半百的村支书，一个写科研中的姐妹俩和同学。其美学形态上各有差异。

4. 贾大山一直是业余创作，恪守短篇，而且习惯于先讲后写，写讲结合。贾平凹后来当了专业作家，转向中长篇为主，而且是短中长篇和散文随笔间隔而作。二人作品总量上差别很大。

5. 从师承上，贾平凹早期学习沈从文、赵树理、孙犁等，贾大山也学习赵树理、孙犁等。那时贾平凹作品的抒情性近于沈风，贾大山则重点学习赵的"山药蛋"的叙事风格，后来的作品多近于孙犁的"荷花淀"风格。进入 80 年代后，"二贾"又都受汪曾祺的影响，进行新笔记体写作的探索。他们在新笔记体上插手都早，贾大山似乎更早些，在取材和行文风格上也各有所好。

6. 在文本形态上，"二贾"初期之作都清新、诗性，贾大山相对朴厚、清淳，贾平凹写儿童和少女较多，则更为清丽。贾大山一心追求文本的精致化，越写越精，越改越短，幽默而轻灵。而贾平凹在空灵的描述中增加了沉郁、浑然之气，而且走向了琐碎，出现了"细节的洪流"。①他们 70 年代的写景抒情上，贾大山注重抒情却有所节制，多是简约的轻描淡写，细节上则是涓涓溪流。贾平凹借用桃、杏、梨花和玫瑰以及河流泉水等意象甚为突出而拿手，他是浓墨重彩，似有溢美。

---

① 见陈天、曾笏煊等 5 人《"细节的洪流"与古典小说叙事传统的继承》，《文艺报》2022 年 6 月 20 日第 8 版。

7. 在总体上看行文，"二贾"原先都属于写实白描，不似先锋派学习西方过于追求形式和变形。贾大山一直不语"怪力乱神"，被孙犁称为"干净"。但贾平凹的浪漫精神日增，他的《太白山记》等是幻想性极强的新笔记体，神秘色彩不亚于《聊斋》或民间故事，是山中传说的文本化。贾大山的想象和虚构自我限制在生活见闻的基础上，而贾平凹则在仿古中放开了手脚，主观地大开大阖的成分更高了。语词选择运用上，二人都今中有古，雅中含俗，但后来贾平凹借古拟古的成分更高，且文中有野、恣意挥洒了。

8. 在作品的理性、非理性上，贾大山始终很有理性，不突破正常的人伦。贾平凹后来写新乡土，1985 年在《黑氏》中描写一个女人先后和三个男人的关系。他 90 年代初以长篇《废都》描写城市中庄之蝶等文化人的落魄、焦虑与放纵，曾产生数年争议。

"二贾"都是有文学天分、有主见、有追求的作家。可是，贾大山已经去世 27 年，而贾平凹在 27 年中以长枪短炮冲向了新世纪文学的高峰。其获奖多多，作品总量已是贾大山小说的几百倍。不过，贾大山的作品自有其特色和存在的理由，是其他作家所不可复制的。

至于与贾大山同期的其他乡土作家作品，拟在后面各章节中随机对比而论之。

五、本书的研究方法

在笔者写这部贾大山小说专著之前，所能看到的有关贾大山小说研究成果都是短篇论文、回忆文章中的片段和两个评传。崔志远在《现实主义的当代中国命运》等著述中提到过新时期成名以来的贾大山。

诸家所运用的研究方法基本上是现实主义的意识形态批评，这当然都是合适的。本书关于对贾大山小说的研究方法，拟有如下几点：

首先，本书关于贾大山小说的研究，是以审美视角为主，以中国传统美学方法贯穿全书。

其次，运用结构主义、解构主义、叙事学、文体学、语言学、修辞学等现代和后现代批评方法，包括英美在上世纪四五十年代出现的"新批评"的"细读方法"。这是为了解决贾大山小说研究的微观性探讨相对缺乏问题所必须采用的方法。

第三，运用传统现实主义的意识形态批评，知人论世的社会学、政治学和文化学、民俗学的研究方法。

第四，运用西方文化研究，特别是我国童庆炳倡导的文化诗学批评方法。这属于文化哲学的、与社会历史批评相交叉的方法。

第五，采用比较文学方法。有比较方能鉴别，适当对比是寻找贾大山小说与其宗师和同代人的同与异所必要的。

笔者自以为，这是一种开放性的多元的贾大山小说研究的尝试。用一句话来概括就是中外一体，临机而用。英国马克·柯里曾经针对叙事学流派层出的现象，批评某些人过于追求时尚而创造出多种术语时说："时尚这个隐喻，有着肤浅、顺从、盲目的变化等，否定含义。"[①] 本书并没有想在研究方法上标新立异，但认为多元的综合性研究适合于我国的贾大山小说本身。如申丹所说："文学研究的发展呼唤宽容开放和多元互补……中国的文学研究界在经历了多年的政治批评后，改革开放以来，欢迎客观性和科学性，重视形式审美研究，为新批评、文体学、叙事学等各种形式批评学派提供了理想的发展土壤。"[②] 李欧梵则说："任何传统都有一个复杂的谱系，我们对之可以批判、重估，或从任何点切入，但绝不能一概反之，或将之断裂，或弃而不顾，西方文学理论也是如此。'反传统'的心态为现代中国知识分子自五四以后所一贯坚持，'文革'期间更变本加厉，可是反了以后又怎么办？引进了最'先进'的西方理论，其背后依然有一个谱系和演变过程……"[③] 笔者认为，要尊重古今中西文学研究方法的谱系，没有必要否定哪一种，却可以根据

---

① 见马克·柯里《后现代叙事理论》，宁一中译，北京大学出版社 2003 年 8 月第 1 版，第 11 页。

② 申丹《总序》，同上，第 3 页。

③ 见李欧梵总序（一），勒内·韦勒克、奥斯汀·沃伦著《文学理论》，华明、胡晓苏、周宪译，江苏教育出版社 2005 年 8 月第 1 版，第 4 页。

研究对象选择而用之。从而破除二元对立的思维模式，古为今用、洋为中用而已。

之所以如此进行，是要首先重点研究贾大山小说的形式即文体，但也要防止过于咀嚼文本走入形式主义；之所以如此进行，也是贾大山小说自身提供的丰富社会生活及其作品的艺术表达特点所决定的，用一个批评模式则可能出现多种偏颇。

六、本书行文结构与说明

无论我们怎样将贾大山的小说进行分期，无论我们用什么样的研究方法来解剖贾大山的作品，都可以看到贾大山的文本具有内在的自足性，也有其自传性和他的文体特征，有他对历史与现实审美的基本把握，有他作为创作主体的自觉与自在，也有他来自生活体验后的社会理想和灵魂的超越性。原则上，要尊重贾大山为自己设立的他能娴熟把握的精神尺度、艺术尺度和话语伦理。尽管 20 世纪 80 年代各种主义先后涌来，贾大山却沿着自己的路走下去，特立独行、我行我素，被说是不现代、不先锋，落伍了。但不要以为贾大山只是学习了鲁迅、赵树理、孙犁那一代人的创作经验，他是沿着中国传统美学、五四文学和建国后十七年文学传统为基本方向，又吸收了一部分现代性观念的。他没有故步自封，完全闭塞自己，才蹚出了一条自己的路，形成了他本色为文的简洁、精致的乡土叙事模式而自成一家。笔者尊重并力图系统地展示之，纠正以前有关研究中多集中在"梦庄记事"等而忽视其初期作品的偏颇。

根据贾大山小说的文本与内涵和本书既定的多元一体的研究方法，重点进行短文无法进行的细读细品文体形式研究，兼及全面研究。笔者本人拜读过不少批评家的著述，折服他们的学术立场、理论见解和表达逻辑，而我也赞同丁帆"提倡形象思维介入批评，与抽象思维的交汇处奔跑"[①] 的观点，以为这样最适合对贾大山小说的细部探讨，让批评界

---

① 见丁帆《风景与人，才是我写作的初衷》，《文艺报》2024 年 2 月 9 日第 5 版。

之外的人也喜欢。本书的行文结构，曾按韦勒克、沃伦《文学理论》的观点分为内部研究、外部研究，实际上内部和外部的研究是相互交叉的。所以在听取了诸多学者意见后，将内部与外部研究打通，全书分为六章。它们是：

绪论：不应该忘记贾大山

第一章：贾大山小说的语词交响与修辞大观园

第二章：贾大山小说的结构、情节与叙述方式

第三章：贾大山小说的基本体式与审美意境

第四章：贾大山小说人物形象的长廊

第五章：贾大山对现实主义的坚守

第六章：贾大山小说的地方风情与文化蕴涵

结语：概说贾大山精神

还需要说明的是，笔者虽然从事过综合性的文艺理论研究，多次写过关于贾大山小说的文章，但写一部关于一位作家的专著还是第一次，多处力不从心，自怨才疏学浅了。

此次全面探讨贾大山的89篇小说作品，感到篇目较多而零散，又不可一次性单篇单论，单论会遮掩其多重内涵，只适于多篇分类梳理。各篇什中的内容与形式、题材与表达、人物形象等等都需要离析归类，这样同一作品、同一段落就会在不同章节中几次出现，似是重复，但又不可避免，便采用大多先简叙，少数在必要处作为重要例证适当详述的处理方法，形成循环出现而不断深入的行文状态，望各位方家能够理解。

第一章

贾大山小说的语词交响与修辞大观园

童庆炳说："我理解的文学有三个向度，这第一就是语言，第二就是审美，第三就是文化。"① 汪曾祺在新时期以来反复强调："语言是小说的本体，不是附加的，可有可无的。从这个意义上说，写小说就是写语言。"② 既然文学的语言如此重要，本书第一章便集中探讨贾大山小说文体的语言运用。回眸 20 世纪八九十年代，我国先锋作家借鉴西方主要是拉美魔幻现实主义，给当时的中国文坛带来了一股新风。他们效仿马尔克斯、卡夫卡等人小说的奇幻，引进西语语词与句式，离经叛道地打破了极左的桎梏，改变了"文革"以来文学语言的官方一体化、单一化局面，创作小众性的远离生活现实的传奇作品，却也推动了古代白描语言的复活。他们与"五四"时期白话文作家大相径庭的是，常常以欣赏的态度而非贬弃的心理运用古典文言或古话本语言，创造出了古今相融的新式白描语言和以今活古的旧体常语式语言，且在总体上又是中西合璧，有的形成了间离语言的错乱叙述体。其中的引用、活用化用性变通多有翻新，而生成别致的审美效应。这是先锋作家、诗人在借鉴西方文学之后激活了曾被遗弃的古代汉语表述传统，跳过五四白话文兴起时的断裂而成为古代汉语表述方式的传承人，从而发扬了文学创作的主

---

① 见郭宝亮《王蒙小说文体研究》序言，北京大学出版社 2006 年 11 月第 1 版，第 2 页。

② 见汪曾祺《中国文学的语言问题——在耶鲁和哈佛的演讲》，转自童庆炳主编《文学理论新编》，北京师范大学出版社 2010 年 2 月第 3 版，第 33 页。

体精神，也张扬了文学语言的自主性和文体创新意识。

当时重返文坛的王蒙就较早地以意识流进行了语言的突围。他说："我喜欢那种比较自由、不受拘束、相当解放的文体。我希望把小说的题材、手法、结构、文体搞得更宽一些、更活一些。"还进一步说，"小说首先是小说，但它也可以吸收包含诗、戏剧、散文、相声、政论的因素"。①王一川称，王蒙的小说语言是"异物重组——立体语言"，要消解官方化语言的单调和图解的弊端及精英独白的形态。②他进一步说，立体语言不是要直接地和彻底地消解官方语言和精英独白规范，而是要做"补天"式的"改良"，这便形成了多样语言的演示和"精英喧哗"的"狂欢化场面"，以多样、多元或多重性去弥补官方化、精英独白的缺陷或消解其弊端，突出了精英所说真理的相对性和变化性。又说"它不是只向人呈现意义而遗忘语言本身，而是总是使人在语言的狂欢中体会意义"，"就是一种综合或交替地运用多种语音、文法、辞格和语体形象，使其形成新奇组织，以便多方面地描写事物的错综复杂变化和联系及其深长余味，并造成语言狂欢节的语言形态"。③我们的贾大山不是王蒙，也不是马原、苏童、余华等，但他的语词组合拳打得也很好。从20世纪80年代初他就从事题材和话语形态的转轨，之后渐渐实现了语言表达的立体化。

贾大山的小说语言基本上是学习鲁迅的白描，并进行了古今各种语词的对话性综合运用，在更细微处追求修辞表达的丰富性、形象性，形成了各种语词的广征博采与和声节律，形成了狂欢意味的雅俗共赏的交响乐和具有如生命般鲜活的修辞艺术大观园。下面我们就从他的白描叙述说起。

---

① 见王蒙《倾听着生活的声息》。《漫话小说创作》，上海文艺出版社 1983 年第 1 版，第 13、15 页。

② 见王一川《汉语形象美学引论》，广东人民出版社 1999 年 9 月第 1 版，第 161—163 页。

③ 同上，第 165 页。

第一节 以普通话为基础的书面语白描

大家都知道，五四以来的中国现代小说语言是脱离了古典书面语的接近大众口语的白话文。这种语言在鲁迅时代已经形成文学的基本语体。而五四白话文的语言又是以宋元明清的白话性说书话本和戏曲为基础，再吸收外来"翻译体"宗教经典中欧化的通俗语言，形成了接近中国大众口语的文人书面语词的组合。贾大山是天然地继承了这种白描式的语词运用方式，这在当今的读者中也是很习惯的了。那么，大山以普通话为基础的白描性书写是怎样的？概括地说，就是以现代普通话为基础的当代书面化语词为主干，糅入乡俚谣谚、说唱和古文古诗等成分，而形成了贾大山式的主体性文本话语形态。

白描的简约程度不同，可谓粗略的简描和精当的细描。

一、粗略的简描

白描，本来是绘画技法之一，以简单的线条进行勾勒。孙犁说："简炼，单纯，是白描的主要特点，一切为了塑造人物形象，是白描的根本原则。"[1] 鲁迅写《孔乙己》，用三个镜头细描了孔乙己这个穷困潦倒的下层文化人的悲惨命运。孙犁的千把字的小文《芦苇》十分节俭地刻画了抗战中一位为了保护"我"而主动与"我"换衣裳的姑娘，表现了她的人性之美。汪曾祺写《薛大娘》中的薛大娘不顾人间廉耻，为男女摆"台基""拉皮条"甚至也偷汉子，既有简描略叙也有较细密的白描性表述。贾大山深得鲁迅等白描高手的神韵和精髓。他善于简描也长于细描。

先看《友情》中钉鞋匠与下野干部二人关系的一段叙述：

---

① 见傅正谷《孙犁对中国古典文学的见解》，《河北师范学院学报》1986年第4期，第52页。

他们成了朋友。从此以后，他一出摊，老倪就坐在他的身旁，看看行人，聊聊天，打发那寂寞的时光。遇到刮风下雨的日子，不能出摊了，他就约老倪下棋、喝酒，他从不失约……

　　这是超越时空限制的疏朗白描，表现出钉鞋匠老石把挨整后挂起来的老县长真心当作朋友，心地十分善良。

　　再看《小果》中一段简洁的回忆性叙述：

　　　清明默默地笑了一下。他记得，那是十年前的事情。大槐他三姑刚刚结婚，丈夫因为说了一句"背时"的话，就被村里的造反派抓去游斗。新娘子急疯了，天天黑夜赤身露体，在大街上唱秧歌。孩子们好像看耍猴儿似的，有的朝她头上扬沙子，有的用弹弓子打她。清明和小果也是两个小观众，每当她唱完一段，他们就拍着巴掌哈哈笑说："再扭一个！再唱一个！"

　　这是作者通过男主人公清明的回忆，向我们粗略地交代了"文革"中一个悲惨的故事，描述了一个不幸的新娘子疯癫之后竟被不谙世事的少儿们耍笑、侮辱。其中"看耍猴似的"一语乃为点睛之笔，把那种可笑又可悲的场面写活了。这热热闹闹的一幕，揭示出那时人性的扭曲程度既广且深，语言表述上则是以简代繁、以少胜多。

　　还有《定婚》中一个自然段的直缀式叙述：

　　　树满常到我的小土屋里闲坐，小芬也常来串门儿。但是，哪次说话也不投机。小芬说，房村明天演电影；树满则说，村西生了棉铃虫。小芬说，谁家小子结婚了；树满就说，谁家死了人。一天黑夜，我们正在一起闲谈，外面突然下起雨来。树满要走，我给了他一把伞。小芬也说要走，树满便把雨伞朝她手里一塞："给你给你给你给你！"飞快地跑走了。小芬气得背过身，望着窗，抽抽搭搭地哭起来。

　　这一自然段是树满与小芬两个青年性情的具象对比，表现小芬恋着树满，树满却很是戒备、拒斥。平铺而叙，却也富有节奏感和形象性。

　　如上是贾大山笔下的三段白描，以普通话的语词编织形成他的一套叙描话语。它们尚不属于细描，但都是相对来说的先简后细、先概说后具象，都很朴实很真切也有可以琢磨想象的空间。由此想起，鲁迅先生当年在《作文秘诀》中批评某些人写作"一要朦胧，二要难懂"的"障眼法"时提出了白描的根本要求："'白描'却没有秘诀。如果要说有，也不过是和障眼法反一调：有真意，去粉饰，少做作，勿卖弄而已。"①鲁迅所说的"有真意"是写作的出发点和基本要求，如果作家的笔下天花乱坠而无有真意，就违背了文学的本质和作家的职业道德。上面贾大山这三段叙述来自生活现实，是发自内心的，可以让读者感到很真切的；"去粉饰"，贾大山学习鲁迅笔法从不粉饰人物，也不粉饰太平，写到太平也客观、真实而无浮夸之意；"少做作"，贾大山的这些白描淳朴自然，没有一丝忸怩作态的样子；"勿卖弄"，贾大山笔下总有如实道来之感，不以辞藻吸引读者眼球。这些通达、简明的文字，是现代普通白话又是文学书面语，也有作者的语式和语势，乃为日常白话与文人书写用语的有机结合。陈望道曾经说，白描和大众化普通白话不拒绝修辞和多种表现手段的运用，但是要"以适应题旨情境为第一义……"②贾大山的行文从来吝啬，每个语词每句话都是围绕题旨、人物、情境，决不许有多余的或可有可无的成分出现。如上这几段便是例证。笔者曾经广泛阅读上世纪七八十年代那批当红作家的小说，将贾大山与张弦、韩少功、贾平凹、冯骥才、古华等相比，他是用词最少者之一。其遣词造句的求真葆真意识、节俭意识体现在他的一切作品中。

___

① 　鲁迅《作文秘诀》，见《鲁迅全集》第二卷，新疆人民出版社 1995 年 10 月版，第 371 页。

② 　陈望道语，转自顾晓明《追求通观——在社会学文艺学文化学的交接点上》，广西人民出版社 1989 年 5 月第 1 版，第 143 页。

二、精当的细描

贾大山的白描有相对的简描也有一定程度的细描。再看《定婚》中一个关键性情节的三人对话与动作场面。

> 这个字据，剥夺了树满的一个很重要的权力！
>
> 我把桌子一拍，大声说：
>
> "我不做，我不做！"
>
> "做吧。"树满对我笑了一下，依然很平静，"没有这个字据，人家就不定婚，那就苦了我哥。"
>
> "可是，你哩？"我担心地望着他说，"你今后的日子怎么过？"
>
> "我不要紧。"他又笑了一下说，"我年轻，有力气，革命胜利了（指"文化大革命"），我还不能为自己盖两间房子吗？"
>
> 我被他的真诚感动了，被他的平静征服了。我拿起笔，忽然想到一个常识问题：
>
> "中证人一般需要两个人做，另一个请谁呢？"
>
> "我做。"我话音刚落，门一响，小芬进来了。她的眼圈微微发红，脸上却挂满着笑。
>
> 我一见她，心里十分难过。我指着那片纸说：
>
> "小芬，你晓得这是什么？"
>
> "晓得。"她仰着脸儿，淡淡一笑说，"三间房，几棵树。写吧，中证人，你，我。——树满，我能做吗？"
>
> 树满怔了一下，望着我说："她不能做。"
>
> "我怎么不能做？"小芬也望着我。
>
> "能做，能做。"我高兴地说，"你做最有力量了。"
>
> "什么话？"他们把脸儿一沉，一齐望着我：
>
> "我怎么有力量？"
>
> "她怎么有力量？"

他们照我背上打了一拳，同时骂了我一句"坏家伙"。

我呵呵地笑着，在"中证人"的后面，签上了我和小芬的名字。——她在前，我在后。

签好后，我们三个反常地快活。

树满举起那个字据，发表宣言似地说：

"今天，我就成无产阶级了！"

这便是贾大山白描中的一次细描，是人物言谈、表情、动作的交叉表达。只用了四百多个字（不包括空行处），没有一个冷僻字，没有大写人物表情、心理变化，更没有大发议论地赞美，却把树满和小芬两个青年恋人写活了。树满为了成全兄长树宅的婚事，坚决要舍弃一切家产而甘当赤贫小光棍，难道他当时没有一点思想波动或内心的痛楚吗？有的，作者是留有余地的，只写他"笑了一下""又笑了一下"，但他坚信"革命胜利了"，自己能够盖房娶媳妇的。"我"作为中证人，当然被他悌爱兄长的齐家精神、大义凛然的平静态度所感动，也为还没有成为树满未婚妻的小芬姑娘的主动参与而欣喜。小芬突然出现是意外之笔，也是必要的书写。她大胆凑上来与树满共同做"无产阶级"夫妻，做出了签上名字的超常举动，那么她和树满的未婚情侣关系也就由这张字据敲定了。关键是小芬撑住了树满为兄长舍弃一切的底气，也便征服了颇有几分顽固的树满。贾大山普通话式的白描功夫，其文字的简炼和内在的张力，由此又见一斑。若换他人，就可能洋洋千字不止。

三、粗细白描的交替使用

鲁迅的白描语言，都会进行锤炼、精选和必要的修饰。贾大山以鲁迅为宗师，他的白描在场景、人物个性与身份描写中也精选着恰当的语词，常常把粗描与细描轮流交叉进行。上面引述《定婚》第二段可谓一例，再如《拜年》中，先略说"北关的公路上，过来一对新婚夫妇。丈夫叫忙月，媳妇叫满花，小两口穿戴一新，并肩骑着自行车，悄悄说着话"。"心里做事"的忙月虽然是个庄稼人，却要在第一次去丈人家拜年时争面子。作者描写他们到了丈人家，刚进院时的情状是这样的：

> 他按照满花的嘱咐，红着脸叫了一声：
>
> "娘，我们给你拜年来了！"
>
> 岳母从屋里迎出来，看见那许多礼物，笑着说："来了就是了，花这闲钱干什么，快到屋里暖和暖和！"
>
> 姐姐拽着一个女孩子，也从屋里迎出来。姐姐心大量宽，向前看，用手指着忙月让那孩子叫姨夫。那孩子叫了一声姨夫，忙月立刻从口袋里掏出两块钱，塞到孩子手里，算是"压岁钱"。那孩子高兴了，跳着小脚，连声叫起来：
>
> "姨夫，姨夫，姨夫……"
>
> "不要叫了，不要叫了，"满花眼睛望着天，响亮地说，"我们乡里人穷，叫一声姨夫两块钱，我们可拿不起呀！"
>
> 姐姐没有听出话里的锋芒，竟笑了。岳母也笑着，忙去准备款待女婿们的酒席。

上面这一段相对来说，岳母迎出来是粗描，小女孩叫姨夫和满花表态的话里有话，则是凸显性的细描。之后又是粗写房院和屋里的格局，简要叙述岳父正和大女婿谈得高兴，忙月和姐夫初次见面，寒暄了几句，还握了握手。随之勾勒了姐夫的肖像，他给忙月斟了茶，几个人便交谈起来。交谈的过程亦有详有略，细节有起有伏，简描与细描一次次交替，展现着城里文化人与乡下农民在理念、知识等方面的差异，不能不让忙月夫妇一再尴尬。岳父高看侃侃而谈的大女婿，小瞧插不上话的二女婿，也给忙月夫妇带来不快。实质上，这是他们面对新事物、新生活，面对生产劳动方式急需变革的紧迫感，产生了被人当头打了一棒似的晕懵。

贾大山的白描语言朴素、简明且有真切的人物言行描摹性，有故事情节转化的自然感，也有人物的瞬间浮雕感和连续言行的视频感。在有的地方，也有得体的抒情性和哲理性。刘勰说："联辞结彩，将欲明理。"①贾大山"联辞结彩"，结的是笔墨精当前提下的轻墨淡彩，是留有余地且带有轻灵之美的文学味道；他"将欲明理"，明的是人生之理、生活之理，是通过人物事件的白描素写给人以蕴藉之感的润物无声。任何拖沓和冗繁，都是与贾大山小说无关的。

第二节　俗俚乡音语词的运用

贾大山以普通话为基础，但坚守了作品语词运用的本土性、地方性，且因人因地制宜。我们拟在这一节对其民间口语运用进行一次探讨。鲁迅先生曾经说："采说书而去其油滑，听闲谈而去其散漫，博取民众的口语而存其比较大家能懂的句子，成为四不像的白话。这白话得是活的，活的缘故，就是因为有些是从活的民间口头取来，有些是要从此注入活的民众里面去。"②这是他进行翻译和创作时运用各种语言的经验之谈。贾大山擅长于普通话式的白描语词组合，也对冀中民间谣谚、歌唱、言说的俗文学语词很感兴趣而大胆运用。

这里涉及传统语词的概念和范围问题。首先说俗语，在吕叔湘《中国俗语大辞典·序》中，说它是民间的语句，包括谚语、歇后语、惯用语三类。③语言学上还有一个熟语，是指"定型的词组或句子"，包括成语、谚语、格言和歇后语。④这个定义比俗语的定义包容量更大些。再就是俚语，早在三国魏时曹丕《典论》中便说："里语曰：'斯不自见之患也。'"⑤"里"通"俚"。冯梦龙又强调里耳里趣，都是指民间言说

---

① 见刘勰著、向长清译《文心雕龙浅释》，吉林人民出版社 1984 年 3 月第 1 版，第 290 页。

② 见鲁迅《关于翻译的通信》，《鲁迅全集》第 1 卷，新疆人民出版社 1995 年 10 月第 1 版，第 175—176 页。

③ 转自张举文文章，《民间文化论坛》2020 年第 5 期，第 23 页。

④ 见《辞海》，上海辞书出版社 1979 年版缩印本，1980 年 8 月第 1 版，第 1572 页。

⑤ 转自杜文澜《古谣谚》，岳麓书社 1992 年第 1 版，第 441 页。

视听，也涉及歌谣与谚语，各种民间俗言。今日贾大山小说中的俗俚语词运用是哪些？下面分几个小类简要述之。

一、新老民间谣谚

此处所说的谣谚，包括民间歌谣和谚语。歌谣是唱诵的。谚语是哲理的语句，有的是押韵的上下句，有的只是几个字的单句。如贾大山《弯路》中的"笨鸟先飞""心急吃不了热豆腐"等。有的歌谣本身也是哲理性的，下面会涉及之。

（一）新老民间歌谣

关于歌谣，原先称呼也是各有限制的。歌，在《诗经·魏风·园有桃》中有"心之忧矣，我歌且谣"句，有关传中释为"曲合乐曰歌，徒歌曰谣"。[①] 是说歌是有曲调、有音乐伴奏，谣便是没有伴奏的干唱或数嘴念诵。当今民间文艺学中的"民歌"与"歌谣"，与《辞海》中解说的歌谣包含范围基本相同。例如："常言道得好：儿孙自有儿孙福，莫与儿孙作马牛。""夫妻本是同林鸟，巴到天明各自飞。"[②] 今人对明代这些谣谚的使用率不比古人少，许多作家在小说中运用了更多的哲理性歌谣。比如汪曾祺在《鸡鸭名店》中引用了《打花鼓》中"恩爱的夫妻，槌不离锣"，比喻得很形象也很贴切。[③] 贾大山、贾平凹、李锐等也都继承了古代以来的这种传统。

应当说，贾大山对民间歌谣、说书和戏曲台词中的谣谚熟稔而运用自如。下面先重点说他运用民间歌谣（小曲儿）的例证。例如《梁小青》中，他通过儿童梁小青的口，运用了北方传统小曲儿《绣手绢》第一段：

---

① 自《辞海》，商务印书馆 1988 年 7 月第 1 版，第 1583 页。
② 见《庄子休鼓盆成大道》，冯梦龙编《警世通言》（上）第二卷，福建人民出版社 1981 年 7 月第 1 版，第 12 页。
③ 见汪曾祺《人间旧事》，天津人民出版社 2018 年 1 月第 1 版，第 77 页。

一条手绢绣得新，上绣着日月并三春。

哎咳哎咳哟，上绣着日月并三春……

小青又唱起了老民歌《说穷》：

说了一个穷，道了一个穷，老汉辈辈都受穷。

走得慢了穷赶上，走得快了赶上穷；

不紧不慢朝前走，一脚迈到了穷人坑。

穷人坑里有个穷人庙，穷人庙里有个穷神灵。

穷得香炉两条腿，穷得神桌上净窟窿，

穷得小鬼咧着嘴儿，穷得阎王瞪着眼睛。

判官小鬼没事干，养了一窝穷马蜂。

穷马蜂，飞西东，蜇着谁了谁受穷，咿儿呀儿哟……

　　此歌又是旧时穷人们的悲哀苦诉，与前面《绣手绢》中闺阁之女做女红时的心境和审美感受完全相反。作者交代，小青还唱了她爹教她的《正对花》《反对花》《二十四糊涂》等。在《莲池老人》中，主人公教老人们念的老谣是："吃饭少一口，饭后百步走，心里无挂碍，老伴长得丑。"这是中医们总结流传的养生口诀，具有一定的科学性。贾大山所用的"花花正定府，锦绣洛阳城"等，则是地方性很强的古谣，把正定与古都洛阳相提并论，肯定了昔日正定城的经济文化繁荣，也体现了正定人热爱家乡的自豪。

　　歌谣是与时俱进地发展的。大家皆知，赵树理上世纪40年代在《李有才板话》中，就描述李有才编念了一段段新民谣，成为当时与地主老财进行斗争的有力武器。后来江苏高晓声在《李顺大造屋》中，有李顺大挑着糖担换废品时唱的《希奇歌》。河北"三驾马车"之首何申在90年代的《乡村英雄》中，叙述主人公赵德印在"文革"中当上县委常委、县革委副主任后兼任县农粪办主任，便到处推广他的"高温发酵"积肥法，一时遭到不少公社、大队干部的反对，还编出了讽刺性的顺口溜："赵德印、农粪办，踏着破车可处转。跟着两个邋遢兵，先看茅房后吃饭。"但是老百姓却很支持，就念"多蹲多拉挣工分，气得猪狗满街窜"。[1] 作者在这部集子的《热河大兵》中也运用了当时的新歌瑶。贾大山在小说中运用时代新歌谣、新顺口溜比老歌谣多。在《取经》中，有"打倒'四人帮'，人民喜洋洋。思想大解放，生产打胜仗"，是1976年打倒"四人帮"后的新民谣，今天回头看是当时那段历史的快乐记忆。在《飞机场上》里，大山也通过几位大嫂的言说运用了一些新民谣。如"天天立着一堆人，东看老鸹西看燕儿"，是说当时分田到户了，除了种几亩地没事干。"一等人去承包，二等人做买卖……"这是那个年代流传极广的《十等人》的演变物。她们批评那时乡政府不再催农业生产，只是"催粮催款""刮宫流产"，还有"卖书卖报，推销耗子药"，是揭露也是讽刺，对突出人物大胆喜怒笑骂很有力度。在《梆声》中，村民们给做豆腐卖豆腐的路大叔编了几句谣："卖豆腐，赚渣滓，养活老路一家子。"这只限于本村中流传，也是当今民间口头创作。贾大山和何申都是爱逗乐子、爱编顺口溜的作家，运用这些顺口戏言增加了他们作品的韵味和美感。

古代话本的短篇小说或后来的长篇章回小说中，开头结尾或中间多有诗词或民间俗语点缀。例如《三刻拍案惊奇》(亦名《幻影》)第十七回《八两杀二命，一雷诛七凶》的尾部说道："衬人乃衬己，欺人难欺天! 报应若多爽，举世皆邪奸。"[2] 其中"衬"为帮助之意，"爽"意为不成、不兑现。今天的贾大山也借用这种老格式写当代小说，行文中以讲说人的角度或人物言谈之中糅入两句或四句的韵语，多次在尾部以人物的感悟做议论性韵语总结。如他的《书橱》里，冯老师知道儿子儿媳想把他的书橱当碗橱，便不再做新书橱，还要处理那些心爱的书籍，他最后口念打油诗一首："老夫藏下几本书，哪个喜欢哪个读。但愿身前散干净，免得书橱当碗橱。"这是对社会上流行的读书无用论的揭批，

---

① 见何申小说集《乡村英雄》，解放军文艺出版社2001年4月第1版，第21、22页。
② 见明代梦觉道人、西湖浪手辑，张荣起整理《三刻拍案惊奇》，北京大学出版社1987年4月第1版，第182—183页。

纵然流露着无奈，却也讽刺得有几分犀利。

（二）新老民间谚语

关于民间谚语，应当说它是乡俚村俗中最精华、最有教育作用的口头创作。其起源很早，在先秦时代就已经产生。如《左传》桓公十年中引"周谚有之：匹夫无罪，怀璧其罪"。[①] 安德明在一篇论文中说，谚语是一种古老的体裁，被称为里谚、鄙谚、俚谚、俗谚、鄙语、野语、常言、俗话、老话、古话等等，包括自然、生产谚和社会谚两大类，细分有自然谚语、农谚、行业谚语、事理谚语等八小类。[②] 贾大山善于搜集运用谚语，在他的小说中总量达到 300 条以上，远比歌谣运用得多。下面我们试观其自然谚和农谚、事理谚两类。

1. 自然和农谚

例如《春暖花开的时候》中，支书梁大雨说"七九河开，八九雁来"，乃为著名的《九九歌》中的两句。又说"过了冬天就是春天"，是说农时季节不可错过，告诫副书记宋满场要抓紧进行土地整治。那个宋满场感到事情不妙，便说"风是雨头"，"这一回，说不定还有一场雹子哩！"在《二姐》中，作者说"春雨不拦路"，意思是说春天雨小不妨碍行走，也隐喻新的反腐政策滋润人心。这些气象谚语，贾大山借来原用，有的被装上了更为复杂的人世内容。再比如《乡风》中，"种瓜得瓜，种豆得豆。栽果树呢，结果木。结了果木，又能吃，又能卖……"这是陈麦收老人说的道理。冀中正定一带过去不说水果，对果树果实都说果木，更有地方色彩。"要让肥等地，不让地等肥"，是《分歧》中公社老魏对颜小囤算完肥料账之后的铿锵话语，督促他狠抓肥料。在《三识宋默林》中"早苗不早管，照样不增产；早管抓壮苗，才能多坐桃"，是女技术员秦岚霄总结的棉花种植新谚语。《正气歌》中"去暑见三新"，是说立秋后到去暑节气，田间新谷子、新玉米、新棉花就可以收

① 转自《辞源》，商务印书馆 1988 年 7 月第 1 版，第 1580 页。

② 见安德明《开拓中国谚语研究新局面》，《民间文化论坛》2020 年第 5 期，第 5 页。

获了。贾大山写乡土，写"三农"，对当地的气候、农时等俚谚十分熟悉，用得也各个恰当，能让读者获得新知和时序感。

2. 事理谚语

贾大山运用更多的是关于社会人生的经验性事理谚语，这在他的小说中几乎篇篇都有。比如《取经》中李黑牛说："人是铁，饭是钢，一顿不吃饿得慌。"接着说："我不吃饭不行，八亿人口不吃饭更不行。"这是针对"宁要社会主义的草，不要资本主义（或修正主义）的苗"的极左思想说的大实话。再如《正气歌》中郭爱荣指着所写的检查说："常言道，实话好说，谎话难圆。"是她终于抛开造假数字图政绩的私心后发出的感慨。《拴虎》中的拴虎在炮市上大声吆喝"真金不怕火炼，好货不怕实验"，接着就把一挂鞭炮点着了。这是买卖人常说的谚语，也是人在面临不利之时多用的坚定表态。《二姐》中二姐前来，见"我"一切正常（未被抓起来），便说："唉，不做贼不心虚，不吃鱼嘴不腥。"她把悬着的心放下了，但又自责曾经找兄弟来走后门买紧缺东西，便说"自己长着一身毛，休说人家是妖怪"。证明她在反腐倡廉新风中虚惊了一场，也真心觉悟了。其《三识宋默林》中的"物以稀为贵"，《分歧》中"习惯成自然"，《聋子》中的"眼见为实，耳听为虚"，《东关武学》中的"吃鱼不乐打鱼乐"等也都是古老谚语。

还有一些随着时代新出的常言为谚语，如《喜丧》中"抓而不紧，等于不抓"，此乃毛泽东的名言进入了城乡各界；还有《瞬息之间》的"极左批不倒，人民吃不饱"，《中秋节》中"吃稀的，吃稠的，全凭领头的"等等。上述可见，歌谣与谚语难免相互交叉，新谚语中也常常带有哲理意味。贾大山对它们都运用得很贴切。

二、说书唱戏用语

贾大山凭着他对戏曲艺术的熟悉和发自内心的爱好，在他的小说中信手拈来似的运用说书唱戏的词语，形成他小说话语形态的个人特点。具体说来，一些地方是说书道白风味，一些细节是引用了或改造化用了戏剧台词。

（一）说书常用语

前面已经提到古时"说话人"的一些常用套话，贾大山在小说中运用了一些。比如他写赵三勤这个浪荡青年，是这样"开场白"的：

> "赵三勤"是我们村社员赵小乱的绰号，一二三的三，勤快的勤。读者也许要说，这个绰号倒不错。且慢，你道是哪三勤？干活的时候，吸烟勤，喝水勤，拉屎撒尿勤。

这"且慢，你道是哪三勤？"便是说书人常用的口吻。翻看一下《宋元明话本小说选》和"三言""二拍"，就会发现"且慢""且说""却说"等反复出现，在文中起着连接、转折和启示下文的作用。这在当今戏文中也有使用。"你道是哪三勤？"是一个设问句，犹如作者问读者，也似说书人问听众，目的是要吊起受众们的胃口，让受众与他一起猜测、想象要讲的人物有怎样的三种勤，如果是说书人一定还要停顿片刻，望一望听众。按现在的说法，这叫作启发式。贾大山小说中，还有"话休絮烦""心里好生不快""大家循声看去""正自生气""掩面啜泣"等等。

说书人形容平民的穿着多用"青衣小帽""破衣烂衫"之类。如《沈小霞再会出师表》中，写被贬官到宣化的清官沈錬为了上书替无辜百姓说话，"就穿了青衣小帽，在军门伺杨顺出来"。[1]今天贾大山在《"容膝"》中说，宋代朱熹来到真定（今正定）府时，也是朴素的平民打扮。他到大觉寺拜佛，要求借宿一夜。住持僧看他"青衣小帽，穷困潦倒，便把他安排到一间最小的屋子里去了"。这是话本小说词句的延续使用。还有如《门铃》中，描述夏局长对付来他家提要求告状的人们有了经验，"有时需要金蝉脱壳，有时需要顺水推舟，有时需要大智若

---

① 见薛欣桥选注《宋元明话本小说选》，江西人民出版社 1980 年第 1 版，第 231 页。

愚……他把'三十六计'至少发展到了四十八计，仍然有的满意，有的不满意。"又说"满意了的千恩万谢，不满意的指桑骂槐……"其中"金蝉脱壳""顺水推舟"等是说书人的常用语，表现出夏局长从一个画家升任局长后学得十分乖巧、油滑，不过这是生活现实所逼才改变了自己的性格。对于"千恩万谢""指桑骂槐"在现当代小说中并不鲜见，但也有说书唱戏之渊源。

上面几例已涉及了说书语言的四字成语或词组使用。贾大山在《老底》中也对此类词句进行了得体的使用。如"各位大驾光临，小店四壁生辉"，再如"酒足饭饱，说笑一回"，这都适合人物的身份和情节发展的需要。在《傅老师》中，贾大山把仿说书仿古文的语句编排运用得更为纯熟："无论读帖还是临帖，总要焚上支香，淡淡香气，令人内心清定，意念虔诚。""读帖，洁手净案，凝神于一；临帖，坐满、足按、身直、头正、臂开、腕平、指实、掌虚……"此处描述傅先生临帖练字运用了八个双音节词语，表现先生秉笔书写时的特有姿势。他的书屋，不但"洁净古雅"，文具也很讲究，"湖笔徽墨，玉版宣纸……寿山石印……八宝印泥"，正如他所言，"文房四宝，不能凑合"。作者就是这样用双音节、四音节的传统词语为我们描绘了傅先生这位书法家的学书习字态度和"穷读书，富写字"的文化价值观。

运用诗词等韵文穿插是古代"说话"唱本的结构形式。早在唐代的变文中就包括古时"说话"，它有开题、缘起、解座文和说唱中间的长偈、短偈，很符合说话艺术的客观规律。宋元时说话人开头都有入话或诗词韵语，中间也有阶段性评价的韵语，末尾更用诗句结束。这往往是说唱者等候更多的听众到来，先串讲一些诗词或小故事，便为入话，也称"得胜回头"或"笑耍头回"。中间紧要处插入一些评赞、感慨或景物描写韵语，对故事内容、情节有加强、烘托作用，末尾的赞诗是散场时的全篇总结，强化主题、画龙点睛以劝善斥恶。话本或拟话本都是如此，这对后世的中长篇小说、戏剧的创作产生了很大的影响。但开题、入话和赞语要通俗易懂。许政扬根据《京本通俗小说》之《冯玉梅团圆》阐述话本小说的通俗问题时说："说话人在谈到自己的艺术时，曾经提出过这样的见解：话须通俗方传远，语必关风始动人。"又说"通俗成为话本能否流传的决定性条件之一"。①这是说古代说话人早就懂得语言通俗的重要性，不可文言化，而且要结合听众所熟悉而亲切的风习和时尚，乃决定着小说的寿命长短。

贾大山小说创作的构思时就预留了运用谣谚和交代关键事物来历时运用韵语的空间。谣谚在前面已经叙述，开头用韵语如关于"赵三勤"绰号的来历便是古时入话的一种活用。贾大山《取经》最后结尾的两句，是"要学参天白杨树，不做墙头毛毛草"，寓意是要像高大的白杨树那样不畏风吹雨打，不能像墙头上的毛毛草总是随风倒，强化了这篇作品为人做事要有主见的题旨。而《老拙》写的是一个在小单位工作的业余文人，由于没有作家协会会员、职称等身份，在一个省级文学期刊召开的座谈会上只被主编介绍为"从县城赶来的老拙好朋友"而遭受嗤笑，回来夜间自思自忖，觉得辛苦半生，"青衫依旧"，只落个"好朋友"的所谓"职称"，更加懊丧。但他又自我解窘地认为，有原厅长原主编，我的职称是不会加一个原字的！于是快乐起来，希望有暖气保暖，于是在日记的最后写道："今天，余得到一个永久的职称——'好朋友'。""余是大家的好朋友，余当继续努力，永远做大家的好朋友。"但意犹未尽，哈哈手，又添了一句："好朋友就是暖气！"这是作者对说书结尾手法的又一次变通活用，用主人公的话表达一位小干部、业余文学作者的无奈和精神解脱。

（二）唱戏台词的运用

贾大山是从小在戏园子里泡大的，青年时也跟草台班子演出过。在西慈亭村下乡插队时办俱乐部，他是导演又是编剧，后来到县文化馆专门写戏，多次在地区和省里汇演中获奖，被称为获奖专业户。其小说中，引用戏文便是手到擒来，形成他语言运用和塑造人物的一个特点。

---

① 见冯梦龙编、许政扬校注《古今小说》（上）前言，人民文学出版社1958年4月第1版，第6页。

再以《老底》为例，写县京剧团的琴师老赵赴宴时总要夹着一把京胡，酒喝到七分醉时便自拉自唱西皮原板"恨董卓，专权，乱朝纲……"，只会两句和几句快板，别的不会。这是花脸角色曹操的唱段。他唱完后还要问别人"味道如何"。这次唱完问炒菜的店主老底，老底就说："行，不错，过油肉味儿。"这是所答非所问，倒也幽默可笑。再如《贺富》中淘厕所的王不乱，晚上坐在门前大柳树下自斟自饮，吃一块驴肉喝一口酒，然后对着天上的月亮哼两句二黄："龙凤阁内把衣换，薛平贵也有这一天……"这是借《王宝钏》中薛平贵从西凉回来登基坐殿之前的心里话，表达自己是最后胜利者。贾大山描写唱戏最集中的是《村宴》。作者说"我"在梁庄村干部举行的宴会上与原支书老梁等一起唱《铡美案》的"大堂"一折，打过"急急风"，开西皮原板，那老梁站起来"面对墙壁，后脑勺上都是戏"，引用戏文"包龙图，打坐在，开封府（哇）——"屋里马上响起一片喝彩声。下面那段原板更是"字正腔圆、大气磅礴"，小梁夸之"味儿正"，小杨也说"嗯，六十度，酱香型"。——他们又跟喝酒连上了。老梁唱的最后一句是"铡了这负义人再奏当朝"，又引来一个满堂彩。作者引用两句唱词刻画出了老梁这个大戏迷形象，也把梁庄的民俗文化气氛浓浓地表现出来了。

贾大山爱戏懂戏写戏，在小说中糅入戏文，有的是唱出来，也有的是言说时用之。如《三识宋默林》中，宋默林批评发懒的小祥时说：你这机手一关电门，躺到机房里唱去了，唱什么'一日三餐九碗饭，一觉睡到日西斜'……我警告你……再那样子，没你好果子吃！"这是引用了现代样板戏《沙家浜》中的唱词。也有的如《钱掌柜》中写钱掌柜送货下乡时带着胡琴，自编自拉自唱道："八月十五月光明，老钱送货出了城。社会主义无限好，老钱的月饼甜得不行！"这是表现主人公利用自身一技之长，在营销中发挥作用。还应当提到《枪声》。文中的"我"教少年小林识字没有教材，只好用一本残缺不全的《京剧大全》教他，引用了薛平贵还乡时唱的四句："一马离了西凉界，不由人一阵阵泪洒胸怀。散步儿打从这孙家经过，见一位美大姐貌似嫦娥……"这是作者所引用的最长一段台词，却不是唱出来的，看似与作品题旨没有什么关系。但小林识字多了，在集市上看到一个帖子，说是"祖传秘方"，专治"阳痿不举"，便拦截了秦庄一位女青年，被判了死刑。这是否也与薛平贵"见一位美大姐貌似嫦娥"而试探王宝钏的贞节有关呢，似乎无关，也似乎有关。

借用戏剧界行话或剧中人物称呼也是贾大山小说中常见的。比如《京中遇故知》里，到北京当办事处主任的原生产队长戴秋凉置了一身新西服，说"咱也添了两件行头！""行头"是戏剧界对戏装的传统专用语，他说这话带有几分得意，也有几分幽默。在《村戏》中，则是作者化用台词。例如，丑角兼任团长的小乐，在《穆柯寨》中扮演穆瓜。他知道小涓去找元合了，就高兴起来，以穆瓜的身份说："集合！我们姑娘擒得了杨宗保，擒不来元合吗？"大家一听就明白是小涓去请打板鼓的元合了，戏班就有了音乐指挥。但小涓却没请出编锅帽挣钱的元合，回来就下令让双喜打鼓。双喜以前打鼓出过差错不敢再打。小乐便骂他"傻小子"，跳到他跟前，学着穆瓜的样子说："我们姑娘叫你打，那是我们姑娘看得起你，你不要不识抬举！"他几次称小涓为"我们姑娘"，是戏曲台词的生活化、时尚化，通古连今，又是现实又是戏。贾大山以此把村剧团内部的文化气息、生活氛围亮足了。

贾大山不愧是在演艺行里摸爬滚打过的作家。与贾大山相似的是，汪曾祺曾经在北京京剧团当编剧，参与了《沙家浜》《杜鹃山》的创作。赵树理也曾经在基层戏班里编排演出，还饰演过电影角色。他写的《福贵》中，主人公福贵学会了种地也学会了唱戏，在村办的自乐班里是受欢迎的把式；描写他妻子银花看他的戏忘了回家做饭被婆婆批评；也写他生了第二个孩子后全家挨饿，福贵不肯去唱，村民们便拿馍馍年糕供应，让他唱了四天。[①]作者写《李有才板话》是现编现念，曾经产生轰动效应，而在这里描述唱戏人却未用一句台词，唱得那么好也未来一句形容或评点。这大概与那个时代的政治斗争、文艺政策有关，也与作者的文化意识有关。而当今的山西作家李锐不但在他的《送家亲》中

---

① 见《赵树理选集》，人民文学出版社 1959 年第 1 版，第 85 页，《福贵》。

由三爷唱念"千扬神，万扬神，神里难，难里神……"，也在《驮炭》中写赶驮人唱"说西庄，道西庄，西庄里有位好姑娘"，并且在《锄禾》中由黑胡子老汉唱"上朝来王选我贤良方正，又封我大理院位列九卿……"，[①] 这大概是晋剧吧。贾大山、李锐都很受"山药蛋派"影响，他们的传统文化意识都增强了。

贾大山大量使用戏文戏俗是他的写作个性之一，使作品具有乡土风情和演艺韵味，让懂戏的一看就会产生激动，不懂戏者读起来也会感受到一种优美的诗性，在故事结构文势上还是一种轻松的穿插。其戏词相对于当今日常用语显得古雅，审美上产生出俗中有雅的效果。

三、各种方言和惯用语

薛欣桥研究宋元明话本小说，看到其中有"各种各样的谚语和比喻"，还有"某些生动活泼的古语成语，土语行话也被吸收和融化到话本小说之中"，都使得话本小说的语言通俗、生动、简洁、明快，以及丰富多彩而富有表现力。[②] 贾大山小说继承了这个传统。前面已经说过他对民间谣谚和说书唱戏语句的吸收，这里重点说他对地域性方言和多种惯用语的吸收运用。

（一）生活化的各种方言

这里说的方言，是指以河北正定为中心的冀中地区的方言。但贾大山小说中一般不用局限性太大的土语，以防读者看不懂。大山为了文本的流畅、不妨碍读者的顺利阅读，多选择一般知晓度较高的正定话和冀中一带多见的词句。笔者参看《白洋淀纪事》等，发现贾大山书写用语与孙犁笔下的不少民间用语如食用"苦累"等相似或完全一样，我把它

---

① 见李锐小说集《天上有块云》，北京联合出版公司 2023 年 9 月第 1 版，第 3、77、85 页。

② 自薛欣桥选注《宋元明话本小说选》前言，江西人民出版社 1980 年 11 月第 1 版，第 19 页。

们称作"滹沱河方言体系",或从文学角度称之为"孙贾方言圈"。

贾大山小说中运用的方言,列举以下几类。

1. 形象的地方名词

在《童言》中,奶奶向孙子星星说过去做饭用风箱和"老鸹嘴"。这"老鸹嘴"是指过去夹煤块的铁夹子。这个名称很形象,有的地方夹豆根棉柴用的工具也叫"老鸹叼",其功能原理相同。在《沙地》中提到一种动物"四脚蛇",作者在括弧中写明"蜥蜴"二字。在《失望》中,说小林的舅舅卖豆芽骑着"电驴子",这是上世纪中期农村有了摩托车之后的民间叫法。此篇里还说杨三老汉得知儿子小林考试只差一分而不能上重点高中时,对何老师发牢骚说:"你们的筛子眼儿也太细了呀!"是说县级统考是"太严格了"。而在《正气歌》中,老支书祁老真被人起个外号叫"老别筋",对于显示人物性格很是形象。文中郭爱荣说他"尽凿死铆儿",这"死铆儿"便是正理,"凿死铆儿"便是叫真。这样的名词,在贾大山小说中起码有 50 个以上。

2. 活泼的地方动词

在《游戏》中,说退休在家的袁局长与前院退休工人袁师傅为看电视闹了不快。袁局长嫌袁师傅来得太勤,"请示"不周到,两人便吵了嘴,从此二人便"掰了瓜"。这个"掰"字,是分手的形象表达,与正定一带说"掰了瓢""掰了棒"都是一个意思。在《钟声》里,提到晚饭后生产队敲钟集合,多是学习文件,时间又长,社员们便说这是"熬鹰"。此词借民间玩鹰人逮到野鹰后不让它正常睡觉,消耗它的体力,刹它的野性,然后才能架着鹰打猎抓兔子,人们便称这个过程为熬鹰。细分析,这也是一个动宾词组。在《眼光》中,说支书刘老池"吧咂着嘴想了一下",其中的"吧咂"二字是描写刘老池的嘴唇动作,表示遇到了难题在动脑筋。这一带也用"卜咂""不咂",只是字面书写时稍有不同。在《小果》中,作者写姑娘小果"刺打了人家",是说她不礼貌地顶撞了对她有情的大槐,用了方言"刺打"。又写小果对清明说为什么不与大槐谈恋爱,是嫌他当团干部太正经,不活泼,认为"小两口过日子要有个逗打劲儿"。这"逗打劲儿"用得很得体,指说说笑笑、逗逗闹闹才有生活趣味。在《贺富》中，说淘粪的老石挣了钱以后，要请街道干部在除夕时到他小屋里来"乐嘀乐嘀"，是指饮酒作乐，表示答谢，虽然俗气，但也让人感到很亲切。这样的地方性动词，在贾大山小说中屡屡出现，增加了作品的动作性和生动性。

还有几个动词在冀中一带也较多见。一是"摽"。例如贾大山在《村宴》中说"老杨是个老支委，'摽'了好几任支部书记"。这是摽着膀子一起干的意思，也有地方是陪同或对着干的含义。二是"挂"。例如在《钱掌柜》中，作者说钱掌柜在反右派的时候，"虽然没有戴上帽子，但被狠狠'挂'了一下，遭到了辩论"。这"挂"是被作为比戴了右派帽者次一些的处罚。大山小说中还有说谁被"挂"起来了，指干部被罢了职就搁置起来。这在后面还会提及。三是在《春暖花开的时候》里，说村支书梁大雨"苦巴苦拽，操劳十年"。这"苦巴苦拽"，形容操心费力做事艰难，对塑造梁大雨的人物形象很有力度。还有"估摸"、给他"泡"了的"泡"等等。作家们所处的地域文化环境不同，运用方言也自然有差别。例如高晓声在《解约》中叙述主人公张翠兰对婚事要"拿拿稳"，她父亲还要她与对象陈宝祥"要好要好"，表现宝祥听嫂嫂介绍翠兰多次之后，就在脑子里"捏"出了一个美丽贤惠的张翠兰，这些动词性的江苏方言运用同样很有地域特点和形象性。贾大山笔下也有不少动词是叠词，这在下面会单独议之。

3.多样的地方形容词

贾大山方言中形容词的比例大于动词。其中褒义性质者较多。如《梆声》中形容豆腐"用手一拍，瓷丁丁的，像磨石"，这"瓷丁丁"表示豆腐实密，有一定的硬度和弹性，是这一带人说"瓷实"的一种变通性表达。再如《老曹》中，作者说"曹家的元宵做得好，买卖也做得'俏'"。这一个"俏"字，一般用于描写人物的智力、礼仪或面容，与呆傻、愚钝是反义词。此处用它形容老曹的元宵生产与销售总是领先，不断有各种馅儿的新产品最早推出，营业的时间、地点也不断变化。这不由得让人想起毛泽东的《卜算子·咏梅》中的"已是悬崖百丈冰，犹有花枝俏""俏也不争春，只把春来报"。贾大山在小说中也把"俏"字用活了，元宵和雪中梅花都是引领风骚的了。再说老曹曾在副食品厂当门卫兼收发时很负责任也很有人缘，每年评个模范得个奖状，人们夸他，他便"擦着眼镜子"谦虚一句："瞎干，瞎干。"这个"瞎"字，在此处有二层意思，一层是"瞎说""瞎闹"的意思，另一层才是自谦性的。作者在此文中还用于表示老曹实质性的"眼瞎"的"瞎"。因为后面说老曹被人挤掉眼镜却摸不到，错把"我"当成厂长了，那么"我"便判断老曹"真是瞎得可以"，用了惊叹号，全文便结束了。这个"瞎"字在此篇贯穿始终，"瞎"便是老曹的特定形象。在《春暖花开的时候》里，说村支书梁大雨的妻子秀枝去找副支书宋满场，满场没有给她一句"囫囵话"。这"囫囵"在冀中甚至京津冀都是表示"完整"的口语，还有如"囫囵个儿""囫囵枣儿"等等。而在此文中又有形容"准确"或说是"完整的准话"。作者用"野"字也很形象。例如在《云姑》中说梦庄女人好骂街，"谁家的鸡'野'了一个蛋儿"，就要上房去骂一骂。这里的"野"是动词，表示鸡在家院之外生了蛋。但它又有形容的意思，表示母鸡偷偷地去别处下蛋，不合主人心意。而在《"容膝"》中，作者说卖绿萝卜的老甘"野着嗓子吆喝起来"，则是形容他吆喝的声音很高，让人觉得扎耳吃惊了。在《飞机场上》里，魏嫂说：坐上飞机"可晕哩"，"正月里，我们也来晕一晕！"这前一个"晕"是形容性的，后一个则是动词性的"体验""享受"的意思。

贾大山笔下的中性形容词方言相对较少。如《年头岁尾》中描写大栓娘"眼泪麻花"地诉说过日子的艰难，其"眼泪麻花"便是字面上"痛哭流涕"等词语的意思。至于贬义的方言形容词，作者运用得又比较多。例如在《亡友印象》中，村支书根生醉醺醺地说："假如没有妇女们，我们的生活就更他妈的干枝撩叶的了！"这"干枝撩叶"，形象地表示了男人缺了异性就如干枯的树枝没有情趣。此方言在其他作家小说中还未见到。在《西街三怪》的"药罐子"中，描述于老经常生病又非常怕死时说他有半点病痛就哼哼唧唧、大呼小叫，"李先生一到，就更'蝎虎'了……"这个"蝎虎"本是爬行小动物"爬蝎虎"或称"毒蝎虎"的名称，但在贾大山小说中用方言"蝎虎"形容于老大呼小叫得更厉害，很地方化也很形象。他在《分歧》中也用了"邪虎虎"。此词在冀中一带用于表示脾气暴躁很愤怒。再说《"容膝"》中四宝斋来了一个想买"容膝"拓片的"眼镜"，当他说自己在小机关无权无势时脸红了，通红通红；又在他说一家三代五口挤在一起时，脸又白了，寡白寡白。这"寡白寡白"表现"眼镜"内心的尴尬。他的面部通红是羞涩，又变得寡白没了血色，两个寡白重叠连用，增强了白得难看的程度。作者用"贼"字也很美妙、切贴。如《钱掌柜》中，说"我"每次去商店看父亲时，他总是朝后一指，让"我"去里屋，然后他便拿来槽子糕等点心让"我"吃。"他这么做的时候，总是蹑手蹑脚，满脸贼笑，但是'贼'得可爱"。这里前一个"贼"字表现老钱的诡诈，怕"我"父亲看见不让"我"吃，吃亏了算谁的？这个字与蹑手蹑脚是连续动作，但"我"作为一个不谙世事又饥饿的孩子很感激他，于是夸他"贼"得可爱。此文中还说老钱"嘴松"，形容他爱说话，喜欢炫耀自己，这在塑造老钱的性格上也很起作用，为后面叙述他以日本特务的罪名被批斗做了性格铺垫。作者还妙用"刁"。比如《王掌柜》中，王掌柜的三儿媳说："咱爹的嘴头儿真刁，往后咱不给他报告了！"二媳妇也说"不光嘴头儿刁，耳朵也刁……"这里的"刁"字本来是刁难，刁泼、难对付的意思，王掌柜在小吃摊上咨询、为难了卖豆腐脑、烧麦的年轻摊主，批评他们把传统的做法和味道弄没了，揭了他们的老底，那么这个贬义的"刁"便含有正气、正直的意思了。这和那个"贼"字的使用一样，作者在行文中让它变了性。贾大山小说中还有一个京津冀多见的"呛不了"。如在《沙地》中，老社长的儿子"浪荡三儿"又懒又馋还不听"我"劝。他哈哈笑着说："死，我倒不怕，人死了，什么也不知道得了；苦，可是让活人受的，呛不了，呛不了啊！"这"呛不了"就是受不了、承当不了、忍耐不了，属于地方俗语，其表现力却高于"受不了"。与此相近的是"够呛"，表示有难度、有问题。对于"稀里糊涂"，可以视作俗成语，作者用得也较多。例如在《友情》中，追叙"文革"前的县长老倪曾经造福一方百姓，但世道一乱，"稀里糊涂被打倒了"，又"稀里糊涂被挂起来了，一挂挂了这许多年"。这里用了两次用动词"挂"、两次用形容词"稀里糊涂",形象地表达了"文革"时期红卫兵要打倒谁就凭他们一句话、一个口号,之后没人再理,让人不明不白地在家呆着。同样,高晓声在《拣珍珠》中用方言说"我看找到这样的对象好透好透""凿定要断的"[1]等,都是江苏具有形容意义的方言运用。

贾大山用方言的名词、动词和形容词当然有些俗气,但它们是鲁迅当年所说的"活的",寓意增加了小说的文化意味和审美味道,证明了郭宝亮批评 H·肖的"文体是将思想纳入了语词的方式"有"形式主义之嫌",而主张"文体是思想与语词共在的方式",强调"语词与思想不可分""说语词就是说思想"和他总结的"从文本中来,到文本中去"。[2]笔者赞同郭氏这种科学的观点。贾大山在他小说的白描性语词组合、话语秩序编织中,形成了他使用普通话又突出方言效应的话语形态。这当然还只是他的叙事伦理的表现之一。

4. 富有韵味的叠词

方言叠词的运用,是贾大山小说文体研究中不可缺少的语词部分课题。笔者早就注意到他在动词、形容词中的叠字成双现象。有些是许多作家皆用者,也有的是他借用了方言口语稍作改造而成的。

表现事物包括声音、场景的形容性叠词不少。例如在《杏花》中,描写杏花的恋人老怪吹口琴那么专心致志,把一曲《我们走在大路上》吹得"悲悲切切、悠悠沉沉",表现了一个失恋小伙子用琴声表达哀怨、无奈的心境,显示了他一直对初恋者的长相思和长相知。再如《门铃》中描摹夏局长家的门铃"叮咚叮咚"或"叮叮咚咚";《梆声》中描写路大叔夜晚卖豆腐,把马灯挂在车把上"忽悠忽悠",且"走走停停,停停走走"。在《腊会》中,作者说除夕夜的腊会游行是"吹吹打打,转转悠悠",以此表现正定古城腊会活动队伍在鼓乐声中的行进流动。而说游行队伍最后一支是吹打班子,吹奏"万年花"时节奏放缓了,"飘飘摇摇,如入仙境",让人们想到"天下太平、八方宁静"了。这"飘

---

① 见高晓声《拣珍珠》,《高晓声小说选》,江苏文艺出版社 2009 年 9 月第 1 版,第 50 页。

② 见郭宝亮《王蒙小说文体研究》,北京大学出版社 2006 年 1 月第 1 版,第 7 页。

50

飘摇摇"一词本是用于表现有形物体比如旗帜、招幌、风筝在风中的状态。如在《钱掌柜》中描写李书记死后,他儿子打着的白幡便用了"飘飘摇摇",属于动词形容性。作者在《腊会》中,把它借用此处形容唢呐、笙箫的悠扬婉转音律,自是他对这种吹奏乐有了独特理解之后的语言表达,是诗歌理论上所说的感通手法使用,乃为老词新用,使俗词生雅,引导我们升入一个更高的审美空间。类似的叠词使用,还有《电表》中说三妯娌小桂自己安了电表后,家中客人依然不少,但是"灯光阴沉沉的,让人想到阴曹地府"。这"阴沉沉"一般用于天气不佳,作者拿它来表现室内灯光不亮,则有了审美上的压抑感,再与传说中阎王爷的阴曹地府联系起来便更有些可怕了。用叠词表现事物,还有《西街三怪》之"火锅子"中,描写"火锅子"杜老讲吃讲喝也爱吹牛显摆时说:"还得切几片红烧肉,开了锅,夹一片儿,颤悠颤悠的,用嘴一吸溜,哎哟,香死了!"其中的"颤悠颤悠"活画出肉片的动态感,不能不让人垂涎。《王掌柜》中,描写王掌柜亲手为全家展示传统烹饪手艺,笼屉一掀开,竟是"一个个热腾腾、油滚滚的小包子儿",让三个儿媳大为惊讶和佩服。这里的叠词连用再加上儿化韵的使用,更产生出沁人肺腑的浓香和灵动、优美的快感,其馋人程度不亚于那颤悠悠的大肉片。至于描写《担水的》主人公老魏,在井台上汲水时将木筲系好,让辘轳自然地转动起来,那"格啦格啦格啦格啦"声更是声形并茂,其自在的欢快感表现得亦是充分。

贾大山写人物动作使用叠词也很多。比如在《钟》中说村支书梁德正酒后走路"仄仄晃晃",还先后四次用了"悠悠达达"。一次是"太阳刚刚落入村西的小树林里……梁德正披着新皮袄,悠悠达达从街上走过来";二次是春天一个傍晚,梁德正"悠悠达达"上堤上来了,约牛老桥进城去玩一玩;三次是为分田到户大包干,梁德正一边"悠悠达达"地走着,一边简短地回答牛老桥"说分就分";四次是梁德正"打着一把粉红色的塑料雨伞,悠悠达达从街上走过来"。这是作者突出梁德正老练成熟性格的一个侧面。特别是在《喜丧》中,一插笔便写另一个牛老桥"欢欢喜喜活了一生……欢欢喜喜地死去了,享年五十八岁",后面说他日子艰苦也总是"欢欢喜喜"，无忧无虑；大包干后不当队长了，就"欢欢喜喜地种起责任田来"；说到正月里要带三个女儿去坐坐火车，紧紧盯着"我"的是"那两只欢欢喜喜的眼睛"。这五个"欢欢喜喜"构成了牛老桥人生个性的基调，也绘出了这篇小说的底色。

总之，贾大山不管是在运用方言口语中还是书面上稍作改造的叠词，其节奏感和韵味是鲜明的。它们来自冀中一带日常生活用语，增强了作品的诗情画意。说来，在白话小说中运用方言叠词是五四新文学运动以来的一个传统。沈从文就在1926年的《雨后》使用了湘西的谣曲"大姐走路笑笑底，一对奶子翘翘底……"还在1925年散文《市集》的文后《附告白》中说："文中有许多叠字叠句处，看来已不大通，这乃是保全乡土趣味原故，只得如次。若是但失之鄙俚，那么，大概还会有个把读者感到趣味吧！"[1] 可见那时沈从文便已具有了一定的方言运用自觉并生成了他的湘西文学表达特色。现在的贾大山们正是在创作实践中继承了这个好传统。

（二）俗而可耐的地方惯用语

惯用语是熟语（俗语）的一种。"熟语是常用而定型的词组或语句，是较为特殊的语言现象"，"在语言里，一般词组和语句是临时组合的，而各种熟语则是久经沿用有了定型的"。它们主要包括成语、惯用语、谚语、格言和歇后语等。[2] 研究贾大山小说文体的语词运用和整个话语形态，不能回避的是他运用了成百上千的地方性的熟语。前面已经把他有关民间歌谣、谚语、说书唱戏和方言语词做了梳理，这一小节重点谈贾大山笔下的地方性惯用语。作者运用成语甚多，却不便于分辨哪些属于民间成语，即便有"一干二净""眉清目秀"等，也体现不了贾大山小说用语的地方性、独特性，所以在此处便略之。

---

[1] 见王佳帆《沈从文20年代小说中的"地域方言运用"困境》，《文学评论》2024年第3期，第99页。

[2] 见黄伯荣、廖序东主编《现代汉语》（修订本）上册，甘肃人民出版社1983年6月第3版，第263—264页。

贾大山小说中的惯用语，在前面也已经涉及"尽凿死铆儿""筛子眼也太细了"等。这一小节集中谈他关于说人、说事理的两类惯用语，再细细区别也有褒义贬义的不同，以及歇后语的活用。

　　1. 说人语句——唯求俗可耐

　　其褒义性者，如《失望》中叙述杨老汉的小儿子是"秧子不强，结了一个好瓜"；"笼子不大，养了一只俊鸟儿"。这"秧子""笼子"是指杨家门第不高、条件不好；"好瓜""俊鸟儿"却形容杨家的儿子小林上学读书有出息。"他眼里，小林就像谷地里一株大高粱，那么惹人注意！"也是冀中农村平常说的"谷子地里长出棵大高粱"的活用。在《中秋节》中，小俊反驳淑贞劝她温习功课参加高考或好好劳动时，说"各人有各人的理想，各人有各人的志向。有爱吃甜的，有爱吃酸的……"这爱吃甜酸的比方是她对各人理想、志向的形象化强调。在《钟》里，作者说"梁德正是一朵红花，牛老桥是一片绿叶"，道出了这两个人的主次相映关系，当然是红花为主，绿叶做陪衬，乃"红花还要绿叶扶"的变通。在《丑大嫂》里，丑大嫂的公爹找上门来威胁"我"时说："我，贫农，社会关系四面见线儿，没有一个黑点儿。"又说祁家是村中大户，四个儿子，八个侄子，还有两个外甥，"他们，干别的不行，打架哪个也不会含糊，都是不要命的！"这是民间惯用语的串联使用。"四面见线儿"是借木匠解板子用墨绳打线之后再拉锯，就是也常用的"四面见锯"，使原木变得有棱有角，以用来喻人品行端正。"没有一个黑点儿"是指亲戚们政治上都清白。"不要命的"是多用来形容敢打架斗殴的，属于贬义，但也用来表现劳动、工作的忘我劲头。

　　其贬义性的惯用语，比如《枪声》中说"路大伯脸色蜡黄，瘦得像根棍子"，是民间常说的"瘦得像根棍儿""瘦得像根秫秸""瘦得跟麻秸秆儿一样"的选用，不免带着几分同情心理。《村宴》中说县文明办来了人，听小梁说自己感冒了，超过一斤二两准醉，便吓得他们"大眼瞪小眼——娘哎……"这是都惊呆了、胆怯了。若说谁忘了事或说不清楚，作者就如《年头岁尾》中说的："你呀，你呀，记性不强，忘性不赖……"在《劳姐》里则说："你是真糊涂，假糊涂？"这些都是一方批评另一方的惯用语。在《鼾声》中，田大伯说："我们庄稼人傻吃闷睡，晓得什么……"这"傻吃闷睡"却是自贬自嘲。《劳姐》中县领导老杜说："农民嘛，数罢割肉疼，就数着拿钱疼了。"这又是针对一些农民自私自利说的。至于《村宴》中说新支书小杨"喝醉了，嘴巴没岸儿"，是指他酒后吐真言或酒后无德，忘记了人伦或禁忌。"没岸儿"就是没有遮拦，在正定、无极口音中发一声不发四声。

民间的脏话在贾大山小说中使用不多，但也在对话中适当地掺入了一些。例如"傻蛋""笨蛋""土蛋""操蛋""他妈""鸡巴"等，有的只用一次，有的用了两次，个别的出现了三次。贾大山小说语言干净，这是文学界的普遍评价。相对于后来的一些创作的确如此，而相比于孙犁、林斤澜则多了一点世俗原生态色彩。这与贾大山所处的历史阶段和当时的文学语言运用风气有关。尽管80年代贾大山说不跟风，受到当时文风的一些影响也很正常，只是没有走到以丑为美的"反传统"的地步。而河北何申在《穷县》中描写常务副县长郑德海对工作很负责，但说话总是"干鸡巴啥""别鸡巴乱扯"之类不离口。其《年前年后》中的七家乡乡长李德林说话也是"妈的""妈个巴子的"[1]。这些，固然有生活的原汁原味，但进入90年代县乡干部如此粗俗者不多的。再看山西李锐的《锄禾》中，第一句便是"裤裆里真热！"给人一种龌龊的感觉。第二句（第二行）才说"裤裆不是裤裆，是地，窝在东山凹里"。他描写社员们锄地时，男人们要小解就"退让几步，侧侧身，解开腰带，一股焦黄的水泛着白沫，在两腿之间刷刷地射进土里……"至于女人们躲到一个地方去解手，队长便"吼骂"起来："你个日的还知道出来？我还说扎个轿子抬你去哩，你那屁股底下绑上尿盆子多省事……"休息时，知青小伙儿到处找隐蔽处小解，却发现队长在和"红布衫"野合。文中队长"狗日的""你娘的脚"等咒骂多达9次[2]。这种粗野的描述实在俗不可耐。文学语言再原生态也该有所节制，更不应试图以低

<hr>

① 见《中国作家经典文库·何申》，光明日报出版社2002年6月第1版，第94页。
② 见李锐《天上有块云》，北京联合出版公司2023年9月第1版，第3页。

俗而吸引读者。

　　言有雅俗、语有文野。笔者通读贾大山小说后，发现他也写女人骂街，把损人的常用谩骂语句用得很是地方。先说《云姑》中的云姑为有人半夜偷她门前的沙子，便上房去骂街。她一开始还是说理的，告诉人们自己的沙子是一车一车从村西沙坑里拉来，一个女人家很不容易，"你们拍着心口儿想想……对不对呀？……"喝喊了一阵，"她便姐姐妹妹儿、姑姑妗妗儿地骂起来了"，"我"还说她的语言很丰富，嗓音很悠扬，一套一套的……其中"拍着心口儿想想"是男女通用的劝人惯用语，"姐姐妹妹儿""姑姑妗妗儿"则是民间女性惯见语，这两个儿化名词在描写泼妇骂街时使用率高。在《白大嫂》中则有两个女人骂街。一个是复位的支书老黄的老婆。晚上，突然半天空里又响起那个"尖亮的汽笛儿般的"声音："你，嘴上长疮的，舌上长疗的，我又开始骂你了，我家老黄，采过谁家的花，盗过谁家的柳，你给我说清楚！采过你姐姐妹妹呀？采过你姑姑姨姨呀？采过你……"老黄女人刚刚骂到"精彩"地方，白大嫂也骂上了："你，笑里藏奸的，肚里长牙的，你听着！你不要以为天底下数你精、数你俏，我们都是傻子……你的心思，我们看得清楚……别人家的姑娘媳妇就该永远向你借钱……借米吗？睡不着觉的时候，你拍拍心口想想吧……"黄家女人是要洗白支书老黄，威胁、报复对老黄说三道四的人；白大嫂则是要倾诉、控诉、倒出心中的苦水。作者将地方农村女人骂街的惯用语句和规劝性的"你拍拍心口想想吧"连续组接运用，形成了具有美感的贬损语言长链，对读者产生了引入其境的艺术作用。

　　由此想到汪曾祺之子汪朗说父亲曾经写过一首诗："我有一好处，平生不整人。写作颇勤快，人间送小暖。或时有佳兴，伸纸画春芳。花草随日见，鱼虫略似真。只可自怡乐，不堪持赠君。唯求俗可耐，宁计故为新。君若亦喜欢，携归尽一樽。"[①] 诗中"唯求俗可耐，宁计故为

---

① 见顾建中《汪曾祺，给后来者的精神丰碑》，《上谷文化》（内刊），2023 年秋之卷，第 85 页。

新"便是汪老的文学观。我们的贾大山等都在追求"俗可耐",都在以"故为新"。但雅与俗、文与野的文本表达要各自把握分寸了。

2. 说理性语句——宁计故为新

小说中人物之间的对话,或学说什么事情或自思自叹时,贾大山在这种情况下描写他们也总用一些久已固定的方言。例如《取经》中,虽然有上世纪70年代极左味道的特定语句,但传统方言与之糅合使用也很妥帖。王庄的王清智追述自己答应并写批判"唯生产力论"文章的思想过程时说:"……不写啦,咱不能自己往自己头上扣屎盆子!可是我又一想……在这么大的政治运动中,怎能不显山、不显水呢?""小于同志亲自找上门来,说明咱在人家的脑子里挂着号哩,如果不写……叫人家说癞狗扶不上墙去。可是笔尖一扭,那不是自己往自己头上扣……唉,算了算了,羊随大群不挨打,人随大流儿不挨罚……"这一段自白用了"自己往自己头上扣屎盆子""不显山、不显水""挂着号哩""癞狗扶不上墙去"等五种六次惯用语,最后"羊随大群"的对称句则属于民谚。这样把惯常固定语与哲理性较强的谚语结合起来,使小说语言形象性、说理性都明显增强。在《劳姐》中叙述"人家"要让小秀娘还超支款是"砸锅卖铁也得还",又说"天不怨、地不怨……","得罪一百个劳姐,也不能得罪一个老杜呀"。最末这"得罪一百个……也不能得罪一个……"是民间言说的一个固定句式,贾大山在此用之,表现了劳姐大娘对村支书报复行动的气愤和无奈。在《年头岁尾》中,大栓娘说丈夫王有福:"你没吃过猪肉,还没见过猪走吗?"这样的语句也多见,却富有民间审美意味。

至于贾大山方言性惯用语句的其他部分,还有"千不是,万不是,当年都是他的不是"等等。贾平凹也是善于运用惯用语的。比如在他早期的《深山出凤凰》中,说队长让知青石泉跟白水学开拖拉机,暗中监视白水,使他不敢再搞"吃包子混卷子"的事了;在其《"茶壶"嫂》中,场倌丈夫说:"你看你个样子,哼,真是个茶壶!"①意思是不通情

① 见贾平凹小说集《满月儿》,译林出版社2015年5月第1版,第95、259页。

理，不懂得给人留面子。这些则是作者采用的陕南惯用语，与贾大山笔下的惯用方言有所不同，其艺术表现力也很强的。

关于贾大山运用民间歇后语，全是变通性的活用。例如在《东关武学》中，叙述年轻的新华当了支部书记后有时卖弄些新词儿，而且说得很是流利，作者便通过老支书老戴的视角，说他讲起来"一套一套的，像卖盆儿的"。这是传统歇后语"推着小车卖盆儿——一套一套的"颠倒使用。在《正气歌》里，公社领导老丁发火批评有的村埋头生产，不抓革命，"增了产也是瞎猫碰见死老鼠"。这又是民间老歇后语"瞎猫碰见死老鼠——闹对了"或"瞎猫碰见死老鼠——捡了个便宜"的简化使用，使歇后语不歇后，把应该说的后一句结论观点变成了省略掉的潜台词，能让读者意会，从而简洁而又富有张力。在《弯路》中，钱合说"瞎娘抱了秃娃娃，人家不夸自己夸"，是作者省去了中间的破折号，表示钱合的谦虚态度。在《赵三勤》中，副队长赵金贵嫌赵小乱浪荡，便派他单人去菜地捉虫、谷地轰雀，觉得这样"免得一块臭肉坏满锅汤"。这又是"死老鼠掉到锅里——一块臭肉弄得满锅腥"的省略和变通。作者使用方言性歇后语都属于机智的巧用，增加了文学语言的民俗文化韵味，也表现了人物个性和形象，乃是一举多得。

对大量冀中方言、惯用语等民间语词的选用和活用，都是贾大山小说"俗可耐"又"计为新"的话语形态特点之一。回想到1946年1月，赵树理的长篇小说《李家庄的变迁》出版后获得一片赞扬声。在国统区的郭沫若也称道，这是"原野里成长起来的大树子"，肯定作者是存心"通俗"，"不仅每一个人物的口语适如其分，便是全体的叙述文都是平明简洁的口头语，脱尽了五四以来欧化体的新文言臭味"，"创造了新的通俗文体"。① 我们可以说，今天的贾大山也是在积极而自觉地参与当代新的通俗文体创造的作家之一。

---

① 转自汪卫东《从"鲁迅方向"到"赵树理方向"：延安文艺对"人民性"的探寻》，《文学评论》2024 年第 3 期，第 11 页。

第三节　文言雅语的运用

　　贾大山小说中也有文言雅话糅于其中，形成他的古今雅俗熔于一炉的语言表达系统。这就应当提到巴赫金所说："小说所包含的是一个语言的艺术系统，更准确地说，是一个语言形象系统。文体学分析的真正任务就在于，发现小说结构中各种交响性的语言……"[①] 小说作为语言艺术系统、语言形象系统，其"各种交响性语言"中有些传统的古雅语句也应该是正常的。这在现当代中国小说中也已不乏其例。首先说五四时期曾经严厉批评文言文之弊而大力倡导白话文的鲁迅，他也说自己由于"看过许多旧书，耳濡目染，影响到所做的白话上，常不免流露出他的字句，体格来……这些古老的鬼魂，摆脱不开……"并认为这是新旧语言转变过程的过渡性"中间物"，至多不过是"桥梁中一木一石，亦非什么前途的目标、花本"。为了解决"现在人民的语言的穷乏欠缺，如何救济，使他丰富起来，那也是一个很大的问题，或许必须在旧文中取得若干资料，以供使役……"[②] 后来的汪曾祺具有古典文学的深重情结。他在小说中以现代汉语为主，却也不断流露出一点文言词句来，特别是他在《沙家浜》"智斗"一场阿庆嫂的"垒起七星灶，铜壶煮三江"的诗性台词，已成公认的经典。当今在诗歌、散文中引用化用古典语句者更是多见，包括一些先锋派作家、诗人也没有把语言全部现代化、口语化，而是有意或无意地进行了古今融合。评论家们认为，这是对传统文化脉络的发微和接续，具有中华传统美学的艺术价值。

　　时代在前进，人们的文化理念出现了五四时期作家们意想不到的向传统的回望与回归，表现在作品上便必然出现古今文学语言的交响性、对话性。汪曾祺、贾平凹、何立伟等是如此，河北的贾大山比他们做得也不少，有些地方把"旧文"移接得恰如其分，并且是他笔下所独有。

[①]　转自王一川《汉语形象美学引论》，广东人民出版社 1999 年 9 月第 1 版，第 16 页。

[②]　见鲁迅《写在〈坟〉后面》，自《鲁迅全集》第 1 卷，新疆人民出版社 1995 年 10 月第 1 版，第 151—152 页。

这便是王一川所说的"今中涵古""以今活古"。① 所以王力平评价贾大山小说时说：他"用农村的语言写农村，用农民的语言写农民……却有一种书卷气"。② 贾大山小说的书卷气，从前面所论他对古代话本、戏文、方言俚语等的使用中就看到了一些书卷之气与乡间口语俗味并存的语言状态。他的古语运用，窃以为包括文言文、旧体诗赋等的引用和化用，进一步形成他全面的艺术语言的交响。

一、文言词句

这在关于说书唱戏词句一小节中便已涉及。因为话本小说和说话人的语言首先来自写本子的文人墨客，不可能没有文言文的影响和鲁迅所说的行文"体格"。贾大山笔下的人物言说古语，多有一定的文化水平。如《东关武学》中，老支书戴荣久办起武术学校后说"人尽其才，物尽其用"；在《白大嫂》中，又年轻又正直的队长说"既来之，则安之"；在《三识宋默林》里，作者写宋默林恢复职务前夜对前来道贺的人们发牢骚，"我"便认为这可以理解，"不必苛求于他"。在《老拙》中，县地名办的文化人老拙大论《阿Q正传》好比是一剂良药，针对着国人的时病。还引用了鲁迅的名言"哀其不幸，怒其不争"。而他挂的条幅则是"澹泊明志，宁静致远"，乃诸葛亮《诫子书》中语，去掉了介词"以"，被历代文人、书家所用，这也很符合老拙的身份和学养。在《午休》中，说"树欲静而风不止"，后半句应是"子欲养而亲不待"。这是《周礼》上的名句，其前半句在"文革"中颇为盛行。在《夏收劳动》中，作者对准备饭菜答谢县干部来割麦则说是"箪食壶浆，以迎王师"，借宋时百姓犒劳岳家军抗金之功的词句，表示村民们的感谢之情。贾大山几次引出明末清初大儒朱柏庐《朱子治家格言》之语。如《丑大

① 见王一川《汉语形象美学引论》，广东人民出版社1999年9月第1版，第52、101页。
② 见王力平《贾大山小说札记》，李延青主编《忆大山》，花山文艺出版社2017年8月第1版，第212页。

嫂》中，借公公之口说儿媳"婢美妾娇非闺房之福"，这当然是一种封建老理，儿媳丑些公婆和丈夫就放心了。在《眼光》中，钱八万第一次帮助刘云珠割麦后，对小霞说咱们不光要建设物质文明，还要建设精神文明，接着引出朱柏庐的话："与肩挑贸易毋占便宜，见贫苦亲邻须多温恤。"但当他因受表扬而被别人"攻击"、嘲讽，又被支书批评做好事却"心里像藏着个小鬼儿似的"。回来冷静一想的确感到自己做得对，只是不该对采访人显摆，于是想到朱子的名言："善欲人见不是真善，恶恐人知便是大恶。"便坚信"攻击我那是表扬我的"，便半夜起来磨镰刀，天亮就带全家去把刘云珠的二亩麦子全割了。可能有人问，一个农民懂朱子的文言词句吗？其实在古时农村就有读书人，《朱子治家格言》和《弟子规》等在民间一直流传着，农村大集体时期也没有完全绝迹，这是正常的礼规文化传承现象。在《临济寺见闻》中，还引用了一个文言句法段落：

> "不由想起文达公在《阅微草堂笔记》中记载的一个故事：某君寓高庙读书，夏夜听见两只野狐对语于文昌阁上。一狐狸曰：我们又不花钱，尔积多金何也？另一狐曰：欲以此金铸铜佛，送西山潭柘寺供养，以积功德。一狐做啐声曰：呸呸呸，布施须己财，佛岂不问汝来处，受汝偷来金耶？——呜呼，布施尚须己财，菩萨像岂可乱抓乱挠乎？此辈见识，实在那野狐之下也。别的且不说。"

文达公即清代名臣纪晓岚，其晚年著《阅微草堂笔记》，记录当时所见所闻奇人怪事和民间传说故事。此二狐对话，讲出了一个社会道德问题：向佛菩萨布施是行善积德，但必须用自己劳动所得，决不能用偷来的金钱，意思是佛家不保盗窃作歹之人。文中词语并不太生涩，但有"曰""也""尔""汝""呜呼""乎""耶"，其句式、文气是属于文言文的。"呜呼"之后是作者议论，批评时人随便拿寺中菩萨像这种不良行为还不如野狐。这与全篇古色古香的寺院场景，在整体上也还和谐。

二、旧体诗赋

贾大山还有一些文雅语句,来自旧体诗赋、宗教箴言偈语。

先说他引用的旧体诗赋。在《村宴》中,引唐代诗人孟浩然的《春晓》中"春眠不觉晓,处处闻啼鸟",这是当今小学生都背得很流利的古诗句。作者在此处用之,是为表示"我"睡得太沉。而"我"起来发现桌上有一物,形容它"熠熠放光,灿若星斗",又是文雅之语。再就是《智县委》中,刚刚十岁的"我"写的大楷字:"一去二三里,烟村四五家。亭台六七座,八九十枝花。"此乃宋代道家邵雍的诗。这一张大楷让智县委对"我"有了好感,不再追究"我"要破坏电灯的事了。

《门铃》中的夏局长最爱读的诗是:"吾心似秋月,碧潭清皎洁。无物堪比伦,教我如何说……"这是自己要适应无人再来打扰的退休新生活,便吟诵唐代寒山的禅诗。最后,他终于懂得了老伴"处上不晕,处下不卑,忙乱心不烦,清闲心不寂,她的心才是清静如碧潭,皎洁似秋月哩"。作者又把原诗颠倒了一下,也用得恰到好处。《傅老师》中有"意静不随流水转,心闲还笑白云飞",也是一种与世无争的意思。而作者用老和尚的话说傅老师"心如止水,六根清净",则是佛家训诫之语了。贾大山在《"容膝"》中引用东晋陶渊明《归去来兮辞》的"倚南窗以寄傲,审容膝之易安",表现陶公这位山林诗人辞官不做、退归故里的旷达与自在。还有涉及历史人物的"季布无二用,侯赢重一言",乃出自唐朝名相魏徵《述怀》诗中,表现出一诺千金的信义精神。

三、新老嫁接,古今一体

在前面关于说书语词部分以降,就涉及贾大山文本中的新老嫁接、以今活古而相衔相通。而贾平凹在他后来的小说中似乎更为仿古。例如他在《太白山记》的《猎人》中描写猎人把狼打尽后:"他常常在家喝闷酒,倏然听见一声嚎叫,提棍奔出来,鸟叫风前,花迷野径,远近却无狼迹……猎手无聊得很。"① 可以感到文中有话本或《水浒传》的语言味道。贾大山的行文相近之却有不同。如《西街三怪》"神算子"中说，黄老见人们夸赞，"他心里一高兴，便'放开了'：玄门真言、禅门偈语、毛主席教导、阴阳八卦，熔百家于一炉"。这是新老相连，古今一体，让人觉得既老又新，新颖别致。这种书卷气语词和时代性口语的通俗性融溶得恰到好处，所以令人爱读。再就是《京城遇故知》中，说青年小言思想很活跃，看了几本闲书，生出了一种奇想，开始研究阴阳五行："他说'金木水火土'，相克相生，可以说明万物起源和对立统一性；又说各种行业，各个部门，各色人等，在'五行'中都有自己的属性，只要研究清楚了它们的属性，就可以运用相克相生的规律，指导社会的运行，获'诺贝尔奖金'没问题。他是在研究，寻找他的'属性'吧？"之后，作者写小言判断驻京办主任老戴属木，又说他属金、属水，业务员小夏他们属火。"那可不好，水火不相容啊！""不要紧，有'土'哩。"小言认真地说，"'土'克'水'，'水'生'木'，'木'又生'火'。""谁是'土'？""书记、乡长。"这段叙述和对话，一方面有古代阴阳五行的玄妙，另一方面是表达出小言对古代五行学说的理解，在语言运用上当然是新老结合，却产生出了一种现代新意。纵然小言的揣摸有些可笑，但作者以此塑造了一个思想活跃者的新形象。至于行业性强的文言性词句，在前面《傅老师》等篇什中已经提到，其语式、节奏也都是作者有古文阅读底子的自然显露。在这方面，贾大山与贾平凹相比则古色稍淡，今味稍强。但其古色比赵树理、孙犁、周克芹、高晓声、叶蔚林等的行文则更浓重些。贾大山也用过《圣经》中语和匈牙利诗人裴多菲的诗。

总之，贾大山坚持了以普通话为基础的写实性白描，其文本融合古今中外语言而追求雅俗共赏、文白融合、新老对话的文学表达，却不再像五四时期作家那么崇拜模仿西语、厌弃传统古文。古代文言文和诗词等并非一无是处，它们是今日话语的根。从福柯说"话语"就是"陈

---

① 见《贾平凹作品精选》，长江文艺出版社 2019 年 11 月第 1 版，第 30 页。

述的整体"①来看，贾大山这样的文白融合、新老一体的语词组合方式形成了他的小说话语秩序，构成了古今雅俗共存同荣的话语形态，通俗味道与书卷气息又对立对话又相融相济的立体化、"交响性"语言艺术、语言形象系统和叙事伦理。这种话语组合，承载着他要表达的社会、历史和文化内容，体现着小说创作从语词到思想、从文本到文化的内在规律。

第四节　诗情画意的修辞大观园

童庆炳在论述语言的重要性时说："文学是语言的艺术，语言就是文学作品的身躯、血肉，语言在文学作品中具有本体地位的看法，是有道理的。但语言如果是干巴巴的，如果不能渗透出一种气氛一种情调一种韵律一种色泽，总之是一种情趣，那么，这样的语言还不能构成文学，所以文学的进一步要求，就是它'诗情画意'的品质。"②

诗情画意的小说文本体式由话语秩序所形成，话语秩序包含着复杂的因素。那么，贾大山运用白描写实、实现了雅俗语词的融溶，只是有了各种语言符号元素形成的一定话语秩序，而这种秩序中还有如何修饰的技巧问题，既不可辞藻堆砌，也要防止出现"言之无文，行而不远"③、干巴巴味同嚼蜡的弊端。这便需要作家善于吸收各种语词并且长于修饰之。

贾大山小说创作的文体意识中，包含着他的灵活的修辞自觉。他的语词组合和修辞仍然以白描为主，形成了他的既承接鲁迅、赵树理、孙犁、汪曾祺、林斤澜等文学大师的语言风格，也有别于同代人贾平凹、韩少功、韩石山、高晓声、梁晓声、赵本夫、古华等写农村和知青生活

---

① 见米歇尔·福柯《知识考古学》，谢强、马月译，三联书店 1998 年第 1 版，第 151 页。

② 见郭宝亮《王蒙小说文体研究》序言，北京大学出版社 2006 年 11 月第 1 版，第 2 页。

③ 见《左传·襄公二十五年》，岳麓书社 1988 年 12 月第 1 版，第 232 页。

见长的小说家的语言运用。这一节就重点谈贾大山小说的各种微观性的修辞。这也是以前诸家评论贾大山作品常常提及却都未做深入分析探讨的课题之一。

本书所说的修辞是狭义的修辞，是指加强语言表达效果的方法和手段，包括平时说话和写作中的修辞活动。它们与语音、语法相关，这在上一节方言、惯用语的探讨中就有所涉及。下面试对贾大山小说中的比喻、比拟、反讽、夸张等辞格运用做一些分析与梳理，足可以进一步看到贾大山小说语言的丰富性、交响性和狂欢性，整体上更像是一个有声有色、有形有神的修辞大观园。

一、丰富多彩的比喻之花

比喻是文学创作或理论文章表述中最常见、使用率最高的修辞方法。古往今来，几乎所有作家、诗人、学者都运用之，而且反复运用、不断出新、各有所树。最早的诗歌总集《诗经》中就有大量比喻修辞出现。如《国风》中的《麟之趾》里："麟之趾，振振公子，于嗟麟兮！"[1] 翻译过来就是："麒麟的脚啊，如同仁义的好公子，那可赞美的麒麟啊！"其中"振（zhēn）振"指信实仁厚的样子。第二句用"麟之定"是指麒麟的额头，第三句用"麟之角"即指麒麟的犄角，都用来比喻有品貌的青年公子，他便是值得赞叹、爱慕的人中麒麟。再看《老子》的第一章："道可道，非恒道也。名可名，非恒名也。无名，万物之始也；有名，万物之母也……玄之又玄，众眇之门。"[2] 老子开宗明义地提出了"道"的概念，乃是其哲学思想的核心。其中"万物之母"的"母"便是比喻事物的根源，"门"便是"门径""门户"，可开启、可洞悉宇宙变幻奥妙的地方。

由此可见，比喻是描写人或事物或说明道理时，用同它有相似点

---

① 见于夯译注《诗经》，山西古籍出版社 1999 年 9 月第 1 版，第 6 页。

② 见梁海明译注《老子》，山西古籍出版社 1999 年 9 月第 1 版，第 3 页。

的另一种事物或道理打比方。按教科书上讲，比喻是把被比喻的事物为本体，用来比方的事物作为喻体，连接二者的词为喻词。它们被作者编结成比喻句子，对事物的特征进行描绘、渲染，使之具象化，给人以深刻的印象；或是用浅显多见的事物对深奥的道理加以说明，让人能够深入理解。同时，无论喻人喻物，都会形成一种语言形象，增加作品的可读性。[①] 比喻主要有三类：明喻、暗喻、借喻。贾大山小说中的各种比喻，粗略统计约400条，它们在相对平实、通达的白描叙事中，大大增强了作品的立体性和表现力。当笔者把它们收拢到一起时，便欣喜地看到这是作者各种比喻的相互对话和争奇斗艳的琳琅大展。

（一）绮丽的明喻

贾大山小说中的比喻修辞，最拿手最大量的是明喻，粗计有200条以上。明喻的构成方式是本体、喻体都出现，中间用"像""如""似""仿佛""犹如"等喻词相联系。都有所喻的各种对象，也有明喻形态的一些变化。贾大山明喻的对象首先是大量喻人，其次是喻事、喻物。

1. 各种喻人

其喻人，细分有以人喻人、以物喻人之别，也喻人的心情、言行动作或行为等。

（1）以人喻人

贾大山用明喻的方式对人的形容描绘，多是用彼人相貌刻画此人的肖像。首先说他笔下老年人的相貌和当时的情态。比如《孔爷》中，描写那个命令"四类分子"盖学校的孔爷，"他笑得挺好看，很像一个和蔼的老太太"。这是校舍终于盖好，他有了成就感之后由一直板着脸孔到开心的如释重负的笑，而且像和蔼的老太太，让人感到他既可敬又可亲。和蔼的老太太是什么样子，读者大有想象的余地。然而不久，孔爷

① 见黄伯荣、廖序东主编《现代汉语》（修订本）下册，甘肃人民出版社1983年9月第3版，第504页。

突然辞了职，不再当村治保主任，去村北小屋里看树去了。教师们到树林里看他，问他被迫辞职冤不冤。他说不冤，感谢组织上的宽大，"声音很大、底气十足"，又说没文化不行，所以要努力办学。这时作者写他"满脸是笑，仿佛返老还童了"。这"返老还童"的形象描绘，既让人感受到这位有眼光有作为的孔爷是个老青春，他的内心强大而坦荡。在《乡风》中，那个在战争年代落下拐腿之残的公社书记老张，在"文革"中挨过整后，又毛遂自荐下到公社任旧职。当他来到陈庄见到陈麦收老头，便笑着说"拐子老张又回来了"。陈麦收看见这个"今生再也不想见到的人"如今"竟然"变得白白胖胖，"很像一位和眉善眼的乡村老太婆"。作者也把现在的老张比喻为乡村老太婆，意在表现老张的音容发生了变化，有了一副慈善老妪相，是预示着老张要来这里做老百姓喜欢的善举。而在《三识宋默林》中，当"我"第三次来宋庄看望已经落实政策被重新起用的老支书宋默林，见他屋里有很多人在说笑，宋默林却比以前更瘦了，头发乱蓬蓬的有二寸长，"他坐在桌旁，拳头支着脑袋，好像一个久病初愈的人需要静心休养似的"。这是作者把这个被极左路线整治了多年的老支书在重新出山之前的神态写得让人意外了。他应当高兴，应当春风得意、踌躇满志，可是他面对的是一个烂摊子，这种久病初愈的样子便是他压力很大的表现。《莲池老人》中，作者描写看守古钟楼的莲池老人是"快乐如儿童"，这是作者带着褒扬的心态去形容这位可敬的老人有一颗童心，也如千年钟楼一般可贵。《傅老师》中，老书法家傅老师习字时的严肃神态是"就像颜鲁公站在面前一样，手里拿着戒尺"，可见他是多么专心致志。颜鲁公乃唐代书法大师颜真卿，傅老师是崇拜他的。作者用这位古人"站在面前一样"做比喻，给人一种庄重的美感。

对于青年们的以人喻人，先看《醒酒》中浪荡青年白大林当了巡夜民兵，又被树为转化典型，人们见了他便呵呵哈哈，"像对待干部一样尊重"。这是作者说村民们改变了以前对他的鄙夷，为后面交代他能全面改过自新做了人文环境的铺垫。在《中秋节》中，八月十五月儿圆的夜晚，队长春生等人去火车站卸车了，又胖又懒的姑娘严小俊来了，说是请假去剧团当演员，自称"他们说我才像个十八的"，随着做了一个妩媚的笑容。春生妻子淑贞就不客气地说："你像个刚满月的。"两人对话都用了比喻，表现出小俊不看自身条件想入非非，太幼稚、太不切实际。这正与务实的春生完全相反。《沙地》中，那个十八岁的懒三儿被父亲老社长惩罚，在山药窖里闷了半月，"就像孙猴子经过了八卦炉的锻炼，变得更难管教了"。这是作者借《西游记》中孙悟空被太上老君在炼丹炉里炼了七七四十九天而更强壮、更无所畏惧，为后面懒三儿的表现做了铺垫，也隐含了作者对青年一代成长的忧心。《枪声》中，那个因强奸女知青而被枪决前的小林站在刑车上，被说成"很像李玉和"，好像这个小罪犯一点都不怕。李玉和是样板戏《红灯记》中视死如归的革命先烈，村民们把今天的小罪人与李玉和相提并论，是混淆了抗日民族英雄与当今罪犯的界限，流露出法盲的无知，其津津乐道实在可气可悲。而"我"听到说他"像李玉和"，不能不增加对青少年成长的隐忧。

（2）以物喻人

上面在探讨贾大山以人喻人中已经带出了以物喻人。比如说懒三儿像孙悟空，那是小说戏曲中被人化和神化了的动物，当人对待尚可。

以物喻人也是贾大山之常用。《白大嫂》中，写那个关心村中事务的白大嫂见到队长就"像看到救星一样"。日月星辰是天体中明亮之物，救星是吉祥之星，有困难有危险的弱者见到搭救者便说是有了救星。固然救度人的吉星也已被人化神化，但它毕竟是常被借来的喻体。有救星也有救兵，如《童言》中，"我"怎么也做不通乔家兄弟和解的工作，正无计可施时，小学生星星放了夜学，"我"一见他就"像见了救兵似的"。当"我"走出乔家来到街上，"看天上的月，很像星星的脸盘儿，他，该叫'玉帛童子'吧？"这是又把儿童星星比喻成月亮，给人以更加明朗的美感。在《失望》中，作者通过杨三老汉的眼睛，说初中生儿子小林"就像谷地里一株大秆高粱，那么惹人注意！"又说他是一颗"高粱种子"，随便丢去便"青枝绿叶"地长起来了。可见杨老汉对小儿子的钟爱且充满着希望。上面这两例都是作者对少儿们的赞美，让人产生一种清纯无瑕的美感。而《拴虎》中说拴虎小时爬到榆树上"像只猴子"也非厌恶，仅是好玩可笑。

《赵三勤》中，老队长张仁认为，"年轻人好比小树，只要勤修剪，就能长好"。只是这个赵三勤是个难剃的头，还时不时地戏弄张仁，也给副队长赵金贵顶着牛，但他终于变好，证明张仁关于小树的比方是真理。《村戏》中，村剧团里的台柱子小涓在院里扫开一片雪，就开始练功，"那优美的身姿，像雪地里的一棵青竹，水上的一只紫燕……"足可以让人想象到这位姑娘踢腿、下腰、舞剑、玩枪花儿时的风采。《醒酒》中，浪荡小伙儿大林终于结婚成家了，但他酩酊大醉，却要寻找白光。作者写他高大，是"铁塔似的身影"。他推开要送他回家的陈老师，"像做了一件什么伟大事情，傲然地站立着……"而白光看见他赶紧向后一躲，"就像老鼠看见猫"。因为大林当巡夜民兵时曾经抓住白光偷粮食，讹了白光十块钱私了，从此白光一直很怕他。今天他要把十块钱还给白光，这便是他了却心腹事的伟大事情。作者用比喻的手法描写了这个决心改邪归正的青年，醉酒也便是醒酒，是人性、良心的复苏。在追述大林发现白光来偷盗时，作者说"他心里快乐极了，就像打獾的时候，看见那獾已经钻到獾笼子里一样"，这个比喻也是很形象的。

贾大山描写农村老人也以物喻之。如《分歧》中，写大颜村水利工程仅仅摆了个样子，上级老许只看见岗子上一个锅锥架，一个小窝棚，那个颜福祥老汉"泥胎似地在那儿守着"。这是用几个静物和一个呆板的老头描述出了工地上死气沉沉。特别是只有个泥胎似的老汉守摊儿，没人打井，与老许想象的热火朝天反差太大了，所以老许便要找来支书发大火。还有《聋子》中，写夏夜人们在庙台上歇凉争论时，忽然听到菜地井台上传来一声叹息，"那人背向大家，像一块岩石，头上戴着一顶草帽，很破"。人们知道那是种菜的聋子。他不面向大家，又像一块不动的石头，夜晚也不离开那个破草帽，是作者向我们暗示此人个性古怪。后续中大家听他发表了一通见解，连地里的小虫也不叫了，让他到台上来，他却顺小路走了，印证了他被叫作聋子却能听声。这是明喻，也有几分象征的意思，读之有一种神秘、模糊的感觉。

贾大山以人喻人、以物喻人都增加了语言的形象性、生动性。这里以事物比喻青少年们显现出一种成长性或转化感，而以事物比方老人者则多有压抑感和悲悯感。这都是作品整体所需要的。

（3）喻人内心

在比喻人物中，除了上述以人或物为喻体，还应当看到有许多地方是表现人物的心情、心理的。贾大山表现喜欢、快乐心情的比喻，前面写莲池老人的无忧无虑便是。再比如《写对子》中，说春节前街上摆出桌子写对联，"暖和的阳光下，人们众星捧月似的围绕了我，人人喜气洋洋，情绪像梅红纸"。其中"众星捧月"是一个成语，表现了这个等待、观看写春联的场面，有团结、聚集的意味；"梅红纸"则是突出了人们的喜悦心情，这也是笔者在其他小说里没有见过的一种比喻。可以想象，那时桌上的大红纸映照着人们，个个脸上和内心都如梅红纸一般欣喜。在《腊会》中，描写除夕之夜县城各道腊会出动后，"满城的人们好像一下子改变了脾气……彼此见了面，都要道一声辛苦，说一声明年见"。是的，辞旧迎新过大年了，人们心里的忧愁和一年的辛苦全被抛到脑后，人与人之间的不快也将成为过去，所以都改变了脾气，邻里和睦，互道友好吉祥之语。中国传统年节的作用，从大的说是增强民族认同，从小的说是追求团圆、和谐，其凝聚力量强大无比。作者将这种力量具象化，却用了一个"好像"，产生了一种又随意又幽默的味道。还有描述腊会队伍在庙宇前吹奏乐曲，"庙里的白脸判官、焦面小鬼听了，好像也喜气洋洋的……"这是体现腊会活动既娱人又娱神，人神共乐，天地同喜，这种想象和夸张也十分恰当。作者又在《村戏》中，描写姑娘小涓躺在炕上，想到明天村俱乐部可以响排了，又想到以前演出时村民们为她喝彩，"她心里甜甜的，就像棉花获得丰收，领到超产奖金时一样快乐"。这是表现小涓热爱演戏，能让乡亲们看到自己的戏和得到奖金同样是她的乐事。

在《友情》中，那个天天在街上摆摊的钉鞋匠老石，发现被挂了多年的老倪将官复原职，便约好晚饭来家里吃。但下午看见了孙局长、白书记邀请老倪去看电影，一人扶着老倪一只胳膊，"另外两位拃掌着手，好像希望老倪再生出两只胳膊似的"。这是官场上的势利眼们抢了先，毕恭毕敬地侍候着老倪。作者以此把他们阿谀奉迎的丑态刻画得惟妙惟肖，令人可笑可憎。《眼光》中的钱八万，替人割麦被表扬却受到一些人的讽刺打击，有的还跑到钱家门口朝里观看："好像那院子里面，有一个新媳妇似的"。这是表现了人们好奇心强，一定要探究老钱这个自私鬼有什么秘密。《小果》中的小果，对恋人清明"冷着脸"说："……现在我长大了，好像一觉儿睡醒了似的。"是表现小果姑娘在结婚问题上有了主意。

以比喻的方式表达人的喜怒哀乐和心理状态，是作家实现对人物内宇宙进行挖掘探究以丰富人物个性和形象的有效手段。在贾大山这里，老喻体被活用，新喻体"梅红纸"等也被启用了，属于微观的语词运用的创新。

（4）喻人言行

人物的言谈包括发声和行动也都需要用比喻使之形象化。贾大山写小说中注重喻言喻行。这在后面第二章关于细节的真、奇、特等几小节中还会涉及。下面先说他如何喻言的。

比如《香菊嫂》中的主人公，当她丈夫双合对吕巧姐掏土烧砖赚钱的事说"研究研究"，还强调这叫"工作方法"，她一听"更是火上浇油，话头子犹如火鞭炸响"，大声说："早看透了你这'工作方法'！走，咱问问支书去，是谁教你的……"这"火上浇油""火鞭炸响"足可以表现出香菊嫂的性格火爆，而且无私无畏。《乡风》中，那个公社书记拐老张连续接到陈庄支书陈秋元两次电话，那说话声音很大，"扯着嗓子，好像打雷打闪"。老张对着电话机"好像看见陈秋元那急眉急眼的模样了，心里不由一阵好笑"。这"打雷打闪""急眉急眼"就把陈秋元的急脾气活画出来了。这是两人还未见面，陈秋元就先声夺人，老张只好匆匆上路去了陈庄。那一夜，当二满陪着老张伺候陈麦收老人吃了药出来，老张说今晚白熬眼啦。二满却一噘嘴，"好像和谁辩论似的"，说让不敢说话的人再开口说话不能急躁。这个可爱的小伙子反驳公社书记老张竟动了情绪，表现他在领导面前敢于直言。

贾大山用比喻描写人的言说，包括说话前和说话中的肖像、神态和一些动作，有急有缓，有平静有激动，说话的内容也有真有假，有正有邪，此处举出几例。在《钟声》中，那个每天半夜敲钟的路大爷，已经须眉全白得"棉花朵儿似的"，又说"他站在那棵槐树底下，仰头望着树上的钟，一下一下地拉着钟绳儿。那钟响一下，他笑一下，像是逗着一群孩子玩耍……"这位白发老翁半夜起来敲钟的动作和神态多么悠闲自得，他解决了人们浇地换班经常出现的口角问题，其善良和惬意昭然可鉴。在《西街三怪》"药罐子"中，李先生对怕病畏死又不相信西药的于老讲中西医各有所长的道理时是"像哄孩子似的"。一会儿于老说确实好多了，"大家望着他焕然一新的样子，好像打了个胜仗，一起笑起来"。《东关武学》中，那位县委老书记眯着眼听东关村新支书汇报，"不住地点头微笑，好像听戏似的"。《黑板报》中，青年黄炳文上树爬得很快，他坐在树杈里向"我"讲什么是"屋顶广播"时，"望着蓝天，像是背诵一首抒情诗"。那个小矮子、瘦巴脸的李黑牛，当听到现场大会主持人宣布让他介绍改造沙地的经验时，他就提上一把明晃晃的大镐，笑眯眯地向人群走去，"人们莫名其妙地向后闪，好像看变戏法儿似的，围了一个大圈儿"。在《杜小香》中，小姑娘杜小香故意从房上扔下篮子，到我们知青屋里来，"一个一个地看着我们，像是寻找一种稀罕东西"。在此之前，交代我们小君说山东快书赢得了一阵阵掌声，成为村民们心目中的"一颗明星"。小香就动心机来找小君，可惜小君这天回城。"我"便给她讲演节目要先有人写台词，演员要把词儿背过。"她认真地听着，不住地点头，像是获得了一种新的知识……"作者笔下的这几例动作性比喻描写，都有轻松、快乐的优美型审美元素。

《钱掌柜》中的京剧癖钱掌柜，曾经被日本鬼子抓去要杀头。他见墙上挂着一把京胡，便又拉又唱地得到赦免，还与鬼子交上了朋友。"我"好奇地问：日本人也会拉京胡？他便说："唉，吱呀吱呀的，像推碾子！"这是作者通过钱掌柜之口评价日本人拉京胡水平很低。过去村间都有碾米轧面的石碾，使用时碾轴就会发出吱扭吱扭声。以此形容拉胡琴的难听是农村口语，用在此处产生的效果却是幽默有余的。至于《京城遇故知》中，那个驻京办事处的老戴形容各厂业务员的行为，"看他们办事，就像看杂技团演员走钢丝儿，眼晕……"这是通过老戴之口比喻业务员们不但难以领导，吸烟喝酒打麻将，而且没有人家打不通的关节，会玩能干效率高，大概还有暗箱操作等不法手段吧。老戴很负责任，一天半夜未见小夏回来，便急急地走出去沿街"可着嗓子"大喊："小夏——你在哪儿啦……""像在村里呼喊丢失的孩子"。这又是一个让人紧张的镜头。《沙地》中，那个老社长一条腿施工时被冻土砸拐，他拄着棍子，"走起路来像蹦，'蹦来蹦去没个消停'"。这似乎样子可笑却又让人产生沉重的怜悯之心。他临终前还盼着老天下雨解旱，"静静地躺在炕上，两眼直直地望着屋顶，像是思忖什么"，"忽然他的眼睛亮了一下，扶着老大的手坐起来，两只黄黄的薄得发亮的耳朵像是在捕捉一个声音：'响雷哩？'……"天不落雨，不解旱情，老社长可是死不瞑目，他似乎听到了遥远的雷声。作者描述得既神秘又悲壮。

如上探讨贾大山在明喻人物方面，是全面、系统而多姿多彩的。无论是比喻人物的肖像、个性还是比喻人物的心情、言说与行动，都在白描中掺入地方性语词，努力把人物的外在和内心描述得更形象更可读，在微观质地上增加了作品整体的艺术性。

2. 活泼喻事

喻人也必须喻事，让人物和事情、事件不呆板、不干巴而都活泼起来。贾大山对事情的比喻相对较少，但也有值得一提的妙处。

如在《二姐》中，"我"的亲戚二姐总来走后门买东西，"我"几次为她买了碱面，而且从来不要她的钱。有一次来，二姐说要为上中学的儿子买一辆凤凰牌自行车。"我"马上回绝"不能"，这可不比碱面，"对我来说如摘王母娘娘的蟠桃，如采南极仙翁的灵芝草一样艰难"。这两个来自神话传说的比喻就是常说的比登天还难。《阴影》中，柳二嫂一经王跑儿的威胁，便真的对丈夫这些年来的所谓改革产生了怀疑。"改革，在她看来，好比庄稼人翻修房屋，是很艰巨的事。他们的改革，怎么就像集上那个变戏法儿的？两只碗，空的，碗口一对，吹口气，嘡嘡的就来了钱！"这是一个农村妇女对某些假改革、真作私现象的疑问。《贺富》中的淘粪人王不乱，由无偿尽义务变成有偿服务后，四十一户"就像缴纳水电费一样，按月付钱"，是说明城镇里淘大粪也市场化了，但这是公开透明地用劳动换取报酬的。《友情》中，那个下野的老倪早晨去排队买肉，却被几个人"肩膀一横，先后站到他的前面去。他们好像因为自己没有老倪那样的厄运，理所当然地应当站到老倪前面似的……"这是钉鞋匠老石看见和想到的，在批评某些没挨整甚至是整人的人蛮横无礼，也为失势的老倪抱有不平。在《三识宋默林》中，"文革"中被造反派打倒的"走资派"宋默林的老伴对调查组苦诉道："这些年的日子，你晓得我是怎么熬过来的？……大年三十黑夜，人家给我贴个白对子，很像俺家死了人似的……"这又是"文革"被整家属在控诉当时极端分子的恶劣行径。

贾大山所喻之事，常有批评、批判的否定性，从而思想力度较大，这是他喻事修辞的一个特点。

3. 妙肖喻物

作家用语言描写事物，像描写人物一样运用形象思维，必须利用具体意象。正如孙犁在论述文学描写时所说的："……我们看见一件东西的形态和颜色……立时会想起另一样东西和它做比，并且离开它以后，心里还存在着一个影子：大小、高矮、胖瘦、黑白。对一种声音也是这样。作者爱写出东西的形态、颜色、声音，或是用这一种形状、颜色、声音，去形容另一种东西的形状、颜色、声音。"[1] 贾大山颇乐于喻人喻事，也喜欢比喻事物，包括自然物、人工物和人体某部分，以及声响等看不见的事物。

例如《钱掌柜》中说："一棵古槐，树干已经空朽了，枝叶依然茂盛，葱葱茏茏像把大伞，半遮半掩着一个杂货铺……"这是主人公钱掌柜所处的外部环境。《醒酒》中，"尖俏的北风像刀削似的"，又是冬天风速和严寒程度的比喻。《取经》中的李黑牛说："这九百亩河滩地，表面挺平整，肥土层太薄，地下尽沙子，好比筛子眼儿，又漏水，又漏肥……"而王庄的王清智观看这片土地也是"平平整整、像镜面儿似

---

① 见孙犁《文艺学习》，作家出版社 1964 年 8 月第 1 版，第 19—20 页。

的"。如此镜面似的平川却筛子眼般地漏水，所以长不好庄稼，人们就要下大功夫改造它。粮食丰收后，农户要很好地保存，《白大嫂》中的白大嫂家，新麦子屋里放不下，就学着别人的样子买了几领新席，"在屋顶扎了一个圆圆实实的麦圈，远看像个碉堡，很是壮观"。那个小存家的屋顶上也"蹲着一个碉堡似的麦圈"。此乃冀中平原干燥气候里的存粮习俗。这象征着联产承包责任制后的农村富裕起来。北方许多地方把红薯称作山药，把马铃薯叫作山药蛋。《正气歌》中，那个郭爱荣从家里拿上几块煮熟的新山药，到野外去找支书祁老真说："来尝尝鲜儿吧，才分的沙瓤山药，这物件香甜干面，一咬掉渣儿，跟吃糖炒栗子一样！"这是美妙地形容新山药的好吃程度。祁老真一尝也如此称道新山药，表现出农民都喜欢自己的劳动果实。农作物种植有品种退化、复壮问题。在《三识宋默林》中，作者通过宋默林之口说："资本主义多哩，如今的社会主义好比宋庄的西瓜，转了种儿了……"这"转了种儿"一词既形象又深刻，嘲讽了"文革"中"宁要社会主义的草，不要资本主义的苗"的极端错误论调。

在那个大锅饭的饥饿时代，温饱是人人期盼的根本问题，许多人一见到食物就可能狼吞虎咽一番。在《花生》中，队长的女儿不过五六岁，生得又瘦又黄，"像只小猫"。但队长十分爱她，是在他的肩头上长大的。这天晚上，队长背来一筐花生，炒了让我们下乡知青吃。他女儿坐在我们中间，"眼睛紧盯着簸箕，两只小手很像脱粒机"。可见这小闺女肚里多么饥饿，多么爱吃花生。作者从比方小女孩双手像"脱粒机"到她被一粒花生卡死，是无辜的孩子成了那个年代的牺牲品，是如鲁迅所说的把好东西毁掉了给人看。还有《邵思农先生》里，描写邵先生的手指干净得"雪白，像玉石"，让人感到纯洁而温润，美观而有良好质地，隐喻着邵先生"济人多矣"的医德。但"文革"中，他被街道上安排去各户淘粪，用这双手拿的是粪勺、提的是粪桶、肩上挑的是粪担子，这很不公平。作者是怀着怜悯之心描写小女孩脱粒机似的手，也以敬重和赞美之情描摹了老中医的手。巧合的是二人都是悲剧人物，不能不令人叹息。在贾大山笔下还有人的头发比喻。如《会上树的姑娘》

中说，小欢的父亲还不到 40 岁，却长得"很是糟糕"，"他的头顶早秃了，秃顶四周立着几根黄黄的头发，像是旱坏了的禾苗"。用旱坏的禾苗比喻一个中年农民的稀疏黄发，很符合人物的身份，而且隐含着昔时农家贫苦，营养不良。回头再看《邵思农先生》中，说童年的"我"头上生了秃疮，头发一片一片地脱落，父亲买回山里红砸烂抹在"我"的头上，"半月后，头皮酥痒，一头新发宛若春天的小草，悄悄地钻出来了"。这是一种春草一般的新发，治它的方法是邵先生告诉父亲的，证明民间偏方简便而有效。又得提那个公私合营后的钱掌柜。他本来不抽烟，由于发给了烟票也就学起了抽烟，还用上了烟嘴儿，说发了烟票就得要，不要白不要。"我"见他把烟嘴叼到嘴里，"烟头儿朝天像个小高射炮"。这个比喻很能让人想象到钱掌柜坐着抽烟的姿态，在"我"看来是挺有派儿的，可谓惟妙惟肖。但他刚吸了两口，便听到街上传来一片哀哀的哭声，于是出去看了一下，又回头抓了两块饼干，"傻了似的走到街门口上，肃然而立"，"他不说话，呆呆望着飘走的白幡，好像遥望自己的归宿"。对烟头朝天如高射炮的比方和对白幡飘去的地方遥望，都是"好像"却大大相反，表现了这个白发老人的闲适又意识到自己可能好景不长的伤感。还有《梁小青》中，那个七八岁的穿着大红袄的小姑娘，在"我"们的窗前屋后唱歌，"仿佛是故意让我们听的"。又说梦庄的"最大特点就是静悄悄"，"在这样的雪天，我们听着那轻柔的、飘忽不定的歌声，就像是在天边的沙漠里，忽然发现了一片绿荫，一股清泉……"这是一段优美的抒情性比喻描述，让人心旷神怡，却证明当时贫穷的梦庄还不是文化沙漠，传统文化仍在民间悄悄地传承着。作者还善于喻写花卉、庄稼、传统小吃等物，描写中流露着平民意识，也体现着时代色彩。有的还会在下面适当处述之。

（二）明喻形态变化

我们从上面贾大山小说语言的明喻中，就可以感到那是不断变化的。一个是可能写人物肖像、心情、动作等描述串联在一起，一个是在语词组接运用上有顺序变化。下面重点说贾大山明喻中的三种现象。一种是多层明喻，大多二三个喻体并列出现；一种是肯定与否定性质的连接词和喻体先后交换或交替，可谓之转折明喻；一种是明喻与暗喻的联袂使用。

1. 多层明喻

这是所说的多层明喻，是指连续两次以上用"像""好像""仿佛"等喻词将主体和喻体衔接起来形成并列性关系。例如，贾大山在《钟》里叙述支书梁德正对青年梁树林没有好感时说："在他看来，树林就像一匹野马，像一条泥鳅，很难掌握。"这是两个"像"的连用，以"野马""泥鳅"为喻体，形容这个有头脑、会发家致富的年轻人不好驾驭、难以掌控。另一个是《麝声》中"我"下乡又住到田大娘家的晚上，和田大伯喝着茶聊起去年丰收时，"我"打开了话匣子，"好像吃炒豆一样干脆，好像说数来宝一样流利，那是积习"。这是描写"我"作为县里来的干部既有口才又善于讲形势和政策，言谈声音和语速都好。

下面重点看作者在《梁小青》中描写的那场全县歌手试唱选拔赛。开始时电子琴响起，声音颤悠悠的，"仿佛来自深山幽谷，湖面井底，很是动听"。这句明喻是浓缩地用了四个幽静的意象。在"我"回答了别人一句问话后，紧接着架子鼓、电贝司、电吉他一齐响起来，"震耳欲聋……"歌手们的唱法十分新奇，"像呐喊，像惊叫，像私语，像叹气"。这是先比喻电子琴声的悠扬、优美、继而泼墨般地连用四个"像"，描摹通俗唱法歌手在摇滚乐伴奏下的古怪发声，证明歌手们"各自不同，各尽其妙"。歌手们的表演动作又是"有的如醉如狂，不能自已；有的若无其事，像是散步"，其情态、动作也是各自不同，各呈其秀。作者如此写来，是用三个层次、九个喻词、十二个意象描绘出了一场音乐表演的盛宴。有的学者认为，对同一事物做出两个以上的比喻便为博喻。这个场面的描写则当为博喻之博喻，是贾大山在小说中做的一次明喻大展。读之，不能不令笔者如临其境、如闻其声、如观其形，得到一次文字音乐享受。作者笔下的多层并列性明喻使用量大。此处不再列举。

2. 转折明喻

在贾大山的明喻话语中，还有一些使用"像—又像""不像—像"的喻词者，形成了"肯定—又肯定"或"否定—肯定"的复句。"像—又像"是本来递进性的关联词，可用于喻人或喻物。但是，有的语义明确，有的是让读者揣测，从二者中去选择。例如《二姐》中，"我"拒绝了二姐买自行车的要求后，二姐便又问"我"能给她办点什么事，"我"便说可以给你一份演唱材料。这是"我"笑着说的，"像是在嘲弄她，也像在嘲弄自己"。到底是嘲弄谁呢？这是"像—又像"的复句关系，作者给"我"制造的语境，是逻辑上的递进又似转折，"我"又言她又言"我"，让人去琢磨，是都肯定又是半肯定，模棱两可，细琢磨的确有自嘲没有手眼通天以满足姐姐要求的本领。还有《电表》中，小妯娌小桂问什么时候还伙用一个电表，大嫂说等到电多得不要钱的时候，二妯娌墨香便忍不住笑着说那就不用电表了，作者形容"她笑声很尖锐，像是嘲笑别人，又像奚落自己"。这仍是看似判断了又判断，肯定了又肯定，实际上墨香嘲讽了小桂，也因自己笑声太高而又觉得自我尴尬。还有《亡友印象》中"我"见根生打了拾树叶的小男孩，手上沾上了他的鼻血，根生便从地上拔一团枯草擦了血扔掉。那团草被染红了，"像一朵美丽的野花儿，又像一堆带血的鸡毛"。这是喻物的，前一句是在赞美这团草，后一句则是贬低这带着人血的物证，是从肯定到直接讥讽式否定。

以"不像—像"的中介形式出现的明喻，乃是先否定后肯定的转折比喻模式。例如《村宴》中，叙述原支书老梁当政时村干部们几乎个个都是戏迷，有的还是主要演员。那时老梁"唱黑头"，但他身材又瘦又小，说话声音又低，"不像黑头像老旦"。这是作者最简短的转折明喻。可是下面再描写老梁一化妆上台唱包公又是人人叫好，这句话的小转折便引出了后面的大转变。再一个是《枪声》里，梦庄夜晚庙台上几个人讲述强奸犯小林被枪毙时的枪声："枪真响，叭，像放鞭炮！""枪不响，噗，像放屁……"这是一个说枪很响，一个反驳不响，乃为"像—不像"比喻模式中双人对话转折的特殊一例。贾大山运用转折明喻，最典

77

型又较复杂的是在《钟声》里描写我们对半夜浇地换班时会有钟声提醒的猜测：

> 每天半夜里，都会听到几下钟声——不像平时上工的钟声，也不像集合的钟声，像学校里下课的钟声。在黑夜的田野上，那声音显得很舒缓、很庄重，就像一个和蔼的老人，耐心地劝说着我们，平和着我们浮躁的心……

这一段是作者在"不像—像"的一般格式运用中做了强调变化，用两个"不像"、两个"像"描述了这令人轻松起来的半夜钟声，是双否定加双肯定，并且随即做了对钟声的贴切形容和议论性抒情。

上面这些转折性明喻，让我们窥见到贾大山比喻修辞的常用模式与叙描用语的机巧与微妙，形成了他对一定对象、一定场所、一定心境的比喻用语特点之一。这种转折明喻，在周克芹、高晓声、赵本夫的几本书中还未发现过。

3. 明暗联袂

明喻和暗喻是可以联袂运用或称之兼用的。说来，暗喻的特点也是主体喻体都出现，中间多用"是""成""成为""变成"等，有的不用喻词，与借喻、借代相近。暗喻也称隐喻，但这是狭义的语言学、修辞学上的概念。所喻包括人、物、事等。还有他喻、自喻之别，肯定、否定之异。在贾大山小说中，两喻联袂者大致有先明喻后暗喻和先暗喻后明喻两种模式。

首先说其先明后暗的比喻。例如，作者在《拜年》中交代忙月的身世时写道："他像父亲那样劳动，那样治家，学生时代的兴趣和爱好，早变成一个淡淡的遥远的梦了……"此处"像"是明喻的喻词，"变成"是暗喻的常见喻词。忙月是初中毕业生，回乡劳动后只学着父亲那一代人的样子生活，原来学习的知识不常用便快忘完了，而新的知识又未能随时汲取，这便为前面叙述忙月在岳父和大姐夫面前的言谈出错做了铺垫，也为他后来偷偷订报阅读提供了缘由。在《京城遇故知》中，作者说老戴五十多岁，苍白的头发，黑黑的脸孔，一笑一只眼大一只眼小，"两点秃眉弯弯的，像两个爬着的逗号儿"。当"我"问他一个人来首都憷不憷时，他马上说不憷，咱也添了两件行头，西服一穿，墨镜一戴，谁晓得咱是几级干部？再说北京又不是番邦外国，自个儿的首都。"说罢，两点秃眉又笑成了逗号"。这是先形容老戴的两点秃眉像两个逗号，后又说他的秃眉笑成了逗号，是作者在描写同一事物时用了明喻又用了暗喻。既描绘了这个农民的和善容貌，也表现出一个庄稼人摇身一变适应了城市新环境，并且充满了自信。

再看贾大山先暗喻后明喻的描述。如《沙地》中描写那位老社长，在这天傍晚收工时，"我远远看见一幅'油画'：老社长弓着背、低着头，呆呆地站在沙岗上，像个木雕。他的面前是新坟、白幡，他的背后是一片血红的晚霞……我走过去叫了一声，他才如梦初醒似的抬起头来"。这里以油画暗喻打井工地在夕阳西下后的全景，再明喻老社长发呆如"木雕"那样一动不动，又用"如梦初醒"喻之陷入了忘我的沉思。情景交融、人物两静，打井不成反而造成砸死人这种悲剧的压抑气氛，通过老社长欲哭无泪的站立和晚霞等弥漫出来。这真是一个抗旱找水的血色黄昏。而在《写对子》中描写年前写春联的大街上又是一幅喜庆的人间图景。特别是作者描写"四类分子"路老杏一手提着一条大红春联，"飞一般走了……""'飞'到拐弯的地方，他还故意蹦了两蹦，像扭秧歌，人们笑得更欢了"。文中的"飞"是不用喻词的暗喻。作者还把第二个"飞"加了引号，以让读者更加注意。之后说他的两蹦像扭秧歌，表现其快乐至极，让人们笑得更欢，民间过大年的喜庆快乐气氛就更为浓郁。

贾大山把明喻修辞运用得十分全面，都是随他写人状物的需要而变化多端，明暗结合更使他小说文本具象而活泼。

（三）无花果似的暗喻

上面已经涉及贾大山小说文本中的明暗两喻联袂而用。他笔下还有不少贴切而得体的暗喻，在其语言表达中起着很好的形象性显现作用。

1. 暗喻人

例如《弯路》中，描写那个文化不高、能力不强的钱庄支书钱合是"说干就干，点炮就响"。公社老乔经常提醒他别自行其是惹下乱子，他总是不以为然地说"笨鸟先飞吧"。这"点炮就响"是他行动快捷个性的暗喻，其"笨鸟先飞"是自喻为慢鸟那样只好先飞，表现他的态度是积极向前的。平民百姓中早就有"笨鸟先飞晚入林"或"笨鸟先飞早入林"之谚，钱合只说前四个字似是未加思索的顺口而出，也很符合他的身份和心气。在《迎春酒会》中的麻子老黄，是化肥厂的一个科长，在化肥紧缺的年代他是个被各队所求的有权人。所以他在梦庄的迎春酒会上一表态就能博得热烈的掌声。作者便说："老黄是酒会上的一颗太阳！"可见对他寄希望最大、评价最高，"太阳"一喻也是一种夸张，却也与那人那场合很相符，且带着几分风趣感。《拜年》中那个以敲大鼓为荣耀的岳父，夸过口又被女儿夸奖之后，"两手一展，嘴笑成一个黑洞"。可见他是得意至极、体面至极了。《乡风》中的拐子老张，面对曾经因果树苗冻死而骂他的老头陈麦收，见他现在怕自己报复又做检讨，便暴跳起来说，你骂得有胆气，"那种掉片树叶害怕砸破脑袋的人，请他也不会骂。""可是，今天呢，这样稀里糊涂地认识错误，你不觉得亏心吗？咱们中国人难道从娘肚子里生下来就是这样一副喜欢挨棍子的贱骨头吗？"这段慷慨激昂的言说中，"掉片树叶害怕砸破脑袋"是暗喻，"贱骨头"也是反问中的被否定的暗喻，表明老张办错事情不怕挨骂的坦荡心地。麦收老人听了便突然站起来，愣了半天才抖着胡子说："老张，你肚里能赶车！"又称赞支书陈秋元："你肚里能开船……"这又是两个熟语，在"宰相肚里能撑船"基础上演化出来的两个暗喻，形容他们心胸宽阔。麦收老人被老张一番真情实言感动了，两个人都依托于作者运用的暗喻而得到了性格、境界的升华。

《正气歌》中那个"老别筋"祁老真见争出风头大搞所谓"意识形态领域革命"的郭爱荣哭了，却没认识到自己错在哪里，便摆事实讲道理，最后说："爱荣，咱们是种地的，不是耍猴儿戏的，别尽卖花哨，图好看，别人一敲锣，你就上竿儿！"这"不是耍猴的"便是否定性的暗喻，一敲锣就上竿儿是对耍猴比喻的形象性补充。祁老真这几句话证明他坚持从农业生产实际出发，不要只听上级谁一鼓励便头脑发热丢了农民种田的本分。在《钟》里，那个梁德正说，牛老桥"不仅是个驯服的工具，而且是个可爱的玩具"。这是梁德正内心看不起这个只留恋大锅饭生活的老桥，却又把他视作在其他事上听话的工具和可以任意摆弄的玩具，表现出梁德正身为村支书却内心龌龊。在《贺富》中，县城淘厕所为生的王不乱回答别人的问话时简单而又幽默："哪里，我是属狗的。"民间头口语常说"是狗就忘不了吃屎"，王不乱简化地说自己属狗便是自己仍然在淘粪，其自嘲意味很是实在。《迎春酒会》上老支书说"咱也是狗急跳墙"，同样是自嘲性自喻。还有《电表》里墨香对小桂讲过《红楼梦》中大观园的婆子包工干活。可是这天小桂说："你看我，简直是猪脑子……今儿又忘了，大观园的竹子包给哪个婆子了？""包给你了！"墨香冷冷地说，"你也是大观园里的一个婆子！"这是小桂没话找话，墨香心烦便趁机挖苦了自私的她。那是《红楼梦》中探春姑娘主事时，见婆子们吃酒打牌不干活儿，就搞了分包责任制，荣国府的收入提高了。这与妯娌三个分开电表减少家庭开支是情节上的隐喻，乃古今一理。墨香的愤私嫉俗个性，在此鲜明可见。另有《午休》中那个爱挑拨派性的秦琼，曾在养貂的秦老八面前表示，我要是说了假话就是"貂下的"，乃是作者让他自喻自贬，露骨三分，可笑可憎。还有"戴着笼头哩"，比喻宋默林戴着政治帽子被管制中，如牛马戴着笼头不得不听话。等等。贾大山用暗喻表现人物的地方有很多，此处从略。以上可以看到，其暗喻写人具有肯定性，或从反面做了明确的肯定，或褒或贬，不模糊不用人猜想。即使有的只说半句留有潜台词却也一般能让人准确悟得。

2. 暗喻事物

我们还应该看一看贾大山的暗喻事情、事物的修辞。首先说喻事。例如《取经》中，张国河叙述李村支书李黑牛的苦难童年和革命经历后，说他"斗大的字认不了一升"，"他看一本书，比锄十亩地还费劲哩！"这是说李黑牛文化水平太低读书困难。此篇中还提到对沙地"开膛破肚"，那是指土地改造的方法。但这为他后来能读书、讲名言做了

81

一个前提。在《一句玩笑话》里有一句"难道还要在他们的心灵深处留一个大疤瘌吗？"这是县林业局牛局长为小叶平反劝说当时的梁副局长说的话，在反问中用上了地方口语"大疤瘌"，暗喻遗留的政治问题。前面提到的老黄媳妇上房骂街时用的"采过谁家的花，盗过谁家的柳"，也属于喻事喻行。

其次是关于事物的暗喻描写。在《钟》里，牛老桥的女儿小凤对农村分田到户联产承包政策是理解的。在乡里老杨来看老桥时，小凤就帮助老杨劝说道："爹，你不要操这种闲心，生这种闲气了吧！社会主义不是罗锅的腰，拐子的腿，一点变化不得……"这是从反面肯定社会主义是随着形势有所变化的，不能像罗锅、拐子的肢体那样僵化。

笔者考虑，前面关于贾大山明喻中已经谈喻事喻物者不少，这里便多省略了。暗喻，在贾大山小说比喻的大花园里，是一个不可缺少的品种，但它很像无花果有花极小而被人误认为无花，它不招摇却也碧绿可爱，并且会结出甜果的。

（四）生活化的借喻与借代

贾大山小说修辞中还有许多借喻和借代。借喻作为比喻的一种，注重事物的相似性，具有比喻的性质，但它借中有代，可以改为明喻。它无有喻词，直接以喻体代替本体，或本体不在本句内，所以借喻的长句子较多。而看似相近的借代，是用甲事物代替乙事物，代而不喻，侧重于事物的相关性，也被称为换名。二者性质不同，却都是借用另一物（另一词句），则又有相交叉的一面，所以笔者把它们放在同一小节简要论之。

1. 借喻

贾大山小说中的借喻少于明暗二喻，却在艺术表达的形象性上不亚于明暗之喻，比用"像""是"之类喻词的比喻更委婉也更直接地作用于事物本体。例如《坏分子》中：

> 四清运动刚刚开始的时候，我给不少村干部写过检查，后

来被工作队制止了。因为我给他们写的检查……深刻，一次就能过关，不利于他们"洗手洗澡"。大概是为了让他们多洗一些时候，洗得更干净一些，工作队……指定……才能给谁代笔。于是那些犯了错误的干部们，都希望……到我的屋里来。因为我一下手，就意味着他们的问题已经……定案，他们就要"下楼"了。

上文的叙事掺和着借喻性描写。"过关""下楼"是借喻被审查者的事情已经理清，有了定论。"洗""洗手洗澡"是让被审查者接受教育和审理。贾大山小说中的这些用语，都是当时农村人皆知的四清工作用语，被作者借来糅入其中，具有鲜明的时代感。

在《春暖花开的时候》里，故事背景是"文革"结束后仍然极左余毒弥漫的时期，大梁村的梁大雨、宋满场没有在县四级干部大会上观看样板戏便跑回来抓生产，被公社黄主任认为是严重问题。作者便这样写道：

> 不消说，又是路线问题。唉，如今当干部，真难呀，抬手动脚，一不小心就碍着"路线"！满场明白，这位……黄主任，忽然抓了个"看戏事件"，绝不是他俩瞎了两张戏票。风是雨头，这一回，说不定还有一场雹子哩。他越想越气……大雨批判他，他说有病；大雨问他有什么病，他两眼一瞪，火爆爆地说："路线癌！"从此便实行了"甩手疗法"。

这段描述，以说事为主，涉及说人，说人又涉及当时大事，即所谓两条路线斗争。"风是雨头""雹子"是借自然天气变化为喻；"路线癌"是作者创造的仿词，喻不可治愈的路线病，满场这样说得深刻而尖锐；他的"甩手疗法"是体育运动疗病之法，借于此表示他撂挑子不干了，进一步说是极左思想和路线使他觉得没法干了。这段路线问题的描述很容易让人写得干干巴巴，但贾大山却用借喻和借而有代的行文搞得时代气息和艺术味道十足。

在运用借喻写人上，作者在思考那个当驻京办事处主任的老戴时说，他以前去石家庄参观农业展览丢了钱包，从此再也未出过门，"现在，只身来到这样一个城市、管理那样一些青年，岂不是让刘姥姥管理大观园吗？"这是借《红楼梦》中刘姥姥从乡下来到京师荣国府少见多怪闹笑话的情节，来比喻老戴在这里管人管事，会是一个当今的刘姥姥。刘姥姥进大观园的典故在小说和文人圈里本来已经多用，表达人的土气和无知，作者在此用之倒也合适，且流露出"我"对老戴能否胜任的担忧。作者所借之喻带有批评性的贬义，但人会随着时间变化，缺点会在实践中转化成优点的。刘姥姥不是学到了很多开了眼界吗？作者在这里用比喻贬得他们越低，后面更会显示人物变化之好。

当然，贾大山运用比喻修辞是不受修辞学理论约束的，他从生活现实出发，常常是信手拈来，得体便好。

2．借代

前面说过借代修辞注重事物的相关性，是代而不喻，内涵却是一种隐之更深的事物形象描写。其多用于名词的代替，包括具体代替抽象、外号代替真名、专名代替泛称等几种借代方式。在贾大山小说中，借代的运用总量大于借喻。

（1）具体代抽象

例如在《眼光》中，说钱八万把困难户的二亩麦子割了，"让你再钻一次喇叭筒"。这是嘲讽者带着嘎笑说的，意思是让广播里再表扬你一次，用"钻喇叭筒"替代了表扬、夸奖。钱八万还真中了激将法，真的带领全家去割麦打麦，真的又受到了广播表扬，压住了嘲笑他的言谈。作者直接遣词代人的，有如《卖小吃的》中，卖饼子的、卖豆沫的、卖牛肉的等等，都是"的"字结构的使用，也都是民间口语，平民们创造了丰富的比喻和借代，才让识货的贾大山恰当地吸收到作品中的。

（2）外号代姓名

为人物起绰号亦称外号，是宋代以来话本小说创作的一个特点。

《水浒传》中一百单八将个个都有形象化的外号，突出了人物的性格。在贾大山小说里，既继承了为人物起外号的古风，也创造了一些他人作品中少见或独有的外号。它们大多具有时代特征、地方生活特征。

像前面几次提到的"赵三勤"，是把这个外号代替了浪荡青年赵小乱。《正气歌》中支书祁老真的外号是"老别筋"，《林掌柜》中"我"父亲与林掌柜还互称"老鸟"。特别是《西街三怪》中的三个老头都有外号，是贾大山小说中借代人物姓名最多的一篇，他们是"药罐子"于老、"火锅子"杜老和"神算子"黄老。于老特别怕死，小病大养，值不值得就找李先生，一见就"哎哟，我不行了！"作者也便用"不行了"代指他。杜老爱吃善吃也爱吹牛，逢人就要显摆自己的火锅子多么丰盛，连剩饭剩菜他也称为"折罗"，所以被称为"火锅子"。黄老是个读过古书有学问的人，到不惑之年方如一颗明珠"放出光芒"，给人们算命或预言世事，也被称为"半疯子"，一些人还称其为"哲学家"。文中这些外号借代效应强烈，形成了人物描写仿古手段运用的一次集中展示，古色古香又不失当代北方城镇风味。对于《腊会》中善于吹奏的李云朋、马老润、杜傻子，号称"三支大笛儿"，此乃集体称号。解放初的智县委，因为敢打白吃白拿的所谓有功者，批评各摊贩也狠，便被人称为"智大炮"，基本上属于一个爱称。他见"我"写的大楷字是宋代邵雍的"一去二三里，烟村四五家"而总叫"我""一去二三里"，也是富有诗味的爱称。《杜小香》里的知青小君会说快板《武松打虎》便被称为"武松"，借代得也顺理成章。还有类似于外号别名的"白大嫂""丑大嫂""俊姑娘"等等。

总之，长于语词推敲选择的贾大山在小说中运用了数以百计的比喻、借代，使他的小说语言变成了比喻、借代修辞的反复对话、众声喧哗，也可称为喻写借称的园圃。林斤澜在评价贾大山小说时说："对于一个作家来说，咬文嚼字不是雕虫小技。实际上若不嚼出瘾来，是当不好作家的。"[①] 贾大山在他的小说语词运用上是嚼上了瘾，在喻写借称

---

① 见林斤澜《初三说三声》，贾大山著、康志刚编《贾大山文学作品全集》，花山文艺出版社 2014 年 10 月第 1 版，第 607 页。原载《长城》1990 年第 2 期。

上下了苦功，从而在作品细部表现人与事上不能不产生令人耳目一新的艺术效果。

二、浪漫机智的拟人、反讽和夸张

我们从上一节关于比喻和借代的论述中，就会感受到贾大山在写实性白描语言中也有五花八门的想象、联想，要不哪有那么丰富多彩的打比方呢？这表现出作者在现实主义创作道路上没有拒绝浪漫的艺术表现手段。他是现实主义精神为主，兼及浪漫蒂克的表现手段为辅。陆贵山曾经论述现实主义与浪漫主义是源远流长的两大文脉，它们之间应当互动互补、共存共荣、竞相发展，"钟情于以反映客观世界的写实文学，不能拒绝表现主观世界，而是应通过审美经验的过滤，在揭示反映对象所蕴藏的思想性、科学精神、时代精神和历史精神的同时，表现一定的甚至强烈的人文精神"。① 这样的观点是客观公允而且被过去、现在许多作品所证实的。贾大山小说创作的选材立意来自生活现实，具体运用了文学意味的语言表达，在宏观与微观两个方面又现实又浪漫，活泼了他的小说文本，也体现了他遣词炼意的机智与功力。在前面所论其比喻是如此，在他运用拟人、反讽、夸张等修辞中也是如此。

（一）浪漫多姿的拟人

从修辞学角度说，根据想象把物当作人来写，或把人当作物来写，以及把甲物当作乙物来写都为比拟。这是物的人化或人的物化，具有思维的跳跃性，能让读者随着比拟展开想象的翅膀，获得一种审美意境并加深对人或物的理解深度，使读者对喜者更喜更亲切，对恨者更恨更厌恶。在上一节关于比喻探讨中涉及了以物喻人，此小节就重点谈贾大山小说行文中的拟人修辞。其中有的与拟物兼用而连串。关于拟人，换个

---

① 转自袁学骏《文艺科学发展论》，花山文艺出版社 2012 年 5 月第 1 版，第 124 页。原载 2009 年 6 月 13 日《文艺报》。

说法便是将人之外的事物人格化，让活物如人，死物活成人，都有了人的情感或心理。

1. 以物拟人

先看作者把动物拟为人。例如《亡友印象》中，"醒来的时候，天就明了。一只黑狗站在我们身边，惊奇地望着我们，我们不禁相对而笑"。这是说"我"和好友根生出席一次婚礼活动都喝醉了，倒在大街上直到黎明，却无人叫醒，只有大黑狗不解地望着我们，用"惊奇"二字将它拟为人了，给人一种滑稽之感。因为作者内心是在讽刺这两个醉汉。再如在《电表》中描写一位贤惠的大嫂时：

> 大嫂脾气儿好，是人人皆知的。不但人知道，燕子也知道，麻雀也知道，猪也知道。春天，燕子回来了，总要到她屋檐底下结巢；麻雀敢于飞到她的屋里，站在窗台上玩一会儿，站在枕头上玩一会儿。她男人喂猪，扔一把青草，舀两瓢泔水就行了。她喂猪，如果没有真材实料，猪就不吃，摇着大耳朵哼哼地撒娇——猪也欺她脾气儿好。

这是作者写下的一个精彩段落，用燕雀等三种动物把大嫂脾气之好衬托出来。燕雀都知道她善良、厚道，就和她亲近，特别是那头大耳朵猪竟然敢哼哼地"撒娇"要好吃食，欺负女主人的慈善，这是作者把大嫂的温柔脾性写到了孙犁所说的"极至"。其中"撒娇"和"欺"字颇为传神。此乃贾大山运用拟人手段突出人物个性的一个创造。

再看作者写植物。这里只举其《水仙》为例，全篇不过 2500 字，却集中笔墨描写水仙花，运用比喻也主要是用于拟人。当"我"到小厂长、诗歌爱好者小丁家去谈诗时，发现他养的一盆水仙花"已抽出一把芽子，一片鹅黄，夹着翠绿，十分精神！""我"便惊讶地说真好看。下一年春节前，小丁便送来一盆水仙，以后连年如期送来，大大增添了"我"过年的喜气和乐趣。请看如下一段：

我把它养在窗台上，让暖和的阳光照着它，让树上的小鸟歌唱它，让漫天大雪做它的背景。

　　恰在这时，我的花盆里也有个花苞咧了嘴儿，雪白的花瓣儿，嫩黄的黄心儿，吐着淡淡的清香，向我展开新春的微笑。

　　如上第一个整句，用三个"让"的排比手法表现"我"珍爱这水仙花，因为它"叶茂花荣"，逢年盛开。第二个整句，直接描摹水仙初开的样子，是咧着嘴儿向"我"献上了新春的"微笑"，它是通人性、有情感的逢时吉祥物。通篇以花为核心，诗情画意，情致高蹈，皆因作者把小小水仙花拟人拟到了家。这方面，还有《拜年》中叙述古时一个李太守，晚年不为儿孙留钱财，而是栽了一千棵橘树，还称这片橘林为"木奴"。太守的后代便可靠这"木奴"生存，则亦是形象的拟人之笔。

　　至于用拟人描写其他事物，贾大山也把许多死物人化得具有了人的生命感。例如《林掌柜》中，"丁字街口朝北点儿，面南蹲着一对石头狮子，面北蹲着一对石头狮子，四只石头狮子龇牙咧嘴，同心协力地驮着一座古老的木牌坊……"这是写出了古老石狮的外形，也写出了它们的内在，即如人一样"同心协力"地常年负重于此，具有忠于职守的品德。作者在《钟》中写分田到户之后，生产队的大小铁钟"沉默了"，梁庄西口上这口铁钟"也沉默了，但它依然那么挂着，庄重地挂着"。我们都知道，过去农村大集体时期的劳动、开会都以敲钟为信号。现在闲了起来，大多已经摘掉，只是梁庄西口这口废钟"庄重"地挂着便引人注目了，那是已经过时应被淘汰的东西，却是主人公头脑还留在生产队时期的僵化的象征。于是，这口被作者人格化了的老钟便引发了后面一连串不应该发生的故事。作者在《友情》中描写风雪之夜的巷子里，"没有一点声息，只有空中的电线哼哼地响"。这种拟人效果，给人一种凄凉之感，与主人公耐心等待请客对象而不得见的心境是一致的。这"哼哼"声，可以理解为被请的人架子大了，也是对主人公太当真地践诺而被戏耍的嘲讽，还可以视作暗示主人公对失约者的不满。作者将事物拟成人的语句还很多，此处就打住了。

2. 拟喻兼用

贾大山小说中的拟人与比喻连续兼用者，有不少也值得一议。有的是先喻后拟，有的是先拟后喻，这由作者根据情节发展和人物塑造需要而灵活把握。

下面先看先喻后拟。例如《飞机场上》候机的梦庄魏嫂这样诉说：

> "我不是发牢骚，我说的是实话！"魏嫂一气儿喝干了一碗茶，诉哭似的对我说，"从前种地队长操心，如今种地自己着急！你就说那电吧，能把人气哭，也能把人气笑。黑夜里该你浇地了，它停了，一等不来，二等不来，你刚刚钻了被窝儿……"
>
> "它来了。"王掌柜趴着柜台，忽然插了一句。
>
> "赶紧穿上衣裳，往地里跑吧，你刚刚跑到地里……"
>
> "它又停了。"……

这是魏嫂道出了电与人捉迷藏，人被电涮苦了的情景，乃是 20 世纪 80 年代改革开放初期农村电力不足状况的具体反映，也是对农村改革前后两种生产劳动方式的利与弊的揭示。作者通过魏嫂之口将电流"气"人这个细节写活了，而且颇有现实生活的质感，朴素中包含着恰当的浪漫。还有，作者在《午休》中描述那个好事的秦琼在等待秦老八表态时，插入"谁家的鹅哈哈大笑似的叫了两声"，乃是作者以此衬托挑拨是非的人不受欢迎，连墙外的大鹅都嘲笑他又懒又穷却总爱制造动乱，十分恰当而富有象征性。

先拟后喻者，如作者在《钟》里描写元宵节之夜的热闹场面是"各街的鼓声、钹声，疯狂地响着，像是向谁示威，满天的起火，焰花，贼亮贼亮，越看越像特务们放的信号弹……"其中"疯狂""示威"是拟人，"贼亮"是拟物。"文革"后期曾经有过特务来放信号弹搞破坏的传讲，许多焰火升到空中后与信号弹十分相似，村支书梁德正便联想到信号弹了，也表示他对这种喜庆场面很厌恶，是村民快活他冷漠。在《担水的》中，描写担水送水为生的老魏过年时总要在井台上贴红帖，还要燃香烧纸敬井泉龙王。"那香着得欢欢的，像一朵静静开放的莲花"，是先拟香火"欢欢的"，如人一般喜兴，又将其喻若莲花之美丽，代表着老魏心中以为龙王会继续保佑他有汲不完的甜水。

这里还有两个关于药物的特例。一个是《劳姐》中的主人公让外甥女小秀去买药时说："开胃的，败火的，治咳嗽的，大夫晓得。要是有那解忧的、消愁的，也给我拿点来！"其中"解忧的、消愁的"是药典里没有的，此为暗喻或言为借代，很是耐人琢磨。乃是劳姐大娘生气中顺口说的。再就是《老拙》中的主人公对"我"阔论今天需要阿Q精神，因为国人已经"觉醒"，不是不争，而是善争……一争再争。那争不到名利、职称、官位的人们怎么办呢？他说：

> 这就需要一种新药了：忍让心一片儿，大肚肠一条，和气一两，谦虚八钱，阿Q精神少许，将药放到空虚锅里，添上难得糊涂水一瓢，点着三昧真火，慢慢煎熬……吃了这种药，清气上升，浊气下降，二气均分，身体健康，同时有利于社会稳定。——稳定是压倒一切的！

此为连续的暗喻和借代，形成了富有节奏的脍炙人口的所谓治心止斗"药方"，那么幽默，那么顺畅。在整体上则是借来部分人体与性情进行的幻想性艺术表达，具有了比拟性。其幻想的构思方式，源于佛道学说和民间仙道人物故事，形象性极高，且幽默感、通达感极强。

以上关于贾大山小说拟人为主的修辞分析，其中比喻与拟人、借代兼用，更增强了语言的表现力与可读性，不能不令人玩味不已。

（二）机智犀利的反讽

民间口头上的表达，有时会说"反话"。我国教科书上称这种语言现象为"反语"，定义是使用与本来意思相反的词语或句子去表达本意。① 这里包括设问和反问，前者是无疑而问，自问自答，后者却是明知故问。还应当包括有疑而问，可以自答也可不答。它们在生活现实和小说中都是存在的。贾大山小说中便多有这些语言现象，其中有不少这些定义范围内的反诘、反唇相讥，都属于嘲讽性的反语，有时与设问、反问相混合而交叉出现。

这应当援用一个文学上的概念"反讽"。反讽（irony）一词来自希腊文 eirônia，原为希腊古代戏剧中一种固定的角色类型，即"佯装无知者"，在自以为高明的对手面前说傻话，而最后证明这些傻话是真理，从而使对手只得认输。② 这一概念在当今文学批评中得到普遍运用。美国新批评学派的克利安思·布鲁克斯也将反讽界定为"语境对于一个陈述语的明显的歪曲"。③ 简而言之，反讽就是言在此而意在彼，说出来的与未说出来的暗示不重合。我们的贾大山在小说中的反讽，既有讲说者的陈述句或人物的疑问句、感叹句，还有人物之间的对话问答。根据贾大山文本的实际情况，这里分为反话正说、反诘和一般嘲讽或称为讥讽。

1. 三种反话正说

反讽是一种修辞又是一种结构策略。其大部分表达中"言在此而意在彼"，充满了机智的调侃、揶揄和戏谑，颠覆着权威话语或现实中的错误，使语言具有了否定性、批判性，也产生了幽默、诙谐的喜剧味道。贾大山小说中的反讽几乎篇篇存在，这是他的日常幽默言说文体的重要表现。笔者梳理其反讽中的反话正说，可再从语境角度分为正说式、戏仿式和顺势回敬式。

（1）正说式

这里的正说式，主要是指那些作者叙述或某人陈述的反话，却被郑

---

① 见黄伯荣、廖序东主编《现代汉语》（修订本）下册，甘肃人民出版社 1983 年 9 月第 3 版，第 542 页。

② 见郭宝亮《王蒙小说文体研究》，北京大学出版社 2006 年 1 月第 1 版，第 20 页。

③ 见克利安思·布鲁克斯《反讽——一种结构原则》，自赵毅衡编选《〈新批评〉文集》，百花文艺出版社 2001 年 1 月第 1 版，第 379 页。

重其事地讲出来。例如《午休》中，作者通过讲说人追述生产队选举时对秦琼这个队长的态度和评价：

> 去年选举……的那天晚上，人们对秦琼格外客气，格外尊重，首先对他做了充分肯定。大家说他担任队长这么些年，大大辛苦了，从来没有撂过挑子，从来没有闹过情绪，副业上赔光了也不悲观，社员们讨饭吃也不灰心，真是十年如一日，小车不倒尽管推，等等，等等。

这些看似称道之词，好像在肯定秦琼的十年政绩，实际上是在调侃他十年的败绩。他"大大辛苦了"，却让社员们受了十年苦。但他不撂挑子，不灰心，不悲观，说明他有官瘾而且脸皮很厚。这次他在受赞扬中被全面否定了。再看作者进一步追寻秦琼的发迹史，是从小队读报员变成大队广播员，又变成大队理论辅导员，最后变成了生产队长。农村改革开放了，秦琼终于下台了，但他并不甘心，天天听着、看着、等着，总希望哪一天队上发生一点事情才好。下面作者还对他扭曲的性格做了一次系统总结：

> 十年的斗争生涯，培养了一种特别的爱好。他爱好看打架，爱好看人们闹分离，爱好看两口子闹离婚，开会爱好听人挨吹，看戏爱好喝倒彩。哪个演员露了丑，吱吱地吹几声口哨，嗷嗷地喝几声倒彩，他心里就无比痛快，才觉得那两角钱没有白花。落选一年的光景，他也是拿着看戏的架子的……

这是秦琼的五大"爱好"，表现出他在"斗争生涯"里被"培养"成了一个好斗又爱坐山观虎斗的心理阴暗人物，他便是"文革"极左思想、极左路线的典型产物。作者在他身上用的反讽描写既幽默又辛辣。如果世界上真有这个落魄却不用卖马治病的当代秦琼，看到这几段反话一定会无地自容的吧。作者借唐代英雄秦琼之名写之，本身就是一种讽刺。他不是真正的英雄，他是"琼"字谐音之"穷"，集体穷，家家穷，自己更穷，却不想去安分守己地治穷。还说《阴影》中，王跑儿在柳二嫂家说请她到望春楼包子馆吃好东西。二嫂便来了兴趣，问他们的包子做得好不好。王跑儿迟疑了一会儿才说："好哩，好哩，——望春楼的包子也改革了，吃包子的人们准备给他们挂匾哩。"二嫂问挂什么匾，他便说"四个一样包子馆"，并对二嫂一问一答地解释："肉的和素的一样""热的和凉的一样""熟的和生的一样……"但未说完，二嫂就生气地朝外一指："天不早了，走吧你！"这是一个反话正说的对话段子，把望春楼的所谓改革、坑害顾客的现象揭露出来了，当然也有些言过其实。还有《鼾声》中"我"领教过房东田大伯如雷如涛的鼾声，"具有相当的水平"，但我这次来下乡，当着田大娘的面又不好说再换个住处，晚饭后"我心里怦怦跳着来到她家"。这前一句是正说的反讽，后一句则是对大伯打鼾很可怕的补充和加强。

（2）戏仿式

戏仿式，是指人物模仿错误的言论或行为进行调侃。郭宝亮在《王蒙文体研究》中有拟仿式。根据贾大山小说中的情况，亦称这类反讽表达为戏仿式。例如《取经》中，李黑牛拦住赵满喜的车马，故意说："哎呀呀，你老人家真是老了，思想跟不上啦！"又耸了耸鼻子，挤了挤眼儿，做了个怪相，拿捏着嗓门说："一个是社会主义的草，一个是资本主义的苗，你要草，你要苗？"满喜当然说要社会主义的苗。李黑牛仍然捏着嗓门说："只要革命搞好了，生产自然而然就上去了！"赵满喜听了没好气地说："黑牛黑牛你别吃饭了，革命搞好了，自然而然地就饱啦！"这时黑牛才嘿嘿地笑了。此小桥段便是李黑牛对当时"宁要社会主义的草，不要资本主义的苗"等极左论调的模拟戏说，也是对赵满喜思想的试探。还有《正气歌》中那个向来求真务实的祁老真，他见郭爱荣来讨要秋季减产的补救办法，便咬了一口山药说咱有办法，郭爱荣便忙问什么办法。下面是祁老真与杨三老汉的反话正说和戏仿式表态：

祁老真说："社员分口粮不兴三斤山药折合一斤粮食？"……

杨三老汉最摸祁老真的心思，眨眨眼说："咱还有个办法哩！分玉米的时候，分穗不分粒，分湿不分干。比方一百斤湿玉米该折合六十二斤干玉米吧，咱不会按七十斤、八十斤折合？"

说的这些全是以前杨二货当支书时欺上瞒下、吹牛撒谎的歪门邪道，后来他当然被社员们赶下了台。郭爱荣听着两个老汉言来语去反说过去的教训，脸上便火辣辣的。两人开导郭爱荣的戏仿是"佯装无知者"或说是佯装投其所好者。此类反讽还有《妙光塔下》里一个被审查批判过的王老婆，在当时的政治高压下承认了在家里藏着准备反攻倒算的武器，一支手枪，一颗手榴弹。这一夜的月光下，早已"摘帽"的他也来塔台上参与寻找古砖、修古塔的聊天。蒋五婶问他："你说古砖没有走远，你家藏着多少？"他便带着醉意尖刻地说："我家藏着炸弹，没有藏着古砖。"这是王老婆觉得腰杆硬了，便借机发泄过去对他批斗的不满，却又是自己戏要自己。等等。

（3）顺势回敬式

这种反话正说，多是一人表明了什么态度，另一人做出回应。有时让先说者无言以对，也有的是发生了争执。双方言来语去不过两遍。例如《赵三勤》中，老队长张仁劝勉赵小乱上工不要迟到，不要耍滑，向劳动好的看齐，又说要多出勤，不要三天打鱼，两天晒网。小乱听了笑得更好看，说："对对对，大伯就放心吧，晒网不晒网，咱保证不当超支户！"张仁一听这话噎了一口气，心里凉了半截。原来他家七口人，两个半劳力，紧干慢干年年超支。小乱的顺势揭短，让他从此"再也不做这种跌嘴打牙的事了"。这是调皮的赵小乱不懂礼数，错误地回敬了善良的大伯，有点缺德。再看《乡风》中，公社老张头天晚上临走时嘱托村支书陈秋元，让他为吃中药治胃病的陈麦收老人找柏叶，焙焦了就是炭柏。第二天老张返回村来，问那件事做了没有。支书陈秋元便脸色一沉不言声，过了一会儿才说："做了，那么要紧的工作，咱敢不做？"老张知道他可能没去采柏叶，就不紧不慢地讲要帮助麦收解决困难，不能正确对待他就会让"好多人心惊胆怕"，会使群众"装聋作哑"。陈秋元便说："对对对，你说得很对。从今以后，我什么工作都不做了，天天到他那里去串个门，向他请安问好，给他担水扫地、擦屁股端尿盆！"这又是陈秋元不敢不表示同意，却带着牢骚说半气半顺的酸话。好在老张有度量，没有马上批评他有抵触情绪。还有《分歧》中，公社老许在夏天积肥高潮中来到大颜村，把支委们从地里喊回来，首先是学习语录，接着朗读文件，然后是讨论重大意义。支书颜小囤忽然问："老许，讨论到什么时候为止？"老许手掌一翻说："学习发动阶级，初步安排为五天。"小囤便睁大了眼睛，邪虎虎地说："五天？太少了吧，干脆讨论到八月十五算啦！"这样两人竟然顶撞起来，老许气得脸青嘴紫了。

上面反话正说的几种修辞表达，看似正颜正色，却又滑稽可笑，表现出作者的语言智慧，也突出了人物的不同秉性，尤其是加深了对极左路线、不良风气与坏作风的巧妙揭示、批判，其解构性效果是鲜明而入木的。

2. 沉着老辣的反诘

贾大山小说中的人物言谈，有设问、反问，也有的是与当时语境或人物认知相关的反诘，常有讽刺、反驳的意味，也对另一人的言论形成了解构。

例如《钟》里，那个牛老桥在生产队解散之后还不让摘下那口铁钟，却怕有人去摘，就往挂钟的大树上涂屎尿，引起了人们的议论和嘲笑。一天傍晚，他女儿小凤见父亲又提起粪桶，就大声说："爹，你干什么？""我干什么，还要向你请假吗？""你听听人们的反映，多么难听！""我的树，我的粪，我不怕他们反映！"牛老桥抬高嗓门，"像是嚷给全村人听"。这便是牛老桥坚定不移的反诘——对女儿和社会议论的反击，那么不容置疑、不可变更。小凤便气得不做饭了。此前，小凤曾经说爹又瘦了，老桥摸着下巴嘿嘿笑着说："瘦一点好，有钱难买老来瘦……"她见爹的鞋破得挂不住脚了，便要给爹做一双新鞋。老桥说不用了，仍然嘿嘿笑着，"破一点好，夏天可以当凉鞋穿，凉鞋上不是有很多洞吗？"他就是如此不在乎地趿拉着两只烂鞋为队上的事情忙碌着。但操劳一年，得到的是一片埋怨声："老牛，这点粮食，让我们怎么吃！"他却总是启示大家说："在旧社会，你们见过这么多粮食吗？"这些反驳，尚是牛老桥心情较好时的和气话，谁也没能驳倒他。《正气歌》里那个"老别筋"祁老真更是善于反诘，有时还反诘得十分有力。例如，一天傍晚，郭爱荣来找他说村里工作：

> "大伯，在目前形势下，我觉得咱们应该抓一抓意识形态领域的革命，你看呢？"
> 祁老真坐在丝瓜架下，稍一思索，别劲又上来了，直着眼问："你说在什么形势下不该抓意识形态领域的革命呢？"
> "大伯，我是说……"
> "你就说在什么形势下不该抓意识形态领域的革命吧！"
> "大伯，最近报纸上说……"
> "报纸上说在什么形势下不该抓意识形态领域的革命呀？"
> "看你，尽凿死铆儿！"……

如上对两个人的显示性对话描写中，祁老真重复性的"三问"是修辞上的反问，更是带有讥讽性的反诘，噎得郭爱荣喘不上气来，有口莫辩。其实是老真抓住了郭爱荣言说的漏洞，质询性地否定了她"在目前形势下"应该抓意识形态的革命，肯定了以前抓过，今后还要抓下去，任何形势下也不能只抓生产不抓革命。从而显现出郭老真的成熟老辣，也对比出了郭爱荣的单纯、幼稚。

3.一般嘲讽

上面几种反讽表达方式，属于重度的具有鲜明的"反"的特点的讽刺与否定。其实在贾大山小说语言中还有很多正话正说、真话直说的嘲笑、讥讽，不拐弯抹角而具有嘲讽效果，有的也暗含反讽意味，暂称之为一般嘲讽。

例如《杜小香》中，那年村里要办俱乐部，小香也报了名。小君当导演要考考他们。小香刚唱了一首歌，小君便笑了，"说她嗓门不小，五音不全，唱歌不行，卖豆腐可以。"这个评语并非要故意贬低小香，但实话实说却带有嘲讽意味，使小香出了门便躲在一个角落里哭了起来。尤其是说她"卖豆腐可以"大伤了这个爱唱姑娘的自尊心。《眼光》中的钱小黑是村委会主任，对钱八万这个富裕中农看得很严，"好像半天不见面，他就会复辟资本主义似的"。这是作者对一个抓过"阶级斗争"的基层小干部心理的正面判断，也自然是对极左路线和极左心理的一种讥讽，也携带着对正在转变的钱八万的几分同情。《乡风》中，爱抓"阶级斗争"的陈秋元，动不动就把一个地主分子押到台上批斗一回。他向青年二满征求意见，二满忙说"没没没"，又说："只是憎恨那个地主分子。这些年，每当你发扬民主的时候，他就往台上一站，吓唬吓唬老百姓……"二满是在说真话，却是平时不敢直言的。陈秋元一听就脸红了，说"你小子也学会刺讥人了"。此为说实话却达到了嘲讽揭短的效果。而在《劳姐》中，劳姐大娘对下乡来的"我"说董家湾的支书霸气，"他是县里老杜翻着户口册子选中的干部，他会汇报，他会给老杜挣旗子"。当"我们"二人又来到这里，还想住到这个大娘家，"我"对大娘说："杜主任是来整顿领导班子的。"大娘便说是为了"拿经验，报地委呗"。又对她解释"我们还要抓一个帮助苦难户变分红户的典型大队"，她却又说是"再挣一面旗子呗"。大娘不动声色的两句话，是客观判断"老杜大概喜欢旗子"，也是对干部们不能为老百姓办实事而图热闹、搞政绩问题的正言揭露，语境中含有淡淡的反讽意味。这很符合大娘的身份。

由此证明，贾大山小说中的一般嘲讽，尽管在描述中正色直言，却同样可以有言外之意、弦外之音。它们不一定有语境对于一个陈述语的明显的歪曲，也不一定是佯装无知者，但仍然可能是言在此而意在彼，多让读者体悟到潜在的含意，从而使作品增加了内涵的张力。这种修辞手段可谓简省而高明。贾大山笔下的这种修辞，让我们既看到了社会转型期的时代特征和生存于其间的农村人物个性，体现了作者的现实主义批判精神，又看到了作者在修辞上轻灵而沉重的美学追求。

（三）大胆的夸张

贾大山写小说也擅长夸张。夸张也是作者大胆想象的结果，它与比喻、比拟都有一定联系。这是在叙述客观事实的基础上故意言过其实，或者扩大，或者缩小，或者超前做出判断。贾大山最拿手的是极力将事实夸大，其中最为得心应手的又是对声音的夸大。

例如《写对子》里，路老杏手提大红春联飞跑时，村治保主任铁棍放声大笑着，提醒他别摔倒了。因为铁棍嗓门大，"一声呐喊，震得树上的雪簌簌地落了一片"。再如《黑板报》中描写黄炳文回忆过去房顶广播时说："那喊声很大，很野，但是很神圣，像是能把整个村子抬起来似的！"前一例铁棍呐喊是在大雪后的街上，所以震落树上松散的雪是可能的；后一例比喻把全村抬起来，那是因为在夜晚人静之时，高房上的喊声会传到各街各户。还有《拜年》中那个喜欢敲鼓的老岳父眉飞色舞地说："你们不要看我老了，咚咚咚，一通'五马破曹'，我能震灭街上的一片灯笼！嘿嘿嘿……"这是他在女儿女婿们面前自夸，但也有一定事实依据，敲鼓声产生的冲击波能震得窗纸灯笼纸颤抖。而在《"容膝"》中描写卖绿萝卜的"老甘嗓子野，站在城门洞里吆喝一声'绿萝卜'，十字街里都能听见"。这个"野"字，是作者常用的传神语词之一，颇能为人物个性增色。但老甘是在城门洞里喊，那门洞有撒音效果，如喇叭筒传声，纵然是大白天也能传得较远。所以说作者夸张得都相对合理。

还有作者夸大的三例与上面不同。一个是《卖小吃的》里吆喝"煎——糖——糕！"的王小眼，喊一次要用半分钟，"声音覆盖全城"。他一吆喝，街长就急了："别吆喝啦！"那时刚解放不久，"怕他招来敌机"。王小眼的高频率喊声能"覆盖全城"大约几平方公里，而且怕传到天上引来敌机轰炸，这似乎把高声吆喝写绝了。另一个是当驻京办主任的老戴，为了找一个深夜未归的业务员小夏，他在大街上边走边喊，"可着嗓子，像要嚷动北京城！"这惊动面积又比县城大多少倍了。第三个却是《拜年》中农家女满花，嗓门也像王小眼那般尖亮。作者叙述她见北屋里姐夫在大谈种菜经，父亲认真地听，丈夫忙月却呆呆地坐着搭不上腔，心中便有些不悦。她回到西屋就对娘和姐姐提议，"咱们的嘴也别闲着，要说呀！"于是大声讲起村里的新鲜事来，"嗓门很大，像干扰敌台放的电波"。这个比喻的夸张的程度实际上比王小眼他们都高。因为干扰台的频率都很强大，一个信号塔发出的电波能覆盖几百平方公里，比一条街、一座城镇、一座北京城又大多了。这本不可信，有似失真，但这个比喻很有当代气息，因为有科技名词的引入，又是为了故意"干扰"姐夫的独家讲坛，那么也便属于合情入理的了。如上是作者描摹了七种声音，一个是敲鼓声，六个是吆喝、说话声，这在贾大山小说夸大声音的描写中是凸显的，让人记忆深刻的。

特别是他在《俊姑娘》的开头，用几个自然段描写下乡女知青玲玲的俊美。一是"我们知青一进村，她就引起人们的注意"。姑娘媳妇们纷纷走近她，小伙子们抢着给她扛行李。二是谁家的娃娃淘气哄不下来，她去一哄就不再哭，还朝她怀里一偎叫姐姐，于是玲玲的名字传开，城里那个姑娘"俊气，能治淘气"。三是那个疯子整天在街上乱嚷乱跳，汽车来了也不躲，可是玲玲一过来，他就像中了"定身法"，啪地一个立正给她敬礼，"像是士兵接受首长的检阅"。于是玲玲的大名在外村也传开了，"梦庄有个俊姑娘，身上的俊气，能降疯魔"。四是村里的老人们"常常这样夸她"：

> 玲玲这姑娘就是不一般。她不光脸蛋儿俊，眉眼儿俊，手指甲尖儿上都透着一股俊气。她从街上一走，朝街上一站，就像是大年三十那天，家家挂起了红灯笼，贴上了红对子，满街里都显得新鲜、瑞气！

五是从知青角度说"我们有玲玲，感到很骄傲"。作者用大约600字，如泼墨一般地反复描写这个城里来的俊姑娘，使梦庄和外村人都为之倾倒，就差说倾国倾城、沉鱼落雁、羞花闭月，起码是倾村倾乡了。作者开头比较写实，越往下就越夸张，但说她脸蛋和眉眼并不具体，却着重点出她指甲尖儿都透着俊气，以至说她一上街便像过大年时，全村瑞气千条，她真若仙子下界了。这种多视角的连续夸张、再比喻及象征性手段的施展，形成了贾大山笔下少见的美女传奇，不能不使人联想到乡间说唱人在交代人物出场时很吊听众胃口的夸赞段子。从美学角度说，这也形成了一种高调门的文气和文势。然而，正如鲁迅曾经说过："漫画虽然有夸张，却还是要诚实。'燕山雪花大如席'，是夸张，但燕山究竟有雪花，就含一点诚实在里面，使我们知道原来燕山有这么冷。如果说'广州雪花大如席'，那可就变成笑话了。"[1] 那么我可以说，贾大山如此夸张玲玲的出众之美并没有太离谱。因为爱美之心是人的共性，朴素的梦庄人初见城里来的美女也有些少见多怪，难免男女老少都大为惊异。不过玲玲也俏丽得令人生妒，于是便发生了后面的一系列麻烦，故事也就产生了新的起伏跌宕。这是鲁迅说过的"叙述方始"而"主意已明"。[2] 作者设置的人们对玲玲由褒到贬，先扬后抑，从而便于最后揭示作品主题了。

贾大山也能够将事物夸小。例如前面提到的《白大嫂》中白大嫂心想，"那年月，每人每年一斤豆油，一斤棉花泡儿，大家分个虱子也有自己一条腿"。这是她的心里话。她丈夫去世后，在生产队里年年超支，队上年年给她孤儿寡母免掉，分什么东西都不少，便感激乡亲们的恩情。虱子很小狠小，一条腿能有多少分量，却能让人读了过目不忘。《阴影》里的王跑儿，对柳二嫂说县城七月十五过庙会，邀二嫂一起去望春楼。二嫂便问"你去过"？王跑儿就吹牛地笑着说："嘿嘿，那里的苍蝇我都认识。"如此说，便是王跑儿常去，但他不可能认识那里的小苍蝇，只是变相的自夸，以小物夸大了自己。

客观地说，任何作家的话语体系中都会有各种修辞的运用。在这一节中便没有将贾大山的修辞与其他作家作品多做比较。但贾大山的修辞多是冀中地方性和时代性的，自然与其他作家多有不同。笔者也发现，

---

① 见鲁迅《漫谈"漫画"》，《且介亭杂文二集》，人民文学出版社 1973 年 4 月第 1 版，第 15 页。

② 转自缪泳禾《冯梦龙与三言》，上海古籍出版社 1979 年 9 月第 1 版，第 75 页。

贾大山的比喻多、反讽多，还有排比多、反复多、对偶多。而贾平凹拟人多，王蒙反讽最多，汪曾祺反讽最少。不再细论。

三、多种修辞的综合运用——以《午休》为例

写小说就是写语言。贾大山的小说中，几乎所有现代汉语中的修辞都有，而且是根据情节和人物的描述需要信手拈来，运用自如，既不多一词，也不少一句，显示出他具有很强的修辞意识和语词、语式的组合编结能力，读起来让人获得审美趣味的艺术享受。但这里再在排比、对偶等类别上继续讨论下去，不免让人感到梳理过细、篇幅占用太多，那么我们就改变一下思路，在这一小节中重点谈贾大山小说如何综合运用多种修辞，以便使人对其小说修辞面貌有一个整体感、全面感。这就需要用完整的篇什或相对连贯的部分为例。下面请看《午休》中的连续性段落是如何在白描中机动灵活地运用多种修辞的。

需要说明的是，这篇《午休》在本书前面已多有涉及。其中的秦琼是"文革"中搞派性的活跃分子，秦老八也曾经是秦氏家族与黄姓人打斗的头领。但秦琼本性难改，总是以挑拨离间为乐，秦老八却收了心性，养貂发家，想过平安日子了。下面是这篇小说第38—67自然段、共29段中的修辞。

"你小子要哄我呢？"八奶奶紧眯着眼睛，<u>钉子一般盯着他。</u>
明喻

唉，八奶奶那眼光真叫他伤心！如今不只在外面，在家里也是这样，无论他说什么话，他的女人也是用这种眼光盯他。妈的，<u>秦琼卖马的时候，威信也不至于这么低！</u>
借喻

"八爷，今天我要有半句假话，<u>我是貂下的！</u>"他几乎要
拟物
哭了。

哎，秦老八的态度更叫他失望！嘴里吹了几口凉气儿，他

与上句"唉……伤心"是对比、反复

的脸色又复了原，垂下眼皮思忖着什么，好像睡了一般。

明喻

秦琼只好耐心等着，显出一种百折不挠的样子。四下里很

反讽（反话正说）

安静，等了很久，只听见谁家的鹅哈哈大笑似地叫了两声。他

拟人兼比喻

实在忍不住了，弯下腰，嘴巴刚刚对准秦老八的耳朵，忽然听
到街门那里有人嚷道：

"你，吃饭不吃，下午该浇麦地了！"

他回头一看，原来是他的女人，命令道：

"回去！"

女人一点也不怕他，依然站在那里，冷冷地盯着他。十余

年如一梦，她从他的嘴里听了不少"革命理论"，定睛一看，自

明喻　　　　　　　　　　　对比

己身上仍然是那件结婚时的褂子。如今她一看到人家那些花

对比　　　　　　　　　　　　　　　双层对比（反对）

枝招展的媳妇们，就想和他生气。这两天，他什么活都不做，

双层对比（反对）

她知道在用什么心思。

秦琼知道女人已经不怕自己了，也就不再下命令，嘴巴自
管对着秦老八的耳朵唧咕什么。唧咕了一会儿，女人忽然说：

"八爷，甭听他，真假难辨！"

"那一枪，你敢说不是黄大令打的？"秦琼怒目而视。

反问（第一次）

"是！"女人气昂昂地走过去。她说，那天中午，她看见
黄大令肩扛一杆火枪，手提一串打死的麻雀，到处转悠。——
那孩子实在是打麻雀玩的。

"打雀？"秦琼冷冷一笑，"他为什么不在他的屋后打雀，

反问（第二次）

102

而偏偏要在八爷的屋后打雀呢？他为什么……"

啪一声，女人响亮地拍了一个巴掌，两手一摊，说：

"这不是真假难辨的事么！八爷这时下貂，<u>贴告示来吗？</u>"
　　　<u>反复（"真假难辨"第一次）</u>　　　　　　　　　<u>疑问</u>

"贴告示？"秦琼眼珠一转，"<u>谁家下貂贴告示？</u>"
　　　　　　　　　　　　　　　　<u>反问</u>

"八爷这里下貂，外人怎么晓得？"女人解释。

其实，不用解释，她的意思十分明白。但是秦琼积多少年大辩论的经验，抓住对方这样的话，只有穷追不舍，才能克敌制胜。他晃着脑袋说："休要狡辩，你就说谁家下貂贴告示！"
　　　　　　　　　　　　　　　　　<u>反复、反问</u>

女人辩不赢，心里一急，扑上前去，大声说：

"<u>你能言，你善辩，你是英雄！</u> 你领着我们打了十年架，
　　<u>排比、反讽</u>

得到什么好处啦？着急上火，尿黄泡，一年吃二百六十斤口粮！我告诉你，下午该浇麦地了，<u>从前的工夫是队里的，如今</u>
　　　　　　　　　　　　　　　　<u>对比（反对）</u>

<u>的工夫是自己的！</u>"

说着，抓住他的胳膊，一定要拖他回去。

"滚！"秦琼胳膊一甩，骂道，"八爷死了貂，心里正悲痛呢，你倒张牙舞爪地火上加油！你晓得不晓得，春天的貂，到了小雪就能扒皮，一张貂皮八十块钱，四张貂皮多少钱？他黄大令……"

"真假难辨！"女人又嚷道。
<u>反复（第二次）</u>

"这不止是一个经济损失，更要紧的……"

"真假难辨！"女人又嚷了一声。
<u>反复（第三次）</u>

秦琼气急了，一跺脚，"我叫你真假难辨！"顺手抓起一
　　　　　　　　<u>反复（第四次）</u>

把小铁锨，女人急忙一躲，躲到槐树后面，秦琼就去追赶。于是，两口子围着那槐树转起来，<u>正转三遭，倒转三遭</u>，大约转

对偶

了七八遭，秦琼听见秦老八庄严地咳嗽了一声，才罢了手。女人跑到街上去，隔着墙头又扔过一句：

"真假难辨！"

<u>反复（第五次）</u>

"更要紧的……"秦琼喘着气，蹲在秦老八面前唧咕着。

秦老八仍然垂着眼皮，考虑着他的行动方案。那一枪的确是黄大令打的，这已经得到证实。<u>关键在于一个说那孩子是打雀玩的，一个说那孩子是故意给他吓貂的</u>，这两种说法应该都

对比（反对）

<u>可信，都不可信</u>，因为谁也没有钻到那孩子心里去看看去。再

对比

说自己这里下貂，<u>那孩子怎么晓得呢？</u>可不是<u>真假难辨</u>……

设问　　　　　　反复（第六次）

"孩子不晓得，大人呢？"秦琼看出了他的心思，努力地唧咕着……

呸，呸呸，秦老八听着听着，嘴里忽然又吹起凉气儿。显然，他被秦琼的什么新的论据激怒了。秦琼望着他的脸，<u>唧咕得更热烈了，一会儿蹙眉，一会儿咧嘴，一会儿拍巴掌，一会</u>

反讽　　　　　　　　　排比兼双层对偶

<u>儿翻白眼</u>，表情十分丰富。可是，秦老八吹了几口气儿，仍然没有行动。他点着一支烟吸着，两道灰白长眉一松一紧地四下张望着。<u>他朝天上看看，蓝蓝的天空没有一丝云，湖水一样明</u>

天景衬托　　　　　　　　象征（暗喻）

<u>净</u>；<u>他朝门外看看，麦苗拔节了，菜花开得正好，远山近树，</u>

与前一"看看"两句是上下对比　　　　　　　　　对偶

<u>柳暗花明，田野上更显得宁静和平</u>。天上地下看了一回，他的

景物衬托　　　　　象征

<u>目光落在秦琼的脚上</u>……

暗示

这是一段戏剧性很强的"文革"后有人企图挑拨派性未遂的故事，也是一出可笑的人间闹剧、滑稽剧。贾大山动用各种辞格把它们编织于字里行间，多达33次。其中"真假难辨"出现了6次，反复了5次，这是矛盾的焦点；对比语句出现了6次，把时代背景、人物心理变化自然而然地表现了出来。全文中，秦老八和秦琼一直是在对比，秦妻上场来更是与秦琼对比。微观的、宏观的对比，乃为贾大山小说叙述情节细节和结构成篇的常用之法。其天上地下的风景描绘又是对比中的正对，写出了朗朗乾坤、清明大地，没有风云变化的明净与平和，却又形成了修辞学上的象征、暗示和衬托，对八爷和他老伴和秦琼女人是正衬，对秦琼则是反衬了。整体上也是一种有声有形的隐喻。最后一句看"秦琼的脚上"用了省略号，潜台词是不要玩虚的了，要换换你的不是一双的鸳鸯鞋，暗示他必须改变自己的恶习走向新的生活。这便是作者在乡土叙事上，综合运用多种多重修辞的话语秩序、语言情态。

小　结

这一章关于贾大山小说的白描、语词和修辞分析研究终于到此为止。这属于文体的语言审美探讨，很微观、很繁杂却又很具象、很琳琅、很丰厚、很实在。

笔者受"新批评"理论影响，崇尚文本细读，感到唯有下功夫深入贾大山的文本进行扫描，并且将各种成分适当地进行梳理归纳，才能较系统地呈现他的文本语言运用技巧与特点。从中看到，贾大山小说语言不像王蒙、莫言、韩少功等人小说中那么杂语众声，却也是与汪曾祺、贾平凹等相似的白描式主体化语言大对话，各种语词与修辞运用的大交响、大狂欢，从景观角度说亦是形象化语言的诗情画意的百花苑、大观园。其间写实与想象、写人状景与抒情、议论都在修辞中处理得形象而真切，从中显示着作者的社会观、历史观和人文精神。文体研究切忌形式主义，所以本章的语词和修辞分析总与当时的社会环境、经济文化变革、人物个性与命运相联系，不搞纯语言、纯修辞的"豆腐干"，而是要在水中观鱼。正如索绪尔曾经说过的："语言符号不是通过它们的内在价值，而是通过它们的相对位置而起作用的。"[1] 杨也还进一步说："只有在本文中，在一串连贯的表达中，语言的审美价值和隐喻意义才能体现出来……文学美感和文字美感的出现皆仰赖于句子和语境，它们在独立的词语中是不存在的。"[2] 本人在这一章关于贾大山修辞的写作中深深体验到了这一点。

对作品的细读与详解是一种笨功夫。否则作为一部作家论，缺少对贾大山文体研究的各种细胞的、肌肤腠理的服人展示。可能有人说这太小儿科了，像写教材，是的，起码这一章有这种意味。但为了呈现一位相对本色的语言智者的话语风采，只能如此。

---

[1] 见索绪尔《普通语言学教程》，高明凯译，商务印书馆 1989 年第 1 版，第 166 页。

[2] 见杨也《汉字美学的本体起源探微——兼论"意象"的语言学内涵》，自《文学评论》2022 年第 2 期，第 58 页。

第二章

贾大山小说的结构、情节与叙述方式

　　世上万物都有自己的形体结构，文学创作也要讲体裁、论结构，这也属于作品文体的基本问题。韦恩·布斯在论述 T·S·艾略特谈"客观对应"时说："我们可以承认，选择能唤起感情的'情境和系列事件'是作家最重要的天赋——或按亚里士多德的类似说法'一切中最重要的是事件的结构'。选择正确客体的天赋是不可缺少的，不管这个客体是一种思想、一个动作、一个描述性细节，或一个牵涉在重大行动中的人物。"还以果戈理《外套》为选择"自然客体"的成功范例。[①] 笔者的理解是，有现实生活依据的所谓"自然客体"作为小说创作构思的对应物才会形成"事件的结构"，思想、动作、情节细节与人物都可以是结构成篇的引信和系列内容，天赋好的作家都善于如此形成自己的作品。这是布斯上世纪 60 年代的有关论述，现在看基本上并未过时。其实，我国古代刘勰就论述过文章的构思："文之思也，其神远矣。""思理为妙，神与物游"，强调这是"驭文之首术，谋篇之大端"。[②] 即作者的构思首先是谋篇，安插作品的框架，这框架便是作品的基本情节结构形态。现当代作家们也都对小说的构思和结构多有论述，认为作品的情节结构是骨架，语言是它们的血肉。孙犁在上世纪 40 年代就说："一篇作

---

① 见韦恩·布斯著《小说修辞学》，华明、胡晓苏、周宪译，北京联合出版社 2017 年 7 月第 1 版，第 89 页。

② 见刘勰著、向长清译《文心雕龙浅释》，吉林人民出版社 1984 年 3 月第 1 版，第 252—253 页，神思第二十六。

品总得有个结构。作品的结构不单是一个形式问题，也是内容的问题。因为一篇作品既是描写一个事件，那事件本身就具备一个进行的规律，一个存在的规律……好结构，使故事情节紧张，刺激性大，帮助表达那内容。"[1] 孙犁继承了刘勰的观点，也比布斯还早 20 年，二者可以相互印证，却更强调了中心事件即自然客体对应物自身发展的规律。

贾大山的短篇小说写的是平常人平常事，多为冀中平原滹沱河流域农村发生的故事，都是对自然客体对应物的规律性描述。他也吸收一些现代观念，却不在创作上跟风学习现代派，不搞荒诞、意识流，总是力求把故事讲得新颖、生动、与众不同。固然说严肃文学具有探索性，先锋派的大胆实验不可缺少，但贾大山的讲故事方式也是十分可贵的。他的小说叙事继承了我国五四白话文的写实传统，尤其对鲁迅、孙犁等和外国契诃夫、莫泊桑、梅里美的短篇艺术崇尚有加，同时继承中国古典小说的叙事传统，追求作品结构的严谨，呕心于对细节的提炼和运用，谙熟于多种叙述方式的机动交替，逐渐形成了他在宏观上谋篇布局、结构作品的叙事规律、路数。下面就其小说的常见结构形态、情节组合方式、细节运用和叙述方式进行一次较为系统的探讨。

第一节　基本结构形态类型

贾大山小说结构的成型方式和过程，便是情节发展和人物塑造的生活流程和轨迹，它们的连续性便形成其小说的整体面貌和基本形态。其结构形态的成分是其情节组合方式的具体表现。它们因篇而异，多种多样。今天先从其小说结构类型角度做一次大体的归纳。

一、横断面型

截取生活的横断面，既是作者的一种叙述方法，也是作品的一种结

---

① 见孙犁《文艺学习》，作家出版社 1964 年 8 月第 1 版，第 108 页。

构形态。契诃夫、鲁迅等都很善于截取生活的横断面，犹如将一棵树拦腰砍下可以数清它的年轮，看清它的质地。横断面型的故事总是便捷地从它的关键处、精彩处或作者认为最合适的地方下笔。正如胡适所说："短篇小说是用最经济的文字手段，描写事实中最精彩的一段，或一方面，而能使人充分满意的文章。"① 这便是他的"横断面说"。

贾大山深谙此道。从他在上世纪70年代末创作初期的《窑场上》《取经》，到他最后的《电表》等，此类结构之作约有20篇。比如《醒酒》就是开笔于主人公白大林新婚之夜大醉之时，由他醉态的朦胧意识及作者的回溯性讲述等，牵动全篇叙述了一个浪子回头、找回做人自尊的过程。再如《友情》，从鞋匠老石叮嘱老伴，要为落实政策恢复原职的倪县长庆贺开始，像捯线团一般捯出了他以前和倪县长的友谊，又发现了官场上的不良习气，最后只得在酒馆自斟自饮，回到家还用假话搪塞老伴。这些都是大山横断面型作品中的典型例证。

二、起承转合型

一说起承转合，好像就是写八股文的规则。其实在古今小说创作中也是一种构思和表达的基本套路，就是小说中出现问题、解决问题的大致过程。这体现着前面引孙犁所言的"事件本身""进行的规律"和"存在的规律"。

贾大山的《童言》结构便是合乎这种规律的起承转合型式。起题是"我"接受邀请去劝乔老二，要他明天一定去给大伯拜寿，顺便交代了"我"做调解获得了"玉帛老人"的美称。二起是追溯乔家老二与老三打架动斧头砍伤而结仇的原委，是进一步道出需要解决的问题。"我"去老二家开始解劝，不料费尽唇舌而无效，此为一承。老二小孙子星星放夜学回来，他奶奶和"我"与星星说做饭的风箱，又说冰箱，说做饭

---

① 转自张占杰《中国新文学传统建构中的孙犁》，光明日报出版社2014年5月第1版，第156—157页。

用锅，用液化气，为二承。但乔二嫂学着拉风箱做饭的样子，好奇的小星星拍着小手笑着说："晓得了，晓得了，——吹、风、机！"这便使被窝里的乔老二咯咯笑了，此为转机。二嫂让小星星去问爷爷风箱的样子，老二便在被子里笑着说："明天拜寿，问你三爷去吧！"就是表示同意明天去为大伯拜寿了，即为合题。最后说"我"走到街上，看见月亮就像小星星的脸，便说他是"玉帛童子"，则是合而又合了。这种结构，还有《乡风》《春暖花开的时候》等。

三、三段式型

在逻辑学上，有"三段式"思维规律。古代小说的结构亦早就有三段式。例如古典小说中《蒋兴哥三会珍珠衫》，便是作者冯梦龙的三段式结构范本之一。这可以称为用三法。

贾大山是用"三"的高手，写了一些整体上三段式结构的作品。最明显的是他的《三识宋默林》，"我"与这个村支书三次见面，道出了他在"文革"中挨整到平反复职的曲折过程，对那时的极左路线进行了有力的批判。在《电表》中，三个妯娌安装电表是合安——分开——又要合一的人物性格揭示过程。

整个作品可以三步走，局部叙述也可以用三。再如《童言》中，"我"劝说乔老二，一是讲笑话，想逗他笑，无效；二是讲血缘亲情伦理，你为大伯去拜寿等于一次外交，他无动于衷；三是假说老三早已认错，不该和你打架，破坏了祖宗家法。但老二火气更大，于是"我"黔驴技穷了。这正应了民间"事不过三"之古谚。

四、分节段型

古代长篇小说都要分章回，现代短篇小说也有分章节者。其好处是作者向读者亮出了故事情节发展的先后次序，常常点出读者最想知道的情节。

贾大山短篇小说也有一些较长的分成几个小节。如上面提到的《醒酒》分为四节,用一二三四数字表示,最后还有一个主人公决心要把心中的秘密告诉新娘的赘述。《东关武学》也用了四个小标题。第三节"他怎么想起开办武学"用了较大篇幅叙述老支书戴荣久退位当顾问后的几件事,最后是办起了武学,活跃了群众文体生活,他年轻时的武功也得以传承,却不让学员们提他的过去而维护了他的颜面。《正气歌》是一篇万字长文,用了9个小标题。从老支书祁老真生了病,公社丁副书记要他临时休养,由支部委员郭爱荣代理主持全村工作写起,发生了动员写诗赛诗和按季节保秋粮两种思路的矛盾斗争,最后祁老真用秋粮大减产的现实教训了好大喜功的郭爱荣,而且表示绝不虚报产量害国害民,他们也得了公社颁发的"脚踏实地"的奖旗。其小标题"启发很大""'老别筋'""活跃起来啦""演习""责任""压力"等既与两个主角的个性有关,也是矛盾斗争发展的鲜明提示。贾大山在小说中用序号或小标题分节段,是对古代小说分章回传统和五四以来作者分节段做法的继承。鲁迅初期的《狂人日记》《药》就是用数字分段叙述的,这是为了不让读者感到太长太累,是对读者的一种尊重,从而具有接受美学的意义。

五、散文型

小说的"去情节化""散文化"是指将小说结构形态松散化。这种现象是从上世纪80年代以来,一些先锋派小说家、诗人学习西方才在我国出现的。而汪曾祺、林斤澜等一直写实地白描,没有过于追求形式创新而情节颠倒、变形,甚至走向极端,其作品的叙事过程也是相对松弛而轻快的。他们是在继承古代笔记小说艺术上进行了探索。

贾大山从转轨期开始,其小说也倾向于古代笔记体结构。笔记体小说的结构特征便是不严密、不紧凑,似乎随随便便,不把情节如何进展和整体如何完善作为主要追求。这里称之为散文型结构,属于一种小说与散文糅合的文体。贾大山的散文型作品,最典型的是其晚期写出的

《卖小吃的》，描述了多种食品的传统叫卖声和销售方式。叙述早上卖饼子者，吆喝声有的高频如鸡打鸣，李掌柜出来晚些却吆喝得简单平和。两个卖山药的，一个吆喝得苍老，一个喊得稚嫩。有的是晚上提着箱子打着灯笼满城转，吆喝起来是京味儿的大劈拉嗓子。有本地口音、外地口音，有的悠长，有的急促。重点描述王小眼吆喝一声"煎糖糕"犹如汽笛，他在地上转个圆圈才停，能惊动全城。翟民久每天趸卖包子，还跑到后街开元寺的塔台上，吆喝的都是即兴新词，音色优美如唱歌。这是作者描写了一个民俗群声大组合。再如《腊会》，描述城内农历除夕的灯会大游行，各会都有各种灯笼，以锣鼓和吹奏乐相伴。重点说组织灯会的机制和吹奏高手李云鹏等对演艺的酷爱。这是作者带着对传统年节文化的眷恋去描述的。犹如汪曾祺在《故里三陈》中细致描述七月十五迎神赛会的神轿、推车、旱船、高跷等的表演队伍。[1] 也如其《岁寒三友》中大段描摹陶虎臣燃放炮仗、烟花，大有散文味道，又有小说的笔法，刻画人物的行为特征也很是到位[2]。

散文亚型一：集腋成裘型

贾大山晚期的正定古城人物故事颇有文化意味，而且都个性鲜明。但有的并没有设置一个中心情节，而是平常的几件事、人物言行的几个侧面。笔者对他这些作品结构借用成语"集腋成裘"加以概括。比如《傅老师》，讲述了一位退休中学教师、书法家的几个性格特点。一是面对别人的赞扬总是很"冷静"地摇手否认说"临帖，临帖"，显示他的谦虚。二是他家院里有芭蕉和文竹，每次读帖临帖要燃香，意念非常虔诚、严肃。三是他布置的书房洁净古雅，文房四宝、印章印泥都十分讲究。四是习字不惜工本，自言"穷读书，富写字"，却对索要书法者有求必应。五是年年为临济寺大和尚无偿地写许多条幅，僧人便卖给日本观光客。六是他应邀出访日本回来，名声更高，却依然对求字人不要报

---

[1] 见汪曾祺《故里三陈》，小说集《汪曾祺精选集》，江苏凤凰文艺出版社 2018 年 8 月第 1 版，第 183 页。

[2] 见汪曾祺《岁寒三友》，小说集《汪曾祺小说》，浙江文艺出版社 2009 年 6 月第 1 版，第 126 页。

酬，大和尚说他心如止水，六根清净。七是不论人非，不说闲话，但他很鄙夷有人以书法沽名钓誉搞攀附。大山便是这样从家居环境到处世为人几个方面，写活了一位性格谦谨又有节操的乡贤人物。《担水的》写西大街为各户担水送水的老魏，也是用六件事表现了一个体力劳动者的君子之风。

散文亚型二：一生命运型

文学界有的说短篇写个性，中篇写故事，长篇写命运。其实中短篇也可以写人的一生和命运的。

贾大山的不少小说都有命运感。如《亡友印象》中的梦庄青年路根生，从当护林员到担任村支书到被罢官囚禁，最后放出来去县里讨公道，却死于车祸。其一生很短暂，是极左路线造成的人生悲剧。由此想到汪曾祺《故里三陈》中的陈小手，虽是男人却善于为妇女接生。最后一事是为团长夫人接生后，团长给了他二十大洋，却从他背后开枪打死了他，理由是这个男人在他的女人身上摸来摸去，似是对他的侮辱。其《谭富英轶事》《老董》等亦是简略地描述了人物一生的品性。[1] 贾大山《喜丧》中主人公牛老桥出身很苦，当了多年生产队长。妻子早丧，三个女儿出嫁后才娶了二婚好媳妇，还成了万元户。他忧心于女儿们对二婚媳妇只叫婶，正月里她们来拜年，他发红包，让女儿们都叫了娘。这样心里无有任何牵挂了，不料乐极生悲，心梗而死，未受病痛之苦。所以他只活了 58 岁却被人们说是喜丧。《钱掌柜》和《邵思农先生》中，又是两个含着冤情了却一生的古城人物，都给人以命运感和悲剧感，且有历史的厚重感和引人深思之处。《好人的故事》属于集腋成裘型，也是一生命运型。

还有一些成型结构，有待进一步研究。从另一种美学形态来说，贾大山这些小说结构的审美效果可以称为先近后远、先远后近、远近交错；前缓后紧、前紧后缓、紧缓交叉；先平后奇、先奇后平、平奇共存；先动后静、先静后动，动静交替，等等。西方学者荣格的"集体无

---

① 见汪曾祺《独坐小品》，河南文艺出版社 2017 年 6 月第 1 版，第 94、141 页。

意识"和"神话——原型批评",巴赫金研究陀思妥耶夫斯基的复调小说，都对研究贾大山小说有一定参考意义，有关分析将放到其他章节中。

第二节　情节组合方法

作品的情节结构与文体和文势有关。我国古代的文论是诗文评，不谈叙事，但小说等叙事作品同样可以从美学角度参用之。刘勰就讲"即体成势"，谓"势者，乘利而为制也"。[①] 意思是说凭借文章行文体式形成其叙述的态势和形体，他是第一个提出文章"体势"概念者。按明清以来小说评论上的说法，窃以为这就是文势，作品叙述的脉络态势。它属于中国古典美学的一个独特范畴。

毛宗岗首先在评《三国演义》中提出了"文势"概念："文有宜于连者，有宜于断者。如五关斩将，三顾草庐，七擒孟获，此文之妙于连者也。如三气周瑜，六出祁山，九伐中原，此文之妙于断者也。盖文之短者不连叙则不贯串，文之长者连续则惧其累坠，故必叙别事以间之，而后文势乃错综尽变。"[②]

贾大山懂得文势。他的小说情节结构，既有连续绵密之势，也有几起几伏者、穿插组接者，有大致的平铺直叙，也有适当的似断而连，既丰富了情节细节、人物生存经历与性格，又让读者获得平中不平或令人意外的美感。如其《担水的》《妙光塔下》便有平淡绵密的文势。他的《取经》《春暖花开的时候》《喜丧》《王掌柜》等则是凭借曲折的文势而造势成功。

下面重点说笔者发现的贾大山小说情节组合方法 7 种。

---

① 见刘勰著、向长清译《文心雕龙浅释》，吉林人民出版社 1984 年 3 月第 1 版，第 278 页。

② 见叶朗《中国小说美学》，北京大学出版社 1982 年 12 月第 1 版，第 146 页。

一、对比法

用对比叙事推进故事的发展，在毛宗岗、金圣叹评点《三国演义》《水浒传》等古代经典小说时就有论述。

今天贾大山的《分歧》，便是对比叙事的典型例证。它是通过公社干部小何观看到了书记老魏这个"大算盘"和最重视思想政治的副书记老许之间工作方式方法的巨大反差。一个是用下基层调查的事实数据指导各村农业生产，一个是下村先开会学习讨论以统一思想、鼓舞士气。二人在盛夏积肥、冬季兴修水利等问题上各施其招、各显风采，但作者主要倾向是强化求真务实精神，也未否定抓思想转变的重要性。这种叙事手法形成了小说的双线结构。《黑板报》中是表现高中文化的黄炳文十几年前批判"工分挂帅"，自力更生打槐荚买彩色粉笔，但分田到户后他主张增加各板报小组补贴，形成了前后对比。老魏老许之间是毛宗岗评《三国演义》时所言的"双峰对插、锦屏对峙"。① 黄炳文的表现则类于鲁迅《故乡》中闰土先后变化的对比。在贾大山小说中，人物个性对比、命运对比、时空变化对比等互相比较而存在的结构者大约在20篇以上。其运用此法已经很是纯熟老到了。

二、多侧面法

在新时期十年文学创作中，批判了"高大全"、雷同化而普遍倡导人物塑造的多侧面、立体化。

贾大山在《取经》之后便开始探索小说结构和人物塑造如何走出"高大全"和雷同化、脸谱化的老路，如何从现实生活中发现和艺术地组织情节细节、塑造可信度更高的日常生活中的人物形象。他在《东关武学》中，就从正面和侧面描述了东关老支书戴荣久从在位到退下、再到拾起武功办业余武校的曲折过程。他正直清廉、一心为公，却有虚荣

---

① 见叶朗《中国小说美学》，北京大学出版社 1982 年 12 月第 1 版，第 149 页。

心和一些"忌讳"，对新书记很信任却又对他的一些新词语新提法很反感。这是用多侧面手法塑造了建国以来到改革开放初期农村干部的一个典型。在《亡友印象》中，表现路根生当了支书，头脑中阶级斗争弦绷得很紧，经常组织召开批斗会。他手中总拿着一根棍子，好像随时要与谁搏斗，可他又让被斗者洗去脸上的血迹再回家。特别是他很乐于为新婚人去当陪客，说这样就感到了快乐，酒量不大也不惜喝醉。这是作者为我们塑造的一个极左地搞阶级斗争又厌烦斗来斗去的现实立体人物。他们的内心与外在、优点和缺点、主流和支流，都是在各个侧面的展示中呈现出来的。

三、伏笔法

小说的伏笔法，就是一件事情的发生，一个人物的出现，早有埋伏性、暗示性叙述在前面。有时埋伏得很远，有时埋伏得很近，有时是事件发生的一种前兆，有时是一个人物性格发展的一种序曲。毛宗岗在评价《三国演义》中举例说："如西蜀刘璋乃刘焉之子，而首卷将叙刘备先叙刘焉，早为去西川伏下一笔。又如玄德破黄巾时，并叙曹操带叙董卓，早为董卓乱国、曹操专权伏下一笔……"[1] 这种方法，显示了社会生活中的因果关系，为后面对立面的转化做了铺垫。这是叶朗分析毛宗岗提出的 12 条"叙事方法"之一。我们的贾大山在他的小说中也常用这种伏笔法。例如《离婚》中，大龄青年路老白为了讨好女方乔姐，在路边观察姑娘们穿什么衣裳最好看，就设法为她去买了送去，终于征服了乔姐的芳心。这是表现老白只重物质上讨好女方。但是他们缺乏感情上的交流和生活志趣上的相互适应，婚后便不断产生意见分歧。虽然路老白知道乔姐爱吃豆腐，经常换豆腐，但二人之间的精神裂缝越来越大，以至于在梦庄成为第一对离婚夫妻。为乔姐买衣服、换豆腐都是一种细节的铺垫，最后让人感到两人的离异是理所当然的。还有《花生》

---

[1] 见叶朗《中国小说美学》，北京大学出版社 1982 年 12 月第 1 版，第 145 页。

《俊姑娘》等也都不动声色地运用了伏笔法。

四、贵奇法

我国古时唐宋传奇、明清小说，特别是武侠、公案小说中都是以奇取胜，故有"无奇不成书""无巧不成书"等说法。金圣叹评《水浒传》时，说描述武松打虎过程是"写极骇人之事，却用尽极近人之笔"。[①]贾大山早从中国古典小说和戏曲经典中领略了用奇的重要，也从日常生活中看到不少奇人奇事，于是在他笔下便有了平凡之中的各种奇怪、奇妙、奇招、奇艺与奇言巧语。如果说《东关武学》中老支书老戴在会议桌前突然当众展示武功"露一手"有似武林小说的描述，其他的几件奇事则都很日常生活化。正所谓与众不同便是奇。再如《智县委》中的智书记半夜亲自出来买烟不是一般领导者的行为，但他说派人来买怕威吓了群众，这在"我"的心中便是清廉领导人的奇行了。而《取经》中李庄李黑牛偷看王庄开膛破肚治沙法，创造了一个新式治理土壤的奇迹，便是工作方法上的出奇制胜、敢为人先的奇招。《老底》中的主人公老底竟然有做全羊宴的祖传技术，为全县一绝。《林掌柜》中义和鞋庄林老板备有一口小铡刀，谁说鞋是纸做的可以现铡以验真假，铡刀便是他表示诚信经营的一件奇物，无形中造成了征服顾客的气势。冯梦龙在《今古奇观》序中言："天下之真奇在，未有不出于庸常者也。"又说"动人以至奇者，乃训人以至常者也"。[②]贾大山的贵奇用奇，也多在平常人中展现，让读者感到平中不平、淡中不淡而有趣。这方面还会在本章第四节细节运用中再论之。

五、悬念法

古来无论写小说还是说书、唱戏、说相声，往往要在关键时刻设一

---

① 见叶朗《中国小说美学》，北京大学出版社 1982 年 12 月第 1 版，第 84 页。
② 见高洪钧辑《冯梦龙集》，河北人民出版社 1992 年 3 月第 1 版，第 57 页。

个关于故事结果的包袱，这便是运用了悬念法。

贾大山在小说中运用悬念法也比较多。比如《春暖花开的时候》，交代梁村支书梁大雨的妻子在村口等待被公社黄主任叫去谈话的丈夫，又去副支书宋满场家打问消息，满场也不知道会是怎样的结果，只是借酒浇愁说丧气话。这便是一个大悬念，让读者一定要看下去，揭开谜底。再如《一句玩笑话》，叙述原县委书记梁思中在极左时代被降为林业局副局长后，和牛局长的伙计搭得很好，只是为下属的小叶在"文革"中所谓画反动画向日葵而不能撤去有关处分，老梁随便说了一句："无理取闹！凡是挨过整的人，大小总有问题嘛，找什么？你看我就不找……"这样便把小叶的改正问题放下了。现在老梁复了职，还记着小叶的事情没有办好，但他这句玩笑话却被牛局长用来反驳，使之无言以对。到底小叶的问题怎么解决呢，便留下了一个悬念。仔细琢磨全文，他们是一定会为小叶落实政策的。这也属于留疑性结尾。在《弯路》《钟声》等篇什中也都很好地运用了结尾悬念法。

六、横云断岭法

毛宗岗在评点《三国演义》的叙事手法中还有一条是："横云断岭、横桥锁溪之妙。"[1] 是说在故事正常叙述中，用另一人物出现或突然事件发生而打断，使作品的文势出现起伏变化。

贾大山小说的叙述也有横云断岭之法。试举《中秋节》为例，先写队长春生催妻子淑贞买月饼哄女儿，想过个和睦团圆节。但没想到邻居严四老汉来说盖房娶亲指望那棉花丰收分红，作业组长腊月、养猪员二喜嫂、副队长双锁相继来到，一个个摆的都是难题。这使春生的中秋团圆被打断了好几断。春生支应着，却与腊月匆匆吃了面条出门而去。不料严小俊来了，与淑贞说去剧团学戏。春生半夜时才回来，满脸灰尘，仄仄晃晃，原来是他又带着 6 个人去卸火车扛大包，卸了 1400 包盐和

---

[1] 见叶朗《中国小说美学》，北京大学出版社 1982 年 12 月第 1 版，第 146 页。

粮食，为队上挣了56元。这就是一个队长不同于一般社员家的中秋团圆。金圣叹有"忽然一闪法"[1]，春生家来几拨人是闪了好几闪，于是春生有了新的闪念和闪行。再如《老路》中，"我"一再问老牛走不动了杀不杀，杀了让人们过中秋节吃牛肉。但突然有人报告四类分子路大嘴跑了，老路便吩咐人抓了回来，接着开始审问，"我"也不敢提杀牛的事了。但第二天一早老路要把老牛电死，让路大嘴去按电闸，还大骂路大嘴。前一篇是几个人打搅了春生家的团圆，春生有了巨大压力才去拼命扛大包。后一篇是紧急审判路大嘴一案后再去看望老牛，让老路便想到了仁慈地解决老牛问题的奇特办法。这都是"似断实连"，有助于整体情节起伏发展和人物形象的塑造，并且既实而巧又不见巧，可谓妙笔。

七、闲笔法

自古小说、话本的创作者都喜欢运用闲笔，就是看似和故事主要情节没有多大关系的叙述或描写。其实闲笔不闲，总是作者有意为之。金圣叹评《三国演义》时说"有将雪见霰、将雨闻雷之妙"，称之为"弄引法"。[2]毛宗岗与他的看法相同："将有一段正文在后，必先有一段闲文以为之引；将有一段大文在后，必先有一段小文以为之端。"并举例叙述曹操濮阳大火之前先写糜竺家中之火一段闲文以启之；将叙赤壁纵火一段大文，先写博望、新野两段小文以启之。[3]其实，这种闲笔可以在作品的开始部分，也可以在故事的中间或结尾处。贾大山的小说大都十分精短，常常显得惜墨如金，给读者留下不少想象的空白。可是他也运用闲笔，比如在《梁小青》中，叙述"我们"知青听到窗外有人唱歌之后，便写道："真的，自从到了梦庄，我们从未听到这样的歌声。在我们的印象里梦庄最大的一个特点，就是静悄悄、静悄悄。静悄悄的田野、树木，静悄悄的街道、房屋，静悄悄的太阳、月亮。早晨，一两声

---

① 见叶朗《中国小说美学》，北京大学出版社1982年12月第1版，第11页。
② 同上，第146页。
③ 同上，第146—147页。

长长的牛叫，晚上，几个卖豆腐的梆子声，是这里唯一的音乐……"可是那歌声停了，开门一看见雪地里有一个七八岁的小姑娘。作者写这段梦庄"静悄悄"本来与梁小青人物塑造无关。在这中间道来，表现了知青们对文化生活的渴盼。看似散淡的抒情，却又为梁小青多年后的表现和呼唤农村文化兴盛的题旨起到了引信和对比作用。《正气歌》则是正文写完之后，作者又缀上了"几句后话"，这便是故事的又一个题外余音，细琢磨是对于前面描述实事求是精神最终胜利和极左的形式主义必然失败主旨的有意加深。此外还有如《村宴》《春暖花开的时候》《失望》等篇什也都运用了一些闲笔。

除了上述这些情节结构方法之外，还有回环、反跌、隐喻、象征、烘云托月等方法，贾大山在小说中也适当运用之。有的是同一篇中多法共用，显示出贾大山的叙事才能。篇幅有限，这里不再细论。

第三节　开笔与收尾的多样性

写小说曾经有"龙头豹身凤尾"或"龙头猪身豹尾"之说。笔者猜想，龙头是引人注目的，豹身是雄健的，猪身是肥胖的，凤尾修长美观，豹尾则是高翘的。这些比拟是说，小说的首尾要有抓住读者的魅力，中间情节细节更须充实。昔时毛宗岗评论《三国演义》时这样说："凡文之奇者，文前必有先声，文后必有余势。"[①] 金圣叹则有上面提到的"弄引法"之论，即"谓有一段大文字，不好突然便起，且先作一段小文字在前引之"[②]。关于结尾，金圣叹也有"獭尾法"之说："谓一段大文字后，不好寂然便住，更作余波演漾之。"[③] 今借金、毛二位之论，考察一下贾大山小说的开端与收尾各有哪些样式和不同的作用。

---

①　见叶朗《中国小说美学》，北京大学出版社 1982 年 12 月第 1 版，第 147 页。

②　同上，第 146 页。

③　同上，第 147 页。

一、多样的开头

万事开头难。历代作家都十分重视小说开头。《三国演义》作者如此，古今中外作家皆是如此。把头开好，就为后面的叙述铺好了道路，或说做好了引信。贾大山构思小说，从来是琢磨不好开头决不仓促动笔，他打腹稿极为细致，甚至很"难产"。李佩甫则讲过为了写好开头，会费很多心思，因为开头第一句会决定整个作品的"情绪走向"。有时要等一个月，有时要等一年半载。他写《生命册》时8次开头，最长的写到8万字又废掉，下乡几个月回来换了房间才有了"我是一粒种子"的开头，终于写了下去。[1] 而贾大山追求作品的精致化，故事酝酿常有十年二十年者。其开头，既有金圣叹所言的"弄引法"，有其"先声"以夺人，或如放风筝让它徐徐而起，当然也有的是直接亮出人物、事件或关键事物的。其《枪声》的开头是："小林被捕才一个月，就要判刑了，死刑。"林斤澜对此大加赞赏其"简约、平和、稳健"。[2]

（一）写景开头

贾大山喜欢写景开头。比如《沙地》，先说梦庄村北有一片沙河滩，"我"们在那片树木花草中玩，还可以要来个西瓜到林子里吃，然后才引出常年住在这里的主要人物老社长。《中秋节》开头第一句是"月亮从村东的树林里升起来"，又大又圆，吸引了满街的孩子们。《小果》的开头是半夜浇地换班时，先写人们摇晃着手电光和灯笼影。

（二）时空背景开头

贾大山的《孔爷》《杜小香》《迎春酒会》等都是从时间、地点的背景开始的。比如《麦收劳动》开笔就说："去年夏初，小麦刚刚开镰

---

① 见傅小平《李佩甫："平原"是我的精神家园，也是我的写作领地》，《作家通讯》2020年1—2期，第170—171页。

② 见林斤澜《初三说三声》，贾大山著、康志刚编《贾大山文学作品全集》，花山文艺出版社2014年10月第1版，第607页。

的时候，县委决定组织四大机关的领导们参加一次夏收劳动。那时我身体不好，没有得到通知，但是听到这个消息，也赶去了。"再如《电表》的开头："我们村的村南口上，又盖起一排新房，是祁家三兄弟的。从东向西数，老大家、老二家、老三家，一样的红砖绿树，一样的黑漆街门，显得那么整齐，谐和、兴旺。"前者说的是时间和要参加夏收割麦，后者交代的是祁家弟兄住所的方位、格局和环境。

（三）先说文化背景

贾大山注重小说的文化背景。比如《写对子》落笔便说："梦庄是个苦地方，可是过年的时候，人们很爱贴对子，并且贴得很铺张：街门上贴，屋门上也贴，树身上贴个'栽子'，影壁上贴个'斗方'……"这是首先交代了传统年节习俗，也属于时空背景开头。《离婚》《花生》等也都是从冀中地区传统的婚姻和生产生活习俗说起。

（四）从谣谚哲理句开始

比如《会上树的姑娘》，开笔就说，"我"到梦庄不久，便听到一句歌谣："王庄的姑娘会织布，梦庄的姑娘会上树。"这地方小谣就会引发读者的好奇心。《失望》的开头便带有几分幽默地说："人活在世界上，总有发不完的忧愁，什么人有什么人的忧愁，什么时候有什么时候的忧愁。"然后说杨三老汉听着外面的雨声，"慢慢明白了这么一点人生的道理"。

（五）抒情议论开头

写景固然具有抒情意味，引用民间谣谚也有议论性质，但贾大山小说开笔还有不同于它们的抒情和议论。最典型的是《定婚》的开头："这几年每当我参加年轻人们的婚礼的时候，每当我听到谁家弟兄之间、妯娌之间，为了一点物质利益发生纠纷的时候……""我得声明，我并不喜欢那个年代，更不留恋那个时代。然而也许正是因为这件事情发生在那个我所不喜欢的年代里……"这是先抒情后议论，为王树满与小芬的曲折成婚铺设了路子。

（六）从人物写起

这样的例子在贾大山小说中大概有 20 篇左右。比如《丑大嫂》开笔便说："丑大嫂婆家姓祁，当面得叫祁大嫂。其实，乍一看，祁大嫂并不丑……丑处——左眼里有个'萝卜花'。"下面便叙述她曾自暴自弃地穿破旧衣服，公婆、丈夫都对她很放心。《阴影》是说天刚黑时下起细雨，柳二嫂披上雨衣要去和三凤商量进城赶会，却听到窗外有人唱："我正在城楼观山景。"那是痦子王跑儿又来了，故事马上进入情节中。其《乡风》《贺富》《赵三勤》《分歧》等，也都是从主要人物入手的。

（七）因事为由

比如《正气歌》《童言》《飞机场上》等都是因为一件事情开始。《飞机场上》说县城修了飞机场，梦庄的妇女们让"我"帮助买飞机票，她们要上天转转开开眼，于是引出了后面等飞机时的众声喧哗式述说。《劳姐》开头是"我"要陪杜主任去董家湾蹲点，问去了住谁家，杜主任说："当然还住她家了。"于是"我"就想起了老房东董劳姐大娘。

（八）因物开头

此类如《莲池老人》《妙光塔下》，都是从古塔古钟楼说起，引发了人们的闲言碎语和对文物保护的关心。那篇《"容膝"》，作者开笔便说：东门里有个大觉寺，寺内有一方青石，上刻两个大字："容膝"；又刻一行小字："晦翁书"。原先无人问津，到 80 年代其拓片竟能重金出卖。之后引出当今销售拓片的四宝斋和它的主人来。《云姑》则是从她门前一堆沙子说起，原来她想盖新房了。

（九）回忆开头

贾大山小说使用第一人称者很多，约占总量的二分之一，其回忆性开头也便多了。比如《智县委》开始写道："小时候，我是很淘气的。

一到晚上，我和我的伙伴们就欢了，打蝙蝠、掏麻雀、捉迷藏，古老的府前街就变成了我们的天下。"紧接着叙述因为淘气才认识了姓智的县委书记。《邵思农先生》等也是从"我"的童年角度忆旧。"梦庄记事"系列 23 篇全是回忆，一部分便是从回忆开始的。

（十）先告诉读者

这也是贾大山语式上的一种表现。如《西街三怪》一开始就说这三怪的姓氏、外号，也交代因为有单位急着向我约稿，只好记个梗概。这是作者事先公开告知了读者。还有《白大嫂》的开头也类似："我要记下这个故事，细心的队长向我提出严正的要求：一不许写他们村名，二不许写他们村的人名，尤其不许披露那个可敬的大嫂的姓名。我想了一下，那就用假的。她平时穿衣清素，就叫她白大嫂吧。"然后交代白大嫂是个寡妇，猜测她四十几岁。等等。

贾大山的小说开头大多是"小文字"，是正文的前奏、序曲，却属于整体文势创造不可或缺的部分。有的由远及近，有的由近及远，有的先景先理，有的先人先事，有的倒叙，有的顺叙，皆因篇而异。无论哪种开头都似乎是信手拈来，其实暗中自有他对作品整体建构的匠心所在。

二、不同的结尾

有头就有尾。小说尾部在一定程度上更不可小觑。前面提到金圣叹的"獭尾法"，毛宗岗也强调小说要有"浪后波纹、雨后霖霖"，要有"余波"，也说要有"余势"。[1] 当代作家刘庆邦说："很多作家包括我都觉得短篇小说的结尾是非常重要的，老舍说结尾要'结末一振'，林斤澜说结尾要有'意象的升华'，王安忆说结尾要'升级'。"[2] 这是说结尾关

---

[1]　见叶朗《中国小说美学》，北京大学出版社 1982 年 12 月第 1 版，第 147 页。

[2]　见刘庆邦、张鹏禹《写作的意义在于改善人心——刘庆邦访谈录》，《作家通讯》2023 年第 3 期，第 51 页。

乎小说的题旨、意境和人物形象塑造。这些名家的经验之论，有似"獭尾法"或俗说的"豹尾"，以求作品产生新颖、深刻的艺术效果。贾大山对小说结尾也有自己的看法。他在《两种小小说》中对比两种结尾时说："前者的结尾追求惊奇，后者的结尾是一种味道……篇幅都小，气氛不同。"[1] 又对美国作家欧·亨利关于小小说的"结尾惊奇"提出异议，认为那只是结尾的一种，"而不应一律相求"，"结尾清淡，写得好的小说也是有的"。[2] 贾大山在创作实践中精心设计如何结尾，从来不是故事讲完了就完了。康志刚回忆他有一篇小说总不动笔，说是还未提炼出一个最好的结尾来。笔者一一观看其小说结尾，发现它们与开篇相比也是多种多样。今天归纳之，大致有结局性结尾、开放性结尾或余波性结尾、告白性结尾等等，每一类中又各有不同。其中清淡的、有味道的而发人深思的结尾为大多数。从而可以说其大多结尾具有一定的升华性、启迪性。

（一）结局性

一般来说，一篇小说应当有一个相对完整的善后性结尾，让读者看到人物、事件最终的结局，明白作者要告诉他们什么道理。这便是结局性结尾。但结局、结果亦有差异。细分析贾大山小说的结局有成功性、圆满性、转变性、怀念性、悲剧性、哲理性、揭秘性、总括性、嘲讽性等等。

1. 成功性结尾

在《花市》的尾部，写女主人公蒋小玉回敬要买令箭荷花为领导庆生日的小干部时说："我叫蒋小玉，南关的，我们支书叫蒋大河，还问我们治保主任是谁吗？"人们明白姑娘的心思，一起大笑起来，也纷纷买她的花。作者又这样写道："她笑微微地站在百花丛中，也像一枝花，像一枝挺秀淡雅的兰花吧？"这是对女主人公高洁情态和正义心性

---

① 见贾大山《两种小小说》，贾大山著、康志刚编《贾大山文学作品全集》，花山文艺出版社 2014 年 10 月第 1 版，第 489 页。
② 同上，第 491 页，贾大山《关于小小说》。

的比喻性赞美，也是对社会良风正气的褒扬，进一步塑造了卖花姑娘的形象，也深化了作品的主题。这是勇于斗争的成功，也可称之胜利性结尾。还有《村戏》，戏班的女主角小涓终于在大家的支持下把演员、乐队拢在一起开始排练了。《眼光》是通过核实一篇报道和必要的思想疏导，终于让人们认可了曾经刁钻自私的钱八万。

2. 圆满性结尾

成功性也有圆满性，但这里的圆满性主要指实现了多人多方的和谐团结、皆大欢喜或个人意愿，是中国人最喜欢的大团圆结局的一部分。这其中有《小果》，写爱说爱笑又直爽的小果与清明谈恋爱使大槐很感失落，小果不爱大槐却能正确看待，最后是大槐娶亲后她才与清明结合。受了感动的大槐夫妇去为小果夫妇做娶客。这是标准的大团圆结尾。圆满性结局类中，还有《拴虎》，是师生意外重逢，开始了新的友谊。《童言》结尾是显示乔家哥俩将重归于好。

3. 转变性结尾

"转变"一词与圆满、团圆、转化、成功、胜利等语词一样也涵盖面较大。这里用的转变包括思想、思路、感情、行为上的转变、转化或说转轨、回心转意。贾大山这类结尾的小说如《赵三勤》的最后交代，赵小乱已经在生产队表现不错，分红多，又领了生产奖。他的"三勤"变成了"洗脸勤、理发勤、换衣裳勤"，这是对开头"吸烟勤、喝水勤、拉屎撒尿勤"的呼应，证明这个调皮小伙已经变好，这个成长型人物也就立于读者面前了。《莲池老人》中的主人公最后想清了，把占好地方的坟头又平掉，说省得"挂碍"。大山的转变结局都搞得很妙。

4. 怀念性结尾

因为贾大山用第一人称回忆溯旧者较多，对见到过的好人恩人的回顾便明显地表示了怀念。如《担水的》，描述老魏为各街各户担水很卖力气，记账收费很仗义，结尾则是现在井台太冷清了。《邵思农先生》《智县委》等末尾都有怀念的语句。而《干姐》是对梦庄美丽大方的年轻媳妇、"我"的干姐于淑兰的回忆，最后说自己每次再拉二胡时，第一首先拉干姐喜欢的《天上布满星》，以表达对干姐的思念，便有余波而令人动情。

5.悲剧性结尾

贾大山的悲剧性小说总量不大，但所写的各有特点。如《钱掌柜》，这个掌柜对"我"是很喜爱的，只因为会几句日语便被造反派当日本特务抓起来，进行劳动改造去喂猪，最后含冤死在一个学习班上。死后才平反说他不是日本特务。还有《枪声》，由于"我"教少年小林从仅有的一本《京剧大全》上学识字，讲从猿到人的历史，不料他强奸女知青，虽然未遂那时也是死罪，还真的被枪毙了。"我"便大受村民和小林家人的谴责，有理也跳到黄河洗不清了。这又是世人愚昧无知造成的悲剧。

6.事不遂结尾

有些故事，是受其主客观因素限制而不能遂心。如《贺富》中，淘粪老人说好过年时要请客，但街道干部未完成秋粮征购被罢了官，这客就请不成了。如《云姑》中，云姑拉沙子要盖新房，条件不具备，那沙子就一直在院前堆着，常被人半夜偷窃。好在她心灵善美，不再骂街，但直到"我"离开梦庄她也没盖起新房来。还有不能达到自私目的者，如《电表》中小桂受《红楼梦》中大观园菜地大包干启发，要把电表分开。之后她家增加了耗电量又要合用一个。但在两个妯娌面前碰了软钉子，自己便尴尬地说："天真热呀。"

7.揭秘性结尾

也有真相性、披露性。在《村宴》之尾，梁庄党支部一班人热情招待"我"，又轮番唱了一回京戏。开宴时，老梁在酒桌上推说"不行不行，一口也不能喝了"，还从怀里掏出一个金属小盒当众一亮，说是救心盒。为了给"我"这个请来的高客面子，他也只抿了一小口，说"先顾心，后顾嘴吧"。因为老杨离家远，晚上便和"我"睡在这个屋里。天亮后，"我"发现桌上有老梁丢落的救心盒，打开一看却是空的，心中便明白老梁说不行不行是假装的。《钟声》之尾，路大爷自道秘密，夜晚敲钟没有手表，是估摸着时间敲的，"糊弄"你们了。

127

8.定规则性结尾

这在《东关武学》的尾部，说武功师老戴不许提他曾在乡级会议上拿大顶，谁提就给谁发火，成为武学中不成文的"禁忌"。在《水仙》中，"我"规定谁也不许在这有水仙的房间吸烟、饮酒，怕熏醉了这美丽青春的花朵。而《失望》中，是杨老汉为儿子小林再考重点高中做了三项决定：让小林去复习一年，专心念书，不再割草，明年一定报考重点。他说，怎么看小林都像个"重点"。

9.警示性结尾

在《阴影》中，柳二嫂把痞子王跑儿赶走后，听他在大街上又唱"我正在城楼观山景"，还听他在街上大喊"不怕现在闹得欢，就怕秋后拉清单"，便担心丈夫在城里望春楼的收入不干净。第二天进城时耳边还总响着那句唱词。这是警钟长鸣。另一篇《二姐》中，是写乡下二姐爱走"我"这个后门买紧俏货、便宜货，还常常以此为荣。但她看了打击腐败分子的报道便害了怕，就来问，你那事上级追不追。"我"问追什么呀。她只说不追就好，然后冒雨而走。这证明舆论性的警示是能够让人醒悟收手，二嫂、二姐是不肯让亲人违纪违法的。但走后门买碱面也不算什么，二姐却自警自律得很好。

10.总括性结尾

《三识宋默林》的最后一句是"这就是我所认识的宋默林同志，一个蒙冤十二年之久的共产党员，普普通通的农村干部"。对宋做了最后的肯定性评价。当然这也属于圆满性结局。而《林掌柜》中，20世纪50年代中期，义和鞋庄林掌柜和"我"的父亲二人面临公私合营的潮流，既有无奈也有对自家店铺的眷恋难舍。他们最后一次饮酒长聊至半夜鸡叫："最后三杯，倾注了半生的情谊；头杯酒，三十年打早摸黑，苦巴苦干，两家都有吃穿……喝了；二杯酒，两家相识相知，老不哄少不欺，谁也没做过亏心的买卖，喝了"。最后一杯，都"把酒洒在地上，敬了天地财神、算盘和秤，还有那把小铡刀"。读之真有几分凄婉和悲切。他们的自我总结，形成了一种精神的余势，在今天看来也值得赞赏。

11．抒情性结尾

这种结尾很有些余波余味的意境感。如《梁小青》的结尾是见到小青的乔其纱裙子在飘荡飞舞，是富有赞美意味的抒发。还有《妙光塔下》最后说，大人们都走了，孩子们却仍在月光下观看塔上哪是狮子哪是大象。再如《中秋节》最后是圆月升上中天，妻子淑贞看着丈夫春生已经酣睡，独自从内心欣赏着他，说着心里话。而西院里，严四老汉还没睡，快乐的歌唱声里带了几分醉意："八月十五……月光明喏……"。《孔爷》最后是唱"老了老了真老了，十八年老了我王氏宝（呃）钏"。这些结尾都有一种余韵袅袅之感。而《梁小青》的尾部是，小青说了"这叫乡下迪斯科呀"，就又跑回歌舞队伍里，尽情地唱起来、跳起来了。"我呆呆地站着，眼睛有些模糊，满耳一片哗哗的扇鼓声。我听不清她唱什么，看不清她的表情，眼前只有一个华美的淡粉色的连衣裙飞舞飘动着——那确实是叫柔姿纱。"这又是作者对乡下新农民热爱自己的文娱生活的赞美性抒发。

12．嘲讽性结尾

贾大山写小说长于运用幽默，善于适度嘲讽。如《黄绍先》中的主人公最后笑县领导水平也不高，"笑得叫人难过"，是作者对黄的精神胜利法的怜悯和嘲讽。《卖小吃的》中，翟民久去破寺塔台上叫卖，作者诘问性地来上一句"你说谁到那里去买包子去？"是否定性的讥讽。《瞬息之间》中的北乡公社书记老孙看错了文件，要更换县级大会发言，连夜跑回一趟。回来发现错了，便唉叹自己"老了老了，不中用了"，说着又推上车子，"不知怎么着，他又出了城"。这也是嘲讽式的结尾。

13．告白性结尾

这种结尾，是作者直接出面告诉读者什么，而且点出"读者"二字，就脱离原来的叙事角度，作者便如主持人一般走到前台亮相。这若开头时说与"读者"是同样的。重看《正气歌》，第9节小标题是"几句后话"，向读者交代了三件事：一是北杨庄干部群众齐了心，下半年夺得了高产红旗；二是公社老丁来蹲点写文章表扬北杨庄的实干精神；三是老支书祁老真一直干到现在，他说"凭着一股气"，什么气呢？他自己也说不清楚，"只好留给读者慢慢地研究吧"。这是又告白又留了悬疑。但这一节有点长，作者是有意把文中有不周全的地方补上，有毛宗岗说叙事的"添丝补锦、移针匀绣之妙"。[①] 这也是闲笔不闲，似乎多余却有余韵，完善了故事，还让读者猜测些什么，从而产生新的余味。

14. 翻尾

还有如林斤澜所言的翻尾者。翻尾的意思是结局没有顺理成章，相反却是意外的结果。例如《邵思农先生》，主人公医德医风都很好，却被造反派命令去淘粪，忍辱改行，荒废本业，委屈而死。这是令读者意外的悲剧性结尾，也是怀念性结尾。还说《林掌柜》的主人公最后一夜与"我"父亲小饮长谈，几分悲情，几分慨叹，是面对公私合营潮流，洒下第三杯酒各有所祭，也是一个意外却也深刻的翻尾。上二例是由正而反，由正剧性转为悲剧性。而《年头岁尾》中老两口为要庄宅地想请大队支书吃喝，最后一转，见到红榜，不用请客了，愁肠速解，形成了由反而正的喜剧之尾。

（二）开放性

所谓开放性结尾，就是不说出事情的结果，让读者去猜测推断。可以仁者见仁、智者见智，也是小说不费笔墨的余味余绪。窃以为，这是短篇大师林斤澜所说的"空白""留白""留下余地"的一种技巧。露出了冰山一角，可以想见冰山全貌，亦是此处无声胜有声。[②] 上面说《正气歌》结尾留给读者便是一种开放性。贾大山的创作既讲圆满也讲留白，形成开放性结尾。他在这方面还有两种。

1. 留疑性结尾

在《俊姑娘》的尾部，是这样疑问的："直到现在我也弄不明白，在那静静的十几秒里，富于同情的乡亲们都想了些什么？"这是一种诘

① 见叶朗《中国小说美学》，北京大学出版社 1982 年 12 月第 1 版，第 149 页。
② 见林斤澜《短篇，短篇》，《新华文摘》1998 年第 1 期，第 119 页。

问，是肯定了乡亲们对知青玲玲身受重伤后的同情与怜悯。她刚到梦庄时，乡民们惊叹她的俊美，但不久又挑剔她的缺点，冷酷地对待她。现在她已身受重伤，村人们一个个在忏悔、自责，在对玲玲进行精神上名誉上的救赎和弥补。这种诘问是深沉而有力的。在《离婚》中，离婚不成的乔姐夹上小包袱走了，在村里引起很大震动。从此村中夫妻吵架时，女的常常像乔姐一样高声质问自己："寻男人为嘛？"一连三问，虽无答案，却是妇女解放的呼声。在《黑板报》的最后，是"我"不知怎么总结黄炳文他们坚持长年写黑板报的经验了。原是无偿服务，现在又说每人每月补贴多少钱，那么是过去的正确还是现在的正确呢？于是，"我"无法下笔。这是改革开放之初分田到户后很多人遇到的精神困惑。作者把这个困惑甩给了读者。《迎春酒会》叙述了农村春节置酒招待在外边工作的干部职工，甚至连外村的女婿也请来，目的是村里去办事便于走后门。作者最后质疑道："现在，梦庄还举行这样的酒会吗？"这暗含着作者对这种不正之风和形式主义的批评。

2. 人物有问无答结尾

这也是开放性结尾，要让读者去猜想思考的一种方式。大山小说中这样结尾的有《拜年》，最后是妻子让丈夫少读报纸、多吃鸡蛋养壮身体。丈夫反问："是上莲花山吗？"妻子未答。因为前面她在娘家提到过有人上莲花山去求神拜佛，此时丈夫重新点出而问之。细琢磨那种语境下，丈夫是要学习姐夫有知识有文化、信息灵通，要奋斗和创业，决不是要去求神拜佛的。在《聋子》中，夏夜在庙台纳凉时有个晚上都戴草帽的聋子。他对大家讨论陈家媳妇超生了，公爹不怕罚款，拿出存折时是一摔还是一扔还是一放的争论很反感，从远处菜园旁边插话说："咯吱咯吱的，不好听啊……"就不再继续说了。结尾大家又讨论聋子，小秦问："我们说话呢，又不是吃东西，聋子怎么说'咯吱咯吱'的呢？"人们没有回答。他不了解说"咯吱咯吱"为难听话，是因为聋子在"四清"运动中遭批斗时，有人上去"咯吱"一下咬下他半个耳朵，后来他把不中听的言语也说成"咯吱咯吱"的，还日夜戴草帽了。作者前头有交代，老年人都知道的。只是小秦仍在疑问，却无人回答。这与抒情性、议论性结尾一样，也是一种余波余音，只是不落到纸面上而让人去思考、解谜而已。

刘勰有云："总文理，统首尾，定与夺，合涯际"，并强调"首尾周密，表里一体"。[①] 这足可以用来形容贾大山的叙事结构形态。如上所归纳的多个开头和结尾样式，都与大山打腹稿时谋篇立意的整体布局设计和表达的方式、技巧紧密相关，每一种开头与结尾都与全篇和谐一致，都具有自己的文学功能和艺术效果。他笔下无论是豹尾还是凤尾，都是不可缺少的重要有机部分，无尾豹无尾凤不可能有，只是隐匿了尾或尾巴无形而已。关于当代小说的结尾，宋学孟曾于1985年撰文指出：几十年来，文艺界有个不成文的准则，就是"亮色"，"结局都要有一个光明的尾巴"，否则会被说是调子低沉。他进一步以1984年乔典运的《村魂》和航鹰的《宝匣》为例，强调人为地制造光明的尾巴就会使事物不得不违反必然的逻辑规律，人物不得不改变性格发展的轨迹，减少其本身的社会价值和美学价值。[②] 这样说，再看贾大山小说结尾，既有结局圆满者，亦有引人深思者。其《分歧》《乡风》《小果》等等基本上是事件的正常结束，人物个性的完善，没有强加亮色暖调的痕迹。唯有《正气歌》末尾的《几句后话》从批评"光明尾巴"角度看，似乎有些多余，乃是作者转轨之前受"山药蛋派"影响和当时读者阅读习惯制约而形成的圆满结尾，但作者最后又留疑于读者，所以够不上人为的光明尾巴。更重要的是故事发展的逻辑和人物性格发展的轨迹，没有不合情理之处。顺便说，贾大山处理人物、事件的结尾没有模式化，若他笔下都是开放性结尾恐怕也会遭人质疑的。

写到此处，试将以上一、二、三节的论说做一个小结。就是笔者拜读贾大山的小说，归结他的整体结构、情节组合方法及对首尾的设置，可以初步看到他总能够找到和运用世间"自然客体"的"对应物"进行构思而结构作品，这是他充分发挥了自己农村生活底蕴丰厚的优势。他

---

① 见刘勰著、向长清译《文心雕龙浅释》，吉林人民出版社1984年3月第1版，第365—366页。

② 见宋学孟《"光明尾巴"问题》，《小说选刊》1985年第4期，第136—137页。

没有吃别人嚼过的馍，而是因篇而异地烹炸煎炒、搓揉抻卷般地向我们奉献出了他的乡土文学美食。他的笔下有故事，有人物，有他叙述的文势，能够娓娓道来却又不落俗套，为读者留下了他精心设置的能引人联想和想象的启发点。其结构作品的整体方法形成了他叙事伦理的主干部分。

第四节　细节描写的真、奇、特

　　这一节关于贾大山小说细节的研究，是对其文体结构的微观性探讨，也仍是对他的艺术表达特点的研究。古今中外的作家们都十分重视作品的细节。巴尔扎克曾经说："才能最明显的标志，无疑就是想象的能力，但是当一切可能的结局都已经准备就绪，一切情节都已加工过，一切不可能的都已试过，这时，作者坚信，再进一步，唯有细节将组成作品的价值。"[1]鲁迅在他的小说中就写出了许多精彩的细节，比如说阿 Q 在大堂上画押："使尽平生的力气画圆圈，生怕别人笑话，立志要画得圆。"[2]唐弢曾经专门写过《情节安排》，说传统小戏《小放牛》《拾玉镯》等故事很简单，然而它让你看到生活，使你吃惊于生活里一些细小的动作……年长者风趣的小对话，一经艺术提炼居然会产生那么大的魅力！"没有生活的真实的细节，人物就不可能活起来。我们通常的所谓情节，指的是一个完整的概念，既有情（故事情况），又有节（生活细节），曲折的是情，深厚的是节，如果一篇作品使人觉得曲折而不深厚，这就说明它有情无节，作者忽视了生活细节对于人物性格的作用……"[3]也有很多作家反复说，细节是文学的生命。这是古今文学创作经验的至理名言。

---

① 见巴尔扎克《个人生活场景·后记》，转引自陈国伟《学习鲁迅小说美学》，作家出版社 2008 年 9 月第 1 版，第 104 页。

② 见鲁迅《阿 Q 正传》，自鲁迅《呐喊》，人民文学出版社 1973 年第 1 版，第 118 页。

③ 见唐弢《创作漫谈》，作家出版社 1962 年 12 月第 1 版，第 116 页。

贾大山在二十多年的小说创作实践中，不但在谋篇布局、创造作品基本结构形态上不断探索，形成了贾大山式的乡土小说写作路数，更在作品大框架下谋求故事细节的真实，追求细节描写在作品整体中的天然有机作用，使他讲述的故事有根有巴、有声有形、有滋有味，有情又有节，可信而可亲。其细节与情节相比，更具有渲染气氛、刻画人物甚至深化主题的重要功能。关于细节的繁与简，不同作家是有差别的。如前所述，贾平凹的长篇《秦腔》《古炉》的细节运用有些琐碎、零星、漶散，南帆便称他这种叙事风格为"细节的洪流"。[①] 其实他的一些中短篇中也时有不如贾大山笔下更为简约之处。而贾大山的细节虽细却保持着必要的简约、精当，笔者便称之为"涓涓溪流"，在简炼中足可以让人品味到生活的清淳和人物的真实与美感。他也在日常性怪人怪事中，追求了细节的平中见奇、不奇之奇。

　　下面我们重点探讨解析其细节的真实性、传奇性和独特性，以及它们在人物塑造、深化题旨等方面的作用。

一、真实性

　　关于真实，陆贵山说："真实是艺术的生命。""真实是艺术的本质、功能和价值的基础，是体现文学的思想性、说服力和科学精神的前提"。又说"无真的艺术是虚假的艺术。任何淡化真实的形式主义和唯美主义的艺术是没有活气和生命力的，如像'空心的稻草人'或'多病的冷美人'……"[②] 早在明末清初，冯梦龙就在《警世通言》序中提出了小说的真实性要人、事、情、理四者统一，就是达到艺术的真实和社会真实、历史真实，达到"事真而理不赝，即事赝而理亦真"，从而能够"触性性通，导情情出"。[③] 明代叶昼则借用绘画术语提出了小说描写要

---

① 见陈天、曾笋煊等 5 人讨论记录《"细节的洪流"与古典小说叙事传统的继承》，《文艺报》2022 年 6 月 20 日第 8 版。

② 见陆贵山《承接和弘扬现实主义文学的优良传统》，《文艺报》2009 年 6 月 13 日。

③ 见高洪钧辑《冯梦龙集》，河北人民出版社 1992 年 3 月第 1 版，第 50 页。

"逼真""肖物"和"传神"①的新概念，后被文学界广泛应用。孙犁在给徐光耀的信中，称赞贾大山的小说像是"我爱吃的""棒子面"，而且是朋友从农村带来的、农民自吃自种的棒子面。"据说是用人畜粪培植，用石磨碾成者，其味正佳"。贾大山的小说"就像吃这种棒子面一样，是难得的机会了"②。这是肯定了贾大山小说内容纯净，表达上具有天然真实的美感。

的确，贾大山笔下的细节中人物，无论言谈、动作还是心理活动，都是真实可信的。这里先说他描写人物心理活动的真切。如在《正气歌》中，描写北杨庄代理书记郭爱荣大搞所谓"意识形态领域的斗争"造成秋季减产之后，老支书祁老真让她写一个工作总结，检讨减产的原因。她晚上坐在办公室里，不一会儿就写出来了。大意是：没有坚持大寨经验，工作华而不实，伤害了群众的积极性。但"写罢一看，不由皱起眉头，这么写，怎么交代得了老丁呢？"她犹豫着，揉了原稿重新写原因是"没按公社领导意图办事，埋头生产，不抓革命……"她又揉了。"这么写，怎么交代得了祁老真呢？"她咬着笔帽，费了好大神思才写出支书病了，由于自己缺乏独立工作能力……"唉，这么写，只怕谁也交代不了了吧！"于是她"揉了写，写了揉，愁得里走外转，坐立不宁"。她"冷静一想，自己是老丁提拔的干部，他的喜怒关系着自己政治上的沉浮啊！"便重新按老丁的心思写，但耳边又响起祁老真回顾前任支书杨二货虚报产量、坑害群众以求升官时说"凡干这种事的人，大小都藏着个脏心眼儿"，便"不由脸红耳热、手软笔沉"了。她内心"斗争了好长时间"，才"一拳击在桌子上：'照实写！'"接着她拉着电灯，"霎时间，她的心境和这屋子一样，显得格外宽大、干净、洁白、明亮"了。这是郭爱荣的一场复杂的内心矛盾斗争，其过程曲曲折折而逼真，但她终于抛弃个人私心杂念照实写，表现这个青年干部精神升华了。

---

① 见叶朗《中国美学史大纲》，上海人民出版社 1985 年 11 月第 1 版，第 29 页。

② 见《孙犁致徐光耀谈贾大山》，《贾大山文学作品全集》，花山文艺出版社 2014 年 10 月第 1 版，第 597 页。

接着说此篇中，写"文革"时支书杨二货强逼各生产队买红漆刷墙写毛主席"老三篇"，九队队长祁老真不想落实这种劳民伤财的任务。他在一次干部会上说："毛主席著作人人都有，我看写在墙上不如吃在心里。"杨二货听了甚是恼火，抢着胳膊质问他"高举不高举"。他当时不敢回答，第二天便乖乖派人买漆刷墙写字。杨二货一见心中大喜，嘴巴对着麦克风吼喝了半黑夜，表扬第九队是紧跟照办的典型……过了几天杨二货又开干部会，他特意把祁老真拉到自己身旁坐下，递过一支香烟，笑脸相问："我说典型，你们刷了几块啦？""一块。""啊？"杨二货一听就脸色陡变，"你的任务是多少？""八块。""不干啦？""你不叫我干啦。""胡说！"杨二货又要抢胳膊，祁老真不紧不慢地说："那三篇文章写上墙，已经八九天了吧？你天天从那儿路过，我就没见过你有一回把那三千六百四十三个字读完了再走的时候。""废话！"杨二货一拍桌子，"过路行人，哪有把那一墙字读完了再走的？"祁老真眼皮一眨，对大伙说："今个儿的会没有白开，听了二货同志一句实话！"干部们都吃吃地笑了。如上，是作者写祁老真与杨二货的两场言说与动作。前一场比较简单，后一场则很细致。一个拉祁老真递烟，脸色陡变，拍桌子，几个动作；一个不紧不慢、眼皮一眨只两个动作，但有理有据地说明了只刷一面墙的理由，也有力地反驳了对方不切实际的要求和无理的批评，以牙还牙，十分传神，读来很让人解气。"文革"中有人跟风走形式图政绩，但也有祁老真这样的抵制形式主义的巨大正能量。作者就是这样把当时的政治气候、生活气息和不同人物个性表现得很是真切而充分。

贾大山用细节塑造的那些农民，还有爱打鼾的房东田大伯，敢说真话的胃病老人陈麦收，磨豆腐而想要宅基地的王有福，善于正月敲鼓又向往农业新知识的岳父，想买好花又嫌太贵的严村老汉，曾经闹派性带头武斗的养貂人秦老八和下台不安分的队长秦琼，一心一意要盖新学校的孔爷，希望儿子考重点高中的杨老汉，半夜义务为浇地人敲钟换班、不说岁数的耄耋老翁，为求得一副春联而连蹦带跳的富农分子路老杏，还有上房骂街诉苦的白大嫂、女房东董大娘和要坐飞机上天晕一回的魏嫂……这在第一章语言探讨中都已涉及。他们个个栩栩如生，十分生活化、地方化，如孙犁所说的"棒子面"，是没有上化肥、打农药的纯真书写，没有一个是稻草人、多病的冷美人。

贾大山对小说艺术真实的把握是有成功经验的。在《创作〈花市〉的前前后后》中，他自问自答地说："回过头来想一想，那么这篇小说是真的呢，还是假的呢？我们的回答是真实的。这里涉及到一个理论问题：生活真实与艺术真实的问题。艺术真实应当是更集中、更强烈、更本质的东西。"又说，"以前农民有了钱，先要买粮食吃；现在农民买起花草来。"他引用了孙犁"生活不能胶滞"这句名言，接着阐述"艺术的魅力在于想象，力量的魅力在于真实。符合生活真实的艺术，需要结合自己的作品，才能大胆地进行创作"。并举《正定文艺》中的例证说，有的"有些做作，不自然，违背了生活真实"，而有一篇"让人看了舒服，恰到火候，生活真实与艺术真实俱佳"。[①] 在小说的细节描写上，贾大山在白描性的写实中把握得普遍恰到火候，做到了两种真实的俱佳，既不过头，也未"不及"，即使事赝也理不赝。就这个真实性话题，在本书第五章关于其现实主义的坚守中还会再细论之。

二、传奇性

说来天下之大，无奇不有。这在前面讨论贾大山小说谋篇布局和情节组合手法时，就判断他的乡土小说有贵奇的招数。其中既有人物之间奇遇奇缘，人物的奇言怪行、奇技奇术，还有一些细节运用上的奇巧、奇妙、奇美，以及关键情节的奇峭而形成奇峰突起、事态转变的艺术效果。笔者将他的这些描写特点归结为传奇性。

就传奇性来说，古来便有唐宋传奇，有四大奇书中传奇色彩很浓的神话小说《西游记》、历史小说《三国演义》和《水浒传》。即使后来

---

① 见贾大山著、康志刚编《贾大山文学作品全集》，花山文艺出版社 2014 年 10 月第 11 版，第 508—510 页。

离开民间传说思路走向世间生活现实的《红楼梦》，也有木石之盟的引子和令人想象不到的一系列奇人奇事，接近于凡俗却又迥异于凡俗。古典短篇中有"三言""二拍"和《今古奇观》以及大量的公案小说、言情小说，还有诸多出奇的民间戏曲。这种传奇性包括惊险性、巧合性和个别性、少见性、偶然性、意外性。从现实主义文学创作角度来说，这并非是作者故意搞些荒唐怪诞。应当说贵奇本来就是我国文学的一个传统。在署名"空观道人"的《初刻拍案惊奇》序言（天启七年刊本）中说："今之人但知耳目之外，牛鬼蛇神之为奇，而不知耳目之内，日用起居，其诡谲幻怪，非可以常理测者固也多……"①明末张岱曾批评当时舞台上装神弄鬼、作怪兴妖的倾向，认为《琵琶记》《西厢记》没有什么怪异的，在"布帛菽粟之间，尽有事之极奇，情之极艳，询诸耳目，则为习见习闻……"②以上"空观道人"等人所论，都强调了艺术作品的传奇性本于民间日常生活的无奇之奇，甚至极奇极艳。先人们讲出了创作上真与幻、平与奇的辩证关系。

孙犁对贾大山小说的用奇特点是充分肯定的。他曾经让人捎信，要贾大山的全部作品进行仔细研究。但贾大山觉得自己的小说还没有让孙老都读的水平，又听说孙老身体虚弱，便只写了一封信表示感谢，想抽空去天津看望孙老，自己生了病也未成行。但孙老还是一见贾大山小说就读。前面已经提到他的顺口溜是："小说爱读贾大山，平淡之中见奇观。可惜大山写得少，一年只见五六篇！"③这是高度赞扬贾大山小说平中有奇，淡而有味。笔者认为，贾大山的平中之奇固然表现在谋篇布局和情节组合上，但最大量的还是表现在他运用日常生活的真实细节上。他从来不为吸引读者眼球而猎奇。

（一）巧遇奇缘

有道是"无巧不成书"。人的奇遇与形成的奇缘往往是在故事的细

---

① 见叶朗《中国小说美学》，北京大学出版社1982年12月第1版，第102页。

② 同上，第103—104页。

③ 见康志刚《读不尽的风景》，李延青主编《忆大山》，花山文艺出版社2017年8月第1版，第105页。

微平淡处偶然发生的。这种细节便可能是小说的关键，能引发出一系列让人意想不到的故事或有关回忆性追述来。贾大山擅长于此。

比如他的《拴虎》中，"我"本是想到年集上逛逛看热闹，没想到偶然遇到以前在许庄小学教过的学生拴虎，见他在鞭炮市上狂热地吆喝着。这便是这篇小说的发轫点，可谓初见之奇。但"我"大声叫他的名字，他应该听见了却不搭腔，也不停止售卖活动，便可谓二奇。"我"当然感到很奇怪，便忆起了"文革"中教书时的情景。"我"去家访，见小拴虎穿着肥大的像绵羊尾巴般的新棉袄，竟然猴子一样爬到了树上，这便是三奇。夏天里男孩们大多光着膀子来上课，"好像到了澡堂里一样"很不雅观，"我"便讲上课的时候"不要赤身露体，要衣帽整齐"。想不到小拴虎猛然站起来提出质疑，还很生气地说了一套光膀子的理由："什么人衣帽整齐呀？地主富农们、资产阶级少爷小姐们！我们是贫下中农的孩子，我们不光膀子，谁光？"这便引起了课堂大乱，有的孩子把左手捂在右腋下，右胳膊一挤一挤发出"噗噗噗"的放屁声，使"我"苦笑着接受拴虎的"批判"，并且称赞他有"路线觉悟"，这便是四奇。寒假过后开了学，上级让"我"查查哪个孩子正月初五放炮崩穷了，那是"四旧"抬头。"我"便在课堂上询问，却半天无人回答，就让大家背诵"一个共产党员应该襟怀坦白"的语录，拴虎便站起来承认"我放炮来"。再问放炮对不对，他嘴硬地说："我不是崩穷哩，我崩富哩，崩修哩……"同学们一听他的歪歪理便一齐吼："他不老实——"拴虎这回害怕地掉了泪，竟然从此辍学了。这是第五奇。小说写到这里，便叙述"我"这一天因拴虎不搭话而很纳闷，但已经长大成人的拴虎在傍晚时主动找上门来赔不是、送鞭炮，使我心中的狐疑烟消云散。这是第六奇。"我"一再追问他为什么在炮市上不理我，他先说"当着乡亲们的面，我不想认你这个老师"，最后羞于出口似地说："你看我这一身打扮，我怕老师脸上挂不住。"这更是"我"和读者们想不到的回答，于是引发了"我"对当年的孩童天性已经复归、自尊且尊师的感慨。这当为第七奇了。作者在此篇所用之奇，便是上面引冯梦龙所说"事真而理不赝，事赝而理亦真"，也是"空观道人"所言"耳目之内，日用起居"中的"诡谲幻怪"了。没有这令人可信的日常生活细节的七步之奇，是塑造不出这个成长变化中的拴虎，也揭示不出极左路线毒害少年儿童的主题的。

常言道：有缘千里来相会，无缘对面不相识。再看《三识宋默林》中，写"我"奉命去宋庄了解"批林批孔"结合批判资本主义的情况，到井台上喝水时，队长六生就盘问"我"是哪里来、做什么工作的，"我"回答说是县里资料组的。他便说："噢，编经验的……"不再理"我"了，让"我"好生不快。这是尴尬的一奇。"我"问他们干什么活儿的，他回答说是"榜资本主义哩"，"我"觉得这又是一个"新鲜"词儿。原来垄沟上的豆棵被上级视作资本主义，要求必须榜掉，乃是二奇。其实在通篇文本中这只是个小小的序幕。主要人物、被打成四类分子戴帽劳动的原大队支书宋默林在那边榜豆苗，"我"叫他过来歇歇，这样"我"们就初次相识了，只是当时不知道他的身份而受了他的挪揄，自讨个没趣。此乃三奇。想不到宋默林还敢当面顶撞队长，说不干就不干，"扔下锄头、草帽也不要了"，在"我"的眼里他又是倔得出奇。几个人介绍他"宋铁嘴"外号的来历，一是1947年咬下了还乡团探子的耳朵，二是治理沙岗子时当众咬破中指，在白杨树上写下"宋庄不变，死不瞑目"八个血红大字，所以才有这个怪而不怪的外号，尚是褒扬之意。此为五奇。但六生批评他们不许给戴帽分子"涂脂抹粉"，说宋默林"真嚣张"，一开口就"放毒"。特别是讲造反派批斗他时，舌头上被扎两根纳鞋底子的大针"也不改口"。这是六奇。但六生先说宋默林"反动"，又低声地告诉我："虽然反动，却是事实。"这便又让"我"喷儿地笑了，反动了又是事实，这是什么逻辑？此为暗中同情宋默林的奇怪评价。此为七奇。在"文革"中，这些挨整的和旁观者中的反讽性谈吐，都是很平常的事情，只是"我"作为下乡调研的县干部初次看到听到而莫名其妙罢了。再后面，多个人物的奇言奇举更多，大约可有二十奇，许多处是令人震惊的，证明了张岱所言的"布帛菽粟之间"有"极奇极艳"的习见习闻。这篇大约万字的小说，是贾大山较长的作品之一，是作者传奇细节完美组合的一个代表作。"我"从此与宋默林结了奇缘。

奇遇性情节细节结构者，还有《京城遇故知》等，此处不再例举。

（二）新奇言说

不是巧遇也多有新奇的言说。如《干姐》一文中，"我"作为下乡知青在集体劳动中想跑到远处土坯擦里方便一下，还未走到，猛然听到年轻媳妇于淑兰"尖着嗓子"喊了一声："站住！""我"便站住了，如听到了上级的"命令"。

> 她说："到底是城里来的学生啊，真文明！"别人都笑，她不笑，一边干活儿一边说："这里又没有姑娘，净媳妇，我们什么没见过。尿个泡，也值当跑那么远？想尿，掏出来就尿呗！"于是媳妇们叽叽嘎嘎笑成一片。

这个关键性细节，后来成为"我"认于淑兰为干姐的第一个契机。"我"在人地两生的梦庄就有了一个亲人，这是结了奇缘，成了意外的奇亲。

在《丑大嫂》中，祁大嫂本来窈窕美丽，却因左眼中有个"萝卜花"而自惭形秽，常穿破衣也不梳头。"我"好心给她一副茶色眼镜戴了一次，便引起村中舆论哗然。这是全篇的基本情节。中间，作者插叙一天黑夜，民兵连长巡查到她家避雨：

> 她竟然说："天不早了，你就在这儿睡吧！"连长一听"惊慌失措地连说'不不不……'"她又说："炕不小，我在里头，你在外头，中间放条裤腰带，早晨起来检查检查，谁要是过了裤腰带，谁不是好东西！"说完哈哈大笑起来。

此为丑大嫂敢留男人夜宿的出奇言说。民兵连长把这事传了出去，"人们不但不怀疑她的品行，反倒觉得她更可信，更可爱了"。这又是人们对她信誉度很高的新奇描述。

有些少见的人物言说也是生活现实中更为平常却也新鲜者。如在《村宴》中，一个次要人物小鲁站"我"身旁不紧不慢地说："贾老师，你来的时候，路过乡政府，乡政府南边路西里有个酒馆，看见了吗？""我"说："看见了，那酒馆装修得很华丽，名字叫得也新奇：'迷你酒家'。"小鲁便学说道："那是我表哥开的酒馆。原来是个小酒馆，没有那么漂亮。去年秋天，省里、县里下了文件，严禁用公款吃喝——对了，正像你说的，要煞这种风气了。文件下来，纪检委、监察局天天扛着录像机到城里各个饭店转悠。城里不让吃了，吃客们便下乡来吃。看吧，迷你酒馆门前，天天停着一片吉普车、小轿车、面包车。我表哥发了财，请厨师，设雅座，装修门面……谁知道刚刚装修好了，吃客们一个也不来了。你猜为什么？城里又让吃了。你说这一煞，浪费多少汽油？"满屋子人听完就哈哈地笑了。这篇《村宴》发表于1991年《河北文学》第10期，当时吃喝之风正盛行。小鲁这段言说既概略些也有多个细处，好像与当天村"两委"宴请与庙会相关的方方面面没有直接关系，似是作者的闲笔。其用意却是表现对那时限制公款吃喝政策虎头蛇尾一阵风的诙谐批评，更深层次隐含的是作者对吃喝风气、对党风政风的忧心。

（三）奇怪行动

贾大山小说中人物的奇言怪行是很多的。单从细节性的怪人怪行上说，也是值得在此一论的。如《鼾声》中的田大伯，年轻时爱说爱笑，在村剧团里唱过花脸。到饥饿的"瓜菜代"时期，一位县干部给社员宣传蒲草根里含有多少蛋白质、多少维生素。田大伯听不上，就用唱花脸的大嗓门哈哈笑了几声，结果在辩论会上挨了两个不大不小的耳光。那两个耳光给他留下了一个毛病，"看见干部打扮的人，就要用手摸一下腮帮儿，好像搔痒似的"。当"我"又来下乡住在他家时，已是老人的田大伯又做这个动作，看似平常，又有点滑稽，但不可笑。在《亡友印象》中，写梦庄好朋友路根生当了党支部书记之后，忙得不亦乐乎。

一天深夜，小学校里的口号声、呐喊声终于停了下来，不料根生来敲"我"的门。"我"打开门点着灯，见"他领进来一个血人！那人个子很大，长得大头大脑，满脸是血"。他找到脸盆、香皂，从暖瓶里倒了半盆水，对那人说："洗洗！"作者插叙说，这个人叫老驴，是个戴帽坏分子，困难时期偷过贫下中农的鸡。"村干部们既痛恨他，又喜欢他，说他身体强壮，禁打，在运动中是个有用的角色。"老驴洗完了，"呆呆地站着，很像个精神病人！"根生警告他："记住，回去就睡觉，什么也不许说！"老驴走后，根生也洗着有血的手，说他不老实。"我"问为什么还要让他洗脸，根生苦笑着说："他还有个老娘啊，也有老婆。"接着叮嘱"我"："你不要告诉别人——咱们是朋友！"这是行动和言说交替进行的一段描述，与后来根生的死并没有多少关系，但这是一个奇怪的镜头，又暴打批斗又暗中讲点人情加以关照，是塑造根生整体个性的重要一环。

此外还有《年头岁尾》中老两口吵闹，一脚把鞋子踢到豆腐桶里；《腊会》中，爱吹喇叭的李云朋为了练功，铺着麻袋趴下吹，为不影响邻居对着炕洞吹，没了腊会他们除夕夜里到城墙上去吹，乃为吹奏艺术的酷爱描写。等等。

（四）"天外飞来"式细节

小说的情节转折和整个故事的曲折，很多是由细节的作用形成的。金圣叹在点评《水浒传》第四十一回因宋江被追赶逃入古庙，官兵搜而未得，正要撤走时发现"庙门上两个尘手印"，这是重要线索，于是事情就出现了转机。他便批写道："何等奇妙，真乃天外飞来，却是当面拾得。"又在第五十四回写宋江等意外地被呼延灼用连环计杀败，逃至水边上船登岸，一会儿又见石勇、时迁、孙新、顾大嫂也逃命回山，说我等若无号船接应，将尽被擒捉。金氏便点评道："徒然插出奇文，令人出乎意外，犹如怪峰飞来，然又却是眼前景色。"这两句批语道出了情节细节的传奇性和现实性的关系，其传奇性必须存在于它的现实性之中。这便是"情节越真实（符合生活的逻辑），越具现实性，就越奇妙，能给人美感"。①

　　贾大山小说中有不少令人意外的起转折作用的细节。在《俊姑娘》中，本来美女玲玲要回城，"我"却死劝她一定要参加拆庙劳动。不料拆着拆着，西山墙突然倒塌，"一片烟尘冲天而起，仿佛扔下一颗炸弹！"烟尘散去，玲玲不见了。"找了半天，在一堆坯块瓦砾下面，看见了一条辫子，一张惨白的、流血的脸"，又说"她的伤势很重"，梦庄的"空气凝固了"。这个工伤事件是"徒然"地"天外飞来""怪峰飞来"，一下子引发了全村老少对玲玲的惋惜和再评价，发生了评选"五好社员"时的激烈争论。玲玲受伤成为整个故事发展的重要转折点。再如《白大嫂》中，小存痛恨支书老黄袒护老胡偷化肥，就心血来潮贴了大字报，一下激怒了老黄，要让小存写检查，小存不写。不写就要收回他家的责任田，引发小存父母大愁大苦，一再数念儿子。白大嫂听说了便去劝说小存一家，得知老黄骂了小存"爹多娘少"，小存就骂他"采花盗柳"，又引发了老黄媳妇两次上房骂街，继而引起白大嫂的回忆和"怕梦"，引起队长与老黄争吵并宣布"辞职"。在黄妻第二次骂街时，白大嫂也上房大骂起来，还放声"哭得很悲痛"："孩子他爹，孩子他爹呀！你要是那个有情有义的人儿，你就赶上大车把我接走吧……"这一骂一哭，压倒了对方的骂，当夜老黄夫妻就打了一架，老伴抓了老黄脸上两道血痕。贴大字报属于一石激起千层浪，生发了一系列让人意想不到的矛盾斗争，其实这在村间又是多么平常。还有《书橱》《王掌柜》等篇什中，都有这种扭转故事方向、衍生出新情节的细节描写，都有奇妙、奇绝、甚至奇峭的艺术效果，践行着"文似看山不喜平"的匠心构思，乃如金圣叹说过的"叙事微""用笔著"②，在日常生活的曲折中突出人物的不同性格，不至于让读者产生见头便知尾的乏味感。

---

① 上三处，引自叶朗《中国小说美学》，北京大学出版社1982年12月第1版，第101页。

② 见叶朗《中国小说美学》，北京大学出版社1982年12月第1版，第95页。

三、独特性

小说素材的选择、组合和整个结构完成的过程，其情节和细节有多见和少见甚至是独特与否之别。传统现实主义理论强调小说要塑造典型。典型从哪里来？就靠情节细节的典型性，这在很大程度上便是情节细节的独特性。它们的雷同是小说之大忌，甚至有模仿、抄袭之嫌。难怪短篇名家林斤澜在《短篇，短篇》中说，沙汀专攻短篇，晚年提出"故事好编，零件难找"的观点。这"零件"便指故事的细节。林先生接着说故事是人物性格发展的历史，是要遵从典型论的，好小说需要典型的细节，细节要具有典型意义。进而说短篇最早的八个字是"街谈巷议，道听途说"，从这里"志"下"异"来，这就是小说的起源。[①] 笔者认为，这"异"便是不同，便是独特而与众相迥，有陌生感和新颖感，才可能具有典型意义。我们的贾大山早就在作品构思、情节安排上十分注重细节的"人人心中皆有，个个口中皆无"，认为这样写出来才会让读者感到亲切，也才有"新意"。[②]

通读他的小说，其细部描写比比皆是，前面第一章语言探讨中已多有涉及。在此处筛选一下，将前面提到或未提及的较独特的一部分再摘来开列于下：

（一）独特言说

贾大山笔下具有特点的言说有：

1. 林掌柜的经营名言是"人也有字号"。（见《林掌柜》）

2. 村支书钱合的口头禅："我娘不栽跟头！""我娘今年九十八啦，不下炕啦。"（见《弯路》）

3. 队长不让人们吃花生，口头上一再说："吃油不吃果，吃果不吃油。""花生是国家的油料呀！"（见《花生》）

---

① 见林斤澜《短篇，短篇》，《新华文摘》1998 年第 1 期，第 119 页。

② 见贾大山《我读〈枯井〉》，贾大山著、康志刚编《贾大山文学作品全集》，花山文艺出版社 2014 年 10 月第 1 版，第 586 页。

4. 担水人老魏的口头禅："不谢不谢，一个凉水!"他认为凉水很平常、不值钱。（见《担水的》）

5. 商店原经理黄绍先嘲笑广播里"不许用公款吃喝玩乐"与自己的店规"保证不打骂顾客"同样水平不高，"笑得像是得了癫痫似的。"（见《黄绍先》）

6. 公社书记、拐子老张嘱咐村支书陈秋元为陈麦收老人治病找炭柏，并解说什么是炭柏。（见《乡风》）

7. 县干部们清晨去支援农村割麦，有人喊"三车""三哥"听不清，结果是村里清点人数后报告"三桌"，为干部们准备早餐呢。（见《夏收劳动》）

8. 回民饭店的老底为文人墨客报"全羊宴"菜名。约400字。（见《老底》，在本书第六章第一节中有完整引用）

9. 淘粪人王不乱自称："属狗的，只能吃屎。"（见《贺富》）

10. 徐书记不懂调整农业结构，还是大讲改造连茅圈。（见《东关武学》，略）

11. 秦老八生气时就"呸，呸，呸"地吹气。（见《午休》）

12. 牛老桥问"我"："听说火车还分快车、慢车?""是的，是的。"……"咦，这就奇了。""什么奇了?""慢车坐得工夫长，倒贱；快车坐得工夫短，怎么倒贵了呢?"（见《喜丧》）

13. 钱八万反驳朱乡长说："锄干地，费劲；锄湿地，粘锄。他试验的是什么地? 是不湿不干的地。锄湿地、锄干地、锄不湿不干的地一样记工分，这合理吗?"（见《眼光》）

14. 支书刘老池批评钱八万时说："在批判会上（认罪）……你怎么那么不谦虚呢? 凭你，穿着一条日本进口（化肥袋）的裤子，复辟得了资本主义? 现在，人们说你学雷锋，心儿里美、助人为乐，你怎么反倒受不了了呢?"（见《眼光》）

15. 队长说"评工分"是凭劳动，不是凭模样儿；团支书说"入团是凭表现，不是凭模样儿"。这都是对知青玲玲的歧视论调。（见《俊姑娘》）

16. 公社书记老魏外号"大算盘"，几次用数字（水、肥、产量、节令等）算生产账，劝说颜小囤转变思想，放下自满的精神包袱。（见《分歧》）（数字多，略之）

17. 小丁厂长打电话来，说水仙买好了，在路上（火车上）养着呢。（见《水仙》）

（二）独特动作

1. 干姐不一会儿拿来一颗"独头蒜"，把它捣碎了，抹在"我"左边脸蛋上（为"我"治牙疼）；她又拿来几个花椒，让"我"紧紧咬住。都不顶用，她就给"我"讲男男女女的故事转移我的注意力。（见《干姐》）

2. 姑娘们都喜欢接近树满，树满却对她们一律疏远。锄地时，他占哪一垄，姑娘们就去占接近他的那几垄；她们刚刚占好，他便离开了。集体拉车时，他把绳子拴在左边，姑娘们也去拴在左边，她们刚刚拴好，他便解下绳子拴到右边去了。姑娘们背地里骂他是个石头人、木头人，赤脚医生怀疑他发育不全，是个"二妮子"。（见《定婚》）

3. 树满和小芬立字据让房产感动了兄嫂。嫂嫂坐月子时把小芬叫去，让小芬替她做双鞋。小芬拿着鞋样儿回到家，一看是用"字据"铰的，便感动得落泪了。（见《定婚》）

4. 老白和乔姐结婚后，夫妻同桌吃的总是两样干粮：一样山药面的，一样玉米面的。老白知道乔姐爱吃豆腐，就用麦子换了些黄豆，只要听街上豆腐梆子一响，老白就赶紧去换豆腐。（见《离婚》）

5. "文革"中一个雪夜，牛老桥冻得受不了，去偷村史展览室中他爹的破棉袄。被抓住后说，我披到天头亮送回来，不耽误人们参观。（见《喜丧》）

6. 春生半夜从火车站扛运回来极为劳累，伸手拿月饼却错拿了饼子，吃着也说甜，有桂花核桃仁儿。（见《中秋节》）

7. 担水人老魏在古井上汲水时，总是挂好木筲，让辘轳自己咯啦咯啦转，待估计筲到水面时打住，把井绳一摆便灌满了筲。他闲时打捞落井的笢桶，用铁连环钩子系下去，屏息静气地摆动绳子，一会儿捞上来一个，一会儿捞上来一个，用水洗去泥污，摆在井台上让失主来认取，给钱他不要。（见《担水的》）

8. 为了保护云姑拉来的沙子，"我"在她家的黄土院墙上用粉笔写了几个大字："此沙是私人的，请勿偷！"又在"此沙"下面用红粉笔画了一个箭头儿，指着她的沙堆。可是又一天早晨，"我"写的那道"符"不见了，像是被人用锐利的东西刮去的，只留下了一个"此"字。原来是云姑自己刮的。（见《云姑》）

9. 老支书戴荣久在乡镇工作会议上，当众献艺拿大顶，头朝下立在椅子上，一下子惊诧四座，以示宝刀不老。办起武学后，亲自表演鹰爪拳，一片叫好。（见《东关武学》）

10. 县地名办老拙发表了文章或有高兴的事，就奖励自己一串糖葫芦。（见《老拙》）

11. 牛老桥为不让摘他的钟，往槐树干上抹屎尿。（见《钟》）

12. 莲池老人为自己埋了个坟头，木牌上写"杨莲池之墓"，"我"见到便燃纸祭奠。但他没死，又把坟扒了，说那是个"挂碍"。（见《莲池老人》）

13. 房东田大伯有两个特殊动作：一个是见了干部就下意识地摸一下腮帮；一个是心里喜欢了，睡觉侧着身子不打鼾，心里不喜欢了就仰着睡觉打鼾，是故意治人哩。他说"打鼾不犯错误"。（见《鼾声》）

14. 生产队指导员老路批斗"四类分子"时，总要换上大头皮鞋，说有震慑作用。还让"四类分子"们互相打耳光，让路大嘴整夜跪墙头。（见《老路》）

15. 白大林为捉贼，故意把粮袋口朝下放着。夜间白光去偷，粮食哗啦啦撒出，他便被抓住了。（见《醒酒》）

16. 王不乱去各家淘粪，扁担上挂着小笤帚，淘完把厕所打扫得干干净净。他淘谁家的粪，就给些黄瓜、小葱之类的蔬菜以回报。（见《好人的故事》）

17. 老社长的三儿子极爱吃肉。捉到一只鸽子，煮煮吃；逮住几只麻雀，烧烧吃。偶尔拾到一只死猪死狗，也吃。那一年他过生日没有好吃的，便到田里捉几只四脚蛇（蜥蜴）剁了剁，煮了煮，浇饸饹吃。青绿色的四脚蛇浇在碗里，瞪着小眼睛，吐着小舌头，十分怕人，他吃得却很香甜。（见《沙地》）

（三）独特事物

以前鲁迅笔下有他的鲁镇，孙犁笔下有他的太行山和白洋淀，汪曾祺有他高邮的水乡大淖，贾大山小说中有他独特的正定城和梦庄：

1. 正定府前街是个丁字街，四只石狮龇牙咧嘴地驮着一座古旧的木牌坊，上书四个大字："古常山郡。"（见《林掌柜》）

2. 正定城内开元寺，全国少有的唐代钟楼。（见《莲池老人》等）

3. 正定城内慧云寺雕刻精致的妙光塔。（见《妙光塔下》）

4. 正定城东门里大觉寺中，宋代朱熹手迹"容膝"青石刻。"容膝"乃为东晋陶渊明《归去来兮辞》中"倚南窗以寄傲，审容膝之易安"中二字。（见《"容膝"》）

5. 佛教临济宗的祖庭之一临济寺。（见《临济寺见闻》）

6. 正定南仓大白菜及利用滹沱河水种植的技术，此菜号称"开锅烂"。（见《王掌柜》）

7. 正定小吃名称多，有"正定府三大宝，扒糕、粉浆、豆腐脑"的民谣，还有马家卤鸡、刘家烧麦等。（见《王掌柜》）

8. 义和鞋庄柜台上总摆放着一个精致的小铡刀，顾客要说鞋子是纸做的，就铡开给他看。（见《林掌柜》）

9. 民间歌手梁小青收入多了，穿上了当时很时尚的柔姿纱连衣裙，及冀中民间舞蹈扇鼓。（见《梁小青》）

10. 特殊春联。"我"在梦庄乡亲们的嬉闹中，为富农分子路老杏编写的春联是："有空多拾粪，没事少赶集"，横批是"奉公守法"。（见《写对子》）傅老师给老潘理发馆编写的春联是："推出满脸新气象，刮去一堆旧东西"。横批是"焕然一新"。（见《傅师傅》）

如上这些物化的特定事物和特殊的人物言说、动作，都是贾大山笔下独有的。有关描写大大增加了其小说的真实性、传奇性，使之平中有奇，奇中有真，真中有特，从而与众不同。细琢磨贾大山细节运用的技巧所在，就是把贵平与贵奇融为一体，从而形成大山真实写作的一种独异风格。还有一些他人笔下无有的东西，将在后面章节中论之。

第五节　灵活多变的叙述方式

本书第一章探讨了贾大山小说语言的白描、语词成分和修辞艺术，由于内容繁多占去了全书近四分之一。这第二章前面探讨了贾大山小说文体方面宏观的结构形态、情节组合方法和微观的细节运用，在其陈述整体上让大家有了一个大致的了解。但是客观上还有一个相对中观的文本叙述方式问题，就是贾大山叙述的内在结构即话语体式，包括他讲说故事的讲述方式、讲述视角、作者的位置和讲述的时空变化等等。这与作品结构、情节编织和细节安排一样并不为读者所关注，但它们却关乎人物之间的相互关系、矛盾发生发展的过程及作者叙述的文势文气的创造和他的文体形成。

在此要追述一下文体的概念怎么来的。文体，是从西方 style 翻译而来的。它也有"风格""作风""语体"等译法，但我国学术界普遍认为译为"文体"较为妥切。① 关于文体概念的定义众说纷纭，其中童庆炳说："文体是指一定的话语秩序所形成的文本体式，它折射出作家、批评家独特的精神结构、体验方式、思维方式和其他社会历史、文化精神。"② 文体绝不单纯是语言体式，而是包含着多种复杂因素的话语秩序。又说"话语"在福柯那里，实质就是对一种历史整体的意识形态陈述，因为话语凝结为语言，承载着话语的意识形态功能。文本体式与话语秩序之间是形和神两者相互依存的关系。郭氏进一步概括

① 见郭宝亮《王蒙小说文体研究》，北京大学出版社 2006 年 1 月第 1 版，第 7 页。

② 同上，第 7 页。转自童庆炳《文体与文体的创造》，云南人民出版社 1994 年第 1 版，第 1 页。

说"是思想与语词共同存在的方式",也是文学研究的基本方法,指明"语言是小说文体的肌肤,叙述是小说文体的骨骼"。[①] 这是中肯而恰当的比喻。我们必须从文本中考察贾大山小说的话语秩序,探讨其叙述的"骨骼"。

叙述,就是作家讲述什么、怎样讲述,如何传情达意、表述情节过程。米勒曾经说:"叙述就是回顾已经发生的一串真实事件或者虚构出来的事件。"又说叙述这一概念"暗含判断、阐述、复杂的时间性和重复等因素"[②]。贾大山是一位讲故事能手,他的故事要讲什么、怎么讲?就是要讲冀中正定的有"我"或第三人称的真实的乡土故事。他在"判断""阐述"事件的过程中,暗含着多种方式,变换着多种角度,也注重与读者的关系。下面从几个方面探讨之。

一、讲述的显现性与讲说性

小说是具有讲述性的语言艺术,由语词链条构成了语言的思想载体。这种讲述又分为显现性和讲说性两种方式。显现性源于显示(showing),讲说性源自讲述(telling)。经历柏拉图、亚里士多德时代的解说后,被亨利·詹姆斯及其弟子们加以定型,使显现与讲说的区分被人们广泛认可而使用。显现这种讲述,就是隐藏了作者而由讲述人讲述,"假装不是诗人在讲话"。[③] 而韦恩·布斯则在《小说修辞学》中批评分为显示与讲述具有"武断性",因为他未看到如此界定两种讲述的文化意义。他认为传统叙事中的"专断"讲述从技巧上不成熟,从文化上说属于一种"神学"世界观,是作者试图将自己的判断强加于读者。布斯又说:"自从福楼拜以来,许多作家和批评家都确信,'客观的'或'非人格化的'或'戏剧式的'叙述方法自然要高于任何允许作者或他

---

① 见郭宝亮《王蒙小说文体研究》,北京大学出版社2006年1月第1版,第7—9页。

② 见丁·希利斯·米勒《解读叙事》,北京大学出版社2002年5月第1版,第44页。

③ 引柏拉图语,自郭宝亮《王蒙小说文体研究》,北京大学出版社2006年1月第1版,第60页。

的可靠叙述人直接出现的方法。"① 郭宝亮认为，叙述由讲说向显示的转变，体现出由神学向科学世界观的转变，所以对两者的区分仍是必要的。但再从时空变化角度来看，显示、显现是横向的空间性的讲述，讲说则是纵向的历时性讲述，显现的空间性决定了讲述内容的短暂或是一瞬间，讲说性的历时性则会产生历史的纵深感和作品的厚重感。② 笔者在这里是以如上的观点来分析贾大山小说的讲述方式的。

（一）人称与显现性讲述

贾大山小说中第一人称文本约占总量的二分之一，回溯性较强，这便是郭宝亮所说的"后讲述"③。贾大山的第三人称讲述则多是"现在讲述时的即时讲说"。关于第一人称，韦恩·布斯说："第一人称的选择有时局限性很大；如果'我'不能胜任接触必要的情报，那么可能导致作者的不可信。"又说第三人称的《使节》效果更接近那些"伟大的第一人称小说"，因为小说中斯特瑞塞很大程度上是在"叙述"他自己的故事。④ 之后论说"隐含的作者"，是找到优越替身的"第二自我"⑤。由此可见，第一人称和第三人称是各有利弊。从显现性、讲说性两种方式来看，贾大山用第一人称者中，既有即时性部分，又有历时性较强的部分，完全按布斯的理论去套大山之作是不合适的。

贾大山创作初期的小说是第一人称和第三人称都用的即时性显现性作品。他 1977 年发表的获奖名作《取经》是最明显的典型例证之一。其特定的空间是李家庄村内村外，全县农田基本建设现场大会上及这天上午会前会中和下午的会后。文中的"我"却穿行其中，这也不妨碍此

---

① 见韦恩·布斯《小说修辞学》，华明、胡晓苏、周宪译，北京联合出版公司 2017 年 7 月第 1 版，第 8 页。
② 见郭宝亮《王蒙小说文体研究》，北京大学出版社 2006 年 1 月第 1 版，第 61 页。
③ 同上，第 63 页。
④ 见韦恩·布斯《小说修辞学》，华明、胡晓苏、周宪译，北京联合出版公司 2017 年 7 月第 1 版，第 140 页。
⑤ 同上，第 141 页。

作的空间性和瞬间的显现性质。作者用几个小标题为段落,让我们看到李庄支书李黑牛是怎样又批判"四人帮"又不误工,又是怎样"开膛破肚、掏沙换土"改造沙地;也看到王庄支书王清智本来有头脑却搞批判"唯生产力论",早有农田改造的想法和初步行动却不能把工程真正实施,让李黑牛抢了先,于是王清智极为后悔。《春暖花开的时候》同样是大梁村坚持用务实带动务虚、与"四人帮"倒台后的极左思想余毒做斗争的故事。作者用一下午和一夜的时间,把村支部一班人坚持农林牧工程不下马而大胆逆行向前的故事紧凑地讲说完了。

《正气歌》则是讲述了北杨庄从盛夏到秋收、如何克服形式主义的故事。在两三个月中,讲述了两种工作思路的正与邪的搏斗,其显现性特征也很突出。布斯所说:"叙述者使自己成了一个戏剧化的人物",也能变成"伙伴和导游"。[1]《花市》故事的讲述过程仅仅在集市一个摊位前,只不过个把小时,非常连贯而精致。它与王润滋《卖蟹》的一大早买卖鲜蟹的显现性讲述十分相似,主人公都是一个很正直的姑娘。贾大山的《瞬息之间》也只是连续在一天多的时间里发生。其《中秋节》《分歧》等也同样属于这样的显现性讲述作品。但其中没有"我",作者通过讲述人导游似的讲述完成了作品的全过程,卖花姑娘蒋小玉、北乡公社孙书记、队长春生等人物都得到了时效性很强的显现性展示。对于熟悉上世纪七八十年代农村生活的人来说,他们绝不陌生。近读林斤澜"矮凳桥"系列小说,发现其中大多是显现性讲述。如其中《小贩们——矮凳桥的小辈儿》叙述的是四个孩子早起乘上小轮船去电镀厂。他们中间有个"官",一路上说说笑笑讲故事、说家事。到码头飞快地下船时,人们才发现这个管事的"官"原来是个小姑娘。此文笔墨似乎分散却又适当集中,可谓林老显现性描写的一个典范[2]。贾大山的《飞机场上》也完全可以与之媲美,都是在固定场所中以对话消磨时光而妙

① 见韦恩·布斯《小说修辞学》,华明、胡晓苏、周宪译,北京联合出版公司 2017 年 7 月第 1 版,第 199 页。

② 见林斤澜《小贩们——矮凳桥的小辈儿》,《林斤澜文集》三(小说卷),北京师范大学出版社 2000 年 1 月第 1 版,第 104 页。

趣横生。阿城的《棋王》《树王》①也是显现性讲述。前者叙述"棋王"乘火车下乡插队,重点描述全地区棋王选拔大赛的远途下棋决赛;后者围绕一棵巨大的古树是否砍伐到终于被砍倒,护树人肖疙瘩死去埋于树墩旁。贾大山的《沙地》描述护林治沙、抗旱打井到老社长死不瞑目与之相近,只是后部多了他三儿子的不良表现,使显现性讲述特点差了些。还有他的《年头岁尾》则近于还有何士光的《乡场上》②,都是一场尖锐的矛盾斗争,在艺术表现上也都属于时间短暂、事件集中的显现性讲述。贾大山与同时期作家们的这种讲述是同工异曲,各有题旨和审美上的不同。

（二）讲说性讲述

讲说性小说属于"后讲述",具有较强的历时性,时间距离被拉开,时间与空间多有变化,有的是作者将空间时间化。它们往往是现实世界与小说虚拟世界的交织。这与讲述者和作者的位置有关。这种位置的安排是一种叙事艺术,往往是作者对生活体验的表达方式,也是讲述人重构历史的唯一方式,是作者在讲述人背后滔滔地言说。

贾大山小说中的讲说性,许多属于讲述人与作者二者叠加和融合。再举那篇巧遇型的《拴虎》为例:李老师"我"在1965年到许村小学任教时遇到了一个叫拴虎的捣蛋学生。因为同学们批评"他不老实",他就辍学了,从此"我"再也没有见过他。进入80年代,"我"在腊月年关大集上发现长大了的拴虎在吆喝着卖鞭炮。这个故事是历史的断裂,似乎看不到未来,却又意外地弥补衔接上了。讲述人"我"的讲说,却没有暴露"我"就是作者,作者与讲述人如影随形、合二而一。《西街三怪》中的"火锅子"是第三人称故事。"火锅子"是县城种田户杜老的绰号。故事从生产队时代说起,杜老虽然个头大但干活没有力气,只顶个妇女劳力。那时人们吃不饱饭,他却不断吃火锅子。见了于

---

① 见阿城《阿城精选集》,北京燕山出版社2009年4月第1版,第3、28页。

② 见何士光小说集《故乡事》,四川人民出版社1982年5月第1版,第111页。

老就问吃的什么，于老知道他爱吃爱吹也就顺势吹牛，结果于老吹不过他，甘拜下风。因为吃火锅子，杜老于老都挨了批判，找人写了检查。如今天下太平，杜老什么也不怕了，随心干活，大胆吃饭，女儿女婿变着法地为他做"差样儿饭"。每日三餐后他都要出来转转，碰到熟人就显摆一回他吃的火锅多么好，听几句夸奖，觉得自己总比别人强。他思想保守，别人做买卖发财他不做，也不许家人做，还批评外国生活紧张，认为知足常乐、自由散漫是一种享受。一到过年天天吃好的，他却闷闷不乐。后来女儿找黄老出主意，把剩饭菜给他热热吃，他便对人骗示吃了"折罗"。此篇时间跨几十年之久，主人公却积习不改。这种讲述人讲述不是双簧戏。双簧是一个显形、一个发声，这却是如同一人一声。在小说创作中，很多人习惯用第三人称，能够保持客观而真实感人。但第一人称，虽然也为福楼拜等厌烦，其亲切的真实感如贾大山的《取经》《花生》等等是当年福楼拜、布斯他们所没有体验过的。这种历时性强、作者与讲述人融为一体的小说，贾大山这里还有一生命运型的《好人的故事》《钱掌柜》以及《梁小青》等等。与贾大山的后讲述性作品相比，同时代的高晓声的《"漏斗户主"》《李顺大造屋》①等则属于这种讲说方式，前者说陈奂生大半生的贫苦，后者讲李顺大准备大造新屋的曲折。文本中都由讲说人在讲述，按时间顺序形成了主要人物的日常生活史和农村社会变迁史。

二、作者位置与各种视角

小说中的作者、讲述人、读者之间的关系是十分密切的。无论哪种人称，作者和讲述人的位置，作者的隐含、隐藏或出场都是作家根据情节的发展需要和作家的叙述个性而机动设置的。作品切入、叙述的视角也便与作者和讲述人相互关联。下面举例分析贾大山小说的作者位置变动和视角的变化。

---

① 见《高晓声小说选》，江苏文艺出版社 2009 年 9 月第 1 版，第 260、29 页。

（一）关于作者的位置设置

如前所述，贾大山在将作者与讲述人相融合的情况下，作者一般隐身于幕后由讲述人说话，形成"第二作者"。但在有些篇什中，作者与讲述人暂时分离，直接表明作者立场和态度。例如《丑大嫂》中说，梦庄祁大嫂左眼里有个"萝卜花"，使她完全自暴自弃了，"整天不洗脸、不梳头"，穿"一件旧裰子"。"我"劝她做件新裰子，她说我穿那新裰子干什么，"我"说你正年轻应该打扮漂亮些。她说我丑。"我"说一俊遮百丑呀。她说一丑遮百俊呀，就是不做新衣裳。到此处，另起一行："这一切，大概都得归罪于那个'萝卜花'"。这已不是讲述人的讲说口吻，而是作者顺势跳出来直接对祁大嫂的自惭形秽进行了评说。后面讲祁大嫂平时"敢说敢笑"，还敢和光棍们"摔跤"，敢让民兵连长在她家睡下，人们不但不怀疑大嫂的品行，反而觉得她更可信，更可爱。之后又分行告诉我们："这一切，大概又得归功于那个'萝卜花'。"这是作者的第二次出面评说。一个"归罪"，一个"归功"，都是在讲述人讲说中的插言，是及时做总结，具有画龙点睛的作用，也为下面故事的转折做了铺垫。《俊姑娘》中的女知青玲玲，在拆关帝庙时倒了墙被砸成左腿粉碎性骨折后，医生说这很难治，弄不好要变成拐子。消息传出，"乡亲们被惊呆了，梦庄的空气凝固了"，也是作者的述评。当队长、团支书和姑娘们纷纷去看望玲玲时，作者又语重心长且伤感地插进来说："俊姑娘要变拐姑娘了，所有的人们慷慨地拿出了自己珍藏着的同情和怜爱之心。"这几句话，进一步加大了对人性揭示的力度和深度。"珍藏"二字，表明人们本来是爱美羡美的，不应当对美丽的玲玲产生那么多嫉妒和非议。这是作者代表众人的忏悔，是对人性中的恶德一面的否定，更是对传统美德的认定和呼唤。笔者发现，在汪曾祺小说中，作者也经常打破正常讲说，冷不丁插上几句再继续叙述。王蒙小说中，作者的出现多是大段议论加抒情的独白。而贾大山小说中的作者出面，则多是简短的形式上分行凸现。

关于讲说中作者的位置和视角，大山这里有少量的作者身份的预叙和补叙，这在前面小说头与尾结构分析中已经提到。对《白大嫂》的开头说明不提真名、不提村名，只得造个假名属于预叙。《正气歌》的"几句后话"一节是一个较长的补叙，是作者直接告诉读者的。这种情况还有《赵三勤》，开头结尾都公开做了一些有用的交代，满足了读者对赵小乱未来生活的预示。这种头尾和中间跳出讲说而不再隐身的发声方式，源自中国古代"说话人"或后来的说书人。也被视作一种修辞策略，王德威称之为"似真"效果。他认为这种策略是为了"填补虚构与真实世界之间的裂缝"，增添作品的"说服性"。又说，"无论在美学或文化层次而言，说话情景在中国古代小说的叙事模式中，均可视为驱动似真感的主力。它并非作品中可有可无的点缀，相反的，它的'存在'即保证了任何一部作品的意义感"。① 这个意义便是整个文本所包含的道德意义，是作品重要的主题。杨红莉认为，当今作家的"说话人"式的策略是对古代"说话人"修辞模式的继承和运用，从而保证了作品意义的产生，只是不同时代的意义不同而已。② 汪曾祺如此，贾大山亦是如此。他们大胆反叛某些传统，大胆为个体生命立言，具有五四以来的启蒙性质，更有面向时代的现实意义。

（二）多重视角、不定视角的讲说

虽然贾大山有时是以作者的身份出面评说，但总体上看他基本上隐藏于讲述人后面，同讲述人一起叙述，也即让小说人物自己展示思想、感情和个性。正如孙犁所说的："想法叫故事本身表现自己，叫人物自己表现自己，不要代庖越俎，总是你讲……"③ 这样，贾大山就要在叙事中就进行各种视角调度，在人物较多、场合较大的情况下便运用多种

---

① 见王德威《"说话"与中国白话小说叙事模式的关系》，《想象中国的方法》，三联书店 2003 年第 1 版，转自杨红莉《民间生活的审美言说：汪曾祺小说文体论》，北京大学出版社 2008 年 4 月第 1 版，第 110 页。

② 见杨红莉《民间生活的审美言说：汪曾祺小说文体论》，北京大学出版社 2008 年 4 月第 1 版，第 110 页。

③ 见孙犁《文艺学习》，作家出版社 1964 年 8 月第 1 版，第 34 页。

视角、不定视角的讲说，即所谓多重视角，就是多人对同一事物的表述，属于多侧面的立体的聚焦。所谓不定视角，是对同一事物的多人视角的不同声音，显示作者既不全知全能地把自我意识强加于人物，也克服纯个人视角的局限性和片面性，从而显示世界的复杂性和客观性。

1. 关于多重视角

我们以《丑大嫂》中几段对话为例，可以看到贾大山的多重视角调度：

> 祁大嫂虽然脏，虽然丑，但是人们都很喜欢她，尊敬她。
> 村干部们经常当着众人把她树为妇女的楷模：
> "看人家这媳妇，多朴素！"
> 婆婆不仅喜欢她，而且信任她，常常对人夸耀：
> "丑媳妇好啊，媳妇丑了，儿子放心！"
> 每逢听到婆婆夸耀媳妇，公公便捋着胡子，请出朱柏庐：
> "就是，就是，婢美妾娇非闺房之福。"
> 祁大嫂的丈夫在水库当民工，经常不回家，听了老人们的评论，很是高兴，对祁大嫂更放心了。

这便是村干部、婆婆、公公和丈夫四种人共同对丑媳妇的评价，他们都"放心"了。但后三个是伦理角度、家庭角度的以丑为上，是对美和审美的排斥与否定。过了一段时间，"我"给了祁大嫂一副浅茶色眼镜，大嫂便认真地洗涮打扮一番小心地戴上，"我"一下子被她的俊美"惊呆"了。不料第二天，祁大嫂换上新衣戴上眼镜，"花朵儿似地出现在治沙造田的工地上了"，人们都认不出她是谁了。接着讲道：

> 人们认清是她，都说好年轻好漂亮，简直变成另一个人了。有人说她戴上这副眼镜，像个"电影明星"；有人说她戴上这副眼镜，像个"洋学生"；也有人说她戴上这副眼镜，像个"女特务"！

……一个上午，她们远远地看着她，不住地咬耳朵：

　　"这个小媳妇，今天是怎么啦？"

　　"火轮船打哆嗦——'浪'劲儿催哩！"

　　"她不是很朴素很正派吗？"

　　"她呀，和平演变了！"

　　休息时，她们围住她，问她这副眼镜是从哪里挣来的？

　　这是多人不同立场的讨论，大多是不怀好意的讥讽。接着是作者现身性的提醒："注意，她们不问是从哪里买来的，也不问是谁送的，偏偏要问是哪里'挣'来的。"这是作者看不惯了，又按捺不住便闯入了讲述中。由于大嫂心眼直，就如实说了，"我"便成了她们注意的目标、侦察的对象。收工时，几个妇女就拦住我，悄悄地问我多大了：

　　"二十二。"我说。

　　"好年纪，好年纪，好年纪！"

　　"怪不得，怪不得，怪不得！"

　　她们怪笑着，走了。

　　之后，叙述大嫂的公公来知青点上威胁了"我"，"我"便去找大嫂要眼镜，她说戴它惹气，摔了，还说我赔你吧。她便卖了些鸡蛋来赔，"我"没有收下。

　　眼镜摔了，我放心了。

　　祁大嫂的公公婆婆听说了，也放心了。

　　大家听说了，都放心了。

　　这是四组有着内在逻辑联系的多视角描述。其第一组是对丑大嫂的"放心"，第二组是变成对一个美女的三种褒贬和远远地咬耳朵、误解她、污蔑她，第三组是转过头来误解"我"，讥笑"我"。第四组则又是三个"放心了"。作者在其中还出面抱不平地点出那群妇女们的龌龊心理。大山把这些人这些场面立体复合式地写活了，呈现给我们一个美丑不分、以丑为美、容丑妒美的阴暗心理世界，也是一道让"我"在自责中疑团重重的心路轨迹。人言可畏，谁也不敢不屈从，世界不应当是这个样子的，为什么偏偏是这个样子了呢?

2. 多重视角与不定视角的交替

贾大山叙事的技巧，还有多重视角与不定视角的交替运用。下面再用《俊姑娘》中部分叙述与描写，看他是怎样巧妙而合情入理地组织情节细节推进故事发展的。首先是玲玲爱穿白鞋、走路扭腰、能识谱唱歌，分别得到了"小白鞋""水蛇腰""多米索""六分半"的外号。这四个外号和队长、团支书的错误言说都是相对松散的多视角叙述，让人感到梦庄人眼里的俊俏和多才多艺都成了劳动收入和思想进步的障碍，甚至是美丽有罪。请看下面一段多重视角的对她的"揭发"：

> "她净写信!"一个黄头发姑娘说，"上月，我给她统计了一下，她一共寄了四封信! 一个姑娘家，给谁写信呀? 她是下乡锻炼来啦，她是下乡写信来啦?"
>
> "她并不光爱写信，还爱打电话!"一个胖胖的、脸上有雀斑的姑娘说，"最近，她往大队办公室跑了三趟，打了三个电话! 一个姑娘家，给谁打电话呀? 她是下乡锻炼来啦，她是下乡打电话来啦?"
>
> "不光这些，她还有更严重的问题!"一个长得白净的姑娘说……（她回去拿来一个罐头瓶子，说）是从玲玲屋后捡到的。

这三个姑娘有证有据的义愤填膺的"指控"，让人对玲玲的"小资"行为深信不疑。可是玲玲被砸伤了左腿，可能要终生残废了，梦庄沉默了，几天后才听到人们的叹息和埋怨声："唉，多好的一个姑娘，拐了!""关老爷也不长眼，偏偏砸坏了个人尖子!"于是:

队长到医院看望了玲玲。

指导员也到医院看望了玲玲。

团支书和姑娘们看望玲玲时，还买了几个水果罐头。

这是又一次多视角的叙述。玲玲成为弱者、受害者了，他们的良知被玲玲遭遇的大难唤醒了。接着是描述年终评选"五好社员"，黄头发姑娘率先发言提玲玲，马上是一片"同意"的附和声。但"我"却故意说："我不同意！"于是一场围绕着她三个外号的七嘴八舌的讨论形成了：

"你不同意谈谈理由！"人们一齐望着我，似乎对我很不满意。

我说，她有三个外号啊！

"扯谈！"一个小伙子正颜正色地说，"人家再穿白鞋，碍你什么？穿白鞋卫生！"

"就是就是。"人们说，"至于走路爱扭腰……"

"那不是毛病，而是本能！"白净姑娘很激动，站起来说，"整个梦庄，谁会识谱呀？我早说，让玲玲下地劳动有些屈才，该让人家当个民办老师，教唱歌！"

我又说，她还有个令人怀疑的毛病：爱写信。话音刚落，立刻遭到姑娘们的攻击：

"爱写信也算毛病？"

"一个姑娘家，给谁写信呀？"我说。

"给爸爸！"

"给妈妈！"

"给姑姑！"

"给姨姨！"

"人家给谁写信，难道还要向你报告吗？"

姑娘们尖着嗓子，一齐冲我嚷起来。黄头发姑娘嚷得最欢，她说我"人气"不好，玲玲要变拐了，还要吹毛求疵。

争论了一会儿，队长站起来说，今年的五好社员，玲玲算一个，同意不？

大家齐声说同意。要举手表决时，冒出一个黑胡子老头问："玲玲还没有出院，她，她肯定得变拐么？"几个姑娘肯定地说得变拐，医生说的。又一个白胡子老头站起来说："那么，她要拐不了呢？"人们肃然地望着他，静默了十几秒钟，便一齐举起手来。

如上这几段是两场四番的争辩过程，由多视角转为不定视角，形成了故事情节的起伏跌宕，犹似巴赫金所说的"复调小说"体式，读之有一种苦涩感和内在张力。故事几起几伏，曲曲折折，起承转合，终于评上玲玲为"五好社员"，也终于肃清了人们对玲玲的歧视和误解。在视角的来回转换中，让梦庄人经历了一场向善向美人性的复原，一次思想境界的提升。郭宝亮说："因为在生活中就是众多的人物视角构成的世界，世界的复杂性就是这样形成的。"他又感慨地议论道，"不定视角难道不正是世界真相的视角吗？""上帝死了，我们不是上帝，肉眼凡胎的我们究竟能看到些什么？不定视角是一种现代人的权力自限，是承认自我渺小的一种坦诚和明澈。"[①]

文本中的"我"在这场大讨论中貌似是故意发难者，实际上是有意引出话题而为玲玲正名的智者，用反讽意味的"她有三个外号啊"一语让所有人暗中生疚，起到了激将法的效果。可是，如果玲玲这位美得让全梦庄当成女神却又受到精神和身体伤害的俊姑娘，当时在场或听听这场火热争论的录音，会是怎样的心情呢？是借机倒倒一肚子苦水的号啕大哭，还是得到人心回暖之后幸福地落泪？贾大山善于写作也擅长舞台表演和导演，他在《俊姑娘》中编导的这个虚拟世界与现实世界是一种

---

① 见郭宝亮《王蒙小说文体研究》，北京大学出版社 2006 年 1 月第 1 版，第 94 页。

微妙的重合，一场围绕着人与人性、人心的成功演出。

（三）内视角、外视角

贾大山小说文本的讲说方式中还有内视角和外视角，也有将空间时间化的处理方式。所谓内视角，就是讲述人物内心的所思所想，或所疑所问。外视角，则是人生经历的叙述。这在本书细节运用探讨中已有涉及，这里再举《白大嫂》几段为例：

> （晚饭后）白大嫂呆呆地坐在房上，好像听到小存娘呜呜的哭声，心里不平静。这些年，这个孤独的女人，开始关心那些与己无关的事情。她觉得自己沾过队上的光，常常感念乡亲们的恩情。这许多年……每年年终结算，当队长宣布了她家超支款数的时候，宽厚的乡亲们总是把手一举，就免去了；那年月……大家分个虱子也有自己一条大腿，现在娃子大了，日子宽松了，自己应该关心队上的事情，应该多关心乡亲们的不幸。虽然自己出不了力，总该去看一看，劝一劝，尽一点乡邻之情。

这是讲说人从外视角观察主人公白大嫂，说她"开始关心那些与己无关的事情"，之后从"她觉得"开始转入了大嫂的内心世界，从中追述了生产队乡亲们对她的照顾，用两个"应该"显示了大嫂很有良心。再如：

> 白大嫂早住了手，忘了自己是来洗衣。前些年，村里给那些蒙冤的人们平反的时候，她记得乡亲们是很高兴的，她心上也像掀去了一块石头……她觉得这也是对的。只有大家都高兴了，才能好好地生产，好好地工作，好好地过日子。精明的黄太太怎么就不明白这点道理？

这又是从白大嫂的视角描述"文革"后平反的效果，也有对村支书老黄媳妇骂街行为的质疑。讲说人对老黄的叙述，仍是从白大嫂这个外视角进行的：

> 白大嫂不由地打了个冷战。她想起来了，自从省里来人看过他们的庄稼，无论在什么场合看见老黄，他那胖胖的脸上总是藏着一种叫人不好捉摸的笑。那种笑，就和当年她在这个塘边洗衣裳，他站在院里斜着眼睛望她时那种笑一样。今年正月……他站在大街上，脸上也是藏着这种笑的。

这是白大嫂眼里那个自负又有城府的老黄，一个总有几分神秘的复职村干部。他老婆因为小存骂他"采花盗柳"而上房骂大街，白大嫂也鼓起勇气上房骂起来，接着是讲述人角度对白大嫂的外视性描写：

> 这是白大嫂的声音。那声音颤抖着，在夜空里扩散着，充满着愤怒和不平。人们什么都明白了，不忍听她这样喝喊，也不忍深思下去。突然，她放声哭了，哭得很悲痛……

大嫂这一场骂和哭，把对老黄的霸道、对街坊的闲言碎语和自己拉扯着儿子艰难度日的苦楚全都倾诉出来了，也把自己洗白了，把自己多年的精神压力释放了。这段外视角的描写，塑造了白大嫂长期隐忍中的刚强，也深化了农村改革开放后农民精神上的解放和人际关系面貌的改观，证明了历史的进步。

贾大山内外视角的交替运用，极少有大段的内心独白和夹议夹叙，而是简约地以一当十，乃其小说叙述方式特点之一，也运用得相当自然、贴切，与故事整体具有内在的统一，让人不细心就不会意识到视角的变化。内外视角的变换，实际上也是更为宏观的不定视角。大山是灵活多变的，他运用对一人一事的多重视角，也运用不定的多重模糊视角行文叙事。再以《白大嫂》中一段为例：

164

当天下午，队长辞职的消息传开了，这个消息在队里引起很大混乱。人们有的埋怨队长年轻气盛，为了这么一点事情，不该扔下队里的工作；有的议论老黄，认为上级过去不该那样整他，现在也不该这样用他；也有人指责小存，说他是惹事的根源……

晚上，人们聚在街口上、院落里，继续议论着，愁叹着。

其中"有的""有的""也有人""人们"都是不具体的、虚拟性的，这属于多重性模糊视角。他们有向杨的、有向庞的，立场观点不同，众说纷纭，莫衷一是，增加了事件的不确定性，变得扑朔迷离。而前面提到的《俊姑娘》中评"五好社员"那场戏里，不定视角的讲说是具象的，有口吻、动作的，而且不同角度之间是针锋相对、各不相让的。这种多重视角、不定视角包括不定模糊视角的描述，都提高了小说的阅读效果。它们表面上是言说方式的技巧问题，实际上有米勒所说作者的"阐述"与"判断"，表现出作者的文化立场、意识形态倾向。亦如郭宝亮所说客观世界的"复杂性"和杨红莉所言"作品意义的产生"，以及作者作为创作主体的自我限制态度，都在其中。

三、时间与空间的叙述

关于贾大山小说的时间与空间叙述，如前所述，显现性与讲说性的不同因素之一，就是时空上的差别。显现性叙事空间性强，时间性弱，而讲说性叙事则历时性强、空间性弱，空间常被时间所遮蔽或相融溶。郭宝亮曾经把这种现象归纳为"空间时间化"。他认为王蒙小说善于在空间中看到时间，善于把特定的空间与时间联系起来，使空间成为历史时间流程中一个有机的点。"空间成为时间交汇的点，就不是孤立的随意结合的场面，而是承载着历史时间内涵的生活视窗和操作平台。

在这个视窗或操作平台上，时间在不停地流动，各种人事来来往往……'这里'成为时间绵延不息的一个观察哨，一个联结过去与未来的驿站。"①

基于此论，看大山在《西街三怪》的"药罐子"中，李大夫的诊所便是一个很好的空间驿站，多病怕死的于老反复到这里来就医取药，成为李大夫眼中的"模范病号"。而为他服务的是父子两代李大夫。我们阅读中，关注于老的心态与行为、李大夫及旁观者们的评说、调侃，诊所这个场所就被忽略了，空间感没有了，即是郭氏所言的是作者将空间时间化了。小诊所的确成为于老、两个李大夫和来往旁观者、插言者们的平台和驿站了，它连接着大约半个世纪的历史流动。而在《拴虎》中，"我"回忆和追溯的空间不在一处，既有20世纪60年代许村学校教室、拴虎家中，又有80年代之初的腊月炮市、城里"我"家和送行的大街上。这是时空两种要素都在变化流动中。从"叙述现在时"说，只在一天之内，而时间跨度造成了空间被时间流动所挟带，历时性的阅读效果比空间性感受强烈。一切回忆性第一人称的和一生命运型的小说都会如此，成为一个统一体，即巴赫金所言的"时空体"："在文学中的艺术时空里，空间和时间标志融合在一个被认识了的具体整体中。时间在这里浓缩、凝聚，变成艺术上可见的东西；空间则趋向紧张，被卷入时间、情节、历史的运动之中。时间的标志要展现在空间里，而空间则要通过时间来理解和衡量。"②

贾大山的时空叙事讲说，主要在他1987年以来鼎盛期的"梦庄记事"系列和他晚期对部分农村人物、许多小城人与事的历史追述。从人物来说，既有同代人如同事、亲戚等，也有儿童少年，还有不少父辈等隔代。描写的对象和故事情节构成了贾大山的知青史、小城史。从知青角度说，其故事都有十年以上的间隔，间离效果是明显的。如《花生》作为"梦庄记事"系列之一的起始时间是1965年。大山在村中锻

---

① 见郭宝亮《王蒙小说文体研究》，北京大学出版社2006年1月第1版，第80页。

② 巴赫金《小说的时间形式和时空体形式——历史诗学概述》，《巴赫金全集》第三卷，白春仁译，河北教育出版社1998年6月第1版，第274—275页。

炼近七年，到 1986 年才开始陆续写这段经历，有的竟是 1996 年才写完发表。几十年的沉淀使他重新认识了那段有苦有乐的历史，时空的间离使其创作走向了成熟和深沉，在歌颂人间真善美、批判假恶丑的写作中形成了他在艺术上的新高度。

四、作者与读者的关系

最后说一下作者与读者的关系，这在本书前面讨论开头结尾时就开始涉及。虽然韦恩·布斯论述文学的一个普遍规律是"真正的艺术无视读者"，"真正的艺术家只为自己写作"，[①] 那只是强调了作者不要毫无主见地被读者、时尚风气所左右，贾大山一直是面向读者、为了读者的。比如前面提到的《白大嫂》《西街三怪》等都是一插笔就敬告了读者。其第一人称者让读者感到很亲切，他的《中秋节》《小果》等第三人称小说中，也不以全知的态度硬把情节和人物塞给读者而使读者生厌。他是娓娓地吸引读者，在生活细节和道德人伦上浸润读者，使他们在无意识中沿着他的思路一步步深入地阅读，与小说讲述人和人物其实也是作者同喜同悲。恰如韦恩·布斯所说："可能像批评家们有时声称的那样，确实，在某种意义上说，作品并不存在于它自身中；同样确实，当一部优秀小说被成功地阅读时，作者与读者的体验是无法区分的。"又说，只是批评者按纲领把作者或读者"划分开来"。其名言是"作家创造他的读者！"[②]

我们从本章上面多个作品例证中，可以从接受美学的角度说读者也在创造文本以至于创造自己喜爱的作家。贾大山的小说完全能够存在于读者中，而不是只躺在纸面上。因为贾大山面向读者、尊重读者，无论在叙述方式上他时隐时现，他的生活体验、生命意识总是能够与读者融通的，心灵上能够同频共振的。这在后面关于现实主义坚守一章中还会

---

① 见韦恩·布斯《小说修辞学》，华明、胡晓苏、周宪译，北京联合出版公司 2017 年 7 月第 1 版，第 83—84 页。

② 同上，第 35 页。

提及。限于篇幅，这个话题就此打住。

小　结

本书这一章从宏观上探讨了贾大山小说的结构、情节组合、细节运用和较微观的讲述方式，实际上是宏中含微、微中蕴宏，让我们在大框架上看到贾大山小说的构思特点和结构成篇的文势技巧，也让我们看到他在"自然客体"选择和叙事习性上与其他作家的同与不同。

贾大山下决心走自己的路而把握着谋篇驭文之"大端"，他笔下无论情节紧凑、逻辑严密的结构还是散文化的松散结构，无论大团圆结局的首尾呼应者还是开放性的留疑的结尾者，它们都是整体上严谨而得体的，符合生活规律和思维逻辑的；笔者赞美其细节上贵真贵奇而多有独特之处，也是其在整体上就崇真尚奇，从而是在整体上和细部内外一致的真、奇、特；探讨其叙述方式，是在观察他作品的显性大结构中隐性的绵密的小结构，从内心佩服他能够那么调度自如、繁简有致。

总之，贾大山小说的结构与叙述，是传统的也是现代的，是对古今中外叙事理论的实践，也是对以前文学理论的一种检验。他追求作品的内在和谐，才让我们看到他使用的结构形式、语体形式与历史的、现实的生活内容结合紧密，看到他行文中各种讲述手法的变换如水一样随物赋形，如生活世界本身那样随事赋义。这便是贾大山自己的基本叙事风格和他作品的美学形态。

可以说，贾大山的写作知微知著，以著含微，微中有宏，他便是当代一位熟练的业余"说话人"。

第三章

贾大山小说的基本体式与审美意境

本书前面讨论了贾大山小说文体的语言、结构、情节和叙述方式，通过与一些作家作品的适当对比，看到了贾大山讲故事的技巧和一些特点，弥补了以前贾大山小说研究的短文不便展开的一些内容。这一章则是从整体上看贾大山小说属于什么体式，有几种体式，又是关于其小说形式审美的一次大致梳理。

这里先要说的是，童庆炳在关于文化诗学的论述中，强调文学形式研究必须与生活现实与历史文化即形式与内容融为一体，防止走西方文体学、叙事学形式主义的老路。但是也决不可重内容而轻形式，因为世界上从来没有纯粹形式的作品。何新通过对西方拉斐尔油画杰作《西斯廷圣母》这个老旧题材的创作成功分析认为：艺术不只是"包裹着作品外部的皮相"，其内在的东西也不是"完全非艺术的"，"通常认为是形式的东西，即艺术家对于美的表现能力和技巧，恰恰构成了一件艺术作品的真正内容。人们对一件作品的评价，正是根据这种内容来确定的"。[1] 又在论述了李白、但丁、米开朗基罗、巴尔扎克的"伟大"之后说："就是因为，并且仅仅是唯有它们，才能为这种旧的题材，找到根本独特、前无古人后无来者的艺术形式表现，从而做到了化腐朽为神奇、茁灵于秀圃！"[2] 这里强调了形式创新决定着作品的价值，肯定

---

① 见何新《艺术现象的符号——文化学阐述》，人民文学出版社 1987 年 8 月第 1 版，第 7 页。

② 同上，第 39 页。

了形式表现的"根本独特"作用。丹纳也早在《艺术哲学》中说:"特征的价值与艺术品的价值完全一致。特征本身价值的大小决定作品价值的大小,特征经过作家或艺术家的头脑,从现实世界过渡到理想世界……"① 这是作者从动植物的特征表述迁移到文学艺术的特征表达,包括了作品的题材和表现形式。

贾大山小说的基本体式,与他的取材立意、结构方式、情节组合方式、讲说方式、语词和修辞等都紧密相关。那么,他的小说属于什么体呢?从对比角度来说,还须回顾 20 世纪初西风东渐,我国五四时期白话文兴起,以鲁迅为代表的现代文学先驱们开创了小说白话体创作传统,使小说的形态发生了革命性的变化。大家公认鲁迅是现代文学大师,也是全面的包括书信在内的文体家。其小说是白话体中的白描体,意蕴上还被称为寓言体。沈从文的作品是抒情性较强的梦幻体,林斤澜的短篇小说是日常生活体。赵树理的乡土小说自称为"通俗故事"②。赵坤在论文中说,汪曾祺评价赵树理小说"近似评书"③。笔者以为赵树理的小说是以山西长治地区新方言为基础的故事体和对话甚多的剧本体。关于孙犁的作品,张占杰等认为其以《荷花淀》为代表的小说和散文是抒情体;晚年的《芸斋小说》中"既有传统的纪传体,也有现代抒情散文体,孙犁在古代、现代各种文体之间自由穿插……"④。闫庆生则总结其《耕堂劫后十种》等为"耕堂文体"⑤。

再看贾大山的小说,其题材总体上属于冀中农村现实生活。所涉及

---

① 见丹纳《艺术哲学》,人民文学出版社 1963 年 1 月第 1 版,1980 年第 5 次印刷,第 373 页。

② 转自周扬《论赵树理的创作》,工人出版社、山西大学合编《赵树理文集》第 1 卷,工人出版社 1980 年 10 月第 1 版,第 15 页。

③ 见赵坤《谈艺文与汪曾祺汉语本位语言观的形成》,《文学评论》2021 年第 6 期,第 141 页。

④ 见张占杰《中国新文学传统建构中的孙犁》,光明日报出版社 2014 年 5 月第 1 版,第 157 页。

⑤ 见闫庆生《美学与心理学视域中的晚年孙犁》,陕西师大出版社 2020 年 11 月第 1 版,第 4 页,刘宗武序。

的人物最多的是地地道道的农民和正定城内的农商人物。生老病死、家庭人伦、日常劳作和人们的苦乐酸甜以及各种人际之间的友情与纠葛，成为贾大山笔下描述的主体与重点。书写乡土中的常人常事是贾大山生活积累形成的长项，也是与他的创作理念、感受方式、艺术气质和表达方式等分不开的。纵然他的选材立意涉及当时的大政策、大形势，却够不上宏大叙事，仍属于大格局中的小棋局，大历史中的小历史。那么，贾大山小说的体式定位，在题材上应当说是属于日常生活体，其知青题材作品则是日常生活体的重要部分。在行文风格上，贾大山小说还有鲜明的幽默、抒情、对话等艺术表达特征，他在创作盛期和晚期更钟情于新笔记体的创作。

至于其在日常生活叙事中形成的文气、意境，与作品的体式紧密相关。既然本书第二章关于贾大山小说叙述方式一节中引述西方文体概念Style 也有被译为"风格"者，那么可以说贾大山小说体式便是他的作品风格，其意境则是他行文风格中最深层的精神意蕴。这就更值得我们从美学、诗学上深入进行分析阐释。本章将贾大山文体和审美意境研究放在同一章来，便是基于这个道理。

第一节　日常生活体与多体兼融

贾大山小说体式是日常生活体，更准确地说是以民间化的日常生活体为主的"杂体化"，[①] 是题材上的日常生活体与艺术表现上的多体兼融。由于贾大山的"梦庄记事"系列23篇，全是他下乡经历的艺术加工物，占其作品的四分之一，主要是写知青和从知青角度看农村和农民及"我"与村民们的关系，以为这是知青体。在艺术表达上，贾大山的小说也突出地呈现着幽默、风趣的行文特征，应当是幽默体；其在白描叙事中表现出语词运用的诗化和恰当之处的抒情、议论，也便形成了他

---

① 　见郭宝亮《王蒙小说文体研究》，北京大学出版社 2006 年 1 月第 1 版，第 9 页。

的抒情体或如童庆炳所言的"诗情画意"体；其在描写人物关系、矛盾发展中也长于用对话代替叙述，而且十分出彩，便形成了他的对话体，或说如赵树理那样的剧本体；其"梦庄记事"和古城人物故事，大多属于或近于新笔记体。贾大山也自始至终在描写冀中地域风情，总有民俗事象的、包括方言的民俗文化因素在其中，应当属于风俗体。下面，我们就从贾大山的日常生活体说起。

一、日常生活体

首先说，贺绍俊在评论洪治纲新著《中国新世纪文学的日常生活诗学》中写道："在中国当代文学的前几十年间，日常生活是一个让作家们忌惮的词汇。因为中国现代文学作为启蒙运动的产物，逐渐形成了以宏大叙事为主流的文学发展格局，后来又被革命叙述纳入其中。当代文学作为革命者赢得胜利后的新文学，便确立了宏大叙述的至宗地位，日常生活叙述逐渐被边缘化直至失去其合法性，写日常生活的小说往往逃脱不了遭批判的厄运……几乎成为了小说的禁区。"[①] 他还认为，这个禁区的"突破"是从新时期开始的，其标志是汪曾祺《受戒》《大淖纪事》等小说的公开发表，为日常生活叙述树起了一座高峰，也意味着日常生活叙述在 20 世纪 80 年代重新获得合法地位，带来了日常生活叙述的大普及和文学叙述空间的大大拓展。贺绍俊也道出了日常生活叙事与宏大叙事二者是对应的相辅相成关系，在我国文学发展中都不可或缺，唯有如此格局方为"成熟"。

洪治纲对日常生活概念进行了释义："日常生活是一种看似简单，人人都烂熟于心的生活模态。在一般人的心目中，它无非就是我们每人每天进行的程式化的生活，平淡无奇，千篇一律，充满了琐碎化、庸常化和重复性的特征。"他引用亨利·列斐伏尔的话说：在西方思想史上，

---

① 见贺绍俊《文学批评基础之上的理论发现》，见《文艺报》2022 年 4 月 27 日第 2 版。

"哲学家把日常生活挤出了知识和智慧的殿堂"①。"但是，人毕竟是一种文化的存在，也是一种历史的存在。从衣食住行、吃喝拉撒，到婚丧嫁娶、生老病死，人在日常生活中面对的每一件事，其实都蕴藏着无限丰富和异常复杂的历史变革、种族变迁、文化演变，小到美学趣味、群体思维、自我表演，都隐藏在日常生活的各种碎片之中。"②他引用本·海默尔的重要观点说，日常生活"自身提呈为一个难题，一个矛盾，一个悖论"③。可是它对社会和历史的变迁形成了"蓄势"能力，从微观的家庭、家族变化形成社会变革的动力，而且它"永远交织着各种被组织化、整体化的非日常生活，那些理性的强制性规约使人们的自在生活不断出现'异化'倾向，包括被压迫因素和解放的因素，因此蕴涵着各种否定性甚至是革命性的因素。其有习惯性、重复性、稳定性、多元性，也有差异性、特殊性、创造性和消融性、包容性"。④

贾大山的小说出现在上世纪后期打倒"四人帮"、全国拨乱反正、消除极左路线影响而至改革开放的历史背景下，其创作由非日常化生活与日常化生活交织到逐步日常化。这是他们那一代作家普遍经历的社会转型期的历史过程，笔下都是社会生活演变的写照。既然称其小说为日常生活体，具体有哪些日常生活特征呢？笔者以为有如下几个方面。

（一）平民百姓的生存和物质需求欲望

在《取经》中，李黑牛说："人是铁，饭是钢，一天不吃饿得慌。"印证了"民以食为天"的古谚。在贾大山小说里，表现这种最基本最朴素的生存理念的篇什很多。例如《会上树的姑娘》中，梦庄姑娘小欢和她的女伴们，为了吃饱穿暖，春天上树捋榆钱，秋天里上树扒槐角，榆钱可以充饥，槐角剥出槐籽可以卖钱。小欢的父亲便夸她，去年秋天给我"扒"了一件皮袄，给她娘"扒"了一条棉裤。这种简单的个体劳动，让一家人多了一些温饱，也多了一种苦中有乐的欣慰。《杏花》中，

①②③④ 见洪治纲《中国新世纪文学的日常生活诗学》，安徽教育出版社 2020 年 12 月第 1 版，第 2 页、3 页、4—5 页、9—12 页。

杏花姑娘她娘收下媒人送来的一布袋红萝卜，便劝杏花嫁给严二淘："这年头，肚子要紧呀，一晃就是一辈子……"在《劳姐》中，董大娘为女儿还生产队超支款便卖粮刨树，是用行动帮助了女儿。还有《三姐》中那个经常来找"我"走后门买紧俏物品的二姐；《云姑》中，那个为了盖新房，不断往门口拉沙子的云姑。特别是《眼光》中随着政策开放，马上安排大儿子种地，二儿子养鸡，老两口去火车站开酒馆的钱八万，他见市面上缺少猫狗，便买了一只公狼狗，搞起了为狗配种的生意。所以钱八万发家了，村民们却嘲骂他是开"狗窑子"。这是贾大山像汪曾祺、林斤澜、高晓声等人那样，自觉捕捉普通百姓在日常生活细微之处所呈现出来的各种微妙的生命情态，展示出各种小人物在世态民情、各种日常化因素中做出的生存选择和发生的命运变化，表现他们都在为满足生存欲求而各自盘算和忙碌着。

（二）日常与非日常生活中的公私矛盾

洪治纲认为，各种非日常生活与日常生活的"基本形态"是"互动互构"的，"它既丰富了'言志'传统的文学表达空间，也拓展了日常生活背后所负载的各种社会历史意志"[①]。这种集体意志的社会组织的生活劳动和各种经济文化活动对日常生活和日常观念、日常伦理都有一定或强大的强制性、渗透性。贾大山不能不受时代特定思想的制约，却始终注重对人物的日常生活描写，便在他的小说中表现国家、集体与个人、家庭的矛盾。例如前面提到的《香菊嫂》中直言快语的妇女队长香菊嫂，主动带领妇女们趁着月色去平整那块废弃已久的窑场地，却发现自私的吕巧姐夫妇在这里掏窟窿挖黏土，便当场制止并进行有理有利的批评。回到家来，她用这个事实教育了老好人式的丈夫。吕巧姐丈夫贵成也在地里当场造了刁泼老婆的反："……早听着我，哪有这……这现眼事！今后我再也不受你的压、压迫了！"作者是一箭双雕地解决了两

---

① 见洪治纲《中国新世纪文学的日常生活诗学》，安徽教育出版社 2020 年 12 月第 1 版，第 55 页。

个家庭的公与私的矛盾，大家都服从于集体意志、维护集体利益了，家庭夫妇关系也自然走向了改善。在《春暖花开的时候》里，大梁村支书梁大雨主政十年，一心为公，临调去公社砖窑加强领导力量前夜，在工棚里召开了交接会，还通宵达旦地绘制了大梁村发展规划图，却未顾上妻子生产，回去看了看，也未问清生的是男是女。他的伙计宋满场要和公社领导对着干，但也在大局意识制导下开始继续抓土地改造工程。他们内心都有难言之苦，但皆未误集体生产事宜。作者是将他们的日常生活与非日常生活穿插交替地写出来的，特别是一开笔就写大雨媳妇秀枝去村北口宋满场家打听丈夫被公社叫去的消息，又写她生孩子，是这场非日常生活变故中的生活化写作，增加了俗世间的烟火气和温暖度。时代在变化，在生活现实的利益上、个人颜面上，都发生着日常与非日常两种生活的矛盾纠葛。贾大山在上世纪 70 年代末期以来的创作中，包括他的"梦庄记事"系列和小城人物，同样是在反复表现它们的。

（三）启蒙精神与人的主体意识觉醒

爱情是人类永恒的灯塔。两性之间的情感表达一直是文学的重要内容，古今中外皆是如此。因为"男女之情实乃人类日常生活的情感常态，也是人类日常交往活动中颇为丰富的生命形态……这种两性情感又承载了人类社会各种复杂的伦理内涵，是文学探究人性的重要途径之一"。[1] 但在相当长的一个特殊历史时期，爱情描写成为一个被封杀了的创作禁区。新时期文学转轨的标志之一，便是爱情婚姻书写对这个禁区的突破，也便是打破了当时文学界政治叙事一元化的僵化局面。贾大山是农村婚爱自由意识的启蒙者。他 1980 年发表于《人民文学》第 4 期上的《小果》，便是那一时期农村婚爱题材佳作之一。后来还发表了《定婚》《离婚》等。这些虽然在他的作品中占比较小却富有影响。小果和《定婚》中的小芬她们是女性主动选择如意郎君，《离婚》中的乔姐

---

[1]　见洪治纲《中国新世纪文学的日常生活诗学》，安徽教育出版社 2020 年 12 月第 1 版，第 276 页。

虽然是自愿成婚却发现嫁错了人，被从反面刺激出了她的主体个性，要重新找回自我和自由精神。

贾大山在启蒙主义的写作上还有更多奉献。回顾上世纪五四运动在思想领域是知识精英用西方的科学、民主理论向半封建半殖民地的国人启蒙。后来外敌入侵，民族抗日救亡的革命运动兴起，有的学者认为这是革命打断了启蒙，也有的说是革命加启蒙。笔者认为，那时是启蒙推助了革命，催生了民族独立意识，使启蒙的内容扩充了家国情怀，使大批革命知识分子和亿万人民群众树立起光复中华、重整河山的决心和信心。同时革命也推动了大众启蒙，解放区和敌后根据地的启蒙包括妇女解放的成效决不次于西方。这是非日常生活的社会化行动阻断了个人或家庭的小日子而使之走向了新生活，社会的大历史和日常生活的小历史都上升到了一个新的螺旋。在贾大山笔下，新时期以来的社会生活中仍然有新的变革与启蒙。那些世俗的乡村里社中，既有启蒙的人也有被启蒙的人，启蒙主义就在他们心中。作者在《失望》中描述了杨三老汉为儿子小林考重点高中煞费心思，他便是具有文化主体意识的启蒙推手。另一个《孔爷》中力主盖新学校发展小学教育的孔爷，也是不惜动用各生产队的人力物力以及"四类分子"大干一场的启蒙教育推助人，正应了后来提出的"再苦不能苦孩子，再穷也不能穷学校"的口号形成的时代潮流。而作为插队知青的"我"，当然是一位启蒙教师了。在与少年路小林的朝夕相处、耳提面命中，曾经教他识字，教他历史，可惜他在朦胧的性意识中被光棍老北瓜等引向了歧途。《拴虎》中，"我"在小许庄教书时，虽然也遭受了顽皮孩子拴虎的顶撞，但毕竟让孩子们懂得了尊师重教、立志成才的人生道理，后来拴虎对儿时的不礼貌行为心存歉意，也产生了做人的自尊心。《花市》中严村买花老汉和《"容膝"》中买萝卜的老甘都找到了自己的精神依托，成为大受其益的启蒙对象。在《干姐》中描写干姐批评"我"小小年纪不要胡思乱想、要好好练习拉二胡，便是一种日常性的启蒙教育。在《云姑》中"我"劝说云姑不要再骂街同样具有启蒙意义。干姐和云姑都是被启蒙者又是启蒙者，她们内心都有自己的启蒙精神诉求。《黑板报》中的黄炳文是个青年典型，坚持写黑板报传播新知识新文化，是他宏大人生理想的一种实践，也是他生命价值的真正实现。这些人，都在丰富自己的精神世界，或重建个人的主体意识，追求日常生活的自由，从而在俗世岁月中塑造新的自我。这些都属于人的觉醒、个性张扬的日常性生活书写。贾大山从1980年转轨以来在日常生活体上的创作是不遗余力的，在篇目上占了他作品的70篇以上，而且越写越精到，越写越天然诗化。

还需要谈一谈的是，前面提到贺绍俊评价汪曾祺在新时期之初就以《受戒》等开辟了日常生活书写之路，成为新时期我国文学发展的一个重要标志。这不能不影响了贾大山的创作新走向。1992年夏天，汪老听林斤澜的鼓励而特意到正定来看贾大山，他们在几天中倾心交谈，那是英雄所见略同的"南汪北贾"汇合交流。关于汪老的创作，杨红莉认为，汪老在上世纪60年代初和"文革"后的新时期，以创作严家炎所说的"乡土派的传统小说"而开创了"新的小说文体"①。他的小说语言是"诗化生活型"，在"平铺直叙中富有情致"，像"云雀的歌声"一般更有温暖的诗意。特别是总结汪写童年、写故乡形成了"民间生存结构"，是他小说"开头—中间—结尾"与人物的"出生—成长—死亡"相对应，是民间生活时空体，形成时间、空间和人物关系的三维和整体化。这样概括颇有见地②。作者进一步概括汪曾祺小说的体式是"日常生活审美体"，但又在与鲁迅、沈从文小说比较中说"不如称之为风俗体"，因为汪"美化了风俗"③。

（四）贾大山与老一代作家作品体式、风格比较

就此，笔者拟顺便对贾大山的小说体式、风格与汪曾祺、孙犁等老一代作家进行一次比较。

首先，笔者认为其与汪曾祺写的都是日常生活体，且多体兼用。其语体也是诗化生活型的，是平铺直叙而又有情致、有意境的，如《干

---

① 见杨红莉《民间生活的审美言说——汪曾祺小说文体论》，北京大学出版社2008年4月第1版，第3页。

②③ 同上，第106、117、186页。

姐》《丑大嫂》《离婚》等；还有民间生存结构、民间生活时空体式的，如《莲池老人》《好人的故事》《钱掌柜》等，写出了主人公的一生，且其时、空和人际关系是三维立体的。我在前面说结构方式时称它们是散文型的亚型一生命运型，叙述上基本不穿插、不枝蔓而一顺到底的。还有担水为生的老魏、一辈子欢欢喜喜的牛老桥和天天半夜去敲钟的白发老人等等，都体现了"世俗个体存在的自足性和自在性"①。

其次，汪、贾二人的小说都是日常生活审美体，也是风俗体，因为他们对大多数民间风习是持欣赏、呈现态度。他们不是故意地搞寻根文学，却总在记录展示地域性的古今民俗文化。但贾大山运用民间歌谣、谚语和说话人的口吻较多，笔者在前面几章已对比做了分析归纳。汪曾祺同样欣赏通俗、形象的民歌民谣，明确提出"唯求俗可耐"，也因古典文学底蕴丰厚而更长于"托古创新"②。但贾大山用京剧台词和描写唱戏演艺的场面较多。有关的地域风情，沈从文成功的是写湘西，汪曾祺最拿手的是写高邮水乡，孙犁最叫好的是写北方白洋淀，贾大山则写冀中平原干涸的黄土地。地理历史不同，他们的作品风采自然各异。

第三，沈从文、汪老与贾的叙事都是民间生活与知识分子个体的双重言说，都是日常性的俗人俗事，却都让人感受着一定程度的雅意雅味，有他们对民间生活的现代意识关照。而赵树理小说则偏重于长治地区通俗口语化。

第四，贾大山行文中的幽默、风趣和诙谐特点是铁凝、徐光耀、肖杰等所有评论者和怀念者所称道的。孙犁的小说、散文、杂文和文论都比汪、贾更多更丰富，其体式更为多样。但贾大山的幽默程度最高。

第五，人称和视角上，汪曾祺第一人称之作占其 152 篇的四分之一多，贾大山的第一人称者占其 89 篇的二分之一。孙犁新时期以来的《芸斋小说》《耕堂实录》等第一人称比重最大。这是他们叙事角度选择

---

① 见洪治纲《中国新世纪的日常生活诗学》，安徽教育出版社 2020 年 12 月第 1 版，第 54 页。
② 见赵坤《谈艺文与汪曾祺汉语本位语言观的形成》，《文学评论》2021 年第 6 期，第 141 页。

的相近，但孙犁晚期写城市人事比重很大。他们的作品都有生活经历自叙体的本真特征。

第六，从总体叙事风格上看也有同异。根据刘宗武、闫庆生、冉淮舟、张占杰等多达百余人的研究，普遍认为孙犁是文体大家、是"荷花淀派"奠基人，虽然他本人不承认却一直被大多学者所肯定。贾大山则更强调追求天籁之声、自然之趣，他的叙事包括章法、节段和语言运用的精当程度上更近于孙犁，也近于外国的莫泊桑、契诃夫。他们都不像赵树理那样写得故事性很强。孙犁小说被评价为"小说的诗，诗的小说"，能"化常情为诗情"①。契诃夫更是擅长诗性风景、环境描写的国际名家。贾大山尽管幽默却也总要恰当地抒情，他的笔记体古城人物小说汪曾祺的高邮系列风味相似，与孙犁的芸斋系列风格相近。至于沈从文小说是画梦湘西的抒情体，是写心与梦，贾大山的"梦庄记事"系列也便是他的梦庄画梦。

第七，在日常生活体的立意上，汪曾祺作为"个性说话人"，不像古代小说那样为道德伦理、家国情怀立意，而是为日常生活中的生命立言、为个性立心，时而有突破人伦的现象。贾大山学赵树理、孙犁，学说书唱戏，却始终主要为社会人生立意、为平民百姓代言。他打出的旗号便是前面提到的"弘扬真善美，消除假恶丑"，比汪老更多了一层忧患意识和责任挂念。这在下面意境一节中还会涉及。

总之，贾大山小说体式研究，不能不又想到丹纳的"特征"论述和何新关于"独特"的"形式"也是内容的观点了。

二、知青体

批评界所谓知青体，是从题材上界定的知青下乡生活叙事体式。在这些描写 20 世纪六七十年代城市青年上山下乡、经风雨见世面生活的创作中，梁晓声的《今夜有暴风雪》《这是一片神奇的土地》和铁凝的

---

① 转自张占杰《中国新文学传统建构中的孙犁》，光明日报出版社 2014 年 5 月第 1 版，第 23 页。

《麦秸垛》、王安忆的《小鲍庄》、韩少功的《西望茅草地》等佳作都先后叫响全国。他们大多是重点写知识青年们来到农村后的生存状态。而贾大山的23篇"梦庄记事"系列中，一小部分是正面写城镇初高中生来到梦庄后的境遇，大部分是"我"与村民的关系和农家人物与习俗。"我"常为小说的主角，也常为旁观的配角，所以与梁晓声等北大荒、韩少功南方大农场题材之作多有不同，更接近铁凝的《麦秸垛》、阿成的《树王》、矫健的《圆环》和史铁生的《我的遥远的清平湾》等。这些作品描写知青也很好地塑造了乡间人物，是在一定程度上怀恋彼时生活经历的故事。可以说，中国特有的知青体的初期多数是阿城所说的写"秀才落难"，[①] 多有伤痕文学的意味。卢新华的《伤痕》便是女知青与母亲决裂而最后无家可归的悲情控诉的最早代表作。而像竹林那样痛恨批判当地恶势力者总是少数。韩少功写大农场的重点人物却是场长张种田这个不会科学种田的转业军人。之后，作家们大多写知青视角的乡间人。

贾大山笔下的"梦庄"，原型就是作者下乡插队的正定县北部西慈亭村。为何叫"梦庄"，贾大山没有说，评论家雷达却解释道："'梦庄'者，结想为梦，与心徘徊之场景也……"并对"梦庄记事"系列给予了很高的评价，说这"是一组格调深沉，韵味悠长，不露声色，于平易中见深刻，于素朴中见浓度的作品；它们大多是对往事的回忆，也有写当前现实的，给人的感觉是，它们经过长期沉淀，经过反复含咏、体味和筛选，是作家心灵中、记忆中的财富，是些情感的结晶体"[②]。的确，这是作者对自己第二故乡的一再回眸，犹如沈从文对湘西的一次次梦归，汪曾祺对高邮的一次次望乡，也如同周雪花评铁凝小说是"现代背景下的田园回望"[③]。

贾大山回望的视角全部是第一人称。如前面所引述的，正面表现知

---

① 见阿城《阿城精选集》，北京燕山出版社2009年4月第1版，第175页。

② 见雷达《乡土写实小说的新境界》，李延青主编《忆大山》，花山文艺出版社2017年8月第1版，第123页。

③ 见周雪花《铁凝小说叙事研究》，台湾花木兰文化事业有限公司2018年9月第1版，第15页。

青生活与命运遭际的是《俊姑娘》，集中描述"我"的知青同类中的王玲玲，她是让全村老少连疯子都惊异的俊姑娘。但她的美和爱美又遭到了女知青、队长和团支书的嫉妒与排斥，无论评工分、入团都受到了不应有的歧视。不料为成立俱乐部拆关帝庙时，玲玲被砸成了重伤，人们的同情心便陡然升起，原来被认为的缺点全都又视为优点，年终经过激烈争论才一致评她为五好社员。这反映了一个令人惊骇的直击灵魂的社会心理问题。"我"曾一直呵护俊姑娘，敢于替这个弱者说好话。可是拆庙前玲玲要回城，"我"好心地劝说之后方留下来。万万未想到，她被一道墙砸得血肉模糊。面对如此结果，"我"的内心能有好滋味吗？"我"还有两次难堪而伤感的经历。一次是《丑大嫂》中的"我"，好心给祁大嫂一副茶色眼镜，让她戴上会遮住左眼的"萝卜花"，让这位本来很美的大嫂真正美起来。不料引来了乡亲们对她的嘲讽和对"我"的议论，以致大嫂的公爹找上门来，对"我"进行了威胁。另一次是《枪声》中，少年小林没好好读书挨了打便逃到"我"这里来住下，"我"就教他识字，讲述人文历史知识。不料他听了些坏故事，还在集市上看过性知识的帖子，竟然犯了死罪，要被枪毙了。"我"不敢到刑场去，晚上去他家解释又遭到了羞辱，村中的儿童们也公开地用手指模拟着"枪毙""我"。这些人生的尴尬，揭示的是传统的愚昧心理和陋俗，但这在知青题材作品中并非唯一，只是其情节细节是少见的。

而在《干姐》《云姑》《梆声》《钟声》《亡友印象》等中，则表现了村民们对"我"和"我们"的关心与信任，是相互友好交往和"我"发自内心的感恩。还有一批是"我"以在场见证者的身份描写村民们，如《花生》《老路》都写的是生产队长、指导员，故事表现出他们人性的两面性。《定婚》《黑板报》《孔爷》《杜小香》等亦是以表现梦庄老中青年为主。个别的如《飞机场上》《梁小青》等是写当下重逢也追述下乡年代的过去。当然，这些作品如果再做细分，也可称为亚知青体。贾大山这种体式的作品发表于1987年至1996年，虽然只占其小说的四分之一，却标志着作者的创作深度转轨而进入了一个黄金盛期，艺术上产生了新的飞跃。但是，他写农民却没有完全站在农民立场而农民化。

三、叙事特色三体

（一）幽默喜剧体

一部漫长的人类发展史，便是先人们留给我们的一部血与泪的悲剧，也有智慧成功的或愚蠢可笑的喜剧。在美学史上，幽默是喜剧不可缺少的内容和表现手段。中国古代的野史、笔记、杂剧、说书、讲史和通俗小说中都有幽默成分含蕴其中，古希腊以来诸多学者也对幽默、笑的定义和艺术效果进行过大量的理论研究。20世纪30年代，林语堂等人从西方舶来了HUMOUR这一"幽默"词汇，而且做了从小品到小说的各种幽默实验。鲁迅便说："轰的一声，天下无不幽默和小品。"[①] 虽说大多油滑得走了模样，但幽默毕竟大面积地进入了国人审美意识之中，郁达夫、老舍、钱锺书、张天翼、沙汀等在自己的创作实践中吸收运用了马克·吐温、果戈理、契诃夫、卓别林、波德莱尔等人的幽默风格。到70年代末新时期文学走向繁荣时，王蒙、高晓声、陆文夫、祖慰等作家则是一路笑来，连写正剧悲剧的张贤亮、张洁、李国文、谌容等也猛不丁地一改路数，写出了荒唐、谑浪的"笑"作，张辛欣、刘索拉、阿城、史铁生、韩少功等移置或承传了五四先驱作家们的不动声色的现代幽默。试想，当时的贾大山不可能不在其中。

徐光耀在《冷下心来说大山》中说："大山是幽默和乐观的人，他的文章则疏朗散淡，妙趣横生，是愉悦心神的。"他"天性幽默，内心谦虚"[②]。尧山壁也在《忆贾大山》中说，省作协主席李满天在正定深入生活时兼任县委常委，他与贾大山的友情纽带是小说，"幽默更是他俩友情的黏合剂，只要碰到一起就笑话连篇……活像一对相声演员。"[③]

---

① 见鲁迅《花边文学·一思而行》，《鲁迅全集》第2卷，新疆人民出版社1995年10月第1版，第516页。

② 见贾大山著、康志刚编《贾大山文学作品全集》，花山文艺出版社2014年10月第1版，第5—6页。

③ 同上，第568页。

可见贾大山作品的幽默是在他的日常生活性情中就已形成。

贾大山小说中的幽默成分，据笔者查寻其中的有关句、段，几乎每篇都有。但它们有幽默程度和作用的不同，有一般幽默、风趣、戏谑、滑稽之别，也有正面讥讽、反讽和自讽与讽他之异。这在前几章的细节、语词成分和修辞探讨中已经涉及不少。现在梳理贾大山的幽默体式及后面人物形象塑造等章节中，都会反复涉及之，这是无法躲开的。为了叙述方便，这里拟将它们分为人物言说（对话）、作者客观叙描的句段和通篇性取材立意三种。

1. 人物言说

值此再举些贾大山小说中幽默言说的例证。如前面提到的《喜丧》中老队长面对社员们过年杀猪的要求时，笑着搪塞道："吃素不得高血压，我这个人就爱吃素……"人们听了觉得有理也觉得可笑。他偷换了话题，改变了逻辑。特别是在《花市》中，那个严村老汉来买令箭荷花又嫌十五块一盆太贵，卖花姑娘蒋小玉就说：

> "人各一爱，自己心爱的东西，讲什么贵贱呀？想便宜买
> 红萝卜去，十五块钱买一大车——一冬天吃不完。你又不买，
> 偏偏想来挨坑，那怨谁呢？"

这是姑娘讽刺过去严村缺粮用瓜菜充饥，也用"挨坑"表示自讽。她把价钱压到十二块，让老汉拿走。老汉却白了姑娘一眼说："不买，你留着自己欣赏吧！"便扭头走去。一会儿又带着酒气转回来，决心买了这盆令箭荷花说：

> "你说得对，人各一爱，我只当耽误了八天工，只当姑娘
> 少包了半垄棉花，只当又割资本主义尾巴呢，割了我两只老
> 母鸡！"

这是老汉得意而风趣的自嘲，也是对以前极左农村经济政策的反

讽。他们的讥讽言说是一箭双雕。不料冒出个年轻小干部，他要为领导过生日买这盒好花。老汉立刻冷着脸说："不行不行，明天也是我的生日，我也爱花！""你这个人真难说话！这么贵，你吃它喝它？""咦，我不吃它喝它，你那个上级吃它喝它？"人们听得明白，就又笑起来。这是显示老汉的腰杆硬起来了，敢顶撞要向上级讨好的小干部了。老汉也有似何士光笔下的穷汉冯幺爸，敢公开反击霸道的罗二娘和有权势的村支书了，而且把话说得十分逗趣也很有分量。①

上面这些如在本书第一章修辞研究中总结的，贾大山在小说中用了大量的正话反说、反话正说，亦有针锋相对的反诘，让人在风趣、谑浪的感受中体会到作者的修辞技巧。

2. 喜剧性叙描中的句、段

贾大山在叙述性行文中也多有喜剧元素、幽默的表达。除了在前面关于修辞和细节探讨中已经提到的，还有如《老曹》中描写卖元宵"卖得人困马乏，眉开眼笑"。《钟》中说牛七大叔"除了老虎，他什么都养"等等。关于成段的叙述，叮见《失望》中这样写道：

> 杨三老汉五十七岁，大半生时光，是在各种忧愁中度过的：早些年，愁吃，愁穿，愁烧柴，愁得早早就驼了背，白了头；两年前，土地包到户里耕种，愁水，愁肥，愁农具，愁得整天挂着眼屎。

这便表现了杨老汉是个爱发愁的人。他在大集体时代为缺衣少食发愁，分田到户后又为生产劳动事宜发愁。他的生存基调就是一个愁字。读到这里不免要暗暗发笑。但作者平和地叙述，不动声色，属于黑色幽默。

---

① 见何士光《乡场上》，小说集《故乡事》，四川人民出版社 1982 年 5 月第 1 版，第 111 页。

果然，一声哨响，一群姑娘跑上场来，牛老桥吸了一口冷气，赶紧扎下脑袋。这些十八九的大姑娘们，一律穿着短衣短裤，短得叫人害怕！可她们一点也不害臊，在那雪亮的电灯底下，疯狂地奔跑着、喊叫着。他几次要走，梁德正紧眯着两只醉眼，却像钉在那里……

这又是《钟》里一个县城女子篮球比赛的场面，表现了没见过世面的牛老桥很尴尬，更表现了梁德正对女性打球十分着迷。作者用这个女子打球的场景和两个农民的不同表现，刻画了他们性格和嗜好上的反差，也是让人觉得可笑而又笑不出来，形成了一种蕴藉的趣味。而作者插叙牛老桥当二队队长时，在腊月忙年时一个夜晚敲了紧急集合钟。人们慌慌地集合起来后，听他说是要去村西抓坏人牛老玉，防止他破坏变压器。大家就说牛老玉早死了，牛七大叔做了证。老桥在大家前仰后合的笑声中，只好说"可不是，散会"。这是一个完整的情节，一个活灵活现的误会和一场可笑的虚惊。

3. 通篇幽默笔调

在贾大山笔下，有一批从题材到情节细节和语言运用的通篇幽默小说。不但有刚才引述对话的《花市》，还有《正气歌》《三识宋默林》《年头岁尾》《赵三勤》《鼾声》《午休》《眼光》《东关武学》《喜丧》《离婚》《丑大嫂》《飞机场上》《林掌柜》《钱掌柜》《王掌柜》《西街三怪》《卖小吃的》《游戏》等，不少于25篇。在这些篇什中，有的是严肃题材的幽默叙描，有的是题材本身就含有基本幽默元素。这主要元素便是个性古怪的主要人物，这些人物有不同于一般人的特殊言行。

再以《正气歌》为例，祁老真是公社书记认可的"老别筋"。他有四别。一别是和原先支书杨二货别，敢于唇枪舌剑地辩论墙上涂红漆写"老三篇"有用无用，被二货撤了第九队队长职务。他二别，是和他的支书代理人郭爱荣别劲，坚决反对扩充村里的大批判组、演唱组、广播组，反对农忙中赛诗，抓着一把野菜和棉杈抖搂着，念"老汉不是李太白，没有心花儿显诗才⋯⋯"把那场节目排练冲散了。他三别，是对公社爱搞华而不实的老丁反唇相讥，自己也气得哗啦啦踢了药罐子。他四别，是用反讽的方式彻底纠正了郭爱荣好大喜功闹花哨的思想作风。前面把《三识宋默林》当作用奇的范例，这个被极左势力整治了十二年的宋默林，在"我"初见他时就觉得他性情怪异，说实话、说气话都有些不近情理，最后竟然生气地扔下草帽和锄头走了。队长六生的一些言说也反讽得不同一般。二见他时是"我"和老崔去为他落实政策核实材料，又是一场正讽反讽、自讽讽他的血与泪的控诉。特别是追述造反派头头秦福总娶不上媳妇，最后一跺脚"不当他妈左派了"，便与他强奸过的地主家闺女成了亲。之后宋默林自戏自谑地说："如今俩人搂着睡觉去了，我呢，我还在地主阶级立场上傻站着哩!"他成了历史造成的冤大头，让人听了可笑也不能不有几多悲凉。三见他时是上级做出为他平反重新担任党支部书记的决定后，他的屋里坐满了人。他用那张"独特的嘴"，一个一个地数落着，对谁的批评都是诙谐、反讽却很在理的。如上这两篇，主人公是一个别、一个偏，本身就产生笑料，使这些正剧悲剧融合了大量的喜剧色彩，把那些沉重的话题叙述得轻快活泼了。这些严肃的轻松、轻松的严肃，确证了贾大山的小说具有幽默体式的美学特征。这一点上，贾大山是学习赵树理的，但在幽默的比例上、程度上也不亚于赵树理。这在《好人的故事》《钱掌柜》《西街三怪》等篇目中也体现得很突出。而写女性人物的《离婚》《丑大嫂》《白大嫂》《俊姑娘》中，则又多了些幽默的惆怅、凄美。

曾镇南在肯定了何申小说中充满了有趣的故事、谐谑的语言和民间智慧等优点之后，以《钱旺的从政生涯》为例指出："他有时往人物身上堆垛了太多的笑料，有时难免有把人物漫画化的油滑倾向。"[1] 贾大山则是幽默风趣而不泛滥，拿捏的分寸更好。他知道，写小说不是说相声。保定赵新也是一个生活中和创作中的幽默人物，他和贾大山、何申

---

[1] 见何申小说集《乡村英雄》，解放军文艺出版社 2001 年 4 月第 1 版，第 8 页，曾镇南序。

可以称为河北三大幽默。赵新像韩映山等人一样学孙犁，但他的小小说题材和语言更为乡土化，比贾大山的幽默多了一些土俗味，而少了一点文雅感。比如，他在《报案》中这样对话：木头说："村长，我来找你报案！"村长说："大叔，你来找我捣蛋？"木头大声说："村长，我来找你报案，我家昨天晚上丢了两只鸡！"村长大声说："大叔，我听清楚了，你家昨天晚上丢了两头驴！"……① 这是民间故事中错听错答的打哑谜，很戏谑而俗气些。

写到此处，想到韦勒克、沃伦论述文体学的功能时说："只有当这些审美兴趣成为中心议题时，文体学才能成为文学研究的一部分；而且它将成为文学研究的主要部分，因为只有文体学的方法，才能界定一件文学作品的特质。"② 是的，无论旧题材、新题材，界定其艺术价值的是它的文体特质。局部的和连篇的、雅俗有度的幽默性表达，的确是贾大山小说文体审美上的一大特质。但贾大山笔下也不荒诞、不魔幻，不穿越，对现实生活仍然是写实的白描，有想象性描写也是如雷达所言充分"尊重客观实在性"为基础的。③

（二）抒情体

在上面就提到孙犁、汪曾祺和沈从文小说的抒情性。笔者判断，贾大山小说也是日常生活的诗性抒情体，是白描写实中将幽默笔法与诗性抒情错落有致地恰当融合的独特文体。

这里顺便再说一下孙犁、汪曾祺等前辈作家。冉淮舟认为孙犁的作品是"美的颂歌"，虽然没有"传奇式"的英雄，但在这些普通劳动者的性格里"普遍渗透着代表时代精神的新的美的品质"，说"他的主题和远大的社会性的主题紧密地交织在一起，把人民在斗争中激起的高

---

① 见杨晓敏《赵新的乡土情结——赵新小小说印象》，李国英、刘素娥主编《保定文学评论作品选》（上），河北大学出版社 2014 年 9 月第 1 版，第 48 页。

② 见勒内·韦勒克、奥斯汀·沃伦著《文学理论》，刘象愚、邢培明等译，江苏教育出版社 2005 年 8 月第 1 版，第 203 页。

③ 见雷达《乡土写实小说的新境界》，贾大山著、康志刚编《贾大山文学作品全集》，花山文艺出版社 2014 年 10 月第 1 版，第 598 页。

涨情绪和作者自己的歌颂极富诗意地结合在一起"①。黄秋耘在评价孙犁的长篇小说《风云初记》时说："几乎可以当作一篇带有强烈抒情成分的诗歌来读……具有诗的意境，诗的气象，诗的情调，诗的韵味。"②对于孙犁中篇小说《铁木前传》，张占杰认为它不再是政治叙事，而是在一个时代翻天地覆变化中的人性叙事。"由于这部小说的抒情性，使它成为当时鹤立鸡群的'诗体小说'"，是接续了五四以来抒情小说的余脉，在"人民文学"时代把抒情小说与性格小说、写意小说结合在一起，吸收了"文学大众化"带给小说创作的民间影响，为"人民文学"时代小说增添了"新的质素"③。孙犁的小说体式创新影响了一代代作家，包括贾大山小说的日常生活审美体式形成。

　　对于汪曾祺小说，如前所述，杨红莉说他是以"民间生存结构"为骨架，以"使日常生活情致化"的叙述为血脉，以"诗化生活型"语言为肌肤，构成了汪曾祺小说文体的总体形象④。进而论述鲁迅小说文体具有强大的包容性，成为后来各种小说文体的源头。由此出现了两个分支，一支是受鲁迅"揭出病苦，引起疗救的注意"而以"批评"精神为主要导向，另一支是受鲁迅回忆乡土小说影响而以"抒情"为明显特征⑤。杨说沈从文小说与鲁迅风的影响有很大关系。沈是一个热情浪漫的梦幻主义者，他画梦的笔就是他的"抒情诗体"小说⑥。这一脉传到汪曾祺这里又发生了文体上、文化精神上不可忽视的变化，对现实人生不绝望，不把人生理想寄放在过去，而是致力于"给人提供一种欣悦的、和谐的生活模式"，要以深情的笔调写出一首"一个民族集体创作的抒情诗"⑦。贾大山学习鲁迅、孙犁、汪曾祺，也学习俄国的契诃夫等，形成了属于他的冀中地区田园风加世间味的抒情小说体式。按童庆炳关于文化诗学的理论，也完全可以说贾大山的小说就是诗情画

---

① ② ③　转自张占杰《中国新文学传统构建中的孙犁》，光明日报出版社 2014 年 5 月第 1 版，第 6、7、130、132 页。

④　见杨红莉《民间生活的审美言说——汪曾祺小说文体论》，北京大学出版社 2008 年 4 月第 1 版，第 185—186 页。

⑤⑥⑦　同上，第 193、196、196—197 页。

意体。

贾大山小说是由其语词运用、话语形态形成的抒情体，也有题材因素的话语总体秩序的抒情意味。

1. 描景写人的抒情

这些已在前面关于贾大山小说语词、修辞探讨中有所涉及，此处还应该再从文体角度简要一论。

其局部的抒情，在贾大山小说中几乎篇篇皆有，加浓了作品的诗情画意，突出了作品的抒情体式特征。如果仔细区分，则有描景抒情、因人事抒情、抒情与议论联袂融合等。

一是描景抒情。还举《会上树的姑娘》为例："她们走得很快，到了林子深处，她们还不住脚。那真是一片好林子啊，一棵棵洋槐树，遮天蔽日，林中光线像是到了黄昏的时候。林间的草地上开着野花，生着一丛丛的紫穗槐，小鸟一叫，像有回声。"这是幽静、美丽的自然风景，花香鸟语的人间天堂。这是我们几个知青和村里几个姑娘来这里扒采槐角。大家来到"一片野花盛开的地方，小芳不走了，催她们上树"。但姑娘们不让我们看她们如何上树，要求我们向前走十步，我们只好服从"命令"。当我们回头看时，不见了她们的影子，地上只有她们的鞋子，可是"仰头一看，文雁高高地坐在一个树枝上，悠着脚丫，朝我们笑；春女躺在一个倾斜的树杈子上，两手抱着肩，像是睡着了；小欢上得更高了，人也变小了，一串串槐角从天上落下来，下雨一般……"这又是景中有人、人中有景，人景一体，乃为杨红莉评价汪曾祺小说时说的"诗化生活"性描写。如果说这是散文，估计人人首肯；如果说这是不分行的诗，其节奏足以让人倾情朗诵。有人说贾大山不会写诗，其实他是满腔诗情。这不能不让人想到契诃夫笔下的大自然："已经是五月的天气了，这是一个可爱的五月！空气清闲的让人如此畅快……树林的上空，还有田野和森林之中，到处都呈现出一派生机勃勃、春意盎然的景象，一切都如此美好，如此神秘，气象万千而又圣洁无比……"[1]

---

① 见契诃夫《未婚妻》，自《契诃夫短篇小说选》，花山文艺出版社 2019 年 1 月第 2 版，第 43 页。

通读贾大山小说发现，他写月亮、月光与写太阳、星星相比，似乎更有一种内在的抒情驱动。一是写月亮的总量多于写太阳，写月亮19处，写太阳12处，写星星7处；二是月亮在表示时间、环境，烘托人物的心情上形成一种象征，运用月亮的意象加强作品的审美意境等方面发挥的作用更为到位；三是还发现大山笔下没有残月晓月，全是明净的圆月。特别是他1980年1月发表的《中秋节》，写的是中秋之夜发生的故事。在这篇大约6000字的小说里，出现了四次月亮，还出现两次京剧"月光"唱词。

第一次是小说的开头：

> 月亮从村东的树林里升起来了，好像一盏又大又圆的天
> 灯，吸引着满街的孩子们。

这是八月十五中秋节的圆月升了起来，作者称它为"天灯"，而且"又大又圆"，一幅光明世界的亮丽景象。乃为下面故事的总背景，是全篇小说的底色和基调。如果说这"天灯"的象征意义是团圆与欢乐，那么它的审美意味就是静谧、平和、温柔之美。在这样的背景下发生在生产队长春生和他妻子淑贞等人之间的农家故事便充满着和谐与柔情。

第二次是小伙子腊月打断二喜嫂关于储青养猪上膘快的话题，报告严老八说工分不合理、骂春生"是混蛋"时，作者写道：

> 春生望着渐渐升高的月亮，正想着什么，副队长双锁磨磨
> 蹭蹭地来了……

这是说春生听到别人骂自己"混蛋"，没有火冒三丈，而是很有涵养地沉默下来，遥望天上那轮正在升高的圆月，大概是在思考该不该挨骂，如何对待骂人的社员，或是在考虑着别的。细琢磨这是作者大山在利用望月、不做声来塑造春生的沉稳个性，是可贵的月亮性情。

第三次是妻子淑贞把二喜嫂把好吃懒做的严小俊打发走后：

月亮升上枣树的梢头。冬冬吃足月饼，早已睡了。院里静
静的……

作者接着写春生带人去装了半夜火车回来，累得走路像踩在棉垛上
一样。他朝枣树上一靠，两腿一软，身子顺着树干滑下去，滑下去，蹲
在地上了……他这种忘我的行动与月光下的静谧、安适形成一大反差。
第四次是淑贞不忍打断丈夫的好梦，走到院里坐下时：

院子里月光如水，格外安静，格外凉爽。

这已是小说的结尾处，中秋夜的事情都过去了，作者却又深情脉脉
地再回到月景的描写上，而且用了他别的小说从未用过的"月光如水"，
强化了中秋之夜本该有的安谧、恬静气氛，抒发了他对明月、对主人公
的一腔衷情，使作品首尾呼应，充满阴柔亮丽之美。此文发表后受到广
泛好评，曾经被译成世界语传到海外，现在读起来仍然让人心净而感
动。由此，笔者判断贾大山是孙犁风格的传人，是"荷花淀派"小说创
作群体中优秀的一员。
小说中还出现了西邻严老四两次唱京剧"八月十五月光明啮"。一
次是老四见棉田长势不好心有忧虑，来打问今年能不能分上红，他家
要盖新房、办喜事的。当春生果断地告诉他，你那房子"种上麦子就
盖"时，他便哼着这句戏文走了。二次是写到"月光如水"，故事煞了
尾，作者又说西院严老四还在带着快乐的醉意唱"八月十五……月光明
啮……"用了两个省略号，是唱得似断似续，悠然自得，使清凉、闲适
的中秋之夜多了一层热切期冀的暖意，形成了情感化的隐喻，使作品更
为韵味绵长。周克芹1981年荣获全国短篇小说奖的《山月不知心里事》
也是运用月亮意象的名篇。那是四川平原水乡月夜下发生的故事，描写
姑娘蓉儿和巧巧晚饭后去看望明天出嫁的女友小翠。巧巧一路上说东说
西，内向的蓉儿却话少心事重。她们遇到了连夜刨地的团干部明全，三

人在一起聊天很是惬意。蓉儿对明全的好感和思恋更重，到家躺下睡不着了①。这也是新时期较早出现的暗恋型的小说之一，其中用圆月、月亮、月光、月色21次，根据场合和情节可分为10组，亦是人在景中，情景交融。与贾大山的《中秋节》相比，其用月亮意象更多、写意味道更浓。作者重点写的是姑娘蓉儿，陪衬者是巧巧，巧巧也便是不知蓉儿心里事的月亮。而贾大山笔下重点写的是生产队长春生，用月亮的明净无声，反衬了春生为队上挣钱正常分红的压力和急切心情。其用月亮少，却也恰到好处，还有京剧"八月十五月光明"的意象追加和强化，便显得周克芹这篇运用月亮意象有些繁缛了。

再就是《杜小香》中，描述一群知青初到梦庄的晚上举行联欢会的场景时写道："最后叶小君说了一段山东快书——《武松打虎》。他说得并不太好，又没有鸳鸯板伴奏，却博得了一阵又一阵的掌声，乐得人们大呼小叫。说完一段，不行，又说了一段。于是小君成了一颗明星，村里的姑娘媳妇们，都想瞻仰他的风采，生产队长派活时，也喊他'武松'。"这是一个晚会的热闹场面和引发社会效应的描述，用了暗喻、借代的修辞和幽默的手段，也为读者留下了想象的空间。无独有偶，汪曾祺也很生动地写过人们看放焰火的场面："忽然，上万双眼睛一齐朝着一个方向看。人们的眼睛一会儿睁大，一会儿眯细；人们的嘴一会儿张开，一会儿又合上；一阵阵叫喊，一阵阵欢笑，一阵阵掌声。——陶虎臣点着焰火了！"②上面贾、汪二人的两处群体娱乐场景描写，都是白描写实而颇有抒情意味。所不同的，一个是临时性联欢晚会，有演出人和节目名称及所得的外号出现，一个是放焰火者陶虎臣最后才被点出名来；两处都有幽默感，相比前者具有戏说性，后者则以人们观看的表情传达出了抒情意味，最后一句是狂欢式的强烈抒情。

二是因人事抒情。这种由于人和事情发生的抒情描写，在前人和

---

① 见《1981年全国优秀短篇小说获奖作品集》，上海文艺出版社1982年7月第1版，第177页。

② 见汪曾祺小说《岁寒三友》，自《汪曾祺小说》，浙江文艺出版社2009年6月第1版，第126页。

当代作家中也非鲜见。如孙犁在《吴召儿》的开头说常常接到母亲的来信，担心他在山地里辗转受苦时写道："其实她哪里知道，我们冬天打一捆白草铺在炕上，把腿伸在袄袖里，同志们挤在一块，是睡得多么暖和！……这一切，老年人想象不来，总以为我们像度荒年一样，愁眉苦脸哩！"[①] 这是革命乐观主义的情感抒发。相似的抒情性描述，在贾大山小说中也十分常见。例如《定婚》中，作者写树满举起刚签了名的房产全归哥哥树宅的字据后，像发表宣言似地说："今天，我成了一个真正的无产阶级了！"这是小说人物郑重地又幽默地释放自己的轻快心情。再看《干姐》中，"我"认下美丽、善良的小媳妇于淑兰为姐姐后，作者这样写道："我抬起头，望着她那一双亲切的眼睛，心里升起一种难以名状的感情。在异乡，在举目无亲的异乡，一个年轻的女人，愿意和我亲近，我感到很温暖，很幸福。她虽然只是想做我的干姐，而不是别的。""从此，在梦庄，我有了一个亲人。"最后强调"她不是我的干姐，是亲姐。"前者树满是如释重负般的快乐抒情，后者是"我"身在异乡为异客竟然有了一个亲人的感恩抒情。贾大山还在《二姐》中抒情性地总结爱找"我"来买东西的二姐："二姐就是这么一个人，乡村的五谷杂粮、阳光空气，不知怎样养了她那么一个强壮的身体，那么一个响亮的嗓门儿。她对我们这个世界存在的一切事物，好像都很满意，从不埋怨什么，也不忌讳什么，别人做什么事，她也跟着做什么事。"这是作者在抒发中把"我"对二姐的讽刺与"我"的无奈叹息糅合为一体，读来很有文学意味。上面三例都是人物或讲说人的抒情描写。

三是议论性抒情。议论就是论说，它常常与抒情手段结合出现。贾大山在小说中也常抒议一体，二者好像天然共存的。其实这在上面也有涉及，现在再看几处有关行文。例如《卖小吃的》中，在作者模仿了卖豆腐菜、素卷儿、凉粉儿的吆喝声后说："短短一声吆喝，内容是多么丰富啊，有形象，有价格，还有保证。听着他们的吆喝声，不吃也能想

---

① 见孙犁《荷花淀——孙犁中短篇小说选》，青海人民出版社 2020 年 9 月第 1 版，第 179 页。

见食品的色、质、味。"这里既是赞美的抒情，也有顺势的评论，表明作者对正定城内风味小吃一往深情。在《村戏》中，那个元合娘不让元合再去俱乐部排练时说："编你的锅帽儿吧！你们从小唱歌演戏，唱这个放光芒，那个放光芒，顶什么用？我看什么也放不了光芒，票子到了手里才放光芒哩。笑什么？没有票子，屋里能变得亮堂堂的吗？"这是一个自私女人说的私房话，她把发家致富看得高于一切，也反讽了那个时代唱歌演戏时经常出现的"放光芒"。再看《弯路》中描述钱庄支书钱合在公社书记老乔屋里碰了钉子之后，灰溜溜地出去了，却蹲在老乔窗下，长长地叹了一口气："哎，如今的事，咱是看透了。华国锋着急，叶剑英着急，邓小平着急；底下，老百姓着急。有的人不着急，银行里有他的工资，粮站上有他的粮食，他着什么急？哎，咱是看透了……"他嘟嘟喃喃发了半天牢骚，才回村去了。此段的背景是在打倒"四人帮"后，钱合从实际出发策划改革社员工分报酬制度，但公社老乔偏偏求稳怕乱不批准，钱合便故意让屋里的老乔听到他的怨气，说了这样一通牢骚话。这是对当时"中间梗阻"的官僚主义的批评。钱合两次说"咱是看透了"的抒发性议论很有思想冲击力，又一次证明前面郭宝亮所说的"说语词便是说思想"的观点。

贾大山在这种抒情中，还常常运用疑问的口气。重说《定婚》中，在"我"听树满述说了村中风俗，怕自己先结婚会落下哥哥当光棍时，作者写道："我不知道他的想法和做法，是一种先人后己的美德，还是一种守旧的愚昧的苦行？"这是"我"的怀疑之问，后面的情节证明树满在家事上具有高风亮节。还说《干姐》里，作者叙述了梦庄人"嘴膜"之后写道："也许，梦庄的日子太枯燥了，她们喜欢谈论那些男女之事，就像我拉二胡，也是一种消遣，一种娱乐？"这是"我"的猜测，后来的事实证明"我"猜对了。作者写"我"的疑绪是一种启发式，让读者随着读下去。在《拴虎》的尾部，作者写卖鞭炮的拴虎自惭形秽地说："这身打扮，怕老师脸上挂不住。"于是"我"作为他的老师心头产生了新的疑问："那是一种虚荣吗？""我想不应该这样指责他。贫农的孩子，不嫌贫，也并不爱贫吧？"这第一问和第二个问，表明"我"从疑问到明确地做出了正确的判断，拴虎不爱虚荣而怕给老师丢脸，他一定要走出贫穷，成为衣着整齐的新人。有时作者的设疑性抒情属于一种心头幻想。例如写《杜小香》中的晚会上："我在台上拉着二胡，望着她那专注的表情，天真地想：我们的祖先，莫非料到日后有个小香，才发明了管弦锣鼓、歌舞百戏？"此乃"我"被杜小香和乡亲们热爱文娱活动的精神感动了，方发出了遥远的求索之问。本书前面关于白描和语词成分的论说中提到的谣谚、说书、戏文等，还有作者行文中的排比、对偶、反复等修辞手段的运用，都增强了作品的抒情性、说理性。此处便略之了。

2. 通篇诗化结构

贾大山小说中的幽默喜剧特征具有普遍性，他的抒情性叙描也同样具有普遍性。这不仅仅出现在语词运用上，还表现在通篇叙描中。笔者反复拜读对比，发现其通篇抒情体式鲜明者大约有 30 篇，最有名气的篇什大多皆在其中。前面举的《中秋节》月亮意象从头至尾一再出现，便是很典型的借景抒情，是作者所选取的题材本身就具有抒情的元素。还有在谋篇布局中有意糅入抒情成分，或快乐或忧伤地各呈其美，都可称为通篇诗化结构。

一是诗意题材。我们不是题材决定论者，但题材选择在作品创作过程中是至关重要的一步。有的题材本身就具有某种审美性质，有的运用某种审美意象突出了作品的美学特征。贾大山深谙此理。他的小说《水仙》《花市》等就是诗意题材，并且被他给予了诗意的命名。《水仙》的核心意象就是春节时盛开的水仙花，在"我"的眼里，水仙"精神得很，像一组诗"，而小丁的诗就"像一盆水仙"。这种美而不妖的水仙，是作品主题"君子之交淡如水"的象征，映衬了"我"清风两袖、一尘不染的形象。《花市》是作者首先为我们营造了一个花卉世界。卖花姑娘蒋小玉的青葱亮丽和她的高洁情愫，在与买花人的讨价还价和谈笑中呈现出一种优美的抒情性，使改革开放后农村经济走向繁荣的时代主题鲜明起来。而《村戏》《村宴》《梁小青》《杜小香》《钱掌柜》等是由戏剧、歌曲演唱和相关的人事纠葛组成，音乐旋律感都自在其中。《钟声》

《梆声》也给人以听觉的美感。《王掌柜》等是美食题材，也让人饱尝着大吃小吃色香味的诗意享受。

二是在谋篇结构上糅入抒情因素。比如《黑板报》，这个题目缺少诗意，中心事件是高中生黄炳文积极带头写黑板报，一直坚持写到改革开放之后。但作者设置了上树打槐荚和模仿高房宣传文件等几处抒情细节，叙述了黄炳文因当黑板报小组长而侥幸成婚的幽默点，使本来干巴巴的故事便有了诗味。特别是上级宣传部门领导前来调研时，黄炳文和团支书每汇报一段，领导就说"好好好""好好好……"，第四次是一连说了七个"好"加省略号，这样便不断强化小说的幽默感和抒情性。结尾是"我"受命为梦庄黑板报现象写总结材料时，大脑中又出现了"好好好好好好好……"这是带有反复咏叹般的抒情性。这证明，小说的诗化结构完全可以与幽默手法相结合的。再细说《担水的》是写街上为各户担水的老魏，他用辘轳汲水的潇洒和挑水行走的姿势就有淡淡的诗味。一个富人有座小花园，让他每天担来十担水浇花，老魏却说"只伺候人，不伺候花儿"。用水户让他也记个账，他说："错不了，一个凉水！"一群孩子放学口渴了，喝了他的水说谢谢他，他总是那句话："不谢不谢，一个凉水！"作者赞美他的君子之风说："他所卖的，好像不是力气，是凉水。"也给人捞筲，空闲时把掉井的木筲们捞上来让失主认领。人们要给他钱，他就嚷："我是担水的，担水的不挣捞筲的钱！"如此的白描写实娓娓而道，便让人物本人的言行抒发了内心的豪爽之情，产生了生活的哲意和诗意的美感。还有《书橱》《好人的故事》《童言》《电表》《失望》《喜丧》等，都是作者将本来没有多少诗意的题材润生了或浓或淡的诗情画意，显示了作者在日常生活描写中幽默写实加抒情的美学追求和艺术表现功力。

总起来说，贾大山的小说是诗化生活型的，也可以说是诗体小说。其抒情体式特征突出，也把抒情与幽默二者融合得天然一体，形成了赓续鲁迅、沈从文、孙犁、汪曾祺的抒情风格又在幽默中彰显地域文化的贾氏抒情体。

（三）新笔记体

前面已经提到古代写作的笔记小说和笔记体，也赞同学者们关于孙犁、汪曾祺晚年小说为笔记体的论断。关于笔记小说概念的形成，汉代以前《山海经》等便是发轫，后有魏晋志怪，出现《搜神记》《世说新语》等。到《南齐书·丘巨源传》，只说"笔记贱伎""开劝小说"，二者各有所指。北宋时史绳祖《学斋占毕》中开始用"笔记小说"，将二者合称。那些小说也是志怪、传奇、丛谈、杂录、辨订等等的杂说[①]。从现在看，影响最大的是南朝宋刘义庆编纂的《世说新语》，乃为记述魏晋时期士大夫阶层逸闻趣事的小说之集大成。鲁迅在《中国小说的历史变迁》中评价这部书的内容都是"清谈""玄谈"，是那时名士们的"教科书"。明人胡应麟说："读其语言，晋人面目气韵，恍然生动。而简约玄澹，真致不穷。"鲁迅也说"记言则玄隽"[②]。这是我国古代笔记小说的重要先声。新时期政策开放以来，多有学者对其推崇，也有许多作家借鉴其精短、简约的写法而著新的笔记小说。近年小小说、微小说的名称也不断出现而且有了专门期刊，在网络上更屡见不鲜。应当说孙犁较早地如此效仿而有《芸斋小说》。汪曾祺则回眸高邮而写"故乡系列"，并且在有关讨论中提出笔记体小说的定义："凡是不以情节胜，比较简短，文字淡雅而有意境的小说，不妨都称之为笔记体小说。"[③] 这种观点大体形成了文学界的共识。值此想到，林斤澜著《矮凳桥风情》，贾平凹写"商州三录"、写《太白山记》《秦岭记》等，莫言宗于蒲松龄《聊斋志异》而著《一斗阁笔记》，阿成变革宏大叙事而有《年关六赋》。还有阿城、李庆西、高晓声、韩少功、田中禾、高洪波等在上世纪80

---

① 转自谢尚发《近年"笔记体小说"创作与传统的当代转化》，《文学评论》2022年第6期，第147—148页。

② 三条转自福建师范大学中文系编《〈世说新语〉选》（注释本），福建教育出版社1981年6月第1版，第2、5页。

③ 转自谢尚发《近年"笔记体小说"创作与传统的当代转化》，《文学评论》2022年第6期，第148页。

年代以重回传统的姿态，今中涵古、以旧为新地进行了新笔记体小说的试笔，有的是与寻根文学结合在一起进行的。

贾大山一直关注并实践这种体式的创作，1981 年的《鼾声》《一句玩笑话》便有了这种简约、淡雅也平中见奇的美学意味。特别是他晚期1993 年还有模仿《世说新语》写出的《灯窗笔记七题》，短者百余字，长者也只三百字。如《蟊贼》一则：

> 西街小子有贼名，游手好闲，昼伏夜出，人称"蟊贼"。一日某局长家门被撬，蟊贼自称是他做的案。盗得十二生肖一套：子鼠、丑牛、寅虎、卯兔……全是金的。乡邻惊疑，便问局长夫人少了什么东西。夫人淡淡一笑，说是虚惊一场，并无损失。乡邻皆惑之曰："噫，蟊贼作案，莫非也搞浮夸？"

应当说这是现代版的新世说。事件不同，时代各异，但这百余字的简约、幽默却与魏晋人文笔酷似。贾平凹在这方面也仿用文言句法，甚至把沈既济的《任氏》重写之。《蟊贼》是贾大山笔下的极个别情况，但他的白话笔记体小说都相对短小，不少是写一人一事或二三人一事。其最短者《临济寺见闻》只 1000 字。贾大山从写梦庄的《老路》《梁小青》到古城人物的《傅老师》《老拙》《黄绍先》《老底》等皆是一人一事；《好人的故事》《担水的》《老曹》大致是一个人的生平。还有《聋子》《夏收劳动》的怪事叙述，且有一思一问。它们都叙述为主，不尚雕饰，有舒徐自如、云淡风轻的美感。《卖小吃的》则是在描摹各种市声中塑造了个性鲜明的群相。《腊会》记述除夕民间娱乐和酬神活动，也兼有音乐迷的奇异行为描述。这批作品的语词、气韵是当今时代的，有地域民间生活的气息，似散而连，娓娓道来，"恍然生动"而又清淡，值得一读再读，越读越感隽永，或冷或暖、或庄或谐。本书绪论中提到王力平、张东焱等肯定贾大山"梦庄记事"以来全是笔记体小说，这个评判是大致的风貌之论。的确，大山越写越精致，笔记味儿更地道。

贾平凹的笔记体小说走向了传奇化，吸收口头传说而生有神秘、怪诞。贾大山也吸收民间传说故事融入现实生活中，如《妙光塔下》老街长讲八仙之一吕洞宾修塔给孩子们听，并借用民间故事的讲说方法和叙事逻辑，形成了日常生活时空的人物生命过程叙述，而且口语量大，实际上也是民间故事体。这与汪曾祺的日常叙述体式，与赵树理的评话体式、贾平凹的拟古体式亦多有相似而各有千秋。贾大山还一直注重小说的哲学意味，如前面刚提到的《好人的故事》《担水的》，暗示或明确告诉读者一些道理，从而也属于它的寓言体式。保定晚年致力于小小说创作的赵新，细看他的精短之作，却有《世说新语》一人一事的味道，叙述也简约、朴素而从容。杨晓敏在文章中评价赵新是"小小说专业户""一种传奇，大器晚成"，肯定其《鸡不叫也天明》《县长欠我一支烟》等在全国也是有特色的佳作。他应该说是河北笔记体小说探索中的重要一员，其有些故事与贾大山是可以媲美的。[①]

笔者认为，除了上面艺术表达上的三体，贾大山小说也有对话体、剧本体的特点。不但如前所述带有说书味道，而且在前面提到《俊姑娘》《丑大嫂》等少数几篇也有巴赫金所说的复调小说意味。现在笔者粗略地统计，贾大山的 89 篇小说中都有或多或少的对话。有的篇什如《俊姑娘》《离婚》等是以对话出彩的。再如《年头岁尾》，题材是王有福夫妇要宅基地。贾大山先把它写成了小说，又编成小戏上演。又改此作 1980 年在《奔流》第 5 期发表，其同名小戏也参加了省地汇演，央视播出后为之发了奖。故事反映了不良社会风气的危害和基层清新政风的回归。小说中夫妇俩的言说 50 余次，大多是二人争吵、奚落和戏逗性对话。改编起来也比较容易。其剧本对话（对唱）台词多达计 148 句（段），是全把文学叙描转换成了人物说唱。这是作者语言处理上的一次双赢。那篇《坏分子》，是一篇 2300 字的小小说。它在尧山壁、康志刚编的《贾大山小说集》[②] 中，占据三个多页面，共 75 行，其中叙述性

① 见杨晓敏《赵新的乡土情结——赵新小小说印象》，李国英、刘素娥《保定文学评论作品选》（上），河北大学出版社 2014 年 9 月第 1 版，第 148 页。
② 此书是贾大山去世后的第一个小说集，花山文艺出版社 1998 年 3 月第 1 版。

言说和问答对话用了 39 行，约占全文的 50%。这个集子中的《智县委》约 3600 字，共 124 行，问答言说 54 行，约占全文的 44%。这两篇言说比例高于汪曾祺的小说言说，则低于赵树理小说的对话。贾大山擅长用人物的言说、对话替代作者的描述，却让人犹如看见人物的表情和动作，能够展示人物性格，也能推进故事情节的发展。其许多篇什中的言说和对话都是亮点，如果不用人物对话就可能大大逊色了。

其有关地方风情描写，特别是民俗事象的展示运用，在贾大山笔下体量很大，笔者称之为风俗体。这是属于题材内容的，有关艺术表达却更是文化的。将其在第六章地域文化风情中再具体议之。

总之，贾大山小说的体式是日常生活体为基础的题材和艺术表达上的多体兼融。他不想受已有艺术形式所累，在创作实践中不断探寻适合于自己的题材和个人艺术气质的文体。他的"梦庄记事"在 1987 年一连发表了 7 篇，这是他找到了在心中存放很久的情感表达"对应物"（艾略特语），形成了他的知青小说体式。也如汪曾祺拿出《受戒》《黄油烧饼》《岁寒二友》等，说是找到了"自己的方法"[①]。孙犁抗战题材的《白洋淀纪事》《山地笔记》等抒情体小说和实录体小说、散文具有绘画美、理趣美，也是他找到和创造的恰适的表达体式。

贾大山小说的杂体性，是他的生活阅历和他在不同创作阶段各有侧重所形成的。但雷达说："他一直重视白描功夫"，虽然从另一方面说有些单调，"可是在他自己耕作的那块田园，就他表现的对象来看，他的表现方式是契合的，犹如一个衣着简朴、式样合体、不施铅华、身材健壮的农家少女。我们为她的寒素略感遗憾，我们又为她的天然的健康所打动。"接着批评近年来短篇小说的繁缛和秾丽、无节制的长句和不加修剪的惰性结构。[②] 雷达此言比喻恰当、评价中肯，也流露出对后来短篇小说发展不良倾向的忧心。我们从白描的多体形式表达中，足可见看

① 见赵坤《谈艺文与汪曾祺汉语本位语言观的形成》，《文学评论》2021 年第 6 期，第 141 页。

② 见雷达《乡土写实小说的新境界》，李延青主编《忆大山》，花山文艺出版社 2017 年 8 月第 1 版，第 123 页。

到贾大山小说创作是在老传统、旧手法上出新，形成了一个不与人同的自己。

第二节　形神兼备的审美意境

　　贾大山在他的《读书随想》中说，对于前人的经典，要"微会其精神、韵味、品格"[①]。这个"微会"，便是从接受美学角度的揣摸、体悟、心领神会。也在《创作〈花市〉的前前后后》中说：《花市》中的原型人物是曹仲连，"为了追求意境，我将曹改成了小姑娘，原因是想用抒情的散文手法来写"[②]。窃以为，这是贾大山从读和写的两个方面追求《花市》要有只可意会、不便言传的抒情性的美感，就必然在谋篇构思、人物设置上追求小说的言外之意、画外之思。

　　说来，"意境"一词源于唐代翻译的佛经。所谓意境，又称心境，乃是相对于物境、色境、外境，即对象世界。所谓意境，其实是指主体内心理想境界，一个充满情感与意象的主观世界。中国古典美学中的"形神"说和意境观，比古希腊美学的"模仿说"显得更为深刻。[③]再查《辞源》"意境"一条：指文艺创作中的情调、境界。并引明朱承爵《存余堂诗话》："作诗之妙，全在意境融彻，出音声之外，乃得其味。"还解释"意象"是"意思与形象"，引南朝梁刘勰《文心雕龙》"神思"中"烛照之匠，规意象而运斤"句加以说明。[④]魏晋时王弼在《周易略例》"明象篇"中论说了言、象、意三者关系，即"意以象尽、象以言著""尽言莫若象，尽象莫若言"，乃是对《庄子》"得鱼而忘筌"艺术

---

① 见贾大山著、康志刚编《贾大山文学作品全集》，花山文艺出版社 2014 年 10 月第 1 版，第 570 页。

② 同上，第 595 页。

③ 见何新《艺术现象的符号——文化学阐释》，人民文学出版社 1987 年 8 月第 1 版，第 44 页。

④ 见《辞海》（合订本），商务印书馆 1988 年 7 月第 1 版，第 618 页。

境界论述的著名解释。① 钟嵘、贺贻孙、王昌龄、皎然、严羽、袁枚等历代文人都对意象、意境做过论述。近代王国维则有"境界"说，又提出"古雅说"，言"优美及宏壮必与古雅合"。古雅为"原质"，有隐蔽之意。② 后人多言其境界似于意境。再看金圣叹评点《西厢记》时提出了"烘云托月"之法："望之如有，搅之如无，即之如在，吹之如落，斯云妙兮。"③ 我们的贾大山曾经对青年文学爱好者讲，孙犁认为对生活"不可胶滞"。今查孙犁确实说过："凡艺术，皆贵玄远，求其神韵，不尚胶滞……"④ 可见贾大山追求小说的意境之美是深受孙犁影响的。

贾大山小说的意境之美是哪些呢？笔者为此参考了刘勰的"典雅""远奥"等"八体"和司空图《二十四诗品》的分类，也探讨西方美学和中国传统美学上常见的阳刚、壮丽、阴柔、优美、空灵等，觉得用贾大山自己反复说过的"天籁之声，自然之趣"和康志刚回忆的"他推崇艺术的自然之美"中的"自然"可以，但又感到太大、太虚。于是想到贾大山曾自撰的"小径容我静，大路任人忙"，想到汪曾祺1996年底给他题写的"万古虚空，一朝风月"，想到徐光耀在《冷下心来说大山》中赞美"他的文章则疏朗散淡，妙趣横生"和"他的小说总像一座'桃花源'，曲径通幽，意境深远"⑤。于是认为，贾大山小说中的美学意境虽然是因篇而异，先后面世的作品境界也有差别，但从总体上可以拟定贾大山小说的意境起码有三个方面。

一、有静美之境，表达笔者读其作品有明月清风、花开无声般的宁静、安谧、纯美的感受；二、有轻灵之境，表达笔者读其作品有幽默而轻快、写实又空灵的感受；三、有淡远之境，是根据孙犁论说艺术"皆贵玄远"时提到的"音乐中之高山流水，弦外之音，绕梁三日……能做

---

① 转自叶朗《中国小说美学》，北京大学出版社1982年12月第1版，第37页。

②③ 同上，第38、39页。

④ 见张占杰《中国新文学传统建构中的孙犁》，光明日报出版社2014年5月第1版，第109页。

⑤ 见李延青主编《忆大山》，花山文艺出版社2017年3月第1版，第15页。

流动超逸之想……得闻天籁……"① 的论述，从而表达笔者对其作品中的喜怒哀乐多含人生寓意或引发生命叩问的感受。窃以为这些是客观、公允的。

一、静美之境

贾大山小说对意境的创造，离不开他的风景和景观描写，也有赖于作品的整个抒情体式。他钟情于日月星辰、蓝天白云，辽阔的平原、幽静的树林，也热爱那街巷与店铺、古老的寺庙亭塔等等，更倾心于那些心地善美的父老乡亲们。下面就其静美之境的创造，重点说他的自然景物、行文语词和对人的描述。

（一）自然景物之美

作者描写自然景物处甚多，粗略统计约有150处。前面提到贾大山描写太阳、月亮、星星是用以抒情的重要景物。比如在《夏收劳动》中，他很别致地描写原野上的日出景象："太阳出来了，又大又红，像是贴在天边的一个剪纸。"此乃一个静谧而瑰丽的意象。他描写更多的是夜晚的月亮，前面已重点例举了《中秋节》中的月下人间俗世状态。也有《妙光塔下》等月下的场景故事，还有些与人物心理描写相关联的地方。例如《钟》里："月亮升起来了，小小的院子里，洒下一片清冷的亮光。小凤坐在门槛上，手里拿着一个凉馍，一点一点地咬着，眼里浮起两颗泪珠。她对父亲的行为，感到很难理解，而又无可奈何。"这是小凤姑娘劝父亲摘掉已经不用的老钟而受到了抢白后的月下独思。父亲无情，月光的"清冷"则衬托了她内心的沮丧。又是一个夜晚，父亲表态还要承包棉田之后，"小凤望着窗上的月光，忍不住笑了。当生活发生重大变革的时候，老人家的心里埋藏着多么微妙的矛盾的东西啊，他所留恋的只是那口钟吗？"这又是月光下人物的内心揣测。同一篇中，

---

① 见张占杰《中国新文学传统构建中的孙犁》，光明日报出版社2014年5月第1版，第109页。

作者也写星星："这天黑夜，老杨躺在大队办公室的炕上，怎么也睡不着觉。他望着窗上的星星，一个黑憧憧的影子总是在眼前活动着……"然后回忆小凤父亲老桥年轻时的事情。这是星星与人物同在，于安谧中人物思绪不断。小凤和下乡驻村的老杨也都是在与星月对话，具有静中之动的议论性和抒发性。当然前面提到的作者写星空最美好的是《小果》中那对恋人小果与清明仰望星空，这里不再赘言。其实这些都首先是一种幽美的画境，也总有人物的情境，所以都是人景同在、情景交融。《莲池老人》《会上树的姑娘》《聋子》《云姑》等都是人景同在而相互交融。《花市》中有花卉场景，卖花姑娘在与令箭荷花是"人面桃花相映红"，在场人们则是皆在"丛中笑"。

特别是那篇《杏花》，女主人公便叫杏花。那是因为"她家院里有棵杏树，每年春天，开出一片洁白的花儿，十分悦目。我们就叫她'杏花'吧"。然后从她的良好婆媳关系追述杏花的贫寒家世。第二次写杏花习惯了这种柴米油盐的日子，"她像那棵杏树一样，牢牢地立在严家院里，默默地开花、结果……"第三次叙述她热恋过的同学老怪隔着墙吹口琴，她便随着节奏唱起了《我们走在大路上》，但她又马上戛然而止。她一停唱，"西院里静极了，天上一个洁白的月亮，树上一片洁白的杏花……"原来杏花和老怪曾经到小树林里约会盟过誓，可是命运之神不成全他们，他们却都牢记着那首《我们走在大路上》。第四次是"我"到梦庄办事去了杏花家："院里那棵杏树还在，满树的杏花开得正艳。"树下站着两头奶牛，老怪的儿子正在吹口琴，但杏花领着儿子去外村相亲还未回来。第五次是前面引用过的结尾时描述，"忽然，那满树的杏花，恍惚变成胡萝卜了，就像做梦似的……"这是呼应前面杏花家世的今非昔比，是作者为了加深作品主题、暗示时代变迁的浪漫性抒写。文中先后五次杏树杏花出现描写的所有省略号都是作者原有的，杏树、杏花、月亮、口琴声与主人公杏花全都一层层明丽地交织着，是既美且静，既静且美。这是作者修辞上的反复手法运用，营造出了这种人间情境和静美的意境，也映衬出了底层农家日常生活的沉实。

（二）人事的纯然之美

上面提到的《失望》《眼光》就有民间日常生活的纯然美境。这是没有借助于自然风光的、写实性白描程度更高的一类作品。贾大山以自己的生活底子和白描功夫为我们留下了这种颇需笔力的佳作。那篇《好人的故事》，是叙述一个姓石的好人。人们不大清楚他的历史，只爱谈论他的七八件平常又可信的传闻，表现他不昧东西，也不糟蹋东西，不欺骗自己，也不欺骗领导，彻底退休后还为死人穿衣净面，只吃主家一碗杂烩面。前面提到，作者说去年冬天他已经不能出门，人们都去看他。他听着人们埋怨社会风气，夸他这么活着多好，他便说了一句"颠三倒四"的话："人人都像我，世界就好了；人人都像我，世界就坏了。"乃是富有哲理的偈语，他最后留给人们了，当天后半夜便悄悄走了。这是贾大山笔下集腋成裘式的笔记体小说，全文散发着一种质朴、清淳之气，既有淡淡的情境，又出了哲意的理境。

还有《莲池老人》《担水的》《贺富》《喜丧》《水仙》《梆声》《门铃》《傅老师》等的意境效果与之相近，都具有生活的宁静之美、人的纯然之性和叙述的朴实之美，有百年陈酿的绵醇之香。它们无有自然景观映衬所产生的抒情意味，却自成一景、各有一味，又共同形成了属于贾大山的静谧的"桃花源"。

二、轻灵之境

贾大山的小说，能像契诃夫一样把悲伤写得具有轻快多趣的感觉，也如孙犁那样把战争写得具有轻松曼妙之美。上面概括了他的小说意境有静美之境，现在再简谈其创造的轻灵之境。

轻灵，其"轻"字可以组成"轻快""轻松"，也可以有"轻捷""轻巧""轻盈""轻悠悠"等；其"灵"字可以组成"空灵""灵秀""灵巧""灵透""灵气""灵异"等等。轻灵，就是既轻又灵。二者皆可表征艺术境界之一种，蝉联起来便更丰富了"轻"与"灵"，形成了与"静美"交叉却与"深沉""雄浑"等相对应的意境概念。它是一种阴柔的美感。二者并列组合，可以表现出贾大山小说是"轻"在外，"灵"在内。贾大山轻松、轻捷的趣味性表达，使其在空灵的描述中让人感到"空"中有具象之物。虽然"灵"乃是所蕴之核心，但用"轻灵"二字概括之更为贴切。

贾大山的轻灵，其形成也是多方面的。一是从他书写的题材上看，虽有几篇属于当时的政治、社会问题的非日常生活与日常生活相交叉的描述，其余全是日常生活性的人物故事，属于冀中民间的婚丧嫁娶、劳动消费、邻里关系等凡人小事，这是一种"轻"。二是作者除了一个遗稿中篇《钟》，其他88篇全是短篇，不少是二三千字的小小说，有的是千字左右的"微小说"，其总量才45万字。从接受美学角度看，让人读来很是轻松，许多是感到作者应该细写或应该接着写的却煞了尾，这是留有"空白"。三是作者风趣性描写总量甚大，超过孙犁、汪曾祺和年龄相当的高晓声、贾平凹、古华等。这主要是贾大山充分发挥了幽默审美创作这一优势。这在关于他的幽默体一节中，已经认定贾大山的小说是篇篇有幽默，随处见机敏，乃是幽默手段和雅俗同炉的描述犹如梁柱共同支撑着他的艺术厅堂，滋润着他的小说意境，蕴涵着其作品的灵性。即便是1977年的《取经》，是他最有代表性的政治题材之作，其幽默元素的使用竟多达二十七八处，有的段落是事件本身就很有趣。还有《赵三勤》《游戏》《书橱》《门铃》《西街三怪》等自身就是轻松可笑的人与事，那更是通篇幽默。汪曾祺1992年为贾大山题写的"神似东方朔，家傍西柏坡"是有依据的。东方朔是汉武帝时的智者，《汉书》记载："其言专商鞅、韩非之语也。指意放荡，颇复诙谐。"[①]后来道教将之列入仙班供奉起来。以汪老的见识和个性，绝不会随意抬高一个作家，可见贾大山的幽默感动了汪老这位文坛宿将。贾大山是文如其人，人如其文。特别是铁凝说他"造就的世界"里，有"乐观的心酸，优美

---

① 见《东方朔列传》，班固撰《汉书》，中州古籍出版社1996年10月第1版，第851页。

的丑陋，诡谲的幽默，冥顽不化的思路和困苦中的温馨"①。更绝对不是随便的溢美，而且把贾大山的秉性和作品特征评判得十分独到而深刻。贾大山的轻松、灵巧笔墨生出了生活的趣境和语体的灵妙，它们又有机地融化成一体，才形成了他作品的轻灵之境。

他行文的"灵"，既与其笔下的幽默风趣有关，也很与他语词组合的节奏和韵律相关。其中的节奏感甚至韵律感，形成的通畅效果使人读之不忍释卷。近似于赵树理、孙犁、汪曾祺和林斤澜等。这是本书前面语词运用一节的论述中足可以使人感受到的。其节奏韵律的性质，如前所述首先是他在叙描中糅入了许多民间谣谚、说书唱戏台词和古代诗句以及少量的文言语句，它们自带节奏或韵律。其次是作者在情节细节描述中注意把散文式的不规则语词适当对称化，文本的节奏之美也便突出起来，给人以高山落瀑、行云流水般的审美享受，从而加大了语言链条中的美学容量。笔者写到此处，随便翻开贾大山的《失望》，这在贾大山的作品中是一般的篇章，但其语言的流畅感却把我吸引住了。第一自然段是关于人生在世打发不完忧愁的议论性抒情（前面引用过），有对比、对偶和描述的节奏，不乏朴实而通达无碍的诗意。第二自然段铺叙杨三老汉大半生时光是在各种忧愁中度过的。人们问他又在发什么愁，他苦苦一笑，说："人活着就是叫发愁啊。你们没见过妇女们生孩子吗？小孩一落地，为什么就哇哇地哭哩，为什么不哈哈笑哩？他们晓得人世间的艰难啊，他们发愁啊！"后面描述老汉的生活观念和思绪多次出现。其中一次是："这两年，眼见着人们比赛似的盖房屋，比赛似的造家具，家家都在武装自己。小林的姑父卖豆腐，小车儿上竟然挂着半导体；小林的舅舅卖豆芽儿，竟然骑着电驴子。更有些人家，为了多生一个娃娃，罚三百也拿，罚五百也拿，罚一千、两千、三千，也不还价……"此段叙述同样有节奏、有层次，并且具有相当的形象性。笔者又怀着一种好奇心再随手翻开《眼光》，有钱八万帮人割麦被讥讽又被

---

① 见铁凝代序《山不在高》，尧山壁、康志刚编《贾大山小说集》，花山文艺出版社1998年3月第1版，第1—2页。

207

支书刘老池批评后的叙述。其中一段是："多少年来，他像一个跟着后娘的孩子，一直受着极不公平的待遇。稍有一点差错，人们就说那是他的阶级本性所决定的；倘若做了一点好事，人们又会用一种怀疑的眼光，研究他的'思想动机'……钱八万到底应该怎么做人呢？"这些句子看似松散，却又不失节奏。它们在作者沉静而非沉闷的描述笔触中，既有人间的情境，也有五味的趣境。这在贾大山小说中比比皆是，俯仰可见。至于其数以百计的比喻、拟人、排比、顶真、反复，其灵活的有灵性的美感更为小说的审美意境形成大大增值、随时添彩了。

三、淡远之境

尼采在研究古希腊神话的日神、酒神在音乐和造型艺术中的体现后，对"梦和醉"的两种艺术世界进行了论述，认为"每个人在创造梦境方面都是完全的艺术家，而梦境的美丽外观是一切造型艺术的前提……也是一大部分诗歌的前提"，进而判断哲学家甚至有一种预感："在我们生活和存在于其中的这个现实之下，也还隐藏着另一全然不同的东西，因此这显示同样是一个外观。"[1]他和叔本华一样，强调艺术创作需要"梦和醉"境界的日神、酒神精神，而艺术中的现实世界背后有看不见的或被人忽视的世界。"他聚精会神于梦，因为他要根据梦的景象来解释生活的真义，他为了生活而演习梦的过程。他清楚地体验到的，决非只有亲切愉快的景象，还有严肃、忧愁、悲怆、阴暗的景象，突然的压抑，命运的捉弄，焦虑的期待，简言之，生活的整部'神曲'，连同'地域篇'一起，都被招来从他身上通过，并非只像皮影戏……"[2]这梦境是对现实生活的心理衍化，变成了一个基于现实的艺术世界，强化了艺术的主观因素。这种下意识思维的景象、境界有似于我们中国古人所说的意境，但不知是尼采的原意还是翻译的原因并没有

---

[1] 见尼采《悲剧的诞生》，周国平译，生活·读书·新知三联书店1986年12月第1版，第3页。

[2] 同上书，第4页。

使用这个概念。而丹纳在论述人的艺术创造时说："歌德的诗篇描写人在学问与人生中受了挫折，感到厌恶，于是彷徨、摸索……但在许多痛苦的经历和永远不能满足的探求中，仍旧在传说的帷幕之下不断地窥见那个意境高远的天地，只有理想的形成与无形的力量的天地，人的思想只能到它大门为止，只有靠心领神会才能进去。"①康德也说："美的艺术是一种意境……"②由丹纳和康德的观点可见，欧洲哲学家、文论家们也是肯定艺术作品是有美的意境的。

贾大山之所以在上世纪七八十年代自成一家，就是因为能够本于现实而有自己的"梦与醉"，在内心有一片高远的天空。正如徐光耀称道贾大山的小说"曲径通幽，意境深远"，王力平、封秋昌等评价他"妙语连珠，多有禅意"，肖杰也说他"警句迭出"，笔者本人亦赞美贾大山的平淡、朴素和深沉、悠远。③其平淡、禅意和深沉、悠远，便是贾大山小说更深层次的意境，是他在静美、轻灵的同时悄悄地创造着他内在的玄远的余味余音。关于意境，还要看邢建昌的更为广阔的论断："从审美活动的角度看，所谓意境，就是超越具体的有限的物象、事件、场景，进入无限的时间和空间，所谓胸罗宇宙，思接千古，从而对整个人生、历史、宇宙获得一种哲理性的感受和领悟。"还阐述了意境的实境与虚境的不同与关联，认为"实境触生虚境，虚境又映照实境"，"在虚实结合中相互转化和开拓，展示出宇宙无限的生命图景"④。这是包含了文学艺术的言、象、意，把"意"的虚境视为最高境界。笔者由此进一步想到，创造美学意境的作家笔下既有优美的物象、快乐的事件和场景，也必然有如尼采论"梦和醉"时说的忧愁、悲怆等世间不尽人意的现实因素，这些便是更为全面的人生、历史和宇宙。

① 见丹纳《艺术哲学》，人民文学出版社 1963 年 1 月第 1 版，第 363 页。
② 转自何新《艺术现象的符号——文化学阐释》，人民文学出版社 1987 年 8 月第 1 版，第 8 页。
③ 皆见贾大山著、康志刚编《贾大山文学作品全集》，花山文艺出版社 2014 年 10 月第 1 版，代序和评论部分。
④ 见邢建昌《文艺美学研究》，河北人民出版社 2006 年 11 月第 1 版，第 121—123 页。

的确，贾大山小说深沉悠长的意境，大多是在表现人物的集体无意识或他们所处的逆境、悲伤、无奈中形成的超出一般画境、情境的哲学理境，亦可谓寓言式的虚境。例如《鼾声》，作者描写房东田大伯如涛如吼的呼噜声是他对上级长官意志瞎指挥的不满，孕育出了官员说真话受欢迎的理喻之境。《友情》的深沉在于揭示世风不古，百姓心才是真心。《失望》的悠远在于对儿辈前途充满了希望，揭示了孩子读书是他未来的前途。《丑大嫂》《白大嫂》的内蕴在于人的自尊自爱，《花生》《老路》又是警示人性不能扭曲异化。笔者意识到，贾大山的大量作品都让人回味出或浓或淡的伤感和忧心。他笔下没有血泪控诉似的大哭大悲，却是让人快活着、轻松着，又隐隐地昭示出社会生活的隐患、人性的弱点和陋俗的禁锢。这是他具有现代性的"梦和醉"中的重要心理境象。他精心苦心炮制的故事都是喻世明言、警世通言和醒世恒言，要引人向上向善，以美丽和快乐诱导世人，却又流露出内心忧患黎元的更大格局，从而让世人快快地警觉起来或慢慢地反省。

　　也可以说贾大山制造了大量的铁凝所说的"乐观的心酸"和有些苦涩的"盐基的泡沫"（柏格森语），或说这都是一种先甜后苦、先淡后咸的精神糖果。他的高明与深邃正在于此。他低调的逗你玩似地讲笑料说故事，实际上是用东方朔式的机智、诙谐来启迪人心；如尼采、丹纳所说让人通过梦境——故事突破现实的"外观"获得"心领神会"的能力，进入新一层"无形的力量的天地"；如邢建昌所言"在虚实结合中……展示出宇宙无限的生命图景"，让天下人丰润心智、强壮神志而走出"地狱"，去建设新生活的"桃花源"。

　　如上，试把贾大山小说的意境归纳为静美之境、轻灵之境和淡远之境，这仅仅是个人的体悟和表达。其内涵与意境还可以从其他角度去探究，因为贾大山小说的外观与内涵是立体的，内外通达、虚实相融的。他对外在的自然与凡人小事的描述给人以阴柔、优美而灵秀的快乐审美享受，却又总有弦外之音、言外之意的潜移默化功能，让人在他设置的理想的艺术形式之外获得思维的深沉、精神的高蹈、生命的复壮。所以可以说，长于精炼、平淡和幽默的贾大山在自谦和随意中表现出他善美的大气、淡泊又快活的大度、明柔而暗刚的人文风骨。他是当代深沉的思想者。

小　结

刘勰在论说诗文体式时说："因情立体，即体成势。""势有刚柔，不必壮言慷慨乃称势也"①。由此再可以说，贾大山所选择的小说文体和形成的文气文势是符合他的艺术气质、表现方式和审美趣味的。他生活在当今的时代和冀中平原的乡下与县城，运用日常生活体式并且多体兼用，是科学而得心应手的。其幽默、抒情等体式的运用，是对日常生活体式的丰富和衬托，是发挥其专长和优势的几条佳径。他的小说意境追求和有效体现，大大提升了作品的艺术内涵和精神品位，获得孙犁、汪曾祺、林斤澜、徐光耀等前辈的鼓励和铁凝、尧山壁、白烨、梁鸿鹰等人的高度评价是理所当然的。可以说贾大山小说的各种意境都已具有。

还想到王国维曾经在论艺术境界时说："有造境，有写境，此理想与写实二派之所曲分。然二者颇难分别。因大诗人所造之境，必合乎自然，所写之境，亦必邻于理想，故也。"又说，"虽写实家，亦理想家也。虽理想家，亦写实家也。""其构造亦必从自然之法则"②。贾大山便是一个遵从自然法则而选择和表现"自然客体"的写实家，也是一个不拘泥生活事象的慈悲型的理想主义者、人文主义者。他不是"玩文学"或为出名为挣钱的庸俗之辈，是不以写作为"职业"却是富有社会责任感的作家。

---

① 见刘勰著、向长清译《文心雕龙浅释》，吉林人民出版社 1984 年 8 月第 1 版，第 17—18 页。

② 见《蕙风词话》《人间词话》（合一本），人民文学出版社 1960 年 4 月第 1 版，第 191—192 页。

第四章

贾大山小说人物形象的长廊

老舍曾经说:"创作的中心是人物。凭空填上几个不朽的人物,如武松、黛玉等,才是创造。"[1] 高尔基说:"文学就是人学。作家的一切在乎人,为了人。"[2] 虽然有些学者认为高尔基的"人学"应当译为"民学"更为准确,也有的认为人学不能完全等同于文学,但业界仍然普遍使用"文学就是人学"这个定义。笔者认为,人学是个包括一定范围的人类学和人权理论等等的大概念,文学则是关于人的文学语言艺术的专业性小概念,二者确实有所不同。但文学的确是作家关乎人、为了人——以人为本、为核心的艺术品类,它与人学同而有异,却也不妨碍文学界对"文学就是人学"的正常使用。自古以来,人就是社会的主体,而非客体,就是创造社会历史的根本动力,也是文学艺术的创造者、享受者和人文主义启蒙的对象。我国先秦早期的"民为邦本,本固邦宁"和《周易》中"文明以止,人文也",以及后来的"以人为本"是东方式的民本主义、人文主义的源头和脉络。

物有物性,人有人性。恩格斯综合地阐述人性是"人们彼此间以相互倾慕为基础的""纯粹人的关系""即性爱、友谊、同情、舍己精神等等"[3]。这是强调了人必须在血缘、姻亲、生产劳动和各种交往的社会

---

① 转自杨景祥《艺术哲学》上卷,河北人民出版社 2011 年 1 月第 1 版,第 390 页。

② 转自袁学骏《文艺科学发展论》,花山文艺出版社 2012 年 5 月第 1 版,第 180 页。《"文学是人学"和人文精神》。

③ 见恩格斯《路德维希·费尔巴哈和德国古典哲学的终结》,《马克思恩格斯选集》第四卷,人民出版社 1972 年 5 月第 1 版,第 230 页。

关系中生活。

人性关乎人的性格。文学作品就是要塑造人物的性格与形象。车尔尼雪夫斯基说："人物性格是最高的美。"[1] 虽然现在一些人曾经否定或疏远了传统小说理论，但真正在读者观众中叫好又叫座的仍然大多是有人物个性特征的作品，它们无论在传统纸质的或网络的媒介上都具有很强的生命力，多有重印、再版或互文转换，这大概是不争的事实。至于小说如何塑造人物，孙犁曾经在论述《红楼梦》的人物塑造时说："对话、心理、环境和服饰，都紧紧扣在人物的行动性格上。一切描写叙述都是揭示人物的形象，决不分散甚至掩蔽人物形象。都是从人物情节出发，找到的最为特征的表现。"[2] 贾大山学鲁迅、学孙犁对此深有体悟，他在谋篇和情节描述中都是紧紧围绕人物进行的。这在本书前面关于语言、体式的探讨已经为本章人物性格和形象塑造的研究做了铺垫。这里，还必须提到荣格的"集体无意识"和"神话——原型批评"理论。贾大山的创作是不自觉地在集体无意识的思维方式下进行，表现他在世时历史一瞬间的社会生活和人生体验，其实这些题材和人物形象可能是古老故事的今朝再现。下面重点归纳贾大山小说中创造出来的几类人物性格与形象：青年农民形象群、受伤害女性形象群、乡村干部形象群、小城人物形象群等，并选择一些人物典型简论之。

第一节　青年农民和受伤害女性形象群

青年是早晨八九点钟的太阳，具有青春的活力，同时也是处于成长、成熟中的社会力量。自古以来的很多文学、戏剧人物都是青年。贾大山的创作起始于他的青年时期，描写青年自然是他那时就开始的主打方向。直到他进入中年之后，仍然视农村青年男女和受伤害女性的人物

---

[1]　转自叶朗《中国小说美学》，北京大学出版社 1982 年 12 月第 1 版，第 69 页。

[2]　自傅正谷《孙犁对中国古典文学的见解》，《河北师范学院学报》1986 年第 4 期，第 52 页。

塑造为最大兴趣点。

一、男青年——觉醒的浪子们

这里首先说前面已经提到的三个成长转化中的男青年，包括赵三勤、大林、拴虎。《赵三勤》中的赵三勤本名赵小乱，因为父母早亡，一人吃饱全家不饿，在生产队干活时便吸烟勤、喝水勤、拉屎撒尿勤。一年三百六十天，他没有一天按时上工的时候。特别是队长们对他批评教育时，"你来硬的他来软的，你来软的他来硬的，滑毛掉嘴不在乎"。这是作者对赵三勤的总概括。他的"滑毛吊嘴"，让一片善意、苦口婆心的老队长张仁碰了软钉子，还用反讽的方式戳到了张仁人多劳少、年年超支的痛处。副队长赵金贵让他起圈出粪，他跳到猪圈里就不想上来，一圈粪起了三天零一早晨。金贵在社员会上批评他磨洋工，他就说"一个人能力有大小，只要有这点精神就是好同志"，弄得大家啼笑皆非。还是妇女队长瑞凤私下找他，问他"想不想娶媳妇"，一次谈心打消了他破罐子破摔的不良心态。在那天是赶集去还是听从指挥再起圈的事情上，他与金贵斗心眼，终于找回了面子。之后变成了洗脸勤、理发勤、换衣裳勤的新三勤。这是一个个性很强的成长中农村青年形象。

另一个《醒酒》中的白大林，也是小时父母双亡。他跟叔叔婶婶长大后，叔叔嫌他吃得多，他嫌叔叔待他刻薄，一次言语不和，就一拳打掉叔叔两颗门牙，然后去独处。只要他估计挣的工分够分口粮了，便去玩鹰捉鸟打黄鼬捉獾自得其乐。大队上让他当了巡夜民兵，白天睡觉晚上转，便干得十分认真，被看成消极因素变成积极因素的典型，破屋里渐渐贴满了奖状，乡亲们也就像对待干部一样尊重他了，但他仍然是一个浪荡汉。作者说："他就这么活着，乐天知命地活着，做梦一样活到今天……"那好心的叔叔带他一起包了十亩沙地，整好以后当年就获得丰收。婶婶也为他张罗上了媳妇。新婚之夜，大林醉着到处寻找童年的白光，把那年抓住白光做贼而讹他的十块钱还给了他。这个大林，又是一个有些野性的转化青年形象。

再就是《拴虎》中"我"教过的许村学生拴虎，作者将小拴虎和长大成人当了队干部卖鞭炮的拴虎对比而述。这在本书第二章细节用奇中较系统地例举过，此处不再多述。虽然拴虎是在极左时代被扭曲了灵魂的孩子，但他长大后在队上分管副业了，也有了做人的自尊，自己衣服不好怕丢老师的面子才不敢在集市上答"我"的话。傍晚时，他却主动找到"我"家来道歉送鞭炮，还邀请"我"去看他们的果园，证明他已经懂得了感谢师恩。

上述这三个青年的共同点是少儿时父母早亡或有父母却缺少家教，所处时代、社会状况也使他们不谙世事，形成了疯长的小树和扭曲的个性。随着社会生活的变化、外因的影响，使他们转变为正常的人，都在不同的节点上找回了青年应有的自尊自爱。其不同之处是，赵三勤有懒惰思想，而且能言善辩，找机会就讽刺调侃，与队长们软磨硬扛却不知害羞。白大林暴打叔叔有违人伦，玩鹰捉獾是纨绔风格，逼着白光拿十块钱私了偷盗案件是以权谋私。小拴虎是"文革"中精神、性格扭曲最重，不尊师教还有一套歪理邪说。但他们是民间常说的"浪子回头金不换"，是成长型的终于走上正路的农村新一代，是未来农村发展的主力军，一个个难能可贵。

贾大山笔下的男青年还有《定婚》中的王树满，是带着传统伦理精神为兄长早日成婚而毅然抛却个人家产的初中生。他躲着对他有好感的姑娘们，被人们误认为是发育不正常，但他为兄长着想的良苦用心确实感人，是一个知书达理、注重齐家和睦的东方式好男子的形象。这不能不让人想起古代闵子骞与异母兄弟的故事，弟弟为兄长不再挨打而求情。《拜年》中那个去拜年的忙月，受了姐夫和岳父的冷落刺激而知耻者勇，求知若渴。其个性是喜怒不溢于言表却暗中一心向上，连向自己的媳妇表白都没有，但他是农村要掌握新科技新知识的青年代表。

但也有《离婚》中的路老白，成了家却不知道怎样对待兴趣多多的妻子，只知道多为她换豆腐，让她吃了晚饭就睡觉，是个跟不上时代不懂得生活乐趣与质量的落伍者，最终成为小家庭的破坏者。树满传承兄爱弟、弟爱兄的好家风而实现了两全其美，老白却满脑子封建夫妻观念酿成了夫妻分手的悲剧。《村戏》中那个元合，为挣钱编锅帽不去俱乐部排戏，也是作者笔下的负面青年人物。最后说从少年刚刚步入青年的路小林，因其缺乏人伦和法制观念，也因其青春期性意识出现后的"性倒错"而一失足成千古恨，做了那时保护女知青政策执行中的刀下之鬼。这几种阳刚的农村男青年的性格与形象，是贾大山从现实生活出发塑造的一组农村青年男子人物谱。他们中能够转化成长的是多数，走入歧途者则是极少数。

二、女青年——燕赵巾帼义士群

文学界都说孙犁擅长描写女人，他的确成功地塑造了水生媳妇、吴召儿、王振中、姐儿、满儿、九儿等一批战争年代和解放初期的青年女性。贾大山一直在学习孙犁，并深受孙犁的赏识，他笔下的青年女性也如灿烂群星一般地靓丽于我们面前。干姐、云姑、蒋小玉、小果等农村女子的形象个个呼之欲出。但"差异是艺术的灵魂，个性是灵魂的生命。"① 她们的脾性是各有不同的。

下面先说《干姐》《云姑》中的两个少妇。一个是"我"的干姐于淑兰，属于梦庄小媳妇中多见的一个。作者描写她总是仰着头走路，两手向后甩着。她和婆婆和同龄人都很"嘴臊"，男人们不敢出口的臊话她都敢说，干活时曾经呵斥"我"这个插队来的洋学生要方便不必躲得那么远。一个雨夜，一群人在窗外听"我"拉二胡。"我"一开门便纷纷走去，唯有她"一蹦三跳"地进了屋，还主动要当"我"的姐姐。在"我"牙疼时，她想方设法进行治疗，为转移"我"的注意力还讲半辈不辈的谜语故事让"我"猜。后来"我"猜出来了要告诉她时，她却严肃地说："我白操心了"，"你光用这种心思，怎么研究拉二胡儿？"从此她再也不来了，"陪伴我的只有二胡"了。当"我"的二胡独奏在全县文艺汇演中获得领导赏识并要调走时，干姐突然来了，送"我"一副驼

---

① 见董学文《马克思与美学问题》，北京大学出版社 1988 年 9 月第 1 版，第 167 页。

色毛线手套，是为了让"我"保护好手指。这位年轻俊俏又文静、偶尔说起话来像"炸弹"却又十分善良的姐姐，虽然嘴臊、敢讲拈花惹草故事却又十分正派的农家媳妇，是上世纪六七十年代社会底层向往文化艺术的女性代表。

那个云姑，也是一位俊俏而勤快的小媳妇，她与"我"的学校是前后邻居。学校拉沙子要盖新教室，云姑也天天早起拉沙子准备盖新房。不料她的沙堆总有人夜间来偷，她便上房骂起街来，"语言很丰富，嗓音很悠扬，一套一套的，像念儿歌"。"我"作为学校教师，听云姑如此地大骂心里难受得想哭，"淡淡的月光下，她的身影多么柔美啊！"便喊下她来，望着她那"一双秀婉的眼睛"，劝说她再骂"把你的美就破坏了"。她表示不骂了，"我"也答应想办法保护她的沙堆，第二天就在她的院墙上用粉笔写了"此沙是私人的，请勿偷！"告诉她这是一道"符"。这道"符"很灵验，云姑的沙堆不再少，而我们学校的沙子却少起来。有一天早晨，"我"发现那道"符"被人用锐利的东西刮得只剩一个"此"字了。一问竟是云姑刮去的。她翘起尖尖的食指照"我"的眉心一点说："你这样写，把你的美就破坏了！"这是用"我"劝她的话对"我"以牙还牙，于是让"我"很感动，便夸她思想真好，她却说"我思想好，房子破"。干姐和云姑两个小媳妇，一个是嘴臊，一个是骂街；一个是逼着"我"厚起脸皮来随处撒尿，让"我"听她的臊故事又不许"我"胡思乱想，一个是宁愿自家的沙子再被人偷却主动刮去墙上的防盗提示，是怕"我"的美被破坏了。她们都有姣好的容颜和善美的心田。

贾大山笔下还有几个姑娘。其中《小果》里的小果爱说爱笑爱打扮，是个敢"刺打"人的小辣椒。当一直恋着她的护秋员大槐发现她和男朋友清明在柳堤上并肩坐着，小果便开诚布公地告诉他："我和清明谈恋爱哩，你想听听吗？"吓得大槐灰溜溜地走了。可是一次开会中，大槐在纸上按小果的长相偷偷画了一个有眉有眼的笑嘻嘻的苹果，塞给了小果，清明一见就骂大槐"简直是流氓"。小果听了便一连多日不理清明，让他心中知道骂大槐不该这么狠。小果说，找对象不是找"劳动模范"，觉得和大槐谈恋爱"像审官司"，说"小两口过日子，没有个逗打劲儿，有什么意思？"这便是小果的恋爱观、婚姻观。她有胸怀，曾经仰望着夜空中的星星说，它们你照着我、我照着你多么好哇，于是决定等大槐成婚之后她再与清明结婚。这是她抛开了西方式的"爱是自私的"狭隘意识，两家人便和睦相处了。这和江苏高晓声笔下的《解约》中的张翠兰同样是自由恋爱、婚姻自主的，翠兰和本村的李庚良虽不是青梅竹马，但也真心相恋。可是她父亲张敖大却早就把她许配给了陈家桥的陈宝祥。为了促成女儿和宝祥的婚事，张敖大让媒人带宝祥来与女儿"要好要好"。张翠兰有主意，对宝祥太善于说话也不习惯，便巧妙而适时地表示了退婚，使宝祥很尴尬也无话可说，在宝祥走时还礼貌地送出门来。① 这是不成夫妻也不能成为仇人，与小果对待大槐是相似的态度，但她的形象不如仰望星空得到启示而推迟婚期的小果更高。在《定婚》中暗恋着树满的小芬则十分执着，她不怕树满一再冷落自己，不听议论树满的闲话，在树满找"我"签署出让全部房产的字据时，她主动贴上来要求签上自己的名字，决心与树满过无房无产的穷日子，证明她对树满的爱是真心实意，也使树满不得不承认小芬这个肯于和他患难与共的未婚妻。

下面就说《村戏》中的女主角小涓，她与坐鼓的元合都是村剧团缺一不可的台柱子。腊月大雪天正是排练的好时候，元合却听他娘的话，日夜忙着编锅帽卖钱。小涓冒雪来找他，见他气色很难看，地上堆着些菅草和秫秸，便明白了。她跑回俱乐部，大家见元合没有来，便嚷嚷着散伙。小涓却力挽狂澜一般地命令双喜打板鼓，这台《穆桂英挂帅》就排练起来了。她是个河北梆子戏迷，是有胆有识的今日穆桂英，以让乡亲们过年有戏看为己任，也以赢得观众的一次次掌声为自豪，而她与元合的暗恋大概就此结束了。这是"道不同不相为谋"。《花市》中的细眉细眼的卖花姑娘蒋小玉开朗而机敏，与小果很相似，但她是个善于讲价推销的新式商人。虽是商人却一身正气，在发现小干部要买花为领导庆生日时，就果断地把令箭荷花贱卖给了严村老农，大声报出自己的姓名，不怕他们去村中"查"。这一举动增加了她性格的新侧面，树起了

---

① 见《高晓声小说选》，江苏文艺出版社 2009 年 9 月第 1 版，第 1 页。

一个正直豪爽的义商形象。山东王润滋的《卖蟹》①也是上世纪80年代初发表的好小说。其女主人公、渔家卖蟹姑娘不过十五六岁，她在众人的期盼中挑着两筐鲜美的大蟹来了。那个"胖同志"左右一抗就挤到了最前边，回头便喊"挨帮，都挨帮"，早来的老头"旱烟袋"却被挤到了圈外。小姑娘说一斤五角五，胖子就故意说今天集上都是四角五，说她是"杀人"。小姑娘便说俺知道今天集上的价钱，一分钱一分货，暗示在海上漂了一宿，"说什么也得给俺遭罪的钱"。胖子就又一再向下压价。几个回合后，小姑娘得知干瘦的"旱烟袋"是为满足患了不治之症的老伴买蟹，便把最后的几只全倒给了老头儿，而且只收他一元钱，说让大妈多吃几顿。她故意骗胖子到海边去取蟹，让他白跑一趟，就跳上小船走了。小姑娘也是一位巧妙地整治自私者的义商。她与卖花姑娘相比，可谓各有千秋。

还有梦庄的梁小青、杜小香、小欢等。梁小青从小跟父亲学民间小调，曾经为"我"们知青打发寂寞的日子起到了重要作用，"我"们也教她一些新歌曲。村里成立俱乐部时把她吸收进来，天天练的是"文革"时期打打杀杀的节目。"她吃着高粱饼子，背着柴筐，在一片杀声中长大了"，却没有放弃童年当歌唱家的梦想。在县文化馆的歌手选拔前，她背着行李来报名，但在试唱时见别人都是时髦歌曲和洋伴奏，便又悄悄地退走了。"我"去梦庄看七月十五庙会时，却见她在中老年妇女中打扇鼓唱经歌。她自豪地说，这是"乡下迪斯科"。杜小香也是个迷恋文艺演出的小女孩，曾经到我们知青院里来找说快书的叶小君。俱乐部演出时，她与姑娘们站在板凳上，"微微仰着下巴，张着嘴，眉眼都在用着力气"。当俱乐部又选新人时，小香试唱时却被小君打住，说她五音不全淘汰了她。从此她再也不看我们的演出。但她见附近村里唱戏就白天黑夜地看，还跟着剧团串村，几天不回家，原来她姑姑与剧团一个坤角拜了干姊妹，她便受到食宿照顾，回来便自称我"文艺界有亲戚"。小青、小香都是当今难能可贵的文化迷。那个小欢会上树，只是害羞不让外人看见，她的泼辣与腼腆是性格上的二律悖反。还有那个小

---

① 见《山东文学》1980年第10期。

凤，她有孝心又勤劳，又懂得人情事理和改革开放的新形势，虽然总被父亲老桥一再训斥，心理上很压抑，但她帮助上级反复做父亲的工作，使之慢慢地开窍了。另有年轻媳妇淑贞、满花等。淑贞是队长春生家的贤妻良母，满花天天下地喂猪喂鸡忙不停，却需要知识更新。以及懒女严小俊等。她们也都有一定类型的个性。此处不再详论。这里需要说的是，崔道怡在怀念贾大山的文章中满带深情地写道："大山，当年我编发《小果》，读它时那感觉就好像品尝了一颗甜酸枣儿。""透过《小果》，我看到了孙犁"。他还说"小果，以及你笔下的小玉、小涓、小香、小青、小芬这些小姑娘，就是滹沱河畔的一朵朵出水芙蓉"，是孙犁笔下"荷花淀"女儿们在新时期的"延续和演化"。还联系徐光耀《忘不死的河》中的缨子、铁凝《秀色》中的张品，说"你们笔下的女儿群像，就是这燕赵大地巾帼义士的生动写照，焕发着只有这山这水才能养育和滋润出来的壮丽与清香"。[①] 崔道怡这套宏论，对贾大山的青年女性描写评价扩大到了地域历史文化的维度，也发掘出了贾大山女性人物形象的美学价值。

如上这些男女青年总体上都属于时代的新人。其精神面貌、人格结构和行为习惯都暗含着可贵的人文元素，也都具有所处时代的印记，在生活劳动和人际关系等方面大多与他们的上辈不同，而隐喻着他们是社会发展的未来。其中一些青年的转化之路正是他们的成长过程，小果、云姑、小芬等也有她们精神升华的正常过程，所以都是真实可信的。一时自私者也会转变过来的。贾大山这些新人塑造，与毛泽东1942年在延安文艺座谈会上提倡描写"新的人物，新的世界"[②]，邓小平1979年提出"应当在描写和培养社会主义新人方面付出更大的努力"[③]，与诸

---

① 见崔道怡《金在大山深处藏》，李延青主编《忆大山》，花山文艺出版社2017年8月第1版，第24—26页。

② 见毛泽东《在延安文艺座谈会上的讲话》，《毛泽东选集》第三卷，人民出版社1966年横排本，第804页。

③ 见邓小平《在中国文学艺术界第四次代表大会上的祝辞》，中共中央书记处研究室文化组编《党和国家领导人论文艺》，文化艺术出版社1982年9月第1版，第181页。

多文学前辈如赵树理、孙犁等塑造了大批战争年代、刚建国后的新人典型的文艺传统相关。但各个地域的新人会有各自的特点。高晓声的《陈奂生上城》《解约》、王润滋的《内当家》、周克芹的《山月不知心里事》和张一弓的《黑娃照相》等等都是 1979—1981 年间出现的新人描写之作，都带着时代的风采和地域文化的底蕴而成为典型。贾大山笔下的男女青春人物形象与高晓声、周克芹等人的中青年新人塑造在题材、叙述方式等方面各呈其美，是不可互相替代的。

三、受伤害的女性——白大嫂、"小蝴蝶"们

贾大山笔下还塑造了一些受到社会或家庭伤害的中青年女性形象。她们曾经在"围城"式的乡下环境中忍气吞声，却没有放弃对未来生活的追求，有的敢于奋起抗争，有的沉默寡言，却都从更深层次上展现了她们内心的欲望和高洁的人性。这正如杜勃罗留波夫在论述艺术家的功绩时说："他在逆来顺受、失魂落魄、缺乏性格的人身上，发现人的本性中一种蓬勃的、永远不会被窒息的愿望和追求，把它们指给我们看，剖剜出隐藏在灵魂深处的个人对外部强制压力的反抗，让它引起我们的裁判和同情。"[1] 杜氏这番论述，正是对今日贾大山发现这些人物并成功塑造的很好注脚。

在贾大山笔下，受伤害最严重的女性是《俊姑娘》中的知青玲玲，她受到精神和身体上的双重伤害，是乡间卑陋习俗的受害者，又是为农村带来新气象新知识的一代新女性。由于前面引述最多，此处便略之。《白大嫂》中那个衣着清素的寡妇白大嫂。前面涉及也比较多，这里再系统一述。她年轻时积极上进，当过村里民兵尖子班的班长，经常去支书老黄家汇报工作，有了困难也低三下四地向老黄借钱借粮，便不免产生些流言蜚语，对她产生了巨大的精神压力。后来嫁给了比她大十岁的车把式生了儿子，丈夫还曾经暗暗监视她的行踪，也未发现什么不良的

---

[1] 《逆来顺受的人》，自北京师范大学中文系文艺理论教研室编《文艺理论学习参考资料》（上），春风文艺出版社 1981 年 12 月第 1 版，第 1074 页。

蛛丝马迹。不料丈夫早亡，她一心抚养儿子。分田到户后，儿子成了家中的顶梁柱，从来不让母亲下地。但一个偶然的机会，愣小伙小存因嫌老黄包庇老胡偷化肥贴了大字报，还与老黄当众互骂。黄家老伴就夜间骂街，要求小存说清楚老黄"采过谁家的花，盗过谁家的柳"。在她第二次又骂时，白大嫂这个平时大门不出、少言寡语的和善女人终于爆发了，忍不住上房对骂哭诉起来。真乃不在沉默中爆发，就在沉默中灭亡。白大嫂选择了前者，表现出经济翻身之后腰杆必须挺直，表现出她"灵魂深处的个人对外部强制压力的反抗"，引起了人们的同情。从此白大嫂不再低三下四，一个具有了做人主体性尊严的女人站起来了。在《丑大嫂》里，那个才二十出头的祁家小媳妇，因为左眼有个萝卜花而被人们背后称为丑大嫂。大嫂只戴了一天眼镜便不敢再戴，"只干活不说话"了。那是舌头底下压死人。祁大嫂只好把刚刚显现了一下的爱美之心藏了起来，但她的"本性中一种蓬勃的、永远不会被窒息的愿望和追求"却没有泯灭，就在夜深人静后关上门进行自我欣赏。这是农村陋俗压制下出现的美的悲剧，塑造出一个逆来顺受又暗中做着无声反抗的女性形象。关于作者对女知青玲玲、白大嫂、丑大嫂的一些经历的多视角讲述，已在本书前面关于修辞、叙述方式探讨中做了范例，有兴趣者可再读之。

受侮辱最重的是《坏分子》中的小媳妇，外号叫"小蝴蝶"。这个轻佻的外号本身便是对她的一种贬低。她的确不守妇道。大队干部们提上酒肉到她家吃喝，她便学会了喝酒抽烟，打情骂俏，终于和一个干部发生了"那种不光明的事情"。四清工作队对她一次次地进行审问。最后一次是主抓这个"花案"的老吴，让"我"做着记录。"一共几次""头一次在哪""谁先脱的裤子"……我听着他们的问答"羞得抬不起头来，但是又想听下去"。老吴问了整整三个小时才让她回去从世界观上找原因，约定明天晚上再谈一次。但她没有走，嘘嘘地哭起来。"我抬头一看，心里一颤"，"她哪里是个淫荡的媳妇，分明是个娇羞的少女！她……小巧单薄得叫人可怜"。她仰面望着老吴，哭得泪人似的，说自己没有世界观，求老吴千万别给她戴帽子，肚里已经有了孩子，

"戴了帽子怎么做妈妈呢！"老吴催她走后，拿起我做的记录一页一页地看起来，"像是玩味一个有趣的故事"。第二天晚上"小蝴蝶"按时来了，老吴未再审问，而是和她聊有什么困难，只要改正了错误，靠近工作队，可以当积极分子，可以加入贫协会，还可以入党。"小蝴蝶"听了吃惊地说："叫我做个人，就行了……"老吴劝她不要太悲观，又突然叫了一声，说有什么东西跑到眼里了，要我端上灯，让"小蝴蝶"给他翻眼皮。但是"小蝴蝶"瞅着灯，"一下变了脸色，她把我手腕一打，啪一声，满屋子的煤油味儿！"在黑暗中，老吴急怪怪地大骂她是"地地道道的坏分子"。这次"小蝴蝶"不再啼哭乞求，"她走了，脚步腾腾的，很有劲儿"。这是 20 世纪 60 年代四清运动时并非鲜见的故事。"小蝴蝶"固然学坏了，但她反复受审交代，是受尽了人格的蹂躏与心理的煎熬。老吴们却以听花案当事人交代隐私取乐，借此满足自己的卑琐心理，还想得寸进尺地诱惑受审的弱女子，最终遭到应有的反抗。"小蝴蝶"们丢弃了的尊严，当然应该用抗拒收回。这与白大嫂敢于上房对骂、压下黄家女人的气焰是异曲同工。还要提到那个要求离婚的乔姐，她是和丈夫老白实在过不下去了，才大胆破了梦庄不离婚的古俗老例而爆发起来，因为她美满婚姻的希望破灭了，但她的希望一定会在别处实现。这个当代出走的娜拉，一个叛逆女性的形象，对她的描写具有女性主义意味。

如上探讨贾大山小说中农村男女青年和受伤害女性两组人群的性格与形象，感到作者是循着人本主义、人文主义精神，写出了人物的不同个性，塑造了人物的鲜明形象，体现了人的现代性的生存法则在伴随着人类文明的进步而发展。其内涵包括个体生命的平等性，人的需求的多样性，人的价值追求的丰富性和人的多元化生存方式，而统摄于人的主体性之中。孙犁说："作家表现了这些人，也就表现了时代和社会。"[①]是的，贾大山塑造的所有人物，都很形象地表现了他们所处时代的特征和社会生活特点，也体现了内在的文化蕴涵。

---

① 　见孙犁《文艺学习》，作家出版社 1964 年 8 月第 1 版，第 21 页。

第二节　乡村干部形象谱系

在我国五四时期以来的乡土文学中，大概赵树理是描写区、乡、村干部最多的一个。孙犁写下了一批战争年代的林间女干部。河北的康濯、李满天、谷峪、张庆田、张峻等描写了农村合作化时期的许多干部。新时期以来，先后有申跃中、赵新、何申、关仁山等写下了一大批"文革"和改革开放以来的乡村干部。尤其是何申1989年以后有"乡镇干部"系列和"新农村"系列，描写县乡村队干部全国有名，发表有关中短篇约100篇之多。他是个快手，一两天就是一个短篇，十天半月就是一个中篇，曾经排炮似地发表，还写出几个电视剧本和长篇小说。贾大山比何申大几岁，都曾经是下乡知青，一个在平原正定，一个从天津到了塞北燕山，都属于同一时代的乡土作家。贾大山的创作则慢又少，更不曾"触电"，写乡村干部总量也不比何申多。但他塑造乡村队干部从1977年就开始，先后也有30多人，形成了他的艺术世界的一个重要谱系。贾大山塑造他们，大部分是在个人日常生活与社会、集体的非日常生活中交错进行，鲜明地显现了这些人物的性格与形象。笔者感到，今天的人们对这些当时脱产不脱产的基层干部们可能不感兴趣，但他们活跃在那个特定历史时期，具有强烈的时代特征和一定的传统文化精神，都值得我们去欣赏或反思。下面，把他们分为几类。一是为民求实者们，二是顶住极左压力的村官们，三是好队长们，四是风向标和花架子人物，五是极左整人者们。

一、老魏老张——为民求实者形象

何申在1990年代的《年前年后》[①]中重点描写了七家乡乡长李德林。春节前乡镇干部们大都回家过年了，他心中虽然对上级没有调他到

---

① 见何申小说集《年前年后》，河南文艺出版社2021年12月第1版，第3页。

① 见何申小说集《年前年后》，河南文艺出版社2021年12月第1版，第3页。

县直有些不快，但他还是顾全大局，到困难户去探望，也谋划年后上项目的大事。一些干部在跑官要官，他没有去下大心思。不料县委又派他去三家乡当书记。他却说等我把小流域治理项目落实了再下文调走。这是他对工作很负责任的态度。小说最后说李德林听到街上有人唱"天不下雨天不刮风天上有太阳"，以为这流行歌曲把气候唱坏了，便挂着骂腔说，我编个"风调雨顺风调雨顺快快奔小康"。这是一个为改变农村面貌求真务实的好干部。

而贾大山在1978年就为我们塑造出了一心为民而求真务实的乡级好干部。如前面提到的《分歧》中，贾大山首先交代老魏是夏家营公社党委书记，绰号"大算盘"，又说："其实他的珠算并不高明，减法不会借位，除法只懂三归。何以得了这样一个绰号呢？原来，他开会讲话，与人谈心，有个特点：总爱通过一串一串的数字计算，表达自己的思想，说明自己的意图。"各村的劳力、种植、收入、开支和牲畜机具等情况"就是他运用自如的算珠儿"。这是贾大山开门见山地叙述了老魏爱算账的个性。老魏五十多岁了，"农民出身，性情粗莽"，打电话嫌麻烦，要报表嫌啰嗦，没有大事懒得开会，要掌握那些不断变化的数字，只好仰仗那辆光秃秃、黑漆漆、骑上吱吱响的老自行车，去发扬他的"游击习气"。这是老魏的第二种爱下乡的个性。于是有人说他深入实际，有人说他不重视思想政治工作，他便成了一个有争议的人物。作者通过公社小何的眼睛，叙述号召盛夏积肥为秋天种麦备足底肥时，副书记老许到大颜村来组织党员干部学习《农业八字宪法》，初定学习发动阶段五天，还与支书小囤发生了顶撞。这时老魏骑着破车子来了，只笑着问了小囤三个问题：今年你们种多少麦子？每亩施多少方底肥？现在手里有多少方了？就把小囤问得眨起了眼睛。老魏便收住笑容说，你们种3900亩麦子还差16500方肥，而到寒露节还有56天……这一套数字分析把小囤和村干部们提醒了，一致表示一定要让肥等地，不让地等肥。又一次是兴修水利的事。老魏来后，小囤觉得本村有井有渠，要主动给老魏算算水利账。老魏席地盘腿而坐，"顺手捡起一块石子，念一个数字画一个数字。"起初小囤有些不服，但老魏把柳树井那块一年夏秋两茬用多少水，几寸的水泵几千瓦的电机一天抽多少水，天上下雨多少吨等等都算得清清楚楚，这又使小囤服了气。老魏还说大颜村的粮食产量落了后，因为西豆村上年每亩增产 120 斤，你村只增了 9 斤，幅度减小，速度减慢了。老魏从肥、水、增产幅度三个方面，终于彻底把小囤征服了。他不善于讲大道理而有理有据，表面粗鲁而胸中有数，不修边幅不讲排场而深入实际。这是古人所说的"智者不惑，仁者不忧"。[①]文中叙述他道出那些数字的话语，近于店小二报菜名、马三立说相声，似乎干巴巴却能让人感受到有节奏的诗意，体会到土包子人物的智慧和他扭转乾坤的力量，那是实事求是的真理的强大威力。

　　还有《乡风》中那个第二次去陈庄公社当书记的拐子老张，是主动要求回到陈庄卖老的。当他得知那年栽树因土质不好冻坏了 5000 亩果苗，又得知是陈麦收老汉对调查组透露了此事，才让他顶上了"拿着集体财产给走资派贴金"的帽子，却并不怀恨在心。而是放下身段，主动去看望陈麦收。陈麦收很惊恐地认错，老张却拍着桌子"暴跳起来"说："两年前，在那人们嘴上吊着墨线的时代，你老汉敢骂我党委书记，老张心里佩服你。你骂得对，骂得有胆气……"老汉一听便从内心感动了。这又是古人所说的"君子求诸己，小人求诸人"。[②] 求己便是自责。拐老张是用实事求是的精神和敢于承当的胸襟在乡间树起了威信，重新提振了群众向前向上的信心。他的求实个性与老魏相似。他们也都是"不忧不惧"[③]的当今君子。我们再看贵州何士光的《故乡事》[④]中，描写一个公社副书记罗云长为解决村中来贵嫂与邻居吴兴福的小方丘之争，一身正气，任劳任怨，不怕村民们的误解，也不怕公社宋书记说这事没上党委会，你老罗负责，终于让吴兴福让出了小方丘而化解了矛盾，让村民们去安心种田。这是公社副手敢于顶着一把手的压力孤军深入，比老魏老张他们一把手更有胆识，更有魄力和耐力。湖北楚良

---

① 见刘宝楠著《论语正义》，《诸子集成》第一册，上海书店 1936 年 1 月（影印）版，第 193 页。

②③ 同上，第 342、264 页。

④ 见何士光小说集《故乡事》，四川人民出版社 1982 年 5 月第 1 版，第 203 页。

的《抢劫即将发生……》①中，余维汉是刚刚得到提拔的乡党委副书记。他在路旁如厕时听到村支书赵号子要在下午带人去供销社抢化肥的消息，来不及返回去向书记汇报，便赶到供销社让人们排队，有条不紊地卖了仅存的100袋化肥，避免了一场抢劫事件，打破了乡干部暗中分化肥的老做法。他知道这样会遭到乡大院所有人的不满和排斥，但乡党委书记表示有事"我担着"，方使他如释重负。这又是一位乡级好副手。但贾大山笔下乡级副手都是被作者贬低的对象。好在贾大山塑造的老魏是"文革"中被贴了大字报也仍然坚持好习惯，老张是哪里跌倒哪里爬起。他们都是与何申笔下的李德林、何士光塑造的罗云长等生活现实中奔波于基层为民造福而初心不改者，都是为天地立心、为生民立命而扭转不利局势的男子汉形象。

还有一个老杨、一个老崔、一个朱乡长。《钟》里的老杨是为穷汉解困的人。"文革"中，老杨到梁庄下乡，发现牛老桥没有棉衣，就让大队补助他20元做新棉衣，还全免了他家的超支款，这让老桥感激涕零。到80年代农村大包干时期，老桥对分田到户想不通，那口过去集体上工常敲的铁钟也不让摘。老杨去老桥家做工作碰了钉子，在深夜失眠中便想到，自己的眼睛不能只盯住那些富裕起来的农民，还应当更多地关注一下牛老桥这样的农民："多少年来，损害他们利益的时候，总是把他们当作依靠的对象，在这场将给他们带来实际好处的巨大变革中，如果忘记了他们，冷落了他们，那是很不应该的。"这种心理描写，提出了当时农村存在的实际问题，证明老杨能为弱势农民着想，具有当官为民的良知。《三识宋默林》中的宋庄公社书记老崔，他曾经在大跃进时期向上级汇报"大灾之年不见灾"，粮食征购有增无减，致使宋庄百姓刚开春就吃糠咽菜，村支书宋默林去向他要口粮，他不但不给，反而用"社会主义好不好"的大帽子压人，便发生了激烈的争吵。老崔下不了台就组织批判会，让宋默林承认"错误"。四清运动开始，秦福一

---

① 见楚良《抢劫即将发生……》，作家出版社《一九八三年全国优秀短篇小说评选获奖作品集》，第43页。

伙人把老崔奉为"党"，批判宋默林为民请命是"反党闹粮"；"文革"开始，秦家人又揪斗老崔，说他是宋默林的黑后台。老崔这才明白，自己与所谓"左派"相比真是望尘莫及。现在老崔已是县落实政策办公室主任，奉命调查宋默林的问题，使一系列是非真相大白。他是一个曾经不顾百姓死活只图政绩却又深受极左路线之害的基层领导人，对宋默林的冤情感同身受，原来他们都是受害者。他襟怀坦白，反省自己，也便如拐腿老张那样知错改错。《眼光》中那个朱乡长在以前下乡时见过自私的老农钱八万。他看到关于钱八万发扬风格为刘家割麦的报道心生怀疑，又派人去核查落实。没想到钱八万顺杆爬，说了一通很有境界的话，稿子广播出来便受到村民们的嘲讽。他最终转变为学雷锋的"心里美"了。朱乡长的求实态度带来事情的周折，但他的责任心也为钱八万的转变提供了契机。如上这些在社会生活新旧交替时代的乡级干部的形象，被作者塑造得真实、可爱。在当今很少有作家关注他们的今天，他们为民为公、求真务实的精神与形象很值得人们记忆下来。他们在贾大山小说中出现得比何士光、何申都早，但他们这些优秀乡镇干部的精气神尚是一脉相承。他们也在解放思想、解放自己，却又都实事求是，乃为作者受到当年真理标准大讨论的启示方塑造出的农村干部新人形象。

二、李黑牛、祁老真——顶住极左压力的村官们

上一小节提到的宋默林就是在极左的饥饿时代敢于顶撞上级的一个村支书。虽然他在被批判为右倾的高压下有些害怕而认了错，但那在当时也是一次大胆的壮举。他相似于河南张一弓笔下的村支书李铜钟[①]。他只是为解村民的饥饿向上级要粮而被批判，开始了十二年的厄运。李铜钟则是在走投无路的情况下带着群众去粮站抢粮，虽然打了借条，却被依法判了刑，死后进入新时期才得到改正。宋默林在村中遭到

---

① 见张一弓《犯人李铜钟的故事》，自多人小说集《犯人李铜钟的故事》，春风文艺出版社 1997 年 8 月第 1 版，第 132 页。

反复批斗，脸上被打出一道伤疤，李铜钟则正式成为阶下囚。宋默林是吃亏于老崔，又得益于忏悔后的老崔。李铜钟却是被公社"带头"书记杨文秀"十里铺公社两年进入共产主义""大旱之后三不变"的政治幼稚病和不顾百姓死活"反右倾"的做法"逼上梁山"而违法致死，造成了惊动全县全地区的奇案冤案。他被村民们永远怀念却不能复生了。

　　这里必须系统地谈论《取经》中的李庄支书李黑牛。他13岁放羊，15岁打铁，19岁就在民兵游击组里扛枪杆。他是个小矮个、瘦巴脸、土眉土眼，斗大的字识不了一升，看一本书比锄十亩地还费劲，当了支书后不得不补课似地自学。当李黑牛去王庄实地考察后，决心学习王庄"开膛破肚，掏沙换土"的方法重整河滩地。不料被人贴了一片大字报，说他是什么孝子贤孙，走了唯生产力论路线，"劝"他悬崖勒马。大年三十晚上家家包饺子的时候，心事重重的黑牛找支委张国河商讨村中的事情如何破局，讲了自己的读书心得，给国河吃了定心丸。大年初一，李黑牛又端着饭碗来牲口棚与赵满喜老人交谈，用反讽式的激将法，让老赵到支委会上亮明自己的观点，这样便统一了班子内部的思想，正月没有"破五"便又开工了，一气治沙300亩，被县委发现而成为农田基本建设的典型，在李庄工地上召开了现场大会。作者还说他在支委会上"没多说话"，"心里自有主意"。他对张国河说"咱嘴拙，有事得调动全村千张嘴"。赵满喜老人全面评价李黑牛说："他这个人，文没文才，口没口才，又好咬死理儿。可前些年，林彪兴妖作怪的时候，斗争尖锐是尖锐，俺村到底没有背多大的伤。"到现场大会上，李黑牛发言时先用大镐刨了个坑，捧起沙子来，之后介绍掏沙换土的必要性和三年完成900亩的工程计划，最后一句是要用实际行动"打'四人帮'一个响亮的耳光子"。这就是庄稼人李黑牛在千人大会上的现身说法。他是一个其貌不扬的新愚公，有移山填海般的气魄，有咬定青山不放松的韧劲；他慢慢憨憨却有疏通班子思想、动员全村投入工程的领导智慧；他是一个小人物却敢于逆行反潮流、义无返顾地艰难前行。正所谓实干兴邦，也证明实践者最聪明，更让人意识到在非日常生活中党性、集体性与人性是一体化的。这在当时刚刚打倒"四人帮"时，作者虽然不可能摆脱"写政治、写政策"的桎梏，却是"戴着镣铐跳舞，还跳出了一些美的意义和味道"，[①] 读者们大量投票使这篇《取经》获得首届全国优秀短篇小说奖，正是因为作者成功塑造了李黑牛这个真实可敬的人物。现在评价贾大山小说，好多人回避他最早成名的《取经》，或泛泛地否定之为政治小说、写中心作品，认为它缺乏人性挖掘，等等，其实它是信息量很大的代表了那个时代农村生活特点的罕见之作，成功地塑造了作为复杂社会关系中"这一个"的李黑牛的鲜明个性与外丑内美的可佳形象。

还有不少村级干部也是在前面各章节涉及到的，此处再简要历数一下。作者在《春暖花开的时候》里塑造的梁大雨、宋满场，他们一正一副在遭受上级路线问题、戏票问题和被调离分手的政治压力下，仍然能够解决自己内部的消极思想，使既定的农林牧基本建设工程坚持不下马。特别是梁大雨，丝毫不失初衷信念与成功的信心，其精神上的坚韧程度不亚于李黑牛。再就是《正气歌》里那个"老别筋"祁老真，当看到村中大张旗鼓的意识形态斗争活动将造成粮棉大减产，社员将遭受缺粮少钱之苦时，就义无反顾地站出来挽救颓局，在上级老丁面前也毫无畏惧之色，秋后算账时更不弄虚作假。他一身正气，心地坦荡。还有前面提到的颜小囤，虽有过骄傲的缺点却在改正之后指挥有方。《弯路》中的钱合，从实际出发进行劳动报酬改革，却总被公社领导所压制推托，但他终于得到了县领导的支持，这又是一个不到黄河不死心、死磨软缠而最后达到目的的求实改革者。东关村那个老书记戴荣久。虽然他有虚荣心，观念老化，对新班子有些看不惯却能扶上马走一程，办武校则是他晚年的"夕阳红"，而且"吃鱼不乐打鱼乐"地分文不取，乃是一个幽默又可亲的老党员形象。还有老社长和孔爷等等，这里不再细论。这些村级干部普遍具有本真性，他们能够从本地实际出发，为着一个心愿一种理想而踔厉前行，个性淳朴而坚韧不拔，心胸开阔而无怨无

① 见崔道怡《金在大山深处藏》，李延青主编《忆大山》，花山文艺出版社 2017 年 8 月第 1 版，第 22 页。

悔。所以他们在村民中有威有信，是村级社会的顶梁柱。由此想到何申笔下"文革"期间的村支书赵德印，由于发明了人粪尿的"高温发酵肥"使粮棉增产，竟一步登天当选为"九大"代表。一次吃饭时遇到周总理受到夸赞，之后便成为地委常委、县革委副主任，而且兼着大队革委会主任，在全县推广高标准厕所。虽然他粗鲁得俗不可耐，但他却一直想着庄稼丰收，认定吃饱饭是第一要务，便较早地从县革委不辞而别，回去鼓捣那珍爱的大粪。① 这又是一个被捧得很高却不忘本、不恋官位的求真务实者，在本质上与李黑牛、梁大雨、钱合等外异内同，却都有北方汉子的磊落豪气。

　　行文至此，看到周佳关于浙江李英长篇报告文学《群山回响》研讨会的综述，其中潘凯雄总结乡村振兴的基本原则和规律是实事求是、因地制宜、因人制宜，而且"很多地方是很大程度上依靠一个人带动一大片的模式"，白烨、张陵、梁鸿鹰、程绍武、彭学明、李朝全等也都提出了农村领头人、村支书的凝心聚力作用。② 之后张陵还特意再撰长文论述农村"两委"班子的重要，提出"党支部书记是农村工作的灵魂人物，也是文学必须重视的人物"③ 的观点，是抓住了"三农"和有关创作的根本。曾几何时，许多作品中的村支书、主任都成了灰色甚至是反面人物，形成了小说创作上的一种倾向。现在看贾大山当年写出的李黑牛们，其定力、耐力和智力仍然是今日乡村振兴所不可缺少的，而且今天的村支书们是没有昔日极左的压力的。

三、春生、香菊嫂等——好队长们

　　戏文里有个七品芝麻官，那是戴圆帽翅的小县官。以此推类，乡官

① 见何申小说集《乡村英雄》，河南人民出版社 2001 年 4 月第 1 版，第 1 页。
② 见周佳《在"千万工程"的火热实践中展现乡村振兴的浙江智慧》，《文艺报》2024 年 4 月 28 日第 8 版。
③ 见张陵《漫谈农村题材创作中村支书形象塑造问题》，《文艺报》2024 年 7 月 1 日第 3 版。

便是八品，村官便是九品，生产队长就该是十品了吧。县乡两级是吃皇粮的，大集体时代的村官队官则是挣工分的。在本书前面就抒情性描写例举过《中秋节》，里面的主人公是中学毕业生、生产队长春生。他四方脸，大眼睛，眉目间还保存着学生时代的文静。他中秋节傍晚刚回到家，就先后有四五个人来说队上的事情，好像都是来给春生出难题、添麻烦的。"正是因为有那么多难题、麻烦和抱怨，春生才生活得那么有劲，那么快活，那么有滋有味儿"。特别是他和腊月等六人趁着月色去村东火车站干装卸，给队里挣钱，累得他走路都仄仄晃晃，错把饼子当月饼吃了还说甜。这就是贾大山笔下的一个青年队长，他处理着队上的大事小情，不怕琐碎繁杂也不怕被抱怨、甚至挨骂，一心为实现大家的好日子苦干实干。春生是农村大集体时代生产队长中有朝气、有耐心、有办法、重实干的模范代表。他们在队里挑大梁，工作量比支书、公社书记还大的。《白大嫂》中那个年轻队长，作者对他着墨不多，却是社员们的主心骨。他才二十几岁，当上队长就果断地把土地分到各户，省里来人看了庄稼后加以肯定，支书老黄才让各队快快把地分完，从此队长黑黑的脸上有了几分自负的神气。他赢得了社员的信任，还敢于为保护受压制的小存去找支书老黄吵架，很有几分大丈夫风采。于是老黄不再追究小存贴大字报犯法，也未没收他家的责任田。并且在白大嫂上房骂街哭诉之后，队长一连三夜在大嫂家院外值守，怕大嫂一时想不开。这是一个大胆顺应历史潮流而又正直、善良的底层干部形象。还有苦口婆心教育赵三勤的老队长张仁和严格约束赵三勤的副队长赵金贵，两人工作方法一软一硬，却都不如妇女队长瑞凤对赵三勤亲切体贴式的开导，使赵三勤开始了转变。《香菊嫂》中的三队妇女队长香菊嫂，性情粗犷，口快心直，凡是觉得可行的事就拍着巴掌支持，凡是她觉得不可行的事，就把脸儿一耷拉："不行！"斩钉截铁，干脆利落。香菊嫂的丈夫双合是包着三队的村支委，凡事都说"研究研究"，绝不得罪人，为此两口子生气不少。在对待吕巧姐挖黏土脱坯烧砖卖钱的事上，香菊嫂抓了吕巧姐个现行。她回到家来，又用"泼泼辣辣"的话头子教训了双合一通，使双合诚心地认了错。前面提到的瑞凤语重情长地劝改了懒惰刁钻的赵三勤，香菊嫂则是刚正不阿地打击了挖集体墙角的钱串子自私鬼，还教育了自己的丈夫。这两个女队长一柔一刚，识大体顾大局，心地干净，灵魂善美。在过去时代和今天的社会生活中，这样的女性负责人都是不可缺少的。

在此应该细说一下《花生》中的好队长了。他是"我们"一群知青初到梦庄就招待了一簸箕花生的队长，三十来岁，人很老成，也很温和。不论做什么事情，他的肩上总是背着那个五六岁的又黄又瘦如小猫的小闺女。"房东大娘告诉我，队长十分娇爱这个闺女，她是在他肩上长大的"。招待"我们"时，队长教"我们"炒花生要用沙子把花生"暖"熟。炒熟后大家坐在炕上吃着，赞美这里是花生之乡。队长闺女眼睛盯着盛花生的簸箕，两只小手快得像脱粒机。她吃饱了就哭，原来簸箕里还有，怕不给她剩下。看来队长"吃油不吃果"的规定对这个闺女太刻薄了。第二年开春点种花生时，为了防止人们偷吃种子，队长先派人去买油条让人们吃饱，然后才让大家点种。他说："一斤油条四毛六分钱，吃一斤花生种子多少钱？再说，花生是国家的油料呀！"下工时，队长又让"我"对大家一一搜身。即使这样，队长媳妇还偷偷带回一把，让闺女在灶前烧着吃。恰巧队长回来撞见，"认为娘儿俩的行为破坏了他的名誉，一巴掌打在闺女的脸上。闺女'哇'的一声，哭了半截，就不哭了，一颗花生豆卡在她的气管里。"队长最爱的女儿就这样被他打死了，被花生豆害死了。事情发生得太突然，队长"就像疯了一样"，一连几天不定什么时候猛地吼一声："我瞒产呀！""我私分呀！"但他从来没有私分过。这便是贾大山"梦庄记事"系列的第一篇《花生》的故事，塑造了一个老实温厚、对"国家的油料"很负责任，又极爱闺女却误害了闺女的队长，也塑造了一个从小受宠、爱吃花生却断送了小命的儿童形象。她多次出现在"我"的梦中，只求洗洗脸还原自己，让人惊诧和心酸不已，使作品余韵悠长。这正如孙犁所说，塑造了人物形象，就反映了社会和时代。这篇作品反映的是当时饥饿时代农村生活的现实，具有强大的思想力度。所以铁凝、雷达等名家都对这个悲剧故事做过高度评价。

贾大山所塑造的生产队长们，都是那个时代必然出现的正直、善良又务实的农村底层优秀者，是物质生产和历史发展的具体推动人。他们身上散发着正能量的真善美，虽然个性有别，境遇有异，却是作家为我们留下的生动人物群像。荣格在论述世界文学的共性时说："人类文化开创以来，智者、救星和救世主的原型意象就埋藏和蛰伏在人们的无意识中，一旦时代发生动乱，人类社会陷入严重的错误，它就被重新唤醒。"[①]贾大山笔下这些乡、村、队干部身上既有时代精神，也有人类童年时期的传统文化基因。他们遇到的生存困难和问题也是先人们所遇到和要设法解决的。他们的形象也便是时代的又是民族的、人类的优秀代表。

四、王清智和老孙老丁——风向标和花架子人物

　　从来就有认准了方向便义无反顾的挺进者，也有好像很识时务的观风测雨、自我保全者。贾大山在描述李黑牛的实际作为时所设置的视角便是来出席现场会的王庄支书王清智。作者描述王清智"嘴快腿快，说话有条有理有声有色……笔杆也很利落"，是支部书记中"最有水平的一个"。李黑牛的治沙经验本来就是王庄老头们想出的好办法。他们的工程刚开始，耳目灵通的李黑牛就悄悄地去摸底，遇见王清智还夸他"招数就是比俺多"，回去便照葫芦画瓢地干起来了，而且大见成效，成为全县学习的好典型。为什么王庄的工程没有干下来呢？王清智自己回忆，报社小于要他写批判唯生产力论的稿子，第二稿要他联系本村治理沙滩的实际。他虽然不愿意自己往自己头上"扣屎盆子"，但又觉得不能在这场运动中不显山不显水，也不想让人家说"癞狗扶不上墙去"，最后就狠下心来按小于的要求写出发表了。这篇文章对李庄对全县产生了很大影响，自己的治沙工程也收了兵。现在他后悔地右拳击着左拳

---

① 见耿希文、郭超《孤星与星座：阅读荣格对阅读和人生的意义》，《文艺报》2022年6月17日第7版。

说:"要不写,今天的大会得到咱王庄开去,不是吹哩!"王清智的失算,就在于他"脑子灵活",缺乏政治上的定力,成了一个随风转的风向标,按正定人的说法就是"活眼皮儿"。他是一个新式的"智叟",其文章给李黑牛的工作带来很大麻烦,但也考验和成全了李黑牛,反衬了李黑牛意志坚定、逆风而行的性格与形象。

与《瞬息之间》的北乡公社书记老孙相比,王清智尚属于被动的跟风。老孙在政界历练到 51 岁,在一次次政治运动中学会了摸清形势、吃透精神,观天看云知风向。"文革"后期他扶持了白寨这个好典型,让白寨除草灭荒时施行了两天半包工,自己却灰溜溜地做了两年半"复辟"的典型,从而对极左路线有了切肤之痛。但他也吃一堑长一智,今后更要紧跟、跟紧,不能再有什么闪失。这天老孙为了出席县委三级干部会议提前回了县城。到家见女儿细娟正在处理会议资料,她是县委办资料组干部,便把白寨的新典型发言稿交给她,说庄稼人的见识太浅薄,你可以改。又顺便大发议论:"极左的危害何止如此呢?县委书记罗彬同志分析得好,林彪、'四人帮'推行的极左路线是置我们于死地的路线;可是,许多年来,也是我们一些同志赖以做官、吃饭的路线……"说着仰在沙发里,"淡淡的眉毛笑得弯弯的,宽大的鼻头也变得红喷喷的了"。他舒心展意地让细娟去买戏票,说不用忙着看白寨的发言。一会儿,他在细娟屋里看到一份县委书记罗彬的讲稿《大批促大干,大干促大变》,里面有必须坚持"以粮为纲"的方针,坚决克服"重菜轻粮"的资本主义倾向……于是他两道眉毛皱成一个八字,大脑本能地开始了认真的思索。再下是描写老孙长长的心理活动。他想到白寨的多种经营尚在克服之列,一队的西瓜二队的白芍……想着想着,竟然走到了邮局门口,便向白寨打电话却不通,又要酒村也不通,天黑时便骑上车子出了城。第二天早晨才返回,告诉女儿北乡公社发言改为酒村,接着批评女儿:"上级有了新精神儿,怎不告诉我一声呢?""什么新精神?"细娟拿起那份罗记的讲稿说,"你看那是什么时候的?"老孙一看,哎哟,宽大的鼻头立刻变成了鲜红鲜红的柿子辣椒,原来这是1974 年 3 月 15 日的。细娟告诉他,我是为了查对几个数字把它翻出来的。老孙就一边唉叹自己老了，一边推上车子又出了城……这是老孙自觉追赶上级精神却又弄巧成拙、自讨苦吃，读来很是好笑，也让人感到可悲。他是经历运动太多而心有余悸的那一代人。

在这方面还有《弯路》中的公社书记老乔，做工作"素以谨慎著称"。古人云：诸葛一生唯谨慎，吕端大事不糊涂。可惜老乔谨慎过头，也在本来可以出彩的大事上犯了糊涂。"老乔性子坦，在下级面前非常注意沉着"。这天钱庄支书钱合又来催问关于小麦定额管理、超产奖励办法的审批。老乔眯着双眼慢悠悠地说："今天没工夫。"钱合听了说我等着。老乔又说你"心急吃不了热豆腐"。钱合就不客气地埋怨："看看看，来回都是你！当初做规划的时候，你嫌俺们保守……等到有办法了，可倒好，一份材料压了三个月啦，还没看哩，倒说俺心急。"他知道，老乔凡事要听上级精神"少走弯路"，不好回答的问题就说"按毛泽东思想办事"。钱合第二次拿着新方案来，他又是"脸色一沉"，批评黑夜送粪每人奖励半斤麦子是先斩后奏，警告他"已经栽跟头了，同志！"钱合解释那是个别队的问题，也一板脸嘲讽："我娘今年九十八啦，不下炕啦，在新长征中，咱们都向我娘学习！"老乔被噎了一口气，仍然不耐烦地说研究研究再说。前面说那个双合遇事动不动就用研究研究去搪塞，老乔也是不敢闯创的主儿。县委书记说明天来看看夏收情况，老乔今天一早就淋着雨在顺城大道上等候。怎么总不见来呢？结果是书记一杆子扎到钱庄，老乔被甩了，不得不听钱合转述县里转发钱庄方案的决定。这是一种严肃的隐喻。老乔天天慎重处事、天天怕走弯路，对物质奖励是左是右天天揣摸而"心有余悸"，最后竟然在县领导面前走了弯路。而经常来"乞求"他的钱合却来了个弯道超车，躲过了老乔"中间梗阻"的关口。在"文革"结束后很长一段时间里，像老孙这样观望风向的基层干部大有人在，像老乔这样明哲保身只等上级发话、宁可不作为也绝不越雷池一步的乡村干部亦不是少数。贾大山作为那个时代的过来人，塑造的这些灰色人物形象都具有代表性。

令人讨厌的还有一些爱造声势的花架子干部。如前面提到的《正气歌》中那个公社副书记老丁，委婉地让北杨庄支书祁老真休养而提携支委郭爱荣为代理，窃以为郭爱荣是新干部，比这个"老别筋"好使用。郭爱荣对老丁言听计从，只要老丁讲几句普通的道理，她都会一本正经地说："丁书记的话对我启发很大……"老丁听了自是喜欢，更觉得她得心应手，人们却背后叫她"启发很大"。老丁对郭爱荣言传身教，培养加倍用心，郭爱荣也学着老丁的样子动脑筋。一天，她从报纸上看到一则消息，脑子里便产生了新套套，兴冲冲地跑到公社找老丁汇报。老丁听了手掌一合，眉飞色舞地表态："这是个新生事物！你们要一手抓活动，一手抓材料，活动要轰轰烈烈，材料要扎扎实实，十天以后在你们那里召开现场大会。"郭爱荣听了心领神会，回村来就去找祁老真说："在新形势下应该抓一抓意识形态的革命，你看呢？"祁老真只是反诘什么时候不该抓意识形态的革命，一连三问，使郭爱荣颇是尴尬，却也没说如何抓法。不料郭爱荣觉得有老丁撑腰，就像打了一针鸡血，马上发动几百名骨干活动起来，"一时间，北杨庄沸腾起来了……熙熙攘攘，有作诗的，有画画的……真个是：白天红旗招展，夜晚灯火辉煌，胡琴吱吱扭扭，锣鼓咚咚锵锵，通宵达旦，热闹非常。"郭爱荣眼睛熬红了，嗓子喊哑了。她规定赛诗会不得少于150人，老要年过花甲，少要不满七岁，要有夫妻对诗、婆媳对诗，还要物色些瞎子、聋子、哑巴。不会写诗的要让学校教师代写，实行定人包干，限期背过。但在赛诗会排练时被查看庄稼后的祁老真给当场搅散了。半月后，"雅量并不大"的老丁故意在二里外的胡村召开了现场大会，"148个节目，从早一直演到太阳偏西，还没演完"，只好告一段落。老丁在大会总结中批评某个村"埋头生产，不抓革命，自以为是"。

再一个便是《分歧》中把务虚讲政治抬得过高的公社老许。他认为"四人帮"反对大干社会主义的那套谬论应该狠批，公社原副主任潘小花那种干部肯定要不得。他们完蛋了，那么就生产论生产、轻视政治思想工作的倾向就对了？绝对不是！他要坚持走一条既不同于老魏又不同于潘小花，对党无愧、己无害、顺天应时的路线，生产要抓，但一定要把政治工作"放在有目共睹"的地位。有些做法开始"自己也觉得别扭，甚至感到滑稽，但日子久了，习惯成自然"。他动不动就下令党员干部学习讨论几天，像熬鹰一样把人们搞得精疲力尽。如此做法，是以革命的名义耽搁着农民们的大好时光，还都不如那个李黑牛把务虚活动放在夜晚，务虚务实两不误两促进。

我们应当充分肯定，当时的贾大山用小说方式塑造了为民为公、求真务实者们的形象，也相对应地刻画了那些观察风向、求稳怕乱而误国误民和图政绩、闹声势的形式主义者形象。其现实意义，在已过几十年后的今天似乎更应当彰显的。

五、极左整人者形象

本章第一节关于受伤害女性形象的探讨中，已经较详细地陈述了四清工作队老吴对"小蝴蝶"不怀好意的行径，这是一个不但整人而且道德败坏的极左人物，令人不齿。本节上一小节提到的潘小花更是内心极左而以整人为能事的女干部。在担任夏家营公社副主任期间，她有一句名言："我是一个睡觉都在研究政治工作的人。"她所研究的"政治工作"，就是如何砸烂"修正主义黑算盘"在夏家营公社的统治。当时，老许几次劝告爱用数字说话的老魏，可是老魏毫不检点，老是热衷于那些生产数字。结果每来一次政治运动，大街上就要糊一片大字报，贴一幅大漫画：一个黑瘦子，头上插着麦穗，怀里抱着算盘，正跟赫鲁晓夫亲嘴儿。对于潘小花的行径，老许也深恶痛绝。再就是《春暖花开的时候》里很讲路线斗争的公社新来副主任老黄。本来大梁村支书梁大雨等听了全国农业学大寨会议报告传达后积极性十分高涨，连夜回村来进行传达部署。他们把农林牧场开工的木桩刚揳好，黄副主任来看了一下只说干劲不小。过几天公社方书记调走，他便成为一把手，对大梁村班子提出"严重问题"，那就是学大寨大会上为什么你们不看革命样板戏就私自回来，即"看戏事件"。这便是专抓大事的黄主任所抓的"大事"，绝不是白废了两张戏票。在此之前，老黄在一次干部会上说，教育界开始了大辩论，农村也要上批下联，紧密结合本村阶级斗争实际了解"敌情动态"。梁大雨便说俺村有个活靶子，老黄就决定在大梁村召开对敌斗争现场会。现场会上批判了投机倒把分子宋破车，还没结束就发现老黄早走了，没做结论。事后，大雨他们想到这显然不是老黄所需要的"阶级斗争"。他们知道，自从老黄来后，凡是"棘手干部"都被先后"借"走了。果然老黄与梁大雨谈了一天话，就决定让他到公社石灰窑上去加强领导，而让副支书宋满场接任。满场怎么也想不明白，老黄为什么把大雨当成眼中钉，为什么会欣赏起自己来了？他哪里明白，老黄讲的是阶级斗争更是党内的路线斗争，他背后有一套权术，会玩冠冕堂皇的政治游戏。

在《劳姐》中，董劳姐大娘的女儿曾经不肯让出宅基地，村支书便怀恨在心，在清理超支欠款时就发了话："谁不还小秀娘也得还……"大娘便去县里找杜主任，杜却躲而不见。大娘只好刨枣树、卖麦子替女儿还欠。不久，县里来了男女两人调查老杜的黑材料，支书就介绍了董大娘刨树卖粮的情况。这两人找到大娘家来，那男的傲慢地让她揭发"黄世仁逼债问题"。女的则劝她："你家三代受苦，你是童养媳出身，共产党领导我们翻了身，你说我们能容忍黄世仁再来逼债吗？"大娘却不说自家还欠事，只说董家湾为老杜涂脂抹粉。女的忍不住问她："你是真糊涂还是假糊涂，他们逼得你差一点寻死上吊，你还不觉悟？"但是董大娘虽然受了不公正待遇、遭受了损失，却不在这种人面前"揭发"老杜、投石下井搞报复，表现出她的善美的人性。那两个男女只好悻悻而去。还有《乡风》中专门来陈庄搜罗拐腿老张问题的一男一女，住在村里走家串户。陈庄的干部社员们有的软磨硬抗，有的铁嘴钢牙，没说一句伤害老张的话。支书陈秋元还偷偷地命令人们往二人碗里多放盐、掺沙子，他们的饭钱和粮票也不能少拿！只有那个陈麦收老头听了几句甜言蜜语就说老张出主意建果园冻死了树苗，致使老张被调去五七干校喂猪种菜。好在善良的陈庄人并不认为老张是坏人，他有失误也不该被整。俗话说，上山打虎易，开口告人难。他们和董大娘一样都守住了道德底线，保护了那些有缺点但本质尚好的干部。

关于大搞阶级斗争、路线斗争，陈秋元、梁大雨、路根生三个村支书都开过批判大会，批的都是"死老虎"，对他们起到些震慑作用，应付上面的要求，这也是他们的一种缺点。前面第二章曾例举了《午休》中的较长段落，其中的秦老八和秦琼曾经都是"文革"中搞派性斗争的骨干，只是秦老八顺应时代开始养貂发家，对阶级斗争早已厌倦了，爱好打打斗斗的秦琼再也拱不起老八叔的怒火。作者描写大搞阶级斗争的典型人物就是"梦庄记事"系列之二的《老路》主人公。这个老路是生产队的指导员，他五十多岁，矮个子，黑胖子，说话快得没有标点符号，人们都有点怕他。"他整人时，需要我写定案材料；他挨整时，需要我写检查材料"。中秋节将到，队委们想杀掉已经走不动的老黄牛分肉，但老路没有点头，也没摇头，态度暧昧不明，别人不好动手杀牛。"我"又去催问老牛到底杀不杀，他连声说"顾不上"。正踌躇间，突然有人来报告富农分子路大嘴跑了，他就喊"快去捉快去捉"。捉回了路大嘴，他命令押到老地点，说着甩掉两只老布鞋，换上一双大头皮靴，鞋底上钉着几块铁掌，说是"穿上这种鞋不仅能打击敌人，光那咯噔咯噔的声音也能起到震慑敌人的作用"。审讯路大嘴之前，让他站在中央，其他七个四类分子分站两旁，"一人犯罪，七人受诛"，这是老路的一贯政策。审讯中：

> 老路大喝一声，一脚踢在路大嘴的胯上，路大嘴个子高，噗通一声，很像倒了一堵墙！
>
> 接着是四个项目：
>
> 请罪——向毛主席请罪。
>
> 驮坯——背上压上三个土坯，站两个小时。
>
> 互相帮助——八个四类分子，互相打耳光。
>
> 跪罚——不是跪在地上，而是跪在墙头上。
>
> 做完这些就已是后半夜了。

"我"再问那头牛到底杀不杀，老路仍然没有回答，而是走到牲口棚老牛卧处，努力伸长脖子看着老牛，又伸出手来摸它的嘴，摸它的背……摸了一阵，一滴冰凉的大泪落在"我"的手上："不杀。"还养着？他说另想办法。第二天早晨上工时，老路才让人把牛牵到院里，让电工在牛腿上装了电线。之后让还在墙上跪着的路大嘴去拉电闸，那老牛便噗通倒下了，老路却打了路大嘴三个耳光。老牛已死，谁也不敢开剥分肉，躺了三天就埋了。

大家知道，自古战场上军人杀马、农民杀驴牛都是不得已的事情。张一弓笔下描写已经断粮七天的村民们杀一头有功的老牛"花狸虎"是经过一番争论的，但还是杀了让社员们分肉，以防饿死人。村支书李铜钟看到"花狸虎"被捆绑在地两眼流泪，便赶紧离开。[1] 贾大山笔下的老路对老黄牛爱得更深，处死它的方法更为仁义。这正好是描写老路对人对牛的不同对照。于是贾大山在文尾叩问："老路那样一个人，对牛，为什么那么爱，那么善，那么钟情？"又百思不解地问："对人，为什么那么冷酷，那么残暴呢？"他问得好，首先是他对老路塑造得好。正如叶朗在论述脂砚斋、曹雪芹等排斥那种"恶则无往不恶，美则无一不美"的绝对化性格描写时，明确提出要写"正邪两赋"的人物，也就是写出人物身上互相矛盾的性格特点。"这样的性格描写，就不再是平面的，而是多侧面的。这样的性格描写，才能真正写出与社会生活的复杂性相适应的人物性格的复杂性"[2]。贾大山写出了老路的人性扭曲和又回归于爱与善的性格复杂性，表现出当时"文革"社会生活的复杂性。铁凝、雷达、封秋昌等多人对此篇都做过深入的分析。

其实贾大山笔下的的乡、村、队级干部多数具有一定程度的双重性格和性格的转化。笔者发现，在描写老路的过程中，作者一反常态地没有一句老路的心理描写，类似于何士光的《种包谷的老人》那种写法，全是简洁的显现性客观描述。作者笔下为数很少的县级干部也无心理活动，例如《劳姐》中那个杜主任在来董家湾的半路上买了满满一兜橘子，仅是暗示了他对劳姐大娘的内心愧疚。在别的一些篇什中则用了一

① 见张一弓《犯人李铜钟的故事》，自多人小说集《犯人李铜钟的故事》，春风文艺出版社 1997 年 8 月第 1 版，第 138 页。

② 见叶朗《中国小说美学》，北京大学出版社 1982 年 2 月第 1 版，第 227 页。

些内心独白、旁人代白或本人直接言说以深化人物个性与形象。有的县级干部放在下一节古城人物中再叙之。这些基层干部多有农民性格的一些缺陷之美。他们无论是正面、反面、中间的都多侧面地被贾大山一一刻画出来，形成了日常生活与非日常生活场域中的"众声喧哗"、相貌纷呈，形成了贾大山艺术世界中一套农村带头人、主事人、管理者的活生生的群像图谱。

第三节　古城各色人物群

正定古城已有 1600 多年的建城史。它是古人心目中"北控河朔"的重镇。现在的正定城毗邻河北省会石家庄，是京广交通大动脉上的一个文化亮点，已经是第一批国家级历史文化名城。这是贾大山的出生地，他的快乐童年和文化根脉便在这里。他写正定古城人物，最早是 1981 年发表的描写干群关系的《友情》和介于城乡之间卖花的《花市》。《花市》一出好评如潮，被选入中学课本，而《友情》则有些冷落，但它是写古城人物的第一篇。1986 年，贾大山发表了城中淘粪人生活的《贺富》，1990 年发表了守塔老人生活的《妙光塔下》，次年发表了关于古城解放初一位县委书记的《智县委》，到 1992 年发表了《古城人物》（三题）、《西街三怪》《古城三题》，形成了古城人物写作发表的高潮。到 1997 年 2 月去世后，其 7 篇遗稿在《当代人》发表，包括城中人物的《老拙》《傅老师》等。其古城人物作品共 29 篇，占其小说 89 篇的三分之一。其中，描写城中农商平民百姓者 21 篇，表现干群关系、台上台下官员和文化人生活者 8 篇。下面，把城中平民百姓作为一组、从政人士和文化人为一组，闲杂人物为一组，进行其性格与形象塑造的分析。

一、古城营销平民群

贾大山所描述的正定古城平民人物，一部分是开门市的坐商或摆摊或流动卖货的商贩，一部分是半农半商人物。

（一）"三个掌柜"和坐商们

对于贾大山的"三个掌柜"前面都已提及。崔道怡在怀念贾大山的文章中特别感慨地肯定说："你的《林掌柜》《钱掌柜》《王掌柜》，若非具有相当的历史地域的体味，也是不可能写出来的。他们那随时代变迁而苦辣酸甜的性格和命运，不也蕴涵着人世的沧桑么？"① 因此，在这里还需适当细说他们的个性与形象。

首先说林掌柜，是上世纪50年代正定城内有名的义和鞋庄老板。他五十来岁，长得方脸方口，硕大的鼻头也是方的。他冬夏穿戴整洁，给人的印象是方方正正，干干净净，和和气气。跟人说话总是一脸笑容，满口的好好好。他的生意格外好，是因了店里柜台上总放着一把特制的小锎刀。如果有顾客说他的鞋质量有问题，他马上可以用这锎刀锎开，让人看看真正的货色。锎了几次，客户们都知道他的鞋用料和做工都好，便不再锎了。那个土改时活跃过一阵子的地痞杨跛子来买鞋，故意说锎一双看看，要不敢锎就不是好货。林掌柜拿起一双鞋没有锎，而是用纸包好："这双鞋，拿去穿，钱，不忙给；鞋底磨通了，鞋帮穿烂了，好货赖货一看便知。""别客气爷儿们，拿着，穿坏了再来拿！"杨跛子真拿走了这双鞋。顾客们见了都很气愤，林掌柜却依然笑着说："只当锎了一双鞋。"他与"我"父亲是朋友，经常来"我"家杂货铺与父亲喝一点儿酒，摆一会儿龙门阵。两人一见面就互称"老鸟儿"，也互相奉承："我最佩服你的豆瓣酱"，"我最佩服你的小锎刀"。一次二人饮酒间，父亲解说林掌柜的小锎刀："世界上有些东西一定得有，用到

---

① 见崔道怡《金在大山深处藏》，李延青主编《忆大山》，花山文艺出版社2017年8月第1版，第27页。

不用的时候，便是用好了。"那时要搞公私合营了，好多工商业主黑夜哭白天笑。林掌柜最后一次来与父亲小饮，发现酒里掺了水。原来杨跛子穿着破大袄来打酒，一个大瓶子装了三斤，他却说要赊账。父亲说不赊，他就把一个装了凉水的瓶子放下，真酒瓶子却被他裹走了。对此，林掌柜严肃地说，这坛酒"再卖倒字号"。父亲说快关门了还怕倒字号，林掌柜就强调"人也有字号"，说着生气地要走。父亲拦住他，"我"就抱起酒坛，把酒洒到街里去了。他们聊得很散漫，林掌柜一会儿哭了，说："以后见了面，还能吃上这么好的豆瓣酱不？"父亲说能吃上，林掌柜擦擦泪也笑了。直到鸡叫头遍，他俩最后三举杯：第一杯、第二杯总结两家友谊和老少不欺，都喝了，最后一杯洒在地上，敬了天地财神、算盘和秤，还有那把小铡刀。这个故事，突出了林掌柜为人方正、诚信第一的个性，其小铡刀是极好的象征，"人也有字号"是他做人与经商的哲学口号。通过对待杨跛子看，他也是宽宏的，不与小人一般见识，属于慷慨大方的义商。他害怕公私合营，却又无奈，但他的操守不会变，字号不会倒。

再一个是钱掌柜，他是公私合营后与"我"父亲同店的组长。此人最大的嗜好是唱京剧。在公私合营前的小铺"荣盛源"里，只要夜间一关上门板，就会飞出一台戏："我说苏三走动啊！""苦哇！"接着是"仓台七台仓台七台……""喂呀，忽听得唤苏三我的魂飞魄散，吓得我战兢兢不敢向前……"他又是丑又是旦，又是哭又是笑，又是京胡伴奏，又有口念的锣鼓点儿，唱到精彩处，"好！"——还会爆发出叫好声。门外人乍一听，真不知屋里有多少人，其实就他自己。一次他去取货，竟然跑到石家庄看了一场尚小云的戏。日本人统治时期，他拉京胡唱京戏，日本人便没杀他，还请他吃饭交了朋友，所以他会几句日语。他很喜欢"我"，总偷偷给"我"些吃的。但他爱说爱显摆，父亲劝他也不听。他的秉性与林掌柜、父亲的严谨完全相反，对公私合营毫不在乎。来了运动，他就被打成"日本特务"挨批斗，调去养猪场干活儿。死后又为他平了反。这是一个散淡的善良的戏迷商户典型，正定城里也少有。

还有一个王掌柜，住在城角楼下的南仓，是个曾经种白菜的半农半商。他对南仓大白菜很有研究，对城里的各种小吃也有研究。年至六旬时，孩子们要求他歇下来。三个儿子给钱，三个儿媳送奶粉、麦乳精，算是有吃有花，丰衣足食。但他告诉儿媳们：往后别花这个闲钱了，我也不服这洋东西。"花花正定府，锦绣洛阳城"，咱正定府的好吃东西多着哩。改革开放了……好吃的东西都得出来。他要求她们上街发现什么好吃的出来了就报告一声，算她们尽了孝心。于是王掌柜根据大媳妇的报告去吃马家卤鸡，一尝缺沙仁、豆蔻味儿，小马便称赞他嘴巴神奇。再根据二媳妇的报告去吃豆腐脑儿，发现碗里没有金针、木耳和面筋。他还发现饸饹、馄饨、崩肝都没有原先的味道。听三媳妇报告去吃烧麦，嫌包烧麦没有荷叶而用塑料袋，没吃就回来独自生气。他"嘴刁耳朵也刁"，过年听不见剁肉馅的噔噔声，说不闹个动静儿像过年吗？秋收大忙中，王掌柜却亲自为一家人做了一顿传统的荷叶烧麦，都说好吃得很。他便发了一通议论："凡是好东西，谁也消灭不了，就怕自己消灭了自己。改革？那得看怎么改，改什么……"接着布置了两项新任务：打听哪里有三包头大白菜籽，赶集买硝，看见贵贱都买。并且郑重宣布明年不歇着了，要振兴"南仓大白菜"。原来滹沱河湿地中含硝，种出的大白菜并不好看却好熟好吃，人称"开锅烂"。这个王掌柜，是贾大山塑造的一个改革开放时代的怀旧者，一个民间美食家，一个传承和恢复民间美味、白菜种植传统的平民形象。

　　贾大山还在《老底》中刻画了开清真饭馆的回民老底。他生得又白又胖，天生一副好嗓子。年轻时没有固定职业，经常夹着一把菜刀去给人家办酒席。他会做菜，也会应酬，懂得各种民间礼仪。市场一开放，他就开了个"又一村"清真饭馆，卖酒卖菜卖牛肉饸饹，冬天有全羊锅子。老底不通文墨却求人题写牌匾、画画不惜钱财，把店里打扮得雅气十足。他也爱热闹，逢年过节总要请上"四大名人"到他的店里聚一聚，说没有别的目的，就是爱听你们说话。中医院的老牛吃着喝着说古代神医扁鹊、华佗，"我"说竹林七贤、唐宋八大家，京剧团的老赵说四大名旦、四大须生，文物所的老聂说文物古迹。老底插不上嘴，但听得兴趣盎然时就拍一下掌，笑骂一句："妈的，你们真能叫唤！"然后又去炒个热菜端上来。到七分醉时，老赵就拉着京胡唱《捉放曹》，之后散伙。一次，老聂来了问老底："你个酒保，总是巴结我们干什么，我们可是知识分子！"老底也不客气："知识分子有什么了不起？""哎，知识就是力量呀！"老底便去拿来一瓶"剑南春"一蹾，问这酒钱谁拿。"我们"一见这么贵重的东西直咋舌，忙说囊中羞涩。老底便说："这不得了，你们有知识，没力量。""我们"听了便拍手叫绝。又一次，他不让我们说话，只他自己说正在回忆传统席面——全羊席。那是一个很大的席面，很多菜没人会做了，他想一一拾起来。一只羊分三品，头、腰、尾，上、中、下。一品能做三十六道菜，做全了是一百单八道菜。一菜一味，百菜百味，清香酥烂，麻辣酸甜，尽在其中。然后他扳着手指头"叫唤"得"洋洋洒洒，口若悬河，既说刀工又说火工"，还让我们猜什么是扒金冠、扣麒麟顶，我们猜不着。最后他"望着我们笑了，显得他既有知识，又有力量"。这个老底，是回民中的烹饪师，也是一个美食家。他顺应了改革开放的好时代，也成为文人墨客们的朋友，表现出他对烹饪文化的热爱。重要的是，他认识到恢复传统饮食文化的重要性，和前面王掌柜一样要亲自动手而不是夸夸其谈。更重要的是，他开饭馆有了经济实力，便成为既有知识又有力量的人。在全国进行非物质文化遗产保护的今天，老底这样的大厨很有代表性。其全羊席菜谱在本书第六章民俗风情中将全部亮出。

再简要说《黄绍先》中的商店经理黄绍先，他长得矮矮胖胖，像个半大孩子。年轻时天天早晨在商店门口打扫卫生。但他当上这个商店经理后搞得很不景气，上级要求"全面整顿"，他横下心来定了五条店规，第五条是"保证不打骂顾客"。顾客们看见没有不笑的，也没有不害怕的。省里来了个检查团，首长一看竟然笑得趴着柜台，浑身哆嗦，像是得了癫痫似的。县商业局长当场就把他免了，说绍先是个好同志，可惜水平太低了。于是这黄经理便成了人们的一个玩物儿，熟人们见了他总说"保证不打骂顾客"，他听了也不恼怒。最近一次中午下班，听电线杆上小喇叭广播县委规定"不准用公款吃喝玩乐"，他也笑得没了眼睛，没了声音，搂着电线杆哆嗦得像得了癫痫似的。因为他认为"不准用公款吃喝玩乐"与他当年的"保证不打骂顾客"味道差不多。如果说前面说的钱掌柜是浪荡成性不钻研经营又爱吹嘘显摆，招来了"文革"被斗之祸，那么这个黄经理则是不善经营管理、文字水平不高出丑，却又嘲笑上级文件措词，如小巫见大巫。作者当然哀其时运不济当场丢了小纱帽，也怒其愚钝而不自知、未反思。这是一则当代新寓言。

还应当细说一下《"容膝"》，叙述开"四宝斋"门店的夫妇一个叫文霄，一个叫玉素，一个能写，一个善画。他们为繁荣古城文化，别的买卖不做，专营文房四宝、名人字画、泥塑玉雕。这种生意并不好做，顾客总不如其他店铺多，但他们对商品和顾客都有所选择甚至挑剔。他们知道宋代名人朱熹的"容膝"拓片受欢迎却不多进，每次只进三五幅，挂上一幅，藏下其余。有人来买，要先把人家上下打量一番，交谈询问几句，好像在考察一下人家的道德学问配不配买一幅"容膝"似的。卖绿萝卜的老甘每天都把车子停在四宝斋门口，钻到店里取取暖，也盯着萝卜摊，从文霄夫妇介绍中学到不少文史知识。此日，第一个来客是戴眼镜的县地名志干部，虽然懂得"容膝"出自陶渊明的《归去来兮辞》，但对自己家五口人挤住九平方米小屋有怨气，那么他就不宜挂"容膝"；另一个大胖子来说老两口守着四间房再买"容膝"，玉素就马上说没货了，向他推荐了《八骏图》，这是因为胖老头有贪心，房子又那么大可供跑马。谁家挂上"容膝"才适合呢？玉素说卖绿萝卜的老甘，"你们老两口，两间茅草房，房前一棵柳，房后一畦菜，无忧无虑无事无求地过日子，多么安闲快活！'审容膝之易安'，最不容易的是那个'安'字，你做到了。"这老甘听了却赶紧说："不也不也，我也没做到。"又咧着大嘴笑着说我家也要盖新房子，屋里要放洗衣机，还评价"老朱和老陶也没做到"，肯定"人生在世，贪心不可有，怨心不可有，但是哪能无所求呢……"于是文霄夫妇便感慨："老甘，大觉人也！"应当说，文霄、玉素是一对文雅的儒商，虽然做的是买卖却又有自己的道德操守，他们的话语含有禅意的哲理，但卖萝卜的老甘又从俗世人生现实出发发表了更为切合实际的高见。他们徘徊在人世的底线上，在超脱中都有限量性需求。此与《花市》中蒋小玉的个性相似，但前面已把蒋小玉放在青年农民形象中，此处宜略之。

再说《老曹》中那个退休老人老曹，原是县副食品厂看大门的。他瘦得像只虾米，常戴一副深度近视镜，没事时就在厂门口站站，回屋就喝茶，很是逍遥自在，也从来不论人非，哪一任厂长都对他印象很好。年终评模范时争执不下，有人一提老曹都同意，所以他年年得个小奖状。人们夸他时，他便擦着眼镜片子说瞎干瞎干。公司合营前，曹家的买卖叫"顺兴号"。他会做元宵，退休后便指导庙后街农民们做起了曹家元宵，而且卖得很俏。正月十五夜是最后一个高潮，"老曹也出来了，不守摊子，只是笑眯眯地站在买元宵的人们身后，像个顾客，又像一个视察工作的首长"。人们一挤，他的眼镜掉了，摸了半天也摸不到，就把"我"错看成厂长了，让人为"我"拿些元宵。这个老曹是个性格内向的本分人，也是一个面点大师，退休后重操旧业，扶持了乡镇企业，传下了自己的祖传手艺。他眼瞎心不瞎，跟上了时代，悄悄地做起来，要不是"我"上街看热闹还发现不了的。虽然他有讨好官员的商人气，但总体形象稳重而可爱。

（二）小商小贩

除了上面这几个掌柜式人物，还有一批在城里流动的或摆摊的小商小贩。新时期以来，最早描写这种人物的是陆文夫，他有《小贩世家》。[①] 其中的小贩夜间上街卖馄饨吆喝得很简单，只是一两句"热馄饨"。贾大山却在《卖小吃的》中突出地一一描述了正定小贩们的市声，有的简单也有的极具特点。早起最先上街的是卖饼子的老头，他走得很慢，吆喝得清亮平和，用字也很俭省："饼子——"第二个是卖山药的半大孩子小白，他欢眉大眼，瘦骨伶仃，衣服又薄又破，放下车子就尖尖地吆喝。他夏天卖甜瓜菜瓜，冬天卖山药，走到哪里都会传来欢笑

---

① 见陆文夫《小贩世家》，《1980年全国优秀短篇小说评选获奖作品》，上海文艺出版社1981年9月第1版，第425页。

声。这是一个贫寒家庭中早熟的少年，会在与女买主的逗趣中联络感情。第三个是卖酱牛肉者，他像关帝庙的周仓，天天黑夜背着箱子、提着灯笼，满城转悠，吆喝起来是地道的京味儿。第四个卖豆沫的聋子，是个大高个儿，笨手笨脚，一脸呆相，他的摊位总要挨着卖烧饼的。只要有人来买烧饼，他就没有修饰、夸张地冷不丁来一句"豆沫儿"。第五个是卖煎糕的南大街王小眼，挑一副担子，现煎现卖。这个奇矮又精瘦的人，吆喝起来又泼又野，底气充足，"煎糖糕"三个字是用拼音字母拼出来的，一个字母要在嘴里打好几个滚儿才肯出口，嗓音尖亮得像汽笛儿："煎——糖——糕！"这一声吆喝至少维持半分钟，尾音拖得很长很长。而且吆喝的时候闭着眼睛，攥着拳头，先是脸朝南，漫长的行腔过程中，脑袋雷达似的向西、向北转动着，吆喝完了，脸就朝东了，声音能覆盖全城。这是贾大山描写得最能吆喝的商贩，真是民间所说的矬子声高，高到震天震动全城，而且吆喝得如此卖力、如此特殊，可以代表古城市声的最高水平了吧？不，还有第六个叫翟民久。作者交代他的身世，曾经在城里有房产，城外有土地，一辈子吃房租地租，种花养鸟。土改时，他把房子土地都"愿"了，落了个开明的好名声，也不玩了，卖起了包子。可他自己不蒸，天天挎个竹篮去趸包子，一回24个，多了不趸——他家六口人，即使一个也没卖，回去一人四个，恰好是一顿饭。他吆喝起来嗓门也好，"音色优美，宛如唱歌儿"，更可贵的是他即兴创作的，构思新颖，有"包袱"，像一段小相声："卖包子，大个儿的包子，吃俩就饱啦——再就俩卷子！"人们听了没有不笑的，但他不笑。他不一定去人多的地方，夏天哪里凉快哪里去，冬天哪里暖和哪里去。有一年夏天还去后街开元寺，那是座没人的破庙。他站在塔台上，唱歌儿似的吆喝着，谁到那里买他的包子去？这个翟民久家中可能仍有多年积蓄，所以卖多卖少不在乎，吆喝得如同唱歌，那是一种自我娱乐。这与前面几个小商贩以买卖谋生就大大不同了。作者刻画卖糖糕的王小眼吆喝形象极细、极特殊；描述翟民久游手好闲的情态更是别致，更有复杂的内涵。其他几个也各有不同。

如上讨论贾大山关于古城几个掌柜和一群小商贩，可以见到他创作晚期在人物塑造上走向了新领域和新深度，犹如老舍在《正红旗下》等作品的笔触，也如汪曾祺写他的故乡高邮、林斤澜写他的温州小镇，是带着乡情乡愁描写人物的生存环境与个性形象的。从题材领域上说，是他集中精力回望自己出生地上曾经的和现有的人与事；从精神深度上说，以林掌柜为代表的人物形象具有典型性，其小铡刀和一句"人也有字号"把民族传统的诚信大义形象化了；围绕"容膝"拓片发生的人心讨论也树立了文霄夫妇和老甘的形象，他们也属于新时代传承着传统文化精神的义商。以及形态各异的小商贩们，他们的形象都刻在读者脑海里了。

二、从政人物和文化人群

县城里有从政人物，也有文化教育界人物，他们是城内的上中层或称之为精英阶层。

（一）从政人物

我们先从《智县委》说起。县委是解放初期的称谓，现在统称县委书记。智县委这个人物在上面也曾几次提及。他来自革命军队，是一个一直被古城百姓怀念的领导者。一是他十分爱护那座新建的大戏院，即爱惜公共文化设施。"我"和小伙伴们要打戏院的电灯泡而被他抓住送到"我"父亲面前。二是喜欢文化，包括"我"的毛笔字，为父亲的店铺起新字号"复兴成"。三是他外号"智大炮"，性子急躁，也好发火，哪个店铺没有达到"秤平斗满、童叟无欺"，没有在门口设"太平水缸"，没有夏天搭上凉棚，他都要当众把掌柜"吹一通"，所以人们都怕他。四是他嫉恶如仇，保护百姓。曾在街上遇到一个白拿香烟的醉汉，自称"老子打过游击"，他便扇了那家伙两个耳光，骂"这种东西不是人"。五是晚上睡觉前爱小饮几杯，就着松花蛋，却像在部队上遵守三大纪律八项注意那样，总是亲自出来买，怕手下人"狐假虎威，打扰睡下的买卖人"，买到就买，买不到就回去。这是一个上世纪 50 年代县级干部的代表，虽然有些粗鲁却清廉爱民。再就是《一句玩笑话》中打倒"四人帮"后刚刚恢复了县委书记职务的梁思中，曾经被贬为县林业局副局长。牛局长曾经对他说，昨夜小叶又找来了。老梁忽然想开个玩笑："这是无理取闹，凡挨过整的人，大小总有问题嘛，找什么？你看我就不找……"老牛听了没有反驳，而是陈述当时林场里找不到阶级敌人，就矬子里面拔将军把富农出身的小叶拔出来了。后来摘了帽子恢复了公职，档案里还留着个尾巴。老梁也没马上表态同意为小叶彻底平反。现在他已是县委书记了，还记着小叶的政策没有落实，便冒着小雨来找老牛。没想到老牛来了个"以子之道还治其身"，说"本月 12 号，一个雨后的早晨，你不是对小叶的问题'做过……具体……指示吗？'"老梁被将了一军，一下子怔住了。这是两个领导围绕小叶的问题开玩笑，拖延了小叶问题的彻底解决。李扬在评价此篇中说："《一句玩笑话》写牛局长把上级的一句玩笑话当作一支无时不在的令箭不敢有违，夸张、变形的笔法让人想起契诃夫的《变色龙》《小公务员之死》，我们也看到时代虽变了，但隐藏在公务员身上的阴影却还没有退去。在这些人身上已经浸染了深重的官僚主义气息……贾大山不惜用最严酷的真实来清扫干部心灵上的尘垢。"[1] 好在梁思中二人尚有为民解忧的良知。

还有一个县领导老倪和钉鞋的老石，这是贾大山于 1981 年就发表的古城人物《友情》中的两个人物。这一年他还发表了上面刚提及的《一句玩笑话》和《花市》，可见作者已经有心打开他县城童年和返城后的见闻生活库存，但他又转向了正在改革的广大农村，形成写农村人物与写城里人的交替并重。这个老倪原来是县长。那年世道一乱，他稀里糊涂被打倒挂了起来，整天没事常到街上散心。这天他一早去排队买肉，在人群里冻了两个小时，被几个肩膀一横的人挤到后面，"他们好像因为自己没有老倪那样的厄运，理所当然地应该站到老倪前面似的……唉唉，何苦呢？"那时老倪身体枯瘦，面色苍白，帽舌总是压得

---

① 见李扬《贾大山论》，李延青主编《忆大山》，花山文艺出版社 2017 年 8 月第 1 版，第 198 页。

很低，没有买上肉，便空着手、苦笑着走向老石的钉鞋摊。老石当时不知出于一种什么心情，贸然地叫了一声："倪县长，买肉来？"老倪呵呵一声，说卖完了，改日再买。老石便要为他的新鞋打个掌，说打个掌更结实，白打，分文不取。于是老倪便脱下鞋让老石打了掌。二人从此成了朋友，老倪常来坐在老石身旁看看行人聊聊天，下雨刮风的时候老石就约上老倪下棋、喝酒，而他从不失约。老倪要升官了，老石邀请老倪今晚来家中为他祝贺祝贺。但是老倪第一次失约了，他被财政局长、公社书记等架着胳膊拉走了，还买好了肥肥的烧鸡。老石先让老伴早早做菜准备迎接贵客，他在老倪家门口的风雪里苦苦地等着，曾想闯进去"借酒骂座"，问问老倪丧妻办白事的时候你们在哪里。但他没有，而是去酒馆喝了二两，吃了已经买好的牛肉包子，回到家还说已经在老倪家喝过了，你闻闻酒味，老伴便偷偷笑了。作者简约地刻画了一些官场势利眼的可憎面目，更突出了老石这样富有同情心的平民形象。他在老倪当权之时就认识了这位倪县长，老倪却不认识他；当老倪"虎落平阳被犬欺"的时候，他却主动向他打招呼温暖他变冷的心，长期地与他交往使之享受着人间的乐趣，但对他无欲无求；要摆酒祝贺老倪重返政治舞台是真情实意，却被那些势利眼意外地冲击掉，是老倪被一股官场邪气裹挟了。老石最后被冷落令人深思。官与民的患难之交靠不住，别的友情靠得住吗？

　　再看两个下野的局长。一个是《游戏》中退位在家的袁局长和退休工人老袁，他们是前后邻居。北院袁局长很少出门，时常站在枣树下观看那些枣子，实在麻烦了就去南院说闲话，有时也喝杯茶。他见老袁的黑白电视又小又闪雪花，便邀老袁去自己家看彩色电视。果然很好，老袁便天天晚上看到"再见"，这样袁局长就烦了，说天天看对眼睛不利，最好有个计划，我有电视报，以后来了报纸你先看，要看哪个节目就在前面画个圈儿，咱们就一起看。过了几天，南院老袁果然见墙头上放了一张电视报，打开一看上面还有两行字："电视报已到。下周拟看何节目，请速标出。老袁同志阅办。"老袁不懂"阅办"的意思，就登鸡窝扒着墙头询问，袁局长耐心地做了解释；又问"拟"字念什么，什么意思，袁局长也告诉了他。老袁找好节目画了圈儿，又登上鸡窝说节目标出来了，你看行不行。袁局长却要他"用文字说话"，又说"歇着也是歇着，咱俩只当做游戏"。老袁只得依他写句话。但袁局长说他文法不对，还应当写"当否，请批示"。老袁为了看彩电，练习了一个月终于会写请示了，袁局长一看也十分满意地挥笔写上"同意"二字。但来来往往，袁局长又烦了。这次看《聊斋》的请示没有批回音，老袁便去北院找袁局长。袁局长说这几天忙，你先回去，我争取赶紧看赶紧批。这样老袁也不耐烦了，鸡窝也踩坏了，见墙头有报纸也再不及时拿，袁局长便批评他作风拖拉。两人就吵了嘴、掰了瓜，各看各的电视了。后来南院买了彩电，老袁在房上哼着小曲摆弄天线时看见袁局长"孤影悄然地站在院里，心里不由一颤，便去买了一张电视报写了漂亮的请示"。袁局长一见潸然泪下，从此两人重归于好，只是不再做那种游戏。

另一个是《门铃》中退位的夏局长。过去，他家门铃一响就有人来向他提要求，不是为评工资就是为了评职称。他本来只想作画不想当官，县委书记却用一套"人才有数"的理论把他这个美院毕业的大学生安排到了文化局长的位子上，从此他最怕门铃响。怕归怕，也学会了"答复一定得圆满"。本来内向好静的他在门铃响了七八年后辞了职，可以安心画画儿了。老伴又布置一些家务事，他也都能做到，并且欣赏"吾心似秋月，碧潭清皎洁"的诗句，但不到半年他觉得太冷清了，注意听楼道里的脚步声，等待那悦耳的门铃声。他想拆去门铃，老伴不同意。她一次下班回来，故意按了门铃，老夏欣喜地开门一看是老伴。又一次门铃响了他不去开门，一听是个北京口音的女人声音，以为是戏校的宋校长来了，便浑身热乎乎地赶快去开门，一看又是老伴，原来她是撇着京腔骗他的。进了屋她便批评老夏："有麻烦嫌麻烦，没有麻烦也麻烦，你还'吾心似秋月'哩。"老夏这会儿身上一阵清凉，原来老伴才是清静如碧潭、皎洁似秋月呢！

这两个退位的局长，他们的失落感太强，不能适应门前冷落车马稀的居家日子。一个是以邻居为对象做游戏寻找在任时的感觉，一个是盼着单位人来却总盼不来。但一个是受了老工人邻居善心的感动，一个是被老伴批评方心理正常起来。他们的形象可笑亦可爱，都终于在落寞中度过了人生转折关。

（二）文化人士

贾大山也为我们刻画了几个没有行政职务和职务很低的知识分子形象。首先说《书橱》中的冯老师，他是执教三十多年的高级教师。在他六十寿庆时，领导给他解决了一套三居室的新房。过去他家过于狭窄，现在是搬到新家又过于空旷。做些什么家具？他不听孩子们的建议，只想做一套高规格的书橱，放上他多年积累的书籍。这是个爱书如命的人，一辈子除了买书读书没有别的嗜好。但房子太小，"委屈了那些先哲时贤，桌上桌下，床头柜顶全是书籍"。他的观点是："财帛是身外之物，唯有把书读在肚子里，终生受用不尽，大则可以济世，小则可以修身。"书籍很多了，却一概不外借。因为曾经有一套10册的书，忘了是谁借去一册，至今未还，苦苦想了两年也没想起是谁，这是个很大的教训。张木匠听说冯老师要做书橱，主动上门来揽活儿。冯老师要做仿古书橱，张木匠兴致更高。但冯老师又不做了，张木匠乞求他不要改变主意。冯老师却摇着头朝东屋一指。木匠走到院里听东屋小两口对话，说将来用书橱"盛碗"，便明白了。从此冯老师也不再藏书，还套了一套顺口溜："老夫藏下几本书，哪个喜欢哪个读。但愿身前散干净，免得书橱变碗橱。"作者描述冯老师从藏书到散书是对当下"读书无用论"风气的揭示和批判。其次是《傅老师》中已经退休在家、天天习字读帖的傅老师，他品行高洁、谦和为人，把书法视为神圣的事业。他习字不惜工本，有人求字不要报酬，拿纸来就行，有的不拿纸也行。他在场面上总是以茶代酒，也不喝饮料。一次理发店老潘在碰杯时说要他一副过年的春联，他马上答应了。到年底，老潘忘了，傅老师却把一副大红对联送了过来。这是傅老师言必信、行必果。但他赏菊时遇到一位"无心道人"，常写"龙""虎""寿"大字在四大机关去送给领导。傅老师对他的行为有些反感。他求傅老师写"意静不随流水转，心闲还笑白云飞"。有涵养的傅老师笑容可掬地答应着，还掏出小本认真地记上，但他始终未写，"并且有一套不得罪人的理由"。这个傅老师与冯老师都是退休教师，一个是诗书满腹还想打造书橱藏书，却因儿子儿媳不读书不爱书而大为失落；傅老师术业有专攻，把习字读帖、为人写对联匾牌尽义务当成乐趣。一个是伤心于不能"诗书传家久"，却心疼这些经典书籍身后难保，不如来个诗书传大家，青少年们谁读就来拿，这便是一种心胸。傅老师谦谨为人和有求必应的风度颇当口碑，内心却容不下自称"无心道人"这种游曳于官场的书法外交者，表现出知识分子的正直、清高。他们一个是改变主意散书济世，也从反面呼吁读书藏书之风回归；一个是以书写惠众，拒斥书法界的浮躁和浮夸，树立了当代书家的良好形象。这两位老教师的品性都是高尚的。

那篇《水仙》，贾大山写得甚是优美，把水仙花的活性象征了人物相互之间的纯真友谊。具体关于水仙开花的美丽前面也引述不少，这里重点说善于养水仙的小丁"谈吐举止，不像一个厂长，倒像一个文人。初次交谈，他没有多少热情，也没有多少生疏，好像和我神交已久了似的"。这个才三十几岁的小厂长拿来的一沓古体诗，不准备去发表，只是"玩的"，要"我"看看指点进步。用他的话说："我们这些整天和机器打交道的人，心里也有几首诗，真的，心里有了诗，就像炎热的夏天，头上有了一片树凉；就像寒冷的冬天，屋里养了一盆水仙。"一天晚上，"我"去他家说诗稿时，发现他的桌上摆着一盆水仙，随口说了一句真好看，小丁就非要把花送给"我"，"我"不要，他便说明年冬天一定给老师送一盆去。第二年冬天果然送来一个花盆和两颗水仙鳞茎，还有一组新写的诗。要留他吃饭，他推说明天与外国客人谈判要准备准备便走了，从此我们不断联系，甚至是半夜打电话说水仙的长势。以后年年如此。但引来许多麻烦，街上的人们找"我"想借小丁的好车或安排工作，"我"都谢绝了，便被非议。连妻子也提议请小丁吃饭，往小丁那里安排她侄儿，"我"也没有请小丁。水仙花隐喻了人际关系应当纯洁，不要被世风所污染。"我"和小丁都是清淡如水的君子。这个"我"的原型便是贾大山本人。再看那个中医大夫邵思农先生，他曾经治好了"我"头上的秃疮，治好了"我"肚内的绦虫病不收费，后来为一个家庭困难的患者象征性地收了父亲些钱。可是他被极左人物派去淘粪，一淘就是十年，这太不公平了。问街道干部，他犯了什么罪？只回答了一句："谁叫他那么爱干净呢！"这算什么理由，那时找谁说理去？邵大夫的确"高高的身材，白净的脸，总穿一件灰布大衫，戴一副眼镜，干净得让人不敢接近"，没想到爱干净竟然成了莫须有的罪名。他死后，派人为他平反，他的后人宽宏地说："老人一生清洁自守，不是那种计较荣誉的人，何况身后呢？"这又强化了邵先生人格的高洁。这里还应当提一下业余写手老拙。他在文人中不太入流，在政府机关里也是特殊的一个。其工作是勘查确定村街地名，在一些人眼中可有可无，谁也不重视。但成立县文联时调他去当主席，他提人事、经费条件，领导说两个牌子一套班子、两个单位一本账，他便不去当这空头小官，这样他就"吃了不是文联编制人员不得评作家职称的亏"，所以在省里一个会议上只介绍他是"县里来的好朋友"，引起一片笑声，他连午饭也没吃好。论创作水平，老拙正应了他"老拙"的笔名，在县里是"兵头"，到省文坛上也不过是个"将尾"。老拙白天长蹲街头，夜晚枯坐灯前，是一个执着的文虫，却由于看到现在人们什么都争，他就发明了自治生气的"药方"。他属于当代的新式阿Q。其理念对于当今社会现实来说，不应当都属于过往的劣根吧。

如上对这些古城商人、从政人物、文化人物兼及过场性人物形象的分析概括，想到叶朗关于张竹坡、脂砚斋等对于人物性格与社会关系的论述："人物的个性化，其内涵就在于每个人物的不同的内心活动反映出的人与人之间的不同的社会关系，而人与人之间的社会关系是极其复杂的，而且是千变万化的。因此处在这种社会关系当中并且反映这种社会关系的人物的性格，就不可能是单一的，处于一个平面的。"又说，"在同一个人物身上，完全有可能出现相互矛盾的性格特点。"[1]贾大山所写的这些人物，由于是短篇小说不可能把他们刻画得如长篇巨制那样复杂那样多变。但其中也有如上面讨论乡村人物那样"正邪两赋"式人

---

[1]　见叶朗《中国小说美学》，北京大学出版社 1982 年 12 月第 1 版，第 227 页。

物，多数人物的个性具有两三个侧面，平面中又有不平，人际关系和时代背景对他们个性的形成与变化起着不可忽视的作用。这里重提钱掌柜，他身在商界却不在乎赔赚，爱戏爱到了痴迷的程度；在日本人面前有自救的智慧却又用汉话戏弄鬼子，却因好显摆又不设防、不听劝而招致被批斗的灾祸；在李书记面前假提意见真夸奖和偷偷给"我"点心则是善于讨好，背地里却贬损李书记；李书记死后，又怀念他是带病吃食堂的好人，向灵车后头扔下一块饼干。他是没有发财理想的正邪变化的立体商人形象，其个性复杂于林掌柜，形象上则低于林掌柜。卖萝卜的老甘羡慕文化，具有一定的禅心，却又无文雅之举，大嗓门吆喝太野，违背陶渊明、朱熹文章的原境原意，却从生存现实出发解说了"容膝"。梁思中复职前后，袁局长、夏局长退位之后和冯老师退休前后的矛盾心理，傅老师写不写字要看人品等，都打破了平铺直叙中的个性平面。老拙更是一个比阿Q更现代更复杂的多侧面人物。他们的个性有的看起来不够一致，却都具有内在的统一性。

三、古城闲杂人物群

这里所说的古城闲杂人物，是指贾大山笔下城中那些休闲老人和以体力谋生的特殊行当人物。包括《西街三怪》中的"药罐子"等和兼职性看守文物古迹的老翁，以及担水的、淘粪的、为死人净面的人们。他们的形象不一定高大，但都有自己的生活理念与相对特别的个性。

这里重点说贾大山的《西街三怪》，这是他晚期的名篇之一，在《长城》发表后为广大读者所喜爱。这"三怪"成为一组，各篇也相对独立，三个人物却在其中穿插出现。

第一怪，"药罐子"于老。他出生于富人家，早先是"永茂酱园"的少掌柜，却从小多灾多难，"喜欢生病"。从食品公司退休后，生了病不去县医院，只找小诊所的李先生。李先生死后儿子接班，仍然是于老最信赖的李先生。老李先生在"文革"中戴了十年政治帽子，于老就十年百病不生。新时期到来，诊所又开张，他的病就又来了。今天上火，明天肠干，伤风感冒不断，去了咳嗽添了喘，三天两头抓药熬药，于是得了"药罐子"的外号。他个子小，嗓门高，稍有一点疼痛不适便哼哼唧唧、大呼小叫，动不动就要给西安工作的女儿拍电报。李先生一来，他脑袋一耷拉说："哎哟，我不行了！"他敬佩李先生，说他是古代名医李东恒（李杲）的后代，李先生就称他是"模范病号"。于老一辈子相信李家中医，却不相信西医西药。一次，他感冒了打着喷嚏来找李先生，李先生让他吃一粒康泰克，说是西药。他便马上说："我不吃西药！我这辈子，凡是挂'西'字的东西都不吃，西药治标不治本！"李先生便像"哄孩子似"的给他讲中西医各有所长、各有所短，医家和病家都要解放思想，破除迷信，不可拘泥一法，认死一门，接着让他吃了康泰克，又给他倒了杯热水。一会儿，于老眉毛舒展了，眼睛也亮堂了，模仿着电视广告说："不错，'确实好多了'！"他便焕然一新地走了。但李先生发现桌子下面有一粒康泰克，原来于老接了药片又掉了。作者先表现于老怕死，再描述他不相信西医到相信了西医，为我们塑造了这样一个终于开始接受新事物的老人形象。

第二怪，"火锅子"杜老。杜老原来是西街的种田人，和于老同岁。他长得富贵，高高的个子，圆圆的肚子，浑身上下都很丰满，只是干活没有力气。在集体耕种的年代里，别人吃不饱饭，他却不断吃火锅子。他的两个女儿，一个做了随军家属，一个招了上门女婿，对杜老很孝顺，天天为他做"差样饭"。杜老与于老都爱吹，二人吹吃得好，言来语去，总是让于老甘拜下风，杜老便很得意。两人吹吃火锅子，遭到了一次批判，让"神算子"黄老代写了检查才算完事。如今杜老不怕了，随心干活，大胆吃饭，觉得无比幸福。他每天早饭后爱去街上转转，碰见熟人总要问人家吃了么，吃的什么，然后得到一句"你比我强"便乐了。晚饭后，喜欢到李先生诊所坐坐。人们知道他的毛病便故意把饭往好的说，他一听人们说吃饺子、炒肉丝儿就说素食，"还是比人强！"到了春节，杜老就少言寡语减饭量，女婿以为他得了病就去诊所问李先生。李先生让他问正躺小床上行针的黄老。黄老询问了杜老的饮食情况后告诉他："你那老泰山，有一种心病：口说知足常乐，心想高人一等。

平常和你们吃的不一样，他就高兴；现在一样了，他就不高兴了。神州大地，芸芸众生，或轻或重都有这种心病……"还教他，每顿你们先吃，把剩下的菜呀肉呀倒到锅里热了给他吃，这叫折罗。正月十五的晚饭，女儿就如此做了，杜老果然吃得很高兴。出来观灯碰到了于老便让他猜自己吃的好饭，最后笑哈哈地告诉于老："火锅子！折罗！"于是"火锅子"的外号就叫起来了。这个杜老在家庭饭食上搞特殊，到街面上还要显得高人一等，虽然让人背后讥笑，但总算没有白生一副富贵相。

第三怪，"神算子"黄老。这是西街上的知识分子，读过不少古书，很有学问，但生不逢时，没有施展的机会。他早年卖过字画，在邮局门前代写过书信，到不惑之年才像一颗明珠放出了光彩，引起了人们的注目。人民公社化后，街道上办起了食堂，粮棉产量大"放卫星"，浮夸风盛行，天天有报喜的锣鼓声。那时黄老不是农业人口不下地，仍然代写书信借此为生。人们问他各村各街都这样吹牛说大话行吗。他说不行，产量报得还太低。直到西街放了粮食亩产三万斤、棉花亩产1615斤的高产卫星，他才说"好了"。人们不解其意，他说："好便是了，了便是好！"果然入冬后县委派工作组来反"五风"，那"好"便"了"了。从此人们传说黄老说话有准，开始有了威信。晚上，他的小茅草屋里常有人说饿死人的事。他说不行，定数未满。待到死了11个，他才又说了一声"好了"，不久食堂就散了，从此他得了"神算子"的美名，说他有一双"慧眼"。"文革"运动来了，他就被戴上"牛鬼蛇神"的帽子，扫了十年大街。传说这中间还显过一次灵，是用放炮的形式预言"响亮辉煌处，便是落地时"，又是含混的偈语。但一年后揪出了"四人帮"，那个让人做家具不给钱的主任也"落地"了。分了责任田后，穷怕了的人们都想问个吉凶。黄老便被大家一夸就"开放"了，先是无偿服务，后来开始收费了。他就打扮得怪异起来，一件破褂子，一把破扇子，故意趿拉着鞋，没人找时便四处转悠，见盖房的、娶亲的都说选的日子不吉利，人们便背地里叫他半疯子。于老说他会算卦，他说我那一套全是"哲学"。他不懂装懂，骗人技术不高就常被人嘲笑。于老便总结他原先的预言都有物极必反的道理，后来他忘乎所以、妖里妖气的，也落了个物极必反。

　　如上较细地说了西街这三怪，怪就怪在自我精神的异化。于老从小多病，形成了对李先生的依赖症，变成了"模范病号"，但他终于承认了西医西药，不再只相信中医中药是良好的转化，从人际关系作用上看还是信赖中医李先生的结果。他保命也吹嘘，在杜老面前吹饭食多吃败仗，但在认识黄老装神弄鬼的行为本质上是真有哲学水平的。杜老口头上知足常乐却天天浮夸自己的好饭食，以此为荣，以此为乐，连吃剩饭也引以为豪，是在虚荣心的快感中度日的行尸走肉，只是没有一人像开导于老吃康泰克一样使之回归原态原形。黄老有知识却没用到正经地方。开始预言的偈语是一种骗人之术，还瞎猫碰上死老鼠地获得了人们的信服。后来转为有偿服务后就彻底异化为另一个被众人嫌弃的多余人。在世俗的社会生活中，这样的三个老人，在他们的日常生活中各自扮演着自己的平民角色，各个展示着不同的个性，在贾大山的古城闲杂人物谱中是特征鲜明的。作者曾经自谦地说，他们的故事，没有什么意义，讨人一笑而已。但崔道怡则认为这三怪"独具特性"，"蕴涵着人生的哲理"。[1] 此言说得深刻、到位。

　　还有城中的老街长、莲池老人、聋子和担水人等，前几章也多有涉及。他们都是城中下层的好人，却也各有秉性和生活理念，各有一副善良的形象，体现着人物生存状态的自在性和自足性。他们是同一类人，在作者笔下又都是相隔的，唯一性的，互不混淆的，可见作者在人物个性、形象塑造上没有重复自己。

　　这一节我们探讨了贾大山笔下的几个古城人物群的个性与形象，看到他们具体而活泼的生存状态、生命轨迹和内心世界，基本上构成了上世纪 50 年代到改革开放城内的各色人物谱系和社会生活变迁图景。无论是官是民、是商是农、是老是少，他们都由内因外因形成了具有独立意义与价值的文学形象，那些缺点明显的人物也有其缺陷之美。即使是

---

[1]　见崔道怡《金在大山深处藏》，李延青主编《忆大山》，花山文艺出版社 2017 年 8 月第 1 版，第 27 页。

附属人物如骗子杨跛子、中医世家李大夫、夏局长老伴、钉鞋匠老石的老伴、"我"和"我"的父亲、妙光塔下乘凉的蒋五婶和王老婆等等，都被作者在情节运转中简捷地赋予了陪衬性或对比性的个性，成为主要人物性格与形象形成中不可缺少的社会关系成分。

第四节　多种人物典型

从本章上几节的各类人物性格与形象的探讨中，就可以看到贾大山在小说创作中注重塑造人物典型。早在明清时期，叶昼最早地提出了人物的典型性格塑造理论。他在关于《水浒传》第九回回末总评中说："施耐庵、罗贯中真神手也！摹写鲁智深处，便是个烈丈夫模样；摹写洪教头处，便是忌嫉小人底身份；只差拨处，一怒一喜，倏然转移，咄咄逼真，令人绝倒。异哉！"① 这就是说，鲁智深是刚烈的大丈夫典型，洪教头是鸡肠小肚的小人典型，差拨则是喜怒转变的见钱眼开的典型。叶昼又在第二十四回一段批语中说，对潘金莲的描写十分"肖象""传神"，可"当作淫妇谱看"。② 此"谱"者，便是典型性、代表性的意思。金圣叹也论述过《水浒传》的人物性格都是有某种典型性、概括性，提出了"性格"这一概念，其着重点就在于强调人物形象的独特性。恩格斯在 1859 年《致斐·拉萨尔》的信中说："主要人物是一定阶级和倾向的代表，因而也是他们时代的一定思想的代表，……"③ 又于1885 年 11 月《致敏·考茨基》的信中说："对于这两种环境里的人物，我认为您都用您平素的鲜明的个性描写手法给刻画出来了；每个人都是典型，但同时又是一定的单个人。"④ 歌德在论述"艺术的真正生命在于对个别特殊事物的掌握和描述"时则说："每种人物性格，不管多么

---

① 见叶朗《中国小说美学》，北京大学出版社 1982 年 2 月第 1 版，第 33 页。
② 同上，第 33 页。
③ 见《马克思恩格斯选集》第 4 卷，人民出版社 1972 年 5 月第 1 版，第 343—344 页。
④ 同上，第 453 页。

个别特殊，每一件描绘出来的东西，从顽石到人，都有些普遍性；因此各种现象都经常复现，世间没有任何东西只出现一次。"[①] 他肯定了典型在历史上可能多次出现，印证了荣格的母题理论，一代代作家进行典型塑造便有了充分的理论依据。

贾大山笔下的人物形象，有农村的、古城的，有各个阶层、各个职业的，有各个不同时代的，有正面的、负面的、中间的，有我们可能见过的、少见的，甚至是首次见到的，有历史过客似的旧人，也有以前未被发现和创造出来的默默无闻的新人。笔者从贾大山小说中试筛选出一些主要人物典型。由于前面对他们大都做过论说，这里再从他们典型性质上做一次精当的归纳，分为诚信守义人物、为公务实人物、成长转化人物、婚爱自主人物、人性扭曲人物、爱美人物、美食人物和虚荣人物等不同类别，每类例举一至三人。

一、诚信守义人物——林掌柜、蒋小玉

林掌柜，是 20 世纪 50 年代工商业公私合营前县城义和鞋庄掌柜。他长得方脸方口，一直诚信经营，老少无欺，口碑甚好。特别是他柜台上的小铡刀，是用来让顾客见证其商品质量的特殊工具。遇到杨跛子这样的无赖刁难却宽宏大量。他的口头禅是"人也有字号"。此言为文学界名人铁凝、雷达、王力平、封秋昌等所称道，认为这句人生哲言和小铡刀突出了林掌柜的诚信义商个性与形象。

蒋小玉，是正定城外南关的花农姑娘。作者只说她长得细眉细眼，但在卖花过程中表现出高超的议价智慧和开朗直爽的性格。某个年轻小干部非要强买那盆令箭荷花，小玉得知他是要为领导庆生日送礼，便带着对不正之风的厌恶，义无反顾地宁可少挣五块钱而把这花贱卖给了严村老头。她一身正气，是新时期的新人物中义商典型。有关《花市》曾入中学课本，众多文艺评论家对之发出嘉言。

---

① 见《歌德谈话录》，中国画报出版社 2007 年 8 月第 1 版，第 16 页。

二、为公务实人物——春生、李黑牛、拐老张

春生，是生产队的年轻队长。他眉眼中还保留着中学的青春之气，在处理队务上百事不烦，温和中隐含着一种坚韧刚强。在中秋节月下，带人去火车站扛大包为集体挣钱，极累却不叫苦。这是农村大集体时代一心为公、隐忍负重的好队长代表。其《中秋节》已被译成外文，传播海外。

李黑牛，这是刚刚打倒"四人帮"后的李庄村支书。在乡亲们眼里，他没文才、没口才又好咬死理儿。可他偷偷地学文化，而且不怕"斗争尖锐"。他慢慢憨憨却又意志坚定，在治沙造田上不屈于极左舆论压力，用自己的领导智慧统一了党支部的思想，排除干扰，真抓实干，实绩斐然。在现场大会上，他不是夸夸而谈，却是用大镐刨大坑捧起沙土说经验。这是大集体时代万千村支书中的一个好典型。有关小说《取经》于1978年荣获首届全国优秀短篇小说奖。作者塑造的这个不信邪、有头脑的实干家李黑牛形象，在当今脱贫攻坚、乡村振兴中也具有现实意义。

拐老张，两度到陈庄公社担任书记。第一次上任后在陈庄村搞了果园规划以充分利用沙荒地，不料冻死5000棵树苗。第二次主动请缨下到陈庄，实事求是地总结教训，诚心诚意地听取老农的意见。他大胆认错，关心老弱，感动了村中的智者出主意找到好土"风背沙"，使果园工程重新启动，干群和谐之风也重新吹拂起来。有关小说《乡风》中的情节虽有访贫问苦的公式化之嫌，但拐老张不图安适、主动担当、坦诚纠错，放下官架子、不计个人颜面的性格高尚而可贵。他是心胸宽广、有担当精神的好干部典型。

鲁迅在论中国人的自信力时说："我们从古以来就有埋头苦干的人，有拼命硬干的人，有为民请命的人，有舍身求法的人……虽然是为帝王将相作家谱的所谓'正史'，也往往掩盖不住他们的光耀，这就是中国的脊梁。"[1] 这个老张和春生、李黑牛等便是当代的中国脊梁。

---

[1] 见鲁迅《中国人失掉自信力了吗》，鲁迅《且介亭杂文》，人民文学出版社1973年3月第1版，第94页。

三、成长转化人物——赵三勤、钱八万

赵三勤，本名赵小乱，父母双亡，独自住在老屋破院。在生产队干活时浪浪荡荡，抽烟勤、喝水勤、拉屎撒尿勤，得了"赵三勤"的外号。在队长们的努力下，他终于浪子回头，变成了洗脸勤、理发勤、换衣裳勤的"新三勤"。作家描写青年成长者并不少见，但作者描述他的放浪刁钻个性十分幽默生动，转化情节也极富情理和趣味。《赵三勤》中这个人物形象被学者、读者所津津乐道。特别是此作被日本银河书屋选入《中国农村百景》中。

钱八万，是个五十多岁的上中农。他在生产队干活总是挑肥拣瘦，私下里跑买卖挨过批斗。他识文断字，知书达理，对《朱子治家格言》很是熟悉，背诵了几句便差点被打成反革命。社员们都鄙夷他，认为他是个针尖上削铁、燕口夺泥的自私鬼。这年麦收时，他顺便帮地邻刘云珠割了六分地的麦子。县里广播报道他学雷锋"心里美"，他便受到多人的讽刺。经过村支书的批评、自己复杂的思想斗争后，第二天就率领全家为刘云珠割了另二亩麦子，再次广播他时，他再也不怕什么，村民们也真的服气了。这是一个由极为自私转变为真正"心里美"的老年农民典型。雷达在文章中认为这个人物"少见"，"是很难写的"。

四、美丽善良人物——干姐、云姑

干姐，梦庄的小媳妇于淑兰，下乡知青"我"的干姐。虽然她受旧风习的影响嘴很臊，但"冰清玉洁，品行端正"。她主动要"我"认她干姐，成为"我"在梦庄的一个亲人。"我"生病时，她讲男人拈花惹草、女人招蜂引蝶的故事，以转移"我"的病痛。又严厉地要"我"好好钻研二胡，使"我"终于成才调往县里。十几年后"我"仍然想念她，拉她喜欢的曲子《天上布满星》。这是贾大山笔下一个向往文化艺术的善美女人形象，受到诸多专家学者们的高度评价。

云姑，也是梦庄美丽的小媳妇，学校的邻居。学校要盖新教室拉沙

子，云姑也要盖房拉沙子，但她的沙子总被人半夜偷盗，便上房骂街。"我"劝她这样骂就把你的美破坏了，还为她在墙上写了"此沙是私人的，请勿偷！"她又把它们刮掉，说你这样写就把你的美破坏了。她宽恕了偷沙人，这又是一位与干姐言行方式不同却同样富有诗画性质的人美心美的女子形象。

五、婚爱自主人物——小果

小果，是个爱说爱笑爱打扮的农家姑娘。团干部、护秋员大槐暗恋着她，她却认为找对象不是选劳模，和大槐谈恋爱像审官司太古板，所以她选中了英俊且内向的清明。但小果仰头望着夜空说："天上的星星们多好呀，我照着你，你照着我，大家都闪闪发亮，真好。"于是，他们决定先等大槐成家以后再结婚。这表现出一个乡间姑娘的胸襟。她是一个时代新人，既有现代人的主体精神、婚爱自主意识又有中国传统的和谐理念。《小果》1980 年 4 月发表，是当时突破爱情禁区的重要佳作，所以多处转载，并获《人民文学》年度奖。

六、人性扭曲人物——老路、背女孩的队长、俊姑娘

老路，是梦庄一个生产队的指导员。他的阶级斗争弦绷得很紧，批斗四类分子时凶狠得少见。但他怜惜那头老牛，为它气息奄奄而落泪，更不肯杀了它吃肉，最后让四类分子路大嘴按闸电死埋掉。他是"文革"时期把人不当人、爱牛胜过爱人的人性极度扭曲的典型，极度政治异化的性格分裂的活标本。这篇《老路》，先后被十几位名家高度评价。

背女孩的队长，无有具体姓名。第一个特点是，他走到哪里都背着他亲爱的小女儿。第二个特点是珍爱花生，因为这是"国家的油料"。他的口头禅是"吃油不吃果，吃果不吃油"，不许社员干活时吃花生，更不准回家私带花生。但他媳妇带回了几粒花生。队长回家来发现女儿正烧吃，便一掌打去，女儿被一粒花生卡住而暴亡。这个意外，使队长

一度精神失常。铁凝曾在文章中论说这个队长父女的悲剧。此篇《花生》是作者"梦庄记事"系列的第一篇，乃为作者创作转轨后打响的第一炮。

俊姑娘，下乡知青王玲玲。初到梦庄时，以其出奇的俊美大受欢迎，但不久便被人起了一些外号。无论评工分还是入团，她一次次受挫，便一遍遍地哭。最后不哭了，故意作践自己、放荡自己，走向了自己的反面。然而她被砸伤了一条腿后，全村哗然，都怜悯起这个"人尖子"来，还评她为五好社员。这是对她的补偿，也是村民们的人性回归。有关《俊姑娘》，被雷达、王力平等评价亦高。主人公王玲玲的个性和形象具有多义性，在知青小说中具有典型性。

七、爱美人物——丑大嫂

丑大嫂，梦庄祁家小媳妇。因左眼有个萝卜花而自惭形秽，她性格开朗，敢和光棍们说笑、摔跤。"我"送她一副茶色眼镜，她洗涮一番后戴上，果然十分俊美。第二天下地时，她便戴着眼镜换上新衣出现，被众人议论纷纷，"我"同样被人们另眼看待。她只风光了一天，再也不敢戴眼镜，成为一个沉默的人。但后来发现，她半夜里才穿上新衣、戴上眼镜照镜子自我欣赏。在旧风俗的压力下，她不敢再展示自己的美，却又美心不泯。

八、美食人物——王掌柜

王掌柜，本是城外南仓大白菜的种植世家人。过去他在街上卖白菜时，见得多吃得也多。现在去尝马家卤鸡、豆腐脑儿、烧麦，发现都缺少当年的传统风味，他一样都不中意。他说："凡是好东西，谁也消灭不了，就怕自己消灭了自己。改革？那得看怎么改，改什么……"于是下决心要恢复自己的南仓大白菜种植。江苏陆文夫曾有《美食家》。这王掌柜则是北方正定城里多种美食的鉴赏家。肖杰、李建军、杨振喜等都对这篇《王掌柜》做过高度评价。

九、虚荣人物——"火锅子"杜老

杜老，外号"火锅子"，是县城里的农业人口，又胖又懒又贪吃。上面王掌柜是对传统美食的食材、配料、原始老汤和火候、味道有记忆和研究的民间的美食家，这个"火锅子"杜老则是不懂烹调却在家中搞特殊、爱吃"差样饭"的享受者，是在邻里显示自己高人一等的谝示家，一个在"吃"上表现自己强烈的虚荣心的底层老人典型。也可视作一个地方传奇，反映出古城老人们生活得自在闲适和多样的人情世态。雷达、崔道怡等对之专门有论。

上面例举了贾大山塑造的 9 个方面 14 个典型人物形象。他们是小说中的主要人物，分别代表了不同性别、不同身份人群的主体形象。在笔者的阅读范围中，他们具有各自的代表性。这是贾大山的一项文学艺术贡献。还有一些人物如"铁算盘"老魏、"老别筋"祁老真、"文革"上台又受极左路线打击的路根生，为盖校舍最后辞职的孔爷、爱唱京剧的钱掌柜、看守寺院钟楼的莲池老人和杏花、小涓、乔姐、白大嫂、梁小青等，都在一定角度一定程度上具有较强的典型性质，甚至具有唯一性。因篇所限，就暂略之。

其实贾大山的艺术世界里，次要的陪衬性人物、对立面人物、过场性人物也不可或缺。贾大山多以主要人物姓名为题目，但也不忽视其他人物刻画。这正如李贽早就说过："天生一人，自有一人之用。"叶昼讲配角在小说中也具有重要地位，不是可有可无的附属品，而且认为写好配角人物最难。他在《水浒传》第二十五回一段批语中说："第画王婆易，画武大难；画武大易，画郓哥难。今试着眼看郓哥处，有一语不传神写照乎？怪哉！"[①] 郓哥是个小买卖人，作者着笔墨不多，却写得很传神有个性。今日贾大山小说中，与主要人物相关共存的人物很

---

① 见叶朗《中国小说美学》，北京大学出版社 1982 年 12 月第 1 版，第 35 页。

多。其陪衬人物，有《取经》中的反衬性人物王清智、《分歧》中的公社老许、《正气歌》中代理支书郭爱荣和公社老丁、《门铃》中的夏局长老伴、《阴影》中的王跑儿、《午休》中的秦琼和他媳妇等。正衬的人物也是过场人物，有《取经》中的支委张国河和饲养员赵满喜、《三识宋默林》中的小队长六生、《乡风》中的陈麦收和他侄子二满、《花市》中的严老汉、《林掌柜》和《钱掌柜》中"我"的父亲等。在贾大山笔下，他们都有一定的个性、代表性，没有一个人物是白白走了过场。这使人想到金圣叹被后人传诵最盛的名言："《水浒传》所叙，叙一百八人，人有其性情，人有其气质，人有其形态，人有其声口。"① 从而道出了人物典型性格须有共性和个性。贾大山笔下的陪衬性、过场人物约有 100人，他们皆是如此的。

小　结

　　这一章集中笔墨对贾大山小说中的数十个人物的性格与形象进行了较为系统、全面的梳理，将他们做了一次职业、身份、性别归类，形成了几个群落，但每个群落中的人物性格与形象却又多种多样、形象各异。这些人物群相和他们的谱系，大致可以让我们看到作者描绘的从新中国成立到改革开放后，冀中城乡芸芸众生的生存状态，形成了一个主体性的活生生的贾大山人物世界长廊。一些类型的面孔是我们可能似曾相识的，但他们是贾大山所处时代环境中的真实人物，所以总是与别人笔下的人物有所不同。按照荣格的母题理论，他们是必然会在历史上反复出现又有了时代特征的，也有许多脸庞是唯有今天的贾大山才塑造、呈现于当代读者的。作者为我们提供了似旧而新的和初次遇见的两类人物典型。他们也可以分为王一川所说的认知式典型、感兴意象式典型两类。②

---

① 见叶朗《中国小说美学》，北京大学出版社 1982 年 12 月第 1 版，第 70—71 页。

② 见王一川《现代中国文艺典型范式变迁八十年》，《中国艺术报》2022 年 5 月 25日第 2 版。

他们范式不同，却各自扮演着一定的历史角色。他们也相对独立而较完整，不存在阿·托尔斯泰曾经于 1924 年批评俄罗斯当时的中篇小说"那儿是一只手，这儿是一只眼睛，衣衫的一角一闪而过，但就是看不见一个完整的人"①的弊端。

洪治纲在分析总结了新世纪日常生活描写的问题和局限后，提倡努力重建日常生活对于文学的审美价值，通过日常生活的倾心书写，让每个个体真正回到完整的生活中，回到生命的本真状态中；提倡致力于人本主义的精神诉求，为当代文学探寻一种"整体的人"的审美理想。他说"整体的人"包括日常生活和非日常生活中的人，即马克思在《1844 年经济学哲学手稿》中所说的"人以一种全面的方式，也就是说作为一个完整的人，占有自己的全面的本质"②。洪氏还引用亨利·列斐伏尔的论断，认为"整体的人"是多维度而不是单面的存在物，是多种属性和活动达到有机统一的主体。③ 我们通过贾大山的小说人物来看，走向"整体的人"的描写主体既是理性的也是非理性的，既是经济、社会、政治的，也是承载着文化的，既是具体务实者也是符号、象征的创造者、运用者。他们有时看似木讷、保守却是一个个具有某些开放性的存在场。这正是贾大山从生活现实和人本主义理想出发预设的终极目标。他用体量狭小的短篇小说形式，力求表现人的本质与现存、实然与应然、能动与受动、自由与责任的相对统一。他深爱着他各式各样的"善男信女"，也善意地调侃着那些应当觉醒、归正的人们。他的人物代表的基本历史趋向，如鲁迅所说是"无论怎么看风看水，目的只有一个：向前"④。是的，贾大山刻画的上百个主次要人物，无论是有心胸、有

① 见阿·托尔斯泰《文学的任务》，自北京师范大学中文系文艺理论教研室编《文学理论学习参考资料》（上），春风文艺出版社 1981 年 12 月第 1 版，第 891 页。
② 见马克思《1844 年经济学哲学手稿》，人民出版社 1985 年版，第 80 页。转自洪治纲《中国新世纪文学的日常生活诗学》，安徽教育出版社 2020 年 12 月第 1 版，第 468 页。
③ 同上，第 469 页。
④ 见鲁迅《门外文谈》，鲁迅《且介亭杂文》，人民文学出版社 1973 年 3 月第 1 版，第 87 页。

志节的社会历史的推动者，顺应时代的自由发展者，以善美心灵待人处世者，秉持为人节操的信义者，还是曾经受到压抑曾经走入迷途而开始走向新生活的或是属于"正邪两赋"有缺陷的人物，他们都是有觉悟、正在觉悟或一定会觉悟的栩栩如生的现实人物，最终都会受到社会潮流的裹挟和熏陶、启迪而成为"完整的人"的。

第五章

贾大山对现实主义的坚守

　　众多专家学者认为，河北是建国以来现实主义文学的大省、重镇，贾大山生前就一直坚持走在现实主义创作道路上。

　　什么是现实主义？崔志远回顾中外历史上从亚里士多德、阿尔伯蒂以来直到鲁迅、毛泽东、茅盾、胡风、周扬等理论巨匠们对现实主义理论的构建，梳理出现实主义创作方法体系。他认为，任何创作方法都有"基本原则、思维方式和特征手法"三个层面。基本原则指进行文学创作的基本观点，与世界观、审美观紧密联系，带有艺术哲学的味道，是最高、最抽象的层次；思维方式指艺术形象、艺术境界的构建方式，是中间层次；特征手法指某一创作方法特有的手法，是最表层、最具体的层次。现实主义创作方法也不例外。它的基本原则和逻辑起点是"强调客观真实性原则"；思维方式上"强调典型化方法"，其最高境界是"塑造典型人物"；特征手法方面，"强调细节的真实与典型"①。至今现实主义的基本内涵不变，但"它并非僵化的教条，而是具有生命活力的开放体系，既是科学的又是历史的，不同的历史语境下表现为形态各异的多姿风貌"。认为马克思、恩格斯的现实主义是"观照现实主义文学的依据和标准"②。崔志远还回眸我国现代化长征是从 19 世纪中叶开始，原本是政治、经济、文化三大领域单向独进，此消彼长，现实主义文学

---

① 见崔志远《现实主义的当代中国命运》，人民文学出版社 2005 年 9 月第 1 版，第 1—2 页。

② 同上，第 2 页。

在其中应运而生。到五四文化启蒙中产生了以鲁迅为代表的启蒙现实主义，又出现了以茅盾为代表的社会分析现实主义。上世纪这两种现实主义及新时期产生的"欲望写作"之间，五四新文学传统与五四时期、80年代中后期的两次中西文化大交流，都对我国现实主义文学的发展变化起着不可忽视的或正或反的作用。现实主义曾经一度受到先锋派的排斥、摒弃，但进入90年代又出现了新变和复兴，写实手法普遍回归。

贾大山的小说创作发轫于"文革"中后期，以《取经》成名于新时期之初，以"梦庄记事"系列开笔而成熟于80年代中后期。他沐浴着1976年10月打倒"四人帮"的艳阳，又乘上真理标准大讨论和十一届三中全会解放思想、改革开放的东风，成为最早走上全国文学殿堂而成长起来的青年作家之一。笔者发现第1—5届全国优秀短篇小说奖获得者中，与贾大山同是1942年出生者就有何士光、陈忠实、古华、京夫、叶蔚林，稍大些的有周克芹、张弦、陆文夫、高晓声，稍小些的有张一弓、韩少功、贾平凹、赵本夫等，他们形成了新时期中国乡土文学的少壮阵容。贾大山和他们一样经历了伤痕文学、反思文学、改革文学、寻根文学等各个阶段，其中一些人也参加过中国作协的文学讲习班。贾大山在班上接触了一些现代派、后现代派理论，使之开拓了一些新思路。又经历了西方文论大量传来而普遍崇尚现代派、现代性，到90年代又纷纷回归传统性写实的文学态势演变过程，但贾大山没有受"个人化写作""反崇高"的"欲望现实主义"的吸引，也对"新状态""新体验""新乡土""新人类""新新人类""私人写作""晚生代"及"新历史主义"等名号视而不见，我行我素，定力十足。在独立思考中，他更坚定了自己的现实主义文学观，明确提出"要走自己的路"。

这一章在前面各章节的基础上，拟重点探讨贾大山的现实主义文学观及相关的生活观，探讨他笔下的真善美和假恶丑。我们从中可以看到，贾大山的创作是为人生的，他既是时代的歌者又是愤世嫉俗者。

第一节　贾大山的文学观和生活观

阅读贾大山的小说和他为数不多的创作体会，不能不想到我国漫长的古代文学史上，自《诗经》以来的文学传统便是后人总结的"文以载道"。这个"道"按《老子》作者当初发明这个概念的初意应当是他的宇宙观，即事物的客观规律，其81章、5000言的论述也包括了他的社会观、人生观、道德观。至于为文之道，后世议论颇多。刘勰认为"时运交移，质文代变"，"文变染乎世情，兴废系乎时序"[①]。白居易就古器古曲说"音声之道与政通矣"[②]。又说"文章合为时而著，歌诗合为事而作"[③]。这些先贤们论述了为文与政治和时代的关系。虽然当下的许多文艺理论已经突破了传统的许多观念，但文艺的社会历史性质是谁也否定不了的。文艺的人民性也是《诗经》《楚辞》以来的根柢性传统。屈原、杜甫、白居易等向来关心黎民百姓的生存状况，哀民生之多艰而为人民鼓与呼。从古典现实主义发展到现代启蒙现实主义，鲁迅便在《我怎么做起小说来》中道出了自己的"主见"："我仍抱着十多年前的'启蒙主义'，以为必须是'为人生'，而且要改良这人生。我深恶先前的称小说为'闲书'，而且将'为艺术而艺术'，看作不过是'消闲'的新式别号。所以我的取材，多采自病态社会的不幸的人们中，意思是在揭出病苦，引起疗救的注意。"[④]他否定"为艺术而艺术"的"消闲"文学观，旗帜鲜明地强调必须"为人生"，要"疗救"当时病态社会中经受病苦的不幸的人们。

当代作家贾大山的文学观是怎样的？他的创作是为了什么人的？与之相关的生活观又是怎样的呢？

---

① 见刘勰著、向长清译《文心雕龙浅释》，人民文学出版社1984年3月第1版，第671—675页。

② 见《白香山集》卷四十二，文学古籍刊行社1954年3月第1版，第80页。

③ 同上，卷二十八，第27页。

④ 见《鲁迅全集》第2卷，新疆人民出版社1995年10月第1版，第324页。

一、文学观——给老百姓个乐头

贾大山本人只说过自己是现实主义作家，没有系统地表达过自己的文学观，但也有他见诸文字或口头的有关零散表述及大量具体的创作实践，足以证明他是一位忠实的现实主义者。

（一）"给老百姓个乐头"

贾大山始终宗师于鲁迅，他的创作一直是载道的，为社会人生的。他去世后，陆树棠回忆说，在西慈亭村，提起贾大山就想起俱乐部，提起俱乐部就想起贾大山。知青贾大山1964年秋天下乡到这里的几年中，为俱乐部的舞台艺术发展倾注了大量心血。他既是编剧，又是导演，又是主演，先后创作和主演了评剧《悬崖勒马》《争筐记》《两个甜瓜》《柳庄风云》、快板剧《新风赞》、豫剧《劝队长》、京剧《红哨兵》和歌舞《农业学大寨》等20多个节目，在艺术风格上也是戛戛独造。每年春节都让乡亲们过得红红火火，热热闹闹，还到外村外县去串演，县里年年都会奖励镜匾。只是节目排练过程总有些麻烦，原因是农民演员素质不高，也没有报酬，动不动就闹意见排不下去。大山有时气得甩手就走，但他一会儿还会回来的。有人劝他何必找这个麻烦，光着叔伯急。这"叔伯急"便是旁人应当着的急。大山便逗乐似地说："快过年了，总得给老百姓个乐头吧，要不，心里痒痒疙瘩解不开。"大家一听这风趣话就又乐了，便重新集中精力排戏了。①

贾大山为人生的理念是在创作实践中不断加深的。比如1981年，他在《多写一点，写好一点》的短文中说，开始写小说时，"并没有想到为谁服务，甚至有一种偏见，认为作家们的作品是作家们互相看的，农民谁看小说？我是从个人爱好出发学习创作的。"可是大山没有想到，他发表了小说就不断收到读者来信，尤其是围场县三个青年的长信中

---

① 见陆树棠《梦庄的回忆——贾大山在西慈亭村》，正定县政协文史资料第三辑《大山在我心中》，1998年7月内部编印，第139页。

说，他们在劳动间隙朗读他的两个短小说，社员们很喜欢，有的说"写的就像咱村的事情"。最后"好像下命令似的，要我以后多写点，并且要我指导他们学习创作"。大山读了来信很高兴："农民需要我的劳动。他们希望自己的生活在文艺作品中得到反映，更希望文艺作品起到帮助他们改造自己生活的作用……我们文艺工作者应当满足他们的要求"[①]。后来他在病中还说，还要写，要不对不起热心的读者。贾大山在当知青时想到了乡亲们需要他的演出，在读者来信中又体会到了广大农民读者需要他的小说，所以他为农民写作的观念便明确起来。正如梁鸿鹰说："大山的文学世界由土地和普通民众喜怒哀乐构成，流淌出来的是一种与农民兄弟、基层老百姓一样的知足常乐、乐天知命的人生态度。"又进一步阐述，"农村这块土地贾大山爱得深沉，成为其创作生命赖以维系的广阔天地，其作品获得经久的价值的最大靠山。"[②]的确，农村农民包括梦庄就是大山的安泰之母，他的乡愁和力量就在这里。他描写他们，剖析他们，也更感恩他们。在1995年生病手术之后，他就坐在病床上垫一块小板，写出了"梦庄记事"的最后第二十二《杜小香》和第二十三《迎春酒会》及随笔《读书随想》。直到1997年生命的最后时刻，曾经在乡下乐于为村民们编写春联的他，竟习惯地编起春联来。其长子贾永辉回忆说，这是父亲最后的口吟创作，可惜未能记录这笔精神遗产。[③]

（二）苦行僧式的创作态度

陆树棠还在回忆文章中写道："为了给村里人们一点乐头，大山把个人的一切都放到了脑后。"又说"大山留给村里人的乐，是他的真心实

---

① 见贾大山著、康志刚编《贾大山文学作品全集》，花山文艺出版社2014年10月第1版，第503页。

② 见梁鸿鹰《贾大山的旷达、智慧与善意》，李延青主编《忆大山》，花山文艺出版社2017年8月第1版，第147页。

③ 见贾永辉《缅怀父亲》，贾大山著，康志刚编《贾大山文学作品全集》，花山文艺出版社2014年10月第1版，第577页。

意"，"给老百姓个乐头，是大山在西慈亭村里创作的出发点，而他自己却是用苦行僧般的生活换取的"。接着讲了多个贾大山在村中的故事。[1]

第一个是：

> 有一年春天，大山他们几个下乡青年没有粮食断了炊，打赌比赛挨饿，看谁坚持的时间长，大山连饿三天得了第一，但他仍然不忘创作节目。在这期间他编了很受群众欢迎的豫剧表演唱《劝队长》，把因红卫兵干扰撂挑子不干的队长唱得流了泪。

第二个是：

> 下乡初期，他对农村现实困难估计不足，缺乏心理准备，再加上其他原因，他绝望过消沉过，但他调整好心理后写的剧本却是一出喜剧《两个甜瓜》。在逆境中，在自己悲伤之后，他仍然用自己的作品让人们笑个够。

第三个故事更为感人：

> 他创作京剧《红哨兵》时，村里不记工分，没有稿费，他在一间十二平方米且又被土炕占据了一半的小屋里写作，不计昼夜。由于疲劳过度，衣服被（炉）火引着后，他摔了几下又放在炕边，结果睡着后，被子和衣服被烧了大半。第二天早晨，大队干部们怕他因失火着急去看望他，还没进门，便听见他正在唱新设计的二黄导板："风雷吼，雨茫茫，心潮

---

[1]　见陆树棠《梦庄的回忆——贾大山在西慈亭村》，正定县政协文史资料第三辑《大山在我心中》，1998 年 7 月内部编印，第 139—140 页。

激荡……"

　　乐头，大山是这样给我们找来的。

　　贾大山就是这样的一位苦行僧。他还经常对陆树棠讲："你要想当作家，就得有百分之百的毅力，有百分之九十九都不行！又想当官，又想发财，那就当不成作家，至少不是真正的作家。"[1] 可见那时的贾大山不但有一个作家梦，而且还有了自己的作家论。

　　1984 年 10 月下旬，贾大山在正定县业余创作座谈会上又这样说："作品是作家的精神劳动，作家的劳动是无情的劳动，是不惜任何代价的劳动，需要最大限度的献身精神，这对作家来说也是最宝贵的品质。"[2] 他的苦行僧式的创作，是对自己创作态度的表里一致的诠释，也是他的文学观念的重要部分。其弟子葛金平回忆贾大山曾经劝他说："咱们都是苦吟派，不像人家平凹、铁凝……大人才啊！文章千古事，甘苦寸心知，咱们就慢慢写吧！"[3] 张兰亭则回忆他 1982 年 4 月发表的《五月鲜》曾八易其稿，小说的结尾是在贾大山的启迪下完成的。还提到大山鼓励他说："搞小说创作，要敢于吃苦。要顺其自然，瓜熟自然蒂落。"[4] 贾大山在下乡插队时编写小戏，就以苦行僧式的苦熬苦思进行一丝不苟的创作，到县城之后更把这种"无情的劳动"视作神圣的事业，并且教导他的弟子们要甘心苦吟。这种严肃的创作态度至今仍然影响着正定的文学爱好者们。

　　（三）创作的倾向性与社会理想

　　对于贾大山的创作，人们最早关注的是他 1978 年获得首届全国优

---

① 见陆树棠《梦庄的回忆——贾大山在西慈亭村》，正定县政协文史资料第三辑《大山在我心中》，1998 年 7 月内部编印，第 140 页。

② 见王京瑞整理贾大山讲稿《创作〈花市〉的前前后后》，贾大山著、康志刚编《贾大山文学作品全集》，花山文艺出版社 2014 年 10 月第 1 版，第 509 页。

③ 见葛金平《怀念贾大山》，正定县政协文史资料第三辑《大山在我心中》，1998 年 7 月内部编印，第 94 页。

④ 张兰亭《难忘扶我上马的贾老师》，同上，第 127 页。

秀短篇小说奖的成名作《取经》。而从1980年发表《小果》以来，是他从非日常生活为主的创作向日常生活体的转轨，这与当时国家整体上实行改革开放的大气候，与在文艺理论上批判极左文艺路线和概念化、雷同化，重提"文学是人学"有关，也与当时伤痕文学、反思文学大行其道的文化潮流密切相关。大山在1990年发表的《我的简历》中，回顾1980年春天在中国作协文学讲习班上读书交流之后说："我不满足直露地写政策了，我想写一点轻松的东西，于是有了《小果》《花市》《村戏》那样一些作品。"又在文尾说，"我不善于总结自己，也不善于设计自己。今后怎么写，我想的很少。我不想再用文学图解政策，也不想用文学图解弗洛伊德或别的什么……"①笔者把这两段话看成贾大山创作转轨后的文学主张。他自撰的"小径容我静，大路任人忙"，则是展示他甘于寂寞的处世精神。由于他写得少，不常与外界联系，许多刊物便疏远了他，也不寄赠了，他不在乎也不怒怪，便撰写了此联挂于墙上。陈世旭见之，认为这里面的"静"是心静、大静，无边无涯，不为尘俗利害炎凉所动，一如庄子的天地有大美而无言。②再看贾大山1996年6月所写的《一点感想——纪念〈小说月报〉创刊200期》上说，近年来一些评价文章对我也有赞许之词，说我甘于寂寞，潜心创作，不看风向，不打听行情，"其实，在我心里，有一个可靠的'风标'，不变的'行情'"，接着说，只要《小说月报》在，不停刊，不改名，"纯正的文学就一定还存在，就一定能刊行"。③在这里贾大山比较隐讳地说他有自己的"风标"和"行情"。笔者揣摸他所言的"纯正"的文学，即五四以来甚至包括古代文学在内的"文以载道"的现实主义文学，其中有他指向一个既定目标和标准的"标"，有他发自内心、不受什么行情冲击

---

① 见尧山壁、康志刚编《贾大山小说集》，花山文艺出版社1998年3月第1版，第551页。

② 见陈世旭《常山高士贾大山》，李延青主编《忆大山》，花山文艺出版社2017年8月第1版，第40页。

③ 见贾大山著、康志刚编《贾大山文学作品全集》，花山文艺出版社2014年10月第1版，第490页。

的"情"，其中含有他的为人原则、为文定位和文学信仰、社会理想。

　　的确，贾大山并非墙头草，他对文艺与社会政治、与生活现实的关系有正确的风标，决不走历史虚无主义、自我至上的偏颇邪路。他在思考中探索，在探索中增强着作为一位作家的社会责任感。在 1982 年 9 月参加石家庄地区文艺界学习党的十二大报告座谈会上的发言中，他针对当时文艺工作者们的思想困惑说："有的人——比如我——认为这些年来党风受损，觉得共产主义更远了，写新人、写理想会不会失真？会不会让人说自己在唱高调？""有人认为'歌颂全是假的，只有暴露才是真实'……要开创新局面，必须克服这些思想问题。"[1] 这是他否定了当时一些人对人类共同理想的怀疑，大胆抵制只想搞"暴露文学"的不良倾向。会后，贾大山又把口头发言整理成《提高认识，写好新人》一文，针对理想怀疑情绪进行了富有创见的理论阐述："任何一种社会意识，都不是在那种社会制度完全建成以后才产生的，而是在运动中产生、在运动中发展、在运动中升华的。"接着回顾中国历史上"文以载道"的文学观说："唐代人会有'安得广厦千万间，大庇天下寒士俱欢颜'的思想，宋代人会有'先天下之忧而忧，后天下之乐而乐'的思想，何况我们的人民在党的领导下，多少年革命实践都是在共产主义思想指导下进行的呢？"[2] 这是他用自己的理解直陈社会意识形态自身的规律，并借古代先贤的理想金句抒发胸臆。他在文中还进一步强调："写新人形象，不能回避真实存在的社会矛盾。我们写新人，是要抑恶扬善，不是隐恶扬善。"[3] 他没有提阶级斗争，而是要抑恶斗恶，不是躲恶隐恶，扬善是目的，不抑恶斗恶就不能真正弘扬真善美，不能塑造出时代新人。

　　同年，贾大山还写了一篇《读〈曼晴诗选〉》，赞扬老诗人曼晴抗战时期的墙头诗、诗传单运用形象思维而又含蓄地表现"生活的实感"，顺便提及这几年那些概念化的"写中心，演中心"的作品已经不受欢迎，一些作者"便离开现实的生活"，追求"真正的艺术"去了。而读

_____

① 　见石家庄地区文联《滹沱文讯》1982 年第 4 期，第 26 页，座谈会综述。
②③ 　同上，第 27、28 页。

过曼晴的抗战诗歌，"我想热心艺术追求的同志，对眼前的生活也不必表示冷漠"。他举其中《支应》一首发问："这是配合中心的作品吧？"但是，"我认为，它是经得起时间考验的艺术品。因为在这短短的诗传单里，诗人从生活出发，细心揣摩，配合中心也是可以创作出真正的艺术品的。"① 这里表现出贾大山能够全面地认识文学艺术的社会功能，没有对不同时代的现实生活创作偏激地一概否定。是的，我们不能离开作品产生的时代而谈作品的优劣，既不能用革命战争年代的标准去衡量今天的作品，也不可用今天的标准去生套革命战争时期的作品；评判者可以是专家学者，也更可以是读者和观众。虽然上世纪曾经有的"反崇高"，但是今天的人们仍然在传承革命战争年代的精品佳作。1990 年，贾大山在为葛金平小说集《小城风流》做的序言中，不客气地批评一些年轻作者表现出"一种急功近利的浮躁"，他们的写作"以怪为新，以新为美，没有'轰动效应'，便以引起争议为乐"。难怪有人写文章说，当今文坛上既出现了"伪现代派"，也出现了"伪现实主义"。"什么原因？我看是文心的原因。古人写作讲求'虚静'，我们写作想念'轰动'，古今文心大不同矣！"② 而贾大山在见到陆树群等主编的《求索》丛书后，便提醒说："写书不要粉饰太平，歌功颂德要实事求是，看准了再写。"③ 这又可见，大山反对"暴露文学"和所谓"真正的艺术"，也不否定歌颂性的创作，但是必须严谨，不可再走以前"高大全"的老路。

　　贾大山的创作观念，他表述最多的是要人们心灵美、道德美。他曾对同事周哲民说："人们都追求美的事物，我们的文艺就是要以美感影响人。我的文艺观不是首先从书本里学到的，而是生活实践和农民教给我的。我听农民说：'说书唱戏是教人学好的。'我理解这个'好'就是

---

① 见贾大山著、康志刚编《贾大山文学作品全集》，花山文艺出版社 2014 年 10 月第 1 版，第 493 页。

② 同上，第 497 页。

③ 见陆树群《文章称泰斗，人品照汗青》，正定县政协文史资料第三辑《大山在我心中》，1998 年 7 月内部编印，第 152 页。

要求追求心灵美、道德美。"① 在贾大山去世前后的几年中，文学名家对他的小说作品评价日益升高。1995 年孙犁在给徐光耀的信里，从农民自吃自用的"其味正佳"的棒子面，论说"贾大山的小说，就像吃这种棒子面一样，是难得的机会了。他的作品是一方净土，未受污染的生活反映，也是作家一片慈悲之心向他的善男信女施洒甘霖"。又带着新的期望说，"当然，他还可以写出像他在作品中描述的过去正定府城里的饼子铺所用的棒子面那样更精醇的小说，普度众生，我们可以稍候，即能读到。"② 贾大山去世后，徐光耀在怀念文章中说，孙犁评价大山作品是"一方净土""施洒甘霖"，"确是一竿到底的真知和评价"。徐老对大山的为人和为文更为了解："他写文章，是为劝人，是为人人都有个好心眼儿。他学佛，也信佛，因佛门是主张为善的。"又说，"他当然没有'普度众生'的野心，可人际之间若都知道善意相待，则是他一种很固执的理想。为此，他把小说当作'布道'。通过讲故事，给人心以警悟，以劝导……"在追述贾大山生前几件幽默趣事后则说，"他写了那么多普通小人物，给予了他们那么多同情，他悲悯，他抚慰，他希冀他们多一点温暖和光明，少遭点痛苦和劫难。在这复杂多变的世界上，他有时也无可奈何，知道自己没有救人的本领，于是他祈祷，他劝诫，尽可能撒一点快乐的种子在人间，并希望这种子只生长快乐"。③ 徐老把大山创作的精神指向定位于劝人向善、撒播快乐的种子，与孙犁说大山施洒甘霖的比方内涵一致。这两位文坛宿将对大山作品的形象评价是很经典的。

贾大山去世后，《人民文学》原常务副主编崔道怡也则用第二人称著文，满怀敬意和深情地评价大山的小说《取经》等像赵树理。他先称道赵树理"时时刻刻惦记着农村民众的温饱饥寒"，"在他生活的那个时

---

① 见周哲民《植根于农村沃土中——简谈贾大山的创作道路》，《星海撷英》，花山文艺出版社 1991 年 1 月第 1 版，第 139 页。

② 见《孙犁致徐光耀谈大山》，李延青主编《忆大山》，花山文艺出版社 2017 年 8 月第 1 版，第 117 页。

③ 见徐光耀《冷下心来说大山》，李延青主编《忆大山》，花山文艺出版社 2017 年 8 月第 1 版，第 10—17 页。

代,他的贴近人民、贴近人生,不能不表现为'写政治'乃至'写政策'……如何让老百姓过上好日子,这才是赵树理作品的魂魄"。然后说,"我不知道你是不是这样明确地接过了赵树理的衣钵,但我可以看得出……你是清醒地用自己的笔替老百姓说他们心里的话,给那些你所喜爱的农村民众和干部画素描的。而你说话的方式、语调,你运笔的气势、姿态,也有点近似赵树理……"他肯定大山的作品属于"山药蛋"系列,但又以《小果》等为例,说大山的小说"像漫山遍野的酸枣儿","表明你一向所崇敬的孙犁,在你身上发挥了他潜移默化的导师作用"。并且追忆 80 年代在西陵笔会上,贾大山说的掏心窝子的话:"那些人是文人吗,文人有那样的吗? 追名逐利,蝇营狗苟,随风转舵,落井下石……文坛该是圣地、净土,怎么成了酱缸、粪坑?"表示不再与那些人为伍,将悄然隐退,干好县文化局的事情就行了。但已经把心与身都交给了文学的贾大山,归根到底总是难以割舍人世的文字的。果然,"是你又以'梦庄记事'系列勃然喷发了";而一些崇拜弗洛伊德的所谓创作"其实是假冒伪劣",人品与文品分裂严重,"当年似乎群英荟萃,实际是鱼龙混杂,随即清浊分流了"。[①]

铁凝早在 1990 年的《山不在高——贾大山印象》中就说:"他觉得人终归离不开人间烟火",然而他对"终究丢不下的文学"也总显得有些不那么在意,"用他的话说他只是'好这个'",但"你可不要只因听他说'好这个'而受骗"[②]。这是道出了大山的谦虚低调和他的文心不泯。大山讲"娱悦读者,充实自己",在 1996 年 6 月写下的《一点感想》中还这样说:"《小说月报》,常常使我不敢轻易下笔。也使我不能撂笔……"[③] 所以他在病魔折磨中还写出了"梦庄记事"的最后两篇,去世后留下了未发表的 7 个遗稿。贾大山为了他的读者、他的父老乡亲

① 见崔道怡《金在大山深处藏》,李延青主编《忆大山》,花山文艺出版社 2017 年 8 月第 1 版,第 22—27 页。

② 同上,第 9—10 页。

③ 见贾大山《一点感想——纪念〈小说月报〉创刊 200 期》,贾大山著、康志刚编《贾大山文学作品全集》,花山文艺出版社 2014 年 10 月第 1 版,第 490 页。

和文学之梦，为了普度众生的社会理想已是鞠躬尽瘁了。与贾大山同龄的陕西京夫也曾经演过戏，教过书，当过文化馆干事，也以《手杖》获得全国优秀短篇小说奖，也是得了胃病做了手术又复发过早去世的知名作家。评论家肖云儒说："京夫克己内忍……他是一个有所作为而最终没有完成作为的人。"① 这是事业未竟，如花未开绽，但也留下了自己的芬芳。与他同龄的贾大山何尝不是如此？任何作家的离去都会留下遗憾的。

以上所述，是关于贾大山的创作"为了谁""写什么"和"表达什么"。虽然他早些年的文学观念表述有当时政治气候下的印痕，但他一直有"可靠的风标、不变的行情"，以"布道"者姿态维护了自己的"一片净土"，歌颂了历史发展中的人间真善美，而且一直在抑恶扬善。大山从事业余文艺创作的初心未变，只是表达上更谦虚更策略。他始终是为人生、忧国忧民而非为个人荣华富贵的；大山一生坚持向农民和古城人启蒙，是力求一点一滴地滋润人心而实现自己的美好社会理想的。

（四）精品意识和"走自己的路"

这是小说怎么写的问题，题材如何驾驭、作品如何构建和人物如何塑造的问题，如何生产艺术精品的问题，是崔志远论述文学创作的"特征手法"问题。作为一位现实主义作家，贾大山写小说当然是坚持面对生活进行写实的白描，追求简约、精当而令人爱读的效果。他学习古今中外的前人和今人，但他要走出一条自己的路来。下面首先说贾大山的精品意识。

1. 拿最好的，保持字号——强烈的精品意识

这首先是由他的创作出发点、落脚点所决定的。前面说他当知青编节目时就出于对乡亲们的文化关怀而不分昼夜地创作，还饿三天编出一个好节目，夜间编戏烧了衣被却从来没有后悔和抱怨，一心为乡亲们过年过节有个乐头。这是一种真诚无私地面向人民的文化使命自觉，是

———————————
① 见孙见喜《京夫，"陕军东征"的主力》，2020年4月14日《当代陕西——陕西网》。

在苦吟中自己快乐更让众人快乐的作家风节。大山反复强调要为读者着想。如前面提到，在围场县青年们对他的两篇小说热情赞扬并要求他多写一些时，他便表示："我们给农民写作，应该像他们交公粮那样，拿最好的。"[①] 对此，梁鸿鹰称赞说："他为百姓设身处地，他的作品不掺假，怕坏了'字号'……"[②] 白烨也感慨道：贾大山"没有找到'天籁之声，自然情趣'，绝不硬写；自己觉得够不上'最好的'，绝不出手。因为他师法自然，所以惜墨如金；因为高看读者，所以严于律己……这种近乎严苛的创作态度，与那些制造大量参差不齐的作品的作家比起来，是何等地让人钦佩、令人敬重。我们实在应该学习贾大山，慎于下笔、本色为文，最好做到像他那样，以精致的作品'娱悦读者'"。[③] 这些中肯的评价，是一般作家难以得到的。以精品娱悦读者是一种高尚的文德。与大山同年的湖南作家叶蔚林说：我常常举棋不定，信心不足，难于开掘主题，艺术上也缺乏新光彩，"如果说好歹我还能坚持下去的话，那么首先要感谢读者的宽容，不但接受了我的作品，而且给予热情的赞扬和鼓励。"[④] 感激热心的读者，他比贾大山娱悦读者又进了一步。

贾大山的精品意识付诸实践所产生的艺术效果被众多作家评论家反复称道。他们使用最多的字眼就是一个"精"。先看徐光耀说："大山的创意是精致的，作品是当之无愧的精品。"[⑤] 肖杰说他"精雕细刻，一丝不苟"，蒋子龙和陈冲说他写得"精到"，崔道怡则说他写得"精巧而厚实"和"精致"，白烨、李建军、陈世旭等也都说他写得"精致"，何向阳说他的对话"精彩"，封秋昌说他"精益求精"。特别是贺绍俊回忆

① 见贾大山《多写一点，写好一点》，贾大山著、康志刚编《贾大山文学作品全集》，花山文艺出版社 2014 年 10 月第 1 版，第 503 页。
② 见梁鸿鹰《贾大山的旷达、智慧与善意》，李延青主编《忆大山》，花山文艺出版社 2017 年 8 月第 1 版，第 149 页。
③ 白烨《贾大山：文淡而有味，人淡泊名利》，同上，第 153 页。
④ 见叶蔚林小说集《白狐》后记，湖南人民出版社 1982 年 1 月第 1 版，第 358 页。
⑤ 见徐光耀《冷下心来说大山》，李延青主编《忆大山》，花山文艺出版社 2017 年 8 月第 1 版，第 17 页。

李国文担任《小说选刊》主编时说："贾大山作品不多，但很有分量，他写农村，精彩，精致。这两个精字，李国文连说了几遍。"李国文更"强调贾大山的为人"，说"贾大山对文坛保持疏离态度，不热衷于功名，追求文学的精粹"①。这是李国文赞扬贾大山竟用了三个"精"字，肯定其小说普遍达到了精品的高度。

在对于贾大山小说总体艺术风格的系统表述上，如前引述，铁凝在1990年的《山不在高》中就综合性地说："在贾大山造就的世界里：'闪烁着乐观的心酸，优美的丑陋，诡谲的幽默，愚钝的智慧，冥顽不化的思路和困苦中的温馨……'"在贾大山去世后的1997年10月发表的《大山在我心中》，她又肯定贾大山留给文坛读者的小说"是独具价值的"，判断"大山的作品不倒，他人品的字号也不会倒"。②陈冲也在《大山的价值》中总结说："凡是……作家、批评家、编辑对贾大山小说的精致、规范、神韵、意境，没有不佩服的。"③封秋昌则论述贾大山的小说形成了"其他作家不可取代的独特风格：简短、精妙、深刻，且风趣、幽默、有味道"。④这是文学诸家不但对贾大山小说的"精"早已具有共识，也肯定了其作品风格"不可取代"的"独特价值"，和他人品的标高。在当代新时期以来，能被文坛诸家如此高度评价的作家有多少呢？

2. 写作流程，一慢二少三精

我们梳理一下贾大山小说的创作流程，可以大致看到贾大山的精品是怎样"炼"成的。在绝大多数情况下，他是一慢二少三精，是雕花木匠那般慢工出细活。如徐光耀说他"善心产生细法，细法产生精致，内容和形式总是统一的"①。他的慢，首先是对素材的组织、题材的溶化

① 见贺绍俊《山不在高》，署名贝佳，正定县政协文史资料第三辑《大山在我心中》，1998 年 7 月内部编印，第 86—87 页。
② 见李延青主编《忆大山》，花山文艺出版社 2017 年 8 月第 1 版，第 8、14 页。
③ 同上，第 70 页。
④ 封秋昌《贾大山论》，同上，第 169 页。
① 见徐光耀《冷下心来说大山》，同上，第 17 页。

上，反复咀嚼回味，反复考量最佳方案。都说"十月怀胎，一朝分娩"，贾大山的谋篇从酝酿到完成绝大多数是长期"怀胎"拦月才一朝"分娩"的。他不急，只有催稿子的编辑急。康志刚回忆贾大山的谋篇构思时说："他进行创作时，提炼不出深刻的思想内涵，不动笔；没有出乎意外的结尾，也不肯动笔。为达到这一效果，他反复打腹稿，成形后还要一字不落地背给朋友听，虚心听取他们的意见，直到大家满意了才肯落于笔端。"[2] 康志刚、葛金平、王志敏、陆树棠和他的妻儿们都是听过他背诵讲述其小说的人。

这里先举两个"分娩"较快的例子。据《河北文学》原副主编肖杰回忆，1977 年 1 月他去找大山约稿，大山就兴致勃勃地讲了粉碎"四人帮"后人们思想的巨大变化，并着重讲了某村党支书的故事。一直绘声绘色地讲了一个多小时，有情节，有人物，有思想，其中某些话也颇为精彩生动。完后问："你看这个支书的事儿能不能写成小说？"肖杰高兴地说："把你讲的故事原封不动地记录下来就是一篇很不错的小说。"20天后，大山把这篇定名《取经》的小说送了来，肖杰一看很有新意，很有特色，主编张庆田一看也连声夸好，便决定重点推出，发表后的反响超过预料，次年荣获首届全国优秀短篇小说奖。后来，贾大山两次在街上看到鲜花市场的买卖情况，竟然来了灵感，一夜呵成 4000 字的《花市》，这是他的急就章，同样是在全国叫响的精品。但这两例毕竟是极少数，慢慢构思慢慢写出再反复推敲，还是他创作的基本习惯。这方面还可以由 1980 年在北京文学讲习所时的同室韩石山为证。韩石山回忆说，大家除了听课读书就是抓紧时间写东西，贾大山呢？

　　他写小说很慢，真可说是精工细作，一丝不苟。要写个什么了，整天晚上睡不着，翻来覆去地构思，白天也是这样，躺

---

[2]　见康志刚《贾大山：面朝文学，背对文坛》，贾大山著、康志刚编《贾大山文学作品全集》，花山文艺出版社 2014 年 10 月第 1 版，第 111 页，此为《贾大山文学作品全集》编后。

在床上，眼盯着天花板，入了定似的。想起什么好句子就拿起身边的纸，斜躺在被摞上写几行。十天八天，也许一个月半个月过去，全篇写完了，压在枕头底下，隔上两天就取出来看看，改上一两个字。

直到有一天，大山自以为完美无缺了，他才让石山听听。石山本以为他如此缓慢，"要是个鸡蛋，早就孵臭了"，但听大山从头至尾连标点符号全都背诵出来，便大为惊诧："我的妈呀，这样写出来的不是精品是什么，不获奖才怪哩！"大家都知道，贾平凹是个机敏的快手，曾经一天写出两个短篇，有的地方改一改也不誊抄就寄走。韩石山也说自己一两天就是一篇，有时也不誊抄就拿出去发表。大山却深不以为然，认为他是"糟蹋了好材料"。不过大山也怪羡慕石山的手快，曾经有些沮丧地说："我这哪是写小说，分明是拉痢嘛！"[1]大山虽然这样说，但他的绝大多数作品都是如此"拉痢"似地写出来的。

平时在家，贾大山总是把稿子压在褥子底下。一个直接的原因是居室不大，无处摆放，放在桌上怕索稿编辑来了抓上便走。康志刚对此发现最早，也曾几次被大山缠住听他背讲、请他提意见，你不提点什么他还不高兴。1986年6月，肖杰和大山从承德开中篇小说座谈会回来，他劝大山写中篇，大山说中篇太复杂，但我有当知青时的故事，能写五六十篇，于是滔滔讲之。肖杰便鼓励他抓紧写来。不久铁凝从保定去正定，大山又讲他这些故事，便又得到铁凝十分惊喜的鼓励，于是才有了大山1987年开始发表的"梦庄记事"系列，形成了贾大山小说创作的一个鼎盛时期。从1971年5月大山离开西慈亭到他动手开始写梦庄，已经16年，到1996年他最后发表《杜小香》《迎春酒会》两篇就已经25年，如果从他1964年秋天下乡插队算起就30多年了。这种孕育甚久的拦月"难产"小说能不精致吗？能不具有典型性质吗？高尔基曾经

① 见韩石山《难捺的悲伤》，李延青主编《忆大山》，花山文艺出版社2017年8月第1版，第48—49页。

对青年们说："大作家，老作家，和我们古典作家的典型是什么呢？这是从牛乳中挤出来的凝乳，这是一种酸化的东西，一种压挤出来的东西。"[1] 贾大山的小说，基本上是在他心中长期发酵的"凝乳"，浓缩到了相当的程度，写起来又推推敲敲很是凝神聚力，之前之后又像古时白居易写诗念给人听那样，经过最初一些读者（听众）的鉴别，自己还要压下来做局部修改，他能不生产出艺术精品吗？陆树棠回忆说："假如素材是只鸡，其他作家也许做一道名菜，而大山则把这只鸡熬碗汤，让你喝了，永远不忘它的味道。"[2] 这种鸡汤的味道是什么，应该说是浓淡得宜的文学性、艺术味，是让人摸不到却能感觉到的艺术境界，而且是绵延不绝地能让人记忆终生的。这正是贾大山在小说创作上至高的艺术追求目标。

贾大山对作品的修改从来不是拉长而是压缩。例如《中秋节》，肖杰让他改一改，他就从 8000 字改成 6000 字，还说再改一回可能就 4000 字了。他不为多挣稿费，而是为了打造艺术精品。许多作家可能舍不得忍疼割爱，而大山却如此毫不留情地苛求精益求精，是一种既严谨又旷达的高尚品性。贾大山对稿子的抄写也是一笔一画，端端正正，像是清秀的小楷书法。誊抄好后，万一要再改一个字，他就剪一块纸贴住，晾干了再写上去。他曾对笔者说编辑们很忙，要尊重编辑。这是贾平凹他们未曾做到的。有时已经把稿子寄走却发现有差错，大山就打电话或写信告知编辑代劳改正。如《正气歌》中的"统销粮"应该为"返销粮"，一字之差却含义不同。大山发现此错便马上写信，其如此严细也令编辑感动。那年代在多人鼓励下，他悄悄地写了一个 2 万多字的小中篇《钟》寄给了《长城》，马上被发到印刷厂排了版。正当大家都为大山终于有了中篇而高兴时，却突然接到大山的电话，说稿子不好退回来吧。他说得很坚决，让编辑们很被动，但只好火速撤换。对此，贾大山本人从来未向文友们提起过，其原因也令人费解。后来他在《钟》的基础上

---

[1] 见《文学论文选》，人民文学出版社 1958 年第 1 版，第 130—131 页。

[2] 见陆树棠《梦庄的回忆——贾大山在西慈亭村》，正定县政协文史资料第三辑《大山在我心中》，1998 年内部编印，第 142 页。

改写成了短篇《喜丧》，由 2 万多字变成了 6000 多字。这是向来注重作品水平和"字号"名声的贾大山宁可不发表也决不能让人说三道四，自己觉得不好就不出手，出了手也执意要求退回。谁都怕退稿，他不怕。他视《钟》为废品，退回来便随意丢下。刘向东还在回忆文章中提到，贾大山病重后曾经夜晚在阳台上撕稿子，还给另住一处的老母亲磕了响头。[①] 这是他觉得还不理想的稿子已无力修改，担心留下可能被身后发表，销毁手稿是为了生前身后名。大山磕头是行孝感恩。他去世后，康志刚去帮助收拾遗物，从废纸堆中发现了这篇《钟》，尾部也缺了一两页。但《长城》还是把这个残稿于 1997 年第 3 期发了出来，终于补了大山中篇小说的空白。对此，不知已在天国的贾大山是喜是忧？大概他会生气的。实际上这篇《钟》的内涵丰富，笔者便在本书中多有引用。

至于贾大山小说写得少，与他担任了县文化馆副馆长、文化局长、政协副主席后行政事务繁多有关。他也感到闯一条新路不容易，还因为他感到小说在某些社会现象和变化面前"软弱无力"。[②] 他最后两年写得少，则主要是身体欠佳。其根本原因在于他的精品意识、质量第一的创作观念和顺其自然的写作习惯，所以他一慢二少。正定人都说"物以稀为贵""酒香不怕巷子深"。贾大山深信这些道理，也便宁可不写不发也决不粗制滥造。他生前常对肖杰、康志刚等人说："我不打算多写，一年能出三五篇就行，让人们知道我还在写就可以了。"[③] 他做了胃切除手术后，老朋友周哲民去看他。他说虽然病了，还是放不下小说，也不断收到约稿信，只能写点短小的笔记小说啦。还逗趣地说"一年发上三四回，不断露露头，让天下知道贾大山还吃着这碗饭呢"。[④] 大山在北京学习和在县里与人交谈时，也都说不要把作家头衔看得太重，说

---

① 见刘向东《贾先生》，李延青主编《忆大山》，花山文艺出版社 2017 年 10 月第 1 版，第 71 页。

② 见何玉茹《告别贾大山》，同上，第 79 页。

③ 见肖杰《抹不掉的记忆》，同上，第 55 页。

④ 见周哲民《大山，你走的太早了！》，正定县政协文史资料第三辑《大山在我心中》，第 93 页。

"我以文学为事业，但不以文学为职业"。他还曾经对汤吉夫半开玩笑地说："（文学）那东西能当吃啊是当喝？你要是喜欢它，当个乐事闹闹也中，可不能把它看得比命还重。"① 这与他早先就对铁凝说的"我只是'好这个'"一样，表现出他的淡泊心态。他的确不把文学当职业，却当了一份终生舍不下的业余事业。这样的作家、诗人，自古以来很多很多，贾大山便是今天活生生的一个，但他决不降低作品的格调与品位。那时全国文学事业发展的迅猛态势，也曾经使贾大山产生了一些精神压力。比如，1980 年看到青年作家谈歌、刘醒龙的新作和钱锺书的《围城》后，他都说我不能再写了，因为他们写得太好了。但他并没有真的停笔，而是更加认真地进行反思、更加字斟句酌。所以一直到他最后写下来的《老拙》等，仍是颇富特色的上乘之作。

孙犁欣赏河北的铁凝和贾大山。他对铁凝的《哦，香雪》给予了高度评价："这篇小说，从头至尾都是诗，它是一泻千里的，始终一致的。这是一首纯净的诗，即是清泉。它所经过的地方，也都是纯净的境界。读完以后，我就退到一个角落里，以便有更多的时间，享受一次阅读的愉快……"② 孙老还说第一次有这种感觉的是读了苏轼《赤壁赋》。对贾大山，也如前所述比喻大山的作品是"一方净土"，道出"小说爱读贾大山，平淡之中见奇观……"③ 的顺口溜，进行调侃式的褒扬，还手书《前赤壁赋》段落寄给贾大山。王蒙曾到正定来向贾大山约稿，大山始终未给，但王蒙还是称大山的小说为"短篇之冠"。④ 总起来看，贾大山的创作是以少写慢写、多讲多改为特点，其作品都是由他恪守一个"精"字练成的。

---

① 见汤吉夫《想起大山》，正定县政协文史资料第三辑《大山在我心中》，第58—59 页。
② 转自杨金平、杨岱《贾大山评传》，河北人民出版社 2022 年 4 月第 1 版，第 58 页。
③ 见杨振喜《贾大山和他的乡土文化小说》，李延青主编《忆大山》，花山文艺出版社 2017 年 8 月第 1 版，第 191 页。
④ 见王京瑞《悼大山》，正定县政协文史资料第三辑，1998 年 7 月内部编印，第 116 页。陆树群也在回忆文章中说"难怪王蒙多次称赞大山的作品乃短篇之冠"。同上，第 150 页。

3. 要走自己的路，追求天籁之声、自然之趣

贾大山一生都在向生活和书本学习，也一直在走自己的文学之路。河北省作协原主席尧山壁曾经回忆他和贾大山是逢见必唱的戏友，相互情谊颇深，只是最后见到大山的病体消瘦不好意思提议再唱一回了。他总括大山的创作时说："大山一生在小说艺术的蜀道上艰苦攀登，走着一条独异的路。"这条独异的路是怎样走出来的？他认为贾大山"从戏曲和民间文学汲取营养，广泛涉猎，多才多艺如赵树理。又喜欢读《聊斋》和《阅微草堂笔记》，形成独特风格，不山药蛋也不荷花淀……"①其"独异"和"独特"就是与众不同、自成一体、自为一家，按老黑格尔的话说就是"这一个"。但本书前面提到，雷达判断大山前期像"山药蛋派"，后期更像"荷花淀派"，强调了大山创作风格的发展变化。

至于贾大山本人，却似孙犁不认可自己是"荷花淀派"那样，也不只学哪一派，他要有他自己。据康志刚回忆说：贾大山"不乐意自己属于哪个流派。他对我说：'我哪个派也不是，我是各取所长。一个作家学得太像谁了，也就没有他自己了。太拘泥于某一个作家的风格，不会取得多大成就！'"大山还常常告诫康志刚："你不要走我的路子呀！你还年轻，要探索出一条适合自己的创作路子！"②他也多次对肖杰说："我不跟这个潮，我不学哪个派，我有一定之规，我走自己的路，那就是听其自然。"③

贾大山要在学习前人的基础上，走一条自己独异的路，追求自己的独特风格。他要走的路，就是"我只想在我所熟悉的土地上，寻找一点天籁之声、自然之趣，以娱悦读者，充实自己"④。"我只有不断耕作，

① 见尧山壁《忆大山》，李延青主编《忆大山》，花山文艺出版社 2017 年 8 月第 1 版，第 65 页。
② 见康志刚《读不尽的风景》，《贾大山文学作品全集》，花山文艺出版社 2014 年 10 月第 1 版，第 589 页。
③ 见肖杰《抹不掉的记忆》，李延青主编《忆大山》，花山文艺出版社 2017 年 8 月第 1 版，第 54 页。
④ 见贾大山《我的简历》，尧山壁、康志刚编《贾大山小说集》，花山文艺出版社 1998 年 10 月第 1 版，第 551 页。

量力而行，务作一些小花小草"。① "当然，小花小草也很可爱，但也要生得鲜活，清新，自然"。② 还在《关于小小说》中说："更不可借了外人的模子，把小说创作变成小说制作，以干枯为精短，以诡巧为新奇，伤了生活的天然之美，失去了自己的清真之气。"③ 在关于葛金平《小城风流》的序言中，他也这样说："没看到他的作品，我就想起那枝清疏浅淡的梅花儿来了，跳跃着童贞之心，呈现着天然之美。"④ 他还在与青年刘进忠谈创作时说："语言朴素一些，味儿朴素一些，渐老渐熟，乃趋平淡，是大浓之淡，大巧之拙。"⑤ 如上由贾大山自己零星表述的"天籁""自然""天然""轻松""清真""童贞""平淡"等词语，便是他在小说创作上坚定不移的艺术追求，就是他要一直走下去的创新之路。如此说是贾大山抛开了流派划分，同时也可以看到专家学者们对他的艺术评价与他的孜孜追求是基本一致的。

二、生活观——知足长乐和忠于生活

作为一个社会人，都会有自己的世界观、人生观、价值观。这是人作为"一切社会关系的总和"的"本质"所决定的。因为"不是意识决定生活，而是生活决定意识"⑥。这里的"生活"是指物质生产、消费、流通等经济生活。按现在的常识说，生活包括物质生活和精神生活，人们的一切思想、观念都从这两种生活中产生，反过来又作用于这两种生活。人的生活观念都是个人世界观、人生观、价值观的具体反映，涉及

---

① 见贾大山《一点感想》，《贾大山文学作品全集》，花山文艺出版社 2014 年 10 月第 1 版，第 490 页。
② 贾大山《两种小小说》，同上，第 491 页。
③ 同上，第 489 页。
④ 见贾大山著、康志刚编《贾大山文学作品全集》，花山文艺出版社 2014 年 10 月第 1 版，第 497 页。
⑤ 见刘进忠《先生之风，高山水长》，正定县政协文史资料第三辑《大山在我心中》，1998 年 7 月内部编印，第 114 页。
⑥ 见马克思《关于费尔巴哈的提纲》，马克思、恩格斯《费尔巴哈》，《马克思恩格斯选集》第 1 卷，人民出版社 1972 年 5 月第 1 版，第 18、31 页。

人在社会生产劳动、家庭和各种人际关系中的位置，处理经济利益和血缘、同事、上下级、邻里事务的道德人伦观念与方式。从文学角度看，生活有日常生活和非日常生活，前者包括微观的家居的吃喝拉撒、柴米油盐酱醋茶，后者是相对的群体性社会活动。作家笔下所描写的无非是这两种生活，人们的喜怒哀乐皆在其中，都在主动或被动地进行着现实生活的历练和体验。历史上，许多传世名篇便是这样产生的。写出《人间喜剧》为总名称的巴尔扎克就曾经这样说："……什么叫作生活呢？无非是一堆细小情况，而最伟大的热情就受这些情况管制。在现实中，一切事物渺小卑微，在理想的崇高领域中，一切变伟大了。"他举自己的《高老头》《幻灭》等小说为例说，"我企图写出整个社会的历史"①。巴尔扎克所说的"最伟大的热情"应该是作家的创作热情，"管制"大概包括生活现实中各种因素的制约、引导和激励。至于要写出整个社会历史，表现出他视文学创作为崇高的事业，也表现出他作为"社会秘书"的责任和雄心。其中有他的生活观和文学观。

生活观和文学观二者紧密相关却又不同。贾大山同样有自己的生活观和文学观，前面一节首先探讨了他的文学观，这一节再说他的生活观。按常理说，生活决定意识，有了生活才有文学。那么，本书为什么不先论贾大山的生活观呢？这是为了本章论述的方便，窃以为先论大山的创作是为什么人的和他的创作态度、艺术追求，再回头寻根讨源地看他在世时的生活理念，将他的生活观与已有作品的逻辑关系来一个因果"倒装"，似乎更能增加本书的说服力。大山的生活观，首先应当是他作为一个社会人的物质需求的生存观、家庭和社会交往的人际观等，其次才是他作为一个作家如何注重生活、深入体验生活、认识和提炼生活的观念。下面我们就对其两种生活观分而述之。

（一）生存观和人际观

贾大山去世后，众人高度评价他的作品，还异口同声地赞扬他的

---

① 见《文艺理论译丛》，1957 年第 2 期，第 35 页。

人品。其中一点就是他知足常乐。这最早见于徐光耀的回忆文章中说："大山写文章，不为稿费，他不需要太多的钱，有碗饭吃，就很满足了。"① 张峻也在文章中说："他写作品，投稿，不论刊物名声大小，稿费多少，只要喜欢，他就给稿；大山信佛，不爱财，生活上不求大富大贵，一家人过平常日子，能吃上菠菜面，就很满足。更不会走歪门邪道去敛财。"② 徐光耀又回顾大山的全部人生说，他"还算有运气，够幸福的"，"这主要表现在：他不想干的事，可以不干；而想做的事，由于愿望不高，很少妄想，也就大体都达到了目的。这，包括他的写作和'做官'。人生一世，没有太大的颠连困苦，倒有细水长流的小小如意，也就该知足了。而大山终生能知足常乐，还能说不幸福的吗？"③ 贾大山当知青下乡之后，宁可一天只挣6分半的最低档报酬，也心甘情愿地去了俱乐部，后来为他涨到了每天8分，直到离开西慈亭再也没有涨过。他到学校教书后仍然抽空去俱乐部义务辅导和表演，深夜里还编写剧本。他爱文爱艺不爱钱，却从来没有一句怨言。后来文艺界有了职称评定政策，有人劝他组织成立县文联兼上主席，可以名正言顺地参加省里高级职称评定，工资待遇会提高很多，但他认为这是投机取巧，坚决不肯。铁凝、肖杰等省市文联、作协的领导和文友们都劝他出一本小说集。张庆田、肖杰还主动为他编选了一个本子，他却死活不答应，有的企业主动为他出资他更反对。他说出了书"谁看呀"，浪费纸张，又认为文艺界、出版界风气坏了，便以不出书对此风进行默默的抗议。

贾大山的知足常乐是感恩型的。他曾经对初来约稿的铁凝说，感谢1970年正定粮食产量过黄河又过了长江的大气候，也对多人说感谢县文化馆王彬馆长向上级提议把他调来，那是要他专门来写过长江大戏的。他感激习近平、李满天对他的器重和推荐，使他从文化馆副

---

① 见徐光耀《冷下心来说大山》，李延青主编《忆大山》，花山文艺出版社2017年8月第1版，第15页。

② 见张峻《大山为我们留下了什么》，同上，第69页。

③ 见徐光耀《冷下心来说大山》，同上，第15页。

馆长一下子变成了县文化局长，后来又当选了县政协副主席。他感恩街道上的四邻八舍，感恩西慈亭的父老乡亲，感恩单位的同事和朋友们。他在友好、感恩和真抓实干中知足，在知足中更加谦和为人、乐于助人。

贾大山的知足常乐，还大量体现在"乐"字上。家庭是他的第一个乐园。在家中他说顺口溜、唱民歌、唱京剧，还在儿子们清扫院落之后，穿上妻子的裙子扭秧歌；在客人面前，他踢腿、打跟头，在等公共汽车时也主动地唱一两段，做几个动作。所以李满天说他真是一个"大活宝"。可以说，哪里有贾大山，哪里就有快乐的欢笑。再就是他言谈的机智和幽默风趣，在当今作家中实属少见。他的小说是"快乐的种子"，他本身就是一粒快乐的种子，一颗日常生活中的笑星。然而，贾大山的日常性幽默常常是黑色幽默。铁凝在形容贾大山的言谈个性时说："那犀利的目光，严肃的神情使你觉得你是在听一个明白人认真地讲着糊涂话。"① 这是描述他严肃神情中的反讽性幽默表达。陈世旭1995年在文章中说，大山在文讲所时，许多人都服他"才思敏捷，大智若愚"，"他的言语行动慢条斯理，永远是一副不动声色的样子"，"他几乎一言既出，却成经典……大多数名言在当时也是不胫而走"。陈还提到有人说："倘若中国只有两个聪明人，那第二个是×××，第一个便是贾大山。这句话大家都认可。但贾大山却绝不是狡猾的人。"② 前面已提到，韩石山对贾大山的观察和交往体验似乎更为深刻："他那双眼吧，眯成一条缝，明亮而阴鸷，老是在审视着什么……这头，这脸，这说话的神态，一下子让我想起历史课上画的朱元璋的影像。""后来的交往中，我发现，他这人确实也有些帝王气。那么冥顽，那么老成持重，从容不迫，嘲讽起人来那么辛辣，骂起人来又那么狠毒。而同时又是那么朴实，那么睿智。这一切，似乎很难调和起来，在他身上却调得匀

① 见铁凝《山不在高——贾大山印象》，李延青主编《忆大山》，花山文艺出版社2017年8月第1版，第6页。
② 陈世旭《常山高士贾大山》，同上，第35页。

匀称称，不露一点儿造作的痕迹①"。如上是多位文学名家对大山在日常交往中的独特表现的评价。

行文至此，想到与贾大山同龄的陕西作家陈忠实。在他诞辰80周年时，高洪波回忆说"他为人朴实，像他生活的陕北土地一样厚重"；李敬泽也评价说："我认为陈老师是当代文学非常杰出的作家。他真是一位君子，一位忠厚的长者，品格令人尊敬。"②贾大山只是比陈忠实爱逗乐子，骨子里同样十分正直和善而务实。从政之后，他为自己制定了八字原则："寸心不昧，万法皆明。"保持一尘不染，两袖清风，厉行节约，到年底文化局的账上总要有所节余。他为常山影剧院的建设，为国家级重点文物修缮一次次进京跑办，在来往路上还要唱他的京剧；为正定县河北梆子剧团的改革和17个演员农转非不厌其烦地找领导。特别是他在文化局、政协和多处的人事矛盾处理上，能够苦口婆心地化干戈为玉帛，有了"玉帛老人"的绰号。沈书忠、何玉、徐玲、尹沫等人都说，哪里都有贾大山的身影，哪里都有贾大山的故事。在县文化局长位子上的九年多里，他善于引导、疏通，自称"维持会长""消防队长"，竟然把是非较多的文化系统维持得稳稳当当，他也落了个好人缘的口碑。的确，贾大山是大家眼中不可多得的没有私心、怨心和虚荣心的正人君子。最为出彩的一绝是，他一次次为上级领导和重要客人在大佛寺等景点当导游，他的解说能给人巨大的文化艺术享受，所以铁凝、林斤澜、汪曾祺等来后对他的导游艺术赞不绝口。正定人都说，正定能够成为第一批国家级历史文化名城，首先不是因为有大佛寺等文物，而是因为有一个博闻强记、口若悬河的"文化专家"贾大山。贾大山曾经在正定景点征服了多少人无法统计，但他的确成为一张双面名片，一面是作家，一面是文化专家。

在他去世后，铁凝总结他"那令人钦佩的品性"是"善意的，自

① 韩石山《难捺的悲伤》，李延青主编《忆大山》，花山文艺出版社2017年8月第1版，第43页。

② 见《读读〈白鹿原〉之外的陈忠实》，中国作家网2022年4月8日。

尊的，谨慎的，正直的"①。蒋子龙说他有河北人的土腥气，又有"高人"气质，"有点仙风道骨"②。张银耀则在怀念文章中全面地总结道："大山为人正直，襟怀坦白，刚正不阿，嫉恶如仇。他与人交往，总是那么真挚诚恳，那么热情洋溢，那么宽容大度，那么直率无藏。在他身上，决没有某些人那样的虚伪和造作，没有那些人那样的傲气和霸道，没有某些人那样的粗俗和懦弱，更没有某些人那样的奴颜和媚态。在他身上，只有对广大人民群众深切的关注和同情，对同事和朋友真挚的交往与沟通，对社会丑恶现象的无比憎恶和鞭挞，还有对我们某些原因或工作失误造成的损失而表现出来的惋惜与无奈。"③张银耀是1982年春天陪同习近平第一次拜访贾大山的人，从此他也与大山接触甚多，对这位兄长的一言一行了如指掌。他用这四个判断句突出了大山的正直品性。关于他提到的"失误"和"损失"，是指那年木制厂失火烧毁了规模宏大的城隍庙，大山直到去世都为此事感到深深的内疚。张银耀还说，大山"在社会上是一位好作家、好领导，在家庭里是一位好儿子、好丈夫、好父亲。他幼承家教，遵从传统，孝敬父母，尊重妻子，爱护子孙，家庭和睦……"他与小梅嫂子"是有名的模范夫妻"④。贾大山生前的交往面甚宽，三教九流、五行八作、士农工商等皆有他相识相知的人。因他管文化、文物，与临济寺方丈释有明大和尚打了十余年的交道，老方丈佩服他的学识和为人，希望他皈依佛门。但大山只学佛理，尊崇佛教，仅自号为"闲云居士"，让人题写了"虚静"二字贴于室中。韩映山笑称他真像他的姓，是个假（贾）居士。亦如多人所说，大山是入世者又是出世者，是出世者又是入世者。应当进一步说，贾大山是一位品德高尚的君子，是一个纯粹的人、完整的人。

---

① 见铁凝《大山在我心中》，李延青主编《忆大山》，花山文艺出版社2017年8月第1版，第14页。

② 见蒋子龙《河北的大山》，同上，第18页。

③④ 见张银耀《阔别大山兄》，正定县政协文史资料第三辑《大山在我心中》，1998年内部编印，第173、175页。

（二）创作上的生活观

上面一小节探讨了贾大山的日常生活观、人际交往观及相关个性。下面继续探讨贾大山在文学创作上如何对待现实生活、观察和提炼运用现实生活。这方面在前面也已经有所涉及，此处再做一些简要梳理。

1. 泡在正定的恋乡人

如前所述，贾大山热爱生他养他的正定城，热爱他下乡插队的第二故乡西慈亭村，热爱农村和农民，认为乡间是他的精神家园、创作源泉和艺术服务对象。所以常年泡在正定而不悔，在这里挖挖刨刨而不止。他和所有作家一样具有强烈的恋乡情结，甚至越来越感到故土故人比什么都重要。这如柳青蹲在皇甫村 14 年而形成了传世名著《创业史》，如陈忠实从城市返回故乡灞桥重新接地气而苦行五年拿出了《白鹿原》，如贾平凹一次次地回归商州而写出了大量的小说和散文，如汪曾祺身在北京却越来越眷念故乡高邮而生发《受戒》等艺术杰作。还有今天的"70 后"徐则臣在北京 20 多年却不以为自己是北京人，发现故乡变得更为重要，说"现在的故乡恰恰是我理解的世界"，所以写出了他的心灵史般的《耶路撒冷》。① 他们都是恋乡人，一种是扎根于乡，一种是遥遥地望乡。贾大山则属于前一种，他在故乡的根据地上努力吸收大地的营养，长成了一棵高大的文学之树。

说来贾大山从小就受戏剧和民间艺术的熏陶，心中早就萌生了作家之梦。他 16 岁上中学时就爱上了文学。但他因一首小诗《蔷薇花》被批评而产生迷茫，不过也是暂时的。他当知青之前便开始了小说创作，间或地在地区报纸上发表，中间因为当时的政治气候便又停止，但他骨子里还是眷念着文学，不断进行生活的观察体验。陕西京夫也是于 1965 年发表第一篇小说，便受到批判，那是当头一棒，只好停笔，但他内心仍然眷恋着文学。河南张一弓上中学时就开始写诗，但 1960 年因他的小说《母亲》受到批判，从此停笔长达 20 年，他也仍然注意观察积累

---

① 见《"70 后"作家徐则臣：吾乡即世界》，《燕赵都市报》2022 年 6 月 17 日第 16 版。

生活。贾大山重操笔墨较早，1972年政策松动些时就在《河北文艺》试刊号上发表了散文《金色的种子》，这个文题便是他文心不泯的一种隐喻，次年又在该刊发表了小说《窑场上》。京夫是进入新时期便重温文学之梦，以《手杖》获得1979年全国短篇小说奖，后长中短篇连续不断，成为1993年"陕军东征"的五大主力之一。张一弓则在小说上如火山爆发，以《犯人李铜钟的故事》等连续三年获得全国优秀中篇小说奖，又以《黑娃照相》获全国优秀短篇小说奖，多部作品被拍成电影。这是他们因祸得福，不幸之幸，形成了其艺术能量的厚积而后发。他们早就懂得了创作来源于生活的道理，所以他们都能面对苦辣酸甜的现实，把生活经历和心灵感受看成精神财富。贾大山曾经对儿子贾永辉笑着说，当知青时愿去村俱乐部是为了"偷懒"。可他在俱乐部却是一个文武代打的苦行僧，参与和体验生活的程度更高了。

据黄书金回忆，大山在西慈亭学校当校长时，不但白天上课、晚上去俱乐部，而且和民办老师们一样利用周末去耕种10里外的一块土地，从来不说苦累，还边劳动边谈笑风生，让大家干得快却不觉得疲累；学校盖房时老师们搭架上房泥，大山也和大家同样干得汗流满面；当时帮助生产队劳动是一门课，大山都要与师生一同参加，谁劝他也执意要去。"无论干什么他都非常认真，把每次活动看作深入实践、深入基层锻炼的好机会"。大山与村民们的关系很好，他能写会说、爱唱善讲，却"没有城里人的傲气和娇气，说话随和，村里的男女老少、干部社员都愿意和他往一块凑，学生们都愿意听他讲课"。又说"在与人接触交往中，不管是大人孩子的话，他都认真听，注意记，使他的作品充满了乡土气息"。黄书金曾问他在村里当农民时是否想过以后当作家，他的回答是："生活实践是我创作取之不尽的源泉，从农民身上我汲取了营养，产生了写东西的愿望，促使着我写农村的人和事。"贾大山教书时备课也十分认真，"他说备课就是创作，讲课就是连导带演"。[①]说到

---

① 见黄书金《怀念作家贾大山》，正定县政协文史资料第三辑《大山在我心中》，1998年7月内部编印，第166页。

这里，想到 90 年代新现实主义作家关仁山，是河北"三驾马车"之一，曾与何申、谈歌掀起了一场现实主义的冲击波。他在小说集《大雪无乡》后记中写道：在中国这个"大家庭"里，大多数是普通劳动者，他们是社会发展的主体，文学"理应观照和表现这些底层的老百姓生活"。谈歌也说，工人农民"干得很累"，我们应当"聚焦"于他们。何申则感慨地说："心里就放不下我身边的那些生活在大山里的人"。[①] 我们的贾大山更是对第二故乡西慈亭村的感情日久益深。陆树棠每次到县里来见到他，"他总是把他认识的人打听个遍"。他想回去看看，又怕村民把他当成大人物而给他们添麻烦，但他几次下乡时都绕道去西慈亭，见到村里的新面貌特别高兴。"西慈亭——梦庄，已经成为他生命的一部分！"在他做了大手术后更想念他的西慈亭，1996 年陆树棠去看他时便实心相邀。二人约好明年春暖花开时见，却未能成行，成为大山和西慈亭乡亲们双方的遗憾。[②]

前面提到，铁凝说贾大山的眼睛"已经深入到底层民众心理的底层"。尹沫又说大山"对农村生活深有体验，对群众的疾苦看得很清，对各阶层人的心理摸得很透"。[③] 黄书金则说"善于观察、勤于思考是大山的另一显著特点"，他在学校操场上或田间小路上，经常背着手、低头漫步，那是他在观察和思考，所以"他总会有独到的见解"。[④] 雨果曾经在《莎士比亚的天才》中说："任何诗人在他们身上都有一个反映镜，这就是观察，还有一个储存器，这便是热情；由此便从他们的脑海里产生那些巨大的发光的身影，这些身影将永恒地照彻黑暗的人类长城。"[⑤] 这个"热情"，窃以为便是创作的激情、构思，源于对生活的观

① 见杨剑龙《现实悲歌——谈歌、何申等现实主义小说论》，华夏出版社 2000 年 2 月第 1 版，第 13—15 页。
② 见陆树棠《梦庄的回忆——贾大山在西慈亭村》，正定县政协文史资料第三辑《大山在我心中》，1998 年 7 月内部编印，第 143 页。
③ 尹沫《怀念大山》，同上，第 158 页。
④ 见黄书金《怀念作家贾大山》同上，第 168 页。
⑤ 见《古典文艺理论译丛》第三册，北京师范大学中文系文艺理论教研室编《文学理论学习参考资料》（上），春风文艺出版社 1981 年 12 月第 1 版，第 95 页。

察与体验。大山在 1982 年一次会议中一板一眼地说:"我们写新人,不是脱离现实生活,假造理想的完人;我们写理想,也不是脱离人们现实的思想水平,虚构一个理想的境界。而是要在生活当中,关注那些为实现理想而奋斗的普通人……"又深有体会地说,"生活是丰富多彩的,生活中的新人也不是一个模式。我们只有深入到正在发生深刻变化的生活中去,才会发现真正属于自己发现的新人,才能开拓自己的创作天地,而不致于重复别人"。①贾大山强调写新人不能脱离现实生活和人们当时思想水平的观点,时过 40 多年后看都没有过时。因为他早就有了深邃地观察生活的"反映镜"和大容量的创作热情"储存器",从而能让他塑造的新人和各色人等闪闪发光,照耀人寰。他还提出,写农民"不但要了解他们真实的思想感情,还要了解他们的欣赏兴趣",要看到他们并非"饥不择食",这也是他来自实际的接受美学的经验之谈。②

　　2. 从生活的真实到艺术的真实

　　如上的探讨就已涉及生活真实与艺术真实的关系。贾大山向来坚持素材、题材必须来自生活现实,决不搞凭空虚构的没有现实依据的"伪现实主义"。正如鲁迅在《答国际文学社问》中说:十月革命后使我确切的相信无阶级社会一定要出现,"但在创作上,则因为我不在革命的漩涡中心而且久不能到各处去考察,所以我大约仍然只能暴露旧社会的坏处。"③孙犁则说:"我回避我没有参加过的事情,比如实地作战。我写到的都是我见到的东西,但是经过思考,经过选择……从来没有违背良心,制造虚伪的作品……"④赵树理也说:"我看到多少写多少。"⑤

① 见贾大山《提高认识,写好新人》,《滹沱文讯》1982 年第 4 期,第 27 页。
② 见贾大山《多写一点,写好一点》,贾大山著、康志刚编《贾大山文学作品全集》,花山文艺出版社 2014 年 10 月第 1 版,第 503 页。
③ 见鲁迅《且介亭杂文》,人民文学出版社 1973 年 3 月第 1 版,第 12 页。
④ 自《孙犁文集》第 1 卷,天津百花文艺出版社 1981 年 12 月第 1 版,第 2 页,自序。
⑤ 转自贾大山著、康志刚编《贾大山文学作品全集》,花山文艺出版社 2014 年 10 月第 1 版,第 603 页。

大山写的也都是见到的、亲历的东西，从不胡乱想象虚构。据周哲民回忆，1977年贾大山发表《取经》后，有人批评他没有写李黑牛与"四人帮"的爪牙展开英勇斗争，但大山坚持不改，因为"四人帮"直接伸手农村的事他没有经历过。又说1979年大山根据本县一个棉花育种土专家的事构思了一篇小说，讲给人们听了后都称赞，催他快快写出来，并定下来要改编戏剧上演。他写出后反复修改却终于扔掉了。因为里边有"四人帮"爪牙迫害土专家的情节，可是怎么迫害他没有经历过，无论怎么用心修改自己也不满意。从而意识到"那些没有在心中成长和成熟的东西，便不能动手去写"。①

　　雷达在评价贾大山多用第一人称的"亲历性"时，认为"无疑会限制作者的视野，限制想象力的飞腾，但是，比起那种浮浪蹈空、玄虚夸诞的风气，它们的艺术生命力倒要刚健得多"。又说"在诸多创新潮流中是难得看见贾大山的踪迹的，但他仍有自己较为厚实的形象在……他的写实作风是一种充分尊重现实客观实在性的作风，从生活出发和忠于生活的作风，因而在他的作品中内含着生活自身的逻辑力量和生活自身的魅力。不真正熟悉对象和'悟'出生活奥妙的人，是写不出来的"。并以《眼光》为例判断说，"我以为他靠的正是生活自身的说服力，一种毫不勉强的逻辑力量"。也进而高度评价了大山"梦庄记事"系列的"物与神游""结想为梦""再现中有表现、写实中有写意"的艺术特色。② 是的，贾大山有很强的恰如其分的对生活的概括、提炼能力。这正如别林斯基在论述现实主义时所说的："果戈理作品中的忠于自然是来自他的伟大的创造力的。表现了他有深入生活本质的能力，有真实的技巧，囊括一切的现实感觉。这一点很多人已经感觉到了，虽然看清楚的人还不太多。"③ 虽然我们不能将今日中国的贾大山与俄国文学大家

———————————

① 见周哲民《星海撷英》，花山文艺出版社1991年8月第1版，第134页。

② 见雷达《乡土写实小说的新境界》，李延青主编《忆大山》，花山文艺出版社2017年8月第1版，第603页。

③ 见《别林斯基论文学》，新文艺出版社1958年第1版，第109页。

果戈理等同相比，但贾大山的小说确实表现出了他源于生活又高于生活的提炼创新能力。因为他本于现实生活的逻辑又有让人物活泼起来的描述逻辑。我们还说《眼光》吧，中间的情节有正打歪着、歪打正着，最后是正打正着，不熟悉农村生活的人是做不好钱八万这个怪人的文章的。所以笔者在前一章中把钱八万列为大山小说的人物典型之一。然而在雷达之前，许多专家学者长期漠视之。鲁迅早就说过人性是变化的。钱八万本也良善，越挨批斗越受歧视他就越冷了心，他想找回自尊又被不信任的讥讽搞得老泪纵横，可笑又可怜但又可敬。从他身上，体现出传统道德观念和时代的进步对人具有重新塑造的本质力量，这是大山在这个人物身上概括提炼出来的重要题旨。

至于《取经》中的李黑牛和王清智，是大山把五个村支书和一个队长的言行与心理溶化、凝炼出来的。贾大山的想象力是基于生活而提炼生活，绝不玄虚夸诞而猎奇，这是他的现实主义创作方法所决定的，所以他和荒诞的穿越、和科幻创作不是一路。我们不能用那种标准去衡量孙犁、柳青、汪曾祺，也不能如此衡量贾大山。在本书第二章中已经分析了贾大山小说细节运用的真、奇、特，此处又论其两种真实则是对前面探讨的一次强化。这个李黑牛是智慧地顶住"四人帮"极左路线余毒的压力而求真务实的代表，王清智则是观风向、公开否定自己又生悔恨的代表。这在前面谈得较多，不再重述。钱八万和李黑牛分别是为人生在世的尊严、为群众理想的丰收、富裕而在实干中磨砺出来的时代新人。新人，在文学概念上不是只有青少年。

写到这里，不由想到实际上只有后人的赞许才可以确定作品的真正价值。不管一个作家在生前怎样轰动一时，好评如潮，但他身后甚至生前就可能被读者抛弃了，这样的情况在文学史上并非鲜见。笔者深信，贾大山精心构建的人物画廊中有许多是其他作家所无有的，他们栩栩如生的形象是不会被历史的风雨毁掉的。

三、来自生活的作品 38 例（附表）

上面探讨了贾大山的文学观、生活观，让我们比较全面地了解了贾大山的现实主义创作是为农民为主的人民大众和如何在艺术上进行创新追求的，也了解了贾大山坚持自己在日常生活中的为人原则与个性，同时坚持创作必须从现实生活中来、保持作品具有鲜活的客观现实性。他的小说强化了个人亲历性，用了大量的第一人称视角，也仍有大约二分之一是第三人称写法，但其中相当多的是实有其人其事的。正如鲁迅在 1927 年《文艺与政治的歧途》中所说的："现在的文艺，就是在写我们自己的社会，连我们自己也写进去；在小说里可以发见社会，也可以发见我们自己……连自己也烧在里面……"① 这是鲁迅评价 19 世纪下半叶欧洲巴尔扎克、托尔斯泰等人的现实主义创作带来的文艺新变，已经不是以前供太太小姐们消遣娱乐的东西，没有了让人如隔岸观火的感觉，现实社会现象和我们自己都可以"烧"在其中。难怪鲁迅当年的《阿 Q 正传》等每发表一段或一篇都会有人猜测这是写谁的、骂谁的，甚至暗暗对号入座。如前所述，贾大山的小说发表后也总收到许多读者来信，有的就说你写的就像我们村的事，有的如正定本县和周边新乐、灵寿及石家庄市内的人们常要去拜访贾大山。他的小说无论有模特儿还是无模特儿的，一旦发表出来也总有人揣摸这是写谁的，有的希望他把自己写进去，有的心底龌龊或有什么劣迹者则怕他写进去。这便是人们喜欢贾大山又暗怕贾大山的原因。再看茅盾在论述短篇小说写得太长之后谈小小说创作时写道："他们是事件的参加者，他们和故事中的人物是朝夕相处共同工作的，他们描写人物内心生活的时候，心中固然有那个人物模特儿，但是还有参加这一特定工作的其他的劳动者，甚至还有作者自己的思想情绪交融在内。"② 此乃茅公对当时发展起来的小小说的欢欣肯定，道出了它们源于作者的劳动生活，肯定了它们都是从作者

① 见《鲁迅全集》第 3 卷，新疆人民出版社 1995 年 10 月第 1 版，第 309 页。
② 见茅盾《鼓吹续集》，作家出版社 1962 年第 1 版，第 19—20 页。

的生活武库中生发出来的。贾大山即是如此。其小说中或明或暗地都带着他的思想倾向和审美观念，带着他的生活原型——模特儿和他的生活见闻与体验所产生的喜与忧、爱与恨，要实现他引人向上向善、弃旧图新的"布道"目的，这是篇篇皆有的。有的人物就是他自己的化身，有的情节或细节就是他日常生活的写照。

下面，试把贾大山部分小说已有从生活中来的具体来路证据者，分为实有其人式、亲历体验式两类。再把实有其人式分为真姓原名式、模特儿式和多人综合式，把亲历体验式分为亲历式和亲为式，分别列表展示之。

（一）实有其人式

此类中既有贾大山创作盛期的笔记体和孙犁所言"实录体"的作品，也有其初期和转轨期一些作品。

表1　真姓原名式（7例）

篇名	人物姓名	原姓名	证明人	备注
邵思农先生	邵思农	邵思农	张淑梅	张为贾大山之妻，邵是给童年贾大山看病的中医
王掌柜	王掌柜	王树彩	贾永辉	王树彩为正定南关菜农，作者朋友
傅师傅	傅老师	傅金铃	康志刚等	傅为退休教师，书法家，作者朋友
老底	老底	老底	贾小勇等	底为回民饭店"又一村"老板，作者朋友
老路	老路	姓陆（不详）	陆树棠	路是西慈亭村某队指导员，不便说真名
卖小吃的	王小眼、翟民久等	王小眼、翟民久	张淑梅	两个人物都实有其人，擅长吆喝
腊会	李云朋、马老润等	李云朋、马老润等	张淑梅、马焕民	李云朋等是喇叭吹奏人，作者是腊会组织者

表2　模特儿式（11例）

篇名	人物姓名	原姓名	证明人	备注
花市	蒋小玉	曹仲连	作者自述、张竞	作者把男卖花人置换为姑娘。张竞转述曾见买卖双方争吵起来
正气歌	祁老真	某村支书	作者自述	见《写作〈取经〉的体会》中提及的村支书之一
喜丧	牛老桥	某生产队长	铁凝转述	铁凝《山不在高》中提到的牛老桥两件事
贺富	王不乱	王不乱	张竞转述	淘粪老菜农，由义务淘粪变成有偿服务
水仙	小丁厂长	郭开兴	王志敏	郭开兴年年春节为作者送一盆水仙花
俊姑娘	王玲玲	无	张淑梅	玲玲就是作者夫人张淑梅
中秋节	春生	无	周哲民转述	作者在临近铁路某村从事中心工作时遇到的好队长
好人的故事	老石	无	贾永辉	退休工人，当过门卫、烧尸工等，看守过古寺
莲池老人	杨莲池	杨莲池	贾小勇	古钟楼的看护人
担水的	老魏	无	张淑梅	解放初县城担水服务者
花生	背女孩的队长	无	张淑梅	不便用真名，文尾丧葬习俗由张淑梅提供

表3　多人综合式（5例）

篇名	人物姓名	多处来源	证明人	备注
取经	李黑牛 王清智	5个村支书、村干部，一个队长	张淑梅	抗拒"四人帮"极左余毒。务实与观风向对比故事
三识宋默林	宋默林等	多个冤案人物	康志刚	主人公从四清到"文革"坚持实事求是而被整的故事

篇名	人物姓名	多处来源	证明人	备注
乡风	拐腿老张	多个乡镇（公社）干部	贾永辉	拐子老张重新到陈庄公社任职，亲民纠错过程
分歧	老魏、老许等	多个乡镇（公社）村干部	张淑梅	公社书记老魏务实用数字，副书记老许则大搞政治学习，工作方式大大不同
年头岁尾	王有福、大栓娘	多个农家夫妻	张淑梅	夫妻俩为大栓成婚请支书要宅基地，争吵不休，却是多余的担忧

（二）亲历体验式

表 4　亲历式（7 例）

篇　名	主要人物	作者经历（素材来源）	备注
村戏	小涓、元合	在西慈亭村俱乐部编导演 6 年多	排练中的公私矛盾斗争
村宴	老梁、我	作者喜酒喜唱京剧，下乡考察很多	七月十五梁庄庙会，我年年去，夜宴后轮流唱
迎春酒会	老路、我	西慈亭大队年前办酒会，作者年年出席	老支书老路出面招待本村在外人士，要求为村里办事让方便
飞机场上	魏嫂等、我	作者为西慈亭乡亲买飞机票	魏嫂等登机前与我交谈
夏收劳动	我	县四大班子黎明去割麦，作者带病参加	清晨去割麦，到招待所用餐，三桌
临济寺见闻	公安厅青年、小僧	作者与临济寺方丈释有明多年交往，巧遇一次	公安人员白拿菩萨像，还假说领导与方丈熟识。可憎
鼾声	田大伯、田大娘、我	作者驻村时遇房东打鼾很响，难眠	田大伯不高兴就打鼾，高兴则不打

表5 亲为式（8例）

篇 名	主要人物	证明人	作者将哪些所为移花接木于人物
钱掌柜	钱掌柜、父亲	贾永辉、蒋子龙	钱为父亲的搭档。作者在西慈亭、家中、北京文讲所等处自演自唱，用嘴打锣鼓点
门铃	夏局长、老伴	张淑梅	作者去买菜回，故意按门铃，妻一开门是他，逗乐子
老拙	老拙、我	贾小勇、康志刚	全是作者所遇所为。被称为"好朋友"懊悔，不为评职称当文联主席，列开心药方等
醒酒	白大林	陆树棠	作者口粮曾被盗，后将粮袋头朝下，是作者防盗妙法
赵三勤	赵三勤、队长、副队长	贾永辉	作者自称下乡务农发懒，也一人吃饱全家不饿，且爱调侃
"药罐子"	于老、李大夫	张淑梅	于老有原型。但吃康泰克药片掉落是作者的事
童言	我、儿童星星	徐玲、张银耀	作者善于调解，被称为"玉帛老人"
杜小香	杜小香、小君	陆树棠、何玉茹	作者在中学时说山东快书《武松打虎》，插队第一天联欢时又说

如上共列贾大山小说 38 篇的生活来历，足见他的作品与现实生活的密切联系。特别是把自己的亲历亲为写进去，使自己在其中，是对鲁迅、茅盾有关论述的极好印证。如果大山再世，亲自逐篇回忆之，其作品来源会更真切、更多样。

第二节 由衷的赞美与多重的批判

上一节探讨了贾大山的文学观、生活观和他小说的现实生活来源。这一节拟综述其作品的思想内容，从作品内涵上阐释贾大山对现实主义创作方法的坚守与创新。莫泊桑曾经在论述现实主义时说:"唯一可观的只有存在和生活,而我们作为艺术家,就应该学会了解它们,再现它们。"[1] 在这一点上,上述贾大山的生活观和作品生活来源就足以证明他是十分忠实而虔诚地做到了。至于再现它们的艺术手段,包括文体的结构、情节、语言、基本体式等,也在前面几章做了分门别类的探讨。而从现实主义创作方法上看,还有我们不可回避的歌颂、批判问题。我们也已经在前面提到,贾大山的创作是要"抑恶扬善"、要"弘扬真善美,消除假恶丑"。二十年中,他的确是始终以白描写实的日常生活体式描写他的家乡、他的梦庄,真实而不粉饰,客观而又提炼,审美而非唯美,融有审丑也不以丑为美地溢丑,并且能入木三分。他以弘扬真善美为主而随手拈来似的揭批假恶丑。他懂得因为有太阳才有黑暗,太阳总是要战胜黑暗;他深信人世间虽然时有邪气笼罩,但终究是邪不压正。所以他不搞"暴露文学"。贾大山自言从 1980 年以后不再图解政治,但他又从来没有离经叛道地完全脱开政治和时代,而是实现了人性挖掘的日常生活描写与民族心理揭示和时代生活的巧妙结合,并且可以看到他 1980 年以来的作品越写越个性化,概念化、雷同化之弊已从他这里远去。他始终正面地表现着时代的进步,让新人物新世界在与旧人物旧世界的斗争中孕育出来。他在虔诚的"布道"中由衷地赞美着,也不客气地鞭挞着,扮演着高尔基所说的"产婆和掘墓人"[2] 的两个角色。下面我们就总括性地探讨贾大山小说内中的赞美与批判。

一、由衷的赞美

我们通览贾大山的小说便会发现,无论是在他创作初期、转轨期、盛期还是晚期,都一直在由衷而客观地反映着社会历史前进的大趋势,客观地再现着时代精神,褒扬着推动社会生活前进的人间正气,弘扬着

---

① 见莫泊桑《梅塘之夜》,北京师范大学中文系文艺理论教研室编《文学理论学习参考资料》(下),春风文艺出版社 1982 年 9 月第 1 版,第 540 页。

② 见《文学论文选》,人民文学出版社 1958 年第 1 版,第 253 页。

优良道德人伦，展示着善美的人性人情，也赞颂着生产劳动之美，体现着对科学的崇尚与遵循，在作品中显现着传统性和现代性。他用自己的笔杆，诗情画意地、或柔或刚地奏出了一曲农村现实生活的交响曲。

（一）反映历史发展大势和时代精神

贾大山小说所反映的社会历史发展之大势，与他所处的 20 世纪中期"文革"结束和真理标准大讨论、改革开放肇始的社会转型期生活现实紧密相关。

所反映出来的大势与主流之一，是通过《取经》《春暖花开的时候》《正气歌》等，体现着当时从思想政治上肃清"四人帮"极左路线的余毒、拨乱反正的必要性，从主旨上呼唤实事求是，表现不唯上不唯书的必然性；《乡风》《分歧》等既蕴含着从实际出发又展现出干部下沉，克服形式主义、官僚主义的党风改善的重要性；《年头岁尾》《二姐》和小戏《半篮苹果》等体现着纠正吃拿卡要等不正之风、反腐倡廉的党风建设带动了乡风民气的转变；《三识宋默林》《一句玩笑话》和《友情》反映出落实干部政策和昭雪冤情深得民心、顺应历史而政治清明；以养貂死貂为中心事件的《午休》则昭示出广大群众对社会安定团结的内在欲求，并且揭示出底层群众是维护和建设太平社会、和谐生活的根本力量。

其大势之二，就是在总体上和微观上反映了改革开放、以经济建设为中心的基本国策，包括农村实行土地联产承包责任制，不再让农民"吃大锅饭"的重大改革及其带来的农村面貌变化与新矛盾、新问题。《午休》中秦老八衣着的更新、对儿女交赡养费的免除，《杏花》中杏花家境的大幅度改善，《醒酒》中光棍白大林终于成家立业，《钟》中梁树林等人的发家致富等等，都是上世纪 80 年代农村的普遍现象的缩影。但也在《钟》中表现了牛老桥这个老队长思想转弯的痛苦和艰难；在《飞机场上》中，妇女们议论到的农村劳动力闲置、扶贫不得要领和基层政府不作为，以及集体财产处理、轮流浇地的机制和缺电等问题；《失望》中反映出青少年提早辍学、荒废年华去挣钱的现实状况，但家长杨老汉终究是理智的。这些都是改革开放的历史洪流中的泥沙俱下，属于社会进步中一时难以避免的暂时现象，社会发展的走向不会改变。

其大势之三，是拨乱反正、改革开放过程中出现的传统文化回归。《梁小青》中的主人公不跳外来舞蹈却在村中庙会上与老娘儿们一起打扇鼓、唱经歌，还自称这是"乡下迪斯科"，《东关武学》中的老戴办起了业余武术学校，《老底》《王掌柜》中表现了主人公对传统饮食文化、种植技术的眷念与动手恢复的必要，《腊会》中则是县城群众恢复除夕大摆灯会的热闹场面。这方面贾大山与当年寻根文学作家如韩少功、李杭育等和一批新世纪作家的文化理念相近，与当下大力弘扬中华优秀传统文化和非物质文化遗产保护的潮流也大体一致。

关于时代精神，在不同历史阶段会有所变化的。改革开放以来，大家公认的时代精神表达是改革开放精神和创新精神。这在贾大山小说中似乎从来不是主旨，但并不是没有，甚至在一些篇目中还是根柢性的。再说《午休》，那个秦老八由种庄稼改为养貂；《钟》里的梁树林夫妇养花种草，家中像个大花园；牛七大叔则是养貂养兔、养青山羊，除了老虎什么都养。他们和前面多次提及的钱八万开饭馆、养狗配种都是政策一变就闻风而动、积极搞起家庭产业而发家致富了的民间能人。还有《花市》中的蒋小玉由南关村农家女变成了卖花姑娘。他们多是农商一体化了。作者为我们提供了农村经济和生产劳动方式变革的生动例证。

作者笔下，也有农村大集体时期的生产劳动分工和报酬分配的不断调整。《赵三勤》中叙述各生产队都划分了作业组，各组都有责任制，各项农活都有定额；《弯路》则是一直围绕着钱合根据钱庄实际提出的小麦从种到收一条龙定额管理、超产奖励的方案展开情节的。这都是局部性的生产管理改革，是化大锅饭为小灶，以调动社员们的劳动积极性，解决一些人出工不出力、干多干少一个样的问题。这也是农业生产管理科学。大改革、小改革，大创新、小创新，这在新中国成立以来就是不断进行着的。但改来改去离不了公平正义，离不了传统的集体主义。当今创新就是古代"日日维新"的民族传统的时代化翻新。贾大山没有在这方面用太多的笔墨,却让我们稍一留心就会看到这是其作品的重要内涵之一,与社会公平和集体理念、人性的向上向善胶合在一起而体现的。关于开放,农商一体便是劳动形式和产品外输的开放。当然也更有《傅老师》的主人公书法家走出国门访问日本;《京城遇故知》中的原生产队长戴秋凉竟然当上了乡里驻京办主任。农家小伙子们当了驻京业务员,出入于机关企业。农民不再被死死拴在土地上,农养结合,离土不离乡以至走出国门都是不同的开放,他们身份转换后必然会大开眼界。

（二）褒扬一心为公、求真务实的人间正气

这类内容和相关人物在前面已涉及较多,上一小节探讨中所举的篇目中也包含有关内容和题旨。此处再絮叨几句。贾大山笔下《取经》中的李黑牛、《正气歌》中的祁老真、《春暖花开的时候》中的梁大雨、《乡风》中的拐腿老张、《弯路》中的钱合和《香菊嫂》中的女主人公、《中秋节》中的队长春生、《东关武学》中的戴荣久等都是一心为公且求真务实的基层好干部。《智县委》中的主人公更是建国初期清正廉洁、求真务实的好榜样,他在任时街道干净、买卖公平,没有缺斤短两、以假充真现象。对于敢白拿香烟的人敢当场打击,对戏园子则爱如掌上明珠,每逢散戏时都要亲自监督平安撤场。所以他调走后被人们怀念不已。而《钱掌柜》中的李书记,也是廉洁奉公、深入实际的好干部,所以他去世后,被他批判、批评过的钱掌柜追思他带病工作、排队打饭的风节,向他的出丧队伍后面扔一块饼干表示悼念之情。《钟声》里那位没说姓名、不说岁数的白胡子老翁,每天半夜义务敲钟,让浇地换班的人们都能听到信号,不再为换班早晚吵嘴,为大家敲钟也便成为老翁的生命需要。《村戏》里的主角小涓则是为满足乡亲们的文化娱乐需求不挣工分也要组织业余排练,这个人物便是作者本人在"梦庄"俱乐部时的化身。贾大山的创作,自始至终都唱着集体主义的为公务实的赞歌。他的作品中固然少不了个性解放的自我,但绝不用个人主义的自私心理去污染读者。一心为公、求真务实总会遇到矛盾，需要进行斗争。不要以为贾大山只会谆谆"布道"，把人们引向他的"桃花源"，他描述农村出现的各种矛盾和斗争，为我们留下了形象的时代生活记录。由于后面关于其小说批判内容的探讨中还会涉及，此处从略为宜。

（三）弘扬优良道德人伦

道德有新旧，伦理有古今。贾大山作为现实主义作家，也是人文主义者、人本主义者。简要地说，人文主义强调反封建、反教会、讲民主，提倡个性解放、个人幸福；人本主义则更侧重提倡以人为本，从官员角度说则强调民生是以民为本。说来说去都肯定人是第一个可宝贵的。两者在翻译上也有过不同，人们在使用上便因人因时制宜。这在贾大山小说中都有所充分的反映。

贾大山突出地描述了传统家庭道德伦理。《白大嫂》中的独生娃子长大成人后，独自挑起耕种责任田的重担，从来不让母亲下地；每逢做了好吃的，母子俩总是互相尽让。他虽然说话粗鲁却对母亲"傻亲傻亲"，怕母亲在家特别是夜晚睡不着便给她买了收音机。这是作者简约地塑造了一个至亲至孝的大孝子。《钟》里的小凤姑娘则是以顺为孝，体贴父亲爱吃猪头肉喝小酒，也惦记着为父亲做鞋袜。她从来不怕父亲对她的无理训斥，总是一有机会就对他的旧观念进行因势利导。这是作者用较多笔墨塑造的一个以柔克刚地扭转父辈老思想的孝女。《西街三怪》中"火锅子"杜老的女儿和上门女婿，为杜老晚年的饮食花费心思，还为杜老过元宵节吃"折罗"去请教黄老，果然让杜老吃得更为高兴。他们是保障杜老健康快乐的孝女孝婿。《王掌柜》中的王掌柜，三个儿子儿媳都给钱、买东西行孝，但王掌柜只要媳妇们观察提供街上的美食信息，自己亲自去品尝，农忙时他还动手做了清香好吃的荷叶烧麦让全家来享用。《杏花》中的杏花每次做饭都请示婆婆，婆婆也为她买新衣，婆媳关系是和睦的。这些体现的便是尊老而爱幼。《定婚》中的树满怕兄长树宅错过年龄打一辈子光棍，便立字据舍去一切家产促成兄嫂的婚姻。嫂嫂过门后得知，便把字据剪了鞋样而作废。这是兄弟之间的悌爱风范。《电表》中的三个妯娌之所以和睦，是因为大嫂交电费不怕吃亏，为她们做出了好榜样。此乃妯娌之间的千年古风，亦是今朝家庭新风。先锋派作家余华也在他的《活着》中，对人间亲情、血缘伦理"表达出强烈的尊崇倾向，从而使主人公面对历史或现实的苦难时，获得了巨大的情感支撑"。[①] 贾大山早就认识到这个道理，把写亲情、家庭人伦当成起码的本色描写，当时曾经被认为这是落伍，现在看这些家庭内部关系描写是常写常新的永恒课题。

在行业道德伦理上，贾大山表现了商业、医疗和教育上三个方面。经商的根本在于老少无欺的诚信。前面提到《林掌柜》中的主人公在鞋店柜台上放着小铡刀，是他货真价实的检测工具，也是他诚信经营的重要标志。他说的名言是"人也有字号"。《梆声》中的路大叔最后一个夜晚为知青们送来一块豆腐，说那一晚怕你们打赌吃多闹病就少给了，这回补上。其实知青们并不知道给得少了，大叔凭的是自己的良心。《"容膝"》中的文霄夫妇、《花市》中的蒋小玉的"义卖"是选择售货对象，宁可不卖或少挣钱也不助贪心和怨心、不助邪风。他们自觉地负有净化社会风气的责任。弘扬医德的是《邵思农先生》和《西街三怪》中"药罐子"。前者医德高尚，为"我"的病情去查找大便，收了费还要为困难患者治病；后者中的李大夫以自己的医术和优质服务让"药罐子"等人折服、信赖。在尊师重教上，《拴虎》中的教师"我"虽然曾经在课堂上与小拴虎发生过意外的顶撞事件，但长大了的拴虎过年时来看望"我"，还邀"我"去参观他们的果园。《失望》中的杨老汉对何老师十分尊重，他望子成龙也便将儿子托付于何老师。《孔爷》中的孔爷听老师们一席话便力排众议盖学校，也是一种尊重教师和注重教育发展的社会公德。《智县委》维护的全是社会公德和社会风尚。

伦理是人际之间的行为规范、交往规则，日常表现为风俗习惯。它保证了人际关系的和谐、正常，维护着家庭道德、职业道德及社会公

① 转自洪治纲《中国新世纪文学的日常生活诗学》，安徽文艺出版社 2020 年 12 月第1 版，第 31—32 页。

德，这是人的本质的一个重要侧面。贾大山重视表现个性解放与自由，写出了《离婚》等，但无论是粗鲁行孝的娃子、以顺为孝的小凤、尊重婆母的杏花、关爱兄长的树满，还是林掌柜、蒋小玉、邵大夫和拴虎、杨老汉等等，他们身上都具有一种似旧而新的可贵道德和伦常之美。

（四）展示善美的人性人情

前面提到孙犁曾称道贾大山的作品"是一方净土……是作家一片慈悲之心向他的善男信女施洒甘霖"[①]。徐光耀认为大山的作品是"悲悯"地"抚慰""祈祷"和"劝诫"，是叫人们学好的。[②]就是作者要向读者撒播善良的种子、泼洒光明和温暖。的确，贾大山在他的小说中反复表现乐于助人。《白大嫂》中的主人公大嫂关心生产队上的事情，还主动去小存家劝解小存、安慰其父母。而《友情》中的鞋匠老石，则是在倪县长落魄之时向他伸出了友好的援手，义务为他钉了鞋掌，还经常请他到家来喝点小酒解闷排忧。老石同情失势的弱者，无图回报。他们都是一片善心为他人。《午休》中的秦老八和那个秦琼媳妇，都未听秦琼摇唇鼓舌的挑拨，维护了村庄的稳定。他们善良而理智，深明大义而务实。《小果》中的小果和恋人清明为照顾大槐的失落心理推迟婚期，做到了爱情与友情的双赢。崔道怡高度评价这个小果在1980年被塑造出来是其他作家未能做到的，这并不过分。《老路》中的生产队指导员老路对"阶级敌人"那么凶狠，却对一头走不动的老牛那么爱惜，证明他人性中尚有可贵的善良基因。知足常乐是贾大山的重要人生信条，他在《喜丧》中描写的牛老桥有良心、懂感恩、常知足、不攀比，也是一种难得的善美。与那个钱八万相比，他更淡定可爱。

表现善美的人性与人情，与上面表现道德人伦是内在一致的。作者向读者"劝诫""抚慰"，在二者的表达上形成了题材内涵上的重要特色。

---

① 见《孙犁致徐光耀谈大山》，李延青主编《忆大山》，花山文艺出版社2017年8月第1版，第117页。
② 同上，第119页。

（五）颂扬勤劳致富与创业

　　勤劳也是一种美德，是优良人性的重要部分。辛勤劳动则主要是从物质上进行创造，包括规模不同的创业活动。贾大山的许多作品中都作为主旨或次旨表现了底层劳动者的生存状态和他们劳动光荣、勤劳为美的人生观念。

　　其中一部分是表现劳动者以干活为本分和对待报酬的宽宏。比如《担水的》里那个在城内为道街住户担水的老魏，每次把水送去后让对方记账，多一次少一次从不在乎。他早上吃麻糖喝豆浆，中午吃马蹄烧饼喝豆沫，懒婆懒汉们看见了就夸他吃得不错。他就说，城里遍地是马蹄儿烧饼，你得卖力气！《贺富》中的老头王不乱在大集体年代就到各户去淘厕所，队上为他记工分；分田到户后淘厕所，用大粪养他的责任田，他常给各户一些蔬菜。后来几个厂子请他有偿地淘厕所，他就顾不得老主顾了。街道上无论干部还是农户都去求他交费，这样他就一年挣了 1900 多块。王不乱处于社会转型时期，由淘粪养地变为收费无可厚非，他毕竟已经为大家服务几十年了。还有《好人的故事》中的老石，从看大门到烧尸到为死者化妆，干的多是一般人不干的活计。最后聘他看寺庙，用买扫帚的公款买一张彩票竟中了一辆摩托，但他坚决不要，本分得少见。《会上树的姑娘》里的小欢善于爬树，她将槐角挣钱为父母买了新衣裳。《中秋节》中的队长春生等人晚饭后去火车站装卸货物挣了钱归公，他们大概只挣点工分吧。如上这些劳动者谈不上有什么大作为，却体现着可贵的实干精神和多干少取的奉献精神。

　　勤劳与创业也是经常一起体现在人物身上的。从日常化生活中的杏花来说，她是饥饿时代婆家用一布袋红萝卜干换来的媳妇，是穷怕了饿极了的家庭主妇，于是她要借改革开放的东风发家致富，选择了养奶牛的项目成为一个专业户，杏花和丈夫二淘就成为勤劳致富的创业者。杏花的照片上了县里的光荣榜，但她的眼角有了皱纹，头上也有了白发，他们夫妇终于白头到老，那也是创业艰难百战多的。前面提到的梁树林和终于娶上了媳妇的白大林等，都属于家庭的创业置业者。

还要说有规模的非日常生活的集体创业。前面提到的带领群众改造农田、兴修水利、开发果园、修建校舍、开办武学等，都鲜明地昭示着气魄宏大的大寨精神、红旗渠精神等集体创业精神。这些崇高的精神是永远不可或缺的中国精神、人类精神。在当今生活现实中不可否定。农民们用血汗创造的基本设施如有名的红旗渠、亿万亩大寨田，至今大多还在发挥着作用。当下的个人化写作几乎都回避了这些题材和主旨，是当代文学创作上的一个缺陷。这如周茉关于石一枫对当前文学创作现状的文章中说，他重读中国经典短篇小说，发现前辈们能顺畅地把集体性的"中国故事"和私人化"个人故事"结合起来，"然而在今天许多作品里，私人性与社会性之间愈发泾渭分明。一个人的故事很难再反映一个时代、一个阶层甚至社会上的一个族群"。贾大山生前为我们留下的这批集体创业之作，是历史的形象记录，是冀中农村的创业简史，纵然时代变迁了却仍有启示人们携手并肩改变旧生活、创造新生活的现实意义。周茉还说，"孟繁华认为石一枫继承了新文学社会问题小说的道路，以正面强攻的方式直面中国精神难题，构成了中国文学正在隆起的、敢于思考和担当的文学方向。"① 笔者相信孟繁华的判断是具有预言意义，石一枫的道路和方向是正确的，体现着对这些年来文学创作取材立意倾向的一种平衡理念。贾大山如果在世一定会赞同的。

　　以上关于贾大山小说中来自现实生活的赞美内容，可以看到作者的内心是温热的、明亮的。他真心实意地反映社会历史发展的基本趋势，表现时代精神和优秀为公求实精神，弘扬良好的道德伦理和善美的人性，颂扬随着时代前进而走向新生活的人们。他是高尔基所言的作家中接生新时代新人物的"产婆"。

二、多重的批判

　　贾大山面对复杂的现实生活进行小说创作，他既是优良传统人文精

---

① 见周茉《石一枫：海胆，翻了个面》，《文艺报》2022 年 6 月 20 日第 7 版。

神和新时代新生活的"产婆",也是真诚的歌者,没有粉饰,没有矫情,而且机智地用生活中的现实依据有力地冲破了概念化、雷同化的桎梏,走出了一条向读者泼洒甘霖和播撒快乐种子的"劝诫""布道"之路。同时以发自内心的忧患意识驱动自己充当着旧生活旧意识的"掘墓人"。这便体现了贾大山为自己设定的创作要坚守的"弘扬真善美,消除假恶丑"的基本主题。他的忧患意识、批判精神贯穿于整个创作中,对不同时期、不同人群、不同形式和不同程度的假恶丑进行着无情的揭露或善意提示,以告诫和抚慰迷而不悟的人们,引导他们走出精神的泥淖,迈向光明的坦途。观其小说,发现其批判的方式有显性、隐性的不同,显性的主要是针对当时的政治路线和社会问题,隐性的主要是针对人的内心世界和民风民气。不同篇什便会有不同的批判表达差异,作者所忧患和伤感的问题具有多维性立体性和善恶美丑一体性。笔者拟对其所批判的内容做一次系统的归纳。下面先说贾大山小说中的两种批判方式,之后再举篇目看其各种批判内容。

（一）多样的显性批判方式

这主要有单一式、开门见山式、一箭多雕式和美丑并举式。

1. 单一式和开门见山式

这是贾大山小说创作多用的批判方式。它们往往有单一事件、单一主题、单一揭批内容,插笔后也大多无有引子或其他闲笔。《临济寺见闻》是单一式,一事一议,刻画了省里小公安干部们白拿菩萨像而自我得意的丑态,引用文达公（纪晓岚）记载的野狐对话传说以嘲讽之。

还有《鼾声》《麦收劳动》《香菊嫂》《离婚》《亡友印象》等,也都是开门见山或说单刀直入奔向主要人物和中心事件。

2. 一箭多雕式

贾大山较大篇幅中会含有多种揭批的内容。比如《乡风》中,叙述刚刚打倒"四人帮"后公社和村干部中的作风问题。拐子老张从陈村走前,由于谋划不周建果园而冻死树苗被群众埋怨,这是他官僚主义不调查土壤造成的。老张二次下来方知曾经有人前来调查他。村支书陈秋元和村民们设法赶他们早走，从而保护了老张。老张感激陈秋元，却发现他批斗一个"死老虎"地主分子是形式主义，还发现他从来不关心并嫌弃贫病交加的上中农陈麦收老人，这又是一种官僚作风。陈秋元的思想根子是官本位，他开批斗会的目的是表示自己讲政治，同时也是借阵势震慑老百姓，压制民意，让自己更有权威，所以陈麦收等群众都非常怕官、不敢讲真话，从而增加了老张解决果园问题和创造干群鱼水关系的难度。文中涉及极左的整人政策、官本位（不民主）、官僚主义、形式主义、不讲科学种植等基层问题。可谓一箭五雕。

3. 美丑交织式（善恶共存式）

这是贾大山揭批性小说的大多方式。从他 1977 年的名作《取经》开始就常用这种善恶美丑对比方式表达内心的隐忧与爱憎。其《春暖花开的时候》《正气歌》等表现的是下级美善、上级邪恶，下级顺民心讲实际而上级执行极左路线整治、压制下级。前者公社黄主任找借口把大梁村支书梁大雨调到石灰窑去；后者公社老丁则要北杨庄支书祁老真安心养病，换上爱追风的郭爱荣做代理，这也是拿人开刀、走马换将，以执行他们的极左路线。前者中，因为在学大寨会议上梁大雨二人未看那场样板戏，就被黄主任视作眼中钉。村里按黄主任的提议上批下联抓阶级斗争、召开了批斗投机倒把分子宋破车的大会，也不合他的心思。他对下级干部不是教育引导而是口称"路线"，以人划线、以权压人，一朝天子一朝臣，是又讲路线斗争又要权术；后一篇中，老丁则是极力支持经常为他捧场的郭爱荣，郭爱荣也极力在老丁面前显示自己有新思想、要发展新事物，在夏秋大忙中搞起了几百人参加的"意识形态领域的革命"，好在祁老真敢于站出来斗争，减少了全村秋粮的损失，郭爱荣也终于幡然醒悟。这两个故事是两场对极左路线、形式主义的斗争，表现出作者对"文革"和之后极左路线余毒势力代表人物的嘲讽，对基层干部群众中本有的一心为公、求真务实精神及其代表人物的高度赞扬。

从主要人物方面说，《喜丧》中的队长牛老桥很善良、很和蔼，不怕苦、懂感恩，但他竟然不知道坐火车的快慢与票价高低的关系，不懂得吃蔬菜吸收维生素有益于健康，属于又善良又愚昧。还必须再提及《亡友印象》和《老路》。前者是梦庄村支书路根生积极靠近党组织而上台执政，最后又被批为保护资本主义而下野，受拘数月后，去县里申冤却意外被火车轧死。他平时手提一根木棍，夜晚狠狠批斗"阶级敌人"，但他斗来斗去却渐渐喜欢去为人娶亲，也在酒席上喝醉后说真心话。后者中生产队指导员老路批斗"四类分子"时又凶狠又有程序性花样，但他却不肯宰杀那头气息奄奄的老牛，为它行将死去而落下怜惜之泪。根生和老路身上都有人性的两面，为站稳政治立场而做恶，对待异性和牲口而呈善。这便是封秋昌所说的真实而复杂的生活中呈现出的两种人性所决定的美丑善恶，形成了讴歌与批判"相互交织"的现象。[①]

（二）深入的隐性批判

贾大山笔下的显性批判与隐性批判也不能截然分开，那是因篇因事而异的。所谓隐性批判就是指字面上没有的或不明显的揭示、批判。这在本书前面关于贾大山小说意境中已经提到，此处专说其批判的方式与内容。封秋昌说：贾大山的批判目光，"能从正常的平常的甚至是司空见惯的事物中发现其中的'反常'或不正常；善于从'是'中发现其中的'不是'来，因此他的批判有催人猛醒的独到性。"[②] 这里，拟把贾大山的隐性批判分为明贬暗褒式和明褒暗贬式两种。

1. 明贬暗褒式

即是表面上贬低、批评、嘲讽之，暗中又是在褒扬、欣赏之。比如《鼾声》中，"我"一见老房东田大伯就害怕他睡后那排山倒海、惊天动地的呼噜声，曾经让"我"整夜睡不着，但又不能埋怨、无法躲藏；也说大伯胆小怕事，因为曾经哈哈大笑嘲讽上级被打了一巴掌，至今一见干部模样的人就下意识地摸一下脸，好像那脸还在疼。"我"说到丰收歉收，他就搪塞着不敢表态。然而"我"说了县委为冬天浇麦冻死大片

---

① 见封秋昌《贾大山论》，李延青主编《忆大山》，花山文艺出版社 2017 年 8 月第 1 版，第 171—172 页。
② 同上，第 173 页。

麦苗做了检查，这一夜他就未打呼噜。第二天田大娘才说，他不高兴了仰面睡觉歪着脖子就打呼噜，高兴了侧身睡就不打了。昨夜不打的高兴事是什么？大娘没说，"我"是又明白又糊涂，结尾留下了疑问让读者去琢磨。其实就是县委做检查而实事求是了，虽然麦收减了产他也从内心高兴。再就是《钱掌柜》，主人公是一个浪荡的商人。他是曾经会拉会唱迷住了日本鬼子，还学了几句日本话的侥幸生存者。作者特别批评他故意显摆从而祸从口出，还嘲笑他拉车去取货却跑到石家庄看了一场名角尚小云的戏。"文革"中被当成日本特务批斗两年，在农场喂猪两年，最后死在了一个"学习班"上。揭示他的悲惨结局是个人性格的悲剧。然而作者表面上是在用幽默的笔法嘲讽钱掌柜、嘲讽了日本鬼子和极左风气，却写出了一个活得潇洒自如并无大过的快活真人，对他被批斗和抑郁之死更是同情的。

2. 明褒暗贬式（褒中有贬式）

即表面上褒扬、赞颂之，暗中却是贬低之，或贬低其某个方面。比如《年头岁尾》中，豆腐户王有福夫妇为儿子大栓将要成家而想要块庄基盖新房，这就要按常规找村支书来吃喝一番。老伴急，王有福不急，催急了他就去找支书又不敢进门，回来时发现了刚刚张贴的全村盖房、计划生育的红榜，自己儿子大栓的名字在其中，便乐颠颠地回家报喜，老两口又欢欢喜喜磨起豆腐来。文中反复打听和研究如何请客才能成功，乃是对当时村干部的贬低，表达对有福夫妇心情的理解和同情，但干部们的新作为新措施使他们没有破费，却让我们从夫妇二人身上看到要办事情必须请客送礼的这种不良社会心理。这才是作者最终要告诉我们的。当然这种写法也是美丑相互交织的一箭多雕式。再就是《杏花》中的主人公杏花，先是赞美她与老怪有过中学之恋，却因家中连续死人才火速嫁与二淘。到婆家也讲妇道，而且中年时靠养奶牛发了家。她要汲取自己从小受穷的教训，用丰厚的彩礼、最时髦的家具为儿子找最好的媳妇，竟然亲自去找女方面谈，发誓不获大胜不罢休，可谓大下苦心。但她是否想到，你儿子是否喜欢你眼中的好媳妇？他们是否重复你和二淘那种缺乏感情基础的日子？再说，杏花也不应当不打招呼就毁了在小树林里的海誓山盟，致使恋人老怪也不幸福而意外早亡。这是作者对杏花贬得很深的地方。另有《俊姑娘》中的玲玲，作者表面极溢其美，强烈表示对其的同情，但也无形中贬之有城里"小资"的生活习俗，不能入乡随俗与梦庄人融合，更不应当自暴自弃、百无聊赖地走向颓唐。这又是一般读者没有注意的一种批评。《喜丧》《沙地》等也属于此类褒贬方式。

无论明贬暗褒还是明褒暗贬，都是作者制造的多棱镜、哈哈镜。隐而不见的、似乎变了形的东西就藏在其中。生活是丰富多彩的，作家对现实中的不良现象揭批也会是多样的。透过现象看本质，通过人物、情节看内涵。而笔者对这些揭批方式的分类是出于论说的需要，可能又是笨拙的。

（三）多种批判内容（附表）

贾大山小说中的批判内容成分是多种多样的。他在不同时期、不同篇什中所揭批的内容也是不断变化、有所侧重的。封秋昌又说："贾大山的批判性作品，越到后来越深入，即从政治性批判走向审美性批判；从批判某些基层干部的外在行为到揭示由于贫穷落后愚昧所形成的传统习俗；从显意识层面深入到潜意识层面，从中去透视更具普遍性的人性特点。"[1] 笔者同意他对贾大山批判性作品发展的大体概括。但也补充一句，贾大山在初期、转轨期创作中就注意人物内心善恶和人性优劣的揭示。

下面就先罗列一下贾大山对各种社会政治现象，包括一些官场恶习的批判内容，再罗列其对人的不良社会心理、习俗和不良人性的批判。

---

[1] 见封秋昌《重新认识贾大山》，李延青主编《忆大山》，花山文艺出版社 2017 年 8 月第 1 版，第 190 页。

表 1　贾大山对不良政治现象和官场作风的批判（11 种）

批判内容类别	涉及篇目	主要不良表现	危害及其他
批判极左路线及其余毒	《正气歌》《春暖花开的时候》《三识宋默林》《老路》《梆声》等	大搞阶级斗争、路线斗争；批斗凶狠；搞意识形态领域革命；要社会主义草，不要资本主义苗；豆腐也不能卖	政治压倒一切误国害人。阶级斗争为纲使人性异化；摧残生命、破坏农业生产；影响人民的正常生活
官本位思想，仗权行事	《三识宋默林》《白大嫂》《春暖花开的时候》《乡风》等	公社干部以权压人；行政命令；村支书老黄优亲厚友，报复敢于直言村民等	滥使权力，压制民主，专制主义；为政绩影响生产，破坏干群关系
假改革，真贪腐，以权谋私	《阴影》	饭店改革，包子质量下降，捞钱私吞。被人发现，家属警觉	借改革混水摸鱼，以权谋私，坑害顾客
大吃大喝，酒风过盛	《村宴》《沙地》	各级部门下乡吃喝，村干部应接不暇，也养成陪酒习惯；公款吃喝，铺张浪费	败坏党风民风，危及基层干群关系，破坏基层政权建设
形式主义	《正气歌》《夏收劳动》《分歧》	大哄大嗡闹"革命"，造声势，图政绩，有违农时；农村已不需要干部去帮助割麦；抓水利走形式，思想发动起码五天	违背农时造成减产。讲政治走形式，形成上下级矛盾
官僚作风，漠视群众利益和正当诉求	《劳姐》《三识宋默林》《正气歌》《飞机场上》	房东大娘女儿超支，找县领导杜主任不见不管；宋庄受灾闹春荒，上级不许申报统销粮；瞒报产量	保乌纱帽，当官不为民做主；不作为；打击报复；影响恶劣
"紧跟"，观风向	《取经》《瞬息之间》《弯路》	王清智写文章批判"唯生产力论"，让治沙工程下马；公社孙书记误看旧文件就赶忙调整大会发言单位；公社老乔只等上级发文件	不从实际出发，追风紧跟；等上级发令，不敢支持基层创新。官场上此类干部多矣

323

批判内容类别	涉及篇目	主要不良表现	危害及其他
巴结讨好上级	《花市》《临济寺见闻》《傅老师》《正气歌》	小干部买花为给领导庆生日；说领导喜欢佛像便强取之；用书画和言说讨好官员；为上级讲话捧场	巴结上司，溜须拍马，乃官场古来恶习，今日依然不绝
干部退休失落感	《游戏》《门铃》	两位局长退休在家感到寂寞，一个是等门铃响盼人来，一个是做"批示"游戏找感觉	退休官员的普遍心态，其实是官本位思想仍在作怪，缺乏平民意识
骄傲自满	《分歧》	大颜村支书骄傲自满，盲目乐观，忽视水肥等实际问题	先进村镇领导人容易出现的思想和情绪
走后门，集体请酒	《迎春酒会》	"梦庄"每年春节前召集在外工作人员请客，要大家开后门	不正之风，也是例行公事，形式主义

　　以上是贾大山小说中反映出来的不良政治生态和官场不良思想作风。他们大多是当年极左路线的执行者，也是受害者。官本位思想、以权谋私、官僚作风、形式主义等旧社会留下来的官场痼疾，需要不断地揭露、批判，所以作者把平时嫉恶如仇又治病救人的心态融入自己的作品中，艺术地对它们"掘墓"曝光。这是贾大山作品中重要的题旨成分。高尔基曾经说：批判现实主义"却不能给人指出一条出路"，但是又说："我们需要这种现实主义，仅仅为了阐明过去的残余，为了跟这些残余作斗争，扑灭它们。"① 这是高尔基把当时社会主义现实主义中的批判现实主义和西方资产阶级"浪子的"批判现实主义做了区分，肯定了现实主义的批判性质。贾大山是赞美者，也是批判者，其批判相对温和，多有赞美中的批判，肯定中的否定，以进行正邪对比，警策世人，却也有封秋昌所说的"独到性"。

---

① 见高尔基《和青年作家谈话》《苏联的文学》，北京师范大学中文系文艺理论教研室编《文学理论学习参考资料》（下），第551—552页。

表 2　贾大山对不良社会心理和人性的批判（16 种）

批判内容类别	涉及篇目	主要不良表现	害处及其他
家庭中男人强势，大男子主义	《午休》《白大嫂》	秦琼不听媳妇劝，一意孤行；大嫂丧夫从子，儿子有孝心，却暗中约束母亲	男尊女卑，人际关系不平等，有"三从四德"遗毒
对女性抑美赏丑	《丑大嫂》《钟》	祁大嫂换新衣戴眼镜而遭贬议；老人看不惯姑娘媳妇烫发好打扮	压抑女性自我展示，以丑为美，扼制新风，有违正常人性
男女出轨，侵犯妇女人权	《坏分子》《枪声》《三识宋默林》	"小蝴蝶"与村干部饮酒打逗、私通；小林强奸女知青；秦福强暴妇女	失德，犯罪，危害社会风气
婚姻重财不重情	《杏花》《离婚》	杏花因一袋红萝卜出嫁后为儿子找媳妇就财大气粗地选儿媳；路老白只想让乔姐多吃豆腐	没有爱情的婚姻不道德，有违人性，家庭易生变，形成悲剧
嫉妒心	《俊姑娘》《丑大嫂》《拜年》	由欣赏美到嫉妒美，起外号，事事打压；把丑当美；满花嫉妒姐夫侃侃而谈，大声干扰之	漂亮恐惧。优长也要均衡，心胸狭窄
虚荣心	《正气歌》《火锅子》《取经》	郭爱荣图热闹图虚荣；"火锅子"杜老显摆饭食，总觉得高人一等；王清智发文章图一时存在感	妨碍求真务实，造成秋季减产；自我得意却丢失人格；后悔误了机会
从众心理	《年头岁尾》《俊姑娘》	老两口要庄基，学别人想宴请；俊姑娘初到时全村齐赞，后被争先恐后贬低，最后纷纷同情	盲目随风；误伤好人
私心	《电表》《香菊嫂》《村戏》《炉火》等	妯娌三个伙用电表，小桂用大灯泡，为省钱要分开之后又要伙；吕巧姐私下烧砖挣钱；元合听母亲教唆为挣钱编锅帽不去排戏；王根茂打家具挣钱	贪小便宜，丢失人格，贻误公事

325

批判内容类别	涉及篇目	主要不良表现	害处及其他
怨心	《"容膝"》《飞机场上》《中秋节》	怨怅自己级别低、房子小；埋怨分田到户带来麻烦，也怨乡政府不作为；社员埋怨队长；姑娘严小俊怨"四人帮"误她前程	不满现实生活状况，自怨自艾，无益；应直接找上级提意见；怨极左政策，但需个人努力
好吃懒做	《赵三勤》《火锅子》《沙地》《钱掌柜》	赵三勤原先发懒；杜老养尊处优讲吃；老社长三儿子好吃不干活儿；钱掌柜迷于戏剧荒了店铺	缺乏勤劳敬业精神；享乐主义
挑拨是非	《午休》	原造反派秦琼找秦老八挑拨秦黄两家重起武斗，想看热闹	居心叵测，"文革"遗风，幸灾乐祸心理
愚昧、偏见	《喜丧》《"药罐子"》	不懂火车慢票价低；认定中医中药，声明不吃挂"西"字东西	少见多怪；不懂科学，倡导中西医结合
保守、僵化	《钟》《喜丧》	对农村联产承包不理解，眷恋生产队敲钟上工；种瓜不种菜	恋旧拒新，改革的阻力，平均主义
怕官、哄上级	《乡风》《钱掌柜》《炉火》等	陈麦收怕拐老张，说"官打民不羞，父打子不羞"；钱掌柜借提意见拍李书记马屁；王根茂哄骗村干部	民间也有官本位思想，敬畏权力；哄骗也会露马脚的
封建迷信	《担水的》《沙地》《西街三怪》中"神算子"	老魏给井龙王烧香化纸；老社长找瞎子算命；黄老冒充预言家、哲学家骗钱，终被人们唾为半疯子	迷信鬼神，算命测字，民间多见，古来陋俗
阿Q精神	《老拙》《友情》等	受到羞辱和不平等待遇，或被朋友抛弃，却自圆其说	当代的阿Q，多是屈从于世风的忍耐，也含有宽宏大量

如上列出这些不良心理、人性和相关陋俗，说明在我们民族心理上、在人性上的弱点也顽固地存在着。贾大山在这方面的揭示和批判，今天仍然具有现实意义。

小　结

这一章从贾大山的文学观、生活观到他作品中的赞美与批判内容进行了一次比较全面系统的梳理。可以看到，贾大山继承了五四以来的启蒙现实主义和抗战以来的社会分析现实主义。更可以看到，如习近平对贾大山所评价的："他更没有忘记一位作家的良知和责任，用小说这种文学形式，尽情地歌颂真、善、美，无情地揭露和鞭挞假、恶、丑，让人们在潜移默化中感悟人生，增强了明辨是非、善恶、美丑的能力，更让人们看到光明的希望，对生活充满信心，对党和国家的前途充满信心。"[①] 这是对贾大山的现实主义创作理念和实践的客观总结。

贾大山经过上世纪 70 年代以来伤痕文学、改革文学等不同阶段，面对农村现实，在乡土小说创作上走出了一条"自己的路"，形成了他既有时代精神，又有优秀传统理念的文学形态和在精短中追求较为轻松的题旨深刻的叙事模式，做了真善美的"产婆"和假恶丑的"掘墓人"，既入世又出世地做了一位真诚而智慧的"世外高人"。

[①] 见习近平《忆大山》，贾大山著、康志刚编《贾大山文学作品全集》，花山文艺出版社 2014 年 10 月第 1 版，第 3—4 页。

第六章

贾大山小说的地方风情与文化蕴涵

　　自上世纪 80 年代后期以来，我国文学理论评论界受西方法兰克福学派的影响，开始了对文艺作品的文化研究，这是对以前文艺研究模式的突破和超越，形成了传统模式研究与文化研究并驾齐驱的文艺理论评论事业发展的新格局。新世纪之初，有童庆炳等学者提出了文化诗学的概念，并且产生了一批有关理论成果。他说："我理解的文学有三个向度，这第一就是语言，第二就是审美，第三就是文化。"[①] 这是我国当代文学理论的新提法、文学功能的新判断。的确，文化研究大大拓展了我国文艺研究的学术空间和社会影响，诸家也已用丰富的实绩证明文化研究不是剑走偏锋，而是纠正了传统文学研究模式对作品文化内涵的遮蔽，从本质性的深度上揭示了作品的文化艺术价值，引导广大作家艺术家增强了文化意识和民族文化的自信。到今天更为明显的全球化语境下，这种文化研究无疑更具有一定程度和范围上的战略意义。本书最后这一章，试图从文化角度探讨贾大山小说的地方文化风情与新老文化蕴涵。

　　"文化"一词，一般定义是人类有史以来所创造的物质财富和精神财富的总和，它大量存在于人们的日常或非日常的生活里。正如威廉姆斯所说："从本质上说，文化也是整个生活方式。""文化研究承担着一

---

① 　见郭宝亮《王蒙小说文体研究》序言，北京大学出版社 2006 年 11 月第 1 版，第
　　2 页，童庆炳序言。

个社会的艺术、信仰、机构以及交流实践这样一个整体领域的使命"。①
这是说，人的整个生活方式的本质是物质活动也是文化行为，并强调文
化研究的全部任务包括人类社会精神性质的上层建筑的一切，把文化研
究的范围设定于经济基础之上的广阔领域，而且把艺术和信仰放在最
前面。关于艺术的文化性质，何新在论述艺术的本质时这样说："艺术
不仅反映文化，不仅参与文化，而且其本身就是一种极其富于特征的社
会文化，或者也可以说，艺术是人类文化一种极其具有特色的表现形
态。"② 进而论述，看似非常"个人独创性"的艺术创作必须在"人与
人对话的过程中"形成"社会互动"才能实现它的价值。由如上这些论
述，我们可以说作家写小说便是写文化。贾大山的农村题材小说便是一
种乡土文化，研究贾大山的小说必须研究其中的乡土文化和作者如何以
语言符号的形式参与其中，表达他的文化情结与文化信仰。

应当说，乡土文化总体上是农民本位文化。农民本位文化是相对于
官方主流文化、精英文化和市井文化的具有民族性和地域性的乡间平民
生活文化，其主要表现为日常性的民风民俗事象，但其文化内涵却十分
丰富。贾大山表现的是中原文化类型的冀中地区汉族聚居的农村习俗。
客观地说，他从上世纪 70 年代开始就注意从生活中吸收一些民俗事象，
包括采撷运用一些地方民间口语。从 1980 年 1 月发表《中秋节》、4 月
发表《小果》起，他明显地把地方民俗文化的运用当成了其小说的重要
有机成分。这是当时党的十一届三中全会已经胜利召开，解放思想、改
革开放的大政方针已定，也与第四届全国文代会清算了极左文艺路线，
对文艺创作开始"松绑"，中华传统文化渐渐回暖的大气候有关，使其
文化意识不断增强，后来形成了他的风俗体式写作风格。

对于贾大山的风俗体，本来可以在前面体式一章讨论，但考虑其小
说文化风情与文化蕴涵总量之大，放在本书最后一章也很合适，于是便
后推至此。贾大山小说中运用了大量农村日常生活的民俗，从更深层次

---

① 见威廉姆斯《文化与社会》中译本，北京大学出版社 1991 年 12 月版。
② 见何新《艺术现象的符号——文化学阐释》，人民文学出版社 1987 年 8 月第 1 版，
第 2 页，序言。

上是融合了传统的儒、释、道文化，在表现社会历史变迁和社会人生与人性等题旨方面起到了不可或缺的重要作用。作者也在文化书写上表现出传统性与现代性二者相互矛盾又可适度共存的现实关系及其社会文化理想。下面就从贾大山笔下丰富的地方民俗风情说起，进而探讨其风俗体式及其传统性、现代性的文化蕴涵。

第一节　传承和变化中的民俗事象

贾大山小说中有地方自然风情，还有浓郁的地方民俗风情。地方自然风情与民俗事象共同形成了整个地方风情。按照崔志远的研究，地域风情就是地缘文化。他从各个不同地域作家创作实践中，概括倡导创立了文艺地缘学。崔氏总括古今中外诸多相关言说，阐述文艺地缘学基于地域的物质环境，包括我国南北东西不同地理位置的山区、平原、水乡等自然因素和人文景观因素，也包括地域性社会结构和发展变化的时代生活等。特别引用孟德斯鸠"气候的王国才是一切王国的第一位"的观点，认为气候、水土、植被的不同，人们的生产方式——农耕或游牧等的不同，民性民气便自然各有差别。[①] 贾大山所处的石家庄地区正定县域为太行东麓山前、冀中平原西部，是北温带大陆性季风气候，古时这一带水量充足，滹沱河横亘东西，老磁河、木刀沟等亦常年水流不断，宜于农牧业发展。正定北侧新乐市有伏羲台，相传为上古伏羲氏从甘肃移来的休养生息之地。《诗经》中的"天命玄鸟，降而生商"，有学者论证，今平山县蕃吾便是简狄吞食了天上燕子落下的鸟蛋而生商族始祖契的地方，藁城、正定、平山、元氏、赵县都有先商民族活动遗址。到近现代以降，生态老化，气候干燥，河水时有断流，人们春夏求雨经常化，打井抗旱和改造沙荒成为一代代人的生存之战。贾大山作品中反映当地农民们战天斗地的篇什不少，这便是他笔下农村地域性物质生活

---

① 见崔志远《燕赵风骨的交响变奏》，作家出版社 2001 年 8 月第 1 版，第 10—20 页。

民俗的一部分。早在春秋战国时期，这里属晋，三国分晋后属赵，为燕之南赵之北，曾为中山国地。秦时为东垣县、东垣郡，汉刘邦改为恒山郡真定县，取真定安定之意。到清雍正时为避"胤禛"之讳而改为正定至今。古时这里是华夏人与北方少数民族长期争斗和融合之地，北人南侵、战国纷争和秦汉以来改朝换代或平叛的征战，使这里的人民遭受过无数的苦难，但也形成了尚武之风。北魏以来的县治、郡州治所从滹沱河南迁至其北岸今天的位置。正定城已经有 1600 多年的历史。这里既有一次次的胡汉交融，也有儒家文化和佛教文化、道家文化在这里兴盛起来。特别是元代定都大都（今北京）后，这里几个朝代都属京畿腹里或称直隶，京师文化渐渐在这里扎了根，于是这里爱国爱家、强悍豪爽、忠诚善良的民性中又糅进了正统的官方文化而融合成团结统一、崇文尚武的风气，形成英烈辈出、文士涌现的历史文化局面。这里也是元曲之乡，关汉卿、白朴等剧作家和大诗人元好问等都在这里留下了他们的足迹，文学和戏剧创作便成为这里的重要文化传统。今天的贾大山则是当代文士的一个杰出代表，他颇有地方文化情结和文化禀赋，自然要在小说中对这里的自然环境和传统习俗做出形象的反映。

下面先将其风情描写中的民俗文化成分做一次比较系统的梳理，为之后探讨其风俗体打一个基础。这就涉及民俗学常识。"民俗的发生是很久远的，从人类脱离低级动物起，就有民俗。民俗不是别的东西，是社会生活所需要的人和事，加上有关的思维。"[①]

我国民俗学界一般把民俗事象分为物质民俗、社会（家庭、礼仪）民俗、信仰民俗和游艺（文体娱乐）民俗四大板块。这在贾大山小说中多有涉及。根据具体情况，这里重点探讨其农业生产劳动、吃穿住用、人生礼仪、岁时节日和文体娱乐习俗等类。

---

① 见钟敬文主编、萧放副主编《中国民俗史·先秦卷》，人民出版社 2008 年 3 月第 1 版，第 5 页，钟敬文《总序》。

一、农业生产劳动民俗

"对于民俗……它是历史的，也是现在的，错综交融……"① 正定一带民俗既是历史的又是现在活着的，具有古今混杂性。其中有大量古俗传承或局部更新，也有时代变迁带来的新风。按民俗学界的一般观点，认为年久者为俗，时尚性者为风。这里统称之民俗，具体到某种事象再细微区分。

古老的民俗延续至今，最重要最容易被人忽视的就是物质生产劳动，此乃人类维系生命的第一需要。对于农村百姓来说，就是要土里刨食，春种秋收，充分利用和必要的改造自然以求生存。这在文学上的表现，如上世纪 50 年代马烽的《太阳刚刚出山》②，就描述了新任县委书记二保为解决各乡村打井引水生产的难题忙碌了一夜。程贤章的《蹲点记》③ 是 70 年代农业学大寨过程中的复杂斗争，有人批判唯生产力论，老支书被贴大字报，使疏改河道造田计划难以实现，县委书记严明下去蹲点解决了这些问题。孙谦的《南山的灯》④ 又是县电力局长和生产队长在边远山村栽杆拉线通电的故事。今日在贾大山笔下，也自始至终都贯穿着生产劳动这条鲜明的主线。他最早的《取经》《香菊嫂》等就是正面描述北方农民的生产劳动生活。李黑牛、香菊嫂和梁大雨等人物便是改造沙地、平整闲地以求更大面积丰收的先进生产力的代表，是历史的创造者和社会进步的推动者。作者对其中的主要人物是怀着深厚的感情进行描写的。正如阎晶明在评论肖睿《库布其与世界》时所说的："作家以治沙人的精神来写治沙，充分体现了文学创作应有的态度。"⑤水利是农业的命脉。早在明代宋应星的《天工开物》中便有民间防旱抗

---

① 见钟敬文主编、萧放副主编《中国民俗史·先秦卷》，人民出版社 2008 年 3 月第 1 版，第 17 页，钟敬文《总序》。

② 见《建国以来短篇小说》（上），上海文艺出版社 1978 年 5 月第 1 版，第 17 页。

③ 同上（中），第 608 页。

④ 同上（上），第 217 页。

⑤ 见李晓晨《多向世界讲好中国治沙故事》，《文艺报》2022 年 6 月 10 日第 6 版。

旱的记载，今天贾大山的《沙地》便有天旱打井的热闹场面。其中描述男人赤身挖井、女人来送饭也不回避和羞臊，是农村生产劳动中的一种真实。《钟声》《小果》等都诗意地表现了人们在夏秋时节的昼夜灌溉活动。

"庄稼一枝花，全靠肥当家"。贾大山在《分歧》中就有盛夏积肥的叙述，有公社老魏向颜小囤细算水肥账的描写。也再现了西周时期夏天"下雨时行，烧薙行水，利以杀草，如以热汤，可以肥田畴，可以美土疆"[①] 的热天积肥老俗。《赵三勤》中表现的是养猪积肥，《贺富》中表现以人粪尿为肥料养种蔬菜。随后，也有《会上树的姑娘》《黑板报》中的树上求财打槐角，《午休》《杏花》《钟》中的动物养殖、植物栽培事象，也都是远古人类的遗风。周代中原地区种植的五谷是黍、稷、菽、麦、稻，后根据气候和土质出现了夏秋两种两熟，大大丰富了人们的口粮，推动了人口的繁衍。冀中地区的主粮是冬小麦和玉米，黍子、豆类（菽）则是附属作物，稷子已被淘汰。正定曲阳桥一带的水泉地可以种稻，但作者下乡插队的西慈亭村无有。他却在《王掌柜》中追述了借滹沱河畔湿地种南仓大白菜的习俗。《正气歌》中反映了棉花种植中期要整枝打杈、红薯的品种可以选择等等。

我国古代天文学是发达的，而且在农民中普及率很高。人们观看天象，依日月盈仄、斗转星移和气象物象而春种秋收。周代已有不违农时的生产节奏。贾大山的《正气歌》《分歧》《三识宋默林》等篇什中便有传统的农时观念、抢占时机的行动，而且在故事情节发展中起着关键作用。那时的农村劳动强度是很大的。但是，正如吴义勤在论述赵本夫小说时所说的："生命的第一要义是生存"，"既然这群人祖祖辈辈已'注定'选择在这样恶劣的环境里生存，那么便必须有着坚韧不拔的顽强生命力"[②]。虽然贾大山笔下的沙地和干旱可能不比赵本夫笔下黄河中上

---

① 引自《礼记·月令》，见钟敬文主编、萧放副主编《中国民俗史·先秦卷》人民出版社 2008 年 3 月第 1 版，第 28 页。

② 见吴义勤《从顽强的生命到复杂的人性》，赵本夫小说集《天下无贼》，河南文艺出版社 2020 年 3 月第 1 版，第 247 页。

游那样的环境恶劣，但他同样从生产风俗角度写出了这一方人的坚韧和智慧。

贾大山小说的题材大量是人民公社大集体时代的农村生活，表现集体劳动是作者绕不开的，也有分田到户前后转型中的生活故事。如《白大嫂》《眼光》《醒酒》等表现了人们凭勤劳的双手富了起来。《午休》等则强调勤劳致富，必须治懒。在县城半农半商的个体劳动者如担水人、淘粪者的描写中也都昭示着劳动者自食其力的本分品性和做人的自尊。在上世纪60—80年代，农村的劳动工具基本上还是古时传承下来的老式器物。"三夏"时普遍磨镰割麦，但已出现打麦的脱粒机。牲口拉犁拉车仍然司空见惯，也有人力小拉车，后来有了小型拖拉机。在人力畜力机力并存中，人们当然照样爱惜牲口。《老路》中主人公爱惜老黄牛，舍不得杀死而是电死，死了也不肯吃牛肉，真是爱到了极至。如上这些农家生产劳动习俗，客观而具象地反映了当时农村的物质生产风情。那时农民仍然是面朝黄土背朝天，只是石斧石镰、铜斧铜耜换成了坚固锋利的钢铁制品。

可是现在有些作家往往忽视或贬低了城乡体力劳动，甚至不以为它们具有文化意义。实际上自古以来体力的或手脑并用的劳动是一切科学技术发现发明和运用的基础。劳动创造世界也创造人、塑造人。回顾高尔基曾经说："劳动、火和语言是帮助人类创造文化——第二自然的力量。"又说"劳动是理智最忠实的教师和组织者，它使理智合乎逻辑而又真诚直率"。[①] 他还赞扬契诃夫"深切地、完全地感觉到劳动的重要，认为它是文化基础。他感到了劳动的诗意"。[②] 当然也要看到，新世纪以来，河北平原的生产劳动方式已经耕种收打机械化，可是在太行、燕山深处，还有许多无法机械耕作的地方，仍然是大锄小镰、人力加畜力的小农劳作方式。但无论哪种形式的物质生产劳动，都是高尚的。贾大山笔下就体现了农村生产劳动的重要，显示出劳动具有文化意义，而且

---

① 见《高尔基论文学》，广西人民出版社1980年1月第1版，第1—2页。
② 同上，第171—172页。

一再描写出了它们的诗情画意。关于描写经商人物和商业习俗，也是贾大山作品的重要方面。包括开店面的坐商和游走的行商，他们的经营理念和销售方式以及牌匾名号等等，属于物质类的流通领域习俗。由于这些在前面提说不少，此处不再专论。

二、吃穿住用民俗

贾大山小说中描述的民间物质生活民俗，包括吃穿住用等方面。民以食为天，我们先从"吃"开始。

（一）饮食——饭菜习俗

贾大山小说中涉及吃喝民俗事象者占其有关风俗作品的三分之一。先说农村的平时饮食，就是常说的粗茶淡饭，没有什么复杂的讲究。作为北方农家，基本上是种什么吃什么，主粮是小麦、玉米、小米和高粱，以及红薯、豆类杂粮。面食为主，白面馒头、玉米面饼子、擀面条最为常见。年节时，农闲时或待客时可以包饺子、蒸包子、烙饼，再炒上一两个素菜。大白菜是菜蔬中的大宗，还有豆角、黄瓜、冬瓜、北瓜、丝瓜、菠菜、茄子等。农忙时常是萝卜咸菜就干粮。有条件的换点豆腐或去割块肉炒了吃，煎鸡蛋也属于一种生活改善。贾大山笔下梦庄一带土地贫瘠，主粮产量不高，但沙荒地里树木、野菜较多，用野菜、萝卜缨、槐花、榆钱儿和一些树叶蒸苦累，就是在里面掺上少许玉米面、山药面蒸熟抄到碗里当主食。锅篦子上也蒸北瓜、红薯之类，下面煮小米稀饭、玉米面粥，放些瓜菜、薯干、萝卜干加上些盐便是菜粥。热锅贴饼子、压荞麦面饸饹属于花样儿美食。杂烩菜也叫大锅菜，是招待人数较多的亲朋时常做的大路货，把白菜、粉条、豆腐、肉片混在一起，加些佐料，用柴火熬制，是许多北方人至今所喜欢的。这些在《会上树的姑娘》《杏花》《香菊嫂》《劳姐》《白大嫂》《贺富》《离婚》诸篇中各有所反映。沙地里适于种花生，这是一种人人爱的食品，它生吃熟吃都好吃。但在《花生》中，那个饥饿年代上级要求的却是吃油不吃果，要榨油用的，所以引出了种花生时先让社员吃油条、下工时要一个一个搜身的可笑情节。

在县城中，人们的饭食与农村人基本类似，但毕竟有众多饮食店铺、小吃摊点和游动商贩，人们到饭馆酒肆吃喝一顿是方便的。所以城内农商家庭的日子比边远乡下人要滋润一些。他们的饭食自然更讲究烹调技艺了。这里重提《王掌柜》，主人公对街上的马家卤鸡是否用了百年老汤提出质询，对缺少砂仁、豆蔻儿提出批评。作者也对这种卤鸡的工料、烹饪程序和清末西太后驻跸正定时给予夸奖的传说进行了叙述，使读者全面了解了这种传统特色食品。王掌柜又去街上品尝豆腐脑、刘家烧麦，也都缺少了应有的食材和滋味。于是他在秋收大忙时亲自做了烧麦，请三个儿媳来吃。"她们揭开荷叶一看，哈，烧麦！一个个热腾腾、油滚滚的小包子儿，皮儿又薄，馅儿又大，模样又俊，很像一个个小石榴……一点也不腻口——有那荷叶的清香呢！"作者的描摹让我们读起来不免流口水。再就是前面提到的《老底》中的全羊席。作者通过厨师老底之口，先说"那是一个盛大的席面"，一只羊分三品，一品能做 36 道菜，做全了是 108 道，然后尽情地数起家珍来：

> 烧羊头、扒羊头，是一般的菜；糟羊头、熏羊头，也是一般的菜。烧云子是烧羊脑，烧明珠是烧羊眼，县城里就少见了。"望峰坡"是什么？羊的鼻梁肉。"芙蓉顺风"是什么？羊耳朵。上下嘴唇也是一道菜："爆猩唇"。上下眼皮儿也是一道菜："明开夜合"。清汤燕窝没有燕窝，用羊的磨裆肉。肉泥鱼翅也没有鱼翅，用羊的扁担肉。辣子鸡不用鸡，糖醋鱼不用鱼，蟹黄肉丝、蟹黄肉片也不用蟹——全是瘦羊肉。全羊席的巧妙功夫，在羊头、羊尾、羊蹄、羊骨、羊脏腑，而不在羊肉。炖羊尾、溜尾球、蜜汁羊尾、拔丝羊尾，属羊尾；熘排骨、炸排骨、奶汤排骨、红烧羊背，属羊骨；烧肚板、烧肚仁、烧肚条、烧散丹、烧麦穗肚、套花肚块，全是肚子上的事；烧羊蹄、扒羊蹄、蒸羊蹄、烹羊蹄、干炸蹄花、烧假鱼

翅，全是蹄子上的事。至于羊肉的做法，那就太多了：菠萝肉、枇杷肉、荔枝肉、葡萄肉、肉竹、肉蕉、肉枣、肉藕……

他说得洋洋洒洒，口若悬河，既说刀工又说火工……过去曾有相声《报菜名》，老底的全羊席菜谱虽然还不是全部却也颇够丰富，而且念数得相当流畅、别致的了。每道菜的名称都有文化含量，刀工火工、调制功夫都会大有技巧和绝活的。笔者在其他人的作品中，尚未读到这样别开生面的全羊席描写。而《西街三怪》中的"火锅子"，则是杜老个人在家中的享用。这个杜老颇有口福，通过他对邻里的显摆我们也知道火锅饮食的花样是很多的。更重要的是作者通过这些美食描述写活了人物。

（二）饮食——酒俗

贾大山小说有20多篇涉及饮酒。其中一些是个人独酌，也有几种是聚会宴饮。这一带酿酒历史久远，相邻的藁城台西村先商遗址出土了3300多年前的酒曲，西面灵寿、平山交界处的战国中山国遗址出土了2200多年前的古酒。北侧有行唐的"枣木杠"酒，东邻无极、西邻获鹿（今鹿泉区）都有烧锅，还有本县的地方酒品。特别是南部石家庄酒厂的红星酒，曾经是开国大典的专用酒，还有老字号的红粮大曲、石家庄大曲等，为正定城乡提供了好喝不贵的酒源。有酒便有酒风。借酒聊天消遣本是古老传统，林掌柜到"我"家铺子与父亲的夜饮长谈，交流营商之道，两人那么开心惬意，最后一次是面临公私合营的潮流而借酒浇愁。智县委是夜晚睡觉之前就着松花蛋来几盅，以消除工作压力睡得更香。宋满场是带着对上面极左路线的不满而炒一锅白菜来自斟自饮，越饮越怒火中烧。牛老桥有对分田到户的不理解和抵制心理，便就着猪头肉喝闷酒。他们是借酒浇愁愁更愁，没有古时陶渊明、李白的酒中超脱和神来的灵感，却表现出他们在时代转轨过程中各种因素形成的一时苦闷，这在当时是普遍性的。

摆酒待客是一种礼仪。贾大山在《友情》中叙述钉鞋匠老石把落魄中的倪县长请到家中小酌,《乡风》中写陈秋元请重返陈庄的公社书记拐老张吃饭摆酒,属于礼貌待客;《拜年》中老岳父摆酒待女婿,是礼节也是年俗的一种;《枪声》中小林父亲过年时请"我"饮酒更有答谢"我"帮他教育儿子的情分。这都属于人之常情、世之老俗。但酒中应有德。《傅老师》中的主人公被请到酒场却不喝酒也不喝饮料,便以茶代酒还礼貌地与人碰杯,显示着一种儒雅之风;而老底请"四大名人"去饮酒,品他几手羊肉菜肴,拿出最好的剑南春,话多饮少,谁也不死劝不多喝。他们都以联结友谊、交流文化观念为重。《迎春酒会》写的却是村干部例行公事地招待在县里工作的人们,请求大家在购买紧缺物资等事情上为村里开绿灯。也有的如《坏分子》中,大队干部到年轻媳妇"小蝴蝶"家夜饮却多不怀好意,勾引了"小蝴蝶",致使她与某一干部在玉米地里开始通奸,败坏了名声,扰乱了村中风气。真乃如民间谚语说的"酒能成事,也能坏事"。酒醉后出洋相也是世间多见。在《亡友印象》中,作者描写村支书路根生和"我"在村民婚礼上开饮很快活,却经不住不怀好意的胖子死劝而都酩酊大醉。这胖子缺少酒德,也反映出了乡间酒场陋俗。"我"和根生在大街上都躺倒了,但根生说了心里话:"这些年总是批呀斗呀,天天像打仗!给人家当一天娶亲的、送亲的,我感到快乐,就像到了另一个世界……假如没有妇女们,我们的生活就更他妈的干枝撩叶的了!""我"还高喊了一声"妇女万岁"。此乃酒后吐真言,道出了那时搞阶级斗争早已令人厌烦,也表明男人的一半是女人。

公款吃喝曾经是屡屡不止的事情。在《村宴》中,"我"作为梁庄的朋友被头天晚上邀去,准备出席他们明天庙会的开幕活动,村干部当然要宴请"我"。酒桌上,老杨小声说新支书小杨整天瞎吃瞎喝,"哪像咱们那会儿?"原支书老梁却反驳道:"你少说这种话。一百个老梁也不如一个小杨。咱们那会儿村里有工厂吗?……咱们那会儿倒想瞎吃瞎喝,没有,穷。"这是改革开放初期村间干部的普遍心理——村里有了自己的收入就可以吃喝挥霍。但那歪风也有外部因素所造成。李乡长来出席庙会要喝,而且能一气喝下小梁敬的一茶碗;电管所来了必须大喝，6个人喝了7斤白酒、14瓶啤酒，个个扭着秧歌还说没醉。又说是明天电管所的还会来，工商所、文化局的都来，支书小杨就给支委们分了工，一人包一桌，女支委二丑媳妇兼包电老虎和文化局，下令"撂倒他们几个"！那时村干部们都把陪酒当成重要工作任务，而且"谁也不能偷懒"。其酒风之盛由此可见一斑。古时周公执政时，为记取殷商败亡的教训曾颁发《酒诰》，就是禁酒令，但对原商朝大臣和工匠、经商者不禁，贵族们酗酒风气便难以煞住。《诗经》中就有他们待客纵酒的描述。东周淳于髡曾经记述在大王面前饮酒很拘束，"饮不过二斗径醉矣"。若朋友偶然相见可饮五六斗，若州间之会则"男女杂坐"，饮可八斗。[①] 那时的酒多是米酒，度数很低，斗也不大，但那米酒喝多了照样醉人。淳于髡记录他在不同场合、与不同的人饮酒心情不同，酒量则不同，乃酒逢知己千杯少，话不投机半句多也。那时的"男女杂坐"，便是美女陪酒。今天"我"在梁庄酒席上见到漂亮的女支委能喝又能说，便觉得多一道风景了。

自古酒宴有规矩。在《村宴》中，大家落座后先选能说会道的当酒官儿。当酒官儿就必须先喝一杯才能发号施令。老杨又被选中，他痛快地喝了一杯后，要求大家"就得听我（指挥）"。大家齐声答应了，他就让小梁和贾老师即"我"先干一杯，因为"我"是请来的贵客。接着让老乔喝，老乔和"我"碰了一杯。老杨就尖着嗓子喊："一碰喝三杯！""我们"说三杯下去就醉了，老杨却说："要不，你当酒官儿！"这样"我们"只好从命再干两杯。老杨便得胜地笑着拿起筷子喊大家吃菜吃菜。到此，作者向我们叙述道：

> 老杨是个老支委……他嗓子好，外号"金唧了"。他酒量
> 不大，但是会当酒官儿。乡里干部来了，总是点名让他当酒官
> 儿。他善于巧立名目，辞令也多：入席三杯酒，每人打一圈

---

① 见钟敬文主编、萧放副主编《中国民俗史·先秦卷》，人民出版社2008年3月第
　1版，第121—122页。

儿，村里敬乡里，乡里敬村里，鱼头冲谁怎么喝，鱼尾冲谁怎么喝……层次分明，理路周到，妙趣横生。眼看没词儿了，眼睛一眨巴，又一套：当过兵的和当过兵的喝一个，没当过兵的和没当过兵的喝一个；五十岁以上的喝一个；五十岁以下的喝一个，属兔的和属兔的喝一个；属狗的和属狗的喝一个……每个人的生辰属相，他都掌握着！

至于酒风盛行，那时上级也是控制和打击的。但上有政策下有对策。也与当时政策不稳、禁止不力和社会上的吃喝老俗太顽固及大小饭店酒家太多都有关系。现在中央八条禁令下达后，一竿子插到底，吃喝风、公车私用的顽症基本上煞住了。贾大山此作表现出了他对不良风气的忧心和他的文化意识。其在诸多小说中描写那时的饮食风俗，可见到正定一带真实的生活风情，留给我们的是地方特色饮食文化。

（三）穿戴与住用

贾大山小说中的农民和县城人的穿衣打扮，基本上是北方人的冬棉夏单，颜色多是黑蓝灰绿。因为新中国成立以来人们羡慕解放军，便有大量军装仿制和"军装绿"的称呼。男人们虽然有冬天穿大皮袄、大皮袍的，如钱掌柜等，但一般都是棉衣棉裤。青年男子如支书路根生等穿军大衣是时髦的，平时还舍不得穿。手工的对襟棉衣和挽腰棉裤到20世纪六七十年代渐渐被"机器砸"的棉制服等代替，单衣单裤也普遍是中山装样式了。贾大山生前常年穿着中山装，条绒面的布鞋和绿胶鞋。但《午休》中的秦老八年近古稀，发家后"一身黑色华达呢夹裤夹褂，洁白的夹布袜子，新做的厚底纳帮双梁鞋，颇有一种古朴庄重的乡村长者风度"。那时村民头上蒙白羊肚手巾，不像陕西人从脑后向前额上一箍，而是从前头往脑后打结，一走路脑后像有个耷拉的小尾巴。城里人无论机关干部、学校教师早已是仿军帽样式的蓝绿帽子，住户们也多是如此。城乡对比，显得城里人洋气、时尚，村里人土气，但支书根生却戴着蓝昵子帽。一般农民下地干活仍然觉得蒙头巾更暖和。冬天的棉帽能护头护耳，后来的栽绒帽更保暖更漂亮。总之那时是军用了就会民用，城里人有了农民也学着有。乃是上行下效，自古而然。那时男人的发型是平头分头光头三种。贾大山一辈子留着板寸平头。一般农民对穿着不讲究，牛老桥穿破鞋当凉鞋，也不觉得丢人。

女人的穿着打扮总比男人复杂、鲜亮。女童、姑娘和小媳妇们的衣服主要是红色。《梁小青》中的童年小青"不过七八岁，穿一件大红袄，在雪地里显得十分耀眼"。姑娘也爱穿花衣服，如《杜小香》中说："小香平时不爱打扮，那天她穿了一件干净的浅花褂子，显得很鲜亮，身上还有一股淡淡的香胰子味儿。"爱美是女人的天性，不一定为悦己者容。那个白大嫂总是一身清素；丑大嫂总是一件灰布褂子，换了一次结婚时的紫红灯芯绒新衣戴上眼镜便遭到非议。《俊姑娘》中的下乡知青玲玲，不懂乡间办丧事时才穿白。她穿着一双白鞋，被人起了外号"小白鞋"，气得她哭了一场。这是不公正的陋习。在那个崇尚朴素的年代，逼得美丽女子掩藏自己本来的姿容，甚至产生不应有的悲剧。但是后来，长大了的梁小青穿上时尚的粉色柔姿纱连衣裙去城里参加歌手选拔，在庙会上打着扇鼓又唱又跳，"像一只飞来飞去的大蝴蝶"。这也证明人们的审美观念在随着时代、年龄变化而不断转变。

关于住房，过去冀中一带城乡几乎都是平顶房。对于农民来说，平房顶上便于晾晒和囤存粮食，夏天夜晚还可以上房乘凉。《白大嫂》中有房上打粮圈的镜头；在《王掌柜》中，三个儿媳就在房上议论她们的公爹"不光嘴刁，耳朵也刁"；在《离婚》中的乔姐，晚上几个妇女在房上一边乘凉，一边谈笑，"闲扯"什么李奶奶、沙奶奶，兴致很高。那个《黑板报》中的黄炳文，曾经几个人夜间上房去做房顶广播，用口传方式传达上级文件精神。还有年轻美貌的云姑夜间上房大骂偷她沙子的人，老黄媳妇、白大嫂都先后上房骂街撒气、诉苦。房顶，便是民间习俗的方便载体。平原村落的房顶之夜，会经常发出习以为常的或引发一番议论、猜测的各种声音，延续着白天没有进行完的故事，是农家生活中的精彩夜戏。

这里的农家多是方方正正的土墙土屋，有街门、猪圈、枣树或槐树、葡萄架、丝瓜架。家家都必须有向阳的北屋,这是主人的正房。人口多的可以盖一正一偏、一正两偏。《鼾声》中的田大娘家仅老两口,只一座北屋,一明两暗的格局,"我"下乡就住在她家东里间,也叫东屋。《劳姐》中董大娘家也只是一座北屋,一明两暗。作者详细地交代:

> 董大娘家院落不大,只有三间北屋,院里有两棵枣树。外间屋盘着灶台,堆放着日用家具;烧柴熏黑的墙壁上,挂着辣椒、干菜。老两口和常住姥姥家的外孙女住在西屋里。那屋里也很凌乱,衣裳包袱、棉布套子,外间屋里堆放不下的坛坛罐罐什么的,全都集中在这里;炕头上还堆着一嘟噜山药干,一嘟噜萝卜片。东屋里收拾得却很雅静,临窗放着一张桌子,一条凳子,炕上铺着一领新席,窗台上一只饭碗里,泡着一盘水蒜……

《钟》里的牛老桥家有一座北屋一座西屋,他老伴去世,就他一人住在北屋,女儿小凤住在西屋,算是宽绰绰的了。最寒酸的就是《赵三勤》中赵小乱家了。他父母早亡,光棍一条:

> 小乱住在村外,一处独院,四外就是田野。三面黄土墙倒塌了两面,残留的那一面,墙头上支楞着几根狗尾草。两间土坯屋里,一个灶台,一条炕,一大一小两只破瓮,一只猫。据说外村有个亲戚可怜他,想给他一张桌子用,他谢绝了,说这样符合"战备"。

云姑家也是黄土墙小院,但种着牵牛花儿,栽着小榆树,搭着北瓜架,被她收拾得生气勃勃。她每天下工时捎回一筐青草或一筐树叶,喂猪、喂鸡、喂鸭。早起先去拉一车沙子堆在南墙下,说要盖新房。养貂的秦老八家也养了鹅,老八发财了还是两扇栅栏街门,这就是古人说的柴扉吧。大多人家是两扇木板门,一关可以上门闩,被枪毙的小林

342

家便是。栅栏门是里头挂锁，敲之不响要喊主人，木板门则是一敲便响的。农家一般都养猪，就要有猪圈，一般在院子的东南或西南角，连带茅房。《东关武学》中的徐书记和村老书记就响应上级号召改造连茅圈。路老白和媳妇乔姐生了气时就爱坐在猪圈沿上。养猪吃肉，养鸡吃蛋，养鹅鸭既可以吃蛋，又可以保安，一有人来鹅鸭会呱呱叫起来。平原上的房舍、院落、胡同和街道及各种豢养物，一起构成了那时北方农村的寻常景观，是一种朴素而恬淡的地方风情。至于县城的居所，也大多是平房，为一正两偏或四合院的格局，这是人口稠密之必然。非农户没有猪圈，厕所是一个死茅坑，所以需要有人定时淘粪。临街的商户，有的是如林掌柜的鞋庄是前为门市，后为作坊、库房，有的兼为家宅。这里地皮比较紧张，不如农村相对宽敞。

贾大山笔下的农家的用品，首先是农具，主要是耕耩锄耪和收获用的铁木家当。其次是生活上的锅碗瓢勺、盘盏风箱等炊具。水井多是街道公用，碾磨也是轮流使用。没有牲口就由人来推碾推磨。先秦时期就有的油灯，一直到"文革"时代还有部分人家沿用，先是黑棉油倒入蜡碗点棉捻照明，后来换上了煤油灯。《坏分子》中审问"小蝴蝶"时点的就是煤油灯，《杏花》中也有买煤油点灯的细节。从《电表》来看，电灯在平原地区已经普及，但那时电力不足，家家还要备用油灯或蜡烛，停电等电令人心焦。"电老虎"的名称就是那时开始叫起来的。《飞机场上》的魏嫂骂电，是反映了半夜浇地农民遇到的无奈现实。手电是在家寻找东西或夜行的必备物，雨伞和雨衣雨鞋也是农家必有之物。但《弯路》中村支书钱合冒雨来找乔书记却披着一条布袋，《钟》里的村书记梁德正则总是打着一把粉红伞。钱合骑着一辆破自行车，"铁算盘"老魏、拐老张下乡也都骑着铃铛不响的破车子，那年月这也是村间的稀罕物。因为直到上世纪80年代初期，买自行车还是凭票供应的，缝纫机、手表等也都还紧缺。但养花卖花已经兴起，于是有了《花市》和《水仙》等。作者这样描写这些家居生活之用，是当时民间生活的真实写照，他的人物便活动其中。

三、礼仪民俗

礼仪民俗是社会民俗的重要部分。包括宗族、家庭和各种人际关系习俗。其中的礼仪民俗，主要是一个人从生到死的不同阶段礼俗，包括出生、成年礼、婚礼、葬礼，及家庭关系社会交往的礼节。贾大山小说中运用和表现了当地的多种礼俗，比较突出的是婚俗、丧葬习俗，也涉及生育、祝寿和家庭内外的待人接物等等。尽管前面已有涉及，但还需要从民俗文化角度再对它们进行一次简要梳理。

（一）婚俗

这里说的婚俗，包括恋爱与婚嫁仪式。贾大山写爱情者不多，却很早在全国推出了专写婚爱自由的《小果》。婚爱礼仪原是一种古俗。在夏商周时代，男女相恋，有情人终成眷属和以"媒妁之言，父母之命"结为夫妻都是很平常的事情。但随着封建宗法制度的强化，男女私下恋爱、私定终身成了大逆不道，尤其是女性受到的约束和伤害最甚。上世纪五四运动以来提倡个性解放，特别是新中国成立后颁布了婚姻法，女性的恋爱、婚嫁自由得到了法律保障。人民公社化时期的农家姑娘小果，是大胆自由选择对象，属于当时的新风。她先是被团干部大槐追求，小果却觉得大槐性格呆板，有几分官气，将来做夫妻没意思，不符合小果的择偶观、夫妻生活趣味观。她头脑里具有时代新女性的婚爱现代性。她爱上了比较活泼又长着一双凤眼的清明，清明也真心爱上了她，这是一对心心相印的比翼鸟。早在东周时期，郑国徐吾犯的妹妹长得很美，想自主择婚。徐吾犯先让妹妹在室内偷看子皙、子南弟兄二人。子皙长得英俊，盛饰而来，带着财帛出现；子南面黑，一身戎装，展示了射箭。妹妹看过之后说："子皙信美兮，抑子南，夫也。夫夫妇妇，所谓顺也。"[①] 便选中有英雄气概的子南为婿，徐也便认可了，这是当时的婚姻习俗所容许的。《诗经》中《摽有梅》《木瓜》等都是男女

---

① 转自钟敬文主编、萧放副主编《中国民俗史·先秦卷》，人民出版社 2008 年 3 月第 1 版，第 284 页。

相互爱慕，甚至在《大车》中是女子反抗母亲之命未遂而发誓"穀则异室，死则同穴"。① 意思是生前不能与相爱的人在一起，死后同穴而葬。今天能够获得婚姻幸福的小果与古代徐氏女乃古今如一，这是符合人性的。现在青年们又把古风恢复起来，普遍认为夫妇相顺天经地义，父母和媒妁撮合的无爱之婚是不道德的。贾大山还描写了《村戏》中的小涓与元合的爱情萌芽，但道不同不与相谋，小涓看元合太自私便放弃了他。《定婚》中姑娘小芬则是死死追求王树满而不怕被冷落，还甘愿与树满让出家产当"无产阶级"，她终于如愿以偿，令人同情也使人感动。小果和小芬她们的真情故事，对当今社会上某些女子"宁在宝马车里哭，不在自行车上笑"的婚恋观、择偶观是一种形象的批判。

现在的青年们也大体遵循着周代的婚姻过程。周代时无论贵族还是平民百姓，虽然择偶方式多样，但一般都有这种几道程序：一、纳采。就是男方看上某家女子，要请媒人以活雁为礼物去女家提亲。当然，往往如《诗经》里描写的那样一般是难以管得住的。媒人要带去大雁，是大雁来往有信，顺乎阴阳，表明媒人讲信用，也证明所提的男子剽勇可信。现在也是一样，媒人主动牵线二人相见相知定婚，或男女二人谈定了托人做媒，小果、白大林、黄炳文和路老白的成婚都是这样明媒正娶的。二、问名。就是女家接受了见面礼，媒人就可以询问女子姓氏和名字，是亲生还是收养等，特别要防止与男方是同姓。三、纳吉。男方要占卜婚配的凶吉。现在，河北城乡许多男女婚姻也都找人或自己在电脑上测算过的。古时如果是吉，媒人二次带活雁去女方家报告佳音。现在是自己也可以向父母报告凶吉。四、男方让媒人再去女家送定婚礼。可惜贾大山《杏花》中杏花的定婚礼只是一袋红萝卜。到她儿子定婚时，娶一个媳妇的彩礼顶四头奶牛。彩礼的多少是随着时代变化的，当今是彩礼过高了。五、请期。男人让媒人去女家询问完婚日期，或双方协商定下佳期。六、亲迎，即迎娶仪式。古时黄昏举行，女婿乘车执烛前往女家。迎回后设宴，新人合卺即喝交杯酒。冀中一带是上午迎亲，梦在

① 见于夯译注《诗经》，山西古籍出版社1999年9月第1版，第39页。

路根生做迎送客便是上午，午时举行婚礼盛宴，有时直至天黑。现在婚礼已是中西合璧，程序繁多。

　　西周时成婚仪式比较严肃，到东周时婚礼上才有了热闹场面。在贾大山小说中，未直接写婚嫁礼仪的全过程，只是提到小果对清明说，已经得到可靠消息，大槐三姑正给他介绍对象，西庄的闺女，一手好活儿，就是脸上有点雀斑。又说大槐不小了，那闺女又有意，他们不会谈得很久。到小果与清明结婚，是第二年的农历正月十六，民间认为是六六大顺的吉祥日子。婚礼上，大槐夫妇去当娶客。人们要闹媳妇，大槐像娘家人一样保护着小果。关于婚礼的热闹，作者在《亡友印象》中描写村支书根生乐于参加社员的婚礼："我怎么也没有想到，当街口上响起鞭炮，新娘进门的时候，引路的竟是根生……一位老人告诉我，他最爱给人家娶亲、送亲，谁家办喜事，他总是有请必到。"根生还善于制造热闹喜庆的场面："那天，他表现得非常活跃。他指挥着一群孩子，一会儿去扒新娘的鞋，一会儿去解新娘的裤腰带，一会儿又在贺喜的妇女中间，偷偷地燃放一个鞭炮，吓得她们一跳，妇女们嘎嘎地笑着，满院里追赶，用拳头捶打他，骂他是'黑后台'。一时间，她们忘了他是谁，他也忘了他是谁了。"根生和孩子们的做法有些粗鄙，但这是村中婚俗的一部分，新婚主家会感到喜庆，全村人也觉得快活。这种婚俗描写中，显示出根生的常人秉性。

　　离婚和再婚在贾大山小说中表现得也很生动。路老白和乔姐结婚几个月后，性格与爱好的矛盾便不断升级，一直到两人半夜吵架，自己打自己，又互相厮打，在梦庄引起了一场从未有过的离婚风波："乔姐的行动引起了梦庄老人们的反感，他们拄着拐棍儿，站在街上骂了好几天：刁妇，野种，看你到哪儿吃豆腐去！"但乔姐还是一去不回头了。她开了离婚的先例，使这里的婚爱风俗发生了实质性的变化。再婚是《喜丧》中牛老桥死了老伴后，又娶了一个既会卖服装赚钱又疼爱他的老伴。他也在有奖储蓄中意外地中了一万元的奖，成了万元户，正月初二女儿女婿都来拜年，老桥先让女儿们都叫了娘。谁叫了给谁一个红包，里头装着一百块钱。老桥是笑死的。此文中涉及农村多种习俗，突出的是对后娘也叫娘，死后女儿们却埋怨后娘属羊"妨男人"。我国唐代时女子再婚尚无社会谴责，到宋时对妇女就有了三从四德，要求女人在家从父、出嫁从夫、夫死从子，必须从一而终。今日老桥的后老伴没有从一而终，那个乔姐更是从一而终的公开挑战者。但白大嫂独自把娃子养大后，没有改嫁的欲望，这样的夫死从子，也可能是为了儿子，也是为了自己晚年有个依靠吧。

（二）丧葬习俗

贾大山小说涉及丧事者也值得一叙。远古时，人们对死者没有埋葬的习俗，是"不封不树"，葬到野外不封土也不做标记。有的发现已故亲人的尸首被狐狸残食、蛆虫咬之而不忍，便心中惭愧，才挖坑将尸首埋起来，但填平为止，不留坟头。到春秋后期埋坟才普及起来。孔子早年丧父，不知埋在何处，后来多方访寻才找到父亲的坟头，并将母亲与父亲合葬在一起，堆起四尺高的坟丘以做标识。但在夏商之际达官贵人开始用棺椁装殓尸体。夏代出丧时丧主要在灵车前头，手执白绢缠着的旌引路。这旌演变成了现在孝子手擎的白纸幡。贾大山在《沙地》中叙述，老社长咽气前儿子们守护送终，也凸显了打井死者的新坟和插在上面的白幡、时兴的花圈。冀中一带埋葬之前要摆灵堂，供孝子孝孙哭灵和乡亲们做乡谊祭奠。一般停灵三日或五日，午时盖棺发丧。在《亡友印象》中，由于根生是被火车轧死的，属于非正常死亡，身上又有所谓包庇支持资本主义路线错误的冤屈，所以愤怒的梦庄乡亲们到县里上访讨说法，便停灵日子多了。当"我"得知他的死讯赶来时，见根生的灵堂设在大队部，以向县委抗议。院里摆着很多花圈，挂着很多挽幛，站满了送葬的人。在他的灵前，看到了两个穿孝的孩子。根生静静地躺在灵床上，头上戴着他为人迎亲时戴过的蓝呢帽子，身上披着他的军大衣。"他的脸洗得很干净，鼻孔里、耳朵里堵着棉球；他的眉毛紧蹙着，他的嘴微微张着，仿佛还有什么话语要向这个世界诉说……""起丧的时候，乡亲们都哭了。哭得最痛的是那些年轻的妇女。他们结婚时，都是根生去娶或根生去送的吧？"

而在《喜丧》开头，就说牛老桥停灵三天，描写院里挂满了"永垂不朽""驾鹤西游""牛老桥千古"的挽幛、挽联，白花花的一片，乡政府、村委会都送了花圈。出殡时，惊天动地的"起丧炮"整整放了一小时，街上的硝烟久久不散。可见这个葬礼对于一个老生产队长来说够隆重的了。出殡时一路上要吹奏哀乐、撒纸钱，这是为死者开路。据说纸钱是死者到阴间的买路钱，以防死者灵魂受到阻拦。在《钱掌柜》中，李书记出殡时是他儿子在灵车前打着白幡。钱掌柜看见飘飘而落的纸钱心头沉重，他想到了李书记生前的好品行，也似乎想到了自己以后的归宿，竟忘了把手中的几块饼干扔到灵车上，出殡队伍过后他才扔到了街上。这是古时出殡时亲朋路祭的一种简化象征。贾大山也写了墓祭即上坟。出殡第三天要圆坟，之后七天一祭，直到七七四十九天为止。这墓祭在春秋时就兴起来了。"我"见到老桥的三个女儿为父亲上坟，烧纸、上供品，又由她们叙述了给父亲随葬了他生前喜欢的收音机、酒壶，还有一个月的《河北日报》——为了表示不忘本，他说他们不订咱订，一下订了 10 份，受到上级表扬。还有《莲池老人》中的主人公自己选好一块吉地，堆起一个坟头，插上"杨莲池之墓"的牌子。这是在风水观念驱使下事先选占墓地。令人心痛的是《花生》中队长小女儿死后，姥姥要按老辈子习俗往她脸上抹锅底黑，说这样她就不会再回来托生了。此情节反映的陋俗很不人道。铁凝在评价贾大山这篇小说时对此做了痛惜的论述。自周代时，成年人死了要净面洗手。现在为根生化妆的是村医，而为他洗手的却是他曾经多次批斗的戴帽坏分子老驴。根生曾经打得他满脸是血，到"我"的知青小屋来让他洗了洗，以防让老驴的老娘看到伤心。这会儿老驴主动去为根生洗手和发丧时拦驾路祭一样都是一种恩报。上面这些贾大山笔下的的传统丧葬习俗事象，连缀起来就形成了民间治丧活动的相对完整的体系，从摆灵堂、停灵（祭奠）、出丧、埋葬到定时上坟，是对古时丧葬仪式的传承、简化和与时俱进的改造。当代的许多人仍依旧制随俗而为，不一定是相信灵魂存在，而是出于对已故亲人的思念之情。所以牛老桥三个女儿在上坟烧纸时哭，见"我"来了也有了笑声。

下面附带说贾大山小说中人生礼仪的生育和做寿。在《春暖花开的时候》里，一开始就是梁大雨妻子秀枝腆着大肚子在村边迎接丈夫，最后是有人报告秀枝嫂生了，让他快快回去。家中由当了奶奶的婆母伺候，大雨就又赶回工地。大家纷纷向他道喜，他就两手一拱说都喜。为了土地工程上马成功，他随意地说给孩子起名"梁大干"。人们就猜测八成是生了个男孩。而《智县委》中的"我"从小留着小辫儿，是父母希望"我"长大成人，到12岁时就可以剃掉的。因为留了这个小辫儿，"我"才被智书记揪住逃不掉，一直揪到开店铺的父亲跟前，让"我"知道揪"我"的竟然是县里大领导。关于庆寿，在《童言》中专门围绕乔老二应该出席乔大伯八十大寿的庆贺活动展开。民间有庆六十、六十六、七十、八十的习俗，家人和族人都要到场贺寿，小辈人要带礼物献上。祝寿与婚丧等群体性活动一样，都是在礼仪中增加人际感情，包括原有间隙者可以在这种活动中相逢一笑而冰释。此文中"我"和儿童小星星对乔老二正面劝导和童稚的侧面逗乐，终于使他同意去为大伯庆寿了。在《钟声》里描写了一位耄耋之年的敲钟人路大爷，他已经老得像个白发仙翁，却谁也不知道他多大了，问也不说，当然就从不庆寿的。此俗在民间也非鲜见。据说这样阎王小鬼就找不到他，他会更长寿的。

贾大山诸多篇什中，都有家庭、家族、姻亲和邻里、同事、朋友以及各种社会交往中的礼节属于日常生活中不可缺少的一部分。《喜丧》《拜年》等是家庭内部长幼之间的，《梆声》《林掌柜》《黄绍先》等是买卖双方的，《邵思农先生》和《西街三怪》中"药罐子"等是医患和邻里之间的，《拴虎》是师生之间的，《京城遇故知》是朋友之间的，《取经》《正气歌》等是同事之间的，《劳姐》《鼾声》《乡风》等是主客之间、上下级之间的，等等。其小说中这些礼仪性表现就来自生活中，司空见惯，习以为常，就像白天有太阳、夜晚有星月一样，常常被读者所忽视。然而这正是作为每个社会人的基本人伦。它们那么平淡无奇，贾大山运用得也很自然。他笔下的小果、根生等和诸多主次要人物的性格、形象与命运，都被融溶在这些民俗文化中，所以没有一个是无根草、无本木。

四、岁时节日与文体娱乐民俗

我们中华民族在 5000 年的文明发展中，先民们创造了古代天文学，根据日月运行制定了有东方特色的历法，确立了适合于农耕发展的四时八节和二十四节气。中国春节、中国二十四节气都已经被联合国教科文组织列入人类非物质文化遗产名录中。我国历史上最早的历法是夏历，以天干、地支计日、月、年。但那时的年称岁。《尔雅·释天》说："载，岁也。夏曰岁，商曰祀，周曰年，唐虞曰载。"可见年的概念形成过程中从尧舜到周代有过几种不同的称呼，都是指现在说的地球绕太阳一周的一个回归年。"年"的本义，在甲骨文中表示谷物的成熟，卜辞中的"求年"之说，便是祈求一年的庄稼丰稔，即为后世所说的祈谷之祭。甲骨文的"岁"字有"宰牲"之意，那时宰牲和人牲都是为了祭祀，以求天地神灵保佑，这当然是野蛮的，但当时有这种习俗和信仰。商人尚鬼尊神，也敬祀祖先，对先祖先妣周期性地进行祭祀，轮流一遍便是一祀。到周代用年，更突出了祈求天神地祇保佑五谷丰登之意。我们今天的历法是延用汉武帝太初元年（公元前 104 年）由司马迁等在夏历基础上形成的太初历，已有 2100 多年的历史。过年活动的形制，被多位学者认为是源于周代腊祭，打猎宰牲以谢天地神灵保佑获得丰收，并祈求"改岁"[①]后新一年的五谷丰登。从今日贾大山小说中，就可以看到年的原初内涵。他从当地的现实出发，在小说中还涉及元宵节、清明节、中元节、中秋节，也多方面地表现了这些传统节日中的文娱活动和平日的文体活动。下面先从他表现的春节系列活动说起。

（一）春节等节俗活动

把传统的过大年改成春节，是 1911 年 10 月辛亥革命成功后，当选了中华民国临时大总统的孙中山主张以国际通用的公历为阳历，以传统历法为阴历、农历。阳历 1 月 1 日为新年，因旧年在立春前后，改称为

---

① 见于夯译注《诗经·七月》，山西古籍出版社 1999 年 9 月第 1 版，第 77 页。

春节。1949年中华人民共和国成立前夕，第一届全国政协会议通过决议，仍采用国际通用的公元纪年，阳历1月1日为元旦，农历正月初一为春节。这是春节的名称正式取代了传统的年而载入法典。但一百多年来，中国人仍然喜欢过传统大年，全国汉族和37个少数民族都以过春节为过年，而阳历年多用于官方诸事。贾大山所生活和经历的过年习俗便是如此按农历照过不误的。百节年为首。春节是中华民族第一节。这种以年为节的大型年节，如果从腊月二十三小年算起到下年正月十六就是23天，若按中国民俗学界比较一致的意见则是从腊八节到正月十六，可长达39天。这是当今世界上最长的民族年节。这个特定的中国年，是中华文明的一个重要文化符号，是中华民族相互认同的共同标识。它大节套小节，有一系列民俗文化活动。

贾大山生前十分看重过这个传统的大年。据其长子贾永辉回忆，每到腊月初一，他都要召集两个儿子开"迎新年筹备会"，是他家迎年忙年的开始。这种筹备会几乎每天晚上都开，一直开到腊月三十。"在会上，他认真地告诉我们初几干什么，十几干什么，二十几干什么。院子，我们每天都要清扫得干干净净，泼得湿漉漉的，要提前制造年的气氛。等我们将院子清扫干净之后，他开始扭秧歌了……那简直是为新年提前增添气氛。"[1] 贾大山作为中国年节的热爱者和传承人，在他的小说中多有民间过年的镜头。就说迎年忙年的习俗吧，他在《拴虎》中生动地描写县城腊月二十七大集上的景象："这是年前最后一个集日，赶集的人特别多，集市上也特别热闹。今年的集市显然又比去年好，不但肉类、蛋类、干鲜果品多于去年，农民们的手工业品也源源不断地上市了。有卖铁、木家具的，有卖儿童玩具的，还有姑娘卖窗花儿的……"这是集市上年货丰富、购销两旺的宏观场面。再下面便集中描写最热闹的炮市上，"此起彼落的鞭炮声、卖炮人吵架似的叫卖声，响成一片"，之后就把镜头对准了炮市西头那个嗓音尖亮得"把整个炮市镇住"的叫

---

① 贾永辉《缅怀父亲》，见李延青主编《忆大山》，花山文艺出版社2017年8月第1版，第87页。

卖小伙儿，那就是"我"曾经教过的学生拴虎。作者用约 1000 字写集市和炮市的场景和人物，把过年的气氛写得十分浓烈。

再就是《写对子》，"我"和几个能写毛笔字的人各在街上摆放一张桌子，谁写对子谁拿红纸，大队供给墨汁。那是一件很愉快的工作。"暖和的阳光下，人们众星捧月似的围绕了我，人人喜气洋洋，情绪像梅红纸。干部们喜欢写新词，社员们喜欢写古词，新词报纸上有，古词在人们心里：春回大地呀，万象更新呀，三星在户呀，五福临门呀……尽是人间最美好的话语"。这是当时梦庄街头写春联的情景。作者说，"虽然梦庄是贫苦地方，可是过年的时候人们爱贴对子，并且贴得很铺张"：街门上贴，屋门上也贴，树身上贴个"栽子"，影壁上贴个"斗方"，猪圈的草棚上也要贴个"黑猪满圈"，队里的大车上也要贴个"日行万里"，"贴得村里一片火红，十分好看——遇到雪天，白雪红对子，更好看。"我国过年贴春联的习俗源于古时神荼、郁垒能用苇索捉鬼的传说，从汉代起人们过年都要削桃木板制成神荼、郁垒两人形象立于门上，这是后来门神的前身。唐宋时雕版印刷术兴起，印出的门神用于驱邪避凶，又有观赏价值，而且兴起了年画。这样人们就不在桃木板上写门神画门神，而是在上面写吉利词语如"元、亨、利、贞"。五代后蜀太子长于文词，在本宫桃符板上题写了"天垂余庆，地接长春"8 个大字；又有记载说蜀君孟昶自题了"新年纳余庆，嘉节号长春"10 个字。这被后世认为是最早的春联。进入宋代便门神、春联皆兴，只是不一定用桃木板，越来越多的是写到红纸上张贴于门两侧。贾大山描述梦庄过年写贴红对子的村俗，是今人对古代年节祈求吉祥如意心理的传承，是中国人对红颜色崇拜的集体无意识的赓续，以为红色能起到驱邪避祟和迎祥纳福的双重作用，在现代人心里更多了美化生活、装饰环境的文化诉求。作者写富农分子路老杏也拿着大红纸来，让"我"写传统的"天增岁月人增寿，春满乾坤福满门"，大家从阶级观念出发表示反对，他便让"我"为他编两句新联，"我"就编写了"有空多拾粪，没事少赶集"和横批"奉公守法"。老杏和大家都说好，他便一手提上一条，飞一般走了。这个情节暗示我们：搞阶级斗争也无法斩断人们的传统文化精神。而在《傅师傅》中，主人公也为剃头匠老潘写了"推出满脸新气象，刮去一堆旧东西"和"焕然一新"的一套春联送去，又证明春联的内容是可以因人而异、与时俱进地创新发展的。春联与鞭炮、红灯笼等都是过大年的重要元素。贾大山的字写得好，在梦庄和城里常为人连编带写，其小说中都有他的生命体验和年节文化感受在其中。前面提到他在病中的最后一个春节前，还于床榻上动脑筋编念春联，可见他对春联、年节的感情多么深厚。

在《年头岁尾》中，描述的是豆腐人家王有福夫妇在忙年前的三件事：一是磨豆腐供应乡亲过年必用，二是把几个鸡蛋送给不吃荤腥的父亲，三是要按潜规则请村支书张老雷来吃喝一顿，为的是要一块宅基地为大儿子成婚盖新房。这是物质的、礼节的两种忙乱纠葛在一起。故事中，乃如民间所说兔子急了也咬人，夫妻恼了火也吵架，形成一场闹剧和喜剧，一切都围绕着要宅基地的实际利益，也一切纠缠于如何把年过得称心如意，看似家事，实为顺俗。这也是一种忙乱中的年味。不要忘掉那篇《取经》，它是贾大山叙述农村大集体时代非日常生活与日常生活相交织的最早佳作，其筹备过年和治理沙田二者又矛盾又统一。面对有人贴大字报让支书李黑牛在治沙上"悬崖勒马"，支委们意见不一致。"争到半夜，黑牛站起来了，俺们想听听他的意见。谁知他把胳膊一伸，厚嘴一张，对着房顶打了个哈欠，慢慢憨憨地说：'……干也罢，散也罢，眼下到了年根儿啦，社员们谁家不做点年菜做点豆腐？闪过年儿再说吧！'"可是，"大年三十黑夜，俺一家子正在炕头包饺子，他来了，把我拉到没烟火的西屋里，问我怎么办……"这是作者将迎年和过除夕的民俗事象与村中大事交叉描述，把人物放在年节风俗氛围中。

关于过除夕，亦是历史悠久的传统古风。古人认为，大年三十为除日，意为月穷岁尽，除日之夜便为除夕。贾大山于1995年在《长城》第一期发表的《古城忆旧》三题，其中《腊会》便是专门描述正定城里除夕之夜的腊会活动的。据作者的同事马焕民回忆，贾大山担任县文化局长时，他们共同谋划并恢复了这项大型群众文化盛事。《腊会》中的描述应当是既有作者童年记忆，也有恢复后腊会队伍出行时的情景。开头写道："腊会其实就是灯会，我们那里的一种年俗。农历的除夕，满城的爆竹响起来的时候，各街的腊会就'出会'了。那是一支灯笼的队伍，也是一支音乐的队伍，吹吹打打，满城转悠，庆贺腊尽春回。"后面交代每道腊会都有一面开道锣，紧随着是一面放在木架上被众人推着前行的大鼓，四位精壮汉子抢槌猛敲，是为后面的灯笼队伍开道。灯笼队伍像一条明亮的火龙，之后是以吹奏乐为主的吹打班子，前半夜吹"老八句"，后半夜吹"万年花"。最后殿尾的是两对大红纱灯，灯上标着"东门里腊会""北关腊会"等办会单位的名称。守岁的人们听到"万年花"的乐声，便知道后半夜了，该煮饺子了。这个场面在前面几次提到，此处躲不开又做了一次简述。

正月初一是大年的正日，贾大山并没有直接写，却通过白大林婶婶说大林，初一到这边来。这是小辈给大辈拜年的时候。初二是闺女回娘家拜年的日子，前面提到满花和丈夫忙月双双而去，见大街上鼓乐喧天。到了家，忙月就给满花姐姐的孩子拿了压岁钱。这是古代具有避邪含义的老俗，至今在全国城乡还普遍存在。忙月与丈人、姐夫是喝酒、吃饭、闲谈。中间有人来向丈人请示东庄正月初六邀请去敲架子鼓事。忙月说我们村的架子鼓也恢复了，老丈人便吹嘘起来。关于初三上坟，也是大林婶婶提到的。在《钟》里，作者就写牛老桥父女去上坟，可见人们还是重视过年祭祀祖先亲人的。至于初五，这是破五日，也是恨穷日，这一带民间要在初五早晨放炮崩穷。那卖炮的拴虎小时候曾经在这天放炮，上级以"破四旧"的名义要求严查，小拴虎承认了，却从此辍学不来了，这与他后来疯了似的卖炮是一个新旧对比、照应。初五恨穷就要干点活儿，作者在《取经》中描写老饲养员赵满喜大年初一就套上马车去撒欢拉土，以示对李黑牛村北治沙工程计划的支持，也是"文革"中提倡过"革命化春节"的一种反映。到初五这天，支委会上统一了思想，是他们在精神上破了五。

元宵节，是大年民俗活动系列中的"狂欢节"。一年明月打头圆。古时人们每逢新年的第一次月圆，也如除夕、初一都是普天同庆。相传汉武帝正月十一祭祀太乙神（商汤），后与正月十五灯节合为一日。又传周勃等铲除了诸吕而扶汉文帝登基，文帝为庆祝此举成功而下诏京城正月十五通宵不禁，使此节在全国广泛开展起来。道教于东汉成立后，定正月十五为上元节、七月十五为中元节、十月十五为下元节，号称三元，分别敬祀天官、地官、水官，元宵节是第一元就更为兴盛。在贾大山的《钟》里，就描写元霄节这天太阳刚刚落入村西小树林里，"沉雷似的鼓声、钹声就在村里响起来了""大街上乱哄哄的……天还没有黑尽，人们就把门前那一对对古旧的大红灯笼点亮了，半斤重的牛油蜡烛在灯笼里燃烧着，满街满巷，通红一片。各街的鼓声、钹声，疯狂地响着，像是向谁示威；满天的起火、焰花，贼亮贼亮，越看越像特务们放的信号弹……"这是从村支书梁德正角度写的元宵之夜。他本来想看看元宵节的夜景，消消肚里的酒食，却不喜欢这个乱哄哄的场面，所以他感到这惊天动地的鼓钹声像在示威，那空中贼亮的焰火似是"文革"中特务搞破坏的信号弹。但青年男女们与他的心境相反，他们向他围拢过来，要求他打开村里唯一的一台电视机。他却说元宵节也不开，理由是电视上都是谈恋爱的、亲嘴的、乱七八糟的东西。这很让人们扫兴，但那鼓钹声、焰火他是无法禁止的了。元宵节的食俗是吃元宵，《老曹》中的核心事象就是做元宵、卖元宵。这也是先人留下的古俗，唐时称元宵为"面茧"，宋时称"圆子""汤圆""浮圆子"，清代时才开始称"元宵"，但城乡民间仍有许多人称"汤圆"，且有《卖汤圆》的演唱流行。元宵节玩的、吃的两大项，作者都做了生动的展示。

贾大山也在《莲池老人》中提到清明上坟。这是东周人所称的墓祭，相对于在祖庙、家堂的祭祀方式。春秋时晋国开设寒食节以祭祀忠良介子推，后流行于全国。到唐代将寒食祭祀并入二十四节气的清明，二者相差一两天，但今天仍有许多地方把清明称为寒食。清明节是个祭祖忆旧的孝道节，也是怀念英雄先烈的爱国节，又是游春赏景的踏青节。大山写"我"在清明为父亲上坟，发现了一个"杨莲池之墓"，便也烧了几张纸，但莲池老人并没有死，只是想抢占一个好地方。至于中元节，作者在《梁小青》中说，农历七月十五梦庄有庙会。"我"见梦庄的大街上热闹极了。街道两旁排满了做生意的车、摊、棚、帐；卖小吃的吆喝声，变戏法的聒噪声，耍猴的锣鼓声，响成一片。村东口上更是热闹，村民们用土坯在庙宇原址上搭了一个简易小庙，庙前香客不断，香烟缭绕。十几个老太太和中年妇女，哗哗地打着扇鼓，正在"跳神儿"。这可以见到，庙会是民间祭祀、集市交易和群众娱乐一起进行，临时的小庙如此寒酸却有善女们以自己的歌舞娱神娱人。在《村宴》中，作者也说四月十五是梁庄的庙会，景象格局大致与梦庄的庙会相似，但他们的演出是村南一台大戏，村北一班马戏，而且"家家摆酒待客，就像过年一样"。梦庄的七月十五庙会肯定敬的是"三官"中的地官，而梁庄的四月十五没说，便是地方性小神圣了。庙会无论敬祀什么神祇，也无论规模大小，总是群众聚集的节点和地点，是商品交流、人际往来和共同娱乐的好时机、好地方，其背后是神仙信仰在起作用，现在学界称之为庙会文化。改革开放以来，村、乡、县级为了扩大知名度、发展经济，把老庙会以什么节的形式恢复起来。尤其是新世纪之初非物质文化遗产保护工程上马以来，不少庙会被列入了保护名录。虽然也说项目中有封建迷信，却睁一只眼闭一只眼地糊涂过。这样，国家保护的大节和地方性小节小庙会便官方化或半官方化，在管理上回归于古代了。贾大山写各种节日和相关庙会活动，是出于对传统节日的热爱，也有其内心为后人留下文化记忆的考量。

下半年还有一个大节中秋节。作者1980年初就写出了《中秋节》。文中几次描写天上的圆月，鲜明的节俗是吃月饼。那是唐太宗时把中秋节定在了八月十五日，到唐僖宗时出现了月饼。按古时风俗，这天晚上应当拜月、赏月、玩月、咏月，吃月饼尝瓜果。但现在队长春生家像是队部办公室，一拨拨的人们前来请示、摆难题，把本来应该静谧、轻松的中秋节弄得乱乱乎乎。春生又去火车站扛粮盐大包，回来时月已中天，连月饼也没吃成。这些日常性写作看似没有阖家赏月吃月饼的诗意却又充满人间的暖意。现如今，中秋节已是国家法定传统大节，虽然许多如春生一样的乡下人可能无心赏月，却把中秋节看成仅次于春节的佳节，他们在月下的辛劳行动也便奏出了月光之曲。

（二）民间文体活动

　　上面探讨贾大山小说中的节日包括庙会活动，已经涉及多种民间文艺样式。而在平时还有许多让人身心愉悦的文体事象的。在贾大山笔下，有《村戏》中的迎年排戏、《村宴》中的酒后轮流演唱《铡美案》，也有《钱掌柜》中主人公关起门来自拉自唱，以及《杜小香》中主人公从三月三一直跟着剧团天天看戏。而《智县委》中描述县城有剧场，"我"被父亲带着看戏，乃是一对戏迷父子。《瞬息之间》中的公社孙书记从乡下回来，让女儿细娟去买票，准备晚上看戏消遣一下。淘粪的王不乱喝着小酒自己哼唱"龙凤阁内把衣换，我薛平贵也有这一天"，痞子王跑儿也唱"我正在城楼，观山景……"，他们唱的都是青衣、须生。写唱戏，是贾大山娴熟的长项。

　　再就是描写新的娱乐风俗，比如开联欢会，这在《杜小香》中写得集中而较详细。一个是演出者角度的："我们到达梦庄的那天晚上，村里举办了一个联欢晚会，我们演出了三个节目：一个大合唱，一个小合唱，最后叫小君说了一段山东快书——《武松打虎》。他说得并不太好，又没有鸳鸯板伴奏，却博得了一阵又一阵的掌声……"又一次联欢演出时，"广场上，土坡上，周围的房上、树上，全是人！"还写小香与两个姑娘站在一条板凳上的特写镜头：她"微微仰着下巴，张着嘴，眉眼都在用着力气"。这是 20 世纪中后期农村文化生活十分贫乏的情况下，梦庄的知青们为父老乡亲带来了快餐式的欢乐，也表现出农民们对文艺、文化的渴望，每次观看演出他们都如天旱逢甘露！也描写个人唱传统民歌。如梁小青童年时唱父亲传给的《绣手绢》《二十四糊涂》《说穷》等，后来在俱乐部里学会了"枪口对准某某某，杀，杀，杀！"这又是极左性质的时尚演唱。杏花上初中时学会了《我们走在大路上》，当她的恋人老怪用口琴吹奏这首曲子时，她会不由自主地唱起来。她安排老怪的儿子来为牛多产乳用口琴吹这首歌。还有如《梁小青》中的使用洋乐器的乐手歌手选拔比赛，这在前面抒情体探讨中引述详细。在《妙光塔下》《枪声》等篇什里，也有讲故事的取乐情节。

贾大山笔下描写体育、武术类活动较少。有文化分量的却是那篇《东关武学》，描写老支书戴荣久身怀武术绝技，当了多年村支书退休后主动创办了武术学校。那是在新支书、主任向他说昨晚看了电影《武林志》，又说现在年轻人喜欢武术时，他灵机一动："那，我把咱村的武学恢复起来吧？年轻人学点武术，也不错！"这样，主任小豆就写了"东关武学招生广告"，整理了村东口一座闲院，办起了有偿的武术学校，招学员62人。每天晚上练功时，来看热闹的比学员还多。老戴亲自授艺，有时还做示范。对于交上的学费，老戴分文不取。这便是他的侠义武德，也是他老有所为，所以写他"好像比以前年轻了许多"。正如汪曾祺说："我对风俗有兴趣，是因为我觉得它很美……我以为风俗是一个民族集体创作的生活的抒情诗。反映了一个民族对生活的挚爱，对'活着'所感到的欢娱。他们把生活中的诗情用一定的外部的形式固定下来，并且相互交流，融为一体。风俗中保留一个民族的常绿的童心，并对这种童心加以圣化。风俗使一个民族永不衰老。"[①] 这些论述是汪老在《谈谈风俗画》中精彩而富有自身生命体验的一段。

还有家长望子成龙，表现卫生、医疗、手工艺及官场上的一些习俗、潜规则，这里就不再赘述。总之，贾大山是从一开始创作就注重从生活中提取运用一些民俗事象以显示其作品的生活质感和他的文化意识，在后来的小说中日益增多了民俗文化的诗情画意，表现它们的生存活力，并把他的人物置于浓郁的地域民俗生活中。其地域性新老民俗文化成分作为日常生活的基本内容是复杂的。它们表现或折射出了我们民族的日常性文化生活的自在性、自发性，传统文化的惰性、保守性；另一角度说则是民间从自身生产、消费和精神文化需求出发对传统文化具有天然的传承性。它们乍一看是原汁原味的，却又与时代的外来的文化元素之间呈现出一定程度的碰撞和融溶性。从创作主题角度看，也如洪治纲所说：作家"将地域风情融入创作之中，使之成为一种有意味的生

---

① 转自杨红莉《民间生活的审美言说——汪曾祺小说文体论》，北京大学出版社2008年4月第1版，第197页。

命形式，展示现代人对某种文化家园的精神渴求……也揭示人们在日常生活中所承受的文化牵扯及其精神之困。"①贾大山就是用大量民俗事项表现了他和他的人物对精神家园的渴求，表现出人们在日常生活中传承着文化习俗，得到有关文化享受，也表现了人们承受着文化的压力以及所产生的一些困惑和人们正在用自己的方式纾解着这种压力与困惑。同时，显示出平民的民俗文化与官方文化在矛盾中的时分时合，以及人们相关的应对和变通能力。

总之，贾大山笔下的民俗风情描写形成了一幅长长的清明上河图。

第二节　风俗体

在本书前面关于贾大山小说体式一章中，笔者探讨概括出其小说的题材上是日常生活体，一部分是知青生活体；在艺术表现上则是抒情体、幽默喜剧体、新笔记体等的多体共存。至于其还应该说是风俗体，则留到此处，是在探讨了他的乡土文化风情、诸多民俗事象之后再论其风俗体式，窃以为这与本章的文化内容更为融洽。

判断贾大山小说是风俗体，要从杨红莉论述汪曾祺小说为风俗体说起。其归纳汪曾祺的风俗体时说："不仅在于汪曾祺将风俗生活作为文学表现的对象，更在于他的小说的形式正对应着风俗生活的形式……他的小说模式和风俗模式下的人的生命形式之间形成了完全的同构关系……因此，'风俗'在汪曾祺的小说里不仅是题材的，而且是形式的；不仅是形式的，而且是审美精神的。"②笔者认为，这研判汪曾祺从风俗题材发展到以风俗为形式机制和构成方式是科学而准确的。杨红莉进

① 见洪治纲《中国新世纪文学的日常生活诗学》，安徽教育出版社 2020 年 12 月第 1 版，第 165 页。

② 见杨红莉《民间生活的审美言说——汪曾祺小说文体论》，北京大学出版社 2008 年 4 月第 1 版，第 188 页。

而阐述汪曾祺的风俗体小说"显然正是要以深情的笔调书写出这首'一个民族集体创作的生活的抒情诗'"。又阐述汪曾祺说"写小说就是写生活",便是要写出人在这样的原初性、永恒性、普遍性的世界里的生活情状。他不同于五四时期鲁迅对风俗的否定,而是突出地表现风俗文化的正面蕴涵,要对民间日常生活中的"人观"和"人境"进行艺术表现。[①] 其次,是阐发了汪曾祺"我追求的不是深刻,而是和谐"的创作观和创作目标,认为这种和谐是人与自然、社会和平共处,是人和人之间的平等交往和互相尊重,是和周围一切美好事物的融合。再次,就是做人要本分,这既是一种生活态度,也是一种人生境界,活着不以物质的丰厚为前提,而是体验"活着的快乐",这是"一种美的质素"。他认为和谐是有原则的,是在复杂性、多义性、苦难性的生活中安分地建构人与人组成的现实风俗里,安分于世俗而又超越世俗、超越琐碎,承受生活的全部苦与乐,从而感受"生活,是很好玩的"[②]。

贾大山与汪曾祺在 1992 年进行过几天的创作交流,可惜没有留下二人的言说资料,仅留下了题词和照片。但窃以为,若说贾大山的小说也是风俗体,汪老会同意的。他和贾大山一样都是乡土文学派,都曾活跃于上世纪八九十年代。他们的创作有同有异。前面对他们的创作做过一些比较,这里再从民俗事象运用上做一次对比。相同的是,他们笔下都在弘扬传统民俗文化,都在形象地阐释民族文化传统,都在书写世间小人物的平凡岁月,在结构上形成"民间生活时空体"[③],都在追求民间文化和知识分子个人文化表达上的有机融合。但是,汪曾祺笔下的民俗生活描写有天高皇帝远的率性、任性。如《大淖纪事》中的地方风情:这里的婚嫁"极少明媒正娶",媳妇多是自己跑来的,姑娘一般是自己找人。他们在男女关系上是比较随便的……这里的女人和男人好,还是恼,只有一个标准:"情愿"。而在《受戒》中,海明在寺院受了戒已是正式僧人,却跑出来与恋人小英子见面。小英子说要给他当老婆,

---

① 见杨红莉《民间生活的审美言说——汪曾祺小说文体论》,北京大学出版社 2008 年 4 月第 1 版,第 199 页。

②③ 同上,第 197—198、145 页。

两人便把船划向了芦苇丛中。^① 这是表现了天然人性与学佛之间的矛盾，也表现了两个人的率真无邪。还有男女私奔、乱伦，有前面提到的给男女扯皮条、摆"台基"让地方的王婆式人物薛大娘，还主动邀上保全堂的吕三与她一起"快活快活"^②。这些在贾大山笔下完全没有。汪老也写婚礼特别是丧葬较多，贾大山相对写得较少。他们叙述头面人物的死去，汪曾祺笔下是淡然的，贾大山的笔触则是怜惜的。他们都写小城人与事却亦有地域性差别。贾大山所处的冀中平原 700 年来一直是京畿之地，笔下的乡土人物相对理性较强，随心随意的事情远比高邮水乡少。他们同样具有忧患意识、悲悯情愫，同样具有地域文化意识。但贾大山更重视"文以载道"，没有生活"很好玩"的心理。当然，他们都在写实中诗化生活，具有不少"我"的在场性，也都在风俗事象中写人物，为了人物而写风俗，包括"我"也常常是一个俗民角色，不少的体现着杨氏所界定的风俗题材与形式、风俗与人物的同构性。如此说来，贾大山的小说也同样具有风俗体的特征。

在贾大山小说中，既有大量的整体性同构，也有风俗文化不能滤去的半同构，拟称之为亚风俗体或泛风俗体、近风俗体，或称之风俗氛围体；那些批判陈规陋俗者是否可以称之为反风俗体？考虑再三，暂将杨氏风俗体的界定引申开来，沿用其风俗体，也启用亚风俗体、反风俗体的概念。下面便以此三者对贾大山小说的风俗体式进行分类展现。

一、风俗体（附表）

笔者分析贾大山小说属于风俗体者有 40 多篇。具体再分为农村劳动、行业、善美人生、节日、礼仪、文娱休闲 6 小类，在本章上一节的基础上列表以呈现之，以节减篇幅。其中的民俗事象有的是单项的，也有的是一种为主，兼有多种。这里只是把它们适当入类而已。

① 见杨红莉《民间生活的审美言说——汪曾祺小说文体论》，北京大学出版社 2008 年 4 月第 1 版，第 188 页。

② 见汪曾祺《人间旧事》，天津人民出版社 2018 年 1 月第 1 版，第 338 页，《薛大娘》。

表一 风俗体（43篇）

序号	篇名	主要情节	民俗事象	备注
1	会上树的姑娘	知青们想眼见姑娘们怎么上树，姑娘们却害羞，不上树。待她们上了树"我们"也未看到。	梦庄生活一半靠田里、一半靠树上。有"王庄的姑娘会织布，梦庄的姑娘会上树"的民谣，小欢等上树摘槐角补贴家用，为父母做衣服。还有采槐花榆钱蒸苦累的食俗。	农村劳动类（姑娘上树采摘）
2	沙地	老社长看守沙地树林。天大旱，人工打井不成，砸死人。社长死不瞑目。	有北方沙滩丛林风情。打井男人赤身，为亡者埋坟插白幡。老社长请瞎子算命。死前说大雨预兆。教子无力，其三子不肖，公款吃喝。	农村劳动类（兼有教子、信仰等）
3	杏花	杏花姑娘因家中连出丧事不得不出嫁。改革开放后养牛发了家，开始亲自为儿子选媳妇。	农村婚俗、养殖业习俗。杏花认命，夫妻和睦，婆媳和顺。要重金选好儿媳。也不忘旧情。	农村劳动类（兼婚俗、礼仪等）
4	钟（中篇）	老队长眷恋生产队敲钟上工，不许摘掉老钟，与村、乡干部顶牛，也不听女儿劝告。终于在发家户影响下开始转变。	围绕摘钟的曲折过程展现农村生产劳动、吃穿住用、节日、礼仪等，形成综合性新老民俗文化之流。有政治色彩却又原汁原味。	归入农村劳动类（综合）
5	林掌柜	义和鞋庄林掌柜素质优良，以和为贵，以小铡刀示诚信，对瘸子宽宏，与"我"父亲是至交，对公私合营有顾虑。	经商习俗，诚信为上，质量第一，又以和为贵，信条是"人也有字号"。与"我"父亲夜里小饮，互称老鸟。儒商风节。	行业类（商业）

序号	篇名	主要情节	民俗事象	备注
6	钱掌柜	钱掌柜一生曲折。酷爱京剧，因拉京胡，哄过日本人；不善于经营。尊重领导，信任伙计。喜欢小孩。"文革"中含冤死去。	经商习俗，戏迷生活。因嘴上好显摆，吃大亏。自拉自唱自己叫好。有丧葬民俗。全文充满五六十年代人文风情。	行业类（商业兼娱乐、丧葬等）
7	王掌柜	县城南关种菜人，擅长品评城内各种美食小吃，一再发现改革后饮食偷工减料。决心恢复传统南仓大白菜种植。	饮食习俗，市场风情，也有种植习俗、孝道习俗。	行业类（美食等）
8	老底	老底在城内开办回民饭馆。懂回族礼仪，曾夹一把菜刀流动服务。现在每年春节前召集"四大名人"来吃喝聊天。描写聚餐情景。	烹调技艺、饮食习俗。尤其是全羊席菜品令人叫绝。有匾牌介绍、文物知识，席间有酒俗和京剧拉唱等。	行业类（回民饮食制作等）
9	卖小吃的	县城平时摆摊和流动商贩的各种小吃吆喝招徕方式，重点描写王小眼、翟民久的新奇做法。	各种小吃，上市时间地点。特别是五花八门吆喝，有杂声怪调、古怪动作。营销招徕技巧。民俗氛围极浓。	行业类（商贩上街推销）
10	花市	城内集市上卖花姑娘蒋小玉与严老汉、机关小干部围绕一盆令箭荷花讨价还价，最后仗义贱卖给老汉。	花市场景，议价习俗。农家开始爱花新风气。卖花姑娘的义商姿态。有饥饿时代胡萝卜代主食，新旧对比。	行业类（集市花卉买卖）

序号	篇名	主要情节	民俗事象	备注
11	智县委	上世纪50年代，县委智书记管理剧场、商业市场，揪出"我"小辫儿又与"我"友好。走后的怀念。	城内市场管理，政风与商风。为官者自律，不扰民。有儿童留小辫、店面牌匾。防火便民。维护市场秩序。	行业类（市场管理类）
12	老曹	老曹高度近视，其身世和看大门经历。重点说退休后支持乡镇企业做曹家元宵，描写卖元宵的红火。	公私合营后副食品厂的劳动和年终评选先进习俗。元宵节风情。恢复传统元宵制作与销售。	行业类（元宵制作销售，节日）
13	梆声	梦庄路大叔夜晚上街卖豆腐，知青们嘻逗打赌吃豆腐但被说成资本主义，将停卖。	村间流动营销。梆声为信号。赊账记账，双方互信。准斤准两，诚信无欺。知青打赌傻吃陋习等。有民谣。	行业类（村内流动买卖）
14	"容膝"	年轻夫妇开四宝斋销售书画。对古迹拓片"容膝"的买方进行询问选择。解说"容膝"二字精神，最好的是卖绿萝卜的老甘。	世俗中的文雅之俗。家居布置由土变雅。有头面人物的附庸风雅，小干部拥挤家居对比。义商儒商风采。老甘吆喝声。	行业类（坐商与行商，义商看人心有褒有贬）
15	傅老师	傅老师退休后书法出名，似第二次择业。曾出访日本。主动为理发匠写春联，不收费。鄙夷搞书法外交的"无心道人"。	改革开放后书法界风习。有儒雅君子之风。也有文野对比，揭示利用书法招摇可笑。读帖习字，敬重书法艺术和先贤。春节春联、酒俗。	行业类（书法文化传承，褒中有贬）

序号	篇名	主要情节	民俗事象	备注
16	书橱	冯老师退休后分到三居室新房，要打造新书橱。不料儿子儿媳说将来把书橱当碗橱，于是不再打制，向青年少年散书。退休者的悲凉心境。	褒扬读书传统，批判读书无用论。从书迷书虫到散尽书籍是无奈。有书橱制作用材等技术，预订习俗。	行业类（买书读书与不读书）
17	邵思农先生	儿时记忆，邵思农为"我"治绦虫病，看大便。不收费，后收取些为助一老病号。"文革"中被迫去淘厕所10年，不公，死后未平反。	传统医德医风，济世情怀。衣着、房间极为整洁，手指似玉。长年助困。揭露极左势力对良医横加莫须有罪名，浪费人才。	行业类（医德医风，也是一生善美类）
18	莲池老人	老人杨莲池，住古寺和莲池一侧，看护古钟楼，耳聪目明有"功夫"。饮食极简单，无欲无求，犹如一首诗。曾占坟地，后自平之。	民间老人的活法。一日三餐，五谷为养，不吃荤腥，不买电视机。教人念养生谣。心清如水，意洁如莲。曾为自己占坟地，后平掉以无挂碍，超凡脱俗。	善美人生类（一生善美小类，兼风水、养生）
19	好人的故事	退休职工老石平凡而特殊的一生。当收发卖邮票。吃工作队丢下的药片。去火化场烧尸。为死人穿衣净面。在天宁寺当清洁工，买彩票中摩托不要。死前留偈语。	低智、笨拙却本分，淡泊名利，无欲无求。暮年更是散淡清闲。乘凉聊天不争吵。最后说"人人都像我，世界就好了；人人都像我，世界就坏了"。	善美人生类（一生善美小类）
20	担水的	老魏常年为街上各户担水。一担二角，让用户记账。小孩喝水不收费。无偿为人捞水桶。卖力气，吃好的。	有偿打水送水习俗。井台风情。有辘轳水筲汲水技巧、吃马蹄烧饼习惯。伺候人不伺候花。担水不挣捞筲钱。义气一身。除夕敬井龙王。	善美人生类（一生善美小类）

序号	篇名	主要情节	民俗事象	备注
21	贺富	年已半百的王不乱是街上常年为各户淘粪人，用粪尿种菜，用蔬菜答谢。但时代变化，各工厂让他有偿淘。人们也便求他继续淘，一次2元。要请客贺富未成。	旧时县城日常生活事象。定期淘厕所，淘者以菜回报。入户见在吃饭便等待，与妇女说话不仰头不看女人脸，淘后打扫干净。后市场化。有吃驴肉饮小酒、哼戏文等。	善美人生（一生善美小类）
22	钟声	生产队夜晚浇地换班常生争吵。路大爷半夜敲钟，解决这一纠纷。秋后浇完地，他还天天半夜敲钟，说外村没浇完，让人们知道我还活着。	农村大集体时代劳动风俗。善良老翁以半夜钟声为浇地人发换班信号。须发全白，不说年岁，给阎罗王打马虎眼，期望长寿。仁者寿也。	善美人生（一生善美小类）
23	干姐	梦庄俊俏媳妇于淑兰。嘴臊，但心灵善美，支持"我"拉二胡，主动要"我"认她姐姐。"我"病时极为关心，讲男女故事减"我"疼痛。最后依依惜别。	村中女人嘴臊（说论男女两性事）陋俗。但干姐爱"我"如亲弟，盼我成才。大蒜花椒治牙疼。激励"我"立志成才。农村土法治病、讲故事习俗。善美为主，可嘉。	善美人生（先贬后褒，小丑大美）
24	云姑	梦庄年轻媳妇，让"我"叫她云姑。她拉沙堆门外，有人偷，便骂街。劝之，替她写广告。她又刮去，不让"我"破坏自己的美。	村中盖房备料习俗，称呼习俗，骂街陋习，偷盗恶俗。云姑听劝，反来劝我，各美其美，美美与共，一起宽宏，心灵更善美。	善美人生（一事善美，小丑大美）

序号	篇名	主要情节	民俗事象	备注
25	写对子	春节前梦庄街头写春联，各取吉祥如意联语。被管制的路老杏也拿纸要"我"写，现编现写。他很满意而去。	迎年写贴春联习俗，场面红火快乐。那年月阶级斗争为纲，但过年辈分称呼恢复，人性恢复，全村和睦。	节日类（忙年迎年）
26	村戏	春节前村俱乐部（剧团）要抓紧排练，担人手不齐关键人物坐鼓者忙于编锅帽挣钱。主角小涓本来与之互有爱意，竟狠心放弃之。众人争论，终于齐心开始排戏。	年前排戏，年后唱戏，已成惯例。小涓为乡亲，正月有戏看，力主不散伙。忆戏班成立时，自愿集粮为资置办服装道具。唱戏观众叫好。大家称小涓为穆桂英逗乐。鄙视自私。有剧团管理规则等。	节日类（迎年，亦文娱类）
27	拴虎	"文革"中极左思潮影响小学生，拴虎顶撞老师，也被同学们斥责而退学。长大后当副业队长卖鞭炮，重新来拜见老师"我"。	年集风情。昔日男孩光膀子上课，批评后被学生上纲反批评。正月初五放炮崩穷。炮市风情，卖力叫卖。恢复做人自尊自信。尊师。	节日类（迎年，年集，尊师重教）
28	年头岁尾	王有福夫妇年前做豆腐，也要按村俗请支书来饮酒，大娘让有福去请，他不去，二人吵闹。但偶见红榜，宅基有了，二人大喜过望。	农村忙年习俗。想办事请客陋俗。酒菜质量也有讲究。夫妇磕牙，一急一稳。孝顺父亲。做豆腐劳动习俗。旧风改新风。	节日类（忙年，有贬有褒）
29	腊会	县城除夕傍晚开始的腊会活动场景。各街各庙的游行队伍由花灯、锣鼓和奏乐班子组成。一进腊月有会头组织。壮观、热闹。	年俗中的群体性文化活动，是踩街灯会、音乐会。见寺庙要祭神，祈求平安、丰收。鼓手乐手大显其能。曾被禁，吹奏者上城墙去吹。后恢复，变异。	节日类（群体性大游行，亦为文娱类）

序号	篇名	主要情节	民俗事象	备注
30	中秋节	生产队时中秋节之夜。队长春生家人来人往说生产劳动和分红事。春生又带人去火车站扛大包，为集体挣钱。他未吃到月饼却说很甜。	中秋节是农村大忙之时。农民生存状态和丰收希冀。买月饼吃月饼。孝老。邻居唱"八月十五月光明"；批评懒惰和空想，褒扬实干苦干。	节日类（亦农村劳动类）
31	小果	姑娘小果曾被团干部大槐追求，但她认为大槐太古板，选中了清明。在与大槐、清明的纠葛中决定后推婚期，不让大槐伤心。	农村青年自由恋爱新风。夏秋农村劳动习俗。婚礼闹新娘习俗。表达不是爱人也不成敌人的婚爱理念，弘扬和美之风。	礼仪类（婚爱小类）
32	定婚	青年王树满为让兄长树宅先成家，疏远追求他的姑娘们。小芬追之不舍。树满为让兄长婚事早定，立字据不要一切财产。小芬也署名，终如愿。	农村恋爱、婚姻习俗。弟兄财产分割习俗（签字据）。嫂嫂又把字据剪了鞋样交给小芬，达到两全其美。	礼仪类（婚爱小类）
33	喜丧	牛老桥58岁笑死，都说是老喜丧。他曾穷得穿不上棉衣，去偷村史室展品破棉袍。当队长保守。对火车少见多怪。老伴死，女儿们嫁出后再婚让女儿们叫娘。葬礼很隆重。	农村丧葬的系列习俗。生产队时代种蔬菜，过年应杀猪分肉，他要过素年。有感恩意识。让女儿们对后老伴叫娘，各给红包。拜年习俗。随葬品多样。再婚。属羊女人妨夫观念。悠悠一生，大笑而终。	礼仪类（丧葬小类，亦善美人生类）

序号	篇名	主要情节	民俗事象	备注
34	亡友印象	梦庄青年支书根生短暂一生。看护树林，打拾树叶男孩不打妇女。批斗凶狠。乐于参加婚嫁喜事。蒙冤，去申诉时车撞身亡。葬礼极隆重。	极左时代的村风政风。婚俗，丧俗。根生大抓阶级斗争，又以参加村中婚事放松自己。酒场陋习等。	礼仪类（丧葬小类，兼婚俗等）
35	童言	"我"善于调解邻里矛盾，应邀去劝乔老二出席乔大伯八十大寿，却顶了牛。多亏老二孙子逗乐救驾。	做风箱留绝招、不外传习俗，有外传则断绝来往。民间调解习俗。童心可爱。老人做寿习俗。	礼仪类（兼调解）
36	赵三勤	赵小乱父母早亡，独身过活，在队上干活吸烟勤、喝水勤、拉屎撒尿勤，外号赵三勤。多次与队长们支招不听指挥。妇女队长终于劝动，变成洗脸勤、理发勤、换衣裳勤。	农村大集体时代光棍生活习性。生产队劳动制度。斗嘴习惯。浪子回头。有机巧方言、谚语等。	农村劳动类（调教青年类）
37	迎春酒会	路大叔代表村班子请在城里工作人员参加迎春酒会。场面热闹也令人尴尬。为买化肥等物资走后门方便。	"文革"时期农村物资紧缺，办酒会。例行公事，为开后门。此风至今一些村中仍有。在火葬场、文化馆者无法帮忙。	礼仪类（亦属迎年小类，褒中生贬）
38	村宴	"我"曾蹲驻梁村辅导剧团。庙会前请"我"来，电管所的也来，大摆酒宴，席间热闹，酒后轮流唱京剧《铡美案》选段。	冀中酒风之盛，包括席上菜品、酒种，选酒官、劝酒，村支部有分工。酒场趣事。轮流唱京剧。女人善酒善劝。庙会市场风情。	庙会文娱与休闲类（有褒有贬）

序号	篇名	主要情节	民俗事象	备注
39	东关武学	老支书戴荣久在村中主事几十载，让位当顾问，新班子虽听话却不守纪律。主动办武学校颇受青年们欢迎。	老戴主动发挥优长办起武学，恢复武术传承，且不图名利，吃鱼不乐打鱼乐。文体生活，村中一道风景。改革连茅圈。	文娱与休闲类
40	梁小青	梦庄梁小青从小是个歌迷。"文革"中入俱乐部演打打杀杀节目。改革开放后想参加歌手选拔又放弃。她在庙会上仍唱老民歌，却穿着时尚裙子打扇鼓。	传统民歌传唱习俗；庙会习俗。打扇鼓，又唱又跳娱神娱人；时装成风。在村中演老歌舞，自称为"东方迪斯科"。但"我"以为这是守旧、封建迷信抬头。	文娱与休闲类（以褒为主，兼有所疑）
41	杜小香	梦庄女孩杜小香到知青屋找说快书的小君。她看演出十分用心，但五音不全不能进俱乐部。后成戏迷，随剧团走。	农村联欢场景，人山人海。杜小香嗓音不好却执着于文艺演出，跟随某剧团串村。村中无人谴责。有拜干姐等。	文娱与休闲类
42	妙光塔下	老街长是妙光塔的看守人，几十年如一日。夏夜喊邻居们来庙台乘凉，讲吕洞宾显灵修塔。引导大家讨论献出古砖重修寺院。对献古砖多有疑虑。古建筑修缮原则修旧如旧。	月光下古寺老塔景观。老街长无欲无求、尽职尽责。纳凉闲聊。有原先阶级斗争时代心理。讲故事，吸引儿童们。	文娱与休闲类（闲聊小类）

序号	篇名	主要情节	民俗事象	备注
43	聋子	土地庙台是夏夜纳凉之所。人们聊起老陈盖了小楼，因儿媳超生被罚款事，发生争论。种菜聋子在井台上插言压众。人们又议他四清时被咬半只耳朵。	夏夜纳凉聊天习俗。老陈财大气粗，则被议论贬损。聋子不聋，只因当大队长时霸道，斗争会上被人咬了一口留下深刻记号。有"眼见为实，耳听为虚"谚语和"咯吱咯吱"一常用俗词。	娱乐与休闲类（闲聊小类）

二、亚风俗体（附表）

这里所说的贾大山亚风俗体小说，是指他那些以某事件为主或以人物为主的离不开风俗、风情，有时还起着关键作用的作品。亚风俗体也是风俗体。贾大山从内心热爱民俗风情，却因要表现的题旨和人物的不同而产生了运用风俗事象多与少、重与轻的差别。其中，有附带性表现农村产生劳动老俗与新风的《分歧》《正气歌》《乡风》《眼光》等。下面汇入表格中。

表二　亚风俗体（5篇）

序号	篇名	主要情节	民俗事象	备注
1	分歧	反映上世纪中期人民公社两位书记的思维方式不同。表现老魏在极左路线横行时期坚持实地调查研究和算账统计；而老许对政治运动心有余悸，坚持政治发动、思想领先。他们在大颜村展开心照不宣的较量。村支书颜小囤最后心服口服。	农村水利建设、夏秋青草积肥习俗。季节观念。多农谚、俗语。极左恶风如贴大字报、漫画丑化等。时尚术语。"铁算盘"外号。颜小囤的农民式盲目、狭隘等。	生产劳动类

序号	篇名	主要情节	民俗事象	备注
2	正气歌	"文革"后期，北杨庄支书祁老真生病，公社领导老丁安排女支委郭爱荣代理。郭在老丁支持下大搞意识形态领域斗争，耽误秋季生产而减收。祁老真力挽狂澜教育了郭爱荣。	农业劳动技术、程序。不违农时谚语。揭摆造反派搞"红海洋"，制止郭的赛诗会等。反讽所谓新生事物。估产方法等。制止时髦恶风。	生产劳动类（有褒有贬）
3	乡风	拐腿老张毛遂自荐二到陈庄当书记，关照曾经骂他的老农，找到了好土，改造果园土壤，纠正了当年失误，形成干群新风。	政风优良，认错赔情。有识老人提供治沙良壤。当官眼睛向下，尊重平民百姓。种植技术。中药炮制规则。多种谚语、俗语。风水观念。	生产劳动类
4	眼光	钱八万曾投机倒把被批斗，但队长派活他挑肥拣瘦。改革开放初期率先致富，开酒馆、养种狗，被嘲笑。他割麦时顺便为困难户割几分地，被广播表扬，引起多人嘲讽。后想清楚，带全家为刘家割完麦又收打，压住了闲言碎语。	钱想找回自尊却又受委屈，支书批他心里有"小鬼儿"，便帮人帮到底做了活雷锋，不再怕讥讽。劳动计酬习俗、养狗配种。助人为乐新风。人言可畏。谚语。	生产劳动类（褒贬共存）
5	鼾声	"我"下乡住田家，怕田大伯夜里打鼾。二次来又住田家，睡前说县委让人们冬至浇麦减产，做了检查，这夜大伯就没有鼾声。大娘说出真相，喜欢了不打，不高兴就打。	下乡派饭派住风。瞎指挥风。农民怕官，有意见不敢提，却以打呼噜宣泄不满。人心是杆秤，讲真话得民心。生活习惯背后也有用意。	交往礼仪类（生活习惯）

三、反风俗体（附表）

在上面关于贾大山小说风俗体、亚风俗体的探讨中就可以看到作者对不同风俗的不同态度，已在表格的民俗事象、备注中显示之。贾大山创作追求的是民间生活的原本生态，其中的优风良俗和陋俗恶风也常常相比较而共存。所以笔者对它们分类是蹩脚的。虽然如此，把贾大山对老俗和时尚风气中不良成分的揭摆、批判归为反风俗体，应是具有一定理论意义的。这方面作品有十几篇，将它们分为三类：对待妇女、男人不良习性和不良政风民风。下面皆纳入表格中。

表三　反风俗体（15篇）

序号	篇名	主要情节	民俗事象	备注
1	离婚	梦庄路老白和小河庄老闺女乔姐能够结婚，老白曾经下功夫在村口观察姑娘们的衣装时兴什么他就给乔姐买什么。婚后更是知冷知热，乔姐爱吃豆腐他就多换豆腐。但乔姐要照结婚照他不去，乔姐回几天娘家他就摔碗，看电视聊天他也不让，于是矛盾升级，离婚。全村哗然。	梦庄自古就没有离婚先例。乔姐却开了头，引起轩然大波。老人们骂她野种、刁妇。她还是回了娘家不回头。从此留下夫妻吵架时女人说"寻男人为嘛"的强烈质问。女性反旧俗，追求婚姻自由、个性解放。	对待妇女类
2	丑大嫂	梦庄祁家小媳妇因左眼里有萝卜花而自惭形秽，不洗脸、不打扮、穿旧衣。"我"好心给她茶色眼镜戴了一天就引发全村关注议论，便不敢再戴。但她夜深人静时戴，自我欣赏。	揭摆女人无才便是德、女人美丽是祸害的千年陋习。大嫂戴眼镜穿新衣大受乡亲挖苦、公婆不放心，于是大嫂又朴素起来。其爱美天性不泯，深夜自赏。	对待妇女类

序号	篇名	主要情节	民俗事象	备注
3	白大嫂	中年寡妇白大嫂在年轻时是女民兵尖子班长，背上不好的名声。丈夫死后与儿子一起过活，母慈子孝。但村中发生了事件，支书老婆上房骂街。白大嫂便壮了胆子，也上房又骂又哭后压住了对方。	村民私下猜疑男女不正当关系，舌头根子压死人，乃民间陋俗。骂街陋俗。村干部偏袒坏人等。及粮食存储、邻里互助等。	对待妇女类
4	俊姑娘	女知青王玲玲初到梦庄，以其仙女般的俊美征服了全村老少。但进入正常生活后，却遭到女知青和村干部的嫉妒、排挤，起外号、不能入团、评工分最低。她多次哭过，也习惯了。但拆庙被砸成重伤，人们一下子又转变了看法，表示对她的惋惜和同情，评她为五好社员	人生的悲剧。嫉妒、抑美等传统不良社会心理造成的悲剧。玲玲被起多个外号。她便高傲任性起来，放荡丑化自己。她被砸成重伤是一声警钟，唤回了人们的良知。	对待妇女类
5	西街三怪"药罐子"	于老相信中医李大夫。"文革"中李家诊所关了他就没了病，一开张他又生病，大呼小叫说不行了，被称为"模范病号"。他只吃中药，抵制西药。一个康泰克吃时掉了，却说"科学就是厉害"。	医疗习俗，医患关系习俗。于老养尊处优，生病依赖李大夫，怕死可笑。他说凡挂西字的都不吃，被众人反驳。愚昧心态。	男人不良习性类
6	西街三怪"火锅子"	杜老吃饭爱讲究，在家中吃"差样饭"，出门见邻居就问吃了吗，吃的什么，然后自夸家中火锅的配料做法，剩饭菜也雅称"折罗"，总要显示自己高人一等，让人艳羡。	饮食习俗。虚荣心。人懒嘴馋。自我显摆，满足高人一等心理。有女儿女婿行孝。	男人不良习性类

序号	篇名	主要情节	民俗事象	备注
7	西街三怪"神算子"	黄老有学问。40岁后预言农村浮夸风是"好了"，好便是了，正巧浮夸风被煞住。后预言村中死多少人。"文革"中被批判去扫大街。之后用玄门真言、禅门偈语骗人，收费。	基层知识人以有学问预言世事，却走上了用封建迷信欺骗乡亲的邪路。但他自称是哲学家。人们多次揭露之，称他为半疯子。	男人不良习性类（封建迷信）
8	枪声	从小林被捕判死刑说起。"我"曾经接受少年小林到"我"这里学识字，讲猴子变人的科学知识。但他听老少光棍讲坏故事，又在集上看了治男性阳痿的帖子，去强奸女知青未遂。当时对知青保护法律很严，小林被枪毙。全村人都去了刑场，"我"十分尴尬不敢去。街上儿童们都对"我"有了敌意。	贾大山笔下悲剧之一。青少年教育问题，教子无方、村风不淳造成的恶果。有读书无用论，认为识字是祸害。"我"教了小林却如有罪一般。愚昧无知。有年节请客习俗。	男人不良习性类
9	午休	"文革"结束后，秦老八养貂挣钱，不再让孩子们交钱。下台队长秦琼借黄家孩子放枪打鸟吓得大貂吃了小貂，极力进行挑拨，欲重新发动派性斗争。他妻子反对，最后老八把秦琼推出门外。	秦琼当队长时从不下地，社员受穷他也无动于衷，下台后喜欢看别人的笑话。偏执心理，人性扭曲。有闹派性恶风。养貂技术及穿着等。	男人不良习性类
10	夏收劳动	机关干部下乡帮助农民割麦是多年好传统，但随着时代变化已不必要。"我"早起随县四大班子去割麦，农民点人数为我们准备了三桌简单饭菜。	农村夏收割麦习俗，给谁割谁管饭。农民没有邀请，四大班子却要去田间充个样子。揭示官场形式主义作风。	不良政风类
11	临济寺见闻	按佛教界常规，香客来请佛像要登记交费。但省公安一群小干部见了菩萨像就拿，还说领导与方丈是朋友，令人可气。通过引纪晓岚书中故事贬之。	佛教规则。小干部们依仗权势强拿佛像，违德违规，自己得意却实为可耻。	不良政风类

序号	篇名	主要情节	民俗事象	备注
12	飞机场上	梦庄一群中青年妇女请"我"帮助买飞机票，要上天晕一回。登机前聊村中分田到户后的麻烦和不便，批评乡村干部不作为，扶贫只让打烧饼；电力不足急煞人等。场面热烈而诙谐。	农村联产承包责任制实行后，乡村两级干部只抓计划生育和订报。而各户生产劳动中的实际问题没有人理，造成民怨沸腾。官僚主义。	不良政风类（新良风和新陋风）
13	友情	城中钉鞋匠看下野后的倪县长买不上肉便主动为他打鞋掌，成为朋友，过从甚密。倪县长将复职他要请倪，却被一些官员拉走，自己只好在小酒馆吃喝一通回家。	官场势利眼人物如今仍有。见倪复职，急忙来阿谀奉承。有真朋友，也有假朋友。夜间街上买卖等。有忠怒之道，老石心善宽宏，也似有精神胜利法。	不良政风类（交友）
14	阴影	柳二嫂邻居王跑儿晚上常来闲坐，二嫂拿肉杂款待之，他却起了不良之意。说二嫂丈夫在望春楼包子质量下降，并说"不怕今天闹得欢，就怕秋后拉清单"以威胁之。二嫂将他赶走，也意识到丈夫可能有问题，次日一早便去县城找丈夫。	饭店借改革之名偷工减料坑害顾客，一时之风。王跑儿来说望春楼事。歪打正着。烹饪、唱戏。	不良民风类
15	二姐	二姐反复找"我"买碱面等当时紧俏之物，还在乡亲们面前显示有后门。上级整治不正之风时她害了怕，雨中来问"我"有事否，见没事便急急而去。	走后门陋俗。二姐原来是不善言谈的本分人，后来变成高声大嗓、不顾体面的走后门者。她连演唱材料也拿。后有悟，害怕连累了"我"。农民的狡黠，贪小便宜又胆小。	不良民风等

如上列举贾大山小说 63 篇，将诸多民俗文化事象列表做了一次系统的展示，是对贾大山小说的风俗体做了一次分类探讨，引申出了亚风俗体、反风俗体的概念。这仅是个人之言。有的可以不列入，有的应列入而匆忙未列，暂且如此吧。在贾大山小说风俗事象的展示和对其风俗体的分析中，发现作者既有他对民俗风情的成年经验，更明显地有他的童年经验。崔志远解释道："童年经验不是童年经历，童年的生活经历是物理境，童年经验则是心理场，是对于生活经历的心理关照。"但"童年经验便是人类最本真的原初生命的体验"①。贾大山写民俗民风，是他在心中把少儿时代和成年后的各种民俗事象进行了溶化之后才有选择地运用的。总体上看其对之有褒有贬、多褒少贬。

民俗文化属于民族文化，它们是历史文化的重要部分。风俗风情书写在新时期以来的作家中，像阿城的《棋王》等"三王"，李杭育的葛川江系列，叶蔚林的《蓝蓝的木兰溪》，阿成的《年关六赋》，古华的《爬满青藤的木屋》，彭见明的《那山　那水　那狗》，乌尔热图的《琥珀色的篝火》，刘舰平的《船过青浪滩》等，更不用说汪曾祺、林斤澜、贾平凹的作品了，这些无论是知青生活、故乡古今还是少数民族的故事，都属于乡土性质的风俗体、亚风俗体或反风俗体。它们在伤痕文学中就已出现，到寻根文学时期更为滥觞，进入新世纪之后也势头不减。由此应当说，这些作家作品起码都在地域风情上大施才华而出彩，可以视作风情体。贾大山是不早不晚的一个，同样表现了他的民俗情、民族心。再看何向阳在《一种文体与一百年的民族记忆》中说，从鲁迅 1918 年发表《狂人日记》以来的 100 年白话文经典，放在一起可以看到"一个民族心性的发展"，看到"被时间和事件遮蔽的深层的民族心灵的密码"，认为作家个人"通过文字传达、建构并最终必然参与到民族思想的再造"。还特别提出"小说是留给后来者的'考古学'"，大家

---

① 见崔志远《中国地缘文化诗学——以新时期小说为例》，人民出版社 2005 年第 1 版，第 141 页。

凑成长长的报告封面上应写着"一个民族的精神考古"①。阅读贾大山的小说便一再感到这就是历史的记录,笔者也在本书前面说过贾大山的风俗描写具有民俗学、民族志意义,借用何氏民族心灵考古学更为新颖而深刻。

第三节　传统文化和现代性

　　生活便是文化,来自生活的小说也便是书面显现的文化。其实,本书从一开始就不得不涉及贾大山笔下的文化元素。他是提笔以来就从不自觉到自觉地表现北方农村的民俗文化,形成了他具有地域风情的文化书写,以致于走向了风俗体式构建。在他以精致著称的小说和少量剧本与言论中,不但有他的世界观、人生观、价值观,还有他的历史观、文化观、文学观,有他的生命形式和生存哲学、道德操守,有他生活的影子和不泯的灵魂。他写乡土风情是集中体现了农民本位文化,但相关的文化内涵却不仅仅是日常生活性的民俗文化,还大量有意识或集体无意识地表现了古今中外多种文化。有如前面几次提到的夏商周以来的文化元素,有所谓人类"轴心时代"的东方文化内核,有儒释道等正统和非正统的宗教文化以及元代以来作为京畿重地的京师文化。也不可忽视,正定便是北方佛教重地之一。在近现代以来,它同全国一样经历了辛亥革命、五四运动、中国共产党成立、抗日战争、解放战争、土地改革、新中国成立和城乡集体化、"文革"和改革开放等历史未有之大变局,这里的传统文化与现代文化之间长期地处于急剧反复消长和融合发展中。贾大山1942年出生,经历了半个多世纪的一次次变革,也通过读书学习认识到传统文化的与时俱进和它的现代化都势不可挡,这是社会发展、人的全面自由发展的历史车轮引擎。贾大山在小说中生动而客

---

① 见《百年中篇小说名家经典》之赵本夫《天下无贼》,河南文艺出版社2020年第1版,第1页,何向阳代前言。

观地反映着一系列社会变革中的新旧文化对话、搏击与适度融合。可以说贾大山有自己的文化立场和文化定力，是以今为主地审视古今，以我为主地看待中外。本章这一节专谈贾大山小说的传统文化（传统性）和现代性，是对上两节文化话题的自然延伸。

一、传统文化（附图）

传统文化，作为一种学术概念应该是什么？钟敬文曾经这样给它下了个"大略"的定义："传统文化，是指我们民族千百年来历代祖先们为了生存和发展的需要，根据现实可能的条件，所创建、改造、享受、传承的物质的、制度的和精神的各种事物的总称。"[①] 钟老还解说道，五四时期学者把传统文化分为贵族的、平民的两种，近年来我个人考察应分为上、中、下三大层次，即正统文化（士大夫阶层文化）、市民文化和农民及手艺人等文化，最上层的多已是经典文化，中下层者是整个传统文化结构的基础部分，有的还是它的深层部分。有的在流传过程中消失了或被记录在文献里，有的"仍然活在我们的行动上和心灵里"[②]。钟老的经典性论断大体符合我国传统文化实际，证明前面我说贾大山小说中的许多民俗事象是古俗的自然延续，而许多古老的经典性理念也还活在今人中。

下面就根据钟老的论述，粗疏地把贾大山小说所蕴含的传统文化，包括民俗文化、经史子集和宗教文化，进行一次更为全面的宏观归纳。笔者初步认为，其中主要有：和谐哲学、信仰、道德观念、重农重土、日常生活节律等多种传统的和随着时代而新旧结合所产生的观念。

附：贾大山小说中传统文化层次示意图

---

① 见钟敬文《婪尾集》，新世界出版社 2002 年 1 月第 1 版，第 4 页，《传统文化随想》一文。
② 同上，第 4 页。

说明：此示意图以天人合一的和谐哲学为中心，从内到外地大致表示贾大山小说所涉及的中国传统文化的层次。

根据贾大山小说的情况，下面重点探讨其儒释道各家的和谐观念、为善观念和慷慨仁义，也涉及土地观念、家风家教等。

（一）和谐哲学

和谐哲学，是最具东方文化特征的古老哲学，这是我们民族先人的宇宙观、世界观和人生观。一般认为，世界轴心时代即我国春秋时期产生的《老子》是这种哲学思想的源头。它是中华文明的根基，是后世诸多学术思想的精神内核。老子崇道尚和，"人法地，地法天，天法道，道法自然"，"万物负阴而抱阳，中气以为和"[①]。儒家贵仁尚礼，但亦强调"礼之用，和为贵，先王之道，斯为美"[②]。后亦有论之为"和合"者。当代则有张立文的"和合文化"、钱耕的"和生学"、王殿明的"和学"等专门研究。他们对伏羲文化、黄老哲学、周公思想、孔孟之道及与儒、释、道三教研究结合进行而获得不少新鲜成果。实际上，我们的民族先人、三皇之首伏羲氏早就在俯仰天地与生存实践中产生了天人合一、以和为本的思想萌芽。伏羲与女娲重民生，创器具，不重甲兵而和睦了众多部落，重体制、立人伦而规范了族群秩序。他们认为天地人三者之间必须和谐为一体。到西汉时董仲舒则说："天地人，万物之本也。天生之，地养之，人成之。"[③] 这便是儒家与道家一致的和谐思想。

---

① 见梁海明译注《老子》，山西古籍出版社 1999 年 9 月第 1 版，第 44、77 页。

② 见刘宝楠著《论语正义》，《诸子集成》第一册，1936 年版，1991 年影印本，第 16 页。

③ 见董仲舒《春秋繁露·立元神》，转自刘再复、林岗《传统与中国人》，生活·读书·新知三联书店，1988 年 5 月第 1 版，第 151 页。

东汉时佛教传来，在漫长的中国化的过程中对儒道思想不断吸收。儒道两家也吸收了佛家的一些观念，形成了三教合流的文化状态，天地合一、贵和向善是他们的共同指归。至于"和"字，即是夏商造字智者和谐观念的象形性表示。它由"禾"与"口"左右构成。"禾"便是禾苗、庄稼，"口"便是吃，"和"就是长了粮食有饭吃，引申来便是正常生存、社会稳定。"和"的另一古代形态是"龢"。《说文》解之为乐器"有三孔"，"以和众声也"。① "龠"是竹笛类，右侧加上"禾"，便有了秋收之后人们娱乐的意蕴。

贾大山在《腊会》中描述群众除夕上街踏行之热烈，就是古人腊祭、年节中感谢天地众神保佑、期盼来年丰收的景象再现。自古人类就是在一面尊崇天地自然中顺应天道，又一面在探索老子的宇宙之理。如《京城遇故知》中，小言就在研究人的阴阳五行。人类为了生存，发明了"人定胜天"的思想，但人类面对天灾常常无奈，抗灾中也常常失败。如《沙地》中，人们盼天降雨，与古代先民们遭逢干旱的心情是一样的。老社长组织人们抗旱打井，亦如古人在劳动中发生死伤的悲剧。他感天动地般的临终之言，与他咽气时的雷雨，既证明天的客观制约作用很大，但也隐喻着天人感应。在《正气歌》《中秋节》等篇什里，则客观而形象地表现了人们对大自然的敬畏，告诉人们必须不失时机地按照天时变化规律去行动。

人们在生产实践中探寻对大自然局部的适度索取与改造行动，自古以来就未停止过。贾大山在《取经》《春暖花开的时候》《乡风》等篇什中关于农耕的土壤、水利条件的改善，抛开当时农业学大寨的政治背景看，也是把握着其内在规律，更是古老农耕传统习俗的正常延续。那时刚性地提倡以粮为纲，千军万马般地兴修水利，打造大寨式高产田，今天看来似乎不可理解，回头看这些却为后来分田到户、农业机械化创造了良好的条件。那种大规模的非日常化生产活动看似没有遵循《老子》中的"道"，却又印证了所谓"无为而治"并非一无所为，人类科学进

---

① 见《汉语大字典》(缩印本)，湖北辞书出版社、四川辞书出版社 1992 年 12 月第 1 版，第 1994 页。

取的创闯精神也是我们后人应该永远发扬的。可见生产民俗中也有真理，而且可能如钟敬文所论"是深层次的"。

和谐哲学与整体主义是一卵之二黄。贾大山小说反映出来的和合思想与社会整体理想紧密相连。个人要有天地人这个整体、有人与社会这个全局观念方有作为人的心胸。在《午休》中，那个吃惯了"文革"饭的秦琼到秦老八家挑唆是非，是唯恐天下不乱，但秦老八没有听风就是雨，反复思考的结果是不再上当，要让全村秦、黄两族捐弃前嫌和睦相处，好好发家致富。这在陕西陈忠实的《信任》中塑造的是从四清运动到"文革"结束曾被管制的复职村党支部书记罗坤，他按法律处理三儿子罗虎报复四清积极分子后代的行为，提出要治理"罗村的内伤"，呼吁挨过整的人"把心思放远点"，不要把历史造成的仇气"再传到咱们后代的心里去"。[①] 秦老八便是贾大山笔下想得开的罗坤，宋庄的复职支书宋默林更是一个团结起来向前看的罗坤。

在《友情》中，贾大山又描写鞋匠老石要请重新上台的倪县长吃饭却被几个干部抢了先。可是当他看到满街灯火就又变得心气和平，脸上挂起适宜的微笑，心想倘若当官的和当官的不在一起、失了和气，又分起"敌我"来，世道就又乱了。"世道一乱，大街上不就又黑咕隆咚、冷冷清清的了么？至于朋友交情，也不在今夜那一壶酒……"《劳姐》中的董大娘，她心目中的县委杜主任"是老百姓不能缺少的领导人"。所以虽然她暗暗埋怨杜主任没有帮助解决她女儿家的困难，却在调查组面前矢口否认他们询问的一切，保护老杜没有再次被整。董大娘不以个人利益损失而生报复之心，绝不趁机撒怒气。她和鞋匠老石同样具有平民百姓的豁达与宽宏，是他们经过政治运动折腾后心中对干部缺点和社会稳定有端正的看法。如果按五四时期一些人的看法这就是愚昧、麻木，但他们没有那么狭隘，却有和合理念为底蕴的坦荡胸怀。

贾大山小说中隐含和谐题旨者总量很大，这与汪曾祺的社会观念、

---

① 见《1979年全国优秀短篇小说评选获奖作品集》，上海文艺出版社1980年5月第1版，第304页。

文学思想是一样的。《小果》《云姑》《醉酒》《林掌柜》《童言》等等，也都体现出儒家"己所不欲，勿施于人"的忠恕之道。这句名言被刻在联合国大厅中，可见各国对此信条取得了共识。它们也体现出"和为贵，忍为高"的处世思想，与忠恕之道形成以和谐为内核的家庭、社交甚至外交上的东方道德与智慧，是对古老和谐哲学的传承与弘扬，也是对"文革"打打斗斗、国际上霸道歪理的批判武器。大家可能都看到过，各佛寺的弥勒佛前或楹柱上的对联是："大肚能容容天下难容之事，开颜一笑笑世间可笑之人。"所体现的也是宽宏、包容精神，属于和谐哲学的一种体现。的确，人世间不能只有斗争哲学、自我理论，不能漠视或否定和谐文化精神。英国哲学家罗素就曾经羡慕地说："中国至高无上的伦理品质中的一些东西，现代世界极为需要。这些品质中我认为和气是第一位……若能够被全世界采纳，地球上肯定比现在有更多的欢乐与祥和。"[①] 外国人尚有如此见识，中国人、中国作家不应该更有吗？当然和谐是有条件的，不少和谐与团结是通过斗争得来的。贾大山的《取经》中是不屈服于舆论的压力而智慧地攥成一个拳头，齐心干成震动全县的大事；《春暖花开的时候》是暂时顺从上级而求得内部和谐一致，继续从事于群众生产生活有益的事情。

（二）人生道德——为善观念

前面提到，徐光耀等诸多作家、评论家也都论述了贾大山小说的善旨，肯定贾大山写小说是布善道。他的作品都属于有人格之美、见解之善和目的之善的德性文章。日常生活中的贾大山本身就是人们心目中的上善之人，俗话说的大善人。他的写作以人为本，进而说是以善为本，以人格、品性为本。其小说中的善美、和善人物也都是他自己或说是他刻画的代言人。

人之初，性本善。关于善，就是吉祥、美好，也是一个与恶对应的

[①] 转自叶小文《中国"和"文化为世界贡献新智慧》，《光明日报》2010 年 10 月 21 日第 7 版。

道德范畴，与义、慈、美同义。关于"上善"，《老子》第八章有最早最系统的善论："上善如水。水善，利万物而有静，居众人之所恶，故几于道矣。"意思是：精神境界崇高的善人（圣人）就好像水。水的美德有多种，它滋润万物又不与万物相争而保持平静，能处在人人都厌恶的低下地方，所以水性很接近于"道"之理。这是描述水性柔和卑下而不争、甘心付出，内心坦然。又说道："居善地，心善渊，予善天，言善信，正善治，事善能，动善时。夫唯不争，故无尤。"①意思是：善人所居之处如水一样顺乎自然，会选择合适的地方，心胸如水一样保持沉静深远；待人如水一样善于效法上天使心里润泽；说话如水一样堵止开流而守信用；从政如水一样善于净化污秽、治理有效；处事如水一样随物赋形、善于发挥才能；行动如水一样涧溢随时、与天时相应。所以他具备七善而成为上善，与万物无争、对万物付出，便不会受到怨恨、归咎。

那么这里就要重提并细说贾大山《干姐》中的小媳妇于淑兰。虽然她有嘴膜的毛病却也青春无邪，具有一副菩萨心肠。在伺候"我"的牙疼病中，她主动用民间土法给我医治，还以"亲姐姐"的身份守护，接待来看望"我"的乡亲。为转移"我"的疼痛，她就讲男女的故事。最后一个是精彩而简短的谜语故事：从前有个媳妇，结婚三年了，不生育。有一天，姑嫂对话："嫂子，你两口儿不呀？""不不呀。""不不怎么不呀？""不不还不哩，要不更不啦。"干姐让我猜，其中的每一个"不"字代表什么意思？然后作者叙述"我"努力猜着，牙一点也不疼了。这是干姐不带脏字地讲出了荤意的小故事，表现她用这种特殊的方式向"我"施善的苦心。干姐对"我"是一副姊姊柔肠，让"我"真切地体会到她不是亲人又胜似亲人，但对"我"又是恩威并重、软硬兼施，以冷落的方式逼迫"我"排除邪念去拉二胡，立志成才。一直到"我"去县文化馆当合同工走前的夜里，干姐才突然来了。她噙着泪花说："走吧，你到底拉出来了……"。这是一个乡间女人的小恩小善，实为大善大爱，只期盼这个知青弟弟有出息。她的愿望实现了。干姐"居

---

① 见梁海明译注《老子》，山西古籍出版社 1999 年 9 月第 1 版，第 14 页。

众之所恶"的穷乡，却具有"心善渊，予善天"的纯水之质，激励、迫使"我"走向另一个人生舞台。其"事善"之能，决定了"我"一生的命运。她是不图名不图利的至善至美者。

这里再提钱八万，是作者在《眼光》中塑造的读过些书、有过不少缺点的善良老人。他第一次帮助困难户刘云珠割麦后，对通讯员流利地说："朱柏庐先生说得好：'与肩挑贸易毋占便宜，见贫苦亲邻须多温恤'，刘云珠不是外人，是咱们的阶级兄弟，他的困难也是我的困难。你笑什么？你别看我脸上有麻子，咱心儿里美，学雷锋见行动嘛！"万万没想到，全村人听了他的事迹广播便炸了锅，各种冷嘲热讽一齐扑来，吓得他不敢出门见人。在支书老刘批评和痛苦的自我反思之后，他又用古人的警语抚慰开导自己，坚定了还要为刘云珠割完另二亩麦子的决心。之后人们不再大惊小怪，他的善心终于得到了公认。这是一个以前自私的有些文化底子的富裕中农，他战胜了自我虚荣，做到了"言善信""事善能"，实现了人格的升华。也显现出他内心埋着善良的种子，终于变成了另一个新的自己。他经历的压力和痛苦，是干姐所没有的。

还应当说贾大山笔下"言善信，正善治，事善能"者，如李黑牛、梁大雨、"铁算盘"老魏等都属于以善为公的乡村干部。其中《乡风》中的拐老张重返陈村后，眼睛向下，放下身段，不分亲疏远近，抛却个人颜面，主动去找曾经背后骂他并让他二次挨整的老人陈麦收，动之以情，晓之以理，理顺了干群关系，化解了隔阂，也启迪了思想尚在阶级斗争老路上的村支书陈秋元，是一位以善克己、敢于自我担当的善政者。他身上体现出"圣人恒无心，以百姓心为心。善者善之，不善者亦善之……"①的宽广胸襟，用实际行动温暖了凝聚了百姓心，实现了改变乡风的大善大信。也证明孔子所言："子欲善，而民善兮。君子之德风，小人之德草，草上之风必偃。"②这段话的意思是，在上位的人要做到善，老百姓也就善了，这好比君子的德行如风，百姓的德行如草，

---

① 见梁海明译注《老子》第四十九章，山西古籍出版社 1999 年 3 月第 1 版，第 88 页。
② 见刘宝楠著《论语正义》，《诸子集成》第一册，上海书店 1936 年版，1991 年影印本，第 275 页。

风吹草就随动。拐老张便是刚柔相济的扭转旧风为新风的善美君子。在《好人的故事》《担水的》《傅老师》诸篇中，描述着本分、安贫乐道或急人所急等日常小事，却贯穿着朱熹家训中"勿以善小而不为，勿以恶小而为之"①的观念，人物言行够不上高大却是一种行为世范。窃以为这在内涵上形成了贾大山式的善美温暖体。

常言道：善有善报，恶有恶报。贾大山笔下还有一种"好心不得好报"的人际现象。如前所述，一个是"我"出于对丑大嫂天生丽质的同情，把自己的茶色眼镜给她戴了一回，她便引起全村男女老少的种种褒贬，把"我"也挂了进去，还受到了人身威胁；一个是"我"好心收留在家挨打跑来的少年小林，教他读书识字和历史知识，他却犯下死罪被枪毙了，家长认为这是"我"让他识了字才学坏的，成了罪孽的教唆犯，使"我"百口难辩，像要被枪毙一样惊恐不已。这二者中的"我"有似做了好事的钱八万，却与钱八万不同。钱是在个人心性转化中一时外部环境不认同，后来他有了精神定力便战胜了一切闲言。而"我"的慈善动机被人歪曲，想解释也是越抹越黑，让我跳进黄河洗不清，在心头永远留下了看不见揭不掉的伤疤。这是让人们看到发善心爱心之不易，或说这也有好心办成了坏事的风险。

"善为至宝生生用，心作良田世世耕。"②我们的祖先们向来是崇善抑恶的。儒释道三家也都倡导以善为本，斗恶除恶，转恶为善。孔子推崇善人，在《论语·八佾》中有"举善而教不能，则劝"③。是说以善人为榜样，可去教谕不善者，不成再直言劝导。孔子论仁更多，仁就是亲善之意，与善、义的含义相交，于是有"仁义礼智信"所谓五常之德；佛家讲究慈悲为怀、慈航普度，号召广结善缘、广种福田；道家以

---

① 见《朱子家训》，袁学骏主编《古今家风家训》，花山文艺出版社 2018 年 12 月第 1 版，第 229 页。

② 见《传家宝全集》，线装书局 2008 年 3 月第 1 版，转自袁学骏主编《古今家风家训》，花山文艺出版社 2018 年 12 月第 1 版，第 72 页。

③ 见刘宝楠著《论语正义》，《诸子集成》第一册，上海书店 1936 年版，1991 年影印本，第 35 页。

《老子》为主要经典，主张人要"上善"，也主张清虚自守。他们无论出世、入世，都秉持行善积德这个"至宝"，提倡修身炼性而不弃。

贾大山在正定隆兴寺的晨钟暮鼓声中走来，对优秀传统文化感受颇深、爱之甚切。他内心已形成善慧之根，几十年来以善念为武器抗拒旧时陋习和市场经济带来的人心不古，用一个个人物故事劝诫、抚慰那些善男信女，让他们善之更善或迷途知返，其可谓用心良苦也。

（三）人生道德——慷慨仁义

正定的地理位置，春秋时属于晋，战国时为燕南赵北，属于赵，也曾属少数民族白狄人建立的中山国。已有 2700 年建制史。因为这里的华夏人长期与北方游牧民族交战，形成了强悍、勇武的民风。特别是燕太子丹派侠士荆轲去刺杀秦王，上演了一出传颂千秋的大悲剧，在易水之滨留下了"风萧萧兮易水寒，壮士一去兮不复还"的慷慨悲歌，后被唐代韩愈概括为"燕赵自古多慷慨悲歌之士"[1]，成为累世形容河北民众性格的名言。慷慨，即意气风发，情绪激昂，也是行为大方，不吝啬。[2] 历史上，冀中一带出现了刺秦的侠士荆轲，还有二次刺秦的高渐离，他曾隐居于今赵县境内击筑而歌。之后有三国时在今涿州桃园三结义的刘备、关羽、张飞和常山（今正定）名将赵子龙。有无极的晋代大将刘琨与祖逖"枕戈待旦""闻鸡起舞"；有今晋州唐代名相魏徵为江山社稷冒犯龙颜；在安史之乱中，常山太守颜杲卿誓死不降、痛骂反贼，颜真卿为纪念杲卿之子、自己的侄子颜季明在土门关壮烈殉国，于悲愤中写下《祭侄文稿》，被称为中国古代第二行书。金元之际，有诗人元好问的慷慨之作和他收留保护的元曲家白朴的戏剧《墙头马上》，有关汉卿的《单刀赴会》和《窦娥冤》。正定城内，有明代力主保卫京师的兵部尚书梁梦龙和清代名医梁清标的故居；高邑县城有晚明三起三

① 此为当今多用之语。唐时韩愈《送董邵南序》第一句是"燕赵古称多感慨悲歌之士"。注释"燕，今北京；赵，今真定，俱当时河北地。"见吴楚材、吴调侯选《古文观止》，中华书局 1959 年 9 月新 1 版，下册，第 367 页。
② 见《辞源》，商务印书馆 1988 年 7 月第 1 版，第 1625 页。

落、忠直不阿的东林党人赵南星。上世纪 20 年代，有发动石家庄铁路工人大罢工的高克谦，他是从正定中学走出的视死如归的革命烈士。抗日战争中更有"平山团"和"子弟兵的母亲"戎冠秀，有正定高平和清苑冉庄地道战的英雄；还有解放石家庄、正定、元氏攻坚战的无数英烈们……贾大山笔下从战争年代走过来的智县委、拐老张、杜主任、老社长、宋默林、孔爷等，便是革命先辈中的幸存者。

老子说："六亲不和，案有孝慈。邦家昏乱，案有贞臣。"[1] 意思是，父子、兄弟、夫妇之间不和睦了，才会提倡孝顺、慈爱；国家混乱动荡了，就会出现忠臣。这其中有朴素的辩证法。亦可言仁义道德的基因就在人心。当今活在人们口头上的"家贫出孝子，国乱显忠良"便是对老子道德观念的印证。历史上的慷慨悲歌传统蕴化成的民间浩然正气、侠义之风，是弥足珍贵的文化底蕴。关于义，各辞书都认同于善。善心、亲善、善良都含有亲爱之意。慷慨之举基于善又突出义，常见有大义、情义、仁义、信义、仗义等表达。在上面关于亲善角度分析中，有的例证证明中既有真情的善举又有一定程度的慷慨义气，从审美上则是阴柔与阳刚、平凡与崇高的有机结合。

贾大山笔下日常生活中的慷慨意蕴者，如《水仙》中的小丁厂长，每年春节前送"我"一盆水仙花，分文不取，在出差路上还精心地替"我"养护着它，回来请他吃饭他却巧妙地推辞。家人要"我"再请小丁来吃饭，安排一个亲戚去厂里上班，"我"本来有这个面子却坚决抵制，决不给仗义的小丁找麻烦，这是慷慨对慷慨，义气换义气。《老底》中的老底，每逢春节邀请我们"四大名人"去赴宴，固然有当众展示烹饪技术的意思，但更重要的是他与这四位文化人意气相投，也图个年节的快乐。他给"我们"四人面子，"我们"也给足他面子。对那篇《迎春酒会》，笔者前面批评这是走后门，也是形式主义，但场面还是充溢着慷慨仗义的。其程序是老路的侄子、新任的支书首先汇报村里一年来的工作和明年的设想，然后一一询问我们家中有什么困难需要村里照

***

[1] 见梁海明译著《老子》第十八章，山西古籍出版社 1999 年 3 月第 1 版，第 32 页。

顾，最后再让我们谈谈想为村里做些什么贡献。化肥厂麻子老黄是个科长，块头大酒量大嗓门也大，他带头发言："家乡如果需要化肥，说话！"马上博得一片热烈的掌声。主持人老路激动地走到他面前："老黄，我敬你一杯！""哎呀，折煞我了！"但都痛快地喝了。第二个发言的是物资部门的眼镜老魏："家乡如果需要钢材，说话！"又是一阵热烈的掌声。老路又前去敬酒，二人又碰杯一饮而尽。农机修配厂工人表态，村里电机坏了随到随修，不用排队；石灰窑上的装卸工也表示，村里去买石灰给大块不给灰面儿……除了一名小学教员和一个火化工没法发言，最后就是文化馆的"我"："家乡如果需要演唱材料，说话！"引起的是一片笑声却没有掌声。而老路马上说："笑什么？演唱材料是宣传毛泽东思想的，比什么都重要！"也和"我"碰了杯，希望"我"及时把毛泽东思想的阳光雨露送回村里。这种场面，虽然有些滑稽，却表现了人们对家乡的热爱和性情的豪爽。

那个年已六旬的老戴不但敢在乡镇领导面前"嗖"一下子头朝下拿大顶令人大吃一惊，还在办起武术学校后的一天傍晚特意表演了一套鹰爪拳，作者描写"他的表演十分精彩，行如风，站如钉，提膝如虎，转掌似鹰，不时博得满场喝彩"。这是一种雄健之风、具有慷慨之气。《钟》中的青年梁树林当选生产队长后就不再养鱼养花，说要对得起大家对他的信任，集中精力把队里的事情办好。这表现出一种社会责任感，宁可家庭收入减少也甘心，内中有舍己为公的豪迈之情。担水人老魏每次遇到放学的孩子们要喝水，他总是把一担水放到树凉里让我们喝足，然后他把两笥水泼掉再去打一担。"我们说谢他，他嘿嘿一笑，还是那句话：'不谢不谢，一个凉水！'"这是他不惜力气，也是他的义气大度。特别是陈晓明评价关仁山的农村改革题材小说时说："关仁山的小说是有厚度、有深度的，他秉承了'燕赵多慷慨悲歌之士'的精神。"[①] 可见从古代到贾大山到关仁山，内心深处都是有慷慨义气精神的。

---

① 见丛子钰《乡村题材创作应在总体视野上多元对话中革新》，《文艺报》2022 年 8 月 8 日第 2 版。

贾大山也长于描写有些悲情的人物和场面。比如《村戏》中的主角小涓请不来元合，便踏着大雪跑到俱乐部来，便命令小喜坐鼓，毅然决然地要抛开自私的元合，自己真要顶起整个天来演好穆桂英，一下子壮了所有在场老少的胆气，将一盘散沙的人心凝聚了起来，还真像个统帅三军的穆桂英了。其场面氛围颇有几分悲壮。那个终于敢上房对骂的白大嫂，心理上也由多年的压抑转成了悲愤，令人同情也令人佩服。她的年轻队长则既敢于为冤屈的小存仗义直言，宁可"不干了"也维护真理。他同情弱者，不畏强者，的确值得全队人信赖。还有《春暖花开的时候》里大梁村在沙滩工地指挥棚召开的支委会上，大家听到支书梁大雨被"借"走的消息，谁也不言语，"气氛是那么低沉，悲戚"。但二把手宋满场意识到自己的责任："支书要走了，往后咱就是甩旗的人，心里再难过，咱也不能愁眉苦脸，咱应该努力扫除大家这种不好的情绪。"他站起身，又高腔大嗓地说："咱们这是支委会，不是追悼会！别愣着啦，欢迎大雨讲话！"这是一个工作交接仪式，几分悲壮，几分浩然正气。讨论中，宋满场也同意安上高音喇叭："图个热闹，调剂调剂咱们的精神生活儿！"古时大儒孟子说："人皆有所不恶，达之于其所忍，仁也。人皆有所不为，达之于其所为，义也。"[1] 大意是说，人有不能忍耐的事情，后来能够忍耐了就是仁；人有不想做或不会做的事情，后来能够做了便是义。梁大雨本来不想离开村庄去石灰窑，也决定离开而做交接；宋满场被意外地推到了村支书的位子上，不想担这副重担也终于要担当了，他们都有于悲情中拧成一股劲、顾全大局的仁和义。

而在《三识宋默林》中，那个村支书宋默林，年轻时竟是个孤胆英雄。"他在村西和一个还乡团的探子相遇，赤手空拳把那探子按倒在地，一口咬下那探子的耳朵。枪子儿嗖嗖地飞着，他还要数落那探子几句：'全中国解放了，人人都晓得你是反革命！'……"在治理村北沙岗

---

① 见焦循著《孟子正义》,《诸子集成》第一册，上海书店 1936 年版，1991 年影印本，第 592 页。

子时，有些人磨磨蹭蹭不愿干，宋默林就当众咬破中指，在白杨树上写下八个血红大字："宋庄不变，死不瞑目！"他敢咬掉敌人的耳朵，也敢咬破自己的中指写下血誓，所以人们叫他"宋铁嘴"。这是孔子论君子"六本"时所说的"战阵已列兮，而勇为本"①。宋默林的言行与荆轲高唱"风萧萧兮易水寒，壮士一去兮不复还"同样慷慨悲壮，同样义薄云天！这些描写都加深了小说"铁肩担道义"的大仁大义和英气长存的壮烈美感。写到此处可以说，易水长流，荆轲塔不倒，荆轲精神也永远不倒。贾大山的幽默是他的外在，静虚是他追求的意境，而既善美又豪壮才是他心胸中的深层底色。

（四）重农重土和时间制度

贾大山小说所涉及的传统文化，还有重农重土方面。

这首先要从社会制度层面说，自古以来我国就形成了农耕经济制度，长期地以农为本。农耕的生产方式决定历代官方都重农轻商、重农抑商。孔子就说："治政有理矣，而农为本。"②现在，农业同样是第一产业，社会稳定的压舱石。新中国成立后就提出"以粮为纲"，兼及多种经营。古人慎于安土重迁，其首先是安心于土地。在历代农民心目中的土地意象，就是他们的根基和魂魄萦绕处。比如在《午休》中，秦老八养貂发家，但他仍然望望蓝天，望望大门外绿色的庄稼；秦琼的女人吆喝丈夫快回去吃饭，"下午该浇麦子了"。白大嫂每每望见房上席圈粮囤心中便有了踏实感。农业的确是国民经济的基础，土地更是基础的基础。管仲曾有论："地者，政之本也。是故地可以正政也……地不平均调和，财政不可政也。"③"是以善为国者，必先富民……民事农，则田垦，田垦则粟多，粟多则国富，国富则兵强……"④现在看管子的论述

---

① 见《孔子家语》，北京燕山出版社 2010 年 7 月第 1 版，第 71 页。

② 同上。

③ 见戴望著《管子校正》，《诸子集成》第五册，上海书店 1936 年版，1991 年影印本，第 13 页。

④ 同上，第 261 页。

也不过时。孔子也曾经说，帝喾"取地之材而节用焉。"① 今天贾大山的《取经》《香菊嫂》《分歧》等等都涉及土地和土壤改良诸问题。

在古代，周灭商后就把商朝遗老遗少做了安排，但他们中的经商者却社会地位低下。在士农工商的等次中，农在士后，一直排在工商之前。在贾大山的小说中，批评"文革"中极左的政策，对老农卖豆腐被说成是资本主义抱有同情心理，尤其是最后一夜的豆腐梆子声让人心中发沉。但互相比较，贾大山小说反映最多最有分量的还是农耕的重要性，其次才是肯定商业流通。那个品尝小吃的王掌柜，最后下的决心不是搞美食，而是恢复南仓大白菜的种植，乃有作者代表性的重农倾向。农民自身也是重土轻离的，农村生产条件虽然差，庄稼人再苦再累，却热爱祖祖辈辈耕种的土地，热爱日出而作、日落而息的日常生活。并不是像当时一些作家那么乐于表现离乡而去或离土不离乡。贾大山几乎未有涉及农民走出去打工置业，这是他的生活经历使然，也是他内心认为要一代代地建设古老的家乡。所以在20世纪80年代中后期农民进城打工成为社会潮流时，他也没有用太多精力和笔墨去表现这种城市化运动。在《黑板报》中，描写高中生黄炳文回村来做贡献，直到政策放开后也不曾离开；梁小青打算考歌手，有了钱买新衣裙，却又放弃歌手考试，回村打扇鼓，也无离去的意思；钱八万趁农村改革开饭店、养种狗，亦未舍得长期离开村庄。作者只有一篇《京城遇故知》，也只是表现农民进城开眼界，但仍是为了南平乡的商品经济发展跑外交找门路，属于暂时性离土未离乡，对业务员们的跑办手段也有些隐忧。那时，山西郑义写出《老井》，有的评价孙旺泉不肯跟恋人赵巧英出走而在家娶妻生子是保守，赞扬赵巧英是个性解放、思想开放，离乡而去是正确选择。现在看中国乡村要振兴，那种观点可能又形成一种片面或偏颇。贾大山笔下没有《老井》，也没有路遥的《人生》，也没有高晓声的陈奂生从"漏斗户生"到上城、转业、当上种田大户，以至于随同写过他的辛主平去美国讲学当模特儿，又去打工，像是当了一回进大观园的刘姥姥。他很想家，想回国后种好田做打算，但上飞机时却把那包兰花菜、

---

① 见《孔子家语》，北京燕山出版社2010年7月第1版，第126页。

芦笋种籽弄丢了。[①] 人类永远是土地的儿子,无土栽培等科技再发达也离不开脚下耕种了数千年的土地,再现代化、城市化也离不开农民年年创造五谷丰登。所以贾大山笔下的重土轻离不可厚非。其中暗含着作者的土地信仰、自然崇拜,也有最传统最基本的道德人伦和相关的乡愁乡魂。当今的农家子女们普遍向往城市去打工置业,但他们也完全可以守望故乡创新业的。

下面简要地说传统时间制度。前面探讨民间节庆、节气习俗时就说那是自古以来人们生活的时间表。中国七大传统节日——春节、元宵、清明(寒食)、端午、七夕、中秋和重阳节是一年一度的主要时间表,还有二月二、三月三(上巳节)、七月十五(中元节)、十月一寒衣节、十月十五下元节和腊八、腊月二十三小年等。它们大部分早就被宗教所利用。贾大山小说中描述了春节、元宵,也涉及清明、七月十五、中秋。这一带农家记日子仍用农历,贾大山写节日节气时也用的是农历。二十四节气与农耕生产关系十分紧密,其有关描写和谚语运用体现着农民春种秋收、夏收冬藏的劳动节律,是贾大山在一些篇什中早就自然涉及的。我国春节已是联合国的节日,二十四节气早已是人类非物质文化遗产保护项目了,其国际意义、人类意义不言自明。

关于家风家教,从本书第一章就开始涉及,第五章中也例举了孝道等。陈忠实对家族文化和关中地域风情也极为注重。他80年代以来的小说多涉及家族家风民俗事象,以至到《白鹿原》写白、鹿二姓的家族史,表现夫妻关系、长幼关系、家风家教、家国关系等几乎无所不包。而贾大山往往是通过对人性的展示、个性的解放表现而对传统伦理,包括家庭血缘伦理进行肯定或质询、批判,是客观地看待传统家风家教的现实存在。他有浓浓的儒家观念,主要是"身修而后家齐,家齐而后国治,国治而后天下平"[②],便是后人总括的"修身齐家治国平天下"。贾

---

① 见高晓声中篇小说《出国》,《高晓声小说选》,江苏文艺出版社2009年9月第1版,第381页。

② 见《大学》,江延秋主编《国学经典导读》,河南人民出版社2009年1月第1版,第5页。

大山在他的《中秋节》中，塑造了贤妻良母式的好妻子淑贞，与丈夫春生夫唱妇随、勤俭持家且能和睦邻里。《定婚》中的树满与兄长树宅之间有"宜兄宜弟"的悌爱家风。在《王掌柜》中，又是一种尊老爱幼的家风。他们都树立了"家和万事兴"的优良家风理念。贾大山笔下也揭示不良的甚至是恶劣的家风。在《白大嫂》中，支书老黄的老婆是个泼妇妒妇，她上房骂街，攻击别人，也是家丑外扬，令人厌恶。她还和老黄大吵大闹，抓破了老黄的脸，更不免被村民们嗤笑。《坏分子》中的年轻媳妇"小蝴蝶"走上荡妇的邪路，失去了人格，败坏了门风，这种人生教训极深的。

家风离不开家教。好的家教，教子有方，会使子孙后代正常长大成人，继承祖业，立身于世。教子无方，或子孙性情愚顽，始终不能得到正确教化，则可能成为人间草芥，甚至成为罪人。贾大山《醒酒》中的白大林就从小失于家教，走了人生的弯路，多亏有不计前嫌的好叔叔好婶婶，他才终于娶上了好媳妇。《沙地》中老社长的三儿子爱吃爱玩，老社长对他一再追打，但他是个打不怕，旧习难改。父亲去世后，他当上了村副主任跑业务，更是大吃大喝，回去报销，无所顾忌，真成了一个顽主儿。白大林是浪子回头金不换，这个三儿便可能成为危害社会的蛀虫。最令人痛心的是《枪声》中的小林。他父亲先是错误地对他暴打，后来又糊涂地认为"我"教他识了字他才学坏了，不许他再到"我"这里来，对村中老光棍们的负面作用未加提防，最后使他走上了严重犯罪的道路。小三儿和小林皆因家长的愚昧而适得其反。《失望》中的杨老汉则有长远考虑，宁可让家中的兔子吃不上草，也要让儿子小林专门去复习，一定要他考个重点高中。作者笔下两个少年小林，所在的家庭不同，家教不同，则不免命运各异了。

关于民间信仰，在贾大山小说中呈现着唯物主义精神，也彰显着多种人文精神、人本精神。其小说中有出殡撒纸钱和上坟祭祖，是传统的灵魂观念在起作用，也反映了人们的慎终追远、事死如事生的传统心理。还有盲目的神仙崇拜和风水观念的具象表现。这些在《喜丧》《莲池老人》《梁小青》《乡风》《沙地》等篇中都有揭示。尤其是《花生》

中，队长小女儿被花生卡死后要在孩子脸上抹黑，以防止她再来转生，更是民间信仰形成的陋俗。贾大山并不一般否定传统的求吉利式俗信和缅怀先人的传统礼仪，但对有些迷信现象他是不宽容的。所以在《西街三怪》中对"神算子"黄老卖弄学问糊弄人，以至后来装神弄鬼地骗取钱财，作者则是冷峻地进行揭示批判的。

二、多元现代性

一般来说，传统文化具有传统性，也即保守性、传承性。现代文化则具有现代性，是相对于传统性而言的。崔志远对"现代"概念的解释是："从语义上说，首先是一个历史的范畴。""常见的说法是，'现代'是指文艺复兴以来的西方历史。比如从政治上说，现代国家出现于 13 世纪；从文化上说，文艺复兴代表了新兴的资产阶级文化。其实，'现代性'作为历史概念，更多指 17—18 世纪启蒙运动以来成熟的资产阶级政治与文化"。他还认为，由于西方现代社会诸多方面都奠基于启蒙运动，"所以现代性在某种程度上也就是启蒙精神的同义词"。并且把现代性分为社会／启蒙现代性和文化／审美现代性。关于新时期改革文学的情状，崔氏说蒋子龙的《乔厂长上任记》和《三千万》都带有明显的社会／启蒙现代性，过去——落后、保守，未来——进步、美好，于是淘汰过去、走向未来成为当时改革文学的主题，充满了理想和浪漫。[1] 现代性问题涉及文艺复兴运动形成的人文主义。洪治纲在论述有关人文主义时说，自近代西方的 humanism 进入中国，被译为人文主义、人道主义或人本主义，说法不同却指同一内涵："关注人的生命的平等性，人的需求的多样性，人的价值追求的丰富性，以及多元化的生存方式。如果从现代思想上看，这一切都必须统摄于人的主体性之中。"并引述胡敏中关于人文主义概念的来历和内涵："人文主义运动凭借当时

---

① 见崔志远《现实主义的当代中国命运》，人民文学出版社 2005 年 9 月第 1 版，第 319、331 页。

自然科学对'世界的发现'，有力地推动了对'人的发现'。人文主义运动是直接和基督教神学贬低人，鼓吹禁欲主义相对立的，人文主义者高举起人的旗帜，热情歌颂人的力量，向往世俗的幸福。他们用人性反对神性，用人权反对神权，用人的世俗幸福和欲望反对封建禁欲主义……人文主义者对人的非理性的颂扬要多于和高于对理性的颂扬……据此，我们可以称现代人本主义思想为世俗人本主义……"①

贾大山是从五四白话文中吸收了人文主义观念的。但他的小说既有传统性也有现代性，表现为传统性与现代性的对立、碰撞或同存共在。这正如王一川在论述白描语言中"今中涵古"现象之后总结说："传统性与现代性的区分是相对的；对我们来说，传统性不过是现代性本身的一个组成部分，试想，如果完全离开了传统性，现代性本身还能剩下什么呢？"② 所以，笔者也赞同以色列社会学家艾森斯塔特所说的："现代性的历程，最好是看作现代性的多元方案、独特的现代制度模式以及现代社会的不同自我构想不断发展、形成、构造和重构的一个故事——有关多元现代性的一个故事。"③ 这个"多元现代性"的提法甚好，因为笔者在对贾大山小说的综合探讨中，发现东西方文化有很大差异，那种非此即彼的二元对立观念并不适合于中国文学的理论研究；完全按西方资本主义上升时期的人文主义衡量中国当代文学可能有削足适履之弊；还有些本属于中国老传统，却在现代社会仍然具有人类价值、世界意义。它们具有中国特色，在现代语境下虽老而新，有的是由隐为显。下面试对贾大山小说中的现代性内容做出几点探讨。

（一）个性解放

贾大山小说中关于人的个性解放、主体意识的增强是赓续了五四文

① 转引自洪治纲《中国新世纪文学的日常生活诗学》，安徽教育出版社 2020 年 12 月第 1 版，第 414—415 页，胡敏中《论人本主义》，原发于《北京师范大学学报》（社会科学版），1995 年第 4 期。
② 见王一川《汉语形象美学引论》，广东人民出版社 1999 年 9 月第 1 版，第 98 页。
③ 见 S·N·艾森斯塔特《反思现代性》，旷新年、王爱松译，生活·读书·新知三联书店 2006 年 10 月，第 14 页。

学的启蒙精神。这方面首先表现了女性在个人生活情趣和爱情、婚姻上的自主性。这里再举前面在人物形象与民俗文化探讨中提到的几个女性为例。一是《杜小香》中的主人公自幼喜欢文艺演唱，但村里办俱乐部挑选演员时淘汰了她，从此远离了俱乐部。但后来她更喜欢看戏，天天去外村看，还跟着剧团失踪了多日。可是这个戏迷姑娘并未受到家人和邻里的责怪，隐喻了社会风气正在开化。二是《小果》中的小果和清明是自由恋爱、婚姻自主。小果也尊重原先的恋人大槐的感情，在人伦与人性情感的纠葛中选择了让大槐先成家，而后才与清明结婚的特殊处理方式，打破了过去描写男女之间的旧式恋爱套路，收获了爱情也维护了友情。三是《离婚》中的大龄青年路老白和乔姐，他们虽然也属于婚姻自主，成家后却因志趣不同、生活习惯不同和老白的大男子汉主义，使夫妇双方的感情出现了裂痕，而且越裂越深，直到大闹离婚。乔姐一再要求离婚的理由很简单："跟着他不自由。"在村乡两级都不准许的情况下，乔姐不得不自己离去。梦庄多年来没人离婚，乔姐大胆地开了头。但此后夫妻们再吵架时，女人就常常使用乔姐那句话："寻男人为嘛？"让"男人们听了都有点儿害怕"。这是现代婚爱观对妇女从一而终陈旧观念的强烈冲击，是今日女性对封建礼教、不自由婚姻制度的公开反抗，深化了妇女解放的题旨。四是《丑大嫂》和《白大嫂》中，揭示的是对女性的歧视和不正当议论。前者是当媳妇只能扮丑不能亮美，其爱美的天性展示只能在半夜无人时。后者青年时漂亮、活跃而遭受乡亲的怀疑议论，后来她打扮素净以回避众人的目光，在丈夫去世后更让她天天提心吊胆地提防"寡妇门前是非多"。五是《俊姑娘》中的女知青玲玲因其俊美出众而屡遭打压，把女性嫉妒女性写到了极致。后来玲玲受了重伤住院才唤醒了全村人的良知。雷达等学者对此篇呼唤人性的复归的题旨给予很高评价，认为它放到全国小说中也是罕见的。六是《坏分子》中，描写四清运动中反复提审作风不正的媳妇"小蝴蝶"，让一旁做记录的"我"听着都羞得不敢抬头，这是老吴之类在卑劣心理支配下，以手中权力侵犯女性的隐私权。他为什么不去审问那个与"小蝴蝶"发生性关系的村干部呢？这明明是男人对女性的公然羞辱。七是在

《年头岁尾》《香菊嫂》中的夫妇们，虽然描写他们为公事私事争论、撒气，却显示出老式农村家庭中也有男女平等，女人也有发言权，甚至可能让男人当了"气管炎"，而且女人的见识可能在某些方面高于男人。姑娘小果、小芬择偶就更可以有主动权了。前面提到，崔道怡评价贾大山笔下的小果、小青、小香等犹如酸甜的"小酸枣儿"，又说今天的她们是"组成了河北农村年轻女性英姿飒爽的人物画廊"。[①] 这是肯定了作者塑造女性个性解放的独特成功。贾大山塑造的小果、香菊嫂是人物自身带着婚爱自主、男女平等的现代性，而丑大嫂、俊姑娘等则是作者通过其受到陋俗的不公正压抑而从反面呼吁着现代人性和人权。

而男人也有个性解放和自我尊严问题。例如《醒酒》中的白大林，在婚礼后酒醉中找回了自我，从此要做一个清清白白的好男人了。那篇《写对子》中的被管制分子路老杏，也得到了一副大红春联，快乐得像个孩子在街上奔跑，做出了滑稽可笑的动作，治保主任铁棍还逗着乐子叫了他一声叔叔。这是在阶级斗争为纲的时代里，让四类分子们也过上正常人的年，体现了一种人道主义精神。双方都在传统年节里实现了精神的纾压和正常人性的归复。

（二）民主意识

贾大山从他经历的时代生活出发，在小说中揭批"文革"的动乱和对人性的摧残，呼唤社会和谐稳定与人的觉醒，张扬非理性的人性、人情，也反复彰显民主意识。这种民主意识体现着人的主体精神，也体现着社会生活的集体意识、共识精神。上面刚说的女性婚爱自由和家庭夫妻平等对话，便体现了个人问题和家庭内部的民主新风。还应当讨论的是其小说中涉及的集体性、社会性问题是大家做主。在《取经》中，李黑牛在春节前的支委会上讨论沙滩地改造时，耐心听大家说三道四甚至发牢骚；他平时就说咱嘴笨，有事得调动全村千张嘴；大年三十黑

---

① 见崔道怡《金在大山深处藏》，李延青主编《忆大山》，花山文艺出版社 2017 年 8 月第 1 版，第 24 页。

夜，他找支委张国河问计，一连几天他都找人聊天，特别是听了赵满喜老人一番话，让他到支委会上去说。这样便统一了支委意见，开工的信心也来了。这是一种民间早就存在的全过程协商加表决的民主集中。大概在贾大山如此写这些故事时，还没有想到这叫现代性，所以笔者判断这是他对现实生活的不自觉的客观反映。在《春暖花开的时候》里，支书梁大雨第二天就得去公社石灰窑上任，头一夜在工地上召开了支委会，对村里的农林牧工程事务做了交代，这也是按党内民主程序办事。在《黑板报》里，黄炳文组织的黑板报小组仅三个人，但对于用什么钱买彩色粉笔还召开了一个郑重其事的小组会，决定去打槐荚儿卖槐籽做经费。后来写黑板报给不给补贴、给什么和多少，都是经过几次酝酿讨论上报党支部确定的。而白大嫂的超支减免、俊姑娘玲玲的工分和当五好社员、赵三勤的工分待遇和劳动项目，都是队长会或社员会上做出的决定。虽然这些故事的背景都是极左路线盛行的时代，但农村大集体生产、分配的正常运行都有民主制度的保障，破坏基层民主的恰恰是极左路线，使民主决策走偏的也常常是一言堂官场陋俗。《鼾声》则是田大伯愿听实话，他内心要求对减产原委的知情权。作者巧妙地表达了一位老农的民主愿望，那么新颖而深刻。

在贾大山笔下，揭示与民主政治相反的一言堂现象有两处。一处是《孔爷》中，主人公是梦庄大队治保主任兼贫下中农管理学校小组组长。他热心地要把学校一东一南两处合为一处，盖一排新校舍。可是，大队革委会做出这个决定并不顺利。讨论时，有的委员说村里很穷应当因陋就简，有的委员说目前中心工作是"斗批改"。孔爷听着不耐烦了，把桌子一拍，板着脸孔问："你们说到底盖不盖吧？""盖！"委员们立刻统一了思想。这个说孩子是革命的后代，那个说孩子是祖国的花朵……作者写到这里幽默地叙述道："平时大队讨论问题，总是这样：孔爷不用讲什么道理，也不用做谁的思想工作，只要他把桌子一拍，脸色一变，他个人的意见就变成了集体的意见。因为，孔爷革命的时候，别的委员还在吃奶。"好不容易备齐了盖房的材料，孔爷召集各队队长开会说盖房事。大家说麦收后盖吧。第二次开会都说除草灭荒正吃紧，挂了锄再说吧。第三次下起了连阴雨，队长们都说："等晴了天……"话犹未了，孔爷把桌子一拍，板着脸孔问："你们到底干不干吧？"队长们就马上改了口气："孔爷你下命令吧！"这样盖校舍的工程才真正动作起来，只是各队派来的人干劲不大，所以孔爷才又发火让他们滚回去，调他管制的人马即四类分子来盖房，还定了严苛的纪律，这样到入冬时才为校舍上了大泥。孔爷在大队班子里是个老资格，很有些封建家长作风，用不民主的民主推动了实际工作，是被当时的实际情况逼出来的，也是因为他未有受过严格的民主集中制教育。

二是《沙地》里的老社长，一位1952年就带领群众栽树治沙的老功臣，在村中很有威望，却也是凭老资格对大队干部们发号施令。第一次是入冬后不见人们治沙造田，便拐着腿从树林里"蹦"回村，冲大队干部们发脾气："什么时候了，你们还坐着吸烟、喝水！"他们一见老社长发了火，立刻召开誓师动员大会，河滩里便沸腾起来。盛夏时天旱无雨，现有机井抽不上水来了。老社长又"蹦"回来对大队干部发脾气："地里着了火，你们还坐着吸烟、喝水！"然后提议召开诸葛亮会。会议连续开了两天两夜，争论不休，最后还是老社长把桌子一拍，坚决地说："打井！旱年打井，井深水旺！"人们一听谁也不敢吭声了，沙滩里又沸腾起来。但老社长要求用挖山药窖的方法挖井，缺少科学论证、慎重决策，相继出现塌方，造成了一死三伤，沙岗上多了一座新坟。这样的后果由谁来负责，是老社长还是大队干部？

对于家庭和社会生活的民主，作者是带着肯定和倡导的态度去描述的；对于那时的一言堂，作者既是从生活出发，也是怀着种种疑虑和批评态度去表现的。他用现代意识对过往的历史进行了观照。

（三）物质生活追求

既然说追求人的世俗幸福是人文主义现代性的基本特征，那么这种世俗幸福就应该包括人的物质生活和精神生活两大方面。前面讨论了贾大山小说中个性解放、主体意识增强的精神自由幸福，这里再谈谈贾大山小说中表现的物质生活幸福追求。

"食色，性也。"① 是说人的本性中，一是饮食即物质生活条件，二是男女婚爱。在《"容膝"》中，卖绿萝卜的老甘说："人生在世，贪心不可有，怨心不可有，但是哪能无所求呢？"然后说自家老屋也要拆盖，还要买洗衣机，于是被四宝斋主人称为"大觉人也"。在《午休》中，秦老八曾经是"文革"中喜欢打斗的人，改革开放后改弦更张了。他那一代农民本来不知道原产于美洲的蓝貂为何物，只知道鸡能下蛋，兔能卖钱，后来知道貂皮可以出口换取外汇，也没有什么危害，于是人们养起蓝貂来。老八一下子养了十只，他存折上趴着的数字大了，"就抖起来了""老爷子年近古稀，身体保养得相当好"，穿戴也升级了，有了一种古朴庄重的乡村长者风度。他的脾气也变了，对人也有笑容了，说话行路也不再是从前横眉冷目的样子。这是因为老农秦老八走上了富裕之路，得到了政策带来的实惠，是管子早就说过的"仓廪实，则知礼节；衣食足，则知荣辱；上服度，则六亲固"②。意思是家中仓库充实就懂得礼节，衣食富足就注重体面与否，为上的长者有礼数就能巩固六亲关系。还有《钟》里过场人物牛七大叔，原本是需要队上照顾的困难户，但政策一变，他立刻变成了一个活跃人物，搞养殖有了钱，"嘴头儿也高起来了，三天两头从城里买一只卤煮鸡"。再就是《杏花》中那个由穷变富的杏花，成了全县有名的养奶牛专业户，乃是苦尽甜来，为儿子找对象也财大气粗了。《西街三怪》中的"火锅子"杜老则是一直很幸福的人。他的幸福一半在天天有火锅子，一半在他还要对邻居们显示自己高人一等。但他又馋又懒没有劳动创造，不应该是人生的榜样。作者笔下的《杏花》《老底》《老曹》《王掌柜》等应当属于以变革生产劳动方式为主旨的改革文学。《京城遇故知》中的主要人物戴秋凉，从沉默寡言的生产队长摇身一变而成为乡级驻京办事处主任，业务员们的管理者，也换上了时尚的西服革履戴上了墨镜，看到了天安门，逛了故宫，是穿衣打扮和精神上的双重享受。《飞机场上》的梦庄乡亲与"我"的

---

① 见焦循著《孟子正义》，《诸子集成》第一册，第437页，上海书店1936年版，1991年影印本。告子语。

② 见戴望著《管子校正》，《诸子集成》第五册，上海书店1936年版，1991年影印本，第1页。

交谈，既道出劳动力闲置的困惑，也肯定了分田到户后劳动效率提高，有了上飞机到天上"晕"一回的旅游意识。魏嫂还嘲笑丈夫怕花钱不来是"土蛋"。

贾大山笔下的人们追求世俗生活的幸福，证明恩格斯所说的："追求幸福的欲望只有极微小的一部分可以靠理想的权利所给予的，绝大部分却要靠物质的手段来实现……"① 社会给了理想的发家致富权利、政策，还要靠具体的辛勤的生产劳动去实现。要不，前面提到的秦老八、牛七、杏花以及曾经的浪荡子赵三勤、白大林等怎么能有好日子呢？追求物质生活的欲望和追求精神的个性解放一样，是传统的也是现代性的应有之义。在何士光《乡场上》的冯幺爸和他《种包谷的老人》中的刘三老汉，不都是和贾大山笔下的人物一样，在好政策到来后靠劳动完成了心中的夙愿，挺直了腰杆吗？作者们的现代意识就在他们的笔墨中。

（四）自然生态与文化本土化

自然生态，是欧洲文艺复兴时期人文主义者没有涉及的问题。如前所述，我国却从老子以来的典籍中就有人与大自然和谐相处的论述，比西方现代生态学早二千多年。只是到董仲舒提出天人感应，天地自然被神化、政治化了。古人们敬畏天地万物，对大自然的索取和利用是谨慎而节制的，并且还要弥补不良生态环境中的缺陷。马新亚在研究五四浪漫主义文学时认为，其自然描写是最浓重的一笔，但徐志摩、郭沫若的诗歌中表现为主体与客体的对立和主体对客体的征服，而"沈从文笔下的自然与人却是一个和谐的整体"，体现了道家的"天人合一"整体观，但其背后却隐现着现代文明的阴影——过度发达的理性和过度膨胀的主体意识将人的整体性割裂……使人成为孤立的"点状自我"（查尔斯·泰勒语）。② 丁帆论述我国五四乡土小说的创作时，认为其发轫时期便铸就了"现代乡土文学现代性的基石"。还针对有关创作中的"黄土"意

---

① 见恩格斯《路德维希·费尔巴哈和德国古典哲学的终结》，人民出版社1972年5月第1版，《马克思恩格斯选集》第四卷，第235页。

② 见马新亚《沈从文的文学观》，河南文艺出版社2019年3月第1版，第88—89页。

象说:"但是,人们往往会忽略'泥土'意象背后所隐藏着的另一个巨大而丰富的人文内涵,即几百年来,人类在'泥土'和'水泥'——农耕文明与工业文明的博战中,土地资源的争夺就成为乡土文学描写的主要背景和景观。从另一个意义上来说,进入20世纪后半期,生态保护意识闯进了人类思维当中后,'泥土'便成为一种重要的文化符号,它成为自然生态的一种象征物,更多了一层后现代的意味。"① 这种关于乡土文学重视土地资源的现代性意义的研判是中肯的。

贾大山生活的正定一带,处于古老北方冲积平原土地贫瘠的太行山前。那里一片片河滩沙地长不出好庄稼,却可以植树造林,既调节当地气候、保持水土又可以形成优美的风景,也为人们带来一定的收益。所以贾大山在小说里记述解放初这里曾由政府成立冀西造林局,老社长1952年就带领群众栽种树木,而且带着大狗以树林为家,成为连片树木的保护神,谁敢砍偷树木连那只大狗都不允许。这里也是宜人养生之处。所以孔爷盖好学校辞了职也到河滩看树,浪荡青年赵三勤亦想到林业队上看树图个自在,黄炳文、姑娘小欢等人会上树扒槐角。另有李黑牛、王清智、梁大雨和拐老张都要改造沙地土壤结构。这不是对大自然的破坏而是优化性改良。更不用说,贾大山在小说中不但反复描写日月星辰、蓝天白云,更是每每提到葱郁的树林、美丽的花草和鸣啭的鸟儿,就抒发对它们的挚爱情感,也为表现河滩改良倾注了许多笔墨。他一再咏唱着自然环境的优美牧歌,具有现代生态美学的现代性。

按丁帆的说法,贾大山描写自然与土地的小说也便具有后现代性。关于后现代性,祝东力在一篇长文中指出:"后现代是现代的改良,不是现代的颠覆,后现代时期仍延续着现代的'求新'的本质。同时所谓去中心、去权威、去等级,包括颠覆中心与边缘、男性与女性、主流人群与少数族裔的传统关系,其实仍是把启蒙价值中的平等原则推展到极至……后现代的上述文化特征,既然是某种大众社会的产物,那么只要这样的社会在一定范围和程度上存在,这些文化特征就会表现出来。"

① 见丁帆《面对乡土,如何选择》,《作家通讯》2023年第4期,第117—118页。

并且例举米哈伊尔·巴赫金从文艺复兴时期的狂欢节民间文化提炼出狂欢化、脱冕、颠覆等级制等多个概念命题，"其旨趣会与后现代主义声息相通"。而全球化后"形成后现代的那种多元、包容、异质的环境土壤正在削弱的趋势则已经明朗"。[①] 但是从我国历史和现实来说，乃处于传统性、现代性和后现代性相互交织的多元文化形态变革与重组中，追求平等、求新创新的呼声和行动比历史上任何时期都更为昭彰，实际上我们反封建、反等级、反陋俗和保护优良传统的路还很长很长。

　　贾大山既是土生土长的正定人，又是下乡插队知青和回城者。他从内心热爱这个古老的家园，膜拜这片正在走向新时代的热土。他与传统文化是母体与儿子之间的脐带关系。他既是家园的传统文化的启蒙对象、熏陶享受者，又是对传统文化不断进行现代意义的观照者；既是地方民俗文化、典籍文化和儒释道文化的传承者，又是时代新文化的创造者，还充任过县级文化事业的管理者。文化上的多种角色、多重身份决定他的小说作品必然对文化具有形而下的表现，具象地展现各种文化因子，也必然有他对中外各层次文化和整个中华文化的形而上的思考。1980 年在文学讲习所学习之后，他明确表示不再图解政治，也不图解西方弗洛伊德，要在自己熟悉的土地上寻找自然之趣、天籁之声，这就决定他眼睛向下而不是眼睛向外，要在正定故土上进行深入的文化挖掘与艺术表现，并着重在艺术形式上进行了精短体式小说创作的可贵探索。他的不图解政治便是一种现代性。从去中心、去权威和颠覆等级角度说，他不图解弗洛伊德既是他的精神定力，也仍然是一种现代性。进一步说，在世界全球化、经济一体化浪潮刺激了各国文化多样化、本土化的大格局中，贾大山对中国文化的传统性和现代性之间进行了更多的独立思考与艺术的表现，把传统的天人合一、和谐哲学、以人为本、儒家入世、佛家虚静、道家清虚思想赋予了一定的多元现代性。这种多元化便是后现代性质的文化包容与人际的自由平等，更具有本土性、大众性

---

① 见祝东力《资产阶级的危机与后现代的多个版本——以现代性概念为起点》，《文艺理论与批评》2022 年第 6 期，第 17 页。

和未来的人类意义，所以他在对封建宗法礼俗扼制自我和正常人性的卑陋成分进行揭批中，又肯定性地弘扬人世间的仁善、孝道、安贫乐道、本分、诚信、仗义和颐养天年等传统思想。也正如前面引用王一川所说的，除去了传统性，现代性还剩下什么呢？的确，现代性、后现代性都只能交融于传统性之中。

在关于人的世俗幸福追求描写中，贾大山没有突破优良传统的底线，没有一味地张扬个性解放、个人欲望，而生产个人主义、极端个人主义之嫌，也没有描写感知性的乱伦等两性关系以求博得读者猎奇心理满足。他向那些善男信女布人生之道、人格之道。所描写的青年男女和一部分中年人，大多是具有了自我和自尊意识的可亲可爱的真善美人物或转变为社会正能量的形象；所塑造的乡村干部们是把众人幸福当成个人幸福的"脊梁"式人物。特别是那些老龄人们，多是青年时入世创业、晚年出世随世享世，是作者看到和总结出的人的生命旅程之道。其笔下塑造的莲池老人、妙光塔下老街长、半夜敲钟的白发老翁和傅老师、冯老师等，是恪守做人品行、安分守己又有社会职责而仍然于世有补的人群。还有指导做元宵的老曹、决心恢复种植南仓大白菜的王掌柜等，更是怀着济世之心的老有所为的人们。莲池老人和老曹他们都会各自带着人生理念而坦然地、无有挂碍地走向人生尽头的。他们是现实生活中互不相扰、互不纷争而各得其所的真实文化形象。他们身上的文化因子古中有今、古今一体，是把清淡、本分和力所能及视为人生的幸福，看似被动中却有主动，看似消极中又有积极，是平和地顺应天道，相互包容而平等的现代性。至于童年视角的年节民俗和日常城乡街头风情，作者是作为历史的记录者、享受者和为进行文化身份认同方式而书写的，这是巴赫金总结的大众社会的狂欢。从中国新时期文学角度看，这也可以说是贾大山的一种拟寻根文学。其"梦庄记事"系列，一方面是写知青，另一方面却是写民间社会、写农家心性和文化风情。其中有甜美也有苦涩，有感恩也有批评，这种意在全方位揭示人性中的真善美正能量和痼疾负能量，以及普遍性的社会弊端，呼唤人的自我觉醒、社会进步的显性结构形态，自然含有内在的现代性。

现代性、现代化的内涵是在丰富发展的，已在各国各时期呈现多元趋势。贾大山有自己体验深刻的自然生态美学、环境美学、民族文化生态审美和文化保护的现代意识，拓宽了西方文艺复兴时期原有的现代性内涵，形成了他的东方本土化良知文化书写。有些可能在他写作时是没有意识到的。他曾经被一些人视为保守，不先锋、不时尚、不入流。但雷达、白烨、崔道怡等也肯定他没有"个人化写作"、非理性写作的负面之弊。他只保守于非理性的男女之事，恪守着他的那种"干净"。

至于贾大山小说表现手段上的审美现代性，可以说他学习五四以来的鲁迅，就是从现代审美表达开始起手的。那篇成名的《取经》从视角、叙述手段上就很别致，是在传统话本和五四时代以来小说表现方式上的艺术创新，他只是一直没有走先锋派的后现代主义表达的路子，所以说他是特立独行。

小　结

这第六章做为本书最后殿尾，重点探讨了贾大山小说中的文化追求与地域文化风情，阐述了其风俗体式及其文化意蕴中的传统性与现代性。从中看到贾大山自始至终都注重地域文化事象的吸收运用，形成了他的家园故土文化表达，出现了一批风俗体式特征的作品，同时也承继着五四时期反传统的传统，把多元现代性的彰显置于冀中平原深厚的本土中。这是对西方现代性的丰富发展和中国化，起码是自觉地个人化了。这方面他曾经在有生之年自觉探索，似是单兵独进，却也是与汪曾祺、张承志、贾平凹等人并肩前进的。

贾大山具有文化的自信，在社会/启蒙与文化/审美两方面走出了一条自己的路。他以中国传统和谐文化为主根，吸收外来人文主义的现代性，对传统文化进行着比较全面的回眸，显现了文化现代性、后现代性与传统性相嫁接或相融合的必然性、合理性。更证明某些所谓现代性在我国经典文化中和民俗生活中早已有之，并非一定是从西方传来。这早已是今中涵古，也是旧中有新。

最后还要再追加的是，在 2021 年 4 月的一次国际会议上，诸多专家学者认为："启蒙现代性与审美现代性的张力构成了西方语境中认识'审美现代性'这一概念的基础。在 21 世纪以来的新的社会历史条件下，这一张力具有了新的时代语境。""阿诺德·柏林特以西方环境美学与中国生态美学为例，阐述了中西学者潜意识中的思维模式对理论创作的影响，环境美学与生态美学领域为现实一种不断交互的'理论旅行'提供可能，中国的全息式思维和生态观念成为了新世纪不同文化共同的思想资源，在未来的共同体想象的联结过程中将发挥更大的作用。"[①]由于贾大山有他的文化情结、文化信仰和辩证的科学思维，在文化理念上没有倒向西方中心主义，也没有走向人类中心主义。他在文化挖掘、表现的丰富性上却比鲁迅、赵树理、孙犁他们那几代人走得远。他是一位审慎的思想者，是基于故土文化的传承者、歌者和叩问者、解剖人。

[①] 见高琼《比较审美现代性的批判与建构——第九届马克思主义美学国际论坛综述》，《中国文艺评论》2021 年第 6 期，第 107—108 页。

结　语

概说贾大山精神

　　这部《贾大山小说审美研究》，从 2020 年 1 月底武汉新冠疫情爆发而宅在家中开始动笔，一晃竟然四年多了。这些年中，我沉浸在贾大山小说的艺术世界里，徜徉于他的老磁河畔沙滩、树林、村落和正定古城的街巷里，与那里的人们频频对话且同喜同悲。有时是近在咫尺地望着大山兄生前的照片，我们面对面地聊着，但他总是谦和地说自己经历很平凡，写出的东西也很平常。我还隔三差五地与赵树理、孙犁、汪曾祺、林斤澜、童庆炳等人对话，试着与韦勒克、沃伦、齐泽克、福柯、丹纳、巴赫金、布斯等外国学者对话，从中受益多多。即使有时所答非所问，也是一种开阔眼界的学习和享受。

　　这个结语，应当是对这部拙作的要点综述，觉得加一个副标题——概说贾大山精神，似乎更为必要。因为无论我在对其文体的探讨和对其取材立意、人物塑造、文化蕴涵的研究中，发现 89 篇小说中都透露着贾大山的精气神，漾溢着他对国家、民族和乡土生活的热爱，对他笔下人物的脉脉真情，显现着他的哲学意念和美学追求。从他为人和为文两大方面归纳，感到他最突出的是处世为人的君子精神、现实主义创作精神、始终恪守短篇小说创作并追求其精致化的惜墨精神、具有地域特色的民族文化精神。

一、处世为人的君子精神

　　贾大山是当代文化界、文学界的一位具有榜样力量的君子。

首先，生活现实中的贾大山具有强烈的家国情怀，格局宏大，一身正气。虽然大山是一位非党民主人士，却以天下为己任，一生"忧国忧民"，[1] 为了人民、为了社会，他一片赤诚。大山善于幽默也长于娱乐，却不玩世傲世，创作中的他更以文学为神圣、以写作为高尚。

其次，贾大山的君子之风表现为平时为人真挚善良、助人为乐。他无论为官为民，对谁都是真诚相待、善解人意，而且凭着他在人们中的好人缘、诙谐幽默的言谈和合情入理的分析劝说，进行了大量的纠纷疏导和矛盾化解，被称为"玉帛老人"。贾大山也一生明辨是非，愤世嫉俗。例如他曾经批评文人中有的"追名逐利，蝇营狗苟，随风转舵，落井下石"，认为"文坛应该是圣地、净土，怎么成了酱缸、粪坑？"[2] 他的为人与为文、人品与作品始终表里如一。

再次，贾大山具有淡泊明志、知足常乐的生活态度。他因病辍学后便到窑场上去当小工，能够吃苦耐劳，且苦中作乐。下乡插队到西慈亭后生活更为清苦，但他与村民们建立了深厚的友谊，创作出了一批新文艺节目。县文化馆调他回城写剧本，他十分感激且更为勤奋而快乐。被提拔为县文化局长后，亦如习近平所说的他"勤政敬业""清正廉洁"[3]。不少名人去正定时要看"二大"，一个是看大佛寺（隆兴寺），一个是看贾大山。九年后，他主动要求辞职。因为他对当官没有瘾，当官也是干实事。徐光耀说贾大山"终生能知足常乐"，写文章"不为稿费"[4]。虽然贾大山曾对陈世旭、崔道怡说过不写了，但他还是如铁凝判断的又当官又业余写作，只是他轻易不离开正定，领奖也不去，犹如隐士。所以康志刚说他面朝文学、背对文坛，蒋子龙则幽默地说他身上有一股"'高人'气质"[5]。

---

①③　见习近平《忆大山》，贾大山著、康志刚编《贾大山文学作品全集》，花山文艺出版社 2014 年 10 月第 1 版，第 1 页

②　见崔道怡《金在大山深处藏》，李延青主编《忆大山》，花山文艺出版社 2017 年 8 月第 1 版，第 28 页

④　见徐光耀《冷下心来说大山》，李延青主编《忆大山》，花山文艺出版社 2017 年 8 月第 1 版，第 15 页

⑤　蒋子龙《河北的大山》，李延青主编《忆大山》，花山文艺出版社 2017 年 8 月第 1 版，第 18 页

二、现实主义创作精神

贾大山坚持五四以来鲁迅开创的传统现实主义。他首先是"为人生的"。贾大山曾经对肖杰说:"我写作品是劝人向善的,绝不能有一点肮脏的东西,拿不好的东西给人看,那是毒害人。昧良心的事我绝不干。"所以"他的作品和他的心灵一样,如同山涧清泉,纯洁干净,清澈见底,没有一丝一毫的杂质。"[①] 许多名家和文友都赞扬贾大山创作的严肃态度和强烈的社会责任感,用当下的说法就是以人民为中心。他用小说书写农民的喜怒哀乐和他们的愿望与理想,一直在为农民树碑立传。他是广大农民的秘书。

其次是贾大山恪守创作从生活中来的现实主义创作原则。笔者曾经这样判断:"贾大山从生活经历中筛选题材,酝酿出来的都是醇香的老酒。"他的小说小戏多有原型,从不编造,"不搞想当然的空中楼阁。"[②] 大山生前的至友王志敏也说:"他的作品天然地根植于他所生存的土壤,描摹着他眼中、心中的世情百态、社会万象。他的生活为他的现实主义创作奠定了基础","他的本真追求,反映了他思想上趋于传统,也表达着他对浮躁时代的抗争与拒绝"[③]。贾大山的创作在再现中有表现、写实中有写意,都寄托着他的社会理想。在"梦庄记事"系列和此前此后的创作中,都能让人感受到他在不断的望乡中描绘他的理想家园、他的精神栖息地。

第三,贾大山自言他的小说基本主题就是"弘扬真善美,消除假恶丑"。的确这些年来,无论是作为贾大山朋友的习近平,还是业内知名作家、评论家铁凝、徐光耀、蒋子龙、雷达、尧山壁、张峻、王力平、封秋昌、郭宝亮、秒椤,及诸多正定人士都一致认为,贾大山歌颂人间真善美,也敢于和善于揭批世间假恶丑。他把握着社会历史发展的

---

① 见肖杰《静虚贾大山》,李延青主编《忆大山》,花山文艺出版社 2017 年 8 月第 1 版,第 59 页。

② 见袁学骏《贾大山小说论》,《河北日报》2000 年 9 月 29 日。

③ 见王志敏《贾大山小说赏析》,李延青主编《忆大山》,花山文艺出版社 2017 年 8 月第 1 版,第 261 页。

本质和趋向，在生活现实中挖掘、提炼并表现人性的、道德伦理的各种真善美。其刚刚打倒"四人帮"时的上手之作大多是针对"文革"和拨乱反正中的意识形态指挥棒的，具有反思文学的特点，表现出他对生活现实的敏锐洞察力。自"梦庄记事"系列以来，其小说对扭曲的人性和乡村恶风陋俗与不良政治生态的揭示，多与表现真善美交织在一起，进行原生态性质的呈现，隐含着他的伤感与忧心，使作品产生了言外的玄远意境；他不再言辞冷峻、不再针尖对麦芒，在正面同情、关怀和不断调侃中轻快地进行人物描述和题旨的揭示。所以笔者说，这是贾大山"好心眼"的"善美温暖体"。正如蹇先艾评价何士光小说时所说的，他由主观抒情走向客观描写，不再低沉压抑而代之以喜悦，"惯于从光明落笔来透视阴暗面。"① 这两个同龄作家表现生活现实的手法和风格是相似的。笔者也看到，贾大山有些作品是混沌式、多主题的，皆有日常生活原汁原味之美。他的写作不为争取眼球图时尚热闹，而是苦苦地为作品求真实、求美质、求深刻，求之长生。

三、严苛的精益求精精神

贾大山的精益求精，前面说了首先是一慢二少三精。其小说和剧本大都有较长的打腹稿过程。他的"梦庄记事"系列有的酝酿 25 年以上。其古城人物系列腹稿酝酿都长达 40 年以上，这样的沉淀之作必然都似陈年老酒。

贺绍俊（贝佳）回忆李国文曾说贾大山写农村"精彩，精致"，他是"追求文学的精粹"② 。李国文用三个"精"字评价贾大山，一般作家是难以得到的。贾大山精益求精的具体做法是"三多"，即多思、多讲、多改。他在酝酿中反复思考，提炼主题；优化结构，设计细节和语言运用，犹如唐代诗人孟郊、贾岛反复推敲、反复苦吟一般，所以他也

---

① 何士光小说集《故乡事》，四川人民出版社 1982 年 5 月第 1 版，第 1 页，蹇先艾序。

② 见贺绍俊《山不在高》，正定县政协编文史资料第三辑《大山在我心中》，1998 年 7 月内部编印，第 86 页。

自称是"苦吟派"。成稿后，要经历两个特殊环节。一个是压在褥子底下，如铁凝所说的他可能以为这样沉淀得更好；二是要讲给别人听，也经常写前讲了写后还讲，这是贾大山完善作品的重要方式和过程。

其次，贾大山苦苦追求精致化，也把握着行文留有空间。他如林斤澜所说的短篇小说要像绘画一样"布白"①。笔者曾经就其"梦庄记事"系列判断说："贾大山在思想上已经哲学化，在艺术上已经炉火纯青。"②现在看，他的哲学化思维是熟稔了人间的生活哲理和艺术创作的辩证法，把握着作品虚与实、简与繁、长与短、直与隐等方面的关系，习惯于打铁一样反复锤炼，务去冗事冗言，宁可以一当十，决不以十当一，最终让读者去见仁见智。王志敏则说，贾大山的创作是"以实为体，空灵为魂，以空灵的笔墨写出了天然之趣，天籁之音"，表现得如"空谷幽兰"，"诗意化了"，有的有了"禅意的氤氲"，给人以"憧憬之美，空灵之美"③。他如契诃夫能把悲伤写得那么轻快，亦如孙犁能把战争生活写得那么优美。应当说，贾大山小说是精致中有空灵，空灵襄助了他的精致。

幽默是贾大山小说的另一个重要特色，也可以与其精致化并称为主体风格。其幽默元素成分密度大，总量大，与同代人周克芹、陈忠实、古华、贾平凹、矫健等相比，贾大山是他们中的幽默第一。他是幽默的精致，精致的幽默，也是汪曾祺所说"俗可耐"的幽默，从而使其作品更为轻灵。

还要顺便说一下贾大山小说文本的话语伦理。笔者在对其小说阅读中不断有微观性的发现且受到它们的感染，便调整了本书章节格局，进行了必要的细说。这样可以见到贾大山小说文本中体现着他理智地把生活中的感知浸润于情节细节和语词运用中，加深了他表现生活的质感和新颖度。贾大山很会讲故事，文本中有多种视角的转换，有叙述时间、

① 见林斤澜《短篇，短篇》，《新华文摘》1998 年第 1 期，第 119 页。

② 见袁学骏《贾大山小说论》，《河北日报》2000 年 9 月 29 日文艺评论版。

③ 见王志敏《贾大山小说赏析》，李延青主编《忆大山》，花山文艺出版社 2017 年 8 月第 1 版，第 266—268 页。

空间的自然调整，使作品毫无羁绊而天然成趣。贾大山运用白描，实现了乡土语言与文人书面表达的有机融合而雅俗一体化，即巴赫金所说的杂言共存，形成了多种语词的交响。这些方面都体现了他的主体意识、美学理念和叙事技巧上的现代性。将他与冀中出生的孙犁、韩映山等人相比，贾大山在写实中吸收运用古白话说书、戏文和地方俚语等语词最多，形成了今中有古的修辞大观园，也是一种写实加抒情的歌唱。他笔下的白描、修辞和幽默恰当糅合所形成的"涓涓溪流"，悄悄地产生着、氤氲着有我之境、无我之境和那淡远的隐喻境界，让人意外获得独特的美感和精神的启迪。笔者判断贾大山小说是日常生活体为主，而且多体兼融，是他在取材立意和细微的行文肌理上造就的。

孙犁说"小说爱读贾大山……"，王蒙说贾大山是"短篇之冠"，笔者称其为1977—1997年的河北短篇之王，都不是过头的溢美。时间是一切艺术的磨石。在贾大山离开我们27年之后的今天看，他的短篇小说还在出版发行，说明新一代读者还是喜欢他的，不因其过早离世而销声匿迹。

四、强烈的文化精神

童庆炳论述"文化诗学"要把握语言—审美—文化这三个向度，要求把三者看成"不可分割的有机整体"[①]。以此论观看贾大山小说，参考杨红莉关于汪曾祺小说风俗体的研判，也将贾大山小说认定为风俗体。这在本书第六章用较大篇幅探讨其笔下的大量地方风俗事象和风俗体，看到这背后是他愈来愈强烈、愈明确的传统文化精神和文化信仰。他坚信中国文化一定会高站于世界民族文化之林，不会被外来文化吃掉。他在上世纪"文革"中后期试笔之时，就在小说中运用了地方习俗，之后更为天然地运用了大量生产生活的传统文化元素，许多是他结

---

① 见郭宝亮《王蒙小说文体研究》序言，北京大学出版社2006年1月第1版，第3页。

构成篇的文化基础。他对传统的民俗又爱又恨，又肯定又扬弃。进而把传统的和谐文化、儒释道文化与农民本位文化熔于一炉。他用西方来的现代性对我国世俗生活进行观照，却只是拿来主义的选择性运用，凸显了我国传统文化中的现代性价值，是祝东力文中所言的多元现代性，也是丁帆所说的"现代性的延展"①。笔者认为这是贾大山参与了依据我国国情的西方现代性的中国化。

总之，贾大山精神就是中国精神。贾大山笔下全是中国故事，表现的是中国文化精神、中国美学精神，体现了他的文化身份、文化人格、文化立场、文学理念和社会理想。他坚持了中国文学的"载道"传统，从来没有"卸道"。杨金平、杨岱说："文学不能不载道，关键是看你载的什么道，怎么个载法儿"。②他的创作经历和作品形成了当代文学上的"贾大山现象"。他继承了中国传统小说和五四现代小说的启蒙精神和美学传统，把握着冀中一带地域文化特色和农村人物的基本特征，用作品载着社会之道、生命和人性之道。贾大山是个文化官员又深居简出，坚持家园守望，也坚守了当代短篇小说创作的阵地，依他扎实的生活基础和孜孜不倦的美学追求，简约而精致地写下了数量不多却经得推敲、咀嚼和时间考验的作品，形成了当时全国短篇小说版图上的一座大山。

所遗憾的是，贾大山虽然具有哲学头脑、艺术天分，但作为一个时代人不可能不受到历史和认知的局限。

历史的、时代的和环境的局限使他不能选择，但他对文学创作的认识和求知个性的局限却是明显的。一是他轻易不肯走出正定，一生只去过北京、石家庄、承德、太原、北戴河和清西陵，调他去地、省工作也不出山，使他失去了许多开阔眼界的机会。虽然他并不后悔，实际上是封闭了自己。而贾平凹落户西安，不但还乡，还一遍遍地行走在商洛各县感受传统文化和时代变化，其作品则更为丰富而多样了。二是他属于

---

① 见丁帆《现代性延展与中国文论的"当代性"建构》,《中国社会科学》2020 年第 7 期。

② 见杨金平、杨岱著《贾大山评传》,河北人民出版社 2022 年 4 月第 1 版,第 17 页。

生活型作家，在边读边写中成长起来，但应当向学者型作家看齐，形成创作实力的两方面提升。特别是对外国的文学和文论涉猎尚少，使他特立独行不追风却也没跟上文学态势的变化。他不走先锋派的路子，"秉承本土文化没有错，但是对域外文化过多排斥，省察自己就不太容易，认识自己就更加困难"①。这是指出了贾大山学习外国文化较少而闭塞了自己。三是缺乏与作家评论家们的接触交流。他只等名家来访，从不肯主动去造访。孙犁邀之送作品去他也推辞，河北省作协开他的研讨会也缺席，这都是不应该的。他我行我素，不入流派，坚持走自己的路，难能可贵。他在创作上虽有师承却缺少听君一席话胜读十年书的礼贤精神；只有向平民百姓当小学生的精神，而缺少了与文学界的共同体意识，便是面向生活，背对了文坛。多亏铁凝等来提醒，方有他的"梦庄记事"出炉。四是当局长后太忙，对农村变化了解减少，造成创作量下降。他生前只在一个杂志的一再约请下写过一个小中篇，却又打电话追回，离世后方得作为遗稿发表。五是他为了求精而一慢二少，创作总量偏少，孙犁说他"一年才见五六篇"，暗中就有希望他适当多写多发的意思。六是他也坚决不肯结集出书，更不肯像张弦、陈忠实、古华、韩少功那样触电、出镜，《光明日报》要他的简介和照片也不肯给，这些都使他失去了扩大社会影响的机会。去世后，他的小说集才在铁凝等运作下开始出版，遗憾的是他看不到了。但大山兄的在天之灵有知，当然也会为他的集子高兴的！

坚守故土、深挖细掘、发挥优势与多走走开拓视野有时也是悖反的。君不见多少人走南闯北，结交广泛，却没有以精品在全国文学殿堂上有一席之位，这便是另一种教训了。局限是人人都会有的，但要自知。叶蔚林说："我深知自己生活视野狭窄，给创作带来很大的局限性。"但他又从读者意见中得到启发，"局限并不可怕，重要的是在局限性中努力取得'自由'……"②古华也曾深有感触地说："时代对作家

---

① 见杨金平、杨岱著《贾大山评传》，河北人民出版社 2022 年 4 月第 1 版，第 105 页。
② 见叶蔚林小说集《白狐》再版后记，湖南人民出版社 1984 年 5 月第 2 版，第 358 页。

如此慷慨，作家怎能辜负了时代。毋庸讳言，我们却大多是小农经济的儿子。"潘旭澜就此判断，古华对湘南山区生活积累厚实，而写知识分子等人物就显出生活基础不足，继而分析说：受小农经济的影响，作家往往满足于现状，往往主要瞩目于小生产者或有小生产烙印的人，赞美他们的优良品质，同情他们的坎坷遭遇，"也用欣赏的笔调来写他们的局限和弱点"[①]。这种阐述是发人深思的。但那是潘氏1983年写的，当时西风东渐势头正盛，没有看到小生产者们有弱点却是大量优秀传统文化的主要载体。贾大山对此早就意识到了，他终笔热爱农民却未曾农民化，而是对农民和小工商业者有赞美亦有善意的批判，所以潘氏的论述对贾大山不一定合适的。

"往者不可谏，来者犹可追"[②]。历史的发展总是这样的。让我们通过对贾大山的创作和他人文精神的分析探讨，与他同时代人对创作、对认识局限的思考，更扎实更睿智地一路向前吧！

> 2020年1月28日—2023年1月20日初草。
> 2023年7月6日一稿。2024年4月17日二稿。

---

① 见潘旭澜《山里人的赤忱歌手》，古华小说集《爬满青藤的木屋》，花城出版社2016年5月第1版，第294页。

② 见刘宝楠著《论语正义》，《诸子集成》第一册，上海书店1936年7月版，1991年5月影印本，第390页。

参考书目

△ 于夯译注《诗经》，山西古籍出版社 1999 年 9 月第 1 版

△ 梁海明译注《老子》，山西古籍出版社 1999 年 9 月第 1 版

△《诸子集成》，1936 年 7 月第 1 版，上海书店 1991 年影印版

△ 李振华译注《楚辞》，山西古籍出版社 1999 年 9 月第 1 版

△ 冯梦龙编《警世通言》，福建人民出版社 1981 年 7 月第 1 版

△ 福建师范大学中文系选注《〈世说新语〉选》，福建教育出版社 1981
年 6 月第 1 版

△ 刘勰著、向长清译《文心雕龙浅释》，吉林人民出版社 1984 年 3 月第
1 版

△ 薛欣桥选注《宋元明话本小说选》，江西人民出版社 1980 年 11 月第
1 版

△ 缪泳禾著《冯梦龙和三言》，上海古籍出版社 1979 年 9 月第 1 版

△ 况周颐、王国维著《蕙风词话·人间词话》，人民文学出版社 1960 年
4 月第 1 版

△ 胡怀琛编《言文对照古文笔法百篇》，湖南人民出版社 1984 年 4 月第
1 版

△ 古风著《意境探微》，百花洲文艺出版社 2001 年 12 月第 1 版

△ 吴功正著《文学风格七讲》，上海文艺出版社 1983 年 6 月第 1 版

△ 马克思、恩格斯著《马克思恩格斯选集》（四卷），人民出版社 1972 年 5 月第 1 版

△ 董学文著《马克思与美学问题》，北京大学出版社 1983 年 9 月第 1 版

△ 陈学明、王凤才著《西方马克思主义前沿问题二十讲》，复旦大学出版社 2008 年 5 月第 1 版

△ 林焕平编《高尔基论文学》，广西人民出版社 1980 年 1 月第 1 版

△ 高尔基《论文学》（续集），人民文学出版社 1979 年 9 月第 1 版

△ 陆贵山、周忠厚编著《马克思主义文艺论著宣讲》，中国人民大学出版社 2011 年 6 月第 5 版

△ 孙国林、曹桂方编著《毛泽东文艺思想指引下的延安文艺》，花山文艺出版社 1992 年 4 月第 1 版

△ 北京师范大学中文系文艺理论教研室编《文学理论学习参考资料》（上、下），春风文艺出版社 1981，1982 年版

△【德】张定远等编《歌德谈话录》，中国画报出版社 2007 年 8 月第 1 版

△【俄】米哈伊尔·巴赫金著，钱中文主编《巴赫金全集》，河北教育出版社 1998 年 6 月第 1 版

△【美】勒内·韦勒克、奥斯汀·沃伦著《文学理论》，江苏教育出版社 2006 年 12 月第 1 版

△【斯洛文尼亚】斯拉沃热·齐泽克著《意识形态的崇高客体》，中央编译出版社 2017 年 8 月第 2 版

△【美】韦恩·布斯著《小说修辞学》，北京联合出版公司 2017 年 7 月第 1 版

△【美】马克·柯里著《后现代叙事理论》，北京大学出版社 2003 年 8 月第 1 版

△【苏】莫·卡冈著《艺术形态学》，生活·读书·新知三联书店 1986 年 12 月第 1 版

△【苏】伊·谢·科恩著《自我论》，生活·读书·新知三联书店 1986 年 12 月第 1 版

△【法】丹纳著《艺术哲学》，人民文学出版社 1963 年 1 月第 1 版

△【德】尼采著《悲剧的诞生》，生活·读书·新知三联书店 1986 年 12 月第 1 版

△【法】福柯著《福柯说权力与话语》，华中科技大学 2019 年 12 月第 1 版

△【联邦德国】H·R·姚斯、【美】R·C·霍拉勃著《接受美学与接受理论》，辽宁人民出版社 1987 年 9 月第 1 版

△【匈】卢卡奇著《小说理论》，商务印书馆 2012 年 10 月第 1 版

△【美】欧文·爱德曼著《艺术与人》，工人出版社 1988 年 8 月第 1 版

△【加】安德鲁·芬博格著《海德格尔与马尔库塞》，中国社会科学出版社 2010 年 3 月第 1 版

△《鲁迅全集》，新疆人民出版社 1995 年 10 月第 1 版

△ 孙犁《文艺学习》（再版），作家出版社 1964 年 8 月第 1 版

△ 叶朗著《中国小说美学》，北京大学出版社 1982 年 12 月第 1 版

△ 叶朗著《中国美学史大纲》，上海人民出版社 1985 年 11 月第 1 版

△ 王朝闻著《王朝闻文艺论集》（第二集），上海文艺出版社 1979 年 10 月第 1 版

△ 童庆炳主编《文学理论新编》，北京师范大学出版社 2010 年 2 月第 3 版

△ 陈慧著《西方现代派文学简论》，花山文艺出版社 1986 年 10 月第 1 版

△ 顾晓明著《追求通观——在社会学、文艺学、文化学的交接点上》，广西人民出版社 1989 年 5 月第 1 版

△ 黄伯荣、廖序东主编《现代汉语》（修订本），甘肃人民出版社 1983 年 9 月第 3 版

△ 蔡仪著《文学概论》，人民文学出版社 1981 年 6 月第 2 版

△ 何新著《艺术现象的符号——文化学阐释》，人民文学出版社 1987 年
 8 月第 1 版

△ 刘再复著《文学的反思》，人民文学出版社 1988 年 12 月第 1 版

△ 王玮著《"笑"之纵横》，上海社会科学院出版社 1988 年 11 月第 1 版

△ 洪子诚著《中国当代文学史》，北京大学出版社 1999 年 8 月第 1 版

△ 丁帆著《中国乡土文学史》，北京大学出版社 2007 年 1 月第 1 版

△ 冯健男、王维国主编《河北当代文学史》，花山文艺出版社 1997 年 7
 月第 1 版

△ 崔志远著《当代文学审美潮》，花山文艺出版社 1991 年 6 月第 1 版

△ 刘再复、林岗著《传统与中国人》，生活·读书·新知三联书店 1988
 年 5 月第 1 版

△ 邢建昌著《理论是什么——文学理论反思研究》，人民出版社 2011 年
 10 月第 1 版

△ 邢建昌著《文艺美学研究》，河北人民出版社 2006 年 11 月第 1 版

△ 郭宝亮著《文化诗学视野中的新时期小说》，河北人民出版社 2007 年
 9 月第 1 版

△ 杨红莉著《回归之途：先锋小说研究》，汕头大学出版社 2002 年 3 月
 第 1 版

△ 李淮春、陆志良著《现时代与现代思维方式》，河北人民出版社 1987
 年 9 月第 1 版

△ 王一川著《汉语形象美学引论》，广东人民出版社 1999 年 9 月第 1 版

△ 崔志远著《乡土文学与地缘文化——新时期乡土小说论》，中国书籍
 出版社 1997 年 12 月第 1 版

△ 崔志远著《燕赵风骨的交响变奏》，作家出版社 2001 年 8 月第 1 版

△ 崔志远著《现实主义的当代中国命运》，人民文学出版社 2005 年 9 月
 第 1 版

△ 崔志远著《当代文学的文化透视》，人民文学出版社 2007 年 4 月第 1
 版

△ 崔志远著《中国地缘文化诗学——以新时期小说为例》，人民出版社 2015 年 4 月第 1 版

△ 崔志远著《对话的焦虑：全球化视境与地方性知识》，内蒙古人民出版社 2009 年 7 月第 1 版

△ 崔志远著《中国当代小说流变史》，中国社会科学出版社 2009 年 6 月第 1 版

△ 杨景祥著《艺术哲学》（上下），河北人民出版社 2011 年 1 月第 1 版

△ 金赫男著《我们怎么做批评家》，北京大学出版社 2017 年 4 月第 1 版

△ 陈国伟著《学习鲁迅小说美学》，作家出版社 2008 年 9 月第 1 版

△ 封秋昌著《存在与想象——品味小说》，河北教育出版社 2006 年 6 月第 1 版

△ 封秋昌著《文学与人类同在》，花山文艺出版社 2013 年 9 月第 1 版

△ 杨立元著《新现实主义小说论》，中国文联出版社 2006 年 12 月第 1 版

△ 周哲民著《星海撷英》，花山文艺出版社 1991 年 6 月第 1 版

△ 崔志远、龚殿舒著《运河文学体系论》，中国工人出版社 1994 年 9 月第 1 版

△ 范川凤著《女性批评尝试集》，中国工人出版社 1994 年 9 月第 1 版

△ 郑恩兵著《二十世纪中国乡村小说叙事》，河北教育出版社 2011 年 12 月第 1 版

△ 郭宝亮著《王蒙小说文体研究》，北京大学出版社 2006 年 1 月第 1 版

△ 杨红莉著《民间生活的审美言说——汪曾祺小说文体论》，北京大学出版社 2008 年 4 月第 1 版

△ 张占杰著《中国文学传统建构中的孙犁》，光明日报出版社 2014 年 5 月第 1 版

△ 阎庆生著《美学与心理学视域中的晚年孙犁》，陕西师范大学出版总社 2020 年 11 月第 1 版

△ 袁学骏著《文艺科学发展论》，花山文艺出版社 2012 年 5 月第 1 版

△ 韩晓谅、赵秀忠著《中国当代文学中的文化融合与流变》，吉林大学

出版社 2010 年 3 月第 1 版

△ 李国英、刘素娥主编《保定文学评论作品选》(上下),河北大学出版社 2014 年 9 月第 1 版

△ 周雪花著《铁凝小说叙事研究》,台湾花木兰文化事业有限公司 2018 年 9 月第 1 版

△ 洪治纲著《中国新世纪的日常生活诗学》,安徽教育出版社 2020 年 12 月第 1 版

△ 席扬著《中国当代文学 30 年观察与笔记》,海峡文艺出版社 2014 年 12 月第 1 版

△ 张学昕著《中国当代小说八论》,作家出版社 2021 年 10 月第 1 版

△ 傅逸尘著《文学场:反诘与叩问——新笔记体批评》,作家出版社 2020 年 12 月第 1 版

△ 段崇轩《地域文化与文学走向》,北岳文艺出版社 2012 年 8 月第 1 版

△ 马新亚著《沈从文的文学观》,河南文艺出版社 2019 年 3 月第 1 版

△ 傅书华著《走近赵树理》,北岳文艺出版社 2015 年 10 月第 1 版

△ 四川省作家协会编选《周克芹纪念研究文集》,四川文艺出版社 2016 年 10 月第 1 版

△ 廖述务编《韩少功研究资料》,天津人民出版社 2008 年 5 月第 1 版

△ 陈晓明主编《莫言研究》,华夏出版社 2013 年 1 月第 1 版

△《赵树理选集》,人民文学出版社 1959 年 9 月第 1 版

△ 工人出版社、山西大学合编《赵树理文集》(一、二卷),工人出版社 1980 年第 1 版

△ 孙犁著《白洋淀纪事》,花山文艺出版社 2019 年 3 月第 1 版

△ 孙犁著、黄德海编《野味读书》,上海文艺出版社 2019 年 5 月第 1 版

△ 孙犁著、刘宗武编选《荷花淀》,青海人民出版社 2020 年 9 月第 1 版

△ 汪曾祺著《人间旧事》,天津人民出版社 2018 年 1 月第 1 版

△ 汪曾祺著《独坐小品》,河南文艺出版社 2017 年 6 月第 1 版

△ 林斤澜著《林斤澜文集》（三）（小说卷），北京师范大学出版社 2000 年 1 月第 1 版

△ 赵保利译、契诃夫著《契诃夫短篇小说选》，花山文艺出版社 2019 年 1 月第 1 版

△ 苗雨时、徐振东主编，王宁编著《荷花淀派名家名作精读》（上），花山文艺出版社 2018 年 8 月第 1 版

△《建国以来短篇小说》（上、中），上海文艺出版社 1978 年 5 月第 1 版

△《外国短篇小说》（上、中），上海文艺出版社 1978 年 2 月第 1 版

△ 李延青主编《忆大山》，花山文艺出版社 2017 年 8 月第 1 版

△ 正定县政协编文史资料第三辑《大山在我心中》，1998 年 7 月由内部出版

△ 贾大山著，尧山壁、康志刚编《贾大山小说集》，花山文艺出版社 1998 年 3 月第 1 版

△ 贾大山著，康志刚编《贾大山文学作品全集》花山文艺出版社 2014 年 10 月第 1 版

△ 王志敏著《贾大山传》，中国戏剧出版社 1999 年 5 月第 1 版

△ 杨金美、杨岱著《贾大山评传》，河北人民出版社 2022 年 4 月第 1 版

△ 贾永辉著《我的父亲贾大山》，花山文艺出版社 2023 年 2 月第 1 版

△ 贾平凹著《贾平凹作品精选》，长江文艺出版社 2019 年 11 月第 1 版

△ 贾平凹小说集《满月儿》，译林出版社 2015 年 5 月第 1 版

△ 古华小说集《爬满青藤的木屋》，花城出版社 2016 年 5 月第 1 版

△ 叶蔚林小说集《白狐》，湖南人民出版社 1982 年 1 月第 1 版

△ 叶蔚林小说集《蓝蓝的木兰溪》，广东人民出版社 1980 年 7 月第 1 版

△ 何士光小说集《故乡事》，四川人民出版社 1982 年 5 月第 1 版

△ 周克芹著《周克芹短篇小说集》，四川人民出版社 1983 年 10 月第 1 版

△ 张弦小说集《被爱情遗忘的角落》，南方出版社 2020 年 8 月第 1 版

△ 赵本夫小说集《天下无贼》，河南文艺出版社 2020 年 11 月第 1 版

△ 何申小说集《乡村英雄》，河南文艺出版社 2001 年 4 月第 1 版

△ 何申小说集《年前年后》，河南文艺出版社 2021 年 12 月第 1 版

△《中国作家》杂志社主编《中国作家经典文库·何申》，光明日报出版社 2002 年 6 月第 1 版

△ 李锐小说集《天上有块云》，北京联合出版公司 2023 年 9 月第 1 版

△ 矫健著《矫健中短篇小说集》，作家出版社 2017 年 12 月第 1 版

△ 高晓声著《高晓声小说选》，江苏文艺出版社 2009 年 9 月第 1 版

△ 韩少功小说集《西江月》，四川文艺出版社 2016 年 10 月第 1 版

△ 李小林等编 "《收获》选萃"（多人集）《犯人李铜钟的故事》，春风文艺出版社 1997 年 8 月第 1 版

△ 阿城著《阿城精选集》，北京燕山出版社 2009 年 4 月第 2 版

△《人民文学》编辑部编《1978 年全国优秀短篇小说评选作品集》，上海文艺出版社 1980 年 1 月第 1 版

△《人民文学》编辑部编《1979 年全国优秀短篇小说评选获奖作品集》，上海文艺出版社 1980 年 5 月第 1 版

△《人民文学》编辑部编《1980 年全国优秀短篇小说评选获奖作品集》，上海文艺出版社 1981 年 9 月第 1 版

△《人民文学》编辑部编《1981 年全国优秀短篇小说评选获奖作品集》，上海文艺出版社 1982 年 7 月第 1 版

△ 中国作家协会编《1982 年全国优秀短篇小说评选获奖作品集》，上海文艺出版社 1983 年 8 月第 1 版

△《小说选刊》编辑部编《1983 年全国优秀短篇小说评选获奖作品集》，作家出版社 1984 年 9 月第 1 版

△ 中国作家协会编《1984 年全国优秀短篇小说评选获奖作品集》，作家出版社 1986 年 1 月第 1 版

△ 中国作家协会编《1985—1986 全国优秀短篇小说评选获奖作品集》，作家出版社 1988 年 12 月第 1 版

后　记

　　这部《贾大山小说审美研究》，我前天校过最后一遍，把稿子寄给作家出版社责编李亚梓，心中便轻松起来。但心绪仍然沉浸在贾大山的艺术世界里，脑海中总活跃着大山兄的影子。

　　往事如烟。记得1985年深秋，上级让我担任《太行文学》主编，就从石家庄骑自行车去正定找贾大山，让他写一篇创刊打头的小说。在一间朴素的小屋里，大山一边讲着他的小说和正定的风土人情，一边为我炒菜做饭。记得他说，你不要嫌我这样招待你太寒酸，好多人来了我都是这样领到家里来，又方便又自在。我说这样就很好。一尝他炒的鸡蛋，觉得他手艺还不错。我们边吃边喝边聊很开心。记得说起他没有出席在苍岩山召开的他的小说研讨会，他便问会上人们都说了些什么。我便说了个大意，又问他为什么不肯出席这么重要的会。他便说，我不去大家有好说好、有赖说赖，没有忌讳，我要在场人们就可能只说好听的，那么开这个会就没有意义了。他的回答使我从内心高看了他一头，大山兄是愿意听真话的作家。临走前我们约定，他的稿子什么时候写出来，《太行文学》就正式创刊，要不我们就一直等着。到第二年春天的一个下午，大山兄突然来了，带着他的小说《阴影》，一进屋就抱歉地说，学骏，我没有失约，可是时间拖得太长了。我赶紧说没事没事，就翻看他的稿子，见他抄写得十分工整，有的地方是剪一块纸贴上再重新写好的，不由赞叹他的认真。他便说，我知道你们当编辑的很忙，誊抄清楚是我对编辑的尊重……是吧。我也养成了这个习惯，写小说又不是写报道，不用那么着急……是吧。于是，我又很受感动，觉得大山兄对创作尤其严谨，善解人意的处事风度也与一般作家不同。

1995年仲秋，听说贾大山做了胃切手术，我们石家庄市文联的同事们就想去看望他，我便与他的弟子康志刚打电话。志刚说他在静养，不想见人，等他好些了再来吧。后来我和尧山壁、康传熹等终于去看望了他。见这位红脸汉子已经消瘦得像另一个人了，不由一阵心酸。可是我们都笑着和大山兄握手交谈。大山兄慢打板式地说着他的病情，我们就宽慰地说，你大难已过，必有后福，还等着看你的小说、听你唱京剧呢。中间，我们与他照了几张相，不想这是我们和大山最后的留影。回来时，《石家庄日报》一位主任要我必须写一篇大山的稿子，明天交了后天发。我便写了一篇《风吹云移山不动》，发在该报周末版的头条，还配上了我们和大山在一起的照片。他的弟子葛金平打来电话说，贾老师看见了你的文章，很高兴，说谢谢你。谁料到，到1997年正月他去世的第二天，我代表市文联去送花圈，葛金平也代表组织部来了。他小声告诉我：大山老师见到你写的那篇文章，就对我说，袁学骏把我总结得挺全面，很像是一篇悼词，不过，你不要告诉他，只说谢谢就行了。我一听，头脑嗡的一声，真是好心办了错事，让病中的大山兄多心了！可惜斯人已去，无法挽回。在他的遗像前鞠躬时，我心中是抱着歉意的。这便是我后来写《贾大山小说论》的心理动力。之后，大山去世五周年、十周年和二十周年时，我都有一篇小文以示怀念。

2019年春节前，省、市领导前来慰问看望，我说起要对贾大山进行研究、宣传，领导便鼓励我，你研究吧，有什么困难尽管提。这样我便无意中接下了一个大活儿。不久有人问，听说你在研究贾大山，出版了吗？我说正在搜集材料，还没有动手。这样心里的压力就更大了。2020年1月下旬武汉疫情暴发，宅在家中不能出门，正好成了我开始写《贾大山小说审美研究》的好时机。至今一晃竟然四年多了。对我个人来说，这是一次读书写作的马拉松，停不得也快不了。一遍遍地翻看贾大山小说的几个版本，到处找有关他的生平事迹和评论文章，也寻找相关的专著、论文。把自己的存书翻出来不少，又到处借书，竟一次从省图书馆抱回了20本，还在书店和网上买书。如果说，此著是我写出来的，也可以说是我读出来学出来的。这也是诸多专家学者帮我完成的。我曾经将第一稿发给崔志远、郭宝亮、王力平、杨红莉、李军、张占杰等专家学者们看，他们很认真地提出了修改意见；去年8月，经石家庄市文联党组书记樊振宇和先后两位主席肖建科、李永杰及评协王文静等人先后推荐，市委常委、宣传部部长郭建亭和主管副部长殷斌等便确定这个选题为2023—2024年重点扶持项目；9月，又经省作协创联部主任王志新举荐，省作协党组书记高天、主席关仁山、副主席刘建东等也决定将此作纳入河北省年度重点支持项目，并且请来南京何平、山东马兵等名家在讨论会上对书稿提出了很中肯的意见。我按照省内外评论家们的意见进行了几次删改修补，才形成了这个第二稿。可惜本人才疏学浅，只能写成这个样子了。

从贾大山的小说和经历资料来看，他生前身后都是幸运的。生前，他较早地从知青中被调回县文化馆搞创作，圆了他的作家梦。而且他的《取经》于1978年荣获首届全国优秀短篇小说奖而一举成名，又被习近平、李满天等领导提拔为县文化局局长，长期进行着实际文化工作和业余创作，形成了当代文学界中特殊的"这一个"。可惜他在世时间太短，否则他会写出更多精品力作的。在他身后，习近平以朋友的真情于1998年写出了怀念文章《忆大山》，对大山的人品和作品给予了高度评价。在2014年10月15日召开的文艺工作座谈会上，习近平总书记论述了鲁迅"俯首甘为孺子牛"之后说："我在河北正定工作时结识的作家贾大山，也是一位热爱人民的作家。他去世后，我写了一篇文章悼念他。他给我印象最深的就是忧国忧民情怀，'处江湖之远则忧其君'。"众人和我用写作怀念贾大山、评价大山的作品，便是因为大家与习近平对贾大山人品作品的感受完全一致，是领袖与作家评论家读者们具有高度共识。我更感到，以前的有关文章都较短小，没有一部相对全面深入研究贾大山小说艺术的著作是一种缺陷，所以我必须好好去写，否则便有愧于领袖的关怀，有愧于省、市有关领导的支持，也愧对大山兄了。

还要说的是，我是按照贾大山在世时那个时代去理解贾大山，也运用当今一些现代观念去分析贾大山，复活贾大山的精气神的。这个过程中，我深深体会到，是正定的田园、村民和千年古城的底蕴造就了贾大山，是苦辣酸甜咸的生活成全了贾大山。童年、故乡和苦难经历是作家心中的铀，其能量释放是无形而巨大的。他的窑场经历和知青生活使他走向了坚韧和成熟，所以他在观察和思考中实现了人生理念、艺术观念的哲学化。其晚期的人生观、文化观和文学观更为坚定，艺术上更为自然、天籁而纯青。他虽然受到历史的个性的局限，但社会人生的许多真谛就在其作品中。所以我更坚定认为，柳青的《创业史》《在旷野里》有存在的理由和价值，贾大山的短篇小说也同样具有存在的价值和意义。

　　杜甫说："君看磊落士，不肯易其身。"贾大山生前既出世又入世，磊落光明，他本质上就是一位仁善的启蒙者，也是被村民启蒙的作家，是从内心客观看待和运用中国传统文化的作家，是在作品中体现多元现代性的智者。他用短篇小说形式继承了五四以来鲁迅等人白话文的创作传统，又从国情民情出发在某些方面没有学那时的时尚创作套路，没有模仿搬用西方文学，是一种保守也是他独特的明智。

　　贾大山的现实生活经历和他笔下的文学人物都既是时代的也是历史的。他的小说创作发展脉络也使我意识到，文化传统与时俱进的转化、创新是一项连续不断的事业，是一场处在始终未完成状态的创新发展旅程。也可以说，传统性与现代性之间的碰撞与融合是无有终点的。

　　至于文学批评，感到古今中外各种文学理论不但不应该互相隔膜，而且必须以我为主地进行有机的融合，才能克服以前文学理论、文学评论的一些弊端。贾大山小说创作本身，从语言到题旨就是今中涵古、古今一体的，在研究方法上就必须将各种文学理论进行综合运用。

　　最后，感谢省、市、县的宣传部、文联和作协系统领导对这个项目的支持，感谢众多专家学者对此书写作的指导，感谢著名文艺评论家白烨为此书作序；感谢作家出版社李亚梓等编辑、校对人员的辛勤劳动，感谢花山文艺出版社社长郝建国等人的鼓励与襄助，感谢贾大山的儿子贾永辉、弟子康志刚和文友杨金平、傅志伟等人一再提供相关资料。特别感谢小雨女士四年多来为我的初草到终稿一遍又一遍地进行处理所付出的时间和心血。也期望诸位专家学者对拙作多多批评指正。

谨以此书，向文艺座谈会十周年献上一份薄礼！

作 者

2024 年 8 月 21 日，9 月 1 日改

图书在版编目（CIP）数据

贾大山小说审美研究 / 袁学骏著. -- 北京: 作家出版社，
2024.10. -- ISBN 978-7-5212-2910-3

Ⅰ. I207.42

中国国家版本馆 CIP 数据核字第 20241BP435 号

贾大山小说审美研究

作　　者：袁学骏
责任编辑：李亚梓
封面设计：琥珀视觉
出版发行：作家出版社有限公司
社　　址：北京农展馆南里 10 号　　　邮　　编：100125
电话传真：86 - 10 - 65067186（发行中心）
　　　　　　86 - 10 - 65004079（总编室）
E – mail: zuojia@zuojia. net. cn
http: // www. zuojiachubanshe. com
印　　刷：唐山玺诚印务有限公司
成品尺寸：152 × 230
字　　数：390 千
印　　张：27.75
版　　次：2024 年 10 月第 1 版
印　　次：2024 年 10 月第 1 次印刷
ISBN 978 - 7 - 5212 - 2910 - 3
定　　价：76.00 元